本书由日本国际交流基金

资 助 出 版

主　编

李德安

副主编

（以姓氏笔画为序，下同）

张云方　蒋道鼎　镡德山

编　委

王大军　李惠春　张可喜

张进山　张海波　赵　毅

大平正芳的政治遗产

赵朴初题

日本大平正芳纪念财团 编著

李德安 张云方 蒋道鼎 镡德山等编译

中央文献出版社

大平正芳的政治遗产

编 译 者/李德安　张云方　蒋道鼎　镡德山等
责任编辑/镡德山
封面设计/镡德山
版式设计/郑　刚

出版发行/中央文献出版社
经　　销/新华书店
排　　版/北地照排中心
印　　刷/北京民族印刷厂

850×1168mm　32开　23印张　480千字
1995年5月第1版　1995年5月第1次印刷
印　　数　1—2500册

ISBN 7-5073-0261-×/D·78　定价:35.00元

目　录

特　邀　稿

监修者的话

大平总理登列仙班已14载。“光阴如流”，冷战末期至冷战之后，世界潮流变幻是如此之神速，又如此之激荡。可以想象，倘若大平总理依然健在，他会怎样审度这个时代的变迁，又将怎样运筹日本政治的航向呢?! 每当我们伫立在多摩墓地大平总理墓碑前时，总想再一次地聆听总理的教诲。

大平内阁时间短暂。昭和53年（1978年）12月7日成立，截至昭和55年（1980年）6月12日大平总理逝世，历时一年零七个月。但是，内阁留给后世的政治遗产，却是丰厚而影响深远的，它为其后的历届内阁珍重地继承下来。它所以有如此深远的影响，自然源于政治家大平正芳的远见卓识和德高望重了。

大平总理的传记，最初发行于昭和57年（1982年）6月12日，即大平仙逝三周年忌日。《传记》系《大平正芳回忆录》三卷本《传记篇》、《回忆篇》、《资料篇》中的一卷。其后，《传记》被译成英文，赖肖尔教授还专门为它写了长篇序言。平成2年（1990年），《传记》以《Postwar Politician：The Life of Former Prime Minister MASAROSHI OHIRA》（战后政治家、前总理大平正芳的生活）为题，由Kodansha International（讲谈社国际出版公司）出版。这次为英文版写成的传记的日文稿，亦同时以《大平正芳—其人与思想》为题，由大平正芳纪念财团组织出版。翌年，该书由中日友好协会和中日关系史研究会编译，在中国发行了中文版。

基于上述成果，本书拟针对大平正芳的思想、行动和业绩，再做一次深入的学术性专门分析和研究。本书的第一部分由6篇论文组成。它们旨在对大平正芳的政治哲学、时代观、外交政策、经济政策、政治政策以及行政手法作学术性的专门探讨。第二部分34篇文章。由评论、随笔组成，涉猎的领域为外交、内政、经济、财政、思想以及人物等。通过第一部分和第二部分的论文、评论以及随笔，我们希望能够对政治家大平正芳的业绩和遗产，进行一次明确的再定位，再认识和再讨论。

我们三个人曾出任过大平内阁时代9个政策研究组织的干事。9个政策组织是依据总理的指示设立的，是直属内阁总理大臣的咨询机构。这9个政策研究机构分别是：田园都市设想研究小组（议长为国立民族学博物馆馆长梅棹忠夫）、对外经济政策研究小组（议长为东京大学教授内田忠夫）、关心多元化社会生活研究小组（议长为统计数理研究所所长林知己夫）、环太平洋共同体研究小组（议长为日本经济研究中心会长大来佐武郎)、充实家庭生活研究小组(议长为东京女子大学教授伊藤善市)、综合安全保障研究小组(议长是安全保障研究所理事长猪木正道)、文化时代研究小组(议长为山本书店店主山本七平)、文化时代经济运行研究小组(议长为东京大学教授馆龙一郎)以及科学技术新开创研究小组(议长为国立公害研究所所长佐佐学)。

在总理秘书、内阁助理和各研究小组成员以及各界人士的协助下，我们担任了各研究小组的规划、调整和研究报告的汇总工作。正是这种缘份，使我们有幸参与《大平正芳回忆录》三卷本的编纂事宜，并且共同担任了《传记篇》的监修工作。而且，又得以担任后来英文版、中文版和日文版《大平正芳—其人与思想》等一系列传记方面的监修。也正是这种缘故，我们接受了本次可谓大平正芳回忆录姊妹篇的《大平正芳的政治遗产》一书的监修任务。

本书所以题名为《大平正芳的政治遗产》,是鉴于，今天重新认识、探讨政治家大平正芳留给我们的不可多得的政治遗产(包括9个政策研究小组的报告)，对于我们认识冷战后国际秩序的调整，以及分析1955年这一战后的政治体制(1955年，自由党和民主党合并，成立自民党，此后，自民党至1993年一直是执政党。这一体制称1955年体制。——编译者注)崩溃后国内政治的动荡形势，都是大有裨益的。

如果大平总理健在的话，他一定会亲自执笔撰写序文、仔细校点每篇论文和评论，而且还会自己动手写篇大论文。我们正是沉醉在这些想象之中，写这篇《监修者的话》的。

大平总理仙逝以来，已岁经十余载。其间，大平志华子夫人以及留下英文版长篇序文的赖肖尔先生，还有政策研究会的大来佐武郎先生、山本七平先生和内田忠夫等诸位先生，也都先后入列仙班。于是我们想，大平总理未竟的事业，也只有我们这些还活着的哥们儿来完成了。也许大平总理在那个世界，又聚集旧部，重开新的政策研究会哪！

最后，谨对在百忙之中爽快地承担本书论文、评论和随笔撰写的各位先生，以及在后台给予本书出版工作以莫大资助的大平正芳纪念财团的各位先生，表示深深的谢意。

时值大平总理逝世15周年忌日之际，我们谨以此书，奉献于总理灵前，以聊表我们深深缅怀总理及志华子夫人遗德和衷心祈祷他们冥福的情愫，同时，也祝那些仙逝的总理的挚友们，冥福启转。

平成6年（1994年）4月

公文俊平

香山健一

佐藤诚三郎

第一部分

论　　文

大平正芳的政治哲学

香山健一

引子——良贾深藏若虚

政治家大平正芳的晚年，喜挥毫泼墨，其中有一款为“良贾深藏若虚”。[注1] 字意为超达的商人不会把物品摆设在店头，而居内深藏，令人一见，似乎觉得店内空荡无一物，以其寓意大人物从不卖弄知识和才华，形同凡夫。

此语出自《史记》中的《老子传》。“良贾深藏若虚”的后一句是“君子盛德，容貌若愚”。[注2] 慎重地选择语言之际，大平常常发出“嗯”、“啊”之类口头禅，以此惹来新闻媒介的揶揄。也许正是大平无心听了这些话，才正襟危座，研墨提笔，写下这款青年时代起就酷爱的座右铭吧！大平的一生，是读书家的一生，求道者的一生，思想家的一生。他的话、发言以及文章，充满了对社会、历史、自然和文明的深思熟虑，极富哲理，其文章的清新格调，在日本政治家中是绝少见的。

“贾”是商人的意思。古时，把物品买进店铺进行销售者称“贾”；行商者称“商”，以示区别。后来，这种区别逐渐淡化，通称商人了。

战前，昭和8年（1933年）至11年（1936年），国内外形势剧烈动荡时期，大平正芳正在东京商科大学（现一桥大学）学习。我想，当时他一定对“商”与“贾”的含义有相当深刻的理解，以至在后来大平的人格中，“深藏若虚”之“良贾”，成为始终追逐的目标。

大平正芳的墓碑上，刻有这样的铭文：“君以现职总理而去，虽死犹生。求真理而不倦，死而后已。”大平所追求的真理，就是人生应遵循的准则，也就是“良贾深藏若虚，君子盛德，容貌若愚”。

大平离开我们已十余载，而今，日本政界是多么缺少“良贾”！而那些极尽粉饰之能的政商和奉迎大众型的商人，又是如此地招摇过市！因此，重温大平正芳的政治哲学，即是给予那些失去政治哲学思想的左右摇摆的日本政治家们的“顶门一针”。所谓“顶门”，系指头部正上方，在这个部位下针治疗，切中要害，可以达到治病律人的效果。

一、大平正芳的“椭圆哲学”

包容在政治家大平正芳人生深层次的、并且令大平终生琢磨的美玉是什么呢？这就是我曾经说过的称之为大平哲学的“椭圆哲学”。这是融汇古今东西文化遗产的、深邃凝重的人生观、世界观；是历史哲学和政治哲学。

平面上，与一个中心等距离的点相联便是圆；与两个中心距离之和相等的点相联便是椭圆。我认为，战后成熟的政治家大平正芳的思想和行动，多数场合是椭圆，而非圆。

大平正芳思想和行动中椭圆轨道的两个中心，从政治哲学的领域来看，可以说是东方政治哲学精髓的“治水原理”和西方政治哲学精髓的“保守主义哲学”。这是因为大平熟知该如何防止重蹈过分简单化的错误。

从留下的记录看，大平本人最早使用椭圆这句话，是一次演说。即昭和13年(1938年)正月，身为横滨税务署长的大平在新年团拜会的讲话中，提到了“椭圆”。

当时，大平28岁，他在署员面前这样说道：“行政好比一个椭圆，有两个中心。这两个中心保持均衡而紧张的关系时，可以说是出色的行政。……其一个中心是统制，另一个中心则是自由。统制与自由两者处于紧张而均衡的关系时，统制才得以圆满进行，两者不可偏废其一。税务工作也是如此，一个中心是征税集权者，另一个中心是纳税者。利用权力征税和向纳税者妥协，都不可取。真正的征税做法是不偏不倚，贯彻公正而通情达理的原则。"[注 3]

可以说，这次讲话提及的"椭圆哲学"，是大平哲学的萌芽形态。乍一看，似乎是排除一元论思想方法的二元论思想，但它绝不是东方的阴阳之道，也绝非西方辩证法那种简单的正反统一和对立统一，而是超越现代合理主义——"是A非A"的高超思想境界，即超越肉体与精神、理性与感性、神与恶魔、体制与反体制、统治与被统治、右翼与左翼、资本家与工人、权利与义务、自由与统制、集体与个人，以及奉献与利己这种事物无限分割两分法界限的、超越二者择一思维藩篱的崇高境界。

在是A非A的世界里，绝没有第三者。A因为非A而存在，非A因为A而存在。理论上区分A和非A的思维，称自同律，而A与非A相互为存在前提的理论称相互律。A与非A紧张而均衡的存在，是只有在两者互为存在的条件下才能够成立的，它不过是同一个问题的两个方面。

《老子》对此曾这样阐述："道，可道，非常道；名，可名，非常名。无，名天地之始；有，名万物之母。故常无，欲以观其妙；常有，欲以观其徼。此两者同出而异名，同谓之玄。玄之又玄，众妙之门。"

接着又论及"美即丑，丑即美"。"天下皆知美之为美，斯恶已；天下皆知善之为善，斯不善已。故有无相生，难易相成，长短相形，高下相倾，音声相和，前后相随。是以圣人处无为之事，行不言之教。万物作焉而不辞，生而不有，为而不恃，功成而弗居。夫唯不居，是以不去。"［注 4］

大平正芳的椭圆哲学，虽然颇受老庄哲学的影响，但其涵盖更广阔。大平为了超越现代合理主义的境界，在学习东方古典哲学的同时，又涉足《圣书》和托马斯·阿奎纳斯的《神学大全》等西方古典哲学、宗教和神学。结果，青年时代的大平与深受其思想薰陶的内村鑑三一样，哲学思想具有融汇东西文化遗产的恢宏气势。关于这一点，我后面还要谈到。

大平正芳明治 43 年（1910 年）3 月 12 日（日俄战争之后不久）生于香山县三丰郡和田村，卒于 1980 年七国首脑会议之前、大选中的昭和 55 年（1980 年）的 6 月 12 日，经历了激荡的明治、大正和昭和三个时代。先生作为现职总理大臣死于工作岗位上，他波澜壮阔的70年生涯，不断成熟地描绘出东西方政治哲学融汇贯通的椭圆轨迹。

作家吉田健一在《圆圆的日本》一书中，把日本比作一个圆。我想，如果他对大平正芳的政治哲学有了解的话，他就会把日本比做“椭圆的日本”了。

“治水的原理”是东方政治哲学的基本思考方法，它把民心比作水，强制地堵塞反而泛滥成灾，自然地疏浚渠道，则从流而去。有这样一个关于夏王朝始祖禹的故事。古代，中国治世的根本就是治山治水。那时，黄河等中国大陆的大江小河常常泛滥，可以说是洪水齐天了。禹的父亲被帝尧命为掌管治水的大臣，但他历时9年，没有完成治水的任务，结果被处死了。他治水的方法是“湮”，即高筑堤防，阻止水的流淌。水遇劫则溢，堤防增高，则水亦增高，最终是决堤而去，如此筑堤毁坝反复不已。禹看透了父亲治水失败的原因，废除了“湮”的方法，代之以“疏”和“导”的方法。所谓“疏导”的方法，就是不堵塞水的去路，适当地修筑一些水渠，将水导向自然流淌的方向。“疏水”这个词，就是出之这个典故。

禹认为，不仅是治水，治世也是同样的道理。即民心所向，如同水的流向，以强权压制民意，反抗会更趋激烈；尊重民心，疏通经路而导之，则顺从而去。这种古代东方政治哲学的“疏”与“导”的“治水原理”，可以说是一种政治理想了。

“鼓腹击攘”的故事，说的是令人感受不到政治的政治才是理想的政治，也很好地揭示了东方政治哲学的理想。故事说，古代有个叫尧的明君，想知道自己治世 50 年的情况，于是微服私访。一天，他来到一个城镇，见一位老者一手拍打着自己的肚皮，一手拍打着地面，吟道：“吾日出而作，日入而息，凿井而饮，耕田而食，帝何德于我哉！”［注 5］

《老子》说，“上善若水”，也是说最高境界的善，即如水一样。大平正芳青年时代，就喜好东方古典，爱读《老子》、《史记》和《十八史略》等著作，这种政治哲学思想，经过战前、战时和战后历史的激荡考验，令大平更加深了对它们的理解。

昭和 14 年（1939 年）6 月至翌年的 10 月，大平正芳曾到过中国的张家口。其后到昭和 17 年（1942 年），又多次到过中国大陆，这就更进一步地加深了他对东方政治哲学的认识。在张家口时，大平年方 29 岁。我认为，多次到中国大陆，并在那里住过一年多的经历，使大平对中国经济社会的实情以及风土文化与思想，有了深层次的理解。大平自己在《我的履历书》中这样写道：“张家口的一年半左右的生活，实际上涉猎的是一个朴素国家的‘原型’，可以说，这对于我来说是个千载难逢的好机会。”

青年时代在国外的经验，印在脑海里的对于日本对大陆的经营与中国农村社会现实的矛盾的认识，不只是停留在大平的政治哲学的水平上，还作用于后来的政策设想方面。日中邦交正常化谈判之际，大平毅然决然地作出那种政治姿态，以及提出以日美关系、日中关系为基轴的环太平洋合作设想，都与此不无关系。

二、德治主义与《为政三部书》

晚年，大平常在斗方上书写“任怨、分谤”这些警句。这是元代张养浩名著《三事忠告》中《庙堂忠告》的一句名言（《三事忠告》由安冈正笃译为《为政三部书》，广为人知）。

堪称政界第一读书家的大平正芳，他爱读的书籍之一，就是《为政三部书》。神渡良平著《安冈正笃的世界》一书中这样写道：“由于大平住处距安冈家很近，所以大平朝起散步之际，便心安理得地顺路来到安冈家，其实也没有什么别的事情，不过是想通过漫谈，启迪自己的思想。”

牧野伸显、吉田茂和池田勇人都师从安冈正笃，安冈藉以中国后汉马融故事中“栖高光之木，以临宏池”之句，给池田派起了个“宏池会”的名字。大平对安冈的著作产生兴趣，并非宏池会成立之后，他在青年时代就爱不释手了。安冈的高弟林义之所著《安冈先生动情记》中记载，昭和34年（1959年）3月的一天，“大平飘然来访安冈先生家。当时，大平的家就在先生居处白山下附近，因此并非有什么特别的事，讲的几乎都是学生时代就读过先生的书一类话”。

《庙堂忠告》有十项忠告，这就是“修身”——修练自己的身心；“用贤”——启用贤人；“重民”——依重百姓；“远虑”——想到未来；“调变”——调节和睦；“任怨”——不惧怨恨；“分谤”——承担诽谤；“应变”——顺应变化；“献纳”——尽忠言；“退休”——告老还乡。

大平正芳人生的最后时刻是残酷的，正如《大平正芳—其人与思想》第40章《赍志而辞世》和第41章《奋进中永生》中所记述的那样，他连思考“退休”的闲余时间都没有。昭和55年（1980年）5月16日，由于自民党反主流派缺席，议会通过了不信任大平内阁案，内阁总辞职，众议院被解散，众参两院决定同日选举。5月30日，即参议院发布选举告示之日，大平于街头演说中倒下了，此后一直到6月12日命归黄泉的总共一个月里，大平忍受了常人所无以忍受的精神压力。即使在这时，面对着即将召开的七个发达国家首脑会议和大选，病卧床榻的大平，仍写下“任怨、分谤”的字句，严格地鞭策自己。

对来访病室的旧雨，大平写下“得病更知旧友情，明常思长夜之愁”的汉诗诗句，这也许是他在极度紧张之中的片刻“清闲”吧！“长夜”在佛语中系指凡夫无以看破红尘，难逃劫数。

在《缅怀大平志华子夫人》一书中也有同样的记述。我最后一次见到大平总理是5月29日，即大平为参众两院同日选举在街头演说倒下的前一天。这一天的下午4时半，大平总理的政策咨询研究会——充实家庭生活研究小组（议长是东京女子大学伊藤善市教授），在首相官邸会议室召开最后一次会议。5时，议长向总理提出了题为《充实家庭基础的建议》的报告。5时半，为庆祝研究会圆满完成任务，在面对首相官邸中庭的大客厅里，举行了简单的恳亲会。为同研究会提出的重视家庭的报告内容相适应，总理、议长和委员们提出，恳亲会不只是委员们参加，还要创造一个和和美美的家庭气氛，都要偕家人与会。于是，这次恳亲会成了官邸和政策研究会史无前例的聚会。总理和夫人志华子在秘书森田一夫妇的陪同下，都出席了。即使在这个聚会上，总理也没有讲一句他人的坏话，给人一种“忙中偷闲”，极尽天伦之乐的感觉。一瞬间，我脑海里浮现出前年夏天，围绕一般消费税问题在濑田私邸见总理时，谈及在内蒙古张家口逗留和元代张养浩《为政三部书》时的情景。

大平任池田内阁的官房长官时，就以“宽容与忍耐”在内阁中出名，而今又提出“任怨、分谤”，由此可以看出，大平正芳作为政治家其一生追求的政治哲学的核心之一，是东方政治哲学，是“治水的原理”，是德治主义。

三、托尼的《获得社会》与托马斯·阿奎那的《神学大全》

昭和 3 年（1928 年），18 岁的大平正芳考入高松高等商业学校。这年春天，一桥大学上田贞次郎先生的门徒大泉行雄教授来到高松，他讲授商业学和德国鲁道夫经济学，颇受学生们的欢迎。正如大平自己在《我的履历书》中谈及的那样，是由于接触了鲁道夫的经济学，他才选择了入东京商科大学深造的道路。后来，大平回忆说，一桥大学对他思想的形成以及人格的形成是不可或缺的营养钵。从政策论这个角度看，这一时期大平又得以接触中山伊知郎副教授，而中山又是师从斯彭德的地道的经济学家，这也是大平在池田内阁时代所以能够提出收入倍增理论的内在原因。

《我的履历书》中，大平是这样回忆东京商科大学时代的："一年级的专业课，由已故的佐藤弘教授讲授经济地理和商品学，我学习了'自然与人的交叉作用'的课程。……除了必修课以外，我还学习了杉村广藏先生讲授的经济哲学，山内得立先生的哲学史，三浦新七先生的文明史以及牧野英一先生的法律思想史，等等。总之，只要是时间允许，我就去听新课。这些课程对我来说，虽然都是深奥难懂的，但通过学习，令我对思想史，特别是经济思想史产生了浓厚的兴趣。二年级的专业课，是由上田辰之助先生担任的。

"上田先生与其说是个经济学家，不如说是位社会学家，更确切地说是位语言学家。他研究托马斯·阿奎那，都是从吸收语言精华这个角度出发。课程大体是在上田先生吉祥寺的家里进行，他以托尼的《获得社会》为教材，讲授的不只是托尼的经济思想，更多的时候是从英文的语言本身来讲解。"

昭和11年(1936年)，大平正芳大学毕业，他的毕业论文是"职分社会与同业工会"。这篇论文是了解大平政治哲学形成的不可多得的重要文献。《大平正芳回忆录》中，当年一桥大学校长宫泽健一先生回忆说，大平26岁撰写的这篇毕业论文，内容丰富，可称之为"大平哲学的故里"。

这篇论文共370页，由“小序”、“论文构成和参考资料”以及“第一编”、“第二编”组成。第一编职分社会论中又分为：一、权力和职分；二、获得社会论；三、职分社会论；四、托尼学说的时代意义。第二编美国的同业工会论中分为：一、同业工会的概念界定；二、同业工会的历史性发展；三、同业工会的组织；四、同业工会的内部行政；五、同业工会在美国产业机构中的地位。

诚如《我的履历书》中所述，这篇论文是以讲解《获得社会》为基础来探讨那个时代的意义的。小序中，大平正芳清楚地交代了论文的意图，他写道：“上田辰之助先生的研究室向我敞开了门扉，最初接受先生指导，悉心研读的书籍是托尼的《获得社会》。在这部著作中，托尼倾注了自己卓越的思考才华和丰富的经济学知识，清晰地披露了中世纪协同社会之必要及其崩溃的过程，同时阐述了在这个废墟上生长的资本主义社会是怎样忘却了其原本的产生条件，走上个人至上和权利本位的社会的。他用社会、职分的观点，分析批判了无视应遵守的界限而发展和分裂的资本主义，在指出其诸多弊恶之后，揭示未来社会应该以何种理想为支柱。

“于是，展现在我们面前的是，分观机械论和权利本位思想的产物——自由竞争和阶级斗争都同样令社会陷入混乱，而资本主义社会的颓废现象也未必被消除。正所谓现代精神已经走到尽头，如今不得不面临着新的转变。思想上的对立以及由此产生的社会纠纷，把人们驱赶进动荡和混乱的小巷。终止这种对立，克服分裂走向统一，超越斗争追求协调，这是大家的希望，也是历史必然的走势。正是鉴于这种客观形势，我翻开了托尼的著作。他用丰富而博深的经济史实，编织了流畅的文章以及辛辣的讽刺，我被征服了。在他的鼓舞激励下，我燃起了从经济史的角度或从社会史的角度考察‘整体和局部关系’的欲望，这使得我的思考承受了一次锻炼。”

尽管大平从托尼那里学到了很多东西，但他不满足于自己的所得。这是因为，托尼的论著“并非揭示新的职分社会的构成，只是从相反的立场上，历史地阐述权利本位社会的诸般弊害，目的在于揭露，因此，我没有能够了解到协同体社会的目的以及它的组织成分，或者说它和国家的关系”。

以研究托尼的《获得社会》为媒介，大平的注意力转移到托尼论及其崩溃过程的欧洲中世纪经济社会。当时，上田辰之助教授讲授了以托马斯·阿奎那政治经济学说为中心的“欧洲中世纪经济学说史”。阿奎那被誉为“中世纪的辉煌圣人”、“古代文化和基督教精神的明快而透澈的折衷者”。这样，大平又接触到了中世纪最大的思想家托马斯·阿奎那。通过对阿奎那的研究，一方面令他把握住了超越现代产业社会的视点，另一方面又驱使他从本质上来剖析西欧基督教的世界观。

对于这一切，大平在毕业论文中是这样描述的："我有幸比其他学生有更多的机会接触托马斯深邃的思想。于是偶有缘份与基督教亲近起来。在我研究了有关各种文献之后，令我对托马斯的思想不仅产生了异常的兴趣，而且在教养上也有了切实的要求。正是在这种条件下，我翻阅了上田辰之助先生有关托马斯的各种资料，脑海里终于搞清了托马斯的大体系，特别是弄清了以政治经济思想为核心的社会职分的原则以及以其为背景的协同体的目的和设想。同时，也搞清了托马斯所说的社会重要属性的目的论、自发的义务职分意识及其显现出来的协调与和平等各种特性。在现实社会中，这些特性由于权利本位思想而分裂，由于利己主义而腐败，因此出现了憧憬'中世纪协同体的回归思想'。在学习托马斯理论的过程中，令我历史而又立体地解开了对托尼论文背景的一些疑问，而学习托尼著作，反过来又令我很好地掌握了托马斯的政治学说和经济学说的现实意义。"

这里，我想对托尼和托马斯·阿奎那补加若干说明，这会多少有助于我们正确判断这两个人的著作于大平正芳的思想形成有多大的影响。

理查德·亨利·托尼1880年生于加尔各达，父亲C·H·托尼当时是印度州立大学校长。他同以贝福里奇计划闻名的社会保障制度的创始人贝福里奇一样，都是生长在出色的英印混血世家。

19世纪80年代，殖民帝国英国内部近代产业社会的各种偏颇已经显现出来，向往维多利亚时代进步的乐观主义已经不复存在。印度的民族运动，以国民大会党为中心，突出了反英、反殖民主义的色彩。非洲南部转化为农民战争，对立激化了。生在殖民统治下的托尼，对大英帝国的这种衰败的过程是极度敏感的。1884年，英国成立了渐进的社会主义团体——费比安协会。

从拉古比学校转到奥克斯福特专科学校的托尼，不久即受到布斯的《伦敦的民众生活和劳动》（全17卷）和探索近代贫困由来的汤因比《产业革命史》的影响。产业革命后，为了科学地剖析成为“世界工厂”的大英帝国繁荣下不断扩展的近代贫困和解决贫困问题，托尼参加了社会活动。伦敦的“汤因比饭店”里，奥克斯福特专科学校的毕业生很多。1903年，贝福里奇作为副主事也来到这里，他的同班同学托尼也住在这里。

托尼先后在格拉斯克大学和母校奥克斯福特大学

任教，其间，他发表了处女作《十六世纪的农业问题》。第一次世界大战时从军，后负伤复员。复员后发表了反映战后人们心理状态的社会评论《获得社会》。其后，托尼相继发表了《英国劳动运动史》（1925年）、《宗教与资本主义的兴隆》（1926年）、《平等》（1929年）和《上流社会的勃起》等著作。在《宗教与资本主义的兴隆》一书中，托尼较多地同马克斯·韦伯的《新教伦理与资本主义精神》相比较，进行了论述。1931年，托尼就任伦敦大学教授，担任经济史的讲授。他就任演说的题目是《作为产业问题的贫困》。1929年，托尼受太平洋问题调查会的委托，就满洲（中国东北）、中国问题进行了广泛的调查，并写出报告。翌年，他又受国际联盟的委托，再度赴中国考察教育制度。1942年，这位生于加尔各达，亲身经历过大英帝国殖民统治的托尼，出版了《中国的土地和劳动》一书，这份总结中国社会调查结果的书，颇为意味深长。

前面说过，昭和8年（1933年）至11年（1936年），大平正芳就学于东京商科大学。这一时期，英国经济学家托尼著作所涉及的，是有关已开始显现出矛盾和颓废的近代产业社会的未来，是备受人们关心的事。大平正芳走过人生高中时代、迈入大学时代的这一时期，也正值第一次世界大战和第二次世界大战之间的动荡时期，从年表上看，这是一个极不稳定的年代。这一时期的主要事件有：昭和4年（1929年）的世界大恐慌（大平19岁），昭和5年（1930年）的昭和危机（大平20岁），昭和6年（1931年）的满洲事变（21岁），昭和7年（1932年）的5·15事件（22岁），昭和8年（1933年）希特勒实现独裁统治、日本退出国际联盟（23岁），昭和11年（1936年）的2·26事件和西班牙内战（26岁）以及昭和12年（1937年）的芦沟桥事件和日德意签署防共协定（27岁），等等。

所以，大平毕业论文中写道："正是鉴于这种客观形势，我翻开了托尼的著作。他用丰富而博深的经济史实，编织了流畅的文章以及辛辣的讽刺，我被征服了。"这里，大平直言不讳地讲述了自己阅读托尼著作所受到的强烈震憾。

托尼所说的"获得社会"，未必是一种历史上已明确规范的社会体制，其内容是对近代产业社会的宗教、伦理以及社会组织、生活方式等问题所作的批判。标题"acquisitive"是个具有"利欲、取得、掌握、获得"等含义的词汇，从书的内容看，翻译成"利欲社会"可能更贴切。战后译著中，有译成"强欲社会"的，我认为这就有点过于感情化和价值判断了。

托尼在后来的《宗教和资本主义的兴隆》1937年版的序文中，以及同年写的《关于基督教和社会秩序的备忘录》中,是这样论述被他称为“利欲社会”的近代产业社会的性质的:财产原本应具有为人类社会目的服务的机制,应该是人类创造活动的一个手段。但是,近代产业社会把这种关系颠倒了,财产游离开人类的创造活动,游离的财产反而把人类作为手段使用了。在这里,财产丧失了原本的机制,而为其驱使的人则又分离为两个阶层,即向着财产所有者和工人分离,并相互对立。托尼为解决近代产业社会的这些矛盾,提出了“职能社会”也就是大平论文中说的“职分社会”。

托尼认为,“职能社会”里,人类为行使其社会职能,应组织某种专门的职业团体,让大家各尽其职,有自豪感。这时,社会方具有被称之为“Professionalism”的体制。如果从根本上对财产进行反思的话,就会注意到,财产是因为人类的创造活动才有的,和与人类活动无关所产生的东西,两者是有区别的。前者应是私有的,后者则不一定如此。非私有的财产是社会性人类活动的社会产物,具体来说,它代表社会,从构成上来看,它应归属于公共团体。

托尼就是这样地摸索着超越近代产业社会的改革途径,其基础始终是中世纪的基督教会的理想,是那些近代伊始的人道主义者和改革家们所追求的东西。在《宗教和资本主义的兴隆》一书中,托尼这样写道:“17世纪后半叶,物质文明在不断地变换着形式。当我们回顾一下实践力与技术的熟练带来的辉煌成果时，心头不禁荡起一阵凉风。……经济欲望这种东西，它作公仆出现时，就是起作用的东西，而当它成为主人时，就变成坏东西。当它与社会的目的息息相关而动作时，就会推动水车去碾米。然而可以说，至今仍没有搞清楚，水车是为了什么而转动的。”托尼认为，对于近代社会的这种丧失价值和主客颠倒的问题，要重新认识的是中世纪的宗教与政治、经济和社会的关系，是中世纪的思想。

大平阅读了托尼的《获得社会》之后，注意到英国产业社会内部发生的近代社会的各种矛盾，深切地关心起中世纪宗教与经济的关系。他尖锐地看出，仅靠托尼的“职分社会”和“同业工会”，是无以解决这些矛盾的。大平于是从托尼立论的背景——中世纪的经济来追寻解决办法，不久就认真地研究起托马斯·阿奎那了。研究阿奎那，令大平对西欧的理解，对基督教的理解，以及对近代产业社会的理解，都有了决定性的进展与加深。

众所周知，托马斯·阿奎那是中世纪欧洲哲学中最伟大的代表人物，是中世纪最具有建设性而又颇具体系的思想家。他的历史性巨著《神学大全》和《护教大全》竭力鼓吹天主教义，其艺术结晶与但丁的《神曲》可说异曲同工。关于自然法，托马斯·阿奎那在《神学大全》中这样说：

“如果假定世界是由神的旨意支配的话，……那么很清楚，宇宙的整体也是由神的理性所支配。于是，神合理地引导被造物……我们把这称为永久法”。“万物慑服于神，依照永久法而动。很清楚，在永久法的范围内，万物各自采取固有的行动并走向目标，在某种程度上参与永久法”。“然而，理性的被造物同其他物不同，是以极特殊的方式慑服于神。就是说，他们在统辖自己的行为和他人的行为方面，他们自己也是慑理的参与者。在此，他们参与永久理性本身应得的那一份，然后便得到采取适当行动和走向目标的自然倾向。这种理性的被造物对于永久法的参与，呼之为自然法。大卫王诵唱‘呈上正义的供物’时，就宛如有谁来问他正义的供物是什么一样，于是补充道：‘众人说，有谁能让我们看看善为何物吗？！’接着他答道：‘上帝啊，请在我们面前升起圣颜之光吧！’自然的理性之光，为我们识别善恶，这就是自然法。但是，神之光只给我们规范。很清楚，自然法只能参与理性的被造物的永久法。”

大平接触阿奎那的思想，这对他的思想形成，具有极其深刻的意义。这是因为，第一，大平可以再次从自己的内面总结年青时代接触基督教的宗教体会，有了一个定位的宝贵机会。这使大平深受震憾，兴奋不已，眼前浮现出托马斯·阿奎那的世界，浮现出西欧中世纪宗教与生活凝成一体的历史现状。大平在

《我的履历书》中，这样描写他与基督教的邂逅：“我进入高松商科学校不久，工学博士佐藤定吉先生就来高松讲演了。我记得当时他讲演的题目是《科学与宗教》。佐藤博士辞掉东北大学教授职务以后，在全国组织了‘耶稣仆会’这一学生组织，专心从事于从科学的角度观察基督教的传教活动。基督教原本是与我无关的世界，但是，我不知道为什么为佐藤先生的演说所感动。那年夏天还参加了在浅间山麓组织的研修会，而且为能参加秋天在青山青年会馆举行的全国大会而废寝忘食。不仅如此，甚至还和同志们一道，站在东京和高松的街头，坦露自己的信仰。

“佐藤先生的演说，令我们对神有了敬畏的念头，但是还是弄不懂神为什么是‘爱’。为此，我不得不学习基督教的学说。仆会的人们后来也大都走上了基督教徒的道路。佐藤先生关于科学与宗教的学说，对宣传基督教来说起了抛砖引玉的作用。

“后来，我也是通过圣经学习基督教的。我本来除了接受洗礼的观音与教会以外，同其他教会无任何瓜葛，只是喜欢内村鑑三先生以及他的门下塚本虎二、黑崎幸吉、江原万里等人的著作。我进大学以后，曾参加矢内原忠雄先生在自由之丘家里举行的‘圣书研究会’，直接聆听矢内原先生的教诲。

“此外，我还和学友梅野典平一起，到东松原的居处听贺川丰彦先生的圣经讲座，贺川先生还悉心为我们准备了午饭。”

我认为，正是由于大平经历了这种宗教体验和社会运动的体验，才有通过托尼的著作与托马斯·阿奎那学说接触的机缘，这也是命。大平毕业论文的小序结尾部分这样写道：“圣人托马斯今天仍被人们所尊重，这是因为他的学说不仅独具匠心，而且深含着对今日问题的珍贵启示；同时，也是因为他的学说乃至通过学说显露出来的人格教育价值，是无与伦比的。所以我认为，托马斯的作品才是名副其实的古典逸品。”

第二，是因为大平接触了阿奎那的思想，才使他对中世纪的自然法思想和中世纪的经济社会道德有了深刻的钻研。这对大平来说，具有两个重要意义。其一是，通过学习，大平对经济学的自然法思想的必然发展有了真正深刻的认识，即认识到阿达姆·史密斯的“神看不见的手的意义——不可能以单纯追求‘利欲’为目的”。这同大平后来确立坚定的市场经济理想、确立有经济道德的自由主义经济信息是息息相联的。其二是，只有对中世纪的自然法有深刻的认识，才能把它同前面讲过的东方古典哲学相融合，才能够最终升华为大平正芳独特的真正保守主义的政治哲学。

第三，是因为大平接触阿奎那思想，才得以对中世纪的经济社会有深刻的理解，才有了对宗教与社会结合、个人和国家结合以及部分与整体关系的深层次的认识。对中世纪经济社会的认识，令大平探索起超越近代产业社会界限和矛盾的发展方向，它成了大平的重要思想财富。

四、恢复人的团结和建设田园都市国家

犹如穿过时间的隧道，这里我想越过大平思想形成的中间时序，把考证大平政治哲学镜头的焦点，直接对准毕业论文35年后的昭和46年（1971年）。

这一年的4月，大平接替前尾繁三郎，出任宏池会的第三任会长，同时决定出马竞选自民党总裁。9月，宏池会国会议员研修会上，大平发表了历史性的政策建议——“改变历史的潮流——揭开日本新世纪的序幕”。建议的开头，大平这样陈述了对时代的认识：

“今天，我国已经迎来了也可以说是战后政治总结的历史转机。过去，我们一直努力追求富裕，但得到的富裕之中，未必能够找到真正的幸福和人生的意义；我们马不停蹄地在经济增长的轨道上奔驰，但正是这种增长的速度，令我们不得不再次转而致力于社会的稳定；我们使出浑身解数，试图使经济向海外拓展，但正

是这种迅猛的拓展,才遭到国外的白眼和反抗。……”

大平对经济增长的光与影的论述，同托尼评说英国近代产业社会发展功过是非的《获得社会》的论调，有某种深层次的共鸣。那么，到哪里去寻找超越这个现代产业社会是非曲直的处方呢？大平首先提出的是“恢复人的团结”。“恢复人的团结”是指何而言呢？大平认为就是重新发现和确立现代产业社会丧失的人的价值。

大平针对昭和30年代到40年代中期（指1955年至1970年）这一战后经济增长期终结后的时期，从正面提出了“恢复人的团结”这一看起来抽象的问题。

大平这样说道:“从战争和物资匮乏的状态下解放出来的国民，也正从一直由战争和物资匮乏所支撑的社会秩序中解放出来。不仅是经营和劳动之间，就是老人和青年、上级与下级、教师和学生、医生和患者以及其他人际的一般关系,也都发生了隔绝和相克,这当然不是我国所特有的。在我国，由于战败，价值观发生了变化。伴随着经济的高速增长，经济结构的变化特别是小家庭化的发展速度与规模，异常迅猛和扩大，人际关系动荡的振幅也由此大起来。产业设备和公共设施与地区居民发生摩擦的现象也屡见不鲜。此外,繁荣的背后，常出现贫困者、老龄人和病弱者。这些既是削弱国民团结意识的起因，又是破坏国家存立基础的腐蚀剂。

“我们最忧虑的就是这些事情。

“在和平与富裕之中，怎样去培养具有充分团结意识的人，这是政治的最大课题，也是教育的根本任务。……道德的标准就是人的团结意识的回归，方向则是由同族的团结走向地区的团结，由地区的团结走向国家的团结，由国家的团结走向国际间的团结。

“为此，要消除对他人撒娇、对自己不严、不求上进、无所事事、失去信心和自私自利等行为，为创造更高的团结价值，焕发出我们内在的能量。我们国民应不分男女老幼，都参加社会价值的创造，要有找到真正人生意义的强烈愿望。如果道路能按照国民的这种思路开辟下去，则我们就履行了作为政治家的宝贵职责。”

这里，大平强调，“恢复人的团结”和“参加社会价值的创造”才是“政治的最大课题”，才是“作为政治家的宝贵职责”。大平的这种论述，令我们回想起往昔大平风华正茂时作为基督教徒伫立街头，以托尼和阿奎那的思想，呼唤克服经济活动与人的价值相分离的那种求道者的感人形象，不同的是他现在老成了。

政治的最大课题，绝非只是追求物质的丰富。富裕中精神上和文化上的贫乏，是最令人忧虑的事。这就是托尼在《获得社会》中所说的，缺乏经济道德，只追求利欲的社会是身心的贫穷。它破坏了人的内心世界的富有，阻隔了人与人心心相印的交流，瓦解了社会的有机体。而政治家的根本使命，就是修复这些断绝和解体的人际关系。

大平为此开出的具体处方，是“建设田园都市国家”。在前面提到的建议中，大平还说：

“至今，我国以民间设备投资为主的经济增长政策，取得丰硕的成果，但从另一方面看，也带来了颇多的内外冲击波，今天，我们首先应该尽快实施缓和冲击波、吸收冲击波的政策。

“在公害、物价、交通等方面，国民生活的不安和紧张正日益高涨起来。国民迫切期望的，不是物质的极大丰富，而是精神充实和生活安定。因此，我们应不辜负国民的期待，在四岛上建立起与自然协调而均衡的人间社会。

“这个社会就是既具有防止迅猛都市化的自动返朴归真机制，又能协调地充分发挥农村和都市优势的生机盎然的社会。也就是说，创造农村良好的居住环境和就业机会，使农村变成富饶的田园，再把田园的模式引入都市，这就是新田园都市国家。这个田园都市国家绝不否定今后的经济发展，这是一个工业和农业彼此补充、相辅相成、效率高的、都市和农村高层次结合的社会。……这个田园都市国家由无数个富有特点的地区社会组成，有机地结合在一起。根据不同地区的情况，要求可以是多种多样的，不允许要求整齐划一，强加于人。……实现这样的国家绝不是没有可能的。在拥有一亿人口的四岛上实现这种理想，是我们对新世纪的挑战。”

大平于昭和46年（1971年）以宏池会会长身份提出的这项政策建议，把“恢复人的团结”具体归纳为谋求“都市和农村协调的回归”。这里令我们联想到大平的毕业论文。毕业论文曾从类似经济社会学的角度，谈及“整体和部分的正确关系应该如何”这个命题。35年后的今天，仍令人感到大平思想的一脉相承。35年前，大平在毕业论文中这样写道：“这种研究给我带来了深入考察整体与局部关系的机缘，给了我个人与社会如何正确结合的教导以及培育为整体献身精神的力量。”

我认为，大平明确地使用“田园都市”这个词，大约是进入大藏省以后的事。大平内阁时代设立了9个首相的私人咨询机构。9个政策研究小组当中，就有一个“田园都市设想研究小组”。这个小组的报告书中介绍说，“田园都市”这个词在我国首次真正使用，是明治40年（1907年），即内务省地方局有识之士编的报告书中，使用了“田园都市”一词。这是大平出生前3年的事，后来，这份报告在内务省、大藏省等省厅的新职员当中广为传读。

但是说起来，最早提出田园都市方案的是埃贝内扎·哈瓦德。1898年，他撰写了《明天——真正通向改革的和平之路》一书。1902年，这本书以《明天的田园都市》为名出版发行。赞同哈瓦德思想的人，于1899年创立了田园都市协会，着手制订田园都市设想。1903年，由第一田园都市股份公司设计的第一个田园都市在伦敦西北41英里处开始建设。此外，1905年，A·R申奈特也出版了《田园都市的理论与实际》一书。

但是，“田园都市”这一名称并非哈瓦德首创。自然环境得天独厚的都市，古来就以此相称。譬如1850年建成的克赖斯特彻奇，就被称作新西兰的“田园都市”，芝加哥也把自己称为“田园都市”。据F·J奥兹鲍称，最早正式被称名“田园都市”的城市是纽约郊外的长岛，它由A·J斯图尔特于1869年创建，是截至1900年美国9个命名为“田园都市”城镇中的一个小镇。

哈瓦德给了“田园都市”这个词汇以新的内容，他认为“由田园组成的都市”和“田园中的都市”都可以称为“田园都市”。哈瓦德“田园都市”的基本理想是：“都市和农村婚配”；“农村的心身健康、活泼与都市的知识、技术优势以及政治上的合作相婚配”；而婚配的手段就是建设“田园都市”。

哈瓦德在《明天的田园都市》中陈述自己的理想

道：

“不论是‘都市’磁石，还是‘农村’磁石，都代表不了自然的全面计划和目的，必须从共享人类社会和自然美这方面下功夫，两个磁石应合二为一。就像男女天资和能力不同，需要相互补充一样，都市和农村也应该互为补充。都市是社会的象征，是相互扶助、亲密合作的父亲、母亲、兄弟的象征，是人与人之间广泛关系的象征，是广泛扩展共鸣的象征，也是科学、艺术、文化和宗教的象征。农村则是神对人的爱和关怀的象征。我们的生存以及所有的一切都是来自农村。我们的肉体来自上述二者，又还原给上述二者，我们为它们所养育，因而有衣穿，有温暖，有住处。

“都市和农村必须婚配，在这种美满的结合下，才会诞生新的希望、新的生活、新的文明。

“正像我们常常向往的那样，不要对都市生活和农村生活作出二者必居其一的选择，实际上，存在着第三种选择。这就是把充满活力而又积极向上的都市生活的全部优势同农村的所有优美、恬静、舒适、惬意等特点完全结合起来，建立田园都市。”

井上友一博士、生江孝之等内务省地方局的官员非常关注西欧各国田园都市建设运动的进展情况，他们在实地考察的基础上，“通宵达旦、努力奋斗”，于1907年写出了内务省地方局有识之士编的报告书

——《田园都市》。这与哈瓦德著《明天的田园都市》以及开建伦敦西北的田园都市，时间上仅差4—5年。

内务省的这份报告，详细地分析和介绍了英国以及欧洲各国田园都市建设的最新动向，尖锐地提出了现代产业社会发展所带来的各种社会问题，同时对今后日本的都市建设和农村建设的方向进行了深刻的分析，并提出了方案。可以说，这是一份珍贵的历史文献。

不言而喻，明治40年（1907年）正值明治37、38年（1904、1905年）日俄战争胜利后不久。这一时期，从某种意义上来讲，日本正处于外交、内政的历史性转折期。围绕着明治38年（1905年）日俄朴茨茅斯和谈条约，日本掀起了反对屈辱和约的激烈运动，日比谷公园发生了纵火等暴动事件。明治39年（1906年）第一届西园寺内阁成立，翌年发生了足尾铜山的暴动。当时，围绕着劳资纠纷的激化以及产业化和现代化，日本是选择向海外扩张、走军事大国的道路，还是致力于民生民力的稳定和充实，正面临着日俄战争后最艰难的抉择。

大平出生的明治43年（1910年），当时被认为唯一一份出色的综合性月刊杂志《太阳》，1月份出版了题名为《一等国》的临时增刊。“一等国”可以说是日俄战争后的时代流行语。明治维新以来“殖产兴业”、“富国强兵”的“赶超”政策，因日俄战争的胜利而完成了，日本终于成了“一等国”，人们为成为发达国家而充满自信和自豪。但是，一些人也提出，为“一等国”自豪还为时过早，应该自戒自重。

比如说，在同一年，森鸥外就写了篇题名为《施工中》的短篇小说，小说的主人公说道：“周围静悄悄的，没有生气。只是在隔开的地方不断地传来嘈杂的声音。……考虑到外面还围上围板，心想这一定正在施工了。”接着作者写道：“日本还这样落后啊！日本正在施工中。”

日本内务省地方局最早的关于田园都市的报告，也确实是在明治末期日本大施工中写成的，也是在围绕着“一等国”日本的现状和未来议论纷纭的情况下写成的。报告中，执笔者们首先涉猎了西欧发达国家产业化、现代化所带来的社会病理现象，特别是涉及了都市和农村的分裂、人们丧失团结、家庭和地区社会解体等现象。他们是以一种危机感提出问题的。其次，他们是在努力地灵活运用日本文化和社会特色，确定日本的施工方向，并绘制设计蓝图的。报告中是这样陈述其宏旨的：

“是重视都市，还是重视农村，二者不可兼得，偏重其一，则其二旷废也。西欧诸国尔来几多经验，究其问题多年，近来终识得二者同等重要，于是提出都市农村二者相辅。若复本位论生，中央地方相通，全局顺畅，相互协调，则一国兴新之第一要素达矣。

“‘田园都市’、‘花园都市’于我邦不绝于耳，究其实体，非一‘田园都市’可代，亦非一‘花园都市’可涵。君不见当年平安古都，山清水秀，天造风光。春来东山观樱，人群如织云霞中；秋来西山红叶胜似二月花，行人驻足。加茂川水清如玉，吉田林青翠欲滴，斯自然风韵，足以洗市人尘怀，送人清爽。”

当然，日俄战争后明治40年代（20世纪10年代）的世相和经济高速增长的昭和40年代（60年代下半期至70年代上半期）的世相，二者是不能简单比较的。但是我想，呼吸着明治40年代空气呱呱坠地的大平，步入大藏省后又拿到内务省地方局有识之士编的报告书——《田园都市》，他一定对报告书产生强烈的印象。这与托尼的批判近代产业社会的视点相交错，形成了大平“超越现代”这一认识基本问题的出发点。

在这里，大平并没有把都市和农村看成是对立的两极，而是认为它是现代社会的两个中心，应该相互补充、相互协调。这里也可以窥测到大平的“椭园哲学”，即曲线思考方法的一斑了。

大平对时代的认识中，在都市和农村两个中心勾画出的椭圆轨道上，呈现出恢复人的团结的“超越现代社会”的形象。这对探讨“现代”和“中世纪”以及通过托尼和阿奎那探讨中世纪经济社会史的大平来说，并不是对立的两极。在大平的思考之中，为“超越现代”而划出的椭圆轨道，实际上是由“现代”和“中世纪”两个中心绘制出来的。

五、老子与托马斯·阿奎那
——东西方自然法思想的融合

大平理解的市场经济的原理和亚当·斯密的“神看不见的手”，都不是单纯追求“利欲”的竞争原理，它是一种与自然法深深结合的神的摄理，是同人的崇高道德相结合的产物。大平所说的“价值”，也非单纯的“经济价值”，他所说的“价值”是超越“经济价值”的、更高境界的、更为包罗万象的“人的价值”。政治就应该为实现“人的价值”而奋斗。可以断言，只追求“经济价值”，就势必破坏“人的价值”。这种“人的价值”所描绘的椭圆轨道，正是大平政治哲学所阐述的“道”。

大平的自由主义经济学与保守主义政治学，二者实际上是建立在对自然法理解基础之上的。关于这方面的论证，本文不想涉及，留给他人吧！

确实，所谓道，就是老子所说的“道，可道，非常道”，也就是万物之流转。这是宇宙的根本法则，是普遍存在的道的运动形式。这种转变的巨大流动之中，绵薄的人的个人意志能有多大力量！倒是应该投身于变化之中，顺应潮流，合其为一。这样，就打开了自由王国的大门，捕捉到事物的变化了。这就是老子的自然观，宇宙观，人生观和世界观。

老子说："载营魄抱一，能无离乎？专气致柔，能婴儿乎？涤除玄览，能无疵乎？爱民治国，能无知乎？天门开阖，能为雌乎？明白四达，能无为乎？生之畜之，生而不有，为而恃，长而不宰，是谓玄德？"

意思是说："精神与身体合一，可以不相分离吧！结聚精气以致柔顺，可以像无欲的婴儿吧！清除杂念，深入静观，可以没有瑕疵吧！爱护人民，治理国家，可以不用私智吧！在万物运动变化中，可以处居柔雌吧！明白通达，可以自然无为吧！产生万物，养育万物，产生了万物而不据为已有，促成了万物而不自恃有恩，长养万物而不主宰他们，这就是深远难知的至德。"

老子说的道，也可以说是东方的自然法思想。大平通过对托马斯·阿奎那的自然法思想的学习，发现了东西方文化根底上的深远的共性。

正像托尼指出的，中世纪的经济道德哲学的依据是自然法思想。阿奎那在《神学大全》中强调，"人制作的所有的法，只有从自然的法中导出，才具有法的性质。所以，如果某个地方与自然的法相矛盾，它就立即不成为法，而不过是法的堕落而已”。

托尼继《获得社会》之后，写了《宗教和资本主义的兴隆》。在这部书中，就中世纪神学体系给予经济社会理论以重大影响的问题，托尼是这样分析的：

“后世的重商主义者的思想多是受了哲学家斯科拉关于货币、价格和利息理论的影响。中世纪的著作家们，确实对经济理论的技术性问题作出了特殊的贡献。但是，最重要的贡献，则是他们的想法。他们的基本想法有两种，其一是，经济的利害是从属于作为人生天职的助人解难的；其二是，经济的行为是人格行为的一个方面，它同其他侧面一样，受道德规范的约束。就是说，失去这些想法，人们将无法支撑自己，相互间也就丧失了互助合作的精神。诚如圣人托马斯所说，明君考虑国家基础的时候，思考的是国家的天然资源。经济性的动机则是可疑的，因为它是一种强烈的欲望，所以人们都恐惧它，但人们并没有下贱到甚至称颂它。同其它强烈的欲望一样，关键是不要放纵，而要能够控制并驾驭它。中世纪的经济理论，考虑的都是与道德目的相关联的经济行为。假如贪婪是可测的力量，它同其他自然力一样，作为一种不可避免的自明的给予而必须被人们接受的话，那么把社会科学作为基础，中世纪的思想家们就认为是不合理、不道德的。因为它们认为，如果贪婪像斗争欲和性欲那样，是人的必要属性，可以无拘束地追求的话，那就等于社会哲学的前提也不必是合理和道德的了。形式为内容服务，这是一项原则。经济资料不过是一种手段，是帮助我们奔向净福的手段。

“圣人安东尼诺说，‘期望这个社会幸福，这是合法的。但是应该考虑到，诚如满足一样，这不是关键的，而只有德行才是放诸四海的支撑我们肉体生活并为我带来幸福的法器’。财富是为人而存在，人却不是为财富而存在。”

从思想史的角度看，大平的政治哲学是以老子和托马斯·阿奎那的东西方两个自然法思想为中心的椭圆哲学。但大平政治哲学中的椭圆，并非仅此而已。大平意识中的椭圆轨道，是竞争与协调、个人与集体、世俗与宗教、自由与规范、部分与整体等包罗万象的相对概念，处于紧张而协调，艺术而均衡运动时的总汇。

如果从时间轴这个复杂的结构来看，大平的政治哲学是一边在进行着椭圆轨道的运行，同时又沿着时间轴不断地进行“永恒的今天”的螺旋运动。可以看到，这不是中世纪——近代——超近代的单一结构，而是同螺旋状相联的椭圆轨道结构。这个螺旋轨道不只是周而复始的循环，而是缓慢地沿着无穷的人生价值的真善美——神的概念升华。

这很像古生物学家提雅尔·多·夏尔丹的《作为

现象的人》一书中的“人格化的宇宙”。在《作为现象的人》中,人格化宇宙的终点=无限地向Ω点接近、收敛。

提雅尔说:“精神圈,甚至是最一般的宇宙,在结构上它不只是闭合的,当我们把集中的一点理解为整体时,所有的难题和所有的反对,都在同人格化的对立中消失了。空间=时间,它生育、包容着意识,它具有必然收敛的性质。所以,朝着确定方向的无限层,把某点命名为‘终点’(Ω点)的话,它是波浪式前进的。这个点和所有的层融合为一,在融合中各自完成了自我。……要认识宇宙、接受宇宙,为宇宙而劳作,就要从我们灵魂的彼岸来观察,而不是从相反的方向。从产生精神的角度来看,时间和空间好像是人格化了的,但实际上是超越人格化的。宇宙和人格并非相互矛盾,而是朝着同一个方向交叉前进,同时到达顶点。“因此,从非人格的角度来探索我们的存在和精神圈的延长是错误的。未来的宇宙无非是在终局上超越人格。”

大平可能对古生物学家提雅尔的远见卓识产生了深深的共鸣。大平思想中的“老子”也许会这样嘀咕:“为什么西欧的理性强调,万物不收敛到一点就不行呢?!而人格又无法了解超越人格,提雅尔的‘无知的知’还是很不充分的啊!宇宙朝着‘终点’不断地收敛，实际上，不是静静地在‘无’和‘空’中缓慢地循环并旋转吗?!这才是玄妙之道！不也是‘道，可道，非常道’的真谛所在吗?!”

正所谓：“天地之间，其犹橐籥乎？虚而不屈，动而愈出。多言数穷，不如守中。”

（学习院大学教授）

注 释

注[1] 见大平正芳回忆录刊行委员会编著的《大平正芳回忆录——资料编》（1982年）第392页。

注[2] 见《史记·〈老子传〉》“良贾深藏若虚,君子盛德容貌若愚。”

注[3] 见大平正芳著《议员的真面目》第9—10页。

注[4] 见《老子》（德间书店1979年出版）第36—37页。

注[5] 见《十八史略·〈五帝·帝尧陶唐氏〉》“有老人，含哺鼓腹击攘而歌曰……”。

大平正芳的时代观

公文俊平

序　言

1978年12月7日，大平正芳就任第68届内阁总理大臣。翌年1月25日，他在第87届国会全体会议上发表第一个施政方针演说。演说一开头，他便说“首先谈谈我的时代认识和政治姿态”，接着就提出“文化时代的到来”和“地球时代的到来”作为其“时代认识”的两大支柱。总理大臣在就职后的第一个施政方针演说中使用“时代认识”一词，大平总理首开先河。

“时代认识”本不是一个太古老的词。据多年来一直作为宏池会的笔杆子而活跃于政坛的福岛正光说，这个词是战前广为使用的“时局认识”在战后的翻版，宏池会的政策文件逐渐采纳了这个在战后以翻修一新的形式为部分新闻记者所使用的词。不过，这个词至今还没有被收入《广辞苑》，据我查阅，也未收入日英词典。在这个意义上也许可以说它还不是一个完全成熟的日本语，但是正在逐渐普及却也是事实。

我曾从收录1985年以来新闻报道的三大报社的数据库试作检索，结果发现用过“时代认识”这个词的报道，《每日新闻》有42篇，《朝日新闻》36篇，《读卖新闻》24篇。《朝日新闻》的报道，按年份分，1985年和1986年各2篇，1987年至1989年每年各1篇，1990年4篇，1992年6篇，1993年11月之前共14篇。这就是说，越到近来，用这个词的次数越多。

下面再利用《朝日新闻》的数据库查找几个关于这个词的典型用例。首先，1985年1月13日，该报在报道社会党书记长和公明党书记长会谈“备忘录”的内容时，使用了“根据时代认识和国内外形势在80年代后期要解决的现实课题”的说法。同年7月3日，该报报道说，成立30周年的自民党决定发表新的“特别宣言”和制定新的“政策纲领”，但强调指出，迄今为止发表的“基本文献如实地反映了党成立时的时代认识，应照旧予以保留”。

1986年7月，税金党向中曾根首相递交了请愿书，要求“基于日本的国际地位已有提高等新的时代认识，进行税制改革”。1987年11月，被定为自民党新的三领导之一的渡边政调会长说：“为确立举党一致的态势，重要的是要在时代认识上取得一致。”1989年6月，在同自民党领导人进行座谈时，日本商工会议所和东京商工会议所的领导干部抱怨说：“在自民党中，有几个议员知道《少年将普》是最畅销杂志？时代认识是否有错误？”1990年7月，针对海部首相在休斯顿西方七国首脑会议上所说“亚洲地区的紧张局势尚未缓和”这句话，社会党批评他“缺乏对世界史的时代认识”。另外，同年10月，公明党就自民党起草的关于安全保障问题的答复质询书草案说，虽然反对答复质询书，但是在“时代认识”上，与自民党却有共同点。12月，新任经团联会长平岩外四表明了这样的时代认识：“现在是摸索新国际秩序的时代，是以全球规模进行合作的时代”。1991年2月，公明党石田委员长联系到政府和自民党为给多国部队增加90亿美元援助而同意修改预算一事说，“考虑到参议院执政党和在野党力量对比已发生逆转，政府和自民党再像过去那样搞政治，就是时代认识上的极大错误”。1991年3月，《朝日新闻》发表评论说，粮食厅要求把美国产大米从展览会上撤掉，并“大肆宣扬因水稻耕作面积减少三成和自由流通大米的增加而事实上已名存实亡的粮食管理法，不能不说这是背离时代认识的”。

近年来，“时代认识”这个词未必只有政治家才使用，在现实生活中，既有“揭发公害的斗争推翻了以七色烟为繁荣象征的时代认识”，也有战国时代武将的时代认识以及画家通过签名表达的时代认识等。

最近在新闻报道中使用时代认识一词的例子有：“一直代表日本政治的自民党和社会党有这种全球性的时代认识吗？”（1992年7月）；“但愿社会党以田边先生辞职为转机，依靠时代认识变为执政党”（1992年12月）；“在这个时候，经团联会长依然说要向自民党提供资金，这太缺乏时代认识了”（1993年6月）；“基于全球规模的‘环境冷战’已经开始这一时代认识，探索走向共同生存的道路”（1993年7月）；“我已经78岁了。想把这样大年纪的人拉到第一线，这种时代认识是错误的”（1993年7月）；“河野就走向政党政治的时代认识质问道：联合执政党将来会怎样？”（1993年8月）；“说到首相的讲话，他在表明政见的演说中对过去的战争进行了反省，强调那是‘侵略行为’，颇得好评。可以看出，在时代认识上也和国民有共识”（1993年9月）；诸如此类，不一而足。由此可见，这个词正在渐渐变成一个固定的日常用语。关于大平就任总理后的第一个施政方针演说，报纸评论时甚至说，“从时代认识和国际形势讲起，逐渐把话题转向内政问题，这是施政方针演说的‘老套套’”（1993年1月）。

从这些用例可以看出，“时代认识”（或者说“时局认识”）这个词应该说是简明扼要地表明日本人所共有的世界观的“文化用语”。也就是说，日本式世界观的特征之一就是具有外部世界随着某种大的潮流——“世界的大势所趋”——而动这种信念。而且，这种潮流宛如暖流改变流向那样时常发生变化，从而产生“新时代”。但是，我们日本人却难以改变这种时代潮流。我们能够做的是，要尽可能迅速而准确地认识时代潮流的方向、性质特别是它们的变化，也就是说，要有正确的“时代认识”，在此基础上，为顺应这种时代潮流而改变自身的作法和行动。因此，我们应该经常注意的是“适应变化”（第二次行政改革临时调查会提出的行政改革的第一条原则）。这就是路斯·本尼迪克特在《菊花和日本刀》这本书中对日本所作分析后而一举成名的日本人的“情况适应型”原则。换言之，共同具有这种意义上的“时代认识”正是把日本人引向共识和行动的大前提。如果是这样的话，那么作为日本伟大政治家的条件，可以说要有对时代变化的敏感，要先于别人提出新的时代认识及采取与新时代相适应的行动，并能使他人信服。另一方面，大凡日本的政治家最低限度必须具备的素质是要有机敏性和灵活性，不是死抱着早已广为世人所共有的常识性的“陈旧的”时代认识，而是在适当的时候采纳新的时代认识。在战后，吉田茂是这种意义上的伟大政治家的典型。正如以下所探讨的，大平正芳在其时代认识的新鲜程度和准确性两方面也具备了日本屈指可数的伟大政治家的条件。大平正芳还开了一个先例，这就是首先从表明自己的时代认识开始发表施政方针演说，并且使这种格式成为后任者们的“常规”。在这种意义上也可以说他是一位值得注目的政治家。

在这一章中，我将探讨大平正芳在前面介绍过的施政方针演说中所表明的所谓“时代认识”。

为此，让我们看一看他的这种时代认识在70年代里是怎样形成的。我之所以特别注意大平正芳独有的这种时代认识的形成过程，有以下两个原因：

其一是，我认为，无论是对日本来说，还是对世界（特别是近代文明世界）来说，70年代后期同时发生了几起具有重要意义的社会变化。大平正芳对这些变化有什么样的先见之明？他是如何应付这些变化的？笔者对此非常关心。

其二是，70年代初，大平在佐藤内阁改组时辞掉通产大臣的职务而无官职时，接替前尾繁三郎担任了宏池会第三任会长（1971年4月17日），从此，他作为自民党内一大派系的首领，瞄准未来的总理、总裁的宝座，开始发表各种尤其是表明自己关于时代认识的重要讲话。在此之前不久，大平正芳还迎来花甲之年（1970年3月12日）。

自大平正芳形成独自的时代认识至今已过去四分之一世纪。我想回过头来以历史为借鉴验证一下大平正芳的时代认识是否正确。现在想来，80年代的10年可以说是这样一个时代：日本在前五年显示了赶超美国的气势，但在后五年却未能摆脱因陶醉于赶超成功和丧失国家目标而产生的混沌状态。其间，在新技术开发和产业结构改革等方面同美国的差距再次拉大了。80年代，美国“里根主义”引发了庞大的财政赤字和社会阶层的分化。在日本，人们大多带着嘲笑和怜悯的情绪谈论它，说它是个大失败。殊不知正是里根政府的巨大财政支出不仅通过“星球大战计划”彻底粉碎了苏联的野心，而且使改建破旧不堪的国内公路网成为可能。此外，实行减税和自由化政策，还为支撑“21世纪产业化体系”的一系列技术革新——信息革命开辟了道路。美国为此而付出的社会代价是巨大的，但从结果来看，美国总算重新掌握了下个世纪的军事和经济霸权。正如18世纪末英国通过垄断产业革命这个新的力量源泉而再次在世界政治舞台上扮演了主角一样，20世纪末的美国也许会依靠信息革命这一新的力量源泉而开辟通向“美国主宰和平的第二个里程碑”的道路。或许有朝一日人们会用这个观点重新评价里根主义。与此相反，日本虽然早在60年代就先于世界各国预见到了信息化时代的到来，但是在依靠自己力量进行信息化所必需的技术革新方面却失败了。大平正芳的继承者们在解决80年代的国家课题——行政改革和重建财政方面，虽然重建财政取得了一定程度的成功，但是在政治、行政、经济和社会改革方面却半途而废。结果，到了90年代前期，人们一方面宣扬美国的复兴，而另一方面则议论日本经济的“沦落”和日本“体系”的崩溃。如今细想起来，并不像当初人们所指出的那样，冷战的“失败者”只有苏联，而今屡遭“敲打”、正在沦为被人嘲弄和怜悯的对象的正是日本。如果这是事实的话，那么就不得不认为，80年代的日本在管理国家和社会方面可能发生了某些严重的失误。

不言而喻，80年代日本在管理国家和社会方面发生谬误的责任不应由大平正芳来承担。其直接责任首先在于大平的后任们。不过，至少在80年代前期，处于日本政治的中枢成为大平继承者的铃木和中曾根两届政权基本上承袭了大平的时代认识，是根据大平敷设的政策路线——“保守本流”路线——运作政治的。我本人也在这一潮流之中，深刻领会大平的心意，尽管力量微薄但参与了一系列改革尝试。如果说其结果招致了今天的这种事态，那么原因之一并非与我们作为指导思想的大平的时代认识毫无关系。不是说大平的时代认识本身有误，而是我们对它的解释有某种不完全或自以为是的地方。因此，以下我想怀着自我反省和自戒的心情重新探讨一下大平正芳时代认识的内容。

一、椭圆哲学

时代认识当然不是永恒不变、一直继续下去的。随时代变化而变化，这才是有价值的时代认识。但是，在随时代发展而变化的时代认识基础上，也应有某种不变的或者相对来说难以变化的认识世界的哲学等。否则不可能有任何时代认识。很显然，大平正芳就有这种哲学。这种哲学同他对基督教的信仰一样从青年时代起就已牢固地形成，而且终生不渝。其核心就是所谓“椭圆哲学”。

1938 年正月，年满 18 岁的大平正芳作为横滨税务署新任署长在训辞中这样说：

“行政犹如椭圆，有两个中心，使两个中心保持平衡而又紧张的状态，便可以说是高明的行政。……随着对华战争的开始而实行的统制经济也是如此，统制是一个中心，另一个中心便是自由。统制和自由处于紧张而平衡状态时，统制经济才能顺利运作，不能偏向任何一方。税务工作也是如此。一个中心是课税权，另一个中心是纳税人。在课税问题上，既不能搞权力万能，也不能动辄就向纳税人妥协，而应该贯彻不偏向任何一方的中正立场，这才是符合情理的课税方法。”［**注 1**］

这就是说，按照大平正芳的思想，任何事情都有两个中心，只有当二者处于紧张而又平衡的状态时，事情才能顺利进行。要想在政策上掌握事情的动向，就应经常注意这一点，留心使二者保持平衡，而不能过于倾向任何一方。

大平正芳这种把握事物的方法不能说没有一点静态性质。大平的这种观点也可以解释为重视东方式的、阴阳二元论的“使相反的力量保持平衡和调和”的观点。不仅如此，大平哲学即“椭圆哲学”也有“辩证法”的一面。至少可以作这样的解释，大平正芳对于祸福互相转换这样一种因时间不同而变化的“奇怪结构”经常怀有一种敬畏之念，而这种敬畏之念是“椭圆哲学”在时间这根轴上展开的过程中产生的一种感情。例如 1965 年初，他以《祸生得意　福育隐微》为题在面向选区的后援会会刊《东京通讯》上发表文章，就池田内阁倒台一事吐露了如下的感慨：

“时间有一种奇怪的结构，恰似河川流水一般，既有清澈静流的时候，也有激流狂奔的时候。我以为，对在这条河流上撑船掌舵的人来说，重要的是要经常地保持虔诚的心情和周密观察的精神，以免出差错。这是因为，祸多生于得意之时，而福则毫无例外地孕育于隐微之中。”[注2]

我不知道大平正芳是何时和如何掌握这种“椭圆哲学”的。总之，后来他一有机会便阐述这种信念。例如1960年底，大平出任第一届池田内阁官房长官时，曾对新闻记者说，为使池田内阁保持稳定，有必要把河野和佐藤作为两个中心，以保持整个椭圆的平衡。[注3]还有1964年底，在决定池田的接班人而进行协调过程中，他曾提醒河野派领导人不要搞河野—藤山联合，说日本的政治是建立在河野和佐藤这两股势力稳固组合基础之上的，椭圆形要有两个中心。[注4]大平一直主张的“小政府论”、反计划经济论、民间活力主导型经济论都把政府和民间视作国民经济这个椭圆的两个中心，可以说，这是大平椭圆哲学派生出来的理论。

进而言之，大平的民主主义观也可以说是把为政者和国民视作民主政治这个椭圆的两个中心。大平正芳认为，政治家的工作是为给自己投赞成票的国民服务，但他同时又一直坚持相信国民的良知而决不向国民献媚的政治姿态。他从第一次参加竞选之时起，就铭记着如下信条：

“我认为，对眼前利益夸大其词，以讨得国民的欢心是卑鄙的。我相信，国民的良知总有一天会对这种言行作出严正的判决。民主主义正是以国民的良知为基础的，因此，如果不负责任的煽动能永远赢得民众，那我宁愿抛弃这种民主主义。我总是用这种信念告诫自己的。”[注 5]

1968 年 1 月，在众议院全体会议上，关于财政僵化问题他是这样回答政党代表质询的：

“不能不认为，今天的日本财政负担着超过它可供养的机构、人员和功能。……真正解决问题的关键，既要依靠政府的决断，也要依靠理解和接受政府决断的国民良知，这是不言而喻的。我认为，国民已开始不喜欢那种轻率的、迎合的政治姿态。我要求政府采取一种坦率的态度，即向国民说实话，把困难告诉国民。”[注 6]

1971 年，大平正芳作为通商产业大臣批评了国民的依赖政府习气、被动意识和受害者意识，要求国民改变这种意识。他说：

“民间主导的真正意图在于促进民间企业具有明确的自觉性，今后要靠自己的努力在激烈的国际竞争中获胜。勿庸赘言，在自由经济体制下，发展经济的主力是民间企业，民间的智慧、活力和创造性正是发展的原动力。然而，过去却出现过一种风潮，每当遇到困难的时候，日本企业便想依赖政府去解决。不改变这种贪图安逸的态度，便难以指望将来有迅猛的发展。……

“我总觉得在讨论问题时，日本人似乎有一种被动意识，进一步说有一种受害者意识。这样下去，日本人不仅无法成长为大国国民，而且有可能失去维持为健全的常识所支持的、保持平衡的国民生活所需要的根本条件。”［注 7］

大平正芳就任总理大臣时，一度试图实行消费税制度，结果遭到许多国民的强烈反对。后来中曾根内阁实行的“民活”路线与当初的愿望相反成了“泡沫经济”的导火线，从而以背离真正的民间主导而告结束。从这些事例来看，大平正芳的这种观点对国民不无评价过高之嫌，或许应该说这是一种为时尚早的期待。不过，从更长远的和全局的观点看，大平正芳所期待的国民意识的转变和成熟，虽然缓慢却正在扎扎实实地进行，这是没有疑问的。例如，森俊范所说的“求知人的诞生”现象就从一个侧面表明了国民意识的变化。还有，阿尔宾·托夫勒所说的“权力转移”可以说是随着信息技术的进步和普及而使国民意识加速转变的结果。在这个意义上说，大平对国民意识的期望和批评今后将越发令人感到是适当的。

二、地球社会的时代

“椭圆哲学”是构成大平正芳时代认识的基础哲学，下面让我们更详细地探讨一下他的“时代认识”的内容。从总脉络来说，大平正芳独特的时代认识，其基本部分形成于 60 年代末和 70 年代初。这和大平正芳以领导日本的政治家这种自觉性先于他人明确提出自己时代认识的时期是一致的。后来在“激烈动荡的 70 年代”经过充实和修正，最后以 1979 年施政方针演说形式完成。

构成大平正芳时代认识的两大支柱是“文化的时代”和“地球社会的时代”。现在首先让我们看一看第二根支柱的内容。

“地球社会的时代”这种时代认识的基础是我们生活在全球性“相互依赖的时代”。大平正芳的这种认识形成于 60 年代初，尔后便一贯坚持，始终不渝。1963 年 9 月，大平作为池田内阁的外相在第 18 届联合国大会上发表演说时曾这样说过：

“不曾有过像今天这样大谈和平、纵论和平的时代。这样说并不是言过其实。这是因为，导致人类灭绝的核战争威胁增大了，我们不得不认真地思考和平问题。去年围绕古巴而产生的危机曾使全世界笼罩在一片恐怖之中。对此我们至今记忆犹新。这就是说，地球任何一角发生的危机都会直接关系到全世界和全人类的存亡。我们人类确确实实可以说是共命运的。这种事态在世界历史上未曾发生过，是表明现代特征的最大因素之一。

“不过，我们共命运的并不仅仅限于这种消极方面。现在科学技术的发达促进了人类生活在各个领域的交流，确实令人惊讶不已。如今，每一个国家的国民在政治上、经济上和文化上紧紧地和其他国家的国民联系在一起。同个人无法在一个国家中孤立生活一样，国家也不可能在世界上孤立存在。无论是生还是死，人类今天就是如此密切相关的。从这个意义上讲，我们人类真真正正是同生死共命运的。”［**注8**］

在这次演说中，大平正芳虽未使用后来成为现代国际政治学关键词的“相互依赖”，但他已经注意到相互依赖这一事实，考虑到库珀出版《相互依赖的经济学》是在1968年，科里因及纳伊出版《权力和相互依赖》是在1977年，那么对大平的这一时代认识不论给予多高的评价都不过份。

此外，他在这次演说中，还谈及后来成为“激烈动荡的70年代”特征的货币危机、资源和环境问题以及国际政治多极化现象等，这在当时还不曾有过。在这个时期，大平正芳所关心的，主要是裁军、缓和紧张局势以及殖民地的独立和发展等问题。

大平正芳关注国际政治转折期出现的各种新问题是70年代以后。1972年5月大平在题为《和平国家的行动原则》的讲演中首先提出了无论是对世界政治还是对日本政治来说，1972年都是“要作重要选择的年头”。这是因为，在这一年，战后一直作为世界秩序的主宰者而发挥领导作用的美国终于出现疲惫现象，而逐渐增强了经济实力的日本“实现了归还冲绳，结束了长期被占领状态”。这样，“对美依赖时代结束了，在外交和防卫政策上重新被迫自主地采取对策”。重新环视国际社会的现状，展现在他眼前的，是“难以统一和驾驭的多极化世界”，而新秩序再也无法像过去那样依靠“实力政策”就能建立起来。什么是建设新秩序的新力量呢?当时在大平看来尚不能得出明确的结论。不过，在这次讲演中他又补充了如下引人注目的内容：

“虽然是模模糊糊的，但可以看到若干表明发展方向的征兆。核能问题早已超越国家的主权而同全人类的命运息息相关。地球污染和滥伐资源如今也超越国家界限而成为全球性问题。核武器具有一举毁灭地球的威力，公害和资源枯竭正在逐步地把地球驱入死亡的深渊。所有这些都表明了这样一种严酷的事实：科学文明正在威胁地球，并有可能置地球于死地。

“今天，人类为了生存必须超越种族、国界和社会制度而解决共同面临的课题。在某种意义上说，人类必须联手对付共同敌人。为战胜这些敌人，必须改变我们的思想方法，从重视数量改为重视质量，从重视硬件转变为重视软件。换言之，能否建立超越实力政策的新思维和新体系以战胜共同敌人，已成为决定人类命运的关键。

“但是，在建立新秩序的过程中，旧秩序将动摇瓦解，世界无疑会陷入极不稳定的状态。此外，世界观、国家观和价值观等各国国民意识正在发生的巨大变化，将使各国内政和外交产生种种新问题。”［**注9**］

20年后的今天如果重读这一讲演，那些掷地有声的话语会使读者感到，大平简直是一位预言家。大平预言的“超越实力政策的新思维和新体系”，未必就是资本主义的市场竞争逻辑。或许是部分地包含着这种成分而具有更新因素的理论，这种理论既不是暴力也不是财富，而是基于信息和知识的有说服力的理论。

大平正芳在同一篇讲演中还强调，今后的日本有必要作为“国际社会的内部成员”“确保体面的生存”，为此就要扪心自问什么最重要，并作了如下解答：

“我们虽然难以做一个洒脱的国际人,但至少可以成为值得信赖的国际人,而且理当成为这样的国际人。为此,首先要明确‘能够做的’和‘不能够做的’,要言行一致。特别是我们在漫长的历史过程中形成了拥有单一语言和种族的社会,一直与外界隔绝,因此,在个人和集体相互关系上存在着一种天真而不是严谨的想法。这种天真往往被外国理解为利己主义和背信弃义。

“还有,我们的行动不能自以为是,而必须符合为国际社会所理解的目的和规则。应该这样考虑问题:不是世界为日本而存在,而是日本为世界而存在。”[**注 10**]

在大平发表这一讲话 20 年之后,美国新闻记者乔那桑·拉乌奇出版了一本书,书名为《The Outnation: a search for the soul of Japan》(《圈外国家:寻找日本的灵魂》)。在这本书中,他认为,从世界其他国家来看,日本依然是一个“圈外者”。还有,如今的世界通过“国际联网”之类的电子计算机网络,即将进入一个由信息连成一体的时代。活跃在这个网络中的人们现在再次提出了这样的疑问:在现今这样的世界上,日本到底想不想参加这个世界性联网,日本果真还要走向“信息锁国”的道路吗?人们已开始认真地提出这样的问题:过去闭关自守的日本社会和经济制度如今不是已经到了应该改变的时候吗?

但是,即使对于如此富有预见性的大平正芳来说,70 年代前期国际环境变化之激烈，也是出乎意料的。也许应该说，正是这位大平正芳，较早地认识到了当时国际环境变化的激烈程度。作为这种认识的证据,让我们从大平正芳传记中引用他作为外相同记者座谈时的一些讲话。这次座谈会是在田中内阁诞生一周年即1973 年 7 月 5 日举行的。

大平说:“这一年对我自己来说是漫长的一年。一年前就任时不曾想到的问题，现在都提出来了。这是因为，世界完全处于一种不稳定状态。……诚然世界正在走向缓和，但是在另一方面，世界的货币危机在加深，日本因此而不得不实行日元浮动汇率制。……不仅仅是货币危机，资源问题也在迅速地表面化，日本也全面蒙受了它的影响。特别是资源问题，正孕育着必须重新看待过去的日本和今后的日本这一严重问题。首先，迄今为止日本被称为世界第三个经济大国，但是，资源问题一表面化，剥去画皮，日本就成了世界上最贫穷的国家之一。然而，这并不是因为日本不好，而是因为世界变成了这个样子。……”

大平外相还向外务省下达了罕见的指示。从 7 月9 日起在外务省举行的驻中近东大使会议上，大平外相希望与会者议论一下会不会发生中东战争和石油危机的问题。大使会议上出现了种种不同意见，以未指出明确的方向而告终结。不过，外务省事后对大平外相在这个时候就作了预测中东战争乃至石油危机的指示留有强烈印象。[**注 11**]

我对大平外相在中东战争和石油危机实际发生前三个月就预感到这种危险性的能力，可以说佩服得五体投地。但同时又不禁感到，被称作世界第三个经济大国的日本在资源问题一旦表面化时“剥掉画皮就变成世界上最贫穷的国家之一”这种悲观论是否有些过头？对日本经济应付资源问题的潜在能力是否有些评价过低？后来，大平就任总理，不久便碰上了第二次石油危机。在第二次石油危机期间于东京举行的西方七国首脑会议上，为尽可能抬高一点与会各国要求日本削减石油进口量的基准，他确实是呕心沥血的。然而，当时大平总理拼死争得各国同意的日本石油进口指标——每天 630 至 690 万桶，事后看来，显然是过大了。在这次首脑会议确定的达标年份——1985 年，日本的石油进口量（原油和石油制品加在一起）每天不到 500 万桶（在此次首脑会议之前，我曾有机会同大平总理进行面谈，我拿着第一次石油危机以后日本石油进口呈减少倾向的图表对他说，不必过于担心。不过，在当时，这种意见似乎是极少数。大平总理说不能不担心，当时的悲痛表情至今还浮现在我眼前）。

总而言之，1979 年施政方针演说关于时代认识提到的“地球社会的时代”如实地反映了70年代的全过程。这就是，他首先强调了世界的相互依赖性，然后又指出了世界正在发生急剧变动，形势日趋紧张，阐述了日本在这样一种“严峻的现实”中应发挥的作用和肩负的责任。

今天我们居住的地球，作为一个共同体，越来越增加了相互依赖的程度，日益敏感地相互反应。在这个地球上发生的任何事件和问题都会立刻敏锐地影响到全世界，不以整个地球为前提考虑问题，就难以指望制定有效的对策。不力戒对立和抗争，不依靠相互理解与合作，人类的生存就是困难的。

然而，从世界的现状来看，国际政治正在加强多元化倾向，不稳定因素也在增加。

另一方面，战后四分之一世纪中支撑着国际秩序的关贸总协定（GATT）和国际货币基金（IMF）体制如今正在发生大规模的急剧变动，世界正在摸索解决这些问题的新办法。由于资源问题和民族主义，紧张局势出现异常的加剧趋势，南北差距也在进一步扩大。

环绕地球的现实是极其严峻的，已不允许对世界有天真的认识，不采取不认真努力的对策。必须把世界看成一个共同体，根据我国对世界应发挥的作用和应负的责任，认真地推行内外政策。［**注12**］

在这里，大平的先见之明值得注目。不少日本人痛感必须“把世界看成一个共同体，根据我国对世界应发挥的作用和应负的责任，认真地推行内外政策”，这大概是在这次演说发表十余年之后冷战已经结束才认识到的。正如在支援海湾战争和向柬埔寨派遣维持和平部队问题上出现种种议论所表明的那样，日本目前距满足这些需要仍很遥远。

我们还要进一步反省的是，其后的日本为应付大平在演说中所指出的“严峻现实”采取了什么对策？特别是在开发新的力量源泉问题上，为革新信息技术和整备新社会资本又在多大程度上进行了认真的努力？不过，这是一个同下节要讨论的论点有密切关系的问题，我决定以后再进行探讨。

三、转折期的到来和战后总决算

下面让我们再回到大平正芳时代认识的第一根支柱——“文化时代的到来”这一部分上来。其出发点是大平正芳担任第二届佐藤内阁通产相时于1970年1月在地方银行杂志《五行评论》上发表的题为《新通商产业政策的课题》这一论文中提出的问题。[**注13**]

大平在这篇论文的开头部分说，70年代的日本

“使人感到将迎来重大的转折，在某种意义上说将进入一个新的历史阶段”。为什么？因为明治维新以来日本的国家目标——“追赶欧美发达国家”终于要结束了。也就是说，因为“日本的国民生产总值和工业产值已居自由世界第二位，耐久消费资料的高度普及说明支持国民生活富裕的物质基础是充实的。还有，汽车、钢铁、石油化学等制造业核心领域的最先进工厂在世界上是第一流的，正在大量生产优质、廉价的产品”。

在大平看来，明治维新以来国家目标的实现也给日本提出了新问题。

第一，日本再也不能继续“通过学习先进国家的知识和技术实现模仿式的发展”了，现在已到“依靠自身的努力，开拓新的领域，走独立自主的道路，实现创造性发展的时候了”。

第二，尽管如此，现今的日本尚未做好实现上述转折的准备，首先是尚未找到设定新国家目标的新价值观。“为政者也好，国民也好，都还难以掌握旨在摆脱长期模仿、发挥日本国民充沛活力、可成为全民指导方针的新创造价值，尚处在混沌状态”。尽管70年代初日本经济依然持续繁荣，但是“近年来，产生了许许多多的严重问题，少年犯罪激增，大学发生学潮，民众对物价猛涨、住宅缺乏表示不满等……”其原因就在于没有前进目标而出现的混沌状态。

第三，既然是这样，那么70年代日本的“最大课题”必须是“创造新的价值观并为实现这种价值观而把国民团结起来”，这就是政治家的重大使命。

从完成“追赶型的近代化”这一意义上讲，大平关于“明治维新以来的国家目标”终于实现了这种时代认识确实可以说是一语破的。模仿时代之后，创造性发展的时代必然到来。为实现新的发展，有必要确立新的价值观，即设定新的国家目标并为国民所接受，这是必然的逻辑归宿。

不过，这时的大平似乎尚没有达到这样一种认识：明治维新以来国家目标的实现同时就意味着日本“经济高速增长”的终结。或者说，他似乎还没有预感到整个世界经济即将进入称为“康德拉切夫长周期的下降期”这种长期萧条。在这篇论文中，大平还有如下的一段话也说明了这一点：在今后一段时期内可望维持日本在60年代实现的高经济增长率，正在研究的新经济社会发展计划估计今后五年平均有10%以上的增长率。这时作为通产相的大平具体关心的是，以维持高经济增长率为前提，或者说为顺利维持高经济增长率而制定政策。这些政策是：

（一）解决社会资本落后和公害问题；

（二）推进经济的自由化和国际经济合作；

（三）为取代重化学工业而培育新兴产业，如信息产业、海洋开发和原子能产业等；

（四）政府要果断地进行研究开发投资，以开发独自的技术和开发海外资源；

（五）推进不依赖政府的民间主导型经济运作。

只要相信经济持续发展是可能的，那么这些政策设想作为改变经济政策方向，就可以认为是比较妥当的。问题在于有人认为已经进入长期的经济停滞时代。实际上，即使预见到经济长期停滞，但若能看到其后有可能出现新的增长，或者说更强烈地要求出现新增长，那么，这些政策依然是妥当的。这将在后面论述。

大平关于转折期的时代认识，从某种意义上说，是以其“椭圆哲学”为基础的。但为这种时代认识披上独自外装是从翌年即 1971 年开始的。这年秋天，大平作为公认的政界实力人物之一已充分地意识到佐藤后的政局，在他自己指挥的派系宏池会议员研修会上发表了题为《日本的新世纪揭开序幕》[注 14]（后作为《改变潮流》丛书的第一册出版）的讲演，这篇讲演是以下面这段话开始的：

“我国现在正迎来可以叫做战后总决算的转折点。迄今为止，我国一直为追求物质丰富而努力，然而，在我们得到富裕生活之后，却未发现真正的幸福和人生乐趣。过去，我们一直毫不迟疑地奔走在经济发展的轨道上，正是由于经济增长速度过快，才不得不再次追求稳定。其间，我们还不顾一切地试图把经济推向海外，但由于对外扩展过猛，以至遭到外国的嫉妒和抵制。尽管我们一直以对美协调为基轴，避免参与国际政治，但由于美元体制的削弱，日本又不得不走向艰险的自主外交。我们举国一致专心从事经济复兴，可是由于我国经济的增长和跃进，又不得不作为国际成员之一承担起经济国际化的重任。”

由此可以看出，这里有大平对后来被称为“一国繁荣主义”（斋藤精一郎语）的战后日本国家经营理念的反省。大平在任通产相时对经济持续高速增长所抱有的乐观论不见了，大平的本来面目以新的时代认识形式显现出来。这就是说，从大平的目光来看，过去在日本明显存在的优先发展经济和对美依赖与协调，或者说以日本本国为中心，只不过是椭圆的两个中心之一。这篇演讲反映了大平正芳这样一种心境：战后日本由于忘记了另一个中心而过份突飞猛进，结果失去了平衡，因此应进行自我反省。如果这种说法成立的话，那么，通过明确认识丰富的物质生活与真正的幸福和人生的意义、经济增长与稳定、向外扩展与扩大内需、对美协调与自主外交、国际社会的局外人和国际社会成员的关系来恢复平衡，才是“战后总决策”的内容。大平根据上述认识和反省提出了旨在经受转折期考验的具体方针政策。其内容是：

一，政治家在端正自己姿态的同时，还应通过承认国民参与政治来对“政治意识潮流”进行疏导，以消除对“政治的不信任”。

二，为消除分成阶层的、强者优先的人际关系所产生的“隔绝和相克”，要通过培养“通情达理、富于合作意识的人”，尤其要通过让年轻人获得“实现自我的机会”、为“国民愿望开辟道路”来“恢复人与人之间的协调与合作精神”。

三，要改善对美关系、实现同中国的邦交正常化、推进同南方国家的经济文化合作，以“开展自主和平外交”。

四，要以公共投资为中心防治公害、整备社会资本和改善环境，通过“把劳动生产率高的工业和农业、城市和农村山村相辅相成地高度结合起来”，“建设田园都市国家”，建立“与自然相协调的、保持平衡的社会”。

在这些方针政策中，我特别重视要对国民的“政治意识潮流进行疏导”、要为获得实现自我机会的“国民愿望开辟道路”等提法。因为这些提法证明，在大平的心目中，对已具备参与政治和实现自我能力与意愿的新型国民的出现已经有了坚定的认识。大平在这里所说的新型国民的出现，如今正要变成众所周知的现实。

四、文化时代的到来

如上所说，时代激烈变化的速度和幅度远远超出了大平本人的预料。在上述建议提出后的短短两年间，映现在大平眼中的日本已发生了巨大的变化，“一度深得人心的美好前程，现在已经褪了色，并为灰色的末日论所取代”。与此同时，还出现了“甚至怀疑我们赖以生存的基本社会规范即自由和民主主义”的现象。大平正芳在1973年8月举行的宏池会研修会上作了题为《通向新秩序的里程碑》的讲演。他在讲演一开头就发表了这样的感慨：

“在两年前的建议中，我们反复强调，事态是极其严峻的。然而今天看来，事态比我们当时想像的还要复杂和严重。不仅是我国，每一个发达国家似乎都面临着和我国相同的课题，都在苦闷中喘息。

“这说明，战后形成的世界秩序正在发生前所未有的急剧变动。这种急剧变动的规模在人类历史上是空前的，其核心似乎正在动摇文明的基础。”［**注15**］

在此基础上，大平重新探讨了自由和民主主义的宗旨，并且提出了旨在实现“和平、自由和充满人生乐趣的社会”理想的三大政策航标：

一、重视人际关系

二、爱护物品

三、珍惜时间

从某种意义上说，大平提出这一理念的目的是要从做人的基点出发，不忘初衷，制定政策。

作为当前的政策课题，大平建议，应该就物价、土地和公害三个问题采取新的对策。这项建议是以如下的认识为基础的：

“我们相信，在迄今为止专心致志地走过来的经济增长的延长线上，有我们要争取的果实，要为早日获得它而努力工作。但是，现在我国经济就像撞上马赫壁障的飞机，受到了强烈的冲击和震动，再用过去的驾驶方法就难以前进。今天已经到了应该探索新的前进方法的时候。”[注 16]

70年代的现实是，“迄今一直以高速行驶引为自豪的日本号船”被迫陷入“只能减速行驶、鸣笛以避免海难”的危机状况。不过，即使在这种情况下，大平并未失去勇气，他说：“只对道德危机承担责任并不够，必须主动地根据历史的规律，鼓起勇气，见诸行动。”[注 17]1978年11月，在出马竞选自民党总裁时发表的政见中，大平面对自民党的同志发出这样的号召：

“时代在急剧地变化。

“经过漫长而艰苦的考验，黎明终于到来。四周虽然还是一片漆黑，但是当你抬头向前方远望时，就能看到未来的曙光。让我们不是向后退缩，而是积极地迎接未来之光吧。”［注18］

与此同时，大平还主张，“以一个战略、两个计划，即综合安全保障战略、家庭基础充实计划和地方田园都市计划为基本政策，通过综合地实施这些基本政策达到预期的目的”。［注19］

以上便是本章开头所说的大平在第87届国会上发表施政方针演说时谈及的“时代认识”产生经过。下面让我们再读一读这一时代认识的第一项“文化时代的到来”的前半部分：

“战后三十余年来，我国为追求经济上的富裕，目不斜视地勇往直前，取得了显著成果。这也是明治维新后百余年来以欧美国家为楷模推进近代化的精华。今天我们享受的自由、平等、进步和繁荣完全是30多年来国民不懈努力的结晶。但是，在这个过程中，我们对自然和人的协调、自由和责任的平衡以及深深扎根于精神之中的人生意义等，并未予以充分考虑。如今，国民对此进行反省的情绪迅速高涨起来。

“我以为，这一事实表明，经济迅速增长带来的城市化和基于近代合理主义的物质文明已达到极限。从

这一意义上说，应该认为现在已经从近代化时代过渡到超近代的时代，从以经济为中心的时代过渡到了重视文化的时代。”[注20]

顺便说一句，大平为准备起草施政演说而交给秘书的亲笔提纲是由如下两部分构成的：一、如何认识当今的时代？二、如何认识今天的国际形势？前半部分大平是这样写的：

“一、如何认识当今的时代？在当今的时代如何设定政治的作用？按照这一脉络就经济、文化和教育政策展开论述。

“（一）超越经济。并不是轻视经济。

（二）无把握的时代——重要的是展望和创造。

（三）重视文化——生存的意义、生活的充实感。

（四）超越意识形态——从现有观念中把政治解放出来。”[注21]

根据上述两份资料分析，早在70年代初，大平就已觉察到“转折期”即将来临。大平发现已实现了赶超欧美发达国家的日本将开始“由近代化时代走向超越近代化时代”的文明转变。与此同时，他还把这种转变理解为“由以经济为中心的时代向重视文化的时代”转变。

从下面这段话可以清楚看出，大平的这种时代认识是多么超前，反过来说，日本在对待由他的这一时代认识而引伸出来的课题方面又是多么落后。

"日本迎来了重大转折的时代。……开国和明治维新以来的'追赶型''近代化'的全过程即将结束。在非欧文化圈中日本现在是唯一的'发达国家'，是'20世纪产业文明的最后成功者'。然而，如何克服20世纪产业文明的弊端现在正成为人类历史的课题。

"对日本政府和国民来说，必须把'社会'重于'经济'，'成熟'和'稳定'重于'增长'作为优先目标的时代已经到来。也就是说，要优先保证社会的继续存在，优先保护全球规模的资源和环境，优先保证人类的生存"。[**注22**]

这番话是经济学家正村公宏1994年初写的，其内容可以说就是大平在70年代中酝酿、成熟起来的时代认识。

长富祐一郎作为大平内阁总理大臣的首席助理编纂了大平政策研究会九个研究小组的报告。他在后来出版的题为《超近代——已故大平总理的遗训》这本大作中，对他后来重读大平时代认识中的"文化时代的到来"这一部分时所感受到的印象或冲击，作了如下的叙述：

"大平总理在撰写演说稿时，必定亲自执笔，一再修改。对《施政方针演说》更是反复推敲。

"今天重读这篇演说，不禁使我感到惊叹。在如此短小的文章中，却能高格调且通俗易懂地阐述自己要说的观点。现在我总算理解了其中一字一句的深刻含义。……

“总理惊呼‘文化时代的到来’。他说，为开创这种新的时代，人类和日本人必须超越近代。他主张，不能总是拘泥于为实现近代化而在近代化时代形成的命题、原理、理论、道德、思想方法、手段和技术。

“我总觉得自己很粗心。我曾在总理撰写演说稿时帮过忙。当时，我自以为大致上理解了总理的思想。而实际上，我这个接受了以‘近代化’为至高无尚命题的教育（不仅仅是学校教育）的人真是书生气十足，过分拘泥于近代化时代所要求的那种思想方法、价值观和‘原则’了。总理所要求的是改变思考问题的出发点。

“去年秋天，九个研究小组的讨论有了结果。此后我参加了几乎所有的会议。这时我才开始感到惊诧不已。今年春天开始，各组报告陆续成形，我读了这些报告之后，才朦朦胧胧地引起我的注意。

“不过，我屏声凝息地领悟到总理的思想，还是在重读总理逝世后完成的那些报告的时候。从这些报告中，可以找出一种共同的文明史观，或者说历史的巨大潮流。在此基础上，它鲜明地描绘出了走向21世纪的‘超近代’的大方向、思考问题及处理问题的方法。

九个研究小组表明了相同认识、相同方向，也许可以说是理所当然的。不过就我而言，却感到非常惊愕。九个研究小组都是根据与倡导‘文化时代到来’的大平历史观相一致的认识来思考问题的。”［注 23］

大平有着立足于文明史观的时代认识，根据这一时代认识，他要求改变思考问题的出发点，这个问题的重要性正如长富祐一郎所强调的。我作为帮助长富祐一郎撰写政策研究会报告的当事人之一，对“超近代”时代的到来这一时代认识也抱有很强烈的共鸣。我认为，“不是轻视经济”但“重视文化的时代”的到来这种看法包含着极其重要的真理。不过，这里仍然有个保持平衡的问题。从近代到超近代这种人类历史的转变恐怕是一个要花数十年、数百年缓慢进展的社会进化过程。在这个过程中，尽管各个方面都开始出现“增长的极限”，但近代社会自身的发展特别是产业的发展依然会继续下去。我认为，从自我反省出发，特别是只要留意一下大平在 1979 年发表施政方针演说以后的讲话就会得到许多启示。例如他在第二届大平内阁成立后开幕的第 90 届国会上发表政见演说（1979 年 11 月）是这样结尾的：

“我们即将迎来 80 年代。可以预料，在 80 年代我们将会遇到比 70 年代还要严峻的考验和新课题。与此同时，也蕴藏着作为文化时代、国际化时代而实现新飞跃的可能性。我希望通过各种场合和各种阶层广泛地形成国民的信赖和共识，在汲取70年代的经验教训的同时，以新的思维方式和对策来解决这些课题，以发掘社会进步的可能性。”[**注24**]

大平在第91届国会（1980年1月）上发表最后一次施政方针演说时指出，“在限定中央和地方、政府和民间、工人和雇主之间关系的现有制度和习惯中，有不少已不能充分地发挥作用，需要重新修订”，“我认为，在21世纪我们能否确保充满活力的生存，取决于我们在80年代的智慧和努力”。接着，他又说：

“为度过称为重大关口的80年代，我国需要在内外两方面进行必要的改革和采取相应的对策。

“首先，为维持面临严重考验的基本国际秩序，我们必须积极地发挥与我国国际地位相称的作用，承担相应的责任。为此，需要统筹兼顾推行各种内外政策。我认为，在国际问题上变被动为主动已成为急待解决的紧迫课题。

“第二，必须勇敢地向技术革新挑战，大胆地改革产业结构和改变生活方式，以适应新的环境。我认为，由此而谋求改变对石油的依赖已成当务之急。

“第三，必须在近代化迄今已取得成果的基础上，建设发扬民族传统和文化的日本型福利社会。为此，应努力实现人和自然的协调，建立祥和的人际关系。

"第四，作为经受这些严峻考验的基础条件，政治和行政必须公正清廉，不辜负国民的信任。为此我认为，不可缺少的是，必须努力提高政治道德水平，整肃行政纲纪，对时代的变化和国民的要求作出准确的判断。

"我认为，必须把上述四条作为80年代的航标来推行内外政策。"［注25］

我觉得，大平的这些话语包含着与他在70年代初作为"新通商政策的课题"提出的各项政策相呼应的因素。可是，大平在此后不到半年就过早地命归西天了。而今还幸存的我们不能不意识到，对于好不容易度过了70年代激烈动荡的日本来说，大平虽为解决80年代的课题再次提出了四大航标，但这四大航标又原封不动地作为90年代的课题而留下来。

当然，在80年代，我们也不是没有任何作为，我们作了力所能及的努力。然而遗憾的是，我不能不说，在解决这些课题方面依然没有获得成功。特别重要的是第二项。80年代的日本经济虽然度过了石油危机，克服了日元升值的冲击，并朝着扩大内需的方向发展，但另一方面却又发生了泡沫经济，导致今天仍在为其后遗症而苦恼。在这个过程中，"确保21世纪充满活力的生存"的重要条件——技术革新，特别是信息革命走错了方向。我本人作为"文化时代的经济运筹"研究小组的报告执笔人之一，应该对第一章中出现的“进入80年代的今天……新的技术革新的前景尚不太明朗”这段文字重新进行反省。诚然，在研究小组的其他成员中，也有人把当时刚开始的以信息技术革新为主的技术革命浪潮视为“新产业革命”。但是，即使在这种情况下，占主导地位的仍然是如下评价：“国内外终于承认，就80年代的技术而言，日本已强大到不亚于美国的程度。问题是90年代以后开始实用化和普及的新一代技术。在这个领域中，日本的技术也极为优秀。”[注26]80年代的我们也许可以说同70年代的大平相反，对实现了赶超型近代化和产业化并克服了70年代的货币危机和资源危机的日本经济和社会实力作了过高评价，从而对未来的展望产生了不少影响。

五、反省——重新学习“椭圆哲学”

这就是说，不论何时都要让处于紧张状态的两个中心保持平衡。从这种观点出发，我感到，与1979年施政方针演说的基调相比，1980年表明政见演说和施政方针演说重点已作了微妙的修正，恢复了某种平衡。

最后，我想用自己的话对此加以解释，作为本章的结束语。

实现了“赶超”型近代化和产业化的日本又面临着重大转折，这是事实。而且，这种转折与世界上其他工业发达国家的转折同步进行，具有向“超近代”转变的性质。从理论上讲虽然如此，但实际上并非完全这样。首先，从近代文明向超近代文明的转变不可能在朝夕之间发生。彻底转变少则需要数十年，甚至数百年。在实现这种文明大转变时，日本的文化和文明所做贡献决不会少，不过就近代文明整体而言，要再次向“前现代”或“非近代”文明——希腊和罗马的古典文明，伊斯兰、印度、儒教、道教等有史以来的宗教文明——的原理学习。首先应该发现的是，日本文化和文明作为不同于欧美现代文明的发展支系，它在世界史上占有重要地位。就是说，欧美的近代文明和日本的近代文明都具有应在近代文明的框架中相互学习相互切磋这一要素或侧面。

根据这一考察，我们还可以进一步认为，就短暂的文明进化而言，“超近代”趋向只不过是椭圆的两个中心中的一个，而近代文明自身的进步和发展则是另一中心。近代文明为显示“有终之美”，也需要有这个中心。回过头来看，正如伊东俊太郎等人所指出的那样，历史上伟大宗教文明中个别文明要素几乎都继承了先于它们发展的古代城市国家文明。例如，欧几里德几何学的所有定理都是埃及人先知道的。从这个意义上讲，古代城市国家文明是以成长和发展为目标的“初期农耕和游牧文明”，而宗教文明则具有以稳定和继续发展为目标的“后期农耕和游牧文明”的特征。同样，也可以把以增长和发展为目标的“初期军事、产业和信息文明”看作是近代文明的特征。换言之，“超近代”文明——我想称之为“知识文明”——虽然几乎继承了近代文明的所有个别文明要素，但其基本价值观是要构筑以稳定和持续发展为目标的“后期军事、产业和信息文明”。在这个意义上讲，现代或超近代文明这个椭圆具有近代文明和超近代文明这两个中心。

近代文明本身迄今为止一直是以军事和产业为两个中心发展起来的。正因为如此，“和平与繁荣”才被视作近代文明的理想形态。若从更现实的实力政策上讲，近代文明则把加强和发扬以军事力量为后盾的国威、积蓄和炫耀以产业力量为基础的财富视为近代化发达国家竞相追求的目标。

但是，在20世纪即将结束的今天，加强和发扬以获得领土和殖民地为目标的国威已决定性地失去了正统性——当然，这决不意味着不需要军事力量和警察。与此同时，一种被称为“过渡产业化”（村上泰亮语）的现代文明作为新的发展动向正在出现。按照我的理解，这种动向只不过是为获得和利用以信息和知识为基础的智慧（说服力和诱导能力）而广泛展开的竞争。也就是说，是以既非现代国家亦非企业的新型社会主体——称为“智业”更合适的主体——为竞技者广泛展开的“智力竞赛”。从这个意义上讲，现代文明继15世纪以来的军事化和18世纪以来的产业化之后正在向第三个阶段过渡。

不过，这并不意味着产业化潮流的终结。产业毕竟是产业，产业化正在进入第三个发展阶段即技术革新的新时代。这个阶段既可称为“21世纪产业化体系”，亦可称为“信息产业阶段”。用村上泰亮的话说，这是一种“超级产业化”动向。

由此看来，不妨认为，以70年代中期为转折点，至少有三大社会变化在同时进行。第一是“超近代”的动向，即“知识文明化”动向，第二是向现代化第三个阶段过渡的动向（狭义上的“信息化”或“智业化”），第三个动向是近代化第二阶段的产业化向第三个阶段过渡（信息产业化）。有一种看法认为，广义上的“信息化”这个词可以概括上述三个变化。从产业化观点出发，若用图表来表示，广义上的“信息化”就是由过渡产业化和超产业化这两个中心构成的社会变化；若从近代化这一观点出发，广义上的“信息化”则是由超近代化和现代化这两个中心构成的社会变化（参照下图）。

图 产业化与近代化的相互关系＝广义信息化

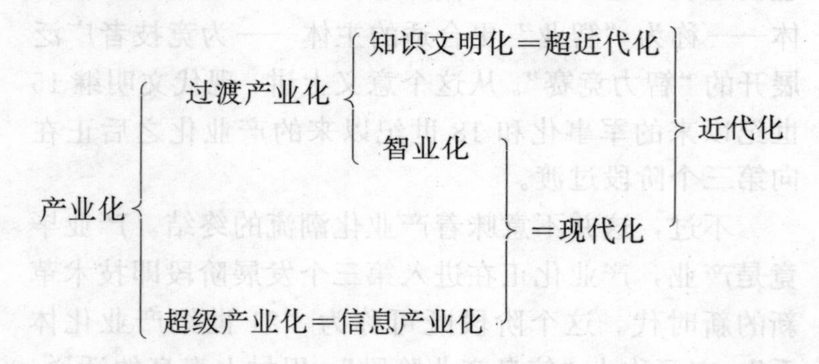

我觉得，要想全面地把握现在正在发生的社会变化的复杂现象，则必须多方面地进行观察。若从各个侧面再次回顾80年代日本的种种尝试，似乎可以指出如下几个问题：

第一，在上述三种社会变化中，我们是否有过分重视“超近代”之嫌？大平把现代视为“超近代的时代”，他的这种时代认识无疑是非常有远见的、走在时代前面的。但是，从我们来说，除了深受感动之外，对近代文明自身正在进一步成长和发展是否多少缺乏认识？

第二，大平正芳认为“超近代的时代”是“重视文化”即“重视新价值”的时代，这一时代认识也是极为卓越的。然而，作为我们，除深受感动之外，对日本文化和文明在相当程度上具有超近代文明的普遍价值是否有点期望过大？或者说，在超近代的时代，就科学技术的发展和经济社会的构成与运作而言，是否动辄就有这样的想法：只要以我们的文化和文明的特性为对象，许多问题便可迎刃而解。

第三，我们是否由此而产生了这样的自信：对于产业化的21世纪体系（信息产业阶段）和智业化这种近代化内的社会变化，日本的文化和文明不仅能够充分地适应，而且可以更好地发挥优势。但实际上，日本的文化和文明能够明显发挥适应能力的，仅仅是产业化的20世纪体系（重化学工业阶段）。例如，在教育和医疗领域，就未能取得堪与20世纪产业化的体系——“日本式经营”或者“法人资本主义”相媲美的成功。不管怎么说，我们在信息产业化和智业化方面也毫无成功的把握。80年代的日本，确实强调了“重视个性”、“开发和发挥创造能力”的必要性，预测“个性”和“创造能力”将对信息产业化和智业化发挥特别大的作用，这本身并不错。问题在于我们的文化和文明中也可能含有阻碍这种个性和创造能力——特别是非同一般的个性和创造能力得到发挥的因素。

第四，从80年代后期至90年代初，美国在热衷于“敲打日本”的同时，还彻底地研究日本式的近代文明，特别是日本式产业化20世纪体系所具有的卓越因素，并使之概念化，提出了诸如“瘦型生产”和

“同时管理”等模式，试图将其变为自己的囊中之物。但不同的文明，或者说基本相同的文明中不同发展方式所具有的不同制度、习惯或者理念，只有经过思考并加以提炼，才有可能成为应用对象，进而通过别人学习和移植而达到普及化。这正是日本在“赶超”欧美的过程中已经进行的尝试。然而，恰恰是我们在自以为实现了“赶超”欧美之后，又产生了以为欧美国家再也没有可学之处的骄傲情绪。实际上，正因为是身居发展第一线的先进伙伴，应该相互学习的地方才会日益增多。这种场合的学习不能只等待对方对其经验进行反思、提炼和理论化，而应不断地观察对方的状况和行动，努力用自己的语言将其概念化。

所幸的是，在即将迎来90年代中期的今天，日本终于认识到大平早就指出的“转折期”的到来，并出现了对转折反应缓慢进行反省的气氛。我认为，我们必须再次回到大平“椭圆哲学”的出发点，在努力确立保持平衡的时代认识和彻底地重新研究自己的文化和文明的同时，谦虚地学习别国的经验。

附注：我在《信息文明论》（日本电信电话公司出版社 1994 年出版）一书中更详尽地阐述了我在本章最后一节扼要提出的想法，如蒙感兴趣的读者参阅，则不胜荣幸。

（国际大学教授）

注　释

注[1]　大平正芳著《议员的真面目》(20世纪社1956年出版）第9～10页。

注[2]　大平正芳回忆录刊行会编著《大平正芳回忆录——资料篇》(大平正芳回忆录刊行会1982年出版)第173页。

注[3]　大平正芳回忆录刊行会编著《大平正芳回忆录——传记篇》(大平正芳回忆录刊行会1982年出版)第206页。

注[4]　同前《大平正芳回忆录——传记篇》第255页。

注[5]　大平正芳著《财政徒然草》(如水书房1953年出版）第136～137页。

注[6]　《大平正芳回忆录——传记篇》第269页。

注[7]　公文俊平、香山健一、佐藤诚三郎主编《大平正芳——其人与思想》（大平正芳纪念财团1990年出版）第260～261页。

注[8]　《大平正芳回忆录——资料篇》第157页。

注[9]　《大平正芳回忆录——资料篇》第214页。

注[10]　《大平正芳回忆录——资料篇》第216～217页。

注[11]　《大平正芳回忆录——传记篇》第348～349页。

注[12]　《大平正芳回忆录——资料篇》第285页。

注[13]　《大平正芳回忆录——资料篇》第194～201页。

注[14]　《大平正芳回忆录——资料篇》第206～212页。

注[15]　《大平正芳回忆录——资料篇》第226～227页。

注[16]　《大平正芳回忆录——资料篇》第232页。

注[17]　《大平正芳回忆录——资料篇》第265页。

注[18]　《大平正芳回忆录——资料篇》第281页。

注[19]《大平正芳回忆录——资料篇》第282页。

注[20]　《大平正芳回忆录——资料篇》第284页。

注[21]　《大平正芳回忆录——传记篇》第491页。

注[22]　《优先社会的成熟和稳定》(日本经济新闻社《经济教室》1994年1月5日号)。

注[23]　长富祐一郎著《超近代》　上卷(大藏财务协会1983年出版)第3～4页。

注[24]　《大平正芳回忆录——资料篇》第313页。

注[25]　《大平正芳回忆录——资料篇》第325～326页。

注[26]　《超近代》下卷第214页。

国际政治家大平正芳

渡边昭夫

战前的著名外交、政治评论家清泽洌有一本名著，题为《外政家大久保利通》。在这里，清泽没用“外交家”一词，而是用了“外政家”，这是为了通过介绍与其说是外交家，实际上是卓越政治家的大久保利通在处理对外问题方面的手腕，来描绘其国际政治家的形象。清泽在这本书中具体介绍的是，大久保利通在1874年8月至10月的3个月期间同对手清朝政府艰难交涉的经过。[注1]我在这里想写“国际政治家”大平正芳，与此也稍有类似。话虽这么说，可描述自大久保以来的一个世纪之后，于1972年和1974年两次在北京进行日中谈判的大平正芳，却并非我的目的。因为后边我还要谈到，这两次北京谈判的确是大平作为政治家的业绩的辉煌部分，这是勿庸置疑的，然而，要描绘国际政治家大平正芳，则必须从更广阔的角度，观察其作为国际政治家的整个经历。

大久保也好，伊藤博文也好，井上馨和大限重信也罢，总的来说，明治时代的政治领导人都不是狭义的内政家，而是具有足以能够处理国际问题的卓识和力量的全能政治家（大久保毛遂自荐担当北京谈判的全权代表时在政府中的地位是内务卿）。在相互依存程度业已提高的当今国际社会，尤其在产值占世界总产值十分之一的“国际国家”日本，对政治家的评价必须采用国际上通用的标准。似乎可以说这一点在任何时代都不会改变。既然明治时代是如此，那么今天这更是任何人都无法掩饰的事实。现代政治家，不仅对自己的选区、对本国的选民，还对遍布全世界的可以称作潜在选民的全体人民承担着政治责任。如果根据这一观点来分析作为政治家的大平，那能够作出什么样的观察和评价呢？这就是下面我将论述的问题。

大平正芳对最基本的价值观和人生观始终抱有不可动摇的信念，但他对于政策性的课题，不是从事先确立的原则出发去推论，而是一边咀嚼实践经验，一边从容地提炼自己的思考，作为政治家不断走向成熟。因此，在这里，我也要采用按照时间追寻其作为国际政治家成长轨迹的方法去观察大平。观察大平的政治家经历，大而言之，可分为前后两个部分。前半部分是作为池田勇人支持者的大平正芳。在那段时间里，大平正芳于 1949 年 6 月当上吉田茂内阁大藏大臣池田勇人的秘书，约一年后出马竞选，不久便担任了1960年成立的池田内阁的官房长官，以后又于1962到1964年的两年中担当了外务大臣职务。在辞去外务大臣后不久，池田逝世，大平在个人生活中又遭到失去爱子的不幸，大平公私两方面均迎来人生的转折，时年54岁。从那以后，可以说大平正芳开始走上了独立的政治家的道路。在后半部分开始的时候，当然政治家大平的前途还是一个未知数，不过，在作为已知晓其结果的我们来看，那正是大平最终将登上宰相宝座的准备阶段。这后半部分，特别是最后阶段的大平，理所当然的相当引人注目，从他的面部表情到一举手一投足，都广为人知。但大平政治生活的前半部分，却鲜为人知。所以，下面的记述对前半部分和后半部分想采取略有不同的写法。

具体来说，将按如下的结构进行论述：在前编，把关于大平正芳在外交问题方面的言行作为其政治生涯的重点。这就是对作为池田内阁外务大臣的大平的行动进行素描，同时研究这一时期他在对外问题上的言论。通过这些工作，大平的形象大概就浮现出来了。对这种观察结果如何作出归纳，则是本文后编的工作。在这一部分，人们对大平的思想的关心，将超过对其行动的关心。他究竟做了些什么并且是怎样做的，这已是众所周知的事，而他究竟考虑了什么并且是怎样考虑的呢？我想把其思想形成的过程作为研究的主要对象。

前编　作为池田内阁外务大臣的大平正芳——其思想与行动

一、就任外相的经过和大平外交的舞台

大平正芳从1962年7月18日加入第二次池田改组内阁以后，到1964年7月18日伴随第二次池田改组内阁的第三次改组、让椎名悦三郎继任，自己转任自民党第一副干事长的满两年间，担任了外务大臣。这对大平来说是首次担任大臣职务（当时官房长官还不属国务大臣）。

关于就任外相的经过，据田中角荣回忆如下：池田首相把前尾繁三郎干事长、田中角荣政务调查会长和大平官房长官（总务会长赤城宗德因病住院）召进私邸，指示他们拟定改组内阁的方案。据说池田首相的唯一指示是：组阁工作首先从把外务、大藏和干事长这3个职位由他们3人分配开始。他们3人几乎没

费什么口舌便很快谈妥：把大藏大臣安排给田中，把干事长给前尾，把外务大臣给大平。如果说以大藏省出身的首相为首的内阁藏相不便再让大藏省出身的人来担任的想法起了作用，干事长一职的安排是出自由前尾留任为妥的判断，那么，大平担任外务大臣就成了排除法的结果。[**注 2**]

大平擅长外交是以后给人们的印象，而这时候他当上外相纯属偶然。可以说，外相的职务是降在大平头上，并不是大平本人积极争取来的。本来，尽管说大平作为大臣进入外务省后对该省职员们发表讲话时说自己是外交外行，要大家多多关照，但不能按他所说的外交辞令的表面去理解。由外务省出身以外的人担当外务大臣（战前军人的事例除外），并不是什么新鲜事，石桥湛三内阁的岸信介是首例，以后是岸内阁的藤山爱一郎，池田内阁的小坂善太郎，到大平就任，已经司空见惯了。本来，大平作为官房长官，一直把"内政外交一体化"和"宽容与忍耐"作为池田内阁政治运作的基本原则予以重视，在职务上，大平更把每周一下午听取外务次官以下的人关于外交问题的汇报作为例行公事。另外，来自内阁调查室的情报不分内政和外交都报给官房长官。因此，大平对于外交问题并非一无所知。[**注 3**]然而，当上外相后的大平如何动作，许多事连他本人都不清楚，而且局外的观察家几乎得不到任何判断的材料。

国际政治家大平的第一次“表演”是在他当了外相后 1962 年 9 月 21 日在联合国第 17 次大会上发表的演说。关于演说的内容后面还要集中地分析，但对这第一次在国际舞台上发表的演说要使用英语却好像是大平自己的主意。但是，他听了外务省官员们的再三忠告后打消了这一想法。通过这件事，可以反映出大平对自己的英语是如何自信。这件事也可以令人推测到大平对外相这个职务跃跃欲试的心情。再者，大平不仅对汉语颇有造诣，对英语也有其独到之处。他常把英语单词带进政治场合，这已为人们所熟知。

不过，严密地说，这次在联大的演说还不能称为大平外交的首次亮相。在此之前，那是日美两国间的事情，他于 1962 年 8 月上旬出席过第二次日美安全保障协商会议。还有在他就任外相之前，1961 年 11 月出席过在箱根召开的第一次日美贸易经济联合委员会会议。始于池田内阁时代关于经济问题的这一日美间定期部长级会议，大平本人虽然没参与其创设，但对于其作用，他认为在给必须以世界上多数国家为对手的美国政治家每年以两三天注意日本的机会，这一点还是有意义的。另外，对这一会议的作用，大平用他特有的表达方式说：“过高评价是错误的，但过低评价也同样是错误的。”［**注 4**］

第二次日美贸易经济联合委员会会议1962年11月在华盛顿召开，大平外相理所当然地出席会议。在午餐会上，肯尼迪总统发表的关于日本的国际责任和在国际经济问题上日美间的进一步合作是必不可少的这一讲话，给大平留下了深刻的印象。1963年11月预定在东京召开的第三次会议因肯尼迪总统不幸遇刺身亡而延期，结果于翌年即1964年1月27日和28日举行两天，大平外相担任这次会议的主席。日美安全保障协商会议在大平就任期间又一次开会，这就是于1963年1月19日召开的第三次会议。这时正值古巴危机刚过，古巴危机后的国际形势便成为这次会议的议题。后面还要谈到，当时日本和台湾国民党政府间的关系正趋紧张，于是也把这个问题纳入会议议题。顺便提一句，大平在担任外相的两年里，有机会两次访问欧洲各国（第二次访欧时曾到过伊朗）。

以上是大平外交开始时的扼要记述。下面，就大平实际处理的主要外交事件内容来分析一下他的行动。

二、日美关系

首先，关于对美关系，可以举出援助冲绳、美国核潜艇停靠日本港口以及利息平衡税问题。围绕这些问题，大平同美国方面进行交涉的对手是赖肖尔大使，通过和赖肖尔大使接触，相互间建立起来的友情成为大平的一种财产，从长远的观点来看，这还是相当重要的。[注 5]正是由于这个时期尚属 1960 年安保动乱余波未息的时代，不言而喻，大平和赖肖尔之间的默契大大有助于日美间各种难以处理的问题的解决。[注 6]

如果谈起同日本内政的关系，冲绳问题和核潜艇停泊问题则是容易引起争端的导火索。关于冲绳问题，以继承其前任小坂善太郎外相时代遗留下来的悬案的形式，大平和赖肖尔之间达成原则性一致：成立日美协商委员会（1962 年 11 月 2 日）。其背景是，日本打算增加政府对冲绳的财政性援助和逐渐增强日本对冲绳的发言权，以便为日后冲绳归还日本打下基础。由于牵扯到主管援助冲绳的政府部门总理府和外务省的权限问题，成立这一机构在日本政府中颇费周折，几

个月后才正式成立。[注 7]

1963 年 1 月 9 日，赖肖尔大使在同大平外相会谈中，转达了美国方面关于要“舡鱼”号核潜艇到日本港口停泊，以便使船员休息和补充给养的希望。从 60 年代初期起，美国海军开始向太平洋海域部署核潜艇，虽说是同属核潜艇，但还分可搭载核导弹的“北极星”号型和不能搭载核导弹的“舡鱼”号型两种。本来，既然不是搭载核武器型的核潜艇，就不属于 1960 年重新修改的日美安全条约所说的事前协商条款范围。美国方面所以就这个问题试探日本政府的意向，似乎是考虑到了对核问题格外敏感的日本舆论。[注 8]大平外相对这个问题的态度，据他在国会会议上发表的外交演说（1963 年 10 月 18 日）解释说，“这只不过是把核能作为推动力的核潜艇”，所以“这本身并不是把核武器运进日本，也不涉及将来把核武器运进日本”。因此，经过原子能委员会就放射性污染程度作出确认安全性的答询和向美国方面发出照会等一系列程序之后，日本政府于 1964 年 8 月 28 日召开的内阁会议上作出了允许核潜艇入港的决定（当时的外相是大平的后任椎名悦三郎。首次核潜艇驶入日本佐世保港为同年 11 月 12 日）。[注 9]

尽管大平这样说，但将来能够搭载核武器型的美国舰艇进入日本领海成为问题时，到底属不属于事前协商的对象，另外，当实际要求协商时日本政府如何回答，这些微妙的问题仍都没有说清楚。在赖肖尔给《大平正芳——其人与思想》一书写的序言中谈到这个问题时这样说："关于'非核三原则'（即不拥有、不制造、不运进核武器政策）中的'运进'的问题，当初日美双方达成谅解，同意搭载核武器的舰艇通过日本领海不在此限。但不久在日本国民中间出现了这样一种解释：舰艇驶入港口违反禁止'运进'原则，因此，不能同意。另一方面，美国政府对舰艇上有无核武器也采取了既不肯定也不否定的立场。因此，日本政府模糊这一点，避免向国民作出明确说明，而只是说'我们信赖美国政府'，结果给日本国民留下了美国违反条约，让这些舰艇秘密驶入日本港口的印象，这就是造成美国政府困惑不解的原因。对这样的事态不能置之不理，所以我非常慎重地对大平谈了此事，他非常简洁地作了回答。他说，'我理解这个问题，想去解决它，所以，你就不要对别人说了。'我不知道他做了些什么，不过关于这个问题的议论立即停止了，在那以后好几年也没有再发生这类议论。后来又出现了这种议论，那是我辞去大使以后，无论大使馆，还是日本政府的负责人都换了。在此之前，大部分日本人都认为美国军舰装载核武器通过日本领海是理所当然的事情。"赖肖尔说，这件事证明大平是可以信赖的人，

他懂得在日本政坛上干成大事的秘诀。[**注 10**]

但是，大平自己所说的“在1963年的日美关系中产生最大影响的”问题，并不是这种被报纸所鼓噪的问题，而是更为实际一些的利息平衡问题。在大平就任外相的同一天（1962年7月18日），肯尼迪总统出自保卫美元的考虑，提出了国际收支国情咨文。作为其中的一项措施，肯尼迪提出设立利息平衡税，内容是把外国人筹集美国资本的成本按年率提高1%。这是紧紧依靠美国资本的日本当时密切关注的大事。池田决定派特使去美国，以便把日本经济界受到的冲击转达给华盛顿，并要求采取缓和措施。最初，池田想派经济企划厅长官宫泽喜一，但宫泽患了急病，还是大平代他去了美国。[**注 11**]这个问题的最终解决是1964年9月，即大平退出外相职位以后。据说当时美国采取了索性每年向日本提供1亿美元的特别减免税的宽容态度。美国的这一举措表明，当时美国在经济上还有富余，因此表现出了那种肚量。不能否认，这是有助于大平推行对美外交的外在因素。[**注 12**]

1962年11月，肯尼迪政权受到苏联把核武器运进古巴的这一冷战时期最大危机的挑战。没有迹象表明，无论池田首相，还是大平外相都曾把这次危机当作自己本身必须采取某种决断和行动的问题对待。处理这种最高级的国际危机，从当时的日本能力来看，是

心有余而力不及的。也许可以说日本还感到相当轻松，认为除了口头支持美国以外，不会再指望日本做更多的事情。[注13]

三、日韩谈判

相比之下，亚洲外交却显得相当严峻。在多年的悬案日韩邦交正常化问题上，给民间造成的印象是，岸信介前首相周围的人是“亲韩帮”，而池田内阁对同韩国建交消极。从汉城来东京访问的非正式的接触者也多出入岸信介处。[注14]另一方面，肯尼迪政权认为日韩不和是美国推行亚洲政策的障碍，摆出要对汉城和东京行使影响、促进双方和解的姿态。[注15]另外，由1961年军事政变而成立不久的朴正熙政权也从经济建设优先的想法出发，不顾国内对日本持有强烈反感的舆论，急于同日本建交。在这种情况下，池田首相也公开表示一定要实现日韩邦交正常化。

以此为背景，韩国中央情报部部长金钟泌来日，同大平外相举行谈判（1962年1月12日），时值池田首相出访欧洲不在日本。在大平和金钟泌的会谈中，双方基本上达成协议：不是根据请求权支付，而是日本以经济合作的名义向韩国提供总额为6亿美元。后来的日韩谈判曾达到以“将达成一致的事项写进两页记录纸”（金钟泌在接受日本报纸记者采访时的表述）的“大平与金钟泌会谈记录”阶段。但是，由于韩国的政治局势不稳，谈判延长，正式实现日韩邦交正常化是在池田内阁后的佐藤内阁成立之后的事。大平金钟泌会谈在当时曾遭到怀疑和非议，很少有人把这次会谈说成是池田内阁和大平外相的功绩。但从整个日韩谈判来看，这次会谈达成的协议是一次巨大的转折，这点似乎没有疑义。大平后来说：“通过谈判，日韩双方总算是从角斗场退下来了，也为磋商其它问题找到了线索。”这样说，看来还是有充分理由的。[**注16**]

四、中国问题

同样，在这一时期虽未获结果，但与后来大平自身业绩密切相关的是中国问题和台湾问题。岸内阁时期，正如长崎国旗事件象征的那样，日中关系极度冷却，日中贸易也已中断。随着池田内阁的成立，北京的态度也软化了一些，对重开民间贸易的期待增加了。然而在1961年底召开的联合国大会上，由于日本对美国提出的适用重要事项表决方式的决议案也表示赞同，并且联名作为提案国，从而导致北京激烈地攻击池田内阁。虽然有这种背景，但在中苏关系恶化的情况下，北京仍希望扩大对日贸易。日中关系即便不说改善，也是朝着缓和的方向动了起来。这种动向，导致了日中两国民间于1962年11月9日签署“LT（廖承志—高碕达之助）贸易备忘录”。同时，在美国，对从50年代末到60年代初杜鲁门政权以来的僵硬对华政策的批评呼声也不断高涨。在肯尼迪政权内，已秘密开始新的接近中国的摸索，但这时还属于表面上看不出美国刷新对华政策的时期。围绕大平外相的对华政策的国内外环境大致如此。[**注17**]

具体地说，问题是以下面的形式展开的：政府首先批准了日本输出入银行为仓敷人造丝公司向中国出口维尼纶成套设备而提供贷款，接着又批准向日纺公司提供贷款。以此为契机，台湾政府和自民党内亲台派的不满一下子爆发出来。在1963年9月又发生了周鸿庆事件，周是从中国来的油压机械访日考察团的翻译，他跑到苏联大使馆企图叛逃。周开始表示要逃往台湾，但他的话一变再变，结果改口表示要回北京。由于其间的复杂经过，围绕这一问题的处理，大平外相再次受到台湾和国内亲台派的攻击，指责他把事情办得对北京有利。来自美国的批评也多了起来，使大平进一步陷入苦恼之中。

在这种情况下，由于国内（包括执政党和政府）在中国问题上意见对立，使大平亲身体会到很容易立即发展成为难以处理的争端。难怪大平发出“日中问题实际是日日问题”的感叹。另外，这样的事态又导致台湾方面召回其大使。作为挽救这种恶化了的外交关系的绝招，池田首相和大平外相想到了原首相吉田茂对台湾的访问（1964 年 2 月 23 日）。那时，吉田向台湾许诺不向中国提供日本输出入银行的贷款，作为表明这种许诺的形式，后来吉田茂个人给台湾总统府秘书长张群写了一封信，这就是众所周知的《吉田书简》（发出日期为 5 月 7 日）。[**注 18**]这年 7 月大平外相对台湾的正式访问，既是对努力修复同台湾关系的最后“加工”，又是大平第一次任外相时代的结束。[**注 19**]

大平从台湾回国后不久，池田勇人第三次当选为首相，并进行了内阁改组。大平从外相的职位上下来后，由椎名继任。当时谁都不曾想到，池田所患不治之症日益严重，不久便离开了人世。政坛转向佐藤时代。在本文往下叙述之前，让我们先回头看一看大平第一次任外相时代的言论，从他的这些言论中分析一下他的外交行动。

五、担任外务大臣时的言论

首先，这里先把大平第一次任外相时代的言论罗列出来。主要有下面5次演说。（在以下的叙述中，援引这些演说中的话时，为方便起见，用每次演说标题上所加代号。）［**注20**］

甲、在第17届联合国大会上的演说（1962年9月21日）；

乙、在第43届国会上的演说（1963年1月23日）；

丙、在第18届联合国大会上的演说（1963年9月20日）；

丁、在第44届国会（临时国会）上的外交演说（1963年10月18日）；

戊、在第46届国会上的外交演说（1964年1月21日）。

据许多观察家说，大平不是那种照念手下人给写的发言稿的人。但作为这种场合的演说的惯例，无疑会有其它官员插手，也不能否认会有很多部分是出于外务大臣这个职务不得不那么说的。例如，在第17届联合国大会上的演说，正如前边说过的，对大平来说是第一次在国际舞台上发表演说，而且是在国会上发表外交演说之前，在这个意义上，可以说它是国际政治家大平正芳的地地道道的处女演说。下面这一点也是前边说过的，由于大平要用英语发表演说的热情很高，所以对这次演说明显下了功夫。仅从内容来看，很难看出大平本人的特点。也许是就任不久的缘故，依靠官员“作文”的部分很多。包括这次演说，总的说来，没有超出第一号《外交蓝皮书》(1956 年）提出的日本外交三原则的范围（这是自然的)。这三原则是：以联合国为中心；同自由阵营（特别是美国）协调；日本是亚洲的一员。因此，要从这种演说中看出大平的个性就不那么容易。尽管如此，也并非不能从那次演说中找出逐渐成型了的大平式思维方法和表达的特点。

（一）调和与忍耐

第一个特点是调和与忍耐这个题目。前面说过，发生古巴危机时，日本的立场倒不是必须做什么，但从观察国际政治趋势的角度看，这一事件(说它成功地回避了危机更为恰当)给大平以相当大的影响似乎是肯定无疑的。大平对此作出展望时称这次事件的结果为“理性的胜利”(丙),并把它同部分停止核试验条约的缔结等其它缓和的征兆一起统称为“冷战的缓和”(戊)。可以说这里表现了对所谓“古巴危机之后”的形势认识。这本身也许不是值得一提的特点,但是,他指出,为了“消除冷战”,“既不要乐观,也不要悲观,而要正视现实去进行扎实的努力,这才是实现和平的捷径”(丙)。并且说,“重要的是为了缓和对抗,或者清除不信任,要忍耐并继续进行不懈的努力”(丙)。这里,我们似乎听到了大平的心声。重协调而不重对抗,这正符合耐心等待水到渠成的大平的气质。

(二) 相互依赖论

下面我们看一看《不会有孤立的繁荣》(乙)这个题目。这是以世界经济中的日本这一措辞表述的一例,但在别的地方,他以更为广泛的表述方法写道:“如今,一国的国民和其它国家的国民在政治、经济、文化等方面密切地联系着…… 同个人在国家中不能孤立地生活一样,国家在世界上也不能孤立地存在”(丙)。他还说:“近年交通、通信网的飞跃发展使这个地球变得愈来愈小,同时,各民族的命运也愈来愈一体化。处于当今的国际社会中,我们已经不能‘独善其身’,孤芳自赏了。”(戊)这种想法,直至70年代才有了“相互依赖”的表述吧，而那时，大平就早已谈到“我国经济和世界经济的相互依赖性”（戊）增大了。这种思想，不是把事情分开只重视一个方面，而是把它放在整体性中去考察，这也正符合大平“综合性”乃至“复合性”志向。

大平反复强调这种相互依赖的国际社会的和平与繁荣、大国担负责任的重要性。例如他指出：“为了确保真正的和平，大国应发挥特别重大的作用，大国对全世界、全人类负有极为重大的责任。”“这些大国……对全人类负有无限大的道义上的责任。”（丙）对大平来说，这是少有的最高级的表述。在这里，他直接谈到的是核武器拥有国应承担的责任。这里的背景是非核国家日本关于国家利益的主张。但是，另一方面，大平也认识到伴随国力的增强和国际地位的提高，日本对世界的和平与繁荣承担的责任也愈来愈重。今天，如果考虑到60年代初期的背景，这种“陈腐”的观点是不可小觑的。在现实中，到70年代末期，日本的国力有了飞跃发展，在这种情况下，初期大平思想中这个题目的意义就更大了。

（三）对亚洲的认识

最后关于亚洲，这个时期的大平是怎样看的呢？重视亚洲，前面说了，在第一本外交蓝皮书中就提出来了。到这一时期之前，在一定的意义上，这句话都成了套话。这里提到的5次演说中都谈到了这个题目。特别是在最后的两次国会演说中，大平把亚洲和日本的关系作为重点，而且，其语气可以看出确实可称为大平特有的语气。例如他说："我相信，位于亚洲的我国只有对亚洲的稳定与繁荣有所贡献，才是为实现世界和平而应尽到的我国独自的责任。我国必须自我确立有质量的内容丰富的民主主义体制，要成为亚洲的路标，并作亚洲各国最亲密的朋友，欢乐同享，苦难同当。"（丁）不仅如此，他还说："回想起来，我国曾在约100年前经历了从闭关锁国到打开国门的巨大的国内变革，发扬自立精神，兢兢业业致力于政治、法制、经济等方面的现代化，创造出令世人瞩目的业绩。战后的亚洲各国，像我国明治时代一样，都在为加速发展经济、实现政治稳定而不懈地进行着努力，因此，我国必须采取的立场是：正确理解这些邻国的愿望和它们面临的困难，友好地提出坦率的忠告和给予适当的援助……"然而，日本尚未得到亚洲国家的信赖，为此，"我们必须下决心把亚洲各国国民的苦难当作自己的苦难，同时，把自己的繁荣让亚洲各国人民去分享，并为此而作出努力"（戊）。在这里，可以看出大平喜好的"同甘共苦"的思想。

当时的亚洲与今天不同，无论经济上还是政治上都不尽人意，前景都不乐观。他说，“为了取得亚洲整体上的稳定的协调发展，可以预料还需要相当长的时间和克服相当多的困难……不仅如此，亚洲存在的不安和对立常常包含着对整个世界和平威胁的危险”，因此，“我国如何应付亚洲的形势，乃是日本外交的最大的课题”（戊）。这就是大平的形势观，也是当时较为普遍的认识。

（四）中国问题的阴影

在这里，中国问题投下了巨大的阴影。如前所述，大平在当时的国内政治潮流中被认为“倾向北京”。然而，他在第16届联合国大会上作了支持把中国代表权问题列为重要事项的大会决议的发言。同时，他在谈到日本与中国源远流长的关系时指出：“这个问题包含着各种复杂而困难的因素，急于作出结论不仅是不明智的，而且是危险的。”（甲）这一点是不应忘记的。在外交演说中也谈到这个问题，他说：“最近在国际上出现了要同中共政权之间建立新的外交关系的动向，从我国来说，应该从维护亚洲乃至世界和平的观点出发，注视事态的变化和国际舆论的动向，慎重地去处理这个问题。”（戊）另外，大平在众议院外务委员会会议上回答社会党的穗积七郎委员的质询时进一步阐述说:“如果在联合国出现中国政府加入联合国,并受到世界各国祝福的情况,那么我国就要下重大的决心,这是理所当然的。”[注 21]从后来的情况看,大平的答辩堪称预言,可是当时对此予以特别注意的人却很少。

虽然大平说“埋葬冷战”(甲)是当前的课题,并且认为克服了古巴危机以后世界“正朝着缓和的方向发展”(戊),但他的如下信念仍是坚定不移的。他认为,“以东西方两大阵营各自认真的防卫努力为背景的紧张的力量平衡依然是支撑和平的现实基础”(戊),因此,“属于自由阵营的国家,出自保卫自由的共同目的,推行一切领域内的合作”,“是我国的外交乃至防卫政策的基调”(戊)。这种说法从某种意义上看也可以说是套话,但正如以后大平的实际政治活动所表明,像他这样忠实于这一基本立场的政治家很少。正因为如此,大平只好耐心地等待围绕中国的国际政治结构发生根本变化,中国在“世界祝福中”被迎进联合国日子的到来。

从以上可以看出,在国际问题上,大平的思想和行动特点已大体成型。这就是说,我们已拥有在下一个机会到来时大平如何发言、如何行动的预测材料。

后编 国际政治家大平正芳的思想形成过程

大平正芳辞去池田内阁的外相职务后的几个月间，公私两方均遭厄运。公的方面，他失去了长年衷心景仰的池田；在家庭生活中，最喜爱的长子正树夭折。以后不久，与其说他成了行动派，不如说他成了观察派和思索派更为合适。这个时期接近结束时，他把自己写的书题为《旦暮芥考》(省察日常琐事之意)，恰好道出这个时期大平的心境。在著书后不到一年，大平就任了宏池会会长，作为行动派，为东山再起而开始了活跃的准备。那大概就是和田中角荣联合并作为田中内阁的外务大臣而崛起有关吧。在那以前的几年，可以说是大平的蛰伏时期。

在佐藤长期政权期间，有一年多，大平虽然作为通产大臣能够出席内阁会议，但那是让政治家的大平坐冷板凳的时期。也正因为这样，大平得到了隔一步在外而观察佐藤政治的机会。大平对佐藤给他的冷遇，不能说没有愤懑，但平静地对抗佐藤的心理却为他成长为政治家提供了动力。尤其是在佐藤政权后期，大平作为宏池会的领导人，燃起了要当上宰相、执掌政权的热情，为此，他攻读起“宰相学”。这时的大平和抓住千载难逢的机会而登上外相宝座以前的大平不同。当然，即便这时，为人腼腆的大平也没有试图同盟友田中拼死拼活地争夺宰相宝座，而且后来同福田赳夫争夺时也采取冷静的姿态，认为“政治不是人生的一切”。这种姿态给人们留下了印象（同样，在接替前尾担任宏池会会长时也可以这样说）。大平的一贯的姿态与其说追求机遇，不如说是静候机遇的到来。尽管这样说，但他绝非是守株待兔，而是为以后机遇到来注意学习。因此，作为田中内阁的外相、后来是率领内阁一班人的总理在登上政治舞台之前，无疑是作了充分的精神上的准备的。

因此，在后编，我们的任务是，把焦点集中到国际问题的有关部分加以考察，看一看想当国家领导人的大平是怎样达到经纶满腹、成竹在胸的。具体地说，首先研究蛰伏期（到就任宏池会会长前）大平的外交论，而后再观察他在就任宏池会会长以后为总裁竞选做准备的政策设想形成体系的过程及其结果。他于1972年7月和1978年11月两次为竞选总裁而挑战，但从所面对的目标来看，似乎可以把这两次竞选作为一个整体过程来考察。最后，在结论部分，我们想从大平正芳的思维方法和行动方式的观点来评价作为国际政治家的大平。

一、大平正芳的日本外交论

大平正芳开始意识到要登宰相宝座，可以认为是从1971年4月就任宏池会会长的前后。在那之前，他先后担任了政务调查会外交调查会副会长、代理会长、政务调查会外交国际经济委员会委员长等党内与外交有关的一些职务。另外，他还从1968年11月到1970年1月作为佐藤内阁的通产大臣处理国际经济问题，特别是参与了日美纺织品谈判。但是，从整体来看，可以认为这个时期大平的姿态是隔一步在外旁观佐藤政治。

（一）外交哲学

让我们以大平所作的题为《日本外交的座标》的讲演作为主要材料来研究一下这个时期他对国际问题的态度。这次讲演是大平任政务调查会外交调查会副会长时，于1966年4月5日作为自民党总部主办的政治大学的讲师进行的。这是了解大平外交思想的再好不过的材料。[注22]大平先在序言中针对在野党攻击说日本搞“秘密外交”的论调，就所谓外交的民主统制这个题目开始阐述他的见解。他认为，外交谈判必须秘密进行，而谈判的结果却不能秘而不宣，所谓真正的“国民外交”，其意义就是如此。接下去，他说，外交的目的是追求国家利益是不言自明的道理，然后进一步阐述了他多年坚持的内政和外交必须统一的主张。总的来看是正统的议论，乍一看，似乎觉得没有必要提出来评论一番，但是仔细研究，可以看出有好几处颇具含蓄的语言。例如，关于国家利益，他说不要只追求短期性的眼前利益，而要从长远的观点考虑问题，并用“日计不足，岁计有余”（用一天为单位计算不合算，如用年为单位计算便会有富余）这句话来说明，确实反映出了大平的特点。

上述大平外交论的最根本的东西是“外交是内政的外在表现”这一思想。他是何时、从何处得到的这一思想不得而知，但是我们已在前编指出，大平在担任池田内阁官房长官时的主张中就包含了这一思想，很明显，它已融进大平的血液之中。他讲内政和外交一体化，是因为考虑到了在外交方面“不看清自己的力量和情况便有犯严重错误的危险”。这样，大平说，“之所以要考察‘介入’还是‘不介入’的是与非也是因为要考虑到外交主体力量的界限”。大平所说的“确立外交的主体性”也是这个意思。

说起来，所谓“要看清自己的力量和情况”，这不仅是就外交而言，也可以认为是大平政治观乃至人生观中的基本思想。大平正芳政治行动有克制效果，其秘密就在这里。与此相关，值得注意的是，大平说，社会党的中立主义是“经不起严密验证的政策”，要彻底批判和排除。但他最后说，人们只以“中立主义”这个词来表述的时候，常常是指“外交上非介入的逻辑”，这种情况倒是应该注意的。换言之，从大平话中可以体会出这样的含义，即如果是从“外交主体力量的界限”的观点说“非介入”，那也许有可能是“经得起严密验证的政策”。随便拿来一句话就具有相当重要的意义，这就是大平文章的特点。

不过，要认识“外交主体力量的界限”的论点，和主张被动外交是不同的。大平即便在国内政治方面，也讨厌所谓的“权力政治”，而推崇自我克制的行动。同样，在外交方面，他也抱有这种想法，即必须以对自己的力量有冷静、客观的认识作为外交的基础。大平是否读过马科斯·威伯的著作不得而知。威伯在《作为职业的政治》一书中说，作为政治家的资格，重要的是要把“火一般的热情”和“冷静的判断力”紧密地结合在一个灵魂之中。如果说到大平，很明显，他具备了有“冷静的判断力”这个条件。按威伯的另外一种表述来说，所谓要在认识“外交主体力量的界限”的基础上来论“介入”和“非介入”的是与非，乃是政治家的“责任伦理”的证明。那么，在“火一般的热情”或者“信条伦理”上，大平是否有所欠缺呢？对这个问题的判断，容后再作。我们还是回到考察他的外交论上来。[**注 23**]

（二）综合安全保障论的起源

大平关于日本外交内容的议论，是按同自由阵营的关系、联合国政策、亚洲外交的顺序进行的。正如我们在别处也指出的那样，这又是极为正统的论述，曾被纳进《外交蓝皮书》所说的日本外交三原则中，听起来没有一点出奇的地方。确实，作为结构并无新意，但还是有一些能引起人们兴趣的地方。首先，他在论述同自由阵营的关系的重要性时举出几点理由，其中最根本的理由是安全保障上的，然后，他就日美安全条约展开论述。在这里，他所提到的是1970年该条约是否自动延长，是否应该就期限延长再次进行谈判这一当时有争论的问题，这个问题本身到现在几乎是没有意义的争论（顺便提一下，大平主张自动延长论）。

后来，他指出：“只是在这里要注意的是，不论什么事情都不是绝对的，安全保障也不会有绝对的安全保障。我认为有的只是在所处的条件下哪个更安全，哪个较少安全，要作出选择而已。”“另外，即便安全保障问题，更小一点说，在安保条约问题上，军事的侧面只是一面，而且不过是补充的一面，必须从更广阔的视野看问题。”在一定条件下，选择较少安全的方案是政治上的睿智（prudence，如果用游戏理论的话来说，是最大最小战略）。前段也谈到了这一思想。谈起大平的哲学很有意思，他在谈到“军事上的侧面是一面，而且是补充的一面”这一后段中的论述，作为以后的“综合安全保障论”的起源是不可忽视的。这样，大平虽然反对把安全保障完全局限于狭隘的军事方面，却丝毫没有认为取消防卫努力是正当的意思。大平一语道破了“所谓世界和平，并非由全世界的基督教徒在教会的钟声中共同祈祷来维护，也不是由街上大批人进行全面销毁核武器的签名来保卫，而是由世界上的现实力量设法取得平衡来实现。……力量的平衡一直是在迄今的历史中支撑和平的基础。”这是非常正统的均势论。但所谓“教会的钟声”云云从基督教徒大平的口中说出来则更加增强了说服力。不过，就像在同一时期，在别的文章的论述中所显然表明的那样，大平在强调必须诚挚地作出防卫努力时，不是讲“宏伟防卫设想”的必要，而是认为那是“政策主体的主体真实性”之佐证。大平还警告说，“要完全承认把认真分析客观条件后调整我们的政策这种西方式的思维方式”适用于防卫讨论（换句话说，根据对安全保障环境的分析得出必要的防卫力量）的意义，但如果忘记了“政策主体的主体真实性”这一观点，就会堕入“政策技术优劣论”。从这里可以引出大平的这种主张：即安全保障的根本在于确立“政府的对内对外的信用和权威”。大平所以强调对安全保障的综合性研究，原因也就在这里。[**注 24**]另外，大平在后来被问及对宪法第 9 条的意见时，他只是说现在讨论还不成熟，没直接多谈。但可以推测，对日本应有的军备的看法，大平也曾是从“政策主体的主体真实性”这一观点去考虑的。[**注 25**]

（三）联合国的维持和平机能

关于日本对联合国的政策，大平说：“众所周知，我国对联合国外交的最大问题，是对联合国维持和平的工作能给予多少合作的问题，即如果组成联合国军队，日本是否向联合国军队提供兵力？我认为这是个核心问题。”这话使人听了一定会在瞬间产生一种错觉，好象大平还活着（经确认，大平这段话是 1966 年 4 月说的）。他认为，日本参加联合国的停战监督团

（换成今天的话说就是联合国维持和平活动）是理所当然的，用不着担心违反宪法。但是迄今日本“在政策方面一直顾虑重重”。他断言：“如果想强化和充实联合国维持和平的机能，……，只要不被说成是向海外派兵，就该积极地予以合作。”大平还谈到了当联合国建立其军队，并以此作为联合国的主体而去行使武力解决国际争端时日本怎么办的问题。大平在把各种意见归纳为“违宪论”和“合宪论”（宪法第9条禁止的是日本作为主体行使武力解决争端，这与日本参加联合国军队并不抵触）后，提出了自己的看法：“既然要尊重联合国，坚持合作的方针，那么从考虑日本的国际信用来说，也应该以积极态度来研究这个问题。”从这里也可以看出大平具有善于从事情的根本上分析问题的习惯。

（四）亚洲外交论

让我们看一看大平对亚洲外交的看法。大平有一种首先按地区把外交分解开加以考虑的习惯，例如亚洲外交或美国外交等但是这往往会导致误解，例如误认为存在亚洲外交这样一个独特的部门。因此，他认为应该加以注意。他说：“例如，日美外交的内容实质就是亚洲问题，亚洲外交可以直接变成日美外交，与其说它们相互有内在的联系，不如说它们是一个整体外交的两个侧面。”这也许又是一件平凡的事，但这表明大平没有把日本对亚洲外交同日美关系分开，或者把它们对立起来。上面的这句话具有启发性。另外，大平还说，欧洲这一概念已具有一个确定的内容，与此相比，“亚洲的思维方法、亚洲的生活方式、亚洲的政治制度”尚未有固定的模式，因此，“将这些一起处理的想法是不成熟的”。总之，他着眼于亚洲的多样性。

这时大平的头脑中怕是还没有“亚太”或者“环太平洋合作”的概念，但是，他反对把“亚洲”同其它地区分开或使之对立的想法，并且强调亚洲的多样性。在这一点上已经可以看出有与后来的“环太平洋合作”构想一脉相通之处。这在大平对亚洲外交的另一个论点上也有表现，他认为，亚洲的开发是宏伟而艰难的事业，而且认为那种以为不需要借西欧力量，光是靠亚洲力量就能完成这一事业的想法是片面的。所以大平摒弃这种主张。他说，“如何创造与西欧密切合作致力于亚洲开发的氛围和机制，尤其是日本的重要责任”，“努力把全世界的力量集结到亚洲开发上来”，这是日本的使命。这里他说“西欧”的时候，直接想到欧洲各国是无疑的。当然，也指更广泛的“发达国家俱乐部”（经济合作与发展组织成员国），并不是把欧共体国家同美国等其它国家分开来考虑的。

当时大平眼中的亚洲，不是今天摆在我们面前的“繁荣与增长”的亚洲，而是一个“贫困与停滞”的亚洲。他警告说：“亚洲问题今天就很棘手，考虑到今后地区人口增加和地区经济的条件，将来肯定会愈来愈难办。……对此日本要有一定的思想准备。”正因为如此，大平的下述观点才应运而生：日本应发挥渠道作用，“努力将全世界的力量集结到亚洲开发的事业上来”。这种对亚洲现状和前景的认识，大概就是当时的标准认识吧。也不是不可以说，有了这种对亚洲的认识，就不会产生把美国和欧共体国家从亚洲排挤出去而由日本单独背起包袱等的想法，也是当然的。那么，如果面对一个“繁荣与增长”的亚洲，大平会有什么想法呢？从以长远的、综合的观点考虑问题的大平的思想方法来看，他驳斥那种认为日本企图垄断“繁荣与增长”的近视的、狭隘的思想，难道不也是很自然的吗？

以上，我们回顾了大平外交论的理论乃至思想的框架，在往下论述之前，让我们简单地谈一谈这一时期大平在具体外交问题上的立场。

二、冲绳、日美纺织品谈判

佐藤外交最大的成果是实现了冲绳归还日本。但是，现在我们知道在当时日美两国间就存在“纺织品摩擦”。[注 26]如果在知道这点的基础上回顾大平以不同的方法处理构成佐藤外交明暗两面的这两个问题的事实，再看一下两个政治家的素质和说不上是良好的关系，甚至会让人觉得这是命运。

前编已谈到大平作为池田内阁的外相，参与了围绕设立与冲绳问题有关的日美协商委员会的谈判。这是肯尼迪政权为贯彻其提出的政策——旨在提高冲绳居民的生活水平、稳定当地的政治局势，从而使美国更加顺利地使用它在冲绳的军事基地——的一个组成部分而采取的措施。肯尼迪的冲绳政策没触及冲绳施政权这个根本问题，而是把这个问题一直往后拖。这种做法显然不会让日本满意。但是后来冲绳问题毕竟成了日美间定期协商的课题，在这个意义上，设立日美协商委员会使冲绳归还问题向着最终成为现实的目标动起来也是事实。我们虽然没有掌握大平对冲绳问题特别关心的证据，但是，大平着手对池田和肯尼迪时代的冲绳问题的研究，注意他们对改善冲绳居民的社会、经济等生活各个方面问题，逐渐缩小本土与冲绳之间的距离这种努力，不难想象这符合大平的气质。

对这样的大平来说，佐藤荣作积极处理冲绳归还问题恐怕会使他大吃一惊。1968年1月，大平以政务调查会会长的资格在众议院全体会议上质询时提出了冲绳问题。首先他说："迄今的冲绳政策，把重点放在了日美合作提高冲绳民生福利之上，施政权的归还问题没有列为公开的议题。"并且指出，其原因是在"亚洲形势缓和"出现之前，美国并不打算放弃冲绳基地。然后大平赞扬了佐藤积极处理这个问题，并将它……作为日美首脑会谈中的主要议题的"坚定决心"。但他指出，问题"要归结到在亚洲紧张的前提下，从哪个角度使冲绳美军基地的机能同日本的核政策以及安全条约的关系协调起来"，因此，不要因过于希望早日解决而"操之过急"（有过处理核潜艇进入日本港口问题经验的大平深知处理核武器问题的难度）。[**注 27**]总之，没有"'日本方面'国民的同意"和"美国方面的谅解让步"，冲绳归还是不可能的。但是，只要亚洲紧张继续下去，后者（美国方面放弃冲绳核基地和基地使用自由）就不会有希望。只要这样，前者（关于冲绳返还的方式和核武器处理的日本国内的一致同意）就实现不了——这就是大平的认识。只要看美国政府表现出来的正式态度，就会认同这确实是对形势的正确认识。不过，乍一看没有出口的地方竟要找到出口，这就是佐藤外交特点。实际上，这时正在华盛顿进行冲绳政策的根本修改工作，正逐渐朝着大平所说的“得到美国方面谅解让步”不一定是不可能的方向前进。[**注 28**]但应该看到，佐藤在着手处理这个问题时也并非胸有成竹。在大平眼里，看到危险也不是不可能的。谁都难以举出大平认识肤浅的事例，但也许可以说，稳扎稳打的大平政治的界限就在这里。[**注 29**]

和冲绳归还问题纠缠在一起的纺织品谈判，也是要追溯到池田内阁的大平外相时代的问题。以整个 50 年代美国纺织业不景气为背景，艾森豪威尔政权要求日本自主限制棉制品出口，1955 年 12 月，日本政府接受了这一要求（这件事开了以后陆续使有关商品进行一系列“自主限制”的先例）。到了 1957 年 1 月，日美双方签署了延长限制的协定。这个“57 年协定”1962 年届满后，从 1963 年开始，日内瓦棉制品长期协定（LTA）也适用于日美之间。美国政府根据该协定的第三条（关于扰乱市场条款），提出要就占日本对美棉制品出口主要部分的 40 种产品 1963 年的限制标准进行磋商。肯尼迪公开提出要对纺织产业给予救济的许诺，从而在竞选中得以获胜。也因为有这个原委，在他执政期间，这个问题被排在了最优先处理的位置。1961

年5月，肯尼迪政府发表了《对美国纺织产业的救济计划》(即《七点计划》)。这样开始的日美棉制品谈判被大平称作“战后日美外交中最激烈的谈判”。大平外相压住了日本通产省关于应向关税贸易总协定的棉制品委员会上诉的强硬主张，使日美两国的谈判优先进行。由于采取“自主限制”，因此，产业界有关人士都兴高彩烈，终于“拨云雾而见青天”。正在这个时候，美国方面提出了要求。所以通产省和产业界的强烈不满不同寻常。这种情况，大平是知道的，但他担心“如果两国间不充分对话，突然在公众面前摆出问题，会给日美友好关系造成深刻的裂痕”。这时，作为“历经4个月艰难的反复谈判的结果”，1962年7月，不管怎样，双方还是商定了具有3年有效期的棉制品贸易协定。但从各个方面分析来看，大平曾预料到“今后的日美谈判……将会更加微妙”。[**注30**]

不幸的是，大平的这一预言没过几年就变成了现实，而且是以他没想到的同冲绳问题纠缠在一起的形式出现的。1968年总统选举中当选的理查德·尼克松和肯尼迪一样，为了稳定美国南部选民的支持，许诺救济纺织产业。秉承尼克松这一意图的负责同欧洲和日本谈判的莫里斯·斯坦斯商务部长的态度从一开始就很强硬。这次与1962年时的情况不同，大平作为背后受到有关产业和通产省官僚强硬压力的通产大臣亲自参加对美谈判。作为通产大臣的大平，从一直指导贸易和资本自由化促进政策的立场来说，也不会同意无视关贸总协定规则的美国政府毫不客气的主张。在这种情况下，1969年5月，他同来日的斯坦斯的谈判以破裂而告终。这是充满波澜的日美纺织品谈判的开始。

比任何人都更为关心维持日美友好关系的大平，为对付尼克松政权不容商量的姿态绞尽了脑汁。他一边坚持反对向美国妥协的立场，一边在努力作出能使谈判继续下去所必需的最小限度的让步，以便克服这场危机。但是，这时把冲绳归还谈判放在第一优先地位的佐藤首相正同尼克松之间通过非正式渠道进行着秘密的讨价还价。佐藤为了保护自己的政治生命，有必要对国内保密。在对两国首脑秘密交易不得而知的情况下，必须在日美谈判的舞台上演戏的“演员们”，都遭到了愚弄，大平也是其中之一。那时，“绳（冲绳）和线（纺织品）的讨价还价”已引起舆论的疑虑。1969年11月24日，佐藤尼克松会谈取得了成果，美国同意归还冲绳，佐藤还在华盛顿，大平通产相在东京记者团面前断然否定人们的怀疑，指出种种说法都是没有根据的妄测。就在佐藤回国不久召开的内阁会议结束后，大平还问佐藤除公开发表的事情外是否还有什么让我知道为好的情况？大平所以这么问，可能是因为他未能消除自己心中的那一抹疑云。对此，佐藤回答说“什么也没有”，显出态度极为冷淡。[注 31]由于对佐藤秘密策划一点都不知道的大平没改变同美方谈判的姿态，成了佐藤推行对美外交的障碍，结果佐藤在改组内阁的名义下，把通产大臣换上了宫泽喜一。大平挨了一闷棍，“丈二和尚摸不着头脑”，成了“绳与线”纠葛的牺牲者。

三、政策构想的系统化

以实现冲绳归还为最大政绩的佐藤政权越过了顶峰，终于走向终点，政局由此动荡起来。宏池会也受到影响，结果导致了从前尾到大平的交接。到1971年4月，以宏池会会长大平为中心的政策研究活动活跃起来。这可以说是大平为将来执掌政权而做的政策系统化工作。推动这一工作的主体是同年5月成立的由大平系议员组成的政策委员会。每当委员会开会，大平都一次不落地出席，并且积极参加讨论。在将讨论结果落实到文字阶段他也过问，所以，这样诞生的政策文件都明显地反映出大平的思想。[注 32]大平在整理了自己的一套政策的基础上，1972年7月在自民党总裁选举中被推举为候选人。

（一）“揭开日本新世纪的序幕”

大平集团的政策文件题为《改变潮流》，由5个提案系列构成。其中与国际问题关系密切的是第一部分《拉开日本新世纪的序幕》和第5部分《和平国家的行动原则》。特别是大平于1971年9月1日在宏池会国会议员研修会上所作的题为《揭开日本新世纪的序幕》的演讲，可谓是大平派的扬帆起航，是值得纪念的。大平在这里呼吁要进行“战后总清算”给人们留下的印象很深。据他说，现在的时代正处于“一个大的转折时期”。其理由是，一方面，迄今支持国际政治经济秩序的美元体制衰落；另一方面，各国对在经济增长道路上猛跑的日本嫉妒和抵触的感情增加了。因此，日本作为“国际一员不得不担负起经济国际化的责任”，“对政策轨道进行大胆的修正”乃是时代的要求。这就是他当时的基本认识。他在谈了国民的团结和国民对政治的依赖是“国家存在的基础”的哲学后，呼吁“大力开展自主和平外交”和“建设田园都市国家”。这两点是大平政策体系中反映内外两个侧面的基础观念。关于以“与自然调和而取得平衡的人类社会”为理想的“田园都市国家”论，这里不想进行探讨，但对“自主和平外交”，让我们稍微看一看它的内容。

大平在注意美中接近等国际政治结构变化的同时指出，日本处于美中苏3大国（也称“极”）的夹缝中，在3个大国风压之下的“经济大国”日本“只有世界和平……才得以生存。不能同世界任何部分断绝联系”。并由此而进一步论述要力戒“轻率的大国意识和经济上的利己主义”，要有“为和平而合理地付出代价的思想准备”的道理。力戒“轻率的大国意识”，很明显，这意味着对无限度增强自卫力量要提高警惕。另一方面所谓力戒“经济上的利己主义”，如果把前段所说“和平的代价”论和“国际一员应对经济国际化负责”的主张一并考虑的话，可以认为这是与国际经济秩序的维护者——大平强调要推进“自主外交”的阐述有关。

这以后，大平具体地谈到了中国、经济文化合作、太平洋经济圈3个问题，其中最引人注目的是中国问题，这在当时的政治情况下是毫不奇怪的。大平还引用过去自己曾在国会答辩中说过的话，如果北京政府在“世界的祝福”下被承认在联合国是代表中国的唯一合法政府的一天到来，日本也应当谋求同北京实现邦交正常化。这是大平首次鲜明地表明要使日中邦交正常化的积极立场。这是一心想要执掌下届政权的大平向日本国内外发出的政治信息，这一表示产生了最明显的效果。其它两个问题谈的并不是目前的政治课题，而是表明了大平关于日本外交长期构想乃至对日本作用的认识。这就是说，经济文化合作的推进同上面所说的要力戒“经济方面的利己主义”有关。换而言之，是站在对迄今的经济外交“一味地向海外扩张”进行反省的立场上，认为已经到了应发挥与“经济大国”地位相称作用的时期。另外，太平洋经济圈论是大平注意到越过日本而进行的美中两国接触给日美关系带来的冲击而发出的议论，认为从太平洋经济圈关系到自己生存和繁荣的日本来说，对美协调仍须作为今后日本外交的基轴。它包含着以后发展到“环太平洋合作”的内容。

（二）“和平国家的行动准则”

在翌年即1972年5月8日发表的题为《和平国家的行动准则》的讲演中，大平将以上各点内容作了详细阐述。大平谈到了恰好一周后的冲绳归还签字仪式，并向听众表示：“1972年无论对世界政治，还是对我国的政治，都是重大选择的一年。”就是说，“经过战后四分之一世纪……我国要避免对严峻的世界政治作过多的承诺，把自己的防卫都委托给日美安全条约，一心一意致力于经济的复兴和自立”。但是,“取得相应成果”的这一政策也在“美国的领导能力逐渐衰弱,我国的经济力量增强”的今天形势下,已经不能坚持下去了。他指出,“所谓的对美依赖的时代已告结束,日本对迄今的外交和防卫政策不得不重新作出自主性的选择”。这就是大平的认识。他呼吁国民,要摒弃把防卫议论当成禁区的不良风潮,而对安全保障应进行认真的研究。

在以上基本认识的基础上,大平提倡的新时代的外交和安全保障政策的框架是:第一、关于在国际政治中力量的作用,他指出重点正从硬件向软件转移,强调要“建立超越强权政治的逻辑,建立新的设想和体系”,“战胜人类共同的敌人”。这就是说,核武器的管理、地球污染、资源枯竭等“超越国家范围的全球性问题”的解决是决定人类命运的关键。第二、美苏军事力量特别是在核武器方面不允许其它追随者的存在,但“拥有作为维持和平手段的军事力量正相对减弱”。从这一观点出发,看一下亚洲的形势,“美国、苏联、中国,还有日本,这4国之间虽在不同的结构下包含着各种矛盾,但仍形成相对的平衡”。因此,这4个大国特别是日中两国“在这一地区努力创造和平的条件,如果发生争端,也要建立早日解决争端的机制。这个问题至关重要”。他的意思就是尽管以日美关系为基轴，但也必须建立适应新国际形势的多边性、地区性安全保障结构。尽管过了20年，这一论断至今仍大体适用，不，应当说是越来越显示出其稳妥性，从这种意义上说，他的思想已走在时代的前面。

那么关于日本这个国家的应有状态大平是怎样考虑的呢？他认为，日本建立在“以整个地球为周边的拥有全球背景”的经济基础之上，它在世界上以自己的军力保卫广袤的市场和漫长的贸易通道等的想法只是幻想。这的确是表明日本具有脆弱性的事实，但是在相互依赖的时代，“应该说所有国家的立场都是脆弱的，所有国民都感到不安”。尽管如此，日本也不能不更加强烈地意识到对付在这种全球性系统中产生的突发事件的脆弱性。不过当看到维护全球经济体系及其基础条件国际和平关系到本国利益后，就会认识到为此而努力是当然的。日本发挥“创造和平国家的作用”是安全保障的基础——大平的思想来源就在这里。作为应采取的具体措施，大平举出5点：1. 恢复日中邦交。2. 坚持日美安全保障条约（“为了创造亚洲的和平，在政治多极化形势下，日、中、美、苏4国应虚心探索确保这个地区安全的途径，创造对话的气氛。……我相信能够找出日美安保条约在这种努力中应有的位置”）。3. 认真研究自卫力量的规模和内容（“我认为无论对轻率地增强现有的自卫力量，还是对随便削减自卫力量都应采取慎重的态度”)。4. 充实对外援助；5. 发挥日本在国际机构中的作用（“联合国……作为维护和平的机构，应当说并未取得应有的成果。我国应该率先为加强其职能提供合作”）。这番阐述正发表于冷战气氛还很浓的时代，看上去也许带有不少理想主义色彩，在大平的政治中未落实的也不少，但必须承认在冷战以后的今天，反倒更加值得人们深思。

三、大平的外交演说

大平说过，1972 年对世界和日本都是要作出重大选择的一年，对大平个人来说，也是要作出重大选择的一年。在 7 月的自民党总裁选举中出马，并和田中角荣联合取得了政权，然后便刻不容缓地着手处理中国问题。9 月在北京的谈判中，实现了日中邦交正常化。对当时处于光环之中的大平，这里无须赘述，不如让我们在这里看一看迄今看到的大平思想，从他作为外务大臣的公开发言中是以怎样的形式表达出来的。请看他的 4 次演说：［**注 33**］

1. 在第 70 届国会上的外交演说（1972 年 10 月 28 日）

2. 在第 71 届国会上的外交演说（1973 年 1 月 27 日）

3. 在第 28 届联合国大会上的演说（1973 年 9 月 25 日）

4. 在第 74 届国会上的外交演说（1974 年 1 月 21 日）

为方便起见，先让我们看一看他在联合国的演说。与上一年在第 27 届大会上中川融首席代表进行的演说以及翌年第 29 届大会上的木村俊夫外相的演说相比，从大平在第 28 届联合国大会上的演说中，可明显看出堪称为大平式的思想。他指出，在核武器带来的“恐怖均衡”的基础上，30 年来在大国间没有发生大规模战争，这在世界现代史上是没有先例的。从这里可以看出国际社会正发生新的变化。而这是“暂时的和平”。我们正在迎接要把它变成更加稳定的、使其摆脱“暂时”性质的时代。大平首先阐述他对时代的这种认识，他的一流历史观在这里初露端倪。然而不管怎么说，这一演说的特点都包括在他的亚洲论中。关于“在战后亚洲地区发生了历史上从未有过的变化这种新情况下，探索与自己相适应的新秩序和稳定格局的重要性”问题，大平着力进行了阐述。他在谈了中国回归国际社会和东盟的活动后说：“亚洲正步入谋求新的安全秩序和建立在这一秩序上的繁荣的新时代。”他还进一步阐述说，在实现整个人类的安全和福利这一国际合作目标的过程中，“世界各地区无论在政治方面，还是在社会经济方面，都要因地制宜谋求最合适的形式的合作，为通过地区合作实现和平与繁荣的协调作出贡献”，这就是联合国面临的课题。他在结束这次演说时阐述了“为创造和平作贡献”是日本的责任这个他一贯主张的观点。这次在联合国的演说，明显体现了大平的“和平国家的行动准则”和应采取的对应关系。

大平作为田中内阁的外务大臣，在大约两年期间（1972年7月7日至1974年7月15日）内得到了3次在国会发表演说的机会。现在我们在这里不能对这3次演说进行详尽的分析，我们可以看一看大平常用的二三个有特点的词汇。他在第70届国会3次、第71届国会2次、第72届国会2次谈到“亚洲太平洋地区”以及“亚洲太平洋各国”。在第70届国会上的演说中，他还用了一次“环太平洋各国”。另外，诸如“亚洲”、“亚洲各国”、“亚洲邻近国家”、“近邻亚洲各国”等他也多次使用。这个时期的大平究竟是在多大程度上有意识地区别使用这些词汇我们不得而知，但在谈到与亚洲问题有关的美国、加拿大、澳大利亚等发达国家的合作这个题目时，“亚洲太平洋”、“环太平洋”这类措词就出现过。也就是说，单独使用“亚洲”这个词时，并不包含美国等上述国家。不管怎样，如前所述，希望把亚洲问题只放在亚洲国家中进行讨论或者认为那是可能的这种思想与大平是无缘的。亚洲、太平洋地区合作这一观念本身自60年代以来成了各种各样政治家喜欢谈论的热门话题，但大平的特点在于在论述日中接近同对亚洲国际关系产生的影响有关时才提到这个题目。第一，有必要缓和东南亚各国对日中接近所感到的不安；第二，探索使日美关系和日中关系并存；第三，对日中接近可能引起日苏关系不必要的紧张这种担心，成为大平萌发地区主义的动机。这从他的外交演说就看得出来。[**注34**]

大平常用的另一个词汇是“相互依赖”。尤其在第72届国会（1974年1月）的外交演说中使用得更多，那次演说甚至可以称为“相互依赖演说”。大平在这次讲演中频繁地使用了这个词，与其说这是他个人的喜好，也许不如说它是时代的流行语更为恰当。但那是和大平认为国际政治正从“靠力量抑制”向“由国际合作抑制”变化的这种思想（第28届联合国大会演说）是相符合的。“相互依赖”的观念符合自由主义者大平正芳的气质。同时，在这里可以感到他时刻注视着当时国际形势的锐利目光。美国的力量相对下降和阿拉伯石油战略上表现出来的第三世界国家资源民族主义的高涨等，国际经济体制正发生结构性的动摇。这种国际形势经常萦绕在念念不忘“相互依赖”的大平脑海是不难想像的。在“和平国家的行动准则”中，大平谈到了日本的脆弱性。从这里可以知道，他阐述相互依赖和强调由国际协调来处理问题的背景是他对这一时期国际政治和经济的结构性变动抱有危机感。[注 35]

（四）政权的获得及政策形成

大平正芳离开外相位置后，到经过同福田赳夫宿命性的角逐取得政权、坐到宰相宝座上之前，又度过了几个春秋。在这期间，包括盟友田中角荣下台在内，令大平想不到的事屡屡发生。不过在这里我们没有必要去一一回顾。在田中、三木内阁任大藏大臣、又在福田内阁时担任自民党干事长，种种经历，风风雨雨，对他的思想产生了怎样的影响，现在也没有时间去详细研究。我们以 1978 年深秋他决心出马竞选总裁时，其周围的智囊团制订的政策文件和他就任总理后的发言等为材料来研究晚年大平正芳的思想就已经很满足了。

如上所述，在这个时期，大平在主要问题上的思想方法基础业已形成。特别是在准备参加佐藤之后总裁选举的一系列政策发言中，就出现了大平政治的框架。为准备1978年的总裁选举，大平周围的人所应该做的工作是为其框架补充内容，整理、编辑最近的大平的发言，其结果便产生了题为《大平正芳的政策纲要资料》这份文件。[注36]这份可称为《大平语录》的文件开头的内容是，大平对时代的认识。到了70年代，在那以前支撑日本"顺利的战后经营"的内外环境开始发生巨大变化，进入"大地晃动的不稳定时期"。在时代发生"急剧变化"期间，要从宏观的立场出发，设定日本未来应该走的道路，这是大平在就任总理前后就有的想法，这在当时他的许多言行中都能看得出来。选择日本人将来要走的道路这是一项"宏伟事业"，而内阁的寿命是短暂的，大平说："这一宏伟事业我们这代完不成，我相信下一代会继续做下去。"[注37]实际上，大平的这句话当时可能有所指，但大平中途倒下之后这句话产生了带有预言性的影响。在大平的指导下组织起来的9个政策研究小组中，有6个小组提出报告书，这些在他逝世后被整理了出来。报告书的封面内印有大平的这句话。

让我们把话题转到《政策提纲资料》上来。这里以"一个战略、两个计划"这种稍带中国风格的表述规定了政策内容。所谓一个战略，就是综合安全保障战略。两个计划，就是充实家庭基础计划和田园都市计划。这里面与外交政策有关的是综合安全保障战略。

以下的论述也以这一点为中心。但大平认为，能够把协调一致的社会和国民的信任联系在一起的政治乃是国家安全保障的基础。他早就有这一信念，因此，机械地把内政和外交分离开来并不是大平的本意。在“综合”安全保障的意思中就包含这一点。不过，在大平的公开发言中出现了“综合安全保障”的说法，据目前所知是在1978年10月28日《东京新闻》的报道中首次出现的。据那则报道，大平这样说：“我们要珍视迄今先人完成的事业，保卫议会制民主主义、自由市场经济和综合性安全保障。国民的意见已取得一致，就应该切实地去维护、去发展它们。”[**注38**]

大平的综合安全保障论的基础思想可以概括为以下3点：一、与上述有关，日本国民和外国对日本政治的信任是国家安全保障的基础；二、为防备对日本的直接武力进攻，“现在的集体安全保障体制——日美安保条约和有节制的高质量的自卫力量的配合”是必要的。这里所说的“有节制的高质量的自卫力量”意味着什么是个问题，但安全条约和自卫力量的配合这种考虑的本身，尤其不能说是大平式思想的特点。[**注39**]大平安全保障论的最重要的是下述第三点：他说，对需要向海外寻求大量资源和广大市场的日本来说，只有国际政治、经济体制整体稳定，日本的安全也才有保障。所以，不会有日本单独的和平。因此，他强调迄今的“集体安全保障体制并不充分”，“在谋求充实内政的同时”，必须伴随“经济合作、文化外交等必要的外交努力”。“安全保障不仅是军事力量，政治、经济、文化、科学也会成为雄厚的综合力量，从而形成安全保障。所以不能轻视军事力量，但也不能采取偏重军事力量的态度。”[**注 40**]把以军事为重点的传统的安全保障概念扩大为也包含非军事性的因素，这在冷战后的现代已不是什么新鲜事了。不过在大平提倡这一点的当时，倒是颇具崭新影响的。正因为这样，给一些人留下了综合安全保障论会不会使安全保障的军事方面不起作用的疑虑。可以认为，大平的真意在强调当时是日本为了维护国际体系和加强国际安全保障，要采取包括经济、文化在内的“综合性”手段进行总动员，展开积极外交的时期。换句话说，把防卫从迄今的狭隘的防卫政策争论的框框中拿出来，把它放到广泛的对外政策、国际战略的框架中予以定位，这才是大平的真意。

不过，大平所以认为与美国结成的迄今的“集体安全保障体制不充分”，要开展积极的日本外交，是因为他重视美国力量相对降低这一事实的结果。美国力量的相对降低，同日本力量及其国际地位相对提高互为表里关系。60 年代初期大平第一次担任外务大臣时的首相池田勇人，他喜欢谈日本不久就能和美国以及西欧并列为支撑世界的三大支柱之一这种构想。池田的话在当时听来也许只不过是“豪言壮语”，而到了70年代末期却变成了现实。日本首相参加了1975年11月在法国的朗布依埃宫召开的经济发达国家首脑会议以来，日本成为这一会议的正式成员是这一现实的象征。但是，大平绝非从这里引出日美关系重要性下降了的看法。这里会让人们想起1979年5月在华盛顿举行的日美首脑会谈中大平的讲话。日美两国首脑率领各自政府成员落坐后，卡特总统首先致词，然后是大平发言。在笼罩会场的沉闷气氛下，大平离开事先准备的讲稿，向卡特总统呼吁道：“总统阁下，现在自由主义各国正面临各种各样的困难，这恐怕是二战后最大的危机。您现在坐在自由主义国家的核心位置上，阁下的一举手、一投足不仅关系到美国的命运，而且也左右着广大自由主义国家的命运。请您一定多加珍重。日本不管好歹，无论什么时候都支持美国，努力发挥好伙伴的作用，有什么事情尽管和我们说。”面对经济摩擦等各种问题，在紧张的气氛下开始的日美首脑会议的空气在大平讲话后顿时松弛下来。[**注41**]另外，在这次访美时，大平在正式的欢迎会上所说的日美两国互为无可替代的友邦，是同盟国。其意义显而易见。在1980年5月同卡特总统进行第二次会谈时，卡特被当时伊朗人质事件和苏联入侵阿富汗事件等困扰得一筹莫展，大平用“同生死，共患难”这句话来鼓励卡特。这里面既有对卡特的同情，又有超出这一意义、认为美国的领导地位是国际秩序的关键，支持它符合日本利益这一考虑。[注 42]

如果从大平对日美关系的这种想法来看，就容易理解大平的这一想法，即他并非是要以作为综合安全保障战略一环的环太平洋合作构想去取代在那以前的以日美关系为基轴的政策，而是想加以补充和加强。这就是说大平曾认为，“我国必须以日美友好为基轴，同地球上的所有国家进行协调”，同时，“我国也应当像美国对中南美国家、西德对欧共体以及欧共体对非洲国家给予特别关照一样，照顾太平洋地区各国”。原打算翌年即1979年于东京召开西方7国首脑会议前，召开太平洋主要国家外长会议，但实际上却责成以大来佐武郎为议长的环太平洋共同体研究小组具体研究这一构想。以此为基础，大平利用1980年初访问澳大利亚的机会，正式提出了这一构想。大平逝世后不久，根据日本方面在那之前同刚成立的澳大利亚新政府达成的协议，于1980年9月在堪培拉举行了研讨会，后来它便发展到以这次为首届的太平洋经济合作会议(PECC)。[注 43]

《政策纲领资料》所载的各种构想是大平就任总理后指示由首席助理富祐一郎组织的9个研究团体提炼

而成的。以学者和政府官员为智囊制定政策的做法在大平之前和以后不是没有实例，但大平的特点是，不首先提出当前的政策课题，然后逐个对此提出解决办法，而是要政策研究团体提出“政策框架”，即与长期的、根本的问题有关的政策性对应的知识性框架。从迄今的考察也显然可见，原来大平的性格就是即便对事先提出的个别政策问题做出回答时，也是必先搞清楚怎样才能导出答案，否则是不放心的。“虎死留皮”，正如这一比喻所说的，大平固然是对一时一事作出相应处理，但其背后的政策构想或政策思想将会久远地产生影响。这就是说，个别问题可以时过境迁，但要把长远的政策框架留给后世，这就是大平指示组织政策研究团体的意图。这也是大平政策形成的特点。所以，作为大平这位比较短命的总理的政治业绩、政策建议虽然没有直接运用的机会，但超出这本身的意义却留在了人间。因此，这些政策研究团体的建议对大平以后内阁政策的影响也应该列为研究的对象。但那已偏离了大平正芳论的范围，所以就此搁笔。［**注 44**］

结论　国际政治家大平正芳

日本有一家杂志曾计划从战后日本的所有政治家中选出佼佼者排出一个内阁组成名单，外相就选择了大平正芳。据说大平本人在病床上谈感想时说，他认为自己在经济方面和外交方面干得还算不错，还算及格。[注45]卡特说，在他作为总统接触过的世界上一百几十个国家的领导人中，作为朋友相处的除埃及总统萨达特之外，只有大平正芳。亨利·基辛格也在其回忆录中写道，他对大平抱有好感。如果刨除外交辞令，无疑大平给各国领导人留下了深刻印象。[注46]

大平喜欢耶律楚材的一句名言："兴一利弗如除一弊"。他说，政治家说搞改革，结果招致政府工作量和预算金额的增加，这是十分愚蠢的，应在精简方面下功夫。另外，他还对年轻人说："即使我们对眼下不满，也应该考虑到还有比眼下更恶劣的情况，为了不使情况比眼下更糟，考虑如何做点什么才是正确的生活态度。为此，首先就是努力……任何方法都有其正负两个侧面，绝对有利的方法是没有的……。现实的态度是增加有利的一面，减少不利的一面。"[注47]大平讨厌说大话和蛮干，而重视平衡和协调。正因为他有这种思想，所以讨厌走极端和过激、重视中庸和节制，他的人生态度可称得上是磊落大方。而且，他强调不求大利而避大害才是政治运作的关键。他是一位深思熟虑的人。如上所述，大平是一位具备了马科斯·威伯所说的政治家应具备的“冷静判断力”(Sense of proportion)这一素质的人。

这种把“可能”优先于“希望”的思维方法，乍一看好象是对政治消极、退缩的态度，至少使人感到不会对血气方刚的青年奋起具有鼓动作用。实际上，大平是最不善于蛊惑人心的人。但这并非说他不学无术、胸无大志。他摒弃政治的技术主义和专门化，重视从综合研究和大局出发作出判断。在这种意义上，大平又是一个具有构想力的人。他讨厌意识形态式的教条，不欣赏抗争型人的思维方法和感情用事的作风。这在他对中国和苏联的态度中明显地反映出来，大平因而受到对苏联、对共产主义抗争不力的批评。[**注 48**]不过这并不意味着他对民主主义国家共有的价值观的信奉缺少坚定性。以他的日美同盟论为例，他的日本归属“西方”的认识基础是建立在综合的、宏观的判断之上的。即虽然把经济上的利害和军事上的计算充分考虑在内，但也不是仅以这些为根据，尤其和意识形态性的狂热完全无关。他对中国和亚洲的态度也是这样，不是来自感情上的亲近感。大平对中国的文化非常尊敬，对近代历史上中国人及亚洲各国人民遭受的苦难抱有同情，但他的重视亚洲论并不单是来自同为亚洲人这一理由。在处理国际问题时，大平正芳也主张通过坚持不懈的对话去谋求达成协议和建立起信赖关系。在这一点上，大平的态度是真正的自由主义者的态度，而且从这一意义上说，他又是一位信念坚定的人。威伯所说的“信条伦理”，大平也不欠缺。

大平不喜欢对抗和过激，重视调和与熟虑，那么，他是不是没有决断力的优柔寡断的人呢？不是的。当然，他不拘泥于自己的信念，屈服于周围的反对，违心去做的事也不是完全没有。他在1993年石油危机时，按照政府内外倾向阿拉伯舆论的趋势作出了一定让步是一个明显的例子。[**注49**]但是，他在面临台湾问题这个难题的情况下，不管国内，不，也有来自执政党内部的强烈反对，在缔结日中和平友好条约时保持了坚定的姿态，还有在对伊朗、对苏联实行经济制裁问题上，他不失时机地明确表明了支持美国的姿态，等等。这些事表现出大平是一位办事只要定下来就不再更改的、深谋远虑、办事果断的人。

作出决断可分为官员型、参谋型、政治家型3种决断类型，分别是以精通规则、分析问题的能力，深思熟虑后作出综合判断能力为决断手段的类型。人无论是谁都在生活的各种情况下按情况区别运用这3种决断类型，即便是同一个人，也因他在组织和团体所处的地位和担当的职务不同而表现出不同的类型。如“跑龙套”的官员和局长级干部不同，团体的最高负责人又必须有不同的行动方式。但是，一个人属什么类型受其天赋和经验的积累如何来决定。

大平正芳这个人，与其说他均衡地保持着多方面类型，不如说他是作为那样的人而成熟起来的更为合适。大平这样的政治家的魅力在于他的复杂性、多面性。在这方面，他没有像天生具有政治家风度的田中角荣那样诙谐，也没有佐藤荣作那样威严。只要看一看大平喜欢说的宽容与忍耐、融洽和团结、信赖和一致这些词，就会得出重视人际关系的所谓调停型政治家的印象。但是他给人以重视语言、观念、历史、文化的文人政治家的这种印象，又显现出具有卓越的政策构想能力的人物形象。大平曾忠告盟友田中，要注意在外交方面不能简单地说“明白了”。从这点上看，他也不是一个优柔寡断的人，而是在深思熟虑的基础上排除万难去坚决实行的人。今天，无论在国内还是在国际上，都进入了越来越期待政治家具有能解复杂的多元多次方程式能力的时代。大平政治的类型是值得人们铭记和继承的，它是战后政治所孕育出的珍贵财产的一个组成部分。[**注 50**]

（青山学院大学教授）

注 释

注[1]　清泽洌著《外政家大久保利通》(中央公论社1942年出版，1993年再版)。

注[2]　这一经过是据田中角荣著《忆大平正芳君》。大平正芳回忆录刊行会编《大平正芳回忆录·追忆编》(大平正芳回忆录刊行会1981年出版）第390页。

注[3]　菊地清明后来回忆大平时说："他从一开始就对外务省非常同情，认为外交重要"。文部省科学研究费补助费重点领域研究及战后日本形成的基础性研究项目、口述历史书《菊地清明》(1994年3月出版、以下引用时简称《采访菊地》)，还谈到带有国际主义性质的一桥大学校风，年轻时曾作为兴亚院的官吏到内蒙赴任，在战后的占领期间作为津岛寿一藏相的秘书或经济稳定总部的公共事业课长，同驻日盟军司令部进行过谈判等，人们认为这是大平的国际问题感觉形成的背景。关于这些，请参照大平正芳著《我的履历书》(日本经济新闻社1978年出版)。另外，新井俊三、森田一著《文人宰相大平正芳》(春秋社1982年出版）第292页以下有关于大平学习时一桥校风的很好的记述。

注[4]　公文俊平、香山健一、佐藤诚三郎监修《大平正芳——其人与思想》（大平正芳纪念财团1990年出版）第198—199页、大平正芳著《春风秋雨》（鹿岛研究所出版会1966年出版)第97—101页。后者是从大平的观点看池田内阁记录的珍贵的书籍。

注[5]　上述赖肖尔为《大平正芳》一书写的序文，特别参照第18—20页。

—

注[**6**]　上述《采访菊地》。据说大平和赖肖尔大使每月都在霞友会馆背着记者举行定期会见。

注[**7**]　关于对冲绳日美协商委员会设立谈判的经过，尚没有一份完整的记录资料。渡边昭夫著《战后日本政治和外交—围绕冲绳问题的政治过程》（福村出版社 1970 年出版）第 130—133 页有以当时的新闻报道为材料的记述。大平对这个问题是怎样参与的，还没有确认的材料。

注[**8**]　赖肖尔著《赖肖尔自传》（文艺春秋出版社 1987 年出版，德冈孝夫译）第 374—375 页。据这本书写道，赖肖尔大使在华盛顿说，考虑到日本的舆论，是提出美国海军不肯出动这个问题的时候了。据说这就是问题的起源。

注[**9**]　上述《春风秋雨》第 95—97 页。

注[**10**]　《大平正芳》第 18—19 页。另外，要正确理解赖肖尔这一部分叙述的意思，参照英文版 Seizaburo Sato et al，Postwar Politician The life Former Prime Minister Masayoshi（Kodansha International，1990）pp. 20—21. 赖肖尔的这句话可以认为是对大平的赞赏。但在对“运进核武器”日本政府解释暧昧的问题上，到现在为止，依然在日美间留下了难以解决的悬案。如果以这时的大平外相和池田内阁的态度为其开端，也许这种赞赏之辞会转为与赖肖尔原意不同的意思，另外，在上述《赖肖尔自传》中有一段谜一般的记述，即：“有一件事比核潜艇靠港还重要，但几乎未被人们注意。从日美关系来说这是非常微妙的问题，所以我 1966 年离开日本时从个人的笔记中剪下了有关部分并进行了处理，只能靠记忆来写。”赖肖尔接着写道，这件事发生于 1963 年 4 月

4日，日本的官房长官在国会的答辩中，谈到搭载核武器的美国舰艇进入日本港口问题时说，他“信任美国”。赖肖尔还说，由于对日本政府的这一答辩感到不解，于是把大平外相请到大使公邸进行了说明，大平说这件事就交他处理好了。于是，赖肖尔大使在为《大平正芳》一书做序时，便写上了这句话。然而，据调查，1963年4月4日政府答辩没有此事。在这前后的官房长官（当时是黑金泰美）的发言中也未找到这种话。是赖肖尔记忆混乱，前后关系不清，还是有什么事没有公开，二者必居其一。

关于大平本人的态度，他在辞去外相职务那天对一名记者说过这样的话：“自卫队搞核武装不行，但应允许从美国运进核武器。”（小和田次郎著《主编日记1963—1964年》，见铃书房1965年出版，第141页）。后来当了总理的大平还透露，他认为应纠正日美间在这个问题上理解的出入，“非核三原则应改为‘2.5原则’”，但别人没让他公开说出这句话（福岛正光的谈话）。

还有，“非核三原则”规定下来是在佐藤内阁时期。关于此事的国会决议是1971年11月24日通过的，即和批准冲绳归还协定同时作出的。这点参照渡边昭夫著《佐藤内阁》（林茂、辻清明编《日本内阁史论》第一法规，1981年版，第6卷，第171—172页和第94页。

注[11] 上述《春风秋雨》第106—110页。

注[12] 这时，日方参加谈判的大藏省外汇局长（渡边诚）开始提出7500万美元这个数字。美国国务院秘密通知菊地外务省美国加拿大课课长（菊地任外相秘书后担任了此职），美国的想法是1亿日元。第二天，日本方面重新提出这一数字，结果双方就此达成协议。在了解最近的日美谈判的人们的眼里，那只是牧歌时代。参照上述《采访菊地》。另外，这里没提出来的是作为大平外相时代的日美外交问题还有纺织品谈判。对此，参照后编的叙述。

注[13] 关于美国方面就古巴危机对日通报情况，《大平正芳》与《采访菊地》不大一致，但同这里的论点无关。

注[14] 李庭植著《战后日韩关系史》（中央公论社1989年出版，小此木政夫、古田博史译）第73—79页。著者认为，朴政权特别是金钟泌中央情报部长参加的日韩谈判是“屈辱的”、“腐败的”，因此没抱好意去写。

注[15] 例如，题为Draft NSC Action，Task Force Report on Korea (dated June5，1961）的美国国家安全会议的文件写着：“应把日韩关系的改善……提到日本首相访问华盛顿时的讨论中去。另外，还应就此敦促韩国新政权”。这是为预定同年6月池田访美作准备的美国政府内部的议论。

注[16] 大平正芳《当前的外交课题——越南争端和日韩谈判的妥协》（1965年4月17日在爱知县丰桥市的讲演），上述《春风秋雨》第158页。当时的美国国务院的内部文件也认为日韩谈判在当年秋天举行的东京非正式会谈中取得了进展，文件说：“过去的两三周，日韩政府间高层的非正式会谈在东京举行了，它使人们看到了希望。据此，两周达成基本的谅解，根据这一谅解，在不远的将来也许能解决主要问题。”Chairman Park’s Visit，Washington，November14-15，1961，Position Paper：Korea-Japan Relations，P3.

另外，大平就任外相前，据官房长官当时的秘书今野耿介说，同处于始动阶段的韩国方面（金钟泌中央情报部长）进行接触的是内阁调查室，得到的情报转给了大平官房长官，所以对金部长等人大平事先有一定的了解。参照本书所收今野耿介著《从插曲看大平形象》。

注[17] 大平本人说明了美国对于这一时期日本对华政策（特别是政经分离）的态度："同中共贸易的现状是以民间贸易的形式进行的。政府特别向美国方面说明，日本既不特别鼓励同中共贸易，也不阻止。对此，美国方面的反映是既不是同意，也不是不同意，只是谅解的程度。"上述《春风秋雨》第124页。据菊地秘书官回忆，美国的态度有些严厉，在日美贸易经济混合委员会上就日中贸易问题对日本提出了相当尖刻的批评（上述《采访菊地》）。在现在公开的美国方面的记录中，也能找到某种佐证材料。例如，1964年1月在东京召开的第三次日美贸易经济混合委员会上，借助于法国承认北京消息带来的冲击，就中国问题进行了相当深入的讨论。会议上，美国国务卿腊斯克说，如果10年前日本的对华政策也许是从对美关系引出的副产品，但现在仍然说出这样的话令人感到意外。他以相当厉害的口气表示了不满。他还说，日本从本身的国家利益出发应明确表明现在的中国的国际行动是危险的这种认识。对会后如何向记者发表，大平外相说，可以看出美国对北京的态度"相当顽固"(Rather stiff)，腊斯克国务卿说明美国的那种立场也是可以的，但如果他说日本应该同美国唱一个调子，坦率地说，从可以想像的日本舆论来看就不好了。结果，在向记者发表时，只谈了本来的议题贸易经济问题。Department of Conversation，Secretary Rusk and Foreign Minister Ohira，January 28，1964，Communist China；Joint Economic Committee（顺便说一句，包括这里引用的文件，即便在美国方面的公开发表资料中像日本方面发言部分也几乎都被删除，好多内容利用价值不高。这种删除显然是按日本政府方面的希望进行的，令人遗憾）。另外，关于在这前后的日中关系及美中关系，请参照以下两本书：绪方贞子著《战后日中、美中关系》（东京大学出版会1992年出版）、田中明彦著《日中关系1945—1990》（东京大学出版会1991年出版）。Daniel S·Papp (ed)，As I Saw It by Dean Rusk as told to Richard Rusk (Penguin Books，1990) 中有谈中国政策的一章，其中根本未谈及日本。还有腊斯克的这一回忆录，通篇也没谈到池田和大平。

注[18]　在台湾方面的文献中，还有比这更具重要内容的《吉田书简》（“书简”即信札）。据说2月吉田访台时，在同蒋介石的会谈中，就5条“中共对策要点”达成了一致。为了确认已达成一致的意思，吉田回国后给张群发了一封信（1963年4月4日）。据此，就成了两份《吉田书简》，但至今没有以日本的证据证实此事。对这一点，请见前条、田中著《日中关系》第216—217页的说明。最近，发表了吉田茂给岸信介、池田勇人、佐藤荣作3代首相的信件，在给池田的信中，有一封谈到了这个问题（不过缺少正文，只有追加部分）。内容如下：“成套设备（装船运向中共）一定要尽量阻止或拖延，至少在民间渠道政府不露面，希望你从岸、石井两位那里了解详情（1964年3月8日）。《中央公论》（1993年10月号）第

75页。

注[19] 关于大平在台北的表情，参照本书所收阿部穆著《为“台湾问题”费尽心机的大平外交》。另外，在《春风秋雨》中，大平提出的外交问题中，除本文论述的以外，还有泰国特殊日元问题、政府占领地救济拨款和占领区经济复兴问题、重新研究对缅甸赔偿的谈判问题，再加上韩国对日请求权谈判问题，大平统称之为“战后处理问题”。其中的重新研究对缅甸赔偿的谈判问题是大平第一次担任外相期间解决了的问题，本来这次应该提出来，但还是割爱了。

注[20] 这些演说收在外务省《我国外交近况》第7号、第8号中。

注[21] 这是大平在第46届国会众议院外务委员会会议（1964年2月12日）上对穗积七郎委员质询的答辩。

注[22] 原题为《我党的外交政策》。收入上述《春风秋雨》第161—204页的《日本外交的座标》内。

注[23] 关于马科斯·威伯的《职业政治》在日本广为人知，最近的评论有对玛格丽特·撒切尔等现代政治家论述的森岛通夫著的《政治家的条件》（岩波新书出版社1991年出版）。从来“心情伦理”这个词应译为“信条伦理”，包括这一点在内，触发的地方很多。

注[24] 大平正芳著《防卫问题的基本》。上述《春风秋雨》第205—207页。

注[25] 关于宪法第9条，参照与田中洋之助对谈《复合的时代》（生活社1988年出版）第130—131页。

注[26] 福治弘等著《日美纺织品争端》（日本经济新闻

社 1980 年出版)。

注[**27**] 官房号外(1968 年 1 月 30 日)第 58 届国会众议院会议录第三号第 8—11 页。

注[**28**] 美国政府内部关于冲绳政策的动向,可参照 Priscilla Clapp, Okinawa Reversion: Bureaucratic Interaction in Washington 1966—1969,日本国际政治学会编《冲绳返还谈判的政治过程》(《国际政治》第 52 号,1974 年出版),第 6—41 页。另外,更新更详细的记述有以下的文献:Peter W. Colm, Rosemary Hayes, and Joseph A. Yager, The Reversion of Okinawa: A Case study in Interagency Coordination, Institute for Defense Analysis, International and Social Studies Division, Paper p-889, July 1972.

注[**29**] 日本经济新闻记者山岸一平回忆说,在此稍后的时期,是大平辞去通产相职务后明确了反佐藤姿态时候的事,大平对主张撤除冲绳的核武器、和本土一样归还冲绳的佐藤外交姿态,冷淡地评论为"猫啃鲸鱼"。参照本书所收山岸一平著《大平正芳氏的国际感觉》。另外,关于冲绳归还的途径,河野康子著《围绕冲绳归还的政治和外交——日美关系史的文脉》(东京大学出版会 1994 年出版)是最新的研究书籍。关于池田、肯尼迪时代的冲绳问题,参照同书 193—223 页。

注[**30**] 上述《春风秋雨》第 101—106 页。

注[**31**] 上述《日美纺织品争端》第 121 页,上述《大平正芳》第 266 页。

注[**32**] 其主要成员有:大久保武雄(委员长)、金子一平、佐佐木义武、谷垣专一、伊东正义。有时也邀请外部学者听取意见，但政策性讨论在委员中进行，起草政策性文件等其它事务由福岛正光等担当。

注[33] 这些演说的正文收在为纪念大平当选国会议员25年由他自己编写的《风尘杂俎》（鹿岛出版会1977年出版）中。不过，在这里，也使用了《我国外交的近况》第17号（1973年出版）、第18号（1974年出版）中所载的内容。另外，作为这一时期大平正芳的重要演说有，1973年8月26日在箱根召开的宏池会研修会上发表的题为《通向新秩序的路标》，但由于未直接接触外交问题，因此未成为研究的对象。

注[34] “亚洲·太平洋”和“亚洲太平洋”两者都用，没管它们的区别。另外，对“亚洲·太平洋”的用法外交省坚持使用，与“环太平洋”相比，长富祐一郎（当时为大平总理的首席助理）指出，“亚洲·太平洋”带有亚洲的色彩，不受欢迎。这种议论是从大平总理的“环太平洋合作”构想具体化阶段开始的。在现在提到的这一时期，包括大平本人在内似乎都未意识到这一点。参照本书所收的长富祐一郎的《环太平洋圈构想》。另外，关于大平以外人士的“亚洲·太平洋”论同大平的相比较，参照渡边昭夫著《亚洲·太平洋的国际关系和日本》（东京大学出版会1992年出版），特别是第5章。

注[35] 渡边昭夫的《80年代日本和国际环境》、内田满编的《变动的时代》（第二卷·政治的变动。朝仓书店1980年出版）所收，第219—224页对1970年国会上的首相、外相演说内容进行了分析。另外，也有人指出，在大平关于资源问题的国际形势认识中，是否有大来佐武郎的影响。对此，参照《大平正芳》328页。大平本身对石油危机和日本外交讲话的记录中有题为《石油危机和日本外交》（1973年12月12日）的讲演稿（上述《风尘杂俎》第198—214页所载）。

注[36] 正文使用了大平正芳纪念财团所藏《大平正芳的政策纲要资料》（1978年11月27日，全部64页）。

注[37] 同上，第6—7页。另外，还可参照上述长富祐一郎的《超越现代》下卷第442—443页。

注[38] 据说在1978年10月21日的大平正芳笔记中，有“确立以国际合作系统和高质量的自卫力量为中心的综合安全保障政策”一条。上述《超越现代》下卷第26页。

注[39] 大平把“集体安全保障体制”与日美安全保障条约体制当成一个意思使用，似乎没有特别意识到同本来的联合国的集体安全保障机构区别用词这一问题。

注[40] 引自《朝日新闻》报道（1978年10月28日）。虽为同一意思，但在11月14日的共同会见记者消息中为“如果偏重军事力量也是错误的，当然轻视也是不对的”。只是顺序颠倒，但其意思便有了微妙不同。对现实的防卫力量的态势，大平是如何考虑的不清楚，不过他认为与其从数量上增加兵力，不如把重点放在质量的改善上（加强装备现代化、情报收集机能等）是确实的。

注[41] 新井俊三、森田一著《文人宰相大平正芳》（春秋社1982年出版）第79—80页中大平的话。新井是大平身边的经济问题智囊。

注[42] 卡特后来在回忆大平的讲演中，谈到使用了“同盟”这个词的大平的讲话，大平那样说，不是为了强调军事关系，而是指曾经是敌国关系的日本和美国，如今却拥有广泛的价值观，并以此为基础找到了共同的利益这件事所说的。Address by Jimmy Carter, Ohira Memorial Lecture Series, Japan Society, June 16, 1990, p. 2.

注[43]　关于这一前后的经过，参照上述长富祐一郎著《环太平洋圈构想》。

注[44]　关于9个政策研究集团的活动及其报告书的内容，上述长富祐一郎在其《超越现代》上、下两卷中，进行了详尽的说明。

注[45]　“150名有识之士选择的内阁”，《文艺春秋》1991年10月号第192—222页。上述新井、森田著《文人宰相大平正芳》第179页。

注[46]　上述卡特著 Address by Jinny Carter, p. 1, Henry Kissinger, Years of Upheaval, Boston, Little, Brown and Company, 1982 pp.　第743—745页。

注[47]　上述大平正芳著《我的履历书》第177—178页。

注[48]　大平在堪培拉发表环太平洋圈构想后的记者招待会上有记者问到是否应包括苏联和中国的问题。大平答道：“如果希望中国和苏联参加，那并不排除。”这时，会场中间响起澳大利亚记者吹口哨的哄声。当时的澳大利亚总理弗雷泽以对苏强硬派而广为人知。对这种反应大平可能注意到了，在访问中的3个晚上对其周围的人提出的“苏联真的是侵略的吗”这一问题进行了长时间的阐述。上述长富祐一郎著《超越现代》下卷第115—120页。这一插曲也不是意识形态性的，它表现出大平要客观地观察苏联的态度，很有意思。

注[49]　上述《我的履历书》第134—135页。另外，关于对在前编谈到的非核三原则的“运进”问题，应该明确表示政府态度的议论，因身边人的劝阻而取消。这件事也许不失为一例。

注[50] 最后部分是对《大平正芳纪念财团报告》第10号（1993年7月）所载渡边昭夫著《大平政治的风格和今天的日本》进行了一些修改。

附记：本稿至少在下面两点上是不完全的。第一，当时的公文只公布了很少一部分，所以不能确认的问题留下了很多。第二，大平关于国际经济政策的思想和行动仅分析了极少一部分，在这个意义上，这次只是一次试论。我想把更加完整的大平正芳论作为将来的课题。

大平正芳的经济财政运筹及其思想

竹内靖雄

悄然袭来的财政病

大平正芳真正地参与日本经济与财政的运作是从1967年就任自民党政策调查会会长时开始的。

持续高速增长的60年代前半期，伴随经济的扩大，岁入也顺利增加，这使得在维持均衡财政原则的同时，坚持“小政府”这一理想的财政运作成为可能，但是，由于从1964年到1965年的经济萧条带来税收减少，使到那以前的维持均衡财政变得困难起来。因此，政府作为“弥补伴随萧条而出现的难以预料的岁入缺欠的临时应急措施”，制订了特别法。根据这个法令，在1965年度的补充预算中，规定发行2590亿日元的公债。翌年度即1966年度，根据财政法第4条，发行了7300亿日元的建设公债。[注1] 依赖于这种公债的结果导致引进带有凯恩斯主义的控制总需求政策，诱发了通货膨胀，支出增加，从而引出财政赤字越积越大的危险。所以，政府对公债的发行，坚持有助于抑制滥发赤字国债的建设公债原则（财政法第4条），坚持有助于不增加货币发行量的市场消化原则（财政法第5条），同时，努力降低对公债的依赖程度。后来随着高速增长而税收增加，公债依赖程度便从1966年度的14.9%下降到1970年度的4.2%。

1967年，大平一就任自民党政调会长，就意识到必须解决财政僵化的问题。[注2]他指出，在不景气时，如果税收减少，产生岁入亏空，就不得不发行公债。要超越这种对应办法，在岁出方面也注意那种反映僵化制度的支出结构，并努力克服存在经常性赤字因素（当时大米等粮食管理制度、国营铁路、健康保险这3方面经常出现亏空，被称为“三K赤字”）等财政的“结构性缺陷”。大平的观点不能不说是真知灼见。

关于这个问题，大平政调会长说：“不能轻视大藏省的警告，我们必须认真地对待这个问题。首先就要考虑大藏省作为‘当然增加’而列举的数字本身。其次是明年度的财政规模应该多大这个问题。另外，不论怎么说，从长远观点评价将来日本经济的增长，在

预测的基础上给财政定位，应是着手解决僵化问题的前提。”［注 2］

后来他又在 1968 年 1 月 30 日的众议院正式会议上的质询中阐述了以下的看法：“只要认真研究僵化的因素，就会发现其祸根不仅存在于财政金融领域，也深深植根于广泛的制度和习惯性做法当中。……政府的机能随着时代的进步，分工愈来愈细，这种倾向也肯定了这一点。但我认为，这些制度和习惯性做法，在财力的界限之内，要紧紧地与时代相对应。今天的日本财政，不能认为它能负担超过它能供给营养的机构、人员、机能……真正解决的关键，自然是政府的勇敢决策，还有理解和接受这种决策的国民的智慧。我认为，国民已经讨厌轻率的迎合性的政治姿态。我要求政府要有把真实情况告诉给国民，把困难告诉给国民的直率态度。”［注 2］

总之，在高速增长的过程中，以保护弱小部门为目的的制度和不合时代要求的国营部门、国家管理部门等因赤字膨胀、僵化的预算编制方式造成的岁出自动性膨胀机制已在财政中扎了根。大平政调会长表明危机感，说明他最早看到了这一倾向。可以说，60 年代后期出现的依赖公债症，只不过是以后表面化的长时期而更加严重的“赤字财政综合症”、J·M·布坎南等指出的“凯恩斯病”的先期症状。

以后，从1968年11月的约一年多的时间内，大平担任第二次佐藤内阁的通产大臣，着手纺织品谈判等对外经济政策，从1972年起，作为着手恢复日中邦交的田中内阁的外务大臣支撑着政权。他没有直接参与财政管理，这一期间随着国际性的经济形势剧烈变化，我国的财政早就患上了大平担忧的“赤字病”，并且日益严重。

大平的经济伦理观

大平在担任政调会长期间，围绕1968年的生产者米价问题在党内引起纷纷议论，这时的一些插曲，不仅反映出大平的人品，而且极为鲜明地反映出他的经济哲学和经济伦理观。

在总务会上，两名总务相继站起来说：“由于对我党的农业缺乏理解，就低米价问题而争论不休，这是因为大平政调会长等大藏省的知识官僚对农民的生活不了解而引起的。他们应该立即辞职，并且应该立即退席。”……大平政调会长沉默地听着，可能是他对这种争论忍耐不下去了的缘故，就要站起来反驳。这时，坐在他一边的米价调查会会长田中角荣拽住大平的手劝道:“不能一生气就站起来,站起来就坐不回来了。”大平沉默了片刻,但不久就开口说道:“两位总务说我大平不了解农民的生活,你们两位的父亲都是我们的前辈议员,你们出自名门,是优裕家庭培养出来的,而我只是一个赞岐农民的儿子。我少年时代天一亮就出门先到山里的稻田转,看水够不够,然后坐头一班火车上学。每天如此。家里穷,学费少,靠供给金学习,好不容易才结束大学的学习生活。你们说这样的大平不了解农民,只能让人感到遗憾。”[注 2]

在政治家中间,有很多人讨国民(实际是特定的利益集团)的欢心,把追求自己的利益作为最优先的目标,而且把这说成是对国家利益的关照。他们是打着国家利益的旗号,为追逐个人利益和权力而活着的政治家,是把政治当作追求私利交易的人。支持粮食管理制度这种对己无害的旧制度、并且寄生在它上面的职业政治家一直是有的。与此相对照,大平对一国的整体经济应有姿态持有明确的设想和信念。他和那种把单纯的保护弱者和向特定利益集团分配利益同国家利益混为一谈或狡辩为“好政治”的姿态是格格不入的。

大平的这个发言表现出强调受益者负担、自我负担的立场,恐怕是出身于不富裕家庭、苦学成才者特有的信念吧。越是这样的人,就越是坚持“自己获利就应该自己花钱”这一健全的原则。相反，富裕环境中成长起来的人，容易忘记这一原则，把为自己而使用他人钱财（政府税收）视为理所当然，甚至还把“由自己斟酌为他人而使用他人的钱（税收）”信以为自己的使命。他们也许把用他人的钱（税收）去讨他人的欢心当成了政治。这是与市场经济和资本主义精神格格不入的官僚主义的做法。

经济大国化和自由化

大平于1968年就任第二次佐藤内阁（改组内阁）的通产大臣。当时，大平新通产相面临的最大问题是如何应付国际社会中日益高涨的贸易、资本自由化的要求，如何使我国的产业适应这一潮流。

高速增长的结果，日本在世界上的地位迅速提高。“60年代生产和出口增加，改变了日本在世界经济中的地位。1968年，日本按美元换算的国民生产总值仅次于美国和苏联，居世界第三位。除了社会主义国家外，已跃至第二位。GNP大国崛起了。”[注3] 但是，“60年代后期，在日本和世界之间，对日本的国际地位和经济力量的理解产生了分歧。由于从1969年冲绳归还谈判和日美纺织品谈判的纠葛，日美关系冷却，不久便发生了因 1971 年 8 月尼克松提出的新经济政策而引起日元升值问题。在欧美国家眼里，日本已经是具备了强大竞争力的工业国家，它们意识到如果不让日元汇价上升，美国的国际收支就难以维持，欧洲的许多产业（如造船和汽车产业）也会被夺走市场。在对日本经济的认识上，日本方面的不发达国家意识和欧美的高度评价之间的距离逐渐拉开了。”［注 3］

在这个时代，日本的自我评价还很低，或者说对自己的评价过小，认为自己只是一个小国，所以残留着想按原来的有利条件继续参加竞赛的态度。例如，在日本的产业界，把自由化看成“第二次黑船袭来”，希望尽量保存政府的保护措施。但是，大平考虑到把“跨栏”稍微提高一点的竞争条件结果会加强产业的力量，认为从贸易盈余已开始固定下来的日本来说，如果不及早实行自由化，就会招致外国的批评，产生难以处理的贸易磨擦。［注 2］对于我国产业建立适应条件，大平通产相表明了他的基本姿态，这就是“今后的经济运作应以民间为主导进行”。这是让在国内产业竞争力尚未充分建立起来之前，想以官僚为主导，尽量延缓自由化的通产省事务当局感到意外的第一声号角。另外，对同海外竞争感到不安的产业界对大平通产相的这一姿态也无法隐讳迷惑不解之情。

另一方面,美国曾考虑从 1968 年上半年引进进口课税,但主要的发达国家担心世界贸易因此而缩小,故同意提前进行肯尼迪回合谈判,从而制止了美国引进课税的打算。日本考虑到贸易出超国家的责任,于 1970 年 4 月决定提前一揽子降低关税。在资本自由化方面,在加入 OECD 3 年后的 1967 年也实施了第一次自由化措施。大平通产相在任期间的 1969 年又实施了第二次自由化措施。另外,在当时国内外最为关心的汽车产业的自由化问题上确定早日自由化的方针,也是大平在担任通产相期间于 1971 年 4 月实施的。[**注 2**]

随着日本作为经济大国的崛起,日本已有必要结束在高速增长时期运用的“开发型资本主义”的手法或“重商主义的发展战略”,而根据自由贸易规则朝世界开放市场的方向转变。但是,这种认识直到 80 年代以后才被人们所接受。在日本社会中,认为只要日本坚持自己是“拼命谋求发展的发展中小国”的这种自我定位,尽量避免自由化,并在政府的保护下继续对自由贸易体制采取实用主义的做法就会获利,这种意识在 70 年代以前的阶段占主导地位。而大平率先认识到了作为经济大国必须按照为国际社会所接受的公正的条件,即符合自由主义原则的条件办事的重要性。而且,大平对自由化带来的竞争效应颇为重视。

大平通产相在这一时期值得注目的讲话很多,以下均参照［注2］。

＊提倡民间主导的真正意图在于，促使民间企业今后树立靠自己的力量战胜严峻的国际竞争这种明确的觉悟。当然，在自由经济体制中，对经济发展起作用的是民间企业，只有民间的智慧、活力和创造力，才是发展的动力。不过，从来日本的企业就有一遇到困难就依赖政府的习惯。如果不改变这种不刻苦努力的态度，就没有希望取得面向未来的突飞猛进的发展。

＊由于经济的增长速度太快，在经济、社会的各个部门便出现了不平衡、矛盾和磨擦。由于经济的发展和收入水平的提高，无疑会使人们增加对充实生活环境的关心。可以认为，公共性服务的落后、公害问题、城市人口过度集中的问题等是经济发展带来的不适应现象，对此，政府必须采取行之有效的措施。迄今产业政策的重点是，在优越的外国产业面前保护日本产业，使其在量和质两方面都得到提高。但是今后应该把重视产业外的消费者和居民利益的政策如确定用地政策、公害对策、物价对策等放在重要的地位。（对日美年轻经营者们的讲话）

＊日本人总是让人感到在讨论问题时离不开被动意识，或者进一步说该是被害者意识。……例如，日本人对待进口和资本自由化的方式，认为如果实行自由化，外国的商品和资本就会大量涌进来，那些优秀

的技术力量和资本力量转眼间就会占领日本的市场，冲垮日本的产业。……这种受害者意识不单是在对待外国时能够看到，……例如在最近议论纷纷的公害等问题上就是这样。……在物价问题上可以说也是如此。

大平在动荡的70年代的这些讲话和文章，是针对当时的国民意识的。这种意识就是对自由化和竞争光带着被害者意识去处理，即便对公害问题、物价问题也是把自方置于如同“无力婴儿”般的立场上，向政府＝母亲要保护和救济。大平感到，转变这种意识比任何事情都重要。对外的“小国意识”和在国内的“弱者意识”、依赖政府的态度是与高度增长后的日本应该争取的自由和成熟的经济大国的姿态不相符合的。但是，日本人同这种小国意识和弱者意识告别，实际上经过了整整一个70年代。大平的讲话可以说“几乎领先于时代10年”。［**注2**］

在另一方面，大平通产相也注意加强国内产业的竞争力。作为第一批对付自由化措施中的重要一项是八幡制铁股份有限公司和富士制铁股份有限公司合并。大平认为，“合并在产业政策上说势在必行”。之所以这样说，是因为“从产业政策来说，两家公司的研究开发和市场战略的统一对技术水平和经营素质的提高具有相当大的魅力。只靠弱小产业，不会产生自信心强的产业政策。另外，仅靠政府的力量，也不会

产生有实际效果的产业政策。政府的产业政策，有待于具备见识和力量的优秀企业的合作”。[注2]

当时，同美国的经济磨擦已经开始。在日美两国之间，日本的纺织品对美出口自主限制已形成问题。大平通产相在同斯坦斯于1969年5月举行的会谈中反驳说:“由美国主张制定的无视关税及贸易总协定规则的限制措施，不仅不利于日美关系，而且对美国纺织界也没有好处。”在那以后的11月，大平针对在世界的自由化体制中难以为贸易保护主义开辟道路的美国提案，在承认其合理性的同时，对这种提案将会给日美关系带来严重损害表示忧虑，提出了以多国间协商为框架的妥协方案。

大平对日美谈判的做法是，坚持自由贸易的原则，同时指出美国的保护主义管理贸易措施也会损害美国本身的利益。这种以堂堂正正阐述正确观点加以劝导的尝试，应给予高度的评价。不妨可以说，这种“自由贸易所带来的整体利益和个别利益一致”的逻辑，不是日本式的谈判逻辑，而是美国式的逻辑。但是，那以后面对不断升级、反复提出来的美国对日要求，日本方面的谈判姿态，大都从大平式的风格后退了，多采用“即便没有道理（即便违反原则），如果损害少，也可以吞下对方的条件而妥协”这种实用主义的做法，或者采取“不是以自方的道理去反驳和说服对方，而一味申诉日本的特殊情况和困难，要求理解和同情，以最小限度的妥协换取要求的满足”。而且这种日本式的做法经常招致美国方面的不信任和指责，甚至似乎还让美国懂得了“日本的价值观、思维方法是异质的，愈敲打愈容易使它作出让步”。假如说那以后的谈判负责人继承了大平式的风格，那可能会大大加深日美双方的相互理解。大平是成为经济大国的日本最初出现的“国际政治家”。

田园都市国家设想

1972年，大平首次出马竞选自民党总裁。他在题为《揭开新世纪序幕》的出马演说中，表明了以下对时代的认识和建议：

“我国如今迎来了应该说是战后总清算的转机。迄今只顾一味追求物质财富，在得到的财富中未必就能找到真正的幸福和人生的价值。……厚着脸皮向外扩张。但正是因为进行这种急剧的扩张，才遭到了外国的忌妒和反感。日本一直以对美协调为基调，避免参与国际政治，但正是因为美元体制的衰落，日本才不得不面向严峻的自主外交。举国上下埋头于自己的经

济复兴，但正是因为我国的经济规模越来越大，作为国际社会的一个成员，才又不得不承担经济国际化的责任。”[注 2]

这里大平所表明的关于高速增长后日本国际立场的认识，同当时那些不理解黄金、美元体制崩溃的意义，本着“小国意识”闭关自守而只想高速增长的政界和一般人的意识相比，就显得格外正确，并富于预见性。另外，大平指出国民生产总值的增长和生活的真正富裕之间的背离，这种说法同 90 年代的今天再次谈论“生活大国”、“由生产者优先转为消费者优先”、“重视现实生活中的人”等，没有丝毫不同。因为这一切都是大平这位政治家在 20 多年以前就曾准确地说过的。

大平的这种经济哲学让人想起在重商主义之后创建划时代经济自由主义新范例的亚当·斯密的经济哲学。重商主义是一种经济增长战略，主张以国家为主导，称霸贸易竞争、扩大贸易盈余、积蓄货币乃是富国之道。亚当·斯密批判了重商主义，阐明了富裕的真正意义，指出了致富的正确方法。他说，所谓富裕，不是政府和企业变得强大，而是每个国民以更低的成本（劳苦）生产和消费更多的东西。而且，亚当·斯密还教导说，富裕要排除政府多余的干预，并通过每个人在市场上为追求自己的利益而自由竞争来实现。

富裕是人们的创意、勤劳、努力成果的体现，由政府配给是办不到的。

但是，政府如果贤明，用其智慧、人力和财力（税收）帮助和引导民间活力的展开，这大概是能办到的吧。为此，政治家或者领导人对于能够实现国民的真正幸福的社会，必须有明确的设想。只是应付国民每一时的要求，算不上是履行政治家的职责。

因此，大平在参加自民党总裁选举时便发表了“田园都市设想”。

“……国民现在不是无限追求物质的丰富，而是希望过上精神饱满的稳定生活。……为满足国民的这种希望，就要在日本4岛上创造与自然相协调的平衡的人类社会。那就是具备能防止激烈的城市化倾向的自动复元机制，并以把农村、山村和城市的优点调和起来的形式加以运用的社会。即在农村、山村创造舒适的居住环境和就业机会，把农村、山村变为富裕的田园，并把它引入城市的所谓新田园都市国家。这种田园都市国家决不是否定今后的经济增长。它将是相互补充的生产效率高的工业和农业、城市和农村高度结合的社会。……另外，田园都市国家由无数个具有个性的地区社会构成，并将它们有机地统一在一起。地区不同，要求多样，不能强求一律。……这样的国家的实现，决不是不可能的。在拥有1亿人口的日本

4岛上建起这样的国家乃是我们面对新世纪的挑战。”［注2］

这种“田园都市国家”设想，不同于田中角荣的“列岛改造论”——即扩充物质社会资本这种以硬件为中心的国土开发设想，也不同于60年代后期的那种给人以美好幻想的“福利国家”设想。以构筑硬件和软件相结合的、富裕而成熟的社会为前景的这一设想，不能说在发表的当时，新闻界和政界就充分理解了它的意义。如果说财富的再分配甚至达到低收入阶层而实现平等化是“福利国家”的理念，那么，通过公共投资（土木事业）使日本列岛高度产业城市化，从而把财富靠政府的力量分配给地方的设想则是“列岛改造论”。而大平的“田园都市国家”设想描绘的则是通过市场社会自然成长式的发展而实现未来社会的一幅理想蓝图。

但是，这里没有提出具体的政府主导的国土开发计划和公共投资的分配等问题，也没有像“列岛改造论”那样煽起人们对眼前利益分配的希望和开发热的因素，这大概就是没有吸引人们多大关心的缘故吧。

高速增长的结束和大平的市场经济观

香西泰在回顾“高速增长时代”时，把这个时代的性质归纳为以下5个命题：[注4]

（一）高速增长是日本经济现代化和追赶发达国家过程中的一系列技术革新（innovation）。

（二）日本经济的高速增长是靠市场机制实现的。

（三）高速增长是在日本社会特有的制度、惯例和行动方式下实现的。

（四）高速增长是资源依赖海外和国内高消费水平同步、加工产业中的技术革新和出口的发展同步的过程。

（五）高速增长是小国日本享受着世界和平、自由贸易、技术转让等利益而实现的。

香西泰就第一个命题进而论述如下：

“高速增长不单是实行增长政策的结果，更不是一部分精英‘策划’的结果。……日本的高速增长与韩国、巴西不同，它避免了严重的通货膨胀。又与发达国家不同，控制价格、工资成本性通货膨胀也没有成为普遍现象。在经济增长的同时，利息水平下降，金融实现‘正常化’，财政收支长期保持平衡，‘小政府’得到保护，固定平价得到维持，国际收支赤字也得到克服。……高速增长下的日本经济也是意外地在古典式的资本主义竞争规则下运营的。这是在盛谈国家垄断资本主义和新产业国家等问题的20世纪后半期出现的奇迹般的现象。……这和‘日本株式会社’说、大藏日本银行王朝说、‘配套主义’假说、人为的低利息说、过激竞争说、垄断强化说、微观计划实效说（对不同产业给予行政指导等的微观计划有效的说法）等等说法都是风马牛不相及的。”[注4]

今天，这样理解战后的日本经济的成功恐怕是普遍的。可以认为，意见的分歧大概在于对日本式的行为方式的有效性如何评价。但是，所谓日本式的经营、系列、从业员主权、“公司主义”、日本人的勤劳等等这些在日本人看来仿佛是世界上无与伦比的日本式美德而引以为自豪的东西，不妨说乃是适应高速增长的产物，因此，它们带有合理性。而且当高速增长这种特殊条件不复存在的时候，“日本型资本主义”这种竞赛方式将不得不改变。似乎可以认为，大平本人的看法是，与其说战后日本经济成功的秘密在于这种日本式的特殊性，不如说日本遵循市场经济原则经过不懈的努力而获得了成功。据小粥正巳、富泽宏说：[注5]

＊大平对整个行政有这样一种信念，即许多行政

工作都要放手发挥民间的活力，政府的干预应限于必要的最低限度。他对行政改革则以“兴一利弗如除一弊”为宗旨，这也是众所周知的。

＊尤其关于经济，对市场经济机制的信赖和对统制的不信任感，在他的文章中随处可见。

＊记得有一天晚上，他在出席在一座高楼顶层举行的酒会时曾流露过这样的感慨：“……这一个个的灯火处，都有各自有工作的人在吃饭，在培养后代。市场经济的伟大实非人知之所及啊。”

从这里可以看出的是相信市场系统、个人智慧和努力的亚当·斯密式的思想。大平正确地认识到是什么带来了高速增长，并曾试图把以此为基础的自由主义式经济运营作为基本点而使经济发展路线转向稳定增长。但进入70年代，日本经济因两次“外来冲击”（尼克松冲击和石油冲击）而脱离了高速增长路线。其后约10年间，日本经济进入了困难的调整和转变结构时期。在这种情况下，大平被迫走上赤字财政的道路，无奈开始了以其独自力量难以抗拒的经济运营。

应付两次冲击的对策

进入70年代后，先是国际通货体制发生了很大变化。1971年“尼克松冲击”的结果，汇率从1美元兑360日元跌至1美元兑308日元。虽然尼克松冲击对日本经济产生了现实的影响，但日元汇价的大幅度上涨和美国采取的征进口税措施给日本人造成的心理性冲击的影响更大，人们担心日本出口将下降，严重的萧条即将到来。日本举国上下过高地估计了日元升值带来的萧条影响。

因此，政府在1971年度的补充预算中，决定追加公共投资、实施年内减收所得税等，同时，在1972年度的预算中又大幅度地扩大了财政支出。结果，1971、1972年度对公债依赖程度连续上升。

1972年上台的田中内阁进一步积极推动了这一倾向。田中内阁扩大内需政策有两大支柱，其一是根据上一年田中在担任通产大臣时发表的《日本列岛改造论》的设想扩大公共事业，另一根支柱是正象“福利元年”(1973年)这一口号所表明的扩充福利。为此目的便编制了大型预算，1973年度预算的一般岁出增长竟达22.5%。另外，在金融方面，这一期间货币发行量膨胀过度，居高不下，出现了1974年的“狂乱物价”，而且经济沦为负增长等，从而构成了导致严重经济挫折的原因。“这样的通货膨胀所带来的恶果之一是政策目标设定的失误。那就是把日元升值的萧条结果估计过于严重……。由于这种判断上的失误，推行了过大的公共支出，放宽银根超过了需要”。［**注6**］这种看法今天得到许多经济学者的支持。

到了1973年，又一次超大型的“外来冲击”袭击了日本经济，这就是第一次石油危机。对在资源、能源、粮食依靠海外的情况下，经济持续高速增长的日本来说，主要能源石油价格的急剧上涨，导致所谓的“供给冲击”，总供给曲线上升。这意味着导致物价急剧上涨的另一个条件出现了。货币发行量持续膨胀，与此相呼应，投机心理也起了作用，从而产生了1974年所谓的“狂乱物价”这种异常物价上涨现象。为了抑制总需求以控制通货膨胀，1974年度预算的规模缩小了。结果，1974年度的实际经济增长率创下了战后首次负增长的纪录。由于萧条引起的法人所得减少等原因，税收增长也慢了下来。

70年代后半期第一次石油危机的后遗症拖长，接着袭来的第二次石油危机又引起世界经济的混乱。在这种情况下，日本经济结构被迫从过去的高速增长向低速增长转变。在这种不稳定的经济环境下，1975年度以后，政府持续发行包括特例公债（即赤字公债）在内的多额公债，因此，公债余额累增，要偿付的利息也随之而猛增。10年间，日本的财政陷入了从未有过的困难境地。［注2］

这一期间，大平在第二次田中内阁福田藏相辞职以后，从1974年7月直至下届三木内阁时期的1976年12月，担任了大藏大臣。

1974年批发物价上升率比上年同期增长37%，呈现出“狂乱”势头。因进口量一年达3亿升的原油价格暴涨，日本的国际收支盈余消失，1974年日本经济出现了战后第一次负增长。大平是面临战后最严重的滞胀之开始而被委以执掌财政舵轮的。

在1974年春季斗争中，劳资双方以工资提高33%达成妥协。但这年因通货膨胀而增高的名义所得界限税率上升，为调整提高的部分，还进行了所谓“物价调整减税”。制定政策当局面对财政收入的锐减，削减了财政支出的规模，采取了抑制总需求型的财政政策，同时，紧缩银根以首先使通货膨胀停止下来。为对付滞胀而作出的这种政策选择，可谓基本上是正确的。这是与其说是对付萧条和高失业率，莫如说是优先抑制通货膨胀的措施。在这里，大藏省也坚持了“收入减少与削减支出平衡”的反凯恩斯主义原则。

当时的财政当局面临的问题有：第一，抑制总需求政策何时缓解？第二，公用事业费应抑制到什么程度？第三，应该采取什么办法中止物价和工资的恶性循环？大平在总体上因袭了福田前藏相推行的路线，在公用事业费问题上认为，“要坚持尽量抑制的方针，但必须考虑到如果勉强抑制则会留下后遗症，反而有损于经济”。另外，围绕工资、物价问题，对引进成为议论题目的所得政策，他认为“从要维持有活力的经济这个角度上看，所得政策本来就是不可取的”。表示出基本上重视民间的创意和努力，对市场经济即价格机制相信的姿态，同其前任福田的作法有着微妙的差别。福田的姿态是，根据需要，政府干预经济、进行管理是当然的，试图用极力抑制靠政府力量能够管理的价格（公用事业费等）的办法对付通货膨胀。但大平非常清楚，逆市场机制而动的价格统制（pricecontrol）不会产生令人满意的结果。

另外，成为财政负责人的大平藏相在物价和财政这两者之间面临严峻的选择。为对付生产者米价上扬，是提高消费者米价，还是维持其现价不动（在工资物价上升的情况下，这意味着消费者米价实际已经下降）而情愿忍受因粮食管理赤字增大而引起财政素质恶化下去呢？经济企划厅以反对通货膨胀的舆论和上述情况为背景，主张维持消费者米价不动，而大平却大胆地决定将消费者米价提高32%。“可以认为，在他的思想中，作为财政负责人，除不想再增加财政负担外，还有在经济困难时刻，应由个人负担的就该负担的想法。”这是超越了财政负责人的立场。但这恐怕也是基于大平的经济伦理观而坚持的想法，他认为在市场经济中，个人也要本着自助原则而生活，不应该轻易依靠国家财政援助。

通货膨胀得到控制——对市场机制的信赖

1974年，不用说新闻媒介、国民、在野党，就连自民党内，对田中首相的“钱权结合体制的批判”愈演愈烈。田中政权维持日益艰难，田中首相终于下台。三木内阁打着“清新政治”和政治改革的旗号粉墨登场。

大平在三木内阁中继续担任大藏大臣，处境相当困难。大平藏相立即着手编制1975年度预算案。为稳定物价，他继续采取了坚持抑制总需求的方针。在现实中，为处理狂乱物价而增加的岁出，随物价上升而引起各种经费开支项目的单价提高，由于有这样一些因素，压缩岁出极为困难。

福田经济企划厅长官和大平藏相的见解分歧和争论也是这个时候的事。在谈到这件事的原委时，当时的大藏省一位高级官员这样说："在即将编制 1975 年度预算的时候，设立了以福田为议长的经济阁员会议。大平对此明确地表现了不快感。他说那是增加多余的争论场所，并且说不希望有人对大藏大臣的工作说三道四。……会议的议题之一是如何调整各种公用事业费改正案。福田是一位对物价敏感的人，而大平则认为对物价应按经济原则办事，政府不该进行不必要的干涉。[**注 2**]

但是，在这里，通过政府的干预、统制来抑制物价上涨这种为一般人所接受的福田长官的理由得到通过，大平本人于 1974 年 12 月 19 日会见记者时说：

我认为，物价对策也不能太脱离物价机制。要珍惜地使用以高价从海外进口来的贵重资源。国内已不是进行财政援助甚而供给的时期。物价对策不能勉强推行，一方面，财政也要严格地加以制止，这才是物价政策的最健全的做法。"[**注 2**]

以抑制物价为旗帜，政府对"过高的财政"，例如设定最高价格进行价格统制的做法，如同微观经济学教科书初步练习题中也出现的一样，不能消除需求的差距，只能产生商品不足、排队、黑市交易等现象，不解决任何问题。特别是石油危机以来暴涨的汽油、煤油等的价格，不是冻结或者给予补助以求稳定，而是以高昂的价格为前提，减少消费量，进而促进节能技术的开发向替代能源转换，减少从石油进出口组织的原油进口，这才是正确的对策。并且，只有使对石油世界消费国整体需求曲线下降，才是使原油价格下降的正确方法。从70年代后半期到80年代，主要的发达工业国合作推进的能源战略正是这样。这不是用政治力量干预市场机制，而是按市场机制改变供求关系，实现了原油价格下降。

不过，只有美国对节能（日本）、用核发电代替石油能源（法国）、用煤炭代替石油能源（西德）、开发北海油田（英国）等对应措施一项也没采取，对原油消费以及消减进口也未予合作。而且，在第二次石油危机时，在国内对汽油价格进行统制，甚至经历了像教科书一样的混乱。同美国的这种做法相比较，日本对石油危机当初虽曾发生过剩反应和混乱，但总的来说是明智的。经历两次石油危机的结果，日本通过节能技术的开发，反而进一步加强了经济素质，进行了一场惊险的技艺表演。这一切正是正确对待市场机制、采取适当措施克服困难的结果。大平藏相的信赖市场、听任市场并同时努力采取自助措施的经济哲学，正是这条正确路线的基础。

走向滞胀和赤字财政的道路

三木内阁的政权性质对于克服继石油危机、狂乱物价之后而出现的滞胀这种战后首次经历的经济危机是最不适宜的。三木内阁上台的背景，酷似1993年的非自民党联合政权（细川内阁）上台的情况。细川内阁是在利库路特事件、佐川快递公司行贿事件、大建筑公司贪污事件等层出不穷的“政治腐败”导致自民党自毁之后，以“政治改革”（实际上是选举制度的变更）为唯一旗帜而上台的。围绕政治改革而展开的这一毫无成果的政治比赛被新闻媒介当成仿佛是最大而唯一的课题加以报道，而到这场比赛得出最后结果之前这一期间，细川内阁也未能拿出解决泡沫经济崩溃后出现的战后拖延最长的“平成萧条”的正式对策。1974年经济危机中上台的三木首相也是热衷于政治改革，即完成政治资金限制法案，公职选举法特别措施法案，还心怀修改和加强防止垄断法的设想。

防止垄断法的修改，只要目的是把市场竞赛规则改得更适当，排除垄断，促进自由而公正的竞争，可以说，那就是必要的，也是人们所希望的。但是，可以认为三木首相的主张似乎与美国的自由派(左翼、进步派)相似，是以独特的经济哲学为基础的，即认为资本主义是“恶魔”，应该尽量加以严格限制以遏制其作恶。对金权政治的腐败，他也是想使政治同资本主义的恶魔绝缘而实现“清廉的政治”。

然而，1974 年 9 月，好容易恢复了对经济和财政表示关心的三木首相又决定召开临时国会会议，通过补充预算。财政陷于极为困难的境况。结果，岁入欠缺 3.48 万亿日元，为填补岁入不足，发行建设公债 1.19 万亿日元，余下的 2.29 万亿日元只好依靠赤字国债。财政当局对财政法开了特例，确立了战后财政史上第一次发行赤字公债的方针。

对此，大平说：“必须减少单纯的赤字公债。1975 年到 1980 年期间，在前一半公债发行完毕之前要全部停止。……为此，中央和地方要分别比现在加重 2%和 1%的纳税负担。这种假设如何？这样，对第一、第二试行方案我曾请求国会进行审议。”[注 2]

为补充预算和发行赤字公债而制定的特例法（财特法)，以及再次提出的烟酒关系法和提高邮费法终于成立，同时，大平藏相还推行了为使国债在市场消化而发行中期减价国债以及使作为投资对象的国债更有魅力的政策。

以 1975 年后大量发行国债为契机，在我国也形成了正式的国债流通市场，国债的流动性明显增大。其结果，1985年以后，在压缩国债新发行额的同时，国债的消化环境也有了改善。70年代后半期的国债大量发行下的消化困难正在消除。

尽管如此，大平藏相决定发行的赤字国债，与他本人的愿望相反，非但在70年代内未能杜绝，而且在那以后大平一直为如何解决这个问题而煞费苦心。[注 2] 但是，对这个无可奈何而采取的凯恩斯主义的赤字政策作如下评价也是可以的，这就是“如果从结果上看，由于1975年度和1976年度的财政支持，以后经济逐渐经历恢复过程，物价、就业都稳定下来，日本成为在世界上很快地从石油冲击下恢复了经济的国家之一。在经济的历史性转折时期，大平所作的‘坏处少’的选择，恐怕也可以说是恰到好处。”[注 2]

1976年12月24日，在三木内阁总辞职时，有记者对出席记者会的大平藏相问道:“我们的后代也许会说大平财政导致了庞大的赤字国债，你对此不后悔吗?”大平从容地答道:“不后悔。在这个转折时期只能这么做。除此之外，没有选择余地。”[注 2]

但是，从大平财政来看，采取“入不敷出而又不断支出”这种走上破产道路的财政做法，按理说，无疑是绝对不能容许的异常事态。伴随70年代后半期开始的大量发行国债的赤字财政路线，使日本财政陷入了同其他许多发达国家相同的甚至是其中最坏的状态。随着对公债依赖程度的提高，公债余额累计也迅速达到高水平，在国民生产总值中的比例1983年超过英国跃居世界之首。以后，创造了里根政权时代庞大“双胞胎赤字”的美国超过日本成为最严重的赤字财政国家，但日本依然仅次于美国，居世界第二。不过，通过1982年度以后重建财政的努力，1990年度赤字国债的发行变成了零，公债依赖程度到1990年下降到10%以下。不过，巨额公债余额的存在，使利息等公债费用膨胀，财政失去了灵活性。超过收入靠借钱过日子，在债务增加的同时，从收入中拿出还本和付息的部分愈来愈大，从而会影响自由支出。财政也是同样。公债费占一般会计的比例，1970年为3.7%，从1975年的4.9%急剧上升，80年代超过10%，90年代超过了20%。可是，持续公债的发行、公债依赖程度的提高、公债累积额膨胀、财政僵化等这些“赤字财政综合症”，不仅在以日本、美国、英国为代表的几乎所有的发达国家都存在，而且在日本江户时代的幕府和各藩几乎也都存在过。在市场经济下的国家财政中，赤字的存在也许可以说是正常的现象。在经济顺利发展，财政规模扩大的同时，还能遵循均衡税制的原则，一边减税，一边坚持“小政府”，这也许可以认为是例外中的例外。当面临萧条、外来冲击和经济结构转换，经济不能高速增长时，财政就会立即使本来的“赤字病”发作。

其根本原因是，以税收为中心的财政收入与经济一起变化，而财政支出同经济变化无关，只是出于政治原因不得不持续膨胀下去。对这种财政支出或者叫政府规模膨胀这一法则，过去曾作过多次试探性说明，但尚无肯定性的结论。[注 7] 过去，战争是引起赤字病的最大原因，然而平时，财政规模以超出经济扩大的速度（经济增长率）持续膨胀是普遍的。向福利国家转变，由政府主宰的再分配规模大幅度扩大以及福利国家中人口高龄化的发展，会使“大政府”进一步扩大。并且，根据凯恩斯主义参与的总需求管理，在经济不景气时就会带来财政支出的扩大，而削减支出极为困难，所以几乎不可避免地会使财政赤字病蔓延。这正如布坎南、瓦格纳所说的一样。[注 8] 总之，在财政支出膨胀的倾向和向更大政府发展倾向的背后，只能说是与经济逻辑无关的政治逻辑，也就是政府依靠国民支持的民主主义的逻辑起着作用。

大平藏相对“你如何看财政福利的僵化”这一问题的回答是：

“造成僵化的最大因素是人事费。工资持续不断地上涨，又不能裁员。其次是社会福利和文教。这些都依次受到新的制约。一部分移至初年度实行，次年度以后便平年化。这就不折不扣地飞速奔上僵化的道路。既然福田长官担任过大藏大臣，不能说他对此没有责任。为了打破这种僵化，有人说要重新审理既定的经费，笼统地说打开僵化，谁都会赞成，但稍微触动了谁的既得权益，谁就会跳出来反对。这样下去，无疑僵化便日益严重而无可挽回。这就有必要改变迄今的习惯做法和制度，为此需要行政改革。”［注 2］

可以认为，大平的这一想法就是后来他推行行政改革的开端。大平的这种想法在 1975 年度预算案成立后不久发表的题为《关于当前的财政状况》的演说，即“财政危机宣言”中有更加明确的阐述。这个宣言在阐明石油危机后的低增长经济中财政课题的同时，首次对重建财政明确地提出了问题。［注 2］

在这个宣言中，大平特别强调的有以下 3 点：

（一）1974 年度的税收估计大约有 8000 亿日元的亏空，原因是 1974 年度企业收益显著下降，土地转让减少。不仅如此，还有根本的问题，即在稳定增长的情况下难以对历来的自然增收抱更多的期望。（二）1975 年度仍未能避免 1974 年度减收产生的影响。但是要通过节约行政经费等重新审定既定经费的办法，极力节省岁出。（三）必须根本改善今后的财政状况。在支出方面，严格选择必须靠财政负担实施的措施，还必须在财源方面研究确保税收的办法。而且，“我们的财政在企业亏损时，会立即陷入空前的危机。在这个意义上说，应该重新从企业的背后进行研究。”这一发言，成为纠正过于偏重个人所得税和法人直接税的税制乃至后来提出引进间接税（一般消费税）的伏笔。

自由主义的财政观和反凯恩斯主义

这里让我们看一看大平藏相在70年代后半期财政运作方面的财政观。

据小粥正巳、富泽宏著《大平正芳的财政思想》[注5]说，大平的财政思想，“与其说是财政固有的东西，不如把它看作是大平总理一贯的思想或哲学在财政方面的体现。……在他的财政著作中，有《削枝保株财政论》一书，说的是当树木养分不足时，为了不让它枯死，就必须砍去它的枝叶。对待财政困难也是这样，砍掉不必要的岁出。‘计入制出’，这似乎是大平总理的基本想法”。

这里的“计入制出”或“量入为出”，出自《礼记》王制篇。不过，政府的工作应在其财政收入范围内进行的这种收入先决主义，与进行必要的工作就要确保必要的税收这种支出先决主义是对立的。进一步说，为控制总需求，必要的财政支出，不管收入多少也应该支出，就是说，即便制造赤字也要干，这与凯恩斯主义相去甚远。

“计入制出”这一收入先决主义或均衡财政原则，在凯恩斯主义被经济学者广为接受的战后，一直被认为是旧时代的陈腐思想。根据“新的常识”，财政具有提供市场不能供给的公共财富和公共服务的功能、收入再分配的功能以及通过控制总需求调整经济景气变动的机能。而且，要积极发挥这后一种机能，当然只能放弃均衡财政的原则。具体地说，在经济不景气时，应采取增加支出或减税（或者两者并用）的办法，制造财政赤字，扩大总需求，以谋求经济景气和就业的恢复，这是有效的。因此，“动用财政手段”被看成是医治经济不景气的特效药。

这种凯恩斯主义是建立在如下假定条件之上的：

(一)扩大政府支出和增加国民生产总值对扩大就业有效。

(二)金融政策（增加货币发行量）（极端萧条，存在“流动性陷阱”时）不一定有效，而财政政策有效。

(三)可以不考虑萧条、失业和设备过剩时随财政政策（扩大总需求政策）而产生的通货膨胀问题。

(四)另外，比通货膨胀更严重的是产生失业，应该把实现完全就业作为最优先的目标。

(五)因政府支出增加而产生的财政赤字最终可由随景气恢复、经济扩大而增加的税收来填补。如果从几年或10年这样长期观点看,坚持均衡财政原则常常会受到每一单年的收支均衡的制约所束缚，从而否定财政的调整总需求功能，这是愚蠢的。

(六) 最后,支持凯恩斯主义的立场是以由经济学的精英进行控制是可能又可取的这种“信念”为基础的。其信念可归纳为“哈维大街的前提”、“布卢姆斯伯里的世界观”、“把经济顾问看成牙科医生的思想”。[**注8**]

在这里，所谓“哈维大街的前提”指的是这样一种思想，即认为政策由为了公共利益而行动的知识精英来决定，英国的政治体制由怀有和凯恩斯本人相同社会义务观念的知识精英掌握（这可以说是指在英国占统治地位的精英而言的一种“圣哲假说”），精英能说服和操纵舆论。所谓“布卢姆斯伯里式的世界观”是表明凯恩斯本人所属的剑桥知识分子社交集团的共同态度的，说的是如下的看法，即认为，人类已经由合理而优秀的人们组成，因此，能够摆脱外界的制约和僵化的行动准则而完全凭人们的恰当的做法、纯粹的动机、对善的可信直观行事。至于“把经济顾问当成牙科医生的思想”则是，政府的经济顾问作为能巧妙地医治经济功能障碍的技术人员而行动，提出不带偏见的科学性建议。这只不过是一种科学主义的立场，即认为管理经济同医生和技术人员操纵人体和机械在原理上是相通的。总之，这些是远离大平的人品和哲学的一种精英主义、一种“管理的思想”。

对上述凯恩斯主义，布坎南和瓦格纳进行了如下的批判。以下均参照［**注9**］。

*在美国发表独立宣言的1776年，亚当·斯密曾认为，“一切在管理个人家庭中所表现的深思熟虑，对帝国的管理运营来说都不是愚蠢的”。本世纪中叶的“凯恩斯革命”到来前，美国的共和国财政运营因采取斯密式的财政责任原则（principle of fiscal responsibility）而突出了一个特点，这就是认为政府不能不征税而支出，也不能为一时的、短暂的方便供给而以财政赤字弥补公共支出，束缚将来的一代人。

*因凯恩斯革命完成，经过这样长期考验的财政责任原则便被拉来作扼杀曾受到启发的政治上、财政上实践主义的许多迷信的、可疑的妙药。凯恩斯主义遂与斯密式的类推背道而驰。……归纳一下凯恩斯主义的启示，就是个人家庭管理运营方面的蠢行在国家制度管理运营方面，也许是贤明之策。

*……凯恩斯以前的、“古典派的”原理，由国家和家庭的类推大概可以得到最好的概括：政府有区别的慎重的财政运营和家庭乃至企业的运营基本一样。

*……初期凯恩斯派的见解采取了“机能性财

政”（functional finance）的教义——以纯粹的凯恩斯派的原则取代年次均衡预算原则——的形式。遵循机能性财政的教义，政府就必须完全根据国家整体的宏观经济运营的需要来决定其预算。……这种初期的凯恩斯派的议论没有认识到在实现能满足“完全”就业之前，也许通货膨胀实际已经出现了。

＊……从肯尼迪政权时代向凯恩斯主义进行政治性改宗以来，我们所接受的教导是：今天的赤字刺激经济而产生出明天的完全就业剩余。只是那个明天好象绝不会到来。赤字作为生存方法永久扎了根，剩余的迫切性减少了。曾经听说联邦预算达到盈余不需要多少年，但随着赤字规模的扩大，其年数不断延长。

＊……这恰好和酒精中毒患者相似，认为自己的处方不灵，在心中便决定只要现在自己感到的难以忍受的那种精神紧张一过去，再恢复自己的健康吧。

＊我们不是建议放弃对我国财政的政治及公共管理，只是建议：在使以强化短期政治寿命为目的的预算操作更具限制效果的宪法框架中，重新设置由政治家担任领导的职务，给对经济秩序的灵活机能极为必要的各种长期性力量以进一步充分发挥作用的机会。

＊非自发性的失业必定表现出总需求不足，这样推论是对现实的一种错误的幻想。

＊完全就业不应是靠政府的总需求管理直接促

进，实际上是不能促进的。这种政策混淆了过去的失误和现在的失误，只会使经济活动比过去恶化。完全就业只能靠政府采取不向经济注入新的不稳定因素的方法，通过运营财政的体制来促进。

大平正芳的财政思想，虽然不是在这里反映出来的反凯恩斯主义那样过激的思想，但大平的"计入制出"，或者"不征税就不能支出"这种基本态度，也只不过是试图以相同的经济伦理原则衡量家计和国家财政这一亚当·斯密以来的、甚至更早的《史记》以来的正统思想而已。大平老早就对财政僵化倾向表示过忧虑，那也是因为他看透了问题在于使量入为出实际上不可能实现的制度上的僵化。至少，大平同战后主要在盎格鲁撒克逊世界流行的那种认为以财政手段管理和调整经济是可能的而且是应该的"新奇常识"毫不沾边。

大平的财政经营，即便从结果上看类似凯恩斯主义，但准确地说，那只不过是"被动的凯恩斯主义"。不是旨在积极地增加财政支出，制造赤字，力求扩大总需求，而是在不景气带来税收减少、岁入不足、产生赤字时，为填补亏空，不得不发行赤字公债的做法。就是说，"大平财政"带来的财政赤字可以说是"不得已而为之的财政赤字"。大平并不是一贯的凯恩斯主义者。

话说回来，在日本，也不能认为紧握财政大权的

“精英官厅”大藏省的宗旨向席卷经济学界的凯恩斯主义靠近。可以看出，大藏省似乎坚持的是同不管任何政治理由，无视财源问题，增加支出，制造赤字，把依靠赤字公债的财政运营视为绝对的“恶魔”的伦理原则相似的态度。

加藤宽孝在其《幻想的凯恩斯主义》[注10]一书中谈到日本的凯恩斯主义时说，“不能认为我国制定政策者抱有凯恩斯主义的设想。从严密的意义上可以说我国战后一次也未实行过凯恩斯政策”。不过，作为“单纯的不景气对策的财政政策、特别是公共事业增加政策”这种意义上的“凯恩斯式政策”，倒是实施过几次。例如，1966年、1971—1972年和1977—1978年，全是公共事业急剧增加时期。加藤分析说：

*其中1966年的积极财政政策可以认为收到了扩大需求的效果。国民生产总值名义增长率从1965年的10.5%增长到1966年的16.2%、1967年的17.2%。另一方面，货币供应量的增长率从1965年的18.0%逐渐减少，1966年为16.3%，1967年为16.7%。

*1971—1972年的积极财政政策，可以看出产生出甚至像1973年经济景气过热那样充分的需求扩大效果。然而，这可以解释为货币供应量显著提高的结果：1970年增长率为18.3%，1971年为20.5%，1972

年则为26.5%。

*1977—1978年的积极财政政策的需求扩大效果为零。国民生产总值名义增长率1976年为12.2%，到1977年减到10.9%，1978年减至9.5%。这是货币供应量增长率下降的结果：1976年为15.1%，而到1977年减到11.4%，1978年减到11.7%。这个例子表明，没有积极的货币扩大政策作保证的财政政策在扩大总需求方面没有成效。

特别值得一提的是，1975年以来至今，日本银行的货币政策的运营方针转变为以稳定物价为最优先的目标、重视控制货币量的货币主义的方针。货币量对上年的增长率从1975年的13.1%逐年下降，到1984年降为7.8%。而国民生产总值名义增长率从10.4%降到6.4%，国民生产总值收缩率从7.8%升至0.6%，消费者物价上涨率从11.8%降至2.2%，批发物价上涨率从3.0%降至负0.3%。在这种下降趋势下，我国的通货膨胀完全平息下来了。

*这样，在1975年以后趋势性地抑制货币增加量的货币政策下，通货膨胀率的增长显著趋缓，可谓是支持“通货膨胀到任何时候、任何地方都是货币现象”这种货币主义通货膨胀理论的有力证据。

在这种情况下，加藤宽孝指出，战后搞的凯恩斯主义式的财政带来的总需求扩大政策不一定有效，他采取了支持通货主义有效性的态度。和货币发行量增加不同步的财政支出的扩大，没有扩大经济的效果，而且在和货币发行量同步时，很快会引起物价上涨。

进一步说，1975年以后的经验告诉我们，对付由1973年的石油危机造成的“供给冲击”开始的、“萧条与通货膨胀共存”这种“新病”滞胀，扩大财政支出的凯恩斯式政策不仅不起作用，而且只会导致通货膨胀的加剧和财政赤字的扩大。大平在这里也被迫陷于心不随愿的处境：由于他是使这种“赤字病”得以发展的财政负责人，尽管他为制止通货膨胀竭尽全力，但未能收到效果，对此不得不承担责任。

大平政权的成立和80年代大平对日本经济的设想

在自民党总裁选举中，大平正芳击败了福田，于1978年12月登上总理宝座。在此前后表明的大平的政治哲学、经济哲学和作为政权担当者的基本政策设想，准确地看出世界及日本变化的方向，在包括从防卫、外交、经济、财政运营到家庭基础、文化的现状方面，准确地描绘出自由、成熟的市场社会的前景。在这一点上，大平具备极为先进的性格。这里，让我们看一看同经济和财政有关的大平设想的特征：

（一）关于世界的经济秩序和日本的对应

大平说："难道不是到了日本也该就世界的通货体制发言的时期吗？"［注 11］从这番话可以看出，大平总理表明了重视日本经济和世界经济秩序相调和的想法，其中包括：作为世界经济秩序的应有状态，首先美元的稳定是必要的；过头的美元贬值、日元升值是不可取的；我国作为经济大国之一，被要求进一步发展和开放市场、增加进口；仅我国持续拥有大幅度经常收支的盈余，对世界经济不是好事；出口要尊重对方国家的市场秩序，必须注意要使出口受到对方的欢迎。

与此同时，他指出，强化日本经济的对外竞争力依然是重要的，要始终既维持我国的经济活力，又要在经济运营中设法使追求自己利益和扩大国际社会整体利益相一致。这正是和认为"世界整体增长中的日本的增长"才是可取的这种"亚当·斯密式增长的世界"一脉相通的设想。但是，大平同时认识到，日本维持经济的活力和竞争力，孕育着比过去还要大的引起经济磨擦的可能性。这种担心在 80 年代后半期到

90年代间变成了现实。大平总理的这种理想的“和世界经济相调和的增长”非但未能实现，而且特别是在日美之间，只有以损人利己的竞赛思想框架为基础的经济磨擦突出起来。可以说，日本要处理的对外问题的核心，从那以后便总是这种对美经济磨擦。1980年，当时的大平总理对世界发达资本主义间可以见到的竞争、对立的构图的认识，直至社会主义之后、冷战后的今天，基本都是正确的。并且，日本在迎来80年代时如大平总理指出的那样，日本被强烈要求发挥经济大国的作用，即在进一步扩大内需、开放市场方面，发挥“吸收器”的作用。

大平总理对日本作用的认识比谁都清楚，同时他还清楚地认识到这一作用不能是在外界压力（美国及其它国家的利己要求）下，日本作单方面自我牺牲的利他行动。这一点在大平处理福田前首相在1978年召开的波恩发达国家首脑会议上向国际作出关于日本要“实现7%增长”的许诺问题上也可以看得出来。以下是大平的话。均参照［**注11**］。

*这是……今年春天，在编制预算的同时政府提出的经济目标。不仅如此，我国在6月的波恩会议上还向国际作出了公开许诺。因此……实现这一目标，是我国履行对世界经济恢复相应的责任。所以，这一目标必须实现。……然而，要实现并不容易。

＊7％的经济增长，这是政府向国内外作出的许诺，有所拘泥是当然的。为此，通过了补充预算，但那以后的外汇行情异常，完成政府设定的目标出现了困难。……政府为了减少国际收支盈余和实现国内经济正常化尽了最大的努力，所以不应该拘泥于7％。而且，即便7％的增长率实现不了也不应该追究政治责任。

＊……实现这个目标非常勉强，而且会产生新的问题，留下后遗症。这种做法令人困惑。

大平总理并不是“轻易放弃了”〔注12〕对国际的公开许诺，而是为了实现这一勉强的目标，进行了最大限度的努力，但没有有效的方法。大平总理从“因为对国际作出了公开许诺，即便作出任何牺牲（付出任何代价）也要实现”这种态度后退了。在这里不能不考虑的“代价”，显然是指扩大财政赤字和通货膨胀的危险。

从这件事可以得出的教训恐怕是，政府就经济增长率、经常收支盈余削减幅度等宏观经济数字，而且是没有实现希望的数字，向国际作出公开许诺是错误的。不管外界的压力有多大，不可能实现的就决不公开许诺，这才是正确的原则。当时7％增长的目标，显然不是付出忍受得了的代价就能实现的。但是，福田政权的公开许诺，也是大平内阁应予履行的。从大平

总理来说不便批评这一许诺。尽管如此，这种轻
对外（特别是对美国）许诺，后来在外界的压力
小有过多次，这种做法反而产生招致不履行诺言的
责，徒增不信任和磨擦，产生了愚蠢可笑的结果。

（二）关于国内经济的运营

大平总理有过如下的发言。以下均参照［**注 11**］。

* 经济运营的根本是诱导“民间经济有活力的发展”。

* 经济活动必须根据民间的想法、智慧、活力和能源情况进行。

* 政府必须支援民间经济有活力的发展，并保持适当的经济增长。

* 经济运营的根本在于运用国民的创意和活力。战后的经济发展表明这种做法比任何计划经济都优越。

把战后的经济成功看作自由市场机制的成功的观点，除在新自由主义有所抬头并受过“反凯恩斯主义革命”洗礼的80年代以后的经济学者外，在政治家中间则是非常罕见的，几乎可以说是一个例外。据包括政治家在内的当时人们的看法，战后的高速增长是“官”（政府）的领导和管理、或者官与民的“日本株

会社”式合作体制的成功。但是，大平已经从1970年以前开始就抱有与此不同的认识，他认为只有自由的市场系统的作用和民间的创意、活力，才使高速增长获得了成功。在高速增长后的成熟的市场社会里，愈来愈需要的，既不是“大政府”，也不是政府的干预、领导、管理，而是坚持发挥民间活力的市场经济本来的姿态。所谓不同的认识只不过是如此而已。

“利用民间活力”这句话，进入80年代以后，成了推进一系列企业民营化的中曾根政权的口号。但是，把“民间的活力”这个词当成经济运营之本的却是大平总理。

大平总理对政府应发挥的经济性作用有以下的论述。均参照［**注11**］。

＊为了使转折期的产业结构成为技术、智力、知识集约型，政府必须进一步发挥领导作用。与此相反，在高速增长时期建立的许多政府机关中有失去了作用的，有开始成为包袱的，政府必须从这些部门抽出手来。

＊在战后的经济发展中，产生了自然和生活环境的破坏、人际关系的疏远、资源得不到有效利用等许多问题。对这些问题的处理和公共设施、住宅、医疗等政府应干预的领域扩大了。另一方面，政府应停止其干预的领域也有很多。

但是，大平总理从未赞成从70年代初开始出现的反增长主义、零增长主义、反产业主义、环境至上主义等立场，他指出，新型的增长是必要的，他坚持亚当·斯密式的立场。以下均参照［注11］。

＊认为由于支持迄今增长的类型条件的崩溃而带来增长时代的结束，已进入停滞阶段，对这种看法，我大致是理解的……尽管如此，人们仍希望增长，政治也要做些事情以满足这种希望，否则是不行的。因此，难道不能摆脱资源的制约、环境的破坏，另外还有社会上的各种制约，而以比较自由的生产资料……为主建立下次增长的基础吗？……。

＊现在，日本经济并非处于能继续保持像过去那样的高速增长状态。但也不能因此就放弃高速增长……不是像过去那样，把重点放在追求量的扩大之上，还是应该扎扎实实地致力于质的提高和充实。我认为这恐怕是根本所在。

＊在充分注意不要引起通货膨胀、物价上涨的同时，要开拓“充实家庭基础”、“建设田园都市”（城市的再开发）、“科学技术的革新”等新的领域，尽量谋求较快的经济增长。

归纳一下以上大平总理讲话表明的关于“新的增长类型”的设想，有以下几点：

（一）无论日本，还是世界，在资源、环境等的制约范围内的增长依然是必要的。

(二)经济增长的目的必须是提高和充实国民生活质量。

(三)新的增长类型将是依靠充实家庭基础、重建城市文明、开发科学技术等新领域的开拓而实现的增长。

(四)为此，必须转变产业结构，即从大量生产、大量消费、大量废弃型的产业结构转为知识、信息密集型的产业结构。

(五)引导、推进这种结构改革是政府新的工作，相反，已经完成使命、应抽回手来的政府工作也很多。政府本身的重建是必要的。

(六)经济运营的根本在于实现这样的增长，使民间自由发挥活力。

以上这些设想，今天来看也基本上是正确的，可以说仍可照用。或者也可以说这里所谈的目标现在仍未实现，从这一意义上说，它仍然不失为目标。

大平的这一路线进入80年代后，被铃木内阁的行政改革和中曾根内阁的行政改革、企业民营化、和自由世界相协调的路线继承下来。80年代世界起主导作用的经济理念是撒切尔、里根政权代表的自由主义的复活，建立“小政府”，摆脱福利国家。大平总理的经济哲学基本上也与此一致。但是，撒切尔政权和里根政权实际实行的是货币主义、放宽限制、民营化路线，还有削减税收、增加军事开支的“超凯恩斯主义政策”（里根主义政策）。其新自由主义的处方主要以“烈性药”为主，取得了预期成果，同时也留下了麻烦的后遗症。而大平的设想虽以自由主义为根本，但把成熟的市场社会中的新型增长作为目标，可以看出是追求有更加综合性和长期性效果的中药式处方。

撒切尔—里根派的模式是想靠政府的力量断然实行以自由主义为理念的改革，而强调民间活力的大平派模式的明显特点是想把必要的改革、结构转变委托民间去发挥创意和作出努力，政府（医生）不进行勉强的干预（治疗），而诱导民间（患者）进行自律性的体质改善。假如大平政权曾是和撒切尔政权一样的长期政权，日本的经济和社会必将更加顺利、扎实地实现向成熟的市场经济转变。

通往财政重建之路

大平政权从它成立之日起，便面临一个必须处理的课题，这就是重建陷入危机的财政。在三木内阁担任藏相时代被迫发行赤字国债的大平，如今作为总理，必须着手对陷入严重“赤字病”的财政进行根治。大平的财政哲学一直没变，但在严峻的情况面前，他作了以下的发言。均参照［注2］。

＊为了使财政具有调节经济的能力，财政本身必须具备相应的体质和力量，否则……自己满身疮痍，要调节经济是不可能的。在目前中央和地方都拥有严重赤字的情况下，如果对财政本身的重建不付出相当大的努力，财政对经济的支撑能力、调节能力等就可能会逐渐减弱，令人担心。……单靠技术不行，必须逐渐改变国民对政府期待过多、政府对国民经济和国民生活干预过度的情况，政治必须把这一点作为努力的方向。

＊今后新的财政需要将愈来愈多。但是，大幅度的财政赤字累计会成为子孙后代的过重负担。必须彻底清理高速增长时期的预算支出项目，谋求向能够适应新时代的预算结构转变。

＊关于租税，可取的做法是以符合岁出的负担为目标，纠正不公正的税制，从迄今以直接税为主的税制体系向把间接税作为重点的发达国家型税制过渡。

大平总理在这里强调，必须彻底改变国民对财政抱有过高的期待和政府按照国民的想法进行过度干预的状况。他指出，在累计赤字膨胀，公债依赖程度、公债费的比例异常高涨的情况下，发行赤字公债，以财政支撑经济景气的凯恩斯主义式的手法是错误的，同时也是不可能实行的，表明了他重建财政的决心。大平宣布今天的日本财政并非是萧条之时可以指望的“救星”，其本身倒是该接受治疗的“患者”。

至此从结果来看，以遵循凯恩斯教导的形式，作为促进经济增长的“政策手段”而反复使用的财政，因使用这种手段而陷入“赤字病”，最后转化成作为手段已无法使用的制约因素。只要不设法按长期计划进行整治或“重建”，这种制约因素也会成为拉经济后腿的巨大的负面因素。大平说只有发挥民间活力实现经济增长，没有别的办法，这乃是理所当然的认识。

作为重建财政的支柱，大平总理提出以下两点：

（一）彻底重新审视预算支出结构，抑制支出。这里包括行政改革、放宽限制、废止不必要的制度、推行国营企业民营化等政府自身的重建措施。

（二）确保通过税制改革实现稳定税收，这意味着提高一般消费税那样的间接税的比重，其结果增加税收也是不得已的。看来，大平总理曾经有过这种认识。

关于财政危机的背景和大平总理的财政重建，下面是正村公宏的分析。均参照［**注12**］。

＊整个70年代发生的财政危机，也成了严重限制80年代财政支出、阻碍持续增长的因素。……石油危机以后，公债的依赖程度上升、……这种依赖公债的

情况未能始终继续下去。大平内阁不得不提出“重建财政”这一政策课题。

* 尽管整个70年代经济增长率和税收增加率大幅度下降，但由于财政支出持续膨胀，还是不可避免地发生了财政危机。从1971年到1980年的10年间，实际经济增长率平均为4.8%。……与60年代的平均年率10%左右相比，几乎减少了一半。由于经济增长率下降，设备投资水平也下降了。而储蓄率依然很高，所以，设备投资水平下降便产生了储蓄和投资之间的差距，并形成因内需不足而导致出超的基本原因。

* 同财政收支直接有关的名义经济增长率从高速增长时代的1961年到1970年的10年间，年均为16.3%……这一时期在多次降低所得税的情况下，财政规模得到扩大。从1971年到1980年10年间的名义经济增长率平均为12.3%。……前半期通货膨胀的影响较大，后半期通货膨胀得到控制，加上实际经济增长率下降，名义经济增长率降至60年代后半期的大约一半。这种名义增长率的下降虽然制约了税收的增加，但财政支出还是大幅度地上升了。

* 拿1970年度和1980年度的政府一般会计主要经费作比较，可以看出10年间岁出决算总额增长5.3倍，平均年增长18.2%，同70年代的国民生产总值的年均名义增长率的12.3%相比显得太高了。

＊……农业政策、中小企业政策等因保守势力要维持自己的政治地盘而受到重视。大米价格年年提高。生产者米价和消费者米价倒挂。……人均公用事业投资，地方比大城市要多。虽然有向地方招商和要把国民生活的基础水平在全国拉平这种国家最低限的保障，但仍被保守势力为维持政治地盘所利用。由于社会汽车化的发展，国营铁路经营急剧恶化。尽管如此，仍然维持赤字经营路线，甚至在经济不合算的地区也修建了新干线铁路，这样做的结果增加了国营铁路部门的赤字和一般财政的补填。经济增长率的下降和税收增加的钝化，使这种散财型的行政缺陷统统暴露出来。70年代，政府根据国民的要求，一点一点地增加社会保障、社会福利的支出。在国债费以外的主要经费中，明显增大的是同社会保障有关的费用。

＊历代自民党内阁相继扩充社会保障制度，分别采取了一些预算措施。不对公共养老金制度和医疗保险制度进行根本的改革，而扩大支付，这使一般会计的负担急剧增加。可以说，在没有设定明确的福利国家的理念和目标下，逐步地向福利国家过渡。因此，对以社会保险费和租税的形式扩充社会保障、社会福利的财政基础没付出起码的努力。

＊自民党政权在60年代的财政宽裕时代没选择扩大社会保障预算、改变经济体质政策，没把经济增

长的成果系统地运用于“福利”这种明确的政策思想，也没有作出为此而确立财政保证的努力。扩大福利预算在没有必要的财源措施情况下而拖延到70年代。60年代选择政策的落后做法从70年代延续到80年代。

＊在这种情况下，1977—1978年为提高经济增长率而扩大了公共投资，增发了公债。结果是经济增长率尚未明显提高，第二次石油危机便降临了。经济增长率再次下降，而且由于政府、日本银行的慎重对应防止了通货膨胀的加剧，名义所得也未膨胀。税收未增加，只留下了增加发行的公债。

＊……公共养老金的基金也是这样，从保险费收入中支付增加，财政危机潜在地加深。这些问题都带到了80年代。

＊重建财政开始成为重大的政治问题。大藏省和政府的税制调查会为了克服财政危机，主张必须引进带有广泛基础的大型间接税。

＊大平总理接受大藏省和税制调查会的意向，提出要把引进一般消费税，重建财政作为目标。从对国民投票十分注意的政治家来说，这是一个极为大胆、坦率的建议。但是，让国民同意引进新税是困难的。行政的现状存在许多问题，对租税制度和课税的实际情况不满日益高涨。如果不根本解决这些问题，大型的新税就会通过不了，这种意见相当强烈。

＊把重建财政问题只是作为消灭过去产生的财政赤字的问题提出来,也表明大平建议的政治性的软弱。提出今后从长期的展望出发政府要做什么，该做什么的问题，并且作为其中的一环而提出解决财政问题的办法，在当时曾是必要的。经济高速增长时代结束了。如果从更长期的观点看，明治100年的工业化和现代化历史就要结束了。时代要求建立能够适应新时代的行政和财政。不是单纯的财政收支的均衡，而是必须把建立有效、公正的行政、财政、税制作为课题。

＊……大平就任总理后，对根据长期展望选择日本发展的道路非常关心，并提出要召集多名专家，委托他们进行多方面的政策研究这样一种独特对策。但是这位大平先生也没准备把财政问题和关系到日本将来的更大的问题联系起来。大平忧虑财政危机日趋严重，开始诉诸恢复收支平衡的常识性做法——增税。

＊……自民党的候选人也公然反对引进一般消费税。大平路线明显不受欢迎。

在这里，正村指出，不要把重建财政本身作为单独的课题提出，这是一个要把它同政府应处理的长期性课题联系起来，可以说应把它作为联立方程式的一个解而加以解决的问题。的确是这样。大平总理正如正村认为的那样，是想通过同日本发展方向有关的长期的、多方面的政策研究团体，提出面向21世纪的政策课题的全貌。联立方程式的体系勉勉强强地不断建立起来。不过，因大平总理的突然逝世，实际未能着手去解开它。

但是，关于重建财政，以解联立方程式的手法进行漫长的处理不一定说对。在这里，正村所代表的常识性的设想是，在成熟的社会里，政府要干的工作不断增加，而且为迎接高龄化社会的到来，对政府的依赖性增强，所以“大政府”是不可避免的。大平式的设想显然与此相对立。大平式设想强调的是，正是因为在成熟的、高龄化社会里，政府才不该多管闲事，而应该发挥民间的活力，建立“小政府”。只要是有益的工作，越多越好，这种“多办好事”式的思想与大平总理的政治经济哲学无缘。患“赤字病”的财政，无论对今后的政府还是对民间来说，只能是沉重的包袱，必须对它优先进行医治。大平总理的这种信念应该认为是正确的。如果是这样，医治方针只能是抑制支出以及确保稳定的税收，因此只有引进新的间接税。

关于在那之前的财政情况，也指出了如下问题：

……必须指出，对行政效率低的不满很强烈，这反映出我国民间部门的高增长或者高效率，但被忽略的一面是：公共政策产生的好处不是从高收入者流向低收入者，而是轻视税负担最重的城市劳动者的福利，偏向负担率最低的农家、个体经营者，社会上对这方面的不满很强烈。我国的行政改革得到国民的坚强支持，这种支持是以租税负担和受益之间存在的地区性以及职业阶层上巨大的不平等及其背后存在的收入获得率之间的差别为基础的，这是一个特点。[注6]

即便今天，也对职业阶层上的不平等（工薪者中坚阶层的重税感等）议论纷纷，但中央、大城市居民的纳税负担重，地方居民纳税负担轻，而公共投资的分配反而向地方倾斜，对这种不合理的现象却很少有人议论。"受益者负担，负担者合理受益"，根据大平式的这种经济伦理观，在以行政改革和税制改革为支柱的重建财政路线中，对这种不满和不合理的现象也必定会进行彻底的改革。

关于引进一般消费税问题

1988年好容易引进的包括消费税在内的附加值税型的间接税，是符合所有财产、服务可以在市场交易的成熟的市场社会的税制。这种税制按消费支出等的最终支出的大小比例课税，采取交易时由买方（消费者）支付，卖方（企业）一揽子缴纳的形式（不过，需要设法排除课税累积）。它和所得税、法人税等直接税一样，不是以正确掌握个人所得和法人利润为前提而课税。众所周知，这是难以准确掌握的，所以产生“水平上的不公平”，这是强烈的“不公平感”的根源。附加值税型的间接税则没有这种缺陷。

给个人的市场竞赛中的成果（所得）和企业的金钱竞赛成果（利润）下定义，并按这一定义从个人和法人征收的直接税，只有以国家强有力地掌握其成员个人和法人为前提才有可能。在今天，超过国家范围进行的经济竞赛，竞赛选手不一定是这个国家的成员。每次比赛（交易），都要收取一定比率的税金作为维持市场秩序的手续费。这种收税方式，很早以前就在有市场经济的地方广泛采用。这在所有的物品都在市场上自由交易的高级市场社会更为适合。而且，这不是向受景气即竞赛动向左右而激烈变动的企业利润和个人所得征税，而是向比较稳定的消费之类的最终支出征税，这种方式也符合确保稳定税收的目的。而且，以消费税这种间接税为中心的税制，从纳税者方面来看，最终只有税率是问题。这是极为单纯明快的税制。国民（纳税者）只要监视这种税的税率提高与否即可。即便为了制止财政支出膨胀和“大政府”的倾向，间接税税制也是可取的。［**注13**］消费税、附加值税受批判之点，归根结蒂只是这种税制强迫低收入阶层（低支出阶层）承受过重负担即所谓“逆进性”问题。但是，这个缺点靠下一定的功夫即可避免。只要降低所得税、法人税等直接税的税率、实行大幅度减税，同时提高消费税的比重，就必定会大大消除“不公平感”和“税收重压感”。

在大平总理最初表明要引进一般消费税设想的1980年前后，很难说在表明这种消费税的优点，并对这种税制的方式和税制改革的方向进行了充分的讨论。引进新税即增税，增税即“恶政”。这种短见的思维方式通过宣传媒介确立后便一直未能摆脱，这的确是一件不幸的事。

大平总理对引进一般消费税的必要性也未直接向国民呼吁和说明。只是流露出应该研究引进它的意向，被新闻界夸大报道后，遂立即成为大平遭政治攻击的靶子。的确，在民主主义下，得到国民的赞成而实行增税是一件很难的工作，增税只能采取不管国民的反对而强行实施的方式。其后，1987年，中曾根首相也表示要引进消费税（这时称“销售税”），但在舆论的反对下未能实现。无论以怎样的方式，对引进新的间接税，在野党都坚决反对，执政党候选人也在选举中公然高喊反对引进的调子。这对政治家来说，显然有“投鼠忌器”的问题。后来为了避免把引进新税作为选举的争论问题以确保执政党自民党多数席位，政府（大藏省）和自民党只好采取利用政府税制调查会，以回避舆论界攻击的方式实现引进消费税的方法。面向80年代的财政重建，大平总理最初设想的间接税（一般消费税）终于在1988年由竹下内阁以3%消费税的形式引进成功。

日本高速增长以外界冲击的到来宣告结束，作为经济大国，日本在国际社会中占有从未有过的重要地位，加深了同各国的相互依存关系。在经济无边界化时代，大平同日本的财政关系密切起来。这一时期的日本经济必须在资源、能源、环境的制约下，克服萧条、通货膨胀，完成向软件化、服务化方向的转变，通过技术革新，找出新型的增长路线。在这种困难的情况下，因从增长期继承下来的福利关系各种制度的扩充路线以及凯恩斯主义路线，财政发生支出膨胀，陷入严重的"赤字病"。这都是与大平的财政思想不相容的趋势。大平早就担心会出现这种倾向，并一直为维持均衡财政原则和"小政府"（给民间少加负担的财政）而对上述趋势进行了抵制。结果，亲自开了发行赤字国债的先鞭，为以后引进消费税开辟了道路。前者是不得已的选择，后者则可以说是在最坏事态下退而求其次的选择。最好的道路是通过改革，放宽限制，削减支出，建立"小政府"，实现财政重建，这是一条最艰难的道路。铃木内阁以后，创造了"不增税的财政重建"的口号。但这仅仅是口头说说而已，要实现这一口号，不增税，光靠砍支出的办法减少累积公债，摆脱“赤字症”，那几乎是不可能的。大平始终以其明确的哲学为依据，抵抗日益发展的财政病，采取现实可行的手段进行处理。

据大藏省1979年11月发行的《思考财政重建》的小册子，对大量的公债发行带来的问题，当时的大藏省的正式见解如下：[注14]

（一）受公债付息和偿还所迫，不能适时、适当地发挥财政本来的作用。

（二）压迫民间资金需求，过度的通货供给量可能给金融带来通货膨胀因素。

（三）把包袱留给了后代，影响世代间的公平负担。

（四）与租税带来的财源不同，没有紧迫的负担感，产生轻易依赖财政支出的风潮。

这些也是大平从60年代后半期任政调会长时代开始表明的担心。由于80年代以后的重建财政的努力，财政病仅摆脱年年累积赤字，而陷入“慢性肝炎”的状态。但是，这是不容乐观的病症这一事实依然未变。尽管如此，经济陷入萧条后，为了恢复经济，便指望动用财政，国际上要求靠财政力量扩大内需的外界压力增强的状况也未改观。以“凯恩斯主义”为名的迷信现在仍然继续存在。而且当时做国民所想做的事即是民主主义的这种内需方面的民主占上风，这增加了财政赤字病的发作危险。我们今天有必要重新回顾和学习作为藏相、总理的大平为建立健全的财政而奋斗的思想和行动。

（成蹊大学教授）

注　释：

注[1]　野口悠纪雄著《财政读本》，（第四版）东洋经济新报社 1990 年出版。

注[2]　公文俊平等主编《大平正芳——其人与思想》，大平正芳纪念财团 1990 年出版。

注[3]　中村隆英著《日本经济的成长与结构》（第三版），东京大学出版会 1993 年出版。

注[4]　香西泰著《高速增长的时代》，日本评论社 1981 年出版。

注[5]　小粥正巳、富泽宏著《大平总理的财政思想》，公文俊平等主编《大平正芳的政治遗产》所收，1994 年出版。

注[6]　森口亲司著《日本经济论》，创文社 1988 年出版。

注[7]　joseph E. Stiglitz et al. （eds.）The Economic Role of the State（1989）.

注[8]　james M. Buchanan J. Burton and R. E. Wagner The Consequence of Mr. Keynes（1978）. 水野正一、龟井敬之译《凯恩斯财政的破产》，日本经济新闻社 1979 年出版。

注[9]　james M. Buchanan and Ricard E. Wagner Democracy in Deficit（1977）. 深泽实、菊池威译《赤字财政

的政治经济学》，文真堂 1979 年出版。

注[**10**] 加藤宽孝著《幻想的凯恩斯主义》，日本经济新闻社 1986 年出版。

注[**11**] 《大平正芳的政策纲领资料》，大平正芳纪念财团保存，1978 年。

注[**12**] 正村公宏著《战后史》，筑摩书房 1985 年出版。

注[**13**] 竹内靖宏著《正义和嫉妒的经济学》，讲谈社 1992 年出版。

注[**14**] 野口悠纪雄著《财政危机的结构》，东洋经济新报社 1980 年出版。

岁入岁出政治的制定
——大平政治的作用

村松岐夫

前　言

在战后日本政治舞台上扮演主要角色的自民党保守主流派,初期不仅存在政治尖子在思想上的对立,而且既要抑制党内的“战前派”,又要抑制在野党。在这种情况下,自民党制定的政策是妥协的产物,从后来的政治过程看,自民党的保守主流派不仅把握住了国民政治意识的趋向,而且有效地进行了诱导。日本人在政治意识上正是按照自民党保守主流派的政策诱导而形成了像美式足球进攻分段式那样的中间层。继吉田茂、池田勇人、佐藤荣作之后的大平正芳有着保守主流派的核心思想。在自民党维持政权的过程中，保守主流派逐渐使“不修改宪法、防务依靠美国、优先发展经济”这一思想深深地渗透到国民意识之中。充实福利设施也是保守主流派政策的组成部分。保守主流派还对适当增强国民的参与意识持善意态度。在笔者看来，保守主流派在政治上的妥协导致了日本财政的膨胀，特别是70年代，由于大搞充实福利和发展公益事业，财政规模膨胀尤其显著。从1974年到1976年，日本发行了巨额赤字国债，这期间的大藏大臣正是大平正芳。此话后叙。

然而，自1945年推行道奇9项原则以来，建立“小政府”一直是日本政府的既定方针，这也可以说是保守主流派的基本方针之一。这一方针之所以没有同后来政府推行的政策以及财政规模日益扩大的趋势发生大规模冲突，是因为经济的持续发展，税收也随之自然增加。但到80年代，日本政治出现了控制“财政规模”这一课题，自民党为确保选民的有力支持而采取扩大分配的战略，终于同财政的制约发生抵触。然而，在另一方面，这也是自民党恢复另一基本方针的起点。自1980年直到现在，自民党与其说是通过第2次临时行政调查会及其后续审议会对个别政策进行修补，不如说是对制定政策的机构重新进行研究。大平担任总理期间实际上是向“下一个时代”的过渡，在过渡期间，大平并非无所作为，而是向变化的方向进行引导。本文就是分析大平在这方面发挥的众所周知的作用。此外，本文还将谈到作为保守主流派路线的正统继承者登上总理宝座的大平正芳，又是以什么样的心理状态修改保守主流派路线的？支持他这么做的政策经验是什么？

在对某个政治家进行研究的时候，自然而然地会遇到一些问题。诸如他缘何成了政治家？[补注一]政治家在他最得势的时候无疑会受到关注，那么他在处于权力顶峰时期推行的政策和行使的政治手段同他的经历和经验又有什么关系？从这一意义上讲，大平作为官员积累的经验是如何影响大平政权的政策和政治的？[补注二]下面我想就“保守主流派路线”朝着旨在建立“小政府”的方向转变时，以及自民党政权表示要将以所得税为中心的税收制度向以间接税为中心的税收制度过渡时，用来解释作这种改变的理由进行分析。

第一节 保守主流派路线和多元主义

直到70年代末，日本政治是自民党保守主流派主导的政治。自民党采取了以政治稳定为目标、以培育保守党支持基础为目的的妥协而综合的战略，试图不断拉拢各种利益集团。大平于1952年当选国会议员以后，尤其是作为池田的亲信进入政治中枢以来，他一直是多元主义政治的媒介人。他不仅当过通产大臣，还长期担任外务大臣，进而又任大藏大臣，是制定70年代日本各种政策的负责人之一。

多元主义着眼于社会集团化现象，认为政治过程是由各种利害的"谈判和交易"形成的。这种理论同古典政治理论在基本观点上存在着较大的差异。古典政治理论认为，个人和国家是构成政治的主要因素，否认介入其间的诸如多元化主义称为集团的一切媒介的存在。把个人和国家联系起来是其有代表性的理论。古典政治理论强调，由每个市民选举产生的优秀分子通过在议会的讨论和审议来探索公共利益，这是一种重视程序的思想。兴起于英国的这种议会民主制度，到19世纪中叶进入黄金时代。后来，社会结构中对立因素的激化反映到议会，另一方面，随着政策形成所必需的技能的专门化和行政作用的扩大，议会的存在形式引起种种议论。

规范化色彩浓厚的古典理论基本上属于启蒙时期政治哲学范畴。但从19世纪后半叶起，观察政治的观点变得更为现实。就是说，新增加了一些观点，诸如：

处在议会及其执行机构背后的政党所拥有的综合力量、参与政治的每个市民的无力化和缺乏理性、经济力量对政治的巨大影响、随着政府机能的扩大导致权力向行政官僚转移等。在19世纪向20世纪过渡时期，国家机能不断扩大，而这正是日益高级化的产业化社会所需要的。可以说，多元化理论就是反映这些现实应运而生的政治理论。在这种思潮中，多元主义发现的就是集团。英国的多元主义国家论在此姑且不提，若套用美国政治学理论的框架来解释，多元主义是这样一种政治观，即把正式决定的实质内容看作是组织起来的集团（领导人）进行交易和妥协的结果。由此而引出了政治过程这一概念，经过R·达尔的提炼形成了多元化的民主论。

在欧美政治学界，多元主义政治观或被广泛接受，或广泛引起争论。但在对利益团体施压活动持否定态度的我国并未引起多大注意。然而，在日本，社会的集团化和政治过程中集团作为主角的出现却是无可怀疑的事实。

表1显示的是战后日本压力团体形成的时期。所挑选的252个压力团体是1980年存在的主要压力团体，根据压力团体的性质进行分类后再按成立的时间进行排列。70年代，教育、福利、市民政治团体显著增加。农业团体也很重要。这同70年代财政膨胀的趋

势有关。另一方面，70年代是自民党政权经受考验的10年，前半期，由于主张革新的自治体的涌现，自民党在政策上受到挑战，不得不在环境和福利上大幅度放宽政策。从国会这一层面看，1974年参议院选举时出现了保守势力和革新势力分庭抗礼的局面，而在1976年的众议院大选中，也出现了同样的局面。在此情况下，自民党为答应在野党和各团体的要求，不得不进一步接受市民运动的主张。

表1　全国团体的设立时期　（单位：%）

年代	明治	大正	昭和1—20年	21—30年	31—40年	41年以后	计	N
农业团体	4.3	—	4.3	73.9	13.0	4.3	100	23
福利团体	—	—	3.3	40.0	33.3	23.3	100	30
经济团体	1.1	2.3	4.5	44.3	34.1	13.6	100	88
劳动团体	—	—	3.8	51.9	28.8	15.4	100	52
有关行政团体	6.7	26.7	6.7	40.0	13.3	6.7	100	15
教育团体	—	—	8.3	83.3	8.3	—	100	12
专家团体	22.2	—	—	55.6	22.2	—	100	9
市民、政治团体	—	—	5.3	26.3	36.8	31.6	100	19
其他	—	—	25.0	50.0	25.0	—	100	4
总计	2.0	2.4	4.8	48.8	28.2	13.9	100	252

资料来源：高坂正尧编《高度产业国家的利益政治和政策》（丰田财团报告，1981年）

第二节　大平在政策转变过程中发挥的作用

如前所述，如要研究大平正芳，必须研究财政。1979 年大选时，大平提出征收一般消费税，从而引起普遍不满。对此如何加以解释呢？这是我进行分析的出发点。

从 60 年代到 70 年代，历届自民党政府推行扩大财政政策的结果，导致财政赤字急剧膨胀，到 1979 年财政赤字累计约达 200 万亿日元。这笔巨额赤字是通过发行国债来填补的。大平身任大藏大臣，对发行赤字国债也应承担部分责任。大平很可能也是这么想的，因为 1976 年大平在三木内阁任大藏大臣时就发行了巨额赤字国债。正因为如此，大平就任总理时特别重视健全财政。作为曾是大藏官僚的这一经历又使他对财政问题特别敏感。

大平在就任总理前后曾从财政收入和支出两个方面明确地阐述了自己的意见。他一方面强调建立小政府，而另一方面又主张增税。

这两个方面都反映了池田内阁以后的保守主流派

在政策上的变化。大平认为，抑制财政支出要通过限定公共福利的范围来进行。为此，他提出了重视家庭的主张；为确保财政收入，就要把以所得税为中心的税收制度改为以消费税为中心的税收制度。下面试就这两个方面进行论述。

一、重视家庭和重新认识福利

1978年，大平就“有效率的政府”和“小政府论”提出了自己的主张。“小政府论者”大平建议征收消费税，实际上是容忍财政规模的扩大。尽管大平的主张自相矛盾，但在此时，他确实反复强调要建立“小政府”。让我们从报纸上引用大平的话来说明吧。他在“问总裁竞选者”的电视节目中说：“政府对国民有迁就，而国民对政府也有迁就。这样一来，不仅引起国民对政府的过分期待，也造成政府不能量力而行。由于这一缘故，行政机构扩大，包袱日益沉重，从而使财政陷入困境。不论国民或政府若不对这种迁就进行反省，就不可能确立廉俭的政治。我认为，现在已经到了政府和国民都应进行思考的时候了，而且这样的自觉性正在提高。”［**注1**］“建立廉俭而有效率的政府”

一直是大平政治的重要目标。他反复强调,"必须严戒行政部门旨在谋取权力的僵硬态度","由于行政机构的膨胀和纵向分割而导致的无效率状况必须改变,以建立廉俭高效率的政府"。在"自民党总裁候选人谈经济政策"的电视节目中,大平回答提问时说:"我认为不建立廉俭的政府是不行的。现在包袱是否有些过重?"[注2]

由此可见,在大平的心目中,行政改革是一大课题。本来,他在战后不久就提出了意思相同的建议,最初称为"行政整顿"。尽管是"行政整顿",但他也强烈地感到,推行起来是相当困难的。他在回答"你若当了'总理'将如何着手"的提问时说道:"行政整顿这句话说起来简单,但没有成功的先例。我认为,首先是不增设部、局,不增加人员,或者说废除旧的机构裁减冗员。不管怎么说,需要下功夫……在行政整顿问题上往往是原则赞成而涉及具体问题又反对……总之,没有成功过……兴一利弗如除一弊,我认为精心而为十分重要。"[注3]由此看来,大平的确主张行政改革,但他并不认为行政改革轻而易举。为此,他渐渐致力于税制改革也就不难理解了。官僚反对行政改革。这样一来,答案只能是增税。有评论家认为,大平是"悲观论者",从这一意义上讲,这些评论家也许抓住了要害。然而,自民党内如果有人说自民党不能推行行政改革，则必遭大平的反驳。

比如，有人问“这几年来……虽说行政改革是废旧立新，但由于官僚和政治家的抵制，从结果看已告失败。我认为这是现实，不知你……”大平回答说：“自民党政府并非那样不负责任。请看看过去10年的情况吧，中央政府没有增加人员。比如，外务省虽然新设了中南美局，但只把审议官变成了局长，没有增加什么人员。尽管不是整个政府都是这么做的，但我们一直尽量做到不增加人员。”［注4］当然，大平的这番话是指从佐藤内阁开始的一省削减一局运动和根据总编制法进行的组织管理，但大平的话是否可以这样来理解：自民党领导核心并不是说把它只交给行政管理厅去做，政党也在自觉地进行。

让我们对大平倡导的“小政府”继续进行探讨。在多元主义社会，社会上多元政治势力的竞争导致政府机能的扩大。政府机能的扩大和国民参政是同步进行的。笔者曾参加了大平总理政策研究会之一的“关心多元化社会的生活”研究组，设置这种研究组的背景无疑是想阐明使财政规模扩大的市民阶层的意识。大平之所以对这个问题如此关心，是因为他认识到经济高速增长后日本社会发生了变化。与此同时，大平还谈及有关的经济政策。他说：“在经济高速增长时期设立的许多政府机关，有的已经失去作用，有的成了较重的包袱。(政府)应从这些机关撤手。”[注 5] 为此必须彻底地重新研究经济高速增长时期形成的行政机能，简化审批手续，削减资金补助，刷新行政，确立以政策的制定和协调为中心的“精简而又有效的行政”。对于虽在经济高速增长时期发挥了作用而现在已经失去了作用或作用越来越小的政府机关，必须撤销或精简。

大平认为，在经济高速增长时期发挥了作用的机构随着高速增长时代的结束也变成了单纯的权力机关，大政府的弊端很可能由此而突出起来，因此必须改革。他说：“‘要严戒旨在谋取权力的行政机构的僵化姿态’，消除‘政府的过度干预’，‘实现廉俭而有效率的政府’。为此，审批手续及资金补助等事务必须大刀阔斧地削减。特别是中央各省厅要摆脱对特定权限的依赖，重视以广阔的视野来制定和协调政策，尽量把政策的实施部门从政策的制定部门分离出来，另成立省外厅局或部，以精简行政机关，提高工作效率。为能在变化着的时代适应国民的要求，应以政令形式不断地对行政机构进行整顿，以期不增加特别职务和局、部的机构数。部、局机构和人员的增加要严加限制。”大平进而又把目光转向地方政府，他说：“对于地方政府，为了‘建立廉俭而有效率的政府’，也应按照中央的标准实行精简。”[注 6]

大平不仅对行政改革寄予强烈的关心，他的“小政府”思想还以重视家庭和重新认识福利这一形式表现出来。大平在这个问题上的见解也是自民党领导层的一般性见解。

让我们通过对自民党政权如何处理财政问题的分析来透视大平的重视家庭论。日本正式制定福利政策是1972年,付诸实施的1973年则被称为福利元年。笔者认为，此时实施的政策是自民党保守主流派路线的一个终点。这一时期由于支持自民党的势力衰弱，日本政界进入保守势力和革新势力分庭抗礼的时代。到1970年底，保守势力虽然恢复，但恢复的基础可以说是1973年实施的福利政策,福利政策的实施是自民党为获取广泛中间阶层的支持而必须采取的手段。然而，耐人寻味的是，重新研究福利的呼声早在石油危机之后不久就已出现。1974年4月，自民党干事长桥本登美三郎发表了旨在创建福利社会的“个人建议”。在此，我想根据新川敏光的分析来透视自民党是如何重新研究福利问题的，从中也可看出大平的重视家庭论是怎样出台的。

在桥本的“个人建议”中，“国家帮助”和“福利社会”是有区别的。[注7]社会保障和社会福利完全由政府提供称为“国家帮助”，相反，以国民的自助为基础而实现福利目的则为“福利社会”。日本应以“重视自助”的福利社会为目标。但这一动向并未产生太大的政策影响。[注 8] 这是因为，持这种看法的在自民党内只是一小部分人，这一时期出现的经济萧条也是暂时性的。

然而，石油危机之后，重新研究福利的议论活跃，这是因为，财政收入减少和财政支出扩大的趋势日益显著。在这期间，政权正好是由田中角荣转向三木武夫。在被认为重视福利的三木领导下，自民党政务调查会发表了包含抑制福利这一因素的“终生福利计划”。这种奇怪现象使人想起了三木内阁时代加强了同美国的军事关系这一事实。这在一方面反映了三木作为政治家为维持政权而适应了时代要求，另一方面也表明，自民党不重视首相个人的领导作用而强调以组织形式进行活动。自民党公开发表以自助为准则的新福利思想之后，执政党在方针上的这种变化，理所当然地反映到了政府的方针上。1976 年发表的“昭和 50 年代（1975 年—1985 年）前期经济政策”强调，国民的福利不能只靠政府，而应通过“个人、家庭、企业以及社会和地区的协作”来实现。这就是吸收了“互助”的思想。同田中内阁 1973 年制定的强调公共扶助的“经济社会基本计划”相比，自民党的福利政策发生了方针性的变化。

在政府和自民党出现重新研究社会福利这一动向

的同时，厚生省也开始重新研究这个问题。接着，学者也发表了根据这一宗旨进行研究的结果。村上泰亮等人于1975年发表的“终生设计计划——日本式福利社会展望”提出了“日本式福利社会”这一概念。以村上泰亮等人为中心的“政策设想论坛”又于1976年3月发表了《为建设新经济社会而共同奋斗》的建议书。建议书批判了英国和北欧式的福利制度，把公共福利限定在“最小范围”，扩大了民间应该承担的责任。村上等人的设想对三木内阁的福利生活周期论产生了一定的影响。

为确立不同于欧洲型福利国家的福利制度而进行探索的动向到大平执政后仍在继续。[注9]大平倡导的日本型福利论主张由家庭和家属分担福利。他在1979年1月发表的施政演说中指出，过去，日本以欧美为样板推行近代化，追求经济上的富裕，而今，物质文明显然到了极限。基于这一认识，大平说：“应把重视文化和恢复人性作为实施一切政策的基本理念，通过充实家庭基础和推行田园都市设想，建设公正而又有品格的日本型福利社会”。所谓田园都市，就是把城市所具有的生产机能同田园所具有的优越自然环境以及融洽的人际关系结合起来，从而给人以舒适感。田园城市设想与日本型福利社会有着密切关系。所谓日本型福利社会就是在保持日本社会既有的自立自助精神和互助机制的基础上，“配以适当的公共福利。”[注10]这种意义上的互助在大城市居民之间难以开展，但在田园城市却做得到。有关田园城市的设想，大平在各种委员会上都讲了，他去世后整理出来的最后报告也谈到了。可以认为，这种设想基本上是蕴藏在大平思想深处的诸如“民间主义”等意识的表露。通过对大平任官职时代的思想进行分析就不难明白，他的“民间主义”思想早就在心灵深处形成。[补注三]然而，更重要的是，大平的这种思想终于在这样的时期获得了作为政府方针显示出来的机会。自民党和大平的主张写进了“新经济社会7年计划”（1979年8月10日内阁会议通过），新福利原理终于转化为具体的政策。大平作为这一时代潮流的代表人物，他的死虽然妨碍了由他制定的各种政策的“实施”，但他毕竟为改变这一时期的公共福利政策和制定新的福利原则做出了贡献。

如前所述，在70年代，由于福利政策的正式实施，日本政治才实现了多元化的平衡。执政党和在野党推行妥协路线而形成的称为1955年体制的政党体系，乃是支撑这种平衡的制度。然而，这种制度随着政府可利用财源的减少和为适应国际化的需要，而不得不暂停实行，以便采用新的政策体制。具体地讲，日本政府必须重新确立制定财政收入和财政支出计划的理念。这必将引起激烈的争论，而确立能够适应这种争论的制度已成为下一个10年日本政治的主题。大平的家庭基础论和田园都市论，都是支持这种新平衡思想的组成部分。

二、征收一般消费税

大平一方面倡导实现“小政府”，另一方面又主张引进新税制，以增加财政收入。1978年12月8日，大平一就任总理就在初次举行的记者招待会上表明了要解决财政问题的决心，态度相当强硬。他说：“政府不能让国民抱有不切实际的幻想，希望国民也不要（对政府）抱有过分的期望。”他接着说：“（经济运筹）面临改善财政体制和刺激景气回升两大课题。因此，明年度预算选择的幅度不大。”[**注11**]大平基于这一认识，主张引进一般消费税。1979年1月4日，大平总理参拜伊势神宫会见记者时又谈及引进一般消费税问题。他说：“为改善财政状况，要引进一般消费税……征收工作从1980年度开始，1979年度要为此做好各种准备。”1月5日召开的内阁会议决定，从1980年财政年度开始征收。在1月25日召开的第87届通常国会上，大平发表施政演说进一步具体指出："迫切希望在国会内外就引进一般消费税及其他税务负担问题展开深入讨论。"[注 12]

然而，经过半年多的种种议论，反对之声从他身边涌起。7 月 7 日，自民党设立了重建财政议员恳谈会，参加恳谈会的 214 名议员联名表示反对引进一般消费税。尽管如此，大平并未屈服，他在当年 9 月 3 日召开的第 88 届临时国会上发表施政演说强调："1984 年度要把停止发行特别公债作为基本目标……为此，第一、要在明年度预算中压缩发行公债的绝对额，税的自然增收部分优先用于填补减少发行的国债。第二、……推行税务负担公平化。第三、……为保证必不可少的财政支出，财源的不足部分不得不求得国民理解而要求他们承受新的负担。"[注 13]

社会党、公明党和民社党在确认大平决心引进一般消费税后于 9 月 7 日三党联合向众议院提出了"对大平内阁的不信任案"。在这种情况下，大平解散了众议院，9 月 27 日发表大选公告，10 月 7 日投票。大平总理每到一处游说，都讲要引进一般消费税。他说："预防通货膨胀的关键是停止发行国债，克服财政危机。"[注 14] 结果，自民党的形象受到损伤，尽管大平不得不降低了调门，但自民党仍遭失败，这是众所周知的事实。

1945年以来，更准确地说从道奇方针实施以后，日本的财政预算是根据收支平衡的原则制定的，但到1966年，这个原则发生了变化，这正是财政制度僵化的时候。然而，其后由于经济复苏，财政对国债的依赖程度只停留在低水平上，收支平衡问题也就没有成为政治争论的焦点。但由于1973年秋发生石油危机的冲击，经济又急剧萎缩，税收尤其是法人税收入大幅度减少，结果，财政对国债的依存度又急剧上升。1974年度财政预算对国债的依存率只占9%，而到1979年竟达40%。大藏省认为，国债依存率不得超过预算总额的30%，然而，这一“原则”被轻而易举地突破了。

为了改变这种状况，政府税制调查会曾于1977年10月和1978年9月两度提议引进一般消费税。一般消费税是政府税制调查会自60年代以来反复探讨的税制措施，但由于百货公司协会和连锁店协会等流通业界的强烈反对而未付诸实施。百货公司协会和连锁店协会在商业上是死对头，但在反对一般消费税问题上却联合起来。这表明，引进一般消费税对这两个行业的严重性。自民党内选区在城市的鸠山邦夫等议员也明确表示反对。

尽管遭到如此强烈的反对，但大平仍把政府税制调查会的提议作为1980年度税制改革计划列入政治日程。关于这个问题，在我和真渊胜合写的论文中已作了详细阐述。[注 15] 下述税制改革问题就是根据这篇论文写的。

大平之所以下决心引进消费税，是因为，在大平看来，要想消除财政赤字，别无其他选择。无所事事当然也是一种选择。凯恩斯派经济学家认为，国债依存率高本身并无问题。如果不折不扣地采纳这一主张，什么都不干并非不可以，但日本财政对国债依存率之大，在发达工业国家中最突出却是无可争辩的事实，大平不能不感到问题的严重性。第二种选择是大幅度削减财政支出，以缩小财政赤字。但是，用这种方法来调整财政收支是有限度的。大平根据这一判断认为此法不可取，因为它必将遭到“族议员”和官僚的强烈抵制。第三种选择是在现行税制框架内提高所得税、法人税和物品税。但按现行税收制度，直接税所占比例已相当大，这种选择一开始就被排除在外。物品税早已落后时代，部分地提高物品税不值得研究。大平作为原大藏官僚和前任大藏大臣，深知事态的严重。政府内部有关改善财政收入的呼声，他铭记于心。自50年代中期起，政府税制调查会和大藏省就一再强调，引进间接税是日本财政面临的主要课题。在政府和自民党内一直身居要职的原大藏省官僚大平，在税制问题上的想法正是这种主张的延续。

大平一向认为，不采用征税基础广泛的一般消费税，日本的财政状况就不可能改善。大平关于引进一般消费税的建议成了1979年10月大选争论的焦点，自民党为此而失去了大量的议席。结果，推行税制改革尤其是引进一般消费税从此销声匿迹。但在后来设立的第二届临时行政调查会探讨的议题中，引进间接税仍然是潜在的政治课题。1988年引进一般消费税的法案获得通过，财政平衡的政治基调终于形成。大平一面主张实现“小政府”，另一方面又强调引进消费税，从而为其后10年有余的政治设定了争论的焦点。

第三节 财政平衡和官僚制

大平设定的“财政平衡的政治”模式在80年代席卷了日本政府。大平设定这一议题与其说是出自大平本人的思想，不如说是代表了自民党领导集团的意见。这一时期，自民党不惜一定程度地牺牲传统的支持者，也要使自己成为也能反映城市新中产阶层感觉的政党。

大平还试图重新调整官僚和政党的同盟关系。大平为此而设置了9个政策研究会。为实现财政平衡，大平深感有必要强化总理的领导作用，并试图通过启用智囊来探索新的方向。加强总理职能的趋向到中曾根康弘任总理时更加明显。细川护熙执政时也这样主张，但首先提出这个问题并真正进行努力的第一位总理是大平。

下面让我们再对大平的政治手腕进行分析。

大平开始实行财政平衡的政治，从而为打破传统的政治平衡设定了日程。沿着这条新的航线出航，未必是已经有了明确的终点港。对保守主流派的继承者大平来说，驾驶这条航船并非易事。保守主流派的政治手法有两大特征，一是同官僚结盟，凡事大多委托给官僚。官僚出身的政治家大多主张以行政为主导制定政策。在大平内阁任劳动大臣的栗原祐幸介绍了大平关于这个问题的讲话："……官厅的主人不是大臣，而是把一生的浮沉和命运完全系于所属官厅的官员们。作为主人公的大臣虽然面带荣光而登场，但来得突然走得快，不久就会沦为与该官厅没有关系的碌碌众生。大臣虽有作为主人公的虚名，而实际上不过是那个官厅的临时客人。"（"大臣和官员"，见大平正芳著《春风秋雨》[**注 16**]）比栗原更年轻的前官僚也持同样的见解。下文是众议院议员柳平伯夫对他任大平内阁官房长官秘书时所见所闻的回忆。"新内阁在既华丽又紧张、既充实又不安这样一种难以名状的气氛中悄悄出台。处于权力巅峰的总理官邸对各省厅来说是最高司令部，有令即行，有禁即止。如果总理不发命令，他们就坚守在自己的岗位上，这样，官厅和总理官邸的联系渠道就堵塞。与我先前所在的充满喧闹和活力的大藏省办公室相比，这里显得太冷清了。当我缓过气来的时候才发现，担负内阁运筹即推行大平政治的只有13人，他们是，在官邸的总理、官房长官、两位官房副长官、5名总理秘书和4名官房长官秘书。这么几个人能操持最高权力吗？长期在总理官邸负责内阁运筹的官房副长官翁久次郎似乎发觉了我那倜促不安的表情，便鼓励我说："官邸保持安静是好事，官邸工作涉及方方面面，官邸若把社会搞得混乱不堪就不好了。'"[**注17**]"官邸冷清"这一现象正是最高领导人没有独自的政策而把一切委托给各省厅官僚的时候才会发生。翁久次郎认为这也好，可让官僚发表看法。但大平并不认为这是好事。大平主张，最高领导人应积极地推动官僚去贯彻政策。不久，大平就设立9大研究会，对如何发挥总理的领导作用进行探索。

大平稳扎稳打地争取发挥总理领导作用的意图经常反映在他关于行政改革问题的讲话中。大平内阁刚刚成立的时候，他率先于其他政治家把实现"小政府"作为自己的奋斗目标。此外，他还以"廉俭有效率的政府"这一方式来表述自己的主张。如果有人问："你要缩小行政机构吗？"他曾在国会答辩席上指着坐在政府委员席位上的官员说:“他们有实力。如果可能的话,那正是我所希望的,但难以实现。”[注 18] 大平主张必须实行行政改革,但他确实认为最大的障碍是各省厅的官僚体制。身为总理的大平,同官僚以及许多官僚出身的政治家确有不同的看法。大平的这类讲话笔者也曾听说过。在“关心多元化社会的生活”研究组第一次碰头会上,他手指官僚说,这些人很优秀,但在政治和政策问题上,光优秀并不能解决问题。重要的是,要探索新时代的价值。他强调“改变行政部门的优越感,提高立法部门的权威,建立廉俭有效率的政府”[注 19] 的重要性,也是基于上述思想。

保守主流派的第二个政治手段是,谋求同在野党的合作。就此而言,大平确实是保守主流派的嫡系。保守主流派的政策是以经济为中心,首先扩大生产,其次是广泛分配由此而产生的剩余价值,通过发展经济达到稳定人心的目的。这也可以说是麦伊亚·查尔斯的“生产效益政治”。[注 20] 在劳资对立的情况下,姑且把扩大生产作为政治目标。美国在推行新政时,共和党于 1938 年获胜后,立刻把以扩大福利为目标的政策转为以提高效率为目标的政策,并为此而采取了相应的措施。也就是说,首先要通过提高生产率增加生产。麦伊亚说,战后发达工业国家普遍采用的这一政治经济战略也适合于日本。这种包括时间机遇的战略在国内政治中的运用，就是既重视福利又重视生产效率，它具体体现在同在野党谋求协调和国会运筹的战略上。70年代中期，大平主张要同在野党建立旨在协调关系的“部分联合”。当然，这也是为了对付1970年大选时由于新自由俱乐部的脱党而不能保持250议席这一事态所采取的措施。但他在同福田争夺政权过程中说过：“在维护党内团结的同时，也必须积极地同在野党协商，推行成熟的有行动力的政治。”[注21]大平还说：“稳定保守势力，维护1955年体制，这当然是我们所希望的，也应朝着这个方向努力……既然现在做不到，那只有以我所说的部分联合来对付了。”[注22]他在“挑战——1978年大选”一文中说，“就现状而言，和在野党不仅难于建立联合政权，签订政策协定也做不到，而唯一能实现的是，在个别事项上能否进行极其有限的部分协调。”[注23]这番话鲜明地反映了他对现实的敏感。然而，同在野党建立协调关系对大平来说并不特别新鲜，早在确立所谓保守主流派路线的60年代就曾经尝试过。这个时期的国会运筹是通过议会运营委员会和非正式的国会对策委员会联合进行的，在执政党和在野党之间确立了独特的规则。大平的部分联合论是基于60年代以来国会运筹的大格局而讲的。正如佐藤诚三郎和松崎哲久在他们合写的《自民党政权》一书中所指出的那样，60年代中期以后，执政党和在野党在国会的殴斗明显减少。这是因为，执政党和在野党在国会外的交易能稳定地进行。[**注 24**] 大平认为，“在国会对策问题上，不仅是我，过去也是通过部分联合进行的，非此别无他途。”[**注 23**] 大平接着说：“用（人数）力量控制（国会），只是说说而已，实际上办不到。这是毫无作用的非建设性的想法。国民认为这种想法已成为过去，也不是他们所希望的。国民反而走在我们前面。”[**注 23**]

大平之所以能作出如此现实的判断，是因为，他并非只在口头上讲讲自己的想法，而是对疏通在野党很有信心，在在野党中大平已有信任的积累，在野党的许多政治家都说大平是值得信任的政治家。在此试举一例。

社会党前委员长石桥正嗣作为众议员最初被分配到内阁委员会时，首先处理的是重新确立公务员的工资制度。下文是石桥对这段经历的回忆。[**补注四**]

1956 年 7 月，根据人事院关于改革工资制度的提议，政府在当年年底召开的第 26 届通常国会上提出了关于改革公务员工资制度的提案。在那之前，工资制度只有单一的 15 级制，人称“通票工资制”。不论普通职员或是课长，工资多少都与职务无关，只要工作时间长工资就上升，这种制度具有浓厚的生活色彩。修改案的主要内容是，把生活色彩浓厚的工资制度改为与次官、长官、局长、课长等实际职务相适应的7个职级的职务工资，同时废除工作地区补贴。

工会认为，这样一来，不提职就不能增加工资，从而表示反对。社会党也持反对态度。但若只是反对，很可能会被在国会拥有多数席位的自民党排斥。我作为内阁委员会首席理事开始同自民党的首席理事大平正芳就如何修改进行协商。我想尽量打破按职务级别分等级的工资制度，于是提出，把7级改为8级，不要立即废除地区补贴，否则将给职工生活带来影响。从维护既得权益这一宗旨出发，设定临时补贴。

大平抱着胳膊听了我的说明。他说："行啊，石桥君，就这么办吧！"修改工资制度所需要的费用在当时约为100亿日元左右。由于大平当场拍板，我还以为他计算错了呢。一般地讲，出现这种情况时，自民党的理事要把在野党的意见带回党内进行商量，或去说服大藏省。我感到大平的确不是等闲之辈，因为这不是小事一桩。1957年5月19日，工资法部分修正案按照我们的修改要求获得通过。[**注25**]

大平善于判断在推行政治过程中最易实现的是什么。这也许是，国会运筹的政治经验使得他巧于微观观察，从而得出什么能做得到，什么做不到的结论。就此而言，大平的确干脆，在现实主义路线上，毫不犹豫，果敢前进。关于这个问题，他在《挑战——1978年大选》一文中是这样写的："自民党虽然拥有稳定的过半数席位，但也要以这样的思想来运筹政局，政策不能只是制定，而是必须实行，为此，只有求得反对派的理解。"［注 23］

正如上述分析，大平似乎是推行保守主流派政治的核心人物。应该说他基本上还是重视同官僚制"结盟"的人物，但同时他又试图超越官僚制。大平就任总理后，他本来就有的思想家素质和哲学家精神一举喷薄而出。就任总理后的大平所采取的行动似乎又让人作出与"慎重"、"现实主义"相反的评价。

大平就任总理后，一直摸索与所承担的责任相称的领导方法，其目标是如何对付官僚制。人们认为，所谓官僚制就是省厅之间争权夺利，从而持批判态度。正因为如此，他才试图运用与官僚制不同的途径来制定政策，为此，他聚集许多学者、知识界人士组成智囊团，设立了作为总理私人咨询机构的 9 个政策研究会，以动用外部情报与官僚抗衡。这 9 个政策研究会是，"田园城市设想"、"对外经济政策"、"关心多元化社会的生活"、"环太平洋联合"、"充实家庭基础"、"综合安全保障"、"文化时代"、"文化时代的经济运筹"、

“科学技术的历史性发展”。参加这 9 个研究会的学者、文化界人士以及官僚共有 200 多人，他们分别以研究会为单位一年数次聚会，两年中共进行 10 多次研究，并分别发表了研究报告。

此外，他还试图超越同在野党进行妥协的路线。这表现在他要以政策为重点推行政治的想法上。他认为，最高领导人推出政策，通过谋求外部支持，才能同在野党相对抗。过去同在野党的妥协是在意识形态对立的情况下，力图排斥对方，或者为了要求对方自我克制，而进行根据实力大小按比例的妥协。但他总是认为，只要政策内容充实，就会得到在野党的广泛支持。正是出于这种考虑，他才不只依赖所谓“保守的知识分子”，而是广泛选择人才组成政策研究会。大平在设置这些政策研究会之前，实际上已把佐藤诚三郎、公文俊平等学者作为智囊使用。不依赖官僚并要超越官僚，大平的这种思维方法也许是以主张经济高速增长的经济评论家下村治和大平自身作为成员之一的池田政权为样板的。

结 束 语

大平是使保守主流派政治路线向铃木善幸、中曾根康弘、竹下登相继推行的财政平衡政治过渡的政治家。从其过程看，这一切都是发生在1978年12月就任总理和半年后举行的大选以及一年后举行的第二次大选这两年中的事。这是新的财政平衡政治的开始。这一期间，大平经历了党内种种争论，在1980年众参两院同日投票选举中病倒，政权由铃木继承。铃木政权时代设立了旨在“不增税而重建财政”的第二届临时行政调查会。大平的“小政府论”被铃木和中曾根担任首相时的第二次临时行政调查会所继承，而消费税则在10年后由竹下提交国会通过。大平一方面强调为实现小政府需要推行重视家庭的日本式福利论，另一方面又主张引进消费税，在其后的10年中这又成了日本政治争论的焦点。就税收总额而言，1994年度同以前相比虽无大的变化，但随着消费税的实施，有可能基本改变以直接税为中心的夏普税制。由此可见，在这10年过程中，日本政治是围绕着重新考虑福利制度、直接税向间接税过渡、公私负担的范围重新组合等大问题而展开的。从整体上看，可以认为，对日本行政部门应发挥的作用重新进行了全面的研究。在60年代和70年代，保守主流派政治经过由公害和石油危机等引起的环境剧烈变化，达到了某种平衡。但是，已在某种程度上成功地得到维持的平衡，到了70年代末又面临着称为财政危机的政治危机，于是又需要解决这一事态。1979年，前一次平衡告一段落，而为下一次平衡创造机遇的可以说正是大平。考虑到第二届临时行政调查会在政治上的影响和国际化的进展，综观以此为契机而发生的种种变化，这一时期所要求的正是等了半个世纪才出现的变化。为这种变化的发生起桥梁作用的是大平。大平自己亲手做的并不多，他也许只是时代的代言人。他简直像受时代的驱使，把小政府、提高效率以及修改直接税和间接税比例等问题一个又一个地搬上政治舞台。大平从事活动只是他就任总理的短短两年时间，因此，不能说他完成了像给一个时代打上句号那样的伟业。但大平之后继续发生了很大变化，这种变化过程中的一个阶段，可以说是大平开创的。受真渊胜最近研究的启发[**注26**]，我想发表如下一些看法。

真渊的主张吸收了克拉斯纳的观点。克拉斯纳在把制度看成是基本保持均衡的同时，又像进化论突变学说那样解释制度的转变。这就是说，制度也会因突发事件而转变，变化发生之后再开始保持平衡。从政治上讲，是指允许参政的制度及权力分配发生原理性变更。战争结束后的改革就属于这个范畴。在真渊看来，这也是随着政策内容的变化而作出的一种选择。第二次世界大战后，没有发生与这种变化相对应的变化。从70年代末到90年代初确实发生了很大变化，但这种变化并不像第二次世界大战后的变化那样。

然而，在认真考察今后需要思考的几种因素时，这或许接近真渊所说的制度性变化。不管怎样说，最大的变化是冷战的终结。就国内体制而言，进行了新自由主义的改革。民营化和缓和限制也不能说是小变化。进一步讲，还掺进了经济摩擦之类的国际关系的影响。真渊说，旧的平衡向新的平衡变化时，只是短时间内发生的事件。制度很顽固，即使环境发生了变化，制度也很难变化。制度是一旦发生变化，就是突然而急剧的。真渊说，因此，变化很少发生。制度变化并不像人们所想像的那样是无条件的，也不是只有微小的差别和种种类型。恐怕可以说，与战后的变动相对应的制度变革还没有发生过。

然而，把80年代出现的那样变化作为接近在此所说的制度性变化进行论述也许更合适。财政膨胀式结构受到批判后，曾试图建立一种抑制财政支出，进而产生抑制效果的结构。很显然，有可能使财政膨胀得到控制的是，随着冷战的终结，军费支出规模有可能缩小。把以所得税为中心的税制结构改为以间接税为中心的税制结构这一尝试刚刚开始，如果这种尝试获得成功，也是很大的变化。推行国际化是为了进一步放宽限制，减少政府干预。但朝着这个方向发展的平衡尚未达成。“财政膨胀型平衡”的结构仍在起作用，控制财政膨胀的结构尚未形成，然而，制度性的变化和新的平衡的轮廓在某种程度上已经明朗。在历史的转折关头，大平作为总理转了舵。大船虽然难于立刻掉头，但业已改变航向。

补注一、政治家大平的诞生

大平作为官僚在充分发挥了作用之后，转而成为政治家。他对人生的态度是积极的。帝国大学法学部毕业生大多立志当官，但大平在很少有人愿当官的一桥大学参加文科考试并合格。尽管环境坎坷，时代曲折，但他确保了职业，并在以后的人生中顺利攀登着发迹的阶梯。不论交给他什么工作，他都扎扎实实地干。应如何把握住问题，应该让什么人去干，他都一清二楚。大平成为政治家的原因首先是他的人品。

其次，日本官僚所承担的任务涉及面广，并深深介入政策的形成过程，这对造就政治家大平很重要。笔者作为官僚和政治家相互关系的研究者一向认为，对政策领域的广泛参与是日本官僚向政治家转化的诱因。作为官僚能顺利而圆满地完成上级交给的任务，这本身就自然而然地有着激发他当政治家的诱惑力。

大平出身于大藏省，而且是负责“行政社会”这一领域，因此，上述倾向在他身上表现得尤为强烈。这里所说的“社会行政”指的是主税局和税务署等与民众直接接触、与民众利害有密切关系的行政部门。在与经济有关的官厅中，税务署是最易掌握社会行政情况的部门。

笔者认为，有这种意义上的“社会行政”经验的官僚可能适合于当政治家，因为官僚常常要就行政问题作出判断。比如，外交官的基本准则是，为使日本成为“最强国家”而行动，经济官僚的准则是提高经济效率，判断要敏捷而准确。没有明确基本准则的是社会官僚的顾客。在这一点上，政治家也一样。当然，政治家和官僚不同。由于对手都是国民，所以也要有类似的思维方式。大平作为经济官僚中的社会官僚，在提高了政治家的素质和能力之后，懂得了社会的复杂性，而早在少年时代和任大藏官僚时，他就有了理解社会复杂性的机会，同类型的政治家还有池田勇人和前尾繁三郎。

大平成为政治家的原因之三是机遇。大平要成为政治家的具体契机是先辈的劝告，但大平必须有接受这种劝告的动机。大平并不以当官为满足，他对政策的关心是在他逐渐认识到只有政治家才能实现政策目标之后才形成的。作为总理提出的基本政策是有关田园城市和重视家庭基础等独特构想，是在他感到为官的局限以后想超越这种局限的自我意志的表现。

补注二

大平对政策的自信来自为官时代的经验。比如，他被派到中国大陆时给他的任务是没有先例的。正因为如此，需要有创造性。派往中国大陆虽是提升，但肯定也是对他不满的表示。然而，结果对大平来说是幸运的。有种分析认为，“与带着孤独而惆怅的表情登上关釜渡轮时的情况不同，塞北的寒风使他成为刚毅倔强的行政官僚”。[注 27] 内蒙古与东北、华北、华中以及华南一样，形成了日本占领的一个行政区，中央银行发行的货币也当作自己的货币流通，治安管理以及财政、经济、物价、外汇等大致都是独自运作。因此，在张家口大约1年半的时间对他来说是学习国家“雏型”的好机会。有关这个时代的大平，笔者知之甚少，但又是感兴趣的问题。

关于当时的大平，大平的一位同僚曾作过如下的回忆：“作为事务官的大平，他在驻蒙日军司令部、蒙古联合自治政府、兴亚院东京本部以及与内蒙相连的华北联络部之间，时而强硬，时而灵活地进行周旋。他为取得工作成果而巧妙地显示出的力量，使我深受感动。麻利的略事能力，对上司情深意切地阐述自己的想法，既不违心而又合情合理，这种顽强精神令人敬佩不已。”［注27］人们由此得到的印象是：大平具有顽强的个性和对政治的觉醒。

补注三

作为大藏官僚的大平正芳早在战后不久就向上司提出了若干政策建议。这些建议超越了一位普通官员所处的地位，是旨在改造日本这个国家的建议。

第一条建议的题目是《政府产业民营化问题》。［注28］当时正围绕着对战争年代大量发行的国债是偿还还是以战败为理由不予偿还展开争论。大藏省认为，尽管日本战败了，但不应丧失国家的信誉，并制定了偿还国债的方针，大平也持这种态度。他主张，为了获取偿还国债的财源应把官办产业卖给私人，实行民营化。他说："比这更为重要的是，尽可能使财政收支保持平衡，遏制'通货膨胀'或使其进展缓慢，否则，就不能指望民主安定和经济复兴。这是此项要求重点的重点。"

大平进一步从"战后产业政策的立场"出发展开论述。他强调，要从会计法规以及其他行政惯例的约束中把官办产业解放出来，若把官办产业作为"培养民间企业精神的场所"，那么"这种事业将会生机勃勃地展开"。尤其是，"为迅速开展战后复兴工作，更感此举的重要"。大平接着主张，战败后的日本由于民间资本、技术力量和劳动力市场都极为有限，官办事业应向民间开放市场。"与此同时，通过解体财阀而得以阐明的盟国的意图是，促使日本经济走民主化的大道。因此，官办产业的解放也应沿着这一方针大胆地进行，这将有助于推动日本经济民生化和打破经济停滞的局面"。

大平以上的论述与其在80年代提出福利国家后推出的"小政府论"大相径庭，但就在发展经济过程中要重视"民间活力"而言，则是一脉相承的。

大平第二个政策建议的题目是《重建战后财政备

忘录》。[注 29]

关于“国债的处理”，大平是这样写的：“最强有力的手段是争取盟国尤其是美国的物资援助。为此，必须恢复日本国债的信誉。其手段是，日本政府必须不顾一切地复兴日本经济，并在举世瞩目的环境中努力采取有关战争的善后措施。日本必须迅速而有力地向政治民主化过渡，以缓和世界舆论的压力。日本复兴产业的基本方针须在有利于参加国际贸易的构思中探索，而这种探索也应成为争取物资援助的引子。”总之，大平所说的回归国际社会或振兴日本，都把经济放在第一位，为此，争取美国的物资援助是不可或缺的。这正是吉田茂在同一时期从更高层次思考的问题。

关于财政收支平衡，大平说，近两三年来，不论如何努力也无实现的希望。从明年度起调整财政方针，“制定在今后大约 5 年内恢复收支平衡的财政计划，以此作为国民经济自由运行的准则，促进国家信誉的恢复和民心的稳定”。为此，有必要“使大藏大臣的所谓‘生产财政’构想具体化，尽力抑制‘消费财政’”。

大平基于这些考虑，提出了更加综合性的“财政危机对策纲要备忘录”。[注 30]

大平的这个备忘录虽然只是分条写的要点，但却为以后了解大平思想提供了线索。

备忘录首先是“一、设想”。大平指出，国民经济的再生产规模有加速度缩小的危险，通货膨胀的急剧进展也有可能转化为政治危机。在“二、对策”中，大平主张放弃“限制”，尤其应停止“自上而下的统制”，谋求“国家自身的商人化”。这里出现的国家“商人化”是很有意思的。此外，他还强调放弃“固定的低物价政策”。关于财政对策问题，他主张作为“租税的原始性复原”，“应把税收的重点从直接税转移到间接税”，“贯彻公开募集公债思想”。重视间接税毋须赘言，公债在市场上消化也是现在正面临的问题。关于地方问题，大平重视“促进地方财政的自治”，这与现代是一脉相承的。作为劳动对策，大平主张“促进工会参与经营”，“鼓励工会会员持股”。此外，他还谈到物价和分配政策等。“三、注意事项”也很有意思。他主张“创造重建新国家的哲学（不是贫血性的概念化哲学，而是活生生的生活哲学），并以不受拘束的新感觉，巧妙地开拓宣传方法”。[**注31**]大平的这些建议在他担任各种大臣职务期间如何在政策中反映出来虽不得而知，但从这些建议中已可看出，作为政策型政治家的大平正芳是如何成长起来的。

补注四

现在介绍一下大平以其他形式显示出来的行政能力。下面讲的是1945年日本被占领后大平任工资局第三课课长时的事。占领军总司令部要求从根本上改革公务员工资制度，以此作为日本民主化的一个组成部分。日本政府被迫采取措施。1946年3月17日，邮电、国铁、农林、文部等省的工会纠合起来成立了“全国官公职员工会协议会”(简称“全官公劳”)，并立即向政府提出了提高工资等统一要求。关于政府对此采取的措施，大平是这样写的：“政府召开了次官会议，姑且让其同工会进行团体谈判。于是特别需要一个从事谈判的组织或事务局，以使谈判统一归口。由于出现这类情况和理由，大藏省设立了工资局，并于1946年6月25日开始办公。局长是今井一男，下属3个课。第一课负责政府职员工资制度的调查和规划，第二课和第三课分别承担非现场作业人员和现场作业人员的工资事务。”工资局一成立，大平就被任命为第三课课长。[**注32**] 大平任课长期间，有一半以上的时间用于对付来自美国的要求。也就是说，不管怎样，先用外国价值体系来改革日本的公务员制度。用大平的话来说，“为改变公务员制度落后状态和不合理性，我们一面以美国胡弗委员会的报告作参考，一面把公务员的官职按其复杂程度和责任大小分成相当于职务等级的种类，据此决定工资额。”[注 33] 工资制度的合理化在其他方面也进行了探索。按战前的工资制度，各种补贴在工资总额中所占的比例要比基本工资大得多。这里含有“本位主义”的因素。大平认为，要排除这样的因素，“促进工资的民主化与合理化”。[注 33] 总的讲，美国模式是现代化和合理的。

顺便提一下大平所经历的另一事例。非现场作业职员互助会联合会也是在这个时候成立的。“大平新课长认为，现场作业人员和非现场作业人员在工资额上虽然相同，但（在互助及其他福利方面）有显著差别则是不合理的。他想找出纠正这种不合理现象的方法”[注 34]，经对各个互助会实际情况的调查，发现存在许多缺陷。于是，大平一开始就想把这些互助会集中起来建立旨在纠正这些缺陷的互助会制度。起初，他想把各省的所有互助会统一起来，形成单一的工会，让其从事长期退休金的支付和管理医院、休养所等福利设施。但由于各省的强烈抵制而未顺利进展。据传闻，在反复周折的过程中，他说，最好解散陆军的互助会，将其财产的一部分如医院、休养所等由国家买下。国家虽想设法将其弄到手，但在当时的状况下，没有购买和运用这些设施的主体。如果等到旨在创建这个主体的国家公务员互助会法案的制定和通过，就会失掉难得的机会。于是大平从各省的互助会筹集捐款，匆忙设立财团法人政府职员互助会联合会，并计划运用这个组织来管理由国家购置的这些设施。

决定这样干以后，工作进展很快。今井是这样叙述当时的情况的："（大平）首先召开次官会议，就充实福利设施的原则作出决定。与此同时，又把各省有关负责课长召集起来，当场就设立财团法人以管理这些设施统一了意见。当时不论哪个省的互助会都归口属于人事课长或会计课长管辖，这些课长都是大人物，只有大平是刚刚上任的新课长。解体前的内务省也有互助会（包括府县政府的职员）。此外，即使筹建了这样的联合体，但将来究竟有多少收入谁也说不清。为使这个联合体运转，当时还就设立基金问题顺利地统一了意见，即每位会员拿3日元，基金总额就达300万日元（实际只有100万日元）。各省主管课长作为发起人，都盖了章，然后由大平呈交有关方面批准。大平很快办好了批准手续，新法人于4月1日成立。大平作为新任课长，政治手腕要得未免太过分了。这不能不令人联想到，大平之所以有今天，由此可窥一斑。"这样，由今井任理事长、大平任常务理事的联合会宣告成立。为收买原陆军互助会的财产，国库支付了5700万日元，这笔钱再贷给联合会，医院和诊疗所开始营业。

这些事例说明了大平作为有才干的高级官僚的一个侧面。

（京都大学教授）

注 释

注[1] 读卖新闻 1978.10.22。

注[2] 日本经济新闻 1978.11.2。

注[3] 产经新闻 1978.10.22。

注[4] 产经新闻 1978.10.22。

注[5] 日本经济新闻 1978.11.2。

注[6] 《大平正芳政策纲要资料》(大平正芳纪念财团保存，1978.11.27）第23～24页。

注[7] 新川敏光著《日本型福利的政治经济学》(三一书房出版，1993年）第115页。

注[8] 同前，第121～122页。

注[9] 神原胜著《转折时期的政治过程》(综合劳动研究所出版，1986年）第127页。

注[10] 川内一诚著《大平政权的554日》(行政问题研究所出版，1982年）第96～99页。

注[11] 吉村克己著《总理的放谈和失言》(三矢书房出版，1986年）第226页。

注[12] 同前， 第226～227页。

注[13] 朝日新闻（晚刊）1979.9.3。

注[14] 吉村克己著《总理的放谈和失言》（三矢书房出版1986年），227页。

注[15] 村松岐夫、真渊胜合著《税制改革的政治》（《海中医兽》临时增刊，1994年冬）。

注[16] 栗原祐幸著《大平前总理和我》（广济堂出版，1990）第177页。

注[17] 柳泽伯夫著《赤字财政的10年和4位总理》（日本生产性本部出版，1985）第37页。

注[18] 同前，第39页。

注[19] 《大平正芳政策纲要资料》第20页。

注[20] 麦伊亚·查尔斯著《公司的先决条件》（见J.戈德斯奥皮编《当代资本主义的秩序和冲突》，1984，牛津克莱勒顿出版社）。

注[21] 日本经济新闻（晚刊），1978.10.21。

注[22] 日本经济新闻 1978.10.22。

注[23] 朝日新闻 1978.10.28。

注[24] 佐藤诚三郎、松崎哲久合著《自民党政权》（中央公论社出版，1983）。

注[25] 石桥正嗣著《摸着石头过河》（NESCO出版，1991）第104～105页。

注[26] 真渊胜著《大藏省统制的政治经济学》（中央公论社出版，1994）。

注[27] 公文俊平等监修《大平正芳——其人与思想》

（大平正芳纪念财团，1990）第 88 页。

注[28]　公文俊平等监修《大平正芳回忆录　资料编》（大平正芳回忆录刊行会，1982）第 120～121 页。

注[29]　同前，第 128 页。

注[30]　同前，第 126～127 页。

注[31]　《大平正芳——其人与思想》第 116 页。

注[32]　大平正芳著《我的履历书》（日本经济新闻社出版，1978）第 69～70 页。

注[33]　《大平正芳——人和思想》第 116 页。

注[34]　同前，第 118～119 页。

大平正芳的政治姿态

佐藤诚三郎

前　言

在近代日本，作一个真正的保守主义者并非易事。第二次世界大战后尤其如此。生活态度的保守，也就是说，重复特定的行动方式和生活方式，这不论在任何时代，也不论在任何社会，都是广泛存在的。卡尔·曼海姆称此为基于人的本性的“传统主义”。[注1] 然而，思想上的保守主义是以法国革命和产业革命为契机而产生的，这就是说，它是与现代化同时开始的。产生思想上的保守主义的直接契机是出现了以对人的理性、计划能力和德性过度信任为基础的理想主义和激进主义。正如法国革命领导人和马克思主义者进行典型示范那样，激进主义者相信人的完美性，描绘理想社会的蓝图，并想为实现这个蓝图而突进。思想上的保守主义是对这种激进主义的怀疑而产生的。保守主义者认识到人无完人，主张与其重视理性和计划，莫为更应重视经受过历史和时间考验而延续下来的蕴藏在传统中的睿智，对环境变化要通过渐进和部分的改善来应付。[注 2]

这种思想上的保守主义在先行工业化的英国表现最为典型。像日本这样发展滞后的国家，尤其是，在文化传统上和先行发展的欧美国家有着显著不同的发展滞后国家，极难形成思想上的保守主义。这是因为，在非西方的发展滞后国家，为实现现代化的努力必须以基本否定传统的形式进行。日本战前也存在所谓保守党和激进党（包括从自由民权运动左派到社会主义政党）的对立。保守政党是现实主义的，而激进党是理想主义，这同欧美基本相同。但在如何对待传统这个问题上，保守党和激进党在本质上是相同的，它们都主张以欧美为榜样，引进欧美国家的制度和文化，为尽早赶上欧美，它们都主张必须基本改变日本的传统制度和习惯。然而，激进党主张要更纯地、毫不妥协地引进欧美模式，而保守党则认为应根据现实需要灵活地对待，为此不惜将欧美模式和日本的现状无原则地进行折衷和妥协。近代日本的知识分子以“守旧”、“无原则”这种形象来理解保守主义，对保守主义大多持批判态度决不是偶然的。

日本在第二次世界大战中遭到失败后，在美国占领军的指导下进行改革。在由此开始的战后时期，这种保守倾向进一步加强。多数国民认为，日本的败战不单纯是军事上的失败，也是道德、价值观和文化上的失败。因此，对传统的怀疑和批判进一步增强。战后保守党和激进党的对立作为东西方冷战的反映，是以加入以美国为中心的西方体制或支持由苏联主导的东方共产主义体制这一形式展开的，但就否定传统来讲，两者都比战前更为明显。加之战后日本经济的增长促进了国民生活水平的提高，日美同盟关系又确保了日本的安全，结果，绝大多数国民支持否定传统的战后改革（但在日本独立后作了若干调整）。美国占领军起草的、基本上否定传统的宪法在日本国民中的扎根，清楚地表明了这种事态的变化。因此，在战后的日本，思想上的保守主义极难表现出来。[注3]

在战后的日本政治家中，进而言之，在战后日本的一般知识分子中，大平正芳是特别引人注目的人物。这是因为，他虽长期活跃在战后日本的政治中枢，但却是地地道道的保守主义者，应当说这是一个例外。本章的目的是分析大平正芳保守主义的基本特征，并阐明其意义。下面将分成（一）人生观和社会观、（二）与政府和国民的关系、（三）政治手法这三个部分进行考察。我以这样的方式划分是因为，第一，既然要研究思想上的保守主义，就必须首先研究他对人和对社会的基本想法；其次，保守主义是与政治相关的心理状态，而政治（尤其是民主政治）是以统治者乃至政府同被统治者乃至国民之间的关系为轴心而展开的；第三、在政治运筹的手法上和政策实施的过程中，保守主义的特征表现得尤为明显。大平正芳为什么又是通过什么样的途径例外地成了地地道道的保守主义者的？这个问题不仅极有意思，对于理解大平思想也很重要。然而，由于篇幅、资料以及我本人的能力和时间有限，不得不在此割爱。此外，把大平正芳思想的变化和时代联系起来进行探讨也不得不省略。正如大平的女婿、长期作为秘书侍候大平的森田一所指出的那样，“从学生时代起到在大藏省任官职，(大平的）基本想法在相当早的时期就已定型。”[**注 4**] 大平从青年时代起直到晚年亲自执笔写下了很多优秀的意味深长的文章。那些情趣幽默、凝重透彻的文章本身就清楚地勾画出大平正芳作为成熟的保守主义者的形象。本章之所以大量引用大平的文章和讲话，因为我相信，让大平谈大平正芳，对于理解他的保守主义及基于保守主义的政治姿态是最适当的方法。

一、人生观和社会观

人无完人，这是大平正芳人生观的基础。大平反复讲："一般而论，再没有像人那样不完善而又有很多缺点的了。令人惊异的是，上帝竟能如此创造出各式各样有很多缺点的人来。"[注5]"人并不是那样了不起的。"[注6] 因此，所谓由不完善的人组成的人类社会能达到理想状态云云，在大平看来，那是不可想象的。"世界的组成好像本来就不是为了让我们满意。世界对我们似乎既无特殊的善意，也无特殊的恶意。问题在于我们怎样对待这个世界。世界仿佛在被动地注视着我们。在漫长的人类历史长河中，我们的先人不论在任何时代都饱经苦难，奋斗不息。反复不断地试行改革而又失败。偶然觉得改革成功，但在高兴的瞬间又出现新的苦难，大家都为幻想破灭而悲哀。我们常常生活在这种苦难的深渊，除了自认今后也无法解脱之外，别无他法。"[注7]"本来，历史……就是无终结的。暂时性的解决无限地继续就是历史。"[注8] 在如此认识历史的大平看来，旨在实现理想社会的社会主义和革命理论是"贫血"的思想，是极端"自高自大"的思想。[注9]这里显示的大平人生观和社会观，正体现出大平思想上保守主义的精髓。

饶有兴趣的是，大平不是消极地而是积极地理解人无完人的。大平说："据圣经上讲，上帝仿照自己的姿态创造人。上帝创造人即创造自己唯一喜爱的孩子。尽管创造方法多种多样，但他从无限可能性中创造出我们今天所看到的千姿百态的人。这是很有意思的。上帝的独一无二的杰作是创造了人，创造了人类的历史。上帝如此看重的人却又净是缺点。但我总认为，上帝的秘义好象就隐藏在这些缺点之中。如果人被创造得完美无缺或接近完美无缺，那么，世界又将是一个什么样子呢？那无疑将是一个极其枯燥无味的世界……世界将像失去了光明那样地无聊，排解无聊是困难的。十全十美、完满无缺之类词汇就会消失，伦理也不存在。人也没有必要提高技能、陶冶品性了。这是无论如何也忍受不了的。由此看来，缺点就是历史的动力。"[注10]正因为大平尖锐而透彻地分析了人的愚昧和缺陷，他才对人怀有深切的爱和无限的关怀。

既然人的缺点能驱动历史，那么，历史的变化同进步或定向进化，大概就没有多大关系了。"世界对我们既无特殊的恶意，也无特殊的善意"，"历史本来是盲目的"。[注11]但是，正因为人不是十全十美的，所以，人品的提高不仅可能，也有必要。同样，正因为无法保证历史朝着特定的方向进步和发展，人的努力才是重要的。这就是大平的基本历史观。大平说："人不仅不坚强，也很愚蠢。我是这么看的。但不能停留在这一认识上。牵牛花迟早是要枯萎的，但每天还得给它浇水吧。要保持这种心态。"[注 12] 大平引用马卡贝里的"命运"、"合理的手段"和"德性"这 3 个基本观念作了如下的阐述："我们无法向支配我们的不合理的命运挑战。为防止这种不合理性泛滥，最多只能筑堤坝修水利，而阻止这种潮流是不可想象的。如果能静观这种动向的实质，则合理的对付措施也就明确了。只有实行这种措施，人才能实现最高的德性。马卡贝里想说的是，尽管人渴望直线式地一举而实现最高的德性，但在人这个世界那是不可能的。我们必须同时想到在人这个世界上笼罩着不合理这种命运的压力，否则，就不可能发现到达最高德性的合理手段。如上所述，马卡贝里所说的阴谋诡计和实力统治，乃是为防止命运常在其反面泛滥而进行的殊死斗争，只有这样理解其意义，才能理解马卡贝里主义的真髓。"[注 13] 在大平看来，所谓历史，就其形成的起因而言，它是超越人的理解能力的命运和人进行格斗的戏剧。

换句话说，命运是继续过去的引力，而人的努力是开拓未来的力量。大平在谈到他从年轻时代起爱读的田边元的《历史的现实》时说："在先生（田边元）

看来，时间总是意味着现在，只有永远的现在，才能处于面向未来的力量和迷恋过去的引力这两种朝相反方向作用的力量相互抵消和平衡之中……对我们来说，只有现在才是在无限可能性中作出的唯一选择，这是无价的。因此，我们只有认真地对待现在才是唯一的生存手段。而且，这种现在是在未来和过去这两种朝相反方向作用的力量相互抵消之上的，因此，无视过去的引力而一味面向未来，就成了所谓的革命，而闭眼不看未来，只是迷恋过去，就成了所谓的反动。”[**注 14**] 在这里，大平从保守主义立场出发对无视过去的激进主义和拒绝未来的反动主义展开了明确的批判。田边元在这本书中说的“永远的现在”是大平终生最喜爱的词句之一。

大平深刻地认识到人无完人，所以他对自然而然的人怀有挚着的爱。正因为这样，对别人乍看起来似乎有问题的行动，大平也能作出不偏不倚的判断，他因时因事作出起支配作用的价值判断，而不曾作过一刀切式的否定。有人求他题词时，他常写的一句话是：“不责人小过，不思人旧恶。”大平是以“性恶说”为前提观察人的，所以他对别人总是宽容的。

芦田内阁成立时，大藏大臣矢野庄太郎第一天上班就对大藏省职员训示：“诸位有时或许用公家的白纸擤鼻涕吧。如果用来擤鼻涕的是白纸，而且不是公家的，是自己的，那么究竟是否要用这种纸擤鼻涕呢？请你们重新考虑考虑。”对此，大平说，“这是很值得玩味的训示”，但又批评说：“不知能在多大程度上引起年轻职员的共鸣。”他接着说：“人本来就珍惜自己的东西。在学校，人们不爱护学校的桌椅，但却爱护自家的桌椅。在公园，人们毫不在乎地砍倒树木，但却爱护自家庭院的树木。这确实不好。然而，人一生下来原本就是那样的不像话。拿金钱来讲也一样，对自己的钱看得十分宝贵，但对公家的钱却意想不到地漫不经心。国家的钱、公共团体的钱、公司的钱容易被浪费。这无疑也是不好的，但却都是我们日常亲眼看到的俨然存在的事实。若不把这些抛在脑后，就无法认真地思考财政问题。”[注 15]若不以人无完人，进而言之，若不以性恶说为前提，认真的政治和行政也就无法推行，这就是大平的坚定信念。辽代著名宰相耶律楚材说过：“兴一利不如除一弊。多一事不如少一事。”大平从年轻时代起就一直把这句话作为从事行政和政治的基本准则，这正是基于他对人性的透彻理解。

战争年代，他一到张家口，就对军人的横行霸道怀有强烈的批判之念，但在战后，对一时流行的反军潮流也不附和，在对战争记忆犹新的1953年，他曾说：“有很多地方应向军人学习。官吏和商人对事物的判断往往局限于专业，军人的判断就不同，军人时常能作出专家们不可能作出的顾全大局的判断。此外，军人最讨厌议而不决。不论什么问题都必须求个‘判决’(他们在文件的最后结论中使用这个词)。在人品上，军人中也有像美玉那样透彻的好人。作为战后的一种反动，无人不说军人坏话，对此我难以苟同。”［注 16］

大平生于香川县一个中农之家，从孩提时代起，他对实际上兼作肥料商和兼营金融业的地主统治和掠夺一般农民的状态，怀有强烈的不满和反感。但对地主在地区经济的发展中所起的积极作用，却决没有忽视过。大平说：“不过，对那样的地主一概进行指责也不妥当。地主办的金融业对当时的农村来说是难得的。地主当中的确也有亲切待人的。对下辈百姓倾注恩情，给予周到的照顾，使之能维持生计，因而受到慈父般敬慕的也不少。此外，地主的家属也有不少谦逊质朴，率先成了勤俭节约的先达者也很多。如遇水灾，当池塘、田地被冲毁时，地主不是依靠政府的力量，而是自己交付相当的修建费……随着地主的没落，土木事业的责任全部落到中央和地方政府的肩上，当地的人们也认为这是理所当然的。然而，因河川、道路被冲毁而遭殃的不是政府官员而是当地的百姓。因此，对修复河流、道路和水渠最热心的不是政府官员而是当地百姓。正因为如此，人们经过多次申请才能得到一点点预算份额，而政府官员却对工程的缓慢进展持旁观态

度。我认为，这决不是官员们本来应有的姿态。近来，我不能不深切地思考地主的功过。”[注17]

对保守主义者大平正芳来说，最大的思想问题是，应该保持的日本传统非常贫乏。

在日本政治家中，像大平这样爱看书的人并不多见。尽管日常生活十分忙碌，但他每周都要到书店，特别喜爱“新书飘逸的馨香和拿在手中的柔感”。大平既爱看有关对政治和经济现状进行分析的文献，但更爱看哲学和历史书籍，尤其爱读“经受历史风霜依然大放光彩的、生命力强的……珠宝般的古典”。这种读书态度也体现了大平的保守主义精神。他对世间那种自作聪明的设想和计划总是抱有疑问和不信，但对在历史中积累和经过磨炼的睿智却深表敬意。然而，他对日本传统底蕴的浅薄不无感慨。大平说：“不知什么缘故，我总觉得翻译的书要比日本人写的书更有读头。我不能不认为，在构思之宏伟、方法论之雄浑、引例之丰富、气势之磅礴等方面，西方的书好的多。这也许是由于欧美人对自己创建的欧美文明感到自豪和自信的缘故。中国的古典虽在性质上和欧美的完全不同，但也有着感人肺腑的力量。中国古典里既无欧美人思想的介绍，也无鹦鹉学舌式的模仿。中国古典是中国人固有思想的大胆吐露，具有逼真的魅力。与此相比，日本书籍总是沿着东西方两股文明中的一股潮流，说得好听一点是忠实地介绍，说得不好听一点则是还没有完全超出模仿的范围，令人遗憾。这是因为，日本人对自己的文化缺乏自豪和自信，在西方和中国之间难于作出选择，而又找不到自己特有的东西，徘徊于东西方之间，无所事事地聊度人生，难道这不就是众多日本人的真实写照吗？……我们日本人精神上的饥渴症……一直未曾得到医治，何处寻找自己思想和生活的航标又犹豫不定，依然处于无穷的徬徨和苦闷之中。真正是日本的值得我们自豪和自信的日本固有思想究竟是什么？这一课题不论在政治上还是在经济上、进而在更深层次的文化世界都没有发掘和确立。这种苦闷激起了日本人根深蒂固的焦躁感，正因为如此，世界上没有任何国家像日本这样发行如此多的刊物，新刊书籍简直是汗牛充栋，目不暇接。在这种环境下，日本人自然是乱发行，乱销售，乱看了，而其后沉淀下来的东西既不值得自豪，也不值得自信和满足，剩下的唯有虚幻的精神饥渴。”［**注 18**］

对确信“没有历史的民族就没有未来”［**注 19**］的保守主义者大平来说，近代日本的这种现状是一个严重的问题。而由于本文开始所说的原因，战后以来事态又在进一步恶化，在大平看来事态就更为严重。大平说：“战后我国的政治状况可以说实在奇妙。如果说得大胆些，简直是丧失了国家前进的目标。在太平洋战争之前，长期支撑日本国家和社会的秩序和道德体系以战败为转机似乎全面崩溃了。不仅如此，这些旧秩序和旧道德甚至被视为导致日本走向战争的罪恶。那么，取代旧秩序和旧道德的新秩序和新道德是否产生了呢？答案是否定的。不能不认为，这一事态使战后的日本更加陷入混乱。”[注20]

然而，大平并不只是感叹、绝望。对于日本所处的现状，他虽作出了如前所述的批判性的悲观判断，但他相信“日本并不是如此漫不经心的民族”。[注21]其主要根据是，优秀的日本人事实上是存在的。大平留下了不少赞颂前辈、友人的富有情感的文章。为数不少的优秀日本人事实上的存在和从中得到知己是促使大平对日本保持基本信赖的首要基础。大平无限热爱生他养他的故乡，对流行于社会的传统习惯和民间活动有着挚着的爱。他在讲述当时农民生活如何艰辛的同时，又恋恋不舍地回忆说：“农民有与其相应的乐趣。少年时代的我也留下了许多甜蜜的记忆，而大多记忆又是同节假日联系在一起的……每个节目都各有个性。”[注22]与有个性的、深深扎根于日本传统的节日活动相比较，他1951年第一次访美时看到的美国人休闲方式，就显得过分单调。大平指出：“去年（1951年）我到美国各地旅行时，既为美国人生活那样单调感到吃惊，又佩服能忍耐生活如此单调的美国人的不拘小节精神。打个比方说吧，美国人的生活如同‘印刷体字’，星期一、星期二、星期三、星期四、星期五拚命地干活，星期六、星期天则大大地享乐……但享乐的方式是看电影、看戏剧或驱车游乐等，在他人看来好像是把着眼点放在如何有效而经济地享受所得到的有限时间。”相反，日本人的享乐方式是多种多样的，“如果用文字打比方的话，就像是一挥而就的不规则的毛笔字”。[注 23]当时访问美国的日本人一般都为无与伦比的富裕和自由的美国生活所倾倒，而大平的反应却极有个性。大平初次访美时也到了华盛顿，他对这个人工城市发表了这样的感想：“（华盛顿）街道明朗美丽，但不知什么缘故显得单调，缺乏情趣，如果把日本的城市比作手写的字，那么华盛顿就可比作印刷体的字了。一般说来，美国文化就像首都华盛顿所像征的那样，是用效率和卫生这两条主线贯穿起来的，缺乏‘深度’和‘情趣’之类的属性。”[注 24] 从这里可以看出，大平对受到败战沉重打击的贫穷的日本仍保持着文化积累显示出了深深的自信。

大平对日本抱有希望的第三个根据是，尽管日本受到战败的打击但又迅速得到恢复的民族活力。在“已经不是战后”的 1955 年，大平到故乡的一所高级中学以“对祖国要有自豪感”为题发表讲演，他向高中学生呼吁：“我热切希望诸君，要以我们祖先孜孜不倦的勤奋和努力的精神，对虽遭战败但仍享有立于世界一等国之林的资格的我国，重新激发感恩之念，同时，要大大增强自豪和自信。1945年8月15日，我国在太平洋战争中吃了败仗。陆海两军毁灭，城市大都被烧毁，许多同胞丧生，粮食及其他生活必需品匮乏，国民生活困苦不堪。我想，当时不会有人预感到10年后的日本将复兴到今天这样。然而，今天我们眼前的日本比战前更好了……战争使很多物资设备毁坏消失，但战火终于未能把日本人的精神智慧烧尽。”[**注25**]

如前所述，大平对近代日本文化的贫困有着痛切的认识，并采取批判的态度，但他对日本文化的发展前景是乐观的。他说：“融化到日本人生活中并规范、鼓舞日本人生活的思想，不论其源泉在大洋东西哪一方，都将凝成日本人的血液茁壮成长，进而成为产生日本人自己的思想、生活和文化的契机。”[**注26**]保守主义者大平正芳未能从本国的过去发现应保持的传统，便试图通过从外国和未来也就是能使外国文化本国化的日本人能力上进行探索，以保持精神上的安定。指出矛盾的存在并不难，但大平不得不寄希望于这种不明确的、虚幻的、缺乏根据的探索，这一事实表明，在近代日本，做个真正的保守主义者多么困难。

二、政府和国民

对保守主义思想的体现者大平正芳来说，国家和政府存在的必要性不言自明。大平在东京商大（现一桥大学）时，毕业论文的主题就是行业组合论。这表明，大平从学生时代起就对基于私有制的市场经济存在的缺陷有着敏锐的问题意识。在当时，东京商大的毕业生一般都进入实业界，但他却是例外。大平参加行政官考试（公务员考试）合格后到大藏省任职。也许有人认为他受到来自同乡的大藏省次官津岛森一的影响和推荐，实际并非如此。大平在谈及辞去大藏省职务而决心当政治家的心境时说："政治这种职业是人类社会最根本的职业。人被称为政治动物。任何事物的开始都有政治，政治贯穿任何社会行为，因此，必须有政治家这种职业，而且总会有人承担和从事这种职业，这是显而易见的。"［注 27］

然而，大平从年轻时代起就认为，政府和国民、权力和自由之间必须保持适度的紧张和平衡。大平进入大藏省 1 年零 3 个月就被任命为横滨税务署署长，他在对署员训示时是这样讲的："行政像个椭圆形，有两个中心，当这两个中心既保持平衡又处于紧张状态时，这种行政可以说是好行政。比如……推行管制经济，管制是一个中心，另一个中心叫自由，当管制和自由处于紧张的平衡状态时，管制经济才会顺利，两个中心向任何一方倾斜都不行。税务工作也是这样，一方的中心是行使课税权力，另一个中心是纳税者。权力万能的课税或轻易向纳税者妥协都不行。不倾向于任何一方，贯穿公正的立场，才是符合情理的课税方法。”［注 28］

行使权力要谨慎。大平之所以这样主张，一方面是基于他对百姓的感情和行动方式的由衷同情，另一方面是基于他对人在本质上并非十全十美的深刻认识。大平从横滨税务署长调任仙台税务监督局间接税部部长时，被迫面对既要确保财政收入又要维护民众利益这种相对立的局面。当时日本东北地区流行私自酿酒（特别是未经过滤的浊酒）。那时的东北地区产业还不发达，酒税占据间接税的主要部分。从确保税收这一立场出发，不得不对私自酿酒进行揭发。大平说：“检举私自酿酒，大体上是在人们尚未睡醒的黎明前去目的地，一般采取由一组税务官员挨门逐户地进行监视。每个人都要带一根铁棍，用铁棍在菜地或其他地方探查有无酒缶……一旦抓住私自酿酒者，就按照一定格式让其写出交待，再盖上手印，并处以少量罚款，情节严重的也处以体罚。为交罚款而不得不出卖牛仔算是好的，被迫出卖爱女的惨状时有所闻。如果支撑全家生活的主要劳动力被关进监狱，那么全家就无法谋生，因此也出现了有意把老人当作犯人的悲剧。”[注29]即使到了晚年，当他回忆起那时的难受心情时还说：“我有时也去现场，对于‘权力’与‘百姓’、‘统治者’和‘被统治者’之间的可悲关系，不知为什么，总有些想不通，心情十分沉重。”[注30]为尽量避免利用权力进行取缔，大平努力通过启蒙和教育来减少私自造酒。这种努力取得的成果不得而知，但大平的下述讲话如实地反映了他从年轻时代起就有必须慎重地行使权力这一信念。他说：“谁也不愿主动触犯国法，定有万不得已的原因。然而，如何纠正和预防犯罪呢？与其依靠招之即来的官宪力量，不如从根本上于近处着手耐心地进行教育。这种方法虽不会立竿见影，但我认为，这是实实在在的有效方法。”[注31]

大平后来任东京财务局间接税部部长时，他的上司池田勇人说：“你未真正学过税法。在我任（东京财务局）局长期间将好好地教教你。请等着。”对此，大平立即回答：“谢谢你的好意，我不能接受你的意见。我有不少干练而有经验又精通税法的部下。税法上若有疑问请同我的部下商谈。我不精通税法，但我认为，有活力的行政决不是来自法律的条文。我要按我的常识来试试不受拘束的间接税行政。”[注32]大平的这番话大概是基于在仙台的深切体验而讲的。池田任大藏大臣时对担任大藏大臣秘书的大平说:“你不能当政治家。官界缺少像你这种类型的人物。我希望你留在大藏省,决不要考虑到政界去。”[注33]这话表明,大平的思维方式和行动力与普通行政官员多么不同,同时也说明,池田敏锐地看到这一点,并给予高度的评价。然而,正是由于同样的理由,后来池田又强烈地劝诫大平进入政界。

对于明显是反社会以及非道德的行为,大平认为,这往往具有对付政府的错误政策而采取自卫手段的一面。比如,为了私人的利益而使用会社或公家的钱,对这种所谓“用社族”和“用公族”,大平指出,这是“虽无维持现有生活的能力但又想享受超越其能力的生活,于是把手伸向公司、官厅或工会”的一类。他一面批评这种人缺乏“自我责任”意识,另一方面又认为,仅从道德上进行批评是不能消除“用社族”和“用公族”的。他说:“人谁也不乐意堕落为‘用社族’或‘用公族’。作为生活在社会上的人,若能履行相应的责任和保持相应的体面,谁也不愿成为这一类人,这是人之常情吧。为此我想,不论公司或官厅,首先必须注意,要尽可能地增加工资。这样,采取根本措施消除‘用社族’或‘用公族’就能得到多数人的赞同。为增加工资，不论官厅或私人企业，一切团体都要拿出勇气刷新财政。把发工资看成是一种损失是愚蠢的。增加工资不仅能促进公司或官厅工作顺利进行，也有利于避免责任感的松弛。我还相信，在这方面采取果断行动，还会为日本民主主义的蓬勃发展创造条件，导致日本财政的革新。税收要尽量减少。如果拼命赚钱，结果都被税务署拿走了，那么'用社族'或'用公族'必然滋生。应当铭记，减税也是消除这种祸害的一大因素。"[注 34]

政府或企业的钱往往被浪费，这不仅仅是因为工资低或税收高，也与人的本性（性恶说）有关。正如上面讲到的，大平对此是有深刻认识的。他说，所谓财政不是别的，就是"如何有效地使用易被消费的公款"。[注 35] 大平对市场经济的自由竞争并未撒手不管，但他对政府介入经济活动尤其是实行企业国有化、"社会化"是极其慎重的。早在50年代初，大平就已注意到英国工党政府的社会化政策扼杀了英国经济活力这一事实。他说："在我看来，对于现在把社会化看成是最进步的人来讲，不要那样公式化地理解事物或生硬地对待事物，而要反复地仔细推敲……推行社会化不应阻碍国民活力。如果玩也有饭吃，患病自己不承担治疗责任，那确实是进了天堂。然而，这必将挫伤国民的活力，影响国民的自我责任感。"[注 36] 大平

当时大声疾呼，“今后的政治……是如何建立廉俭的政府。这是我们誓必实现的心愿。”［注37］

大平相信，行使权力应该慎重，财政规模应该尽可能地压缩，但他对轻率地改革行政机构和公务员制度，持强烈的批判态度。其原因出于一种冷静的判断，大平认为从大臣和下属官员的关系以及力图维护自己利益这种人的本性来看，善意的改革往往导致公务员体制肥大化和财政的膨胀。基于自己作为官员和政治家的体验，他主张，大臣“是官厅的主人公又不是主人公”。因为“长期在官厅任职并把人生的浮沉和命运寄托于官厅的是在官厅工作的官员们而不是大臣。作为主人公的大臣虽然面带荣光地上台，但不久又将离去。大臣虽有主人公的虚名，但实际上只不过是那个官厅的过路客”，“因此，大臣在任期间要尽可能地不做让部下憎恨的事，聪明的大臣肯定都会让部下感到亲切。有的甚至通过增加所在官厅的权限、预算以及定员以博得‘有政治实力的大臣’的评价。这也并非不可思议”。坚持“性恶说”的大平讲得很坦率，他说：“尽管有人慷慨激昂地说什么，对这样的大臣不要委以天下大任，但也无济于事，因为大臣也是平凡的人。官员们是公仆，为了国民的利益应听从大臣的命令，既便你耀武扬威地说不得歪曲或阻挠现政府的大政方针，但也没有用。因为对与自己名誉和一生命运密切

相关的官厅之存亡，官员们是不会不关心的。官员也是平凡的人。”［注38］

那么，究竟应该怎么办呢？在此大平建议还是遵照如前所说的“兴一利弗如除一弊”的原则。他说“应除的一弊……摆在大臣办公桌上有的是”，作为大臣应该努力一件一件地去做。“即使你决心为国民而兴百利，并为此而进行努力，但结果几乎都毫无例外地导致官厅权力的扩大和预算额的增加，而有助于国民生活的甚少，或许还有可能给国民生活带来不必要的制约和负担。”［注39］大平强烈批评那种对人的计划能力和控制环境能力过于相信的做法。他认为，“谋求一举进入良好状态”不是“明智的生活方式”。大平主张：“首先，我们必须考虑到，尽管对现状不满意，但事情有可能变得比现状更坏。思考怎样使事态变得不比现在坏才是认真的生活方式。为此，先进行努力才是重要的。我认为顺序应当是，先进行准备，再就更好的状态进行设想，然后选择和安排实现良好状态的手段。此时应当注意的是，任何手段必然伴随着正负两个方面，绝对有利的手段是不存在的，应为找到实际上有利因素更多、不利因素更少的手段而下功夫。正因为革命只对有利因素寄予期待，所以能振奋青年人的心，但历史告诉我们，其结果往往是不利多于有利。”［注40］从对轻率地进行改革持批判态度的保守主义者大平正芳来说，这决不是劝告人们安于现状而无所作为。

大平一方面如此强调要自我控制权力，另一方面并未忘记严格要求国民提高自觉性和增强自我责任感。大平确信，民主主义是以“满怀自我责任感”[注41]的健全的个人存在为前提的。他说，政治并不是只有政治家才能做的事，政治是“包括政治家在内的全体国民在各自的岗位上手拿自己擅长的乐器参加的合唱队”。[注42]因此，他认为对政府的指示“唯唯诺诺顺从的国民不会有作为”，“对政府怀有不满、对政府进行抵制的民族才能真正和政府一起克服困难创造下一个时代。”[注43]与此同时，他对有选举权的人单方面地对政治家进行批判很反感。大平参加石原慎太郎当选议员庆祝会时，财界人士异口同声地说：“这么说也许对大平很失礼，但自民党必须更加努力才行啊。不论怎么说，政治最落后。”对此，大平明确地反驳说：“听了你刚才的讲话，涌现在我心头的一种反感难以抑制。英国有句谚语，‘有好报纸的地方就有好政治’。如果让我斗胆说一句，我认为‘有好国民就有好政治’。石原君说，政治是万人的事业。我认为这句话的意思就是所有的人都应参与政治……你们实际上也在从实业界的立场出发实践政治。每个家庭和每个企业所处的状态直接决定着国家政治的好坏。每个家庭或每个企业若搞不好，那么，日本和日本的政治就不会好起来。因此，我希望你们就自己对政治家的理解是否充分，对政治家的协助有无不足之处等进行思考。此外，我还希望大家站在自民党的立场上重新思考是否正在参与政治和实践政治。"[注44]这是大平针对社会上对政治家的轻率而不负责的指责进行的几乎是非日本式的坦率而明快的反驳。

大平希望在行使权力时要慎重，同时又强调国民的自我责任。他对社会的巨大化基本上持不信态度，并有疑虑之念。大平在任总理期间，把记录座右铭的笔记本带到总理办公室，在广范阅读的书籍中若有感人的警句便都记下来，其中就有从卡尔·利奥波尔德的《小酒馆社会的政治经济学》一书摘录的如下句段："政治的任务是把社会规模缩小到饱和状态以下。也就是说要推行地区分割、非中央集权化和地方分权化。不是改变政治、经济系统，而是把社会规模缩小到与人口规模相适应的程度。""犯罪案件同人口规模是成比例的。一旦社会达到饱和状态，不论采取什么行政措施，也不论如何启发理智或改善教育，都难以指望犯罪案件减少。"态度谨慎的大平虽然回避公开发表见解，但他认为府县作为自治体规模太大。他一贯主张，应废除现行的府县，把府县缩小到江户时代藩的规模，实行"废县置藩"。[注45]对城市化的不断发展他怀有强烈的疑虑[注46]，他梦想建设一种把城市的自由和农村的亲密人际关系结合在一起的“田园都市”[注 47]。大平的这一梦想就是要通过缩小社会规模来恢复人性和使民主政治具有活力。

三、政治手法

大平认为，人基本上是不完善的，理想社会不仅不存在，也不是所希望的。十全十美的好政策也不可能有。在大平看来，政治上存在对立是理所当然的，应该给予肯定的评价。他在保守派联合即将成立自民党的时候，即1955年10月就说过：“激烈的政治斗争只要能取代内乱就应当欢迎。反对党就是预备性的政府，是与‘国民的政府’相配合的‘国民的反对党’。强大的反对党的存在能使强有力的政府免于腐败。”[注 48]

然而，大平并不认为，当时的保革对立对民主主义来说是政党之间的正常竞争。这是因为，保革对立是东西方对立的反映，只要东西方对立存在，日本就有保革对立，因而不可能开展建设性的争论和妥协。大平对毫无价值的保革对立发出了这样的感叹：“通过在国会的认真辩论以及保守和革新的相互让步再提出某种国策几乎成了不可能实现的梦想，双方从一开始就对对方的提案采取绝对反对的态度。国会不是协商和妥协的园地，而是变成了斗争的场所。在这种情况下，实践真正意义上的议会民主是根本不可能的。从某种意义上讲，保守和革新彷佛分别在一楼和二楼面向虚茫的空间用力蹬地，摆着没有对手的相扑比赛架势。保革双方没有约分的分母……而只不过是按照以微弱多数通过议案的原理，在议会这一圆圈的切点上双方频频宣布临时停战而已。”［注 49］

面对这种状况，大平采用的政治手法是，一方面尽可能地多找保守和革新的共同点，另一方面尽量广泛地为双方设定互相较量的场所。众所周知，大平在任池田内阁官房长官时提出“宽容和忍耐”的口号，努力缓和在修改日美安保条约问题上极端激化的保革对立。在执政党和在野党势均力敌的状态下组阁时，按每项政策谋求同主张中庸之道的政党进行协调，倡导所谓“部分联合”也是大平这种态度的表现。在前述座右铭手册中，记有一段出处不明的话：“忽略，住手，转换话题——这就是回避纠纷之策。不要郑重其事。”［注 50］对政治不能要求百分之百的正确，“拿到 60 分或 65 分就差不多了吧！”［注 51］大平有名的“60 分万岁”最清楚地反映了他的政治姿态。

然而，在左右国家基本方针的重要问题上，大平则常常坚持这样的立场：坚决拒绝无原则的妥协。三木内阁强调与在野党保持协调，在选举法、政治资金法、禁止垄断法等问题上，三木内阁吸收了在野党的要求。大平认为三木内阁过分“性急”地加快改革。对此，大平进行了批判。他说：“（三木首相）强调与在野党进行对话和协调，这是理所当然的。如果因为执政党和在野党（议席数）接近，就急于谋求对话和协调，这种态度不能认为是认真的……本来，执政党的势力越是强大就越应进行对话和协调，这样做才是民主政治。有了这种民主政治的基础，保革势力即使接近，也不至于发生动摇。希望不要流于权宜之计。”[**注52**]他自己组阁后，出于推行政策的需要而倡导“部分联合”的时候，凡涉及原则问题，他力排众议，反对妥协。1979年财政预算在国会通过时，主张中庸之道的政党强烈要求对预算案作形式上的修改，以国会对策委员会有关人员为中心的自民党领导也向接受这种主张倾斜。这时，大平经过深思熟虑，决定予以拒绝。至于这么做的理由，他作了如下的解释：“（和主张中庸之道的政党）在个别政策问题上虽有共同的立场，但预算案关系到政府今后1年政策的全局，因此必须慎重地对待。答应对预算案进行修改，就意味着自民党和公明党、民社党采取相同的立场，在政策总体上有着共识，并同意这样干下去。今年如果这样做，明年还要这样做，那么，从编制预算起就要一起行动。很显然，这大大超越了部分联合，进一步发展就是联合执政。如果接受这一提案，就有可能使民社党和公明党对自民党抱有过高的期望。现在自民党尚未形成把部分阁僚位子让给公明党和民社党的共识，同公明党和民社党的关系也未成熟到这种程度。需要进一步进行交流，在此基础上再作出是否需要加深关系的判断。”[**注53**]结果，这年的预算案在众议院经历了先在预算委员会上被否决，后在全体会议上被通过这样一种曲折才成立。

同年10月举行第35届众议院选举，自民党提出的候选人中当选者比上届减少1位，议席总数没有超过半数。这时自民党内要求大平辞职的呼声高涨，称为“40天抗争”的权力斗争激烈地展开。舆论界也充满追究大平责任、要求大平辞职的气氛，但大平拒绝下台。大平认为，在自民党正式提名的候选人中，当选者虽说比上届减少1人，但就人数而言，自民党仍然是远远多于其他政党的第一大党。况且，加上当选后入党者，自民党所占议席超过了半数，从议会民主主义出发，总理大臣辞职令人难以理解。此外，自民党总裁的进退应由党的正式决策机关（党员大会或两院议员大会）决定。然而，反大平派认为，因自民党在国会的席位居于少数，从而拒绝召开两院议员大会。在大平看来，反对派的做法违反了党的正规程序。也有相识者劝告大平说，你的心情完全可以理解，但持拒绝辞职的态度，“不符合日本人的美学意识”，大平对此也不屑一听。[注54] 从性格上看，大平不爱和人争斗，实际上正如前面所说，他对别人极其宽容。但涉及原则问题，大平的不妥协态度甚至到了顽固的程度。在他的座右铭中记着拉·冯泰的一段话：“面对邪恶者要不停地进行斗争。和平确实好，我也赞成。但是，对不守信义的敌人来说，那又有什么用呢?”[注55]大平作为田中内阁的外相，为解决日中邦交正常化这一难题，面对自民党亲台派的激烈谴责与攻击，一步也不退让。在赴北京谈判之前，大平对他信任的秘书说：“这次会谈会遇到什么危险不得而知，我不在家期间拜托你啦。”[注56]大平确信应该做的，就会坚定不移地、彻底地、不妥协地干下去。

由此看来，大平的政治手法是由充满妥协、协调和坚持原则这一矛盾的两个方面在取得微妙平衡的基础上构成的。这是为了适应本来就存在矛盾的现实的需要，因为在野党尤其是作为第一大在野党的社会党在原理上不放弃反对党的立场，执政党和在野党进行建设性的争论和轮流执政，实际上是不可能的。而在此情况下又必须推行政治使民主主义日趋成熟。这样做与正视现实的保守主义者大平正芳恰好相符。对于大平，社会上流传着相互矛盾的评价，有的说他是

“鸽派”、“协调主义者”，而另外一些人又视他为“权力主义者”,这两种相互矛盾的评价导致了对大平政治的难以理解。作为总理，大平正芳决不是舆论容易接受的领导人。

大平确信，人在本质上是不完善的，历史上“没有最终解决的东西”。但他有这样的信念，国民的良知最终将作出正确的选择。大平在同临济宗圆觉寺派管长朝比奈宗源的对谈中说:“虽然有时为事不从心而烦恼，但我最终还是信任日本人。”[**注 57**] 发达国家型的保守主义信赖在历史进程中积累的睿智，对不能真正采纳这种保守主义的大平来说，最终的依靠是对国民的信任。这就是说，在整体上从长远看，良知将是日本社会的大势所趋。1979 年大选时，亲信们劝告说:“不论大洋东西,未曾有过因提倡增税而赢得选举的先例。”大平不顾这些劝告，他表示相信，“国民一定懂得，不大幅度压缩财政支出就必须增税”[**注 58**]。大平公然把征收一般消费税作为竞选公约，然而，从结果看，尽管发生了台风袭击这一特殊情况，但大平的期望无情地落空了。大平在这次选举中的挫折诱发起党内的激烈斗争，第 2 年 5 月，对内阁的不信任案在国会通过，大平又不得不解散众议院举行大选，进而导致大平的突然去世。大平在政治上的挫折清楚地表明，在日本，确立真正的保守思想又是多么困难啊。

大平在任总理期间，一天工作结束后，一跨进家门就常嘟囔："太无聊，日复一日地干这些事！"[注59]在现代日本，大平是罕见的真正保守主义者，对他来说，日本政治的现实尤其是日复一日的执政党和在野党的对立以及自民党内的权力斗争，未免太难忍受了。大平的牢骚既显示了他作为政治家的脆弱性，同时也表现了他为人的无限魅力。

（庆应义塾大学教授）

注 释：

注[1] 卡尔·曼海姆著《历史主义——保守主义》，森博译，恒星社厚生阁出版社出版，第79—80页。

注[2] 关于思想上保守主义和激进主义的准确解释，请参照村上泰亮著、中央公论社出版的《反古典政治经济学》上卷第22页。

注[3] 请参照中曾根康弘著、文艺春秋出版社出版的《共同研究'冷战以后'》第7章。

注[4] 森田一著《最后的旅行》，行政问题研究所出版，第142页。

注[5] 大平正芳著《众议员真相》，20世纪出版社出版，第140页。

注[6] 大平正芳、田中洋之助著《复合力量的时代》，生活社出版，第33页。

注[7] 大平正芳著《旦暮芥考》，鹿岛研究所出版会出版，第287页。

注[8] 大平正芳著《风尘杂俎》，鹿岛出版会出版，第208页。

注[9] 大平正芳著《财政幽闲草》，如水书房出版，第219页。

注[10] 《众议员真相》第140—141页。

注[11] 《旦暮芥考》，第175页。

注[12] 栗原祐幸著《大平前总理与我》，广济堂出版社出版，第197页。

注[13] 《众议员真相》，第150—151页。

注[14] 大平正芳著《我的履历书》，日本经济新闻社出版，第188—189页。

注[15] 《财政幽闲草》，第85—86页。

注[16] 《财政幽闲草》，第41页。

注[17] 《众议员真相》，第89—91页。

注[18] 《我的履历书》，第159—162页。

注[19] 《旦暮芥考》，第216页。

注[20] 《旦暮芥考》，第141页。

注[21] 《复合力量的时代》，第26页。

注[22] 《我的履历书》，第16—17页。

注[23] 《众议员真相》，第82—83页。

注[24] 《财政幽闲草》，第164页。

注[25] 《众议员真相》，第208页。

注[26] 《我的履历书》，第163页。

注[27] 《众议员真相》，第177页。

注[28] 《众议员真相》，第9—10页。

注[29] 《财政幽闲草》，第31—32页。

注[30] 《我的履历书》，第46页。

注[31] 《财政幽闲草》，第33页。

注[32] 《财政幽闲草》，第60页。

注[33] 《众议员真相》，第179页。

注[34] 《财政幽闲草》，第90—93页。

注[35] 《财政幽闲草》，第86页。

注[36] 《财政幽闲草》，第88—89页。

注[37] 《财政幽闲草》，第87页。

注[38] 《我的履历书》，第147—148页。

注[39] 《我的履历书》，第149—150页。

注[40] 《旦暮芥考》，第288—289页。

注[41] 《财政幽闲草》，第91页。

注[42] 《旦暮芥考》，第187～188页，293页。

注[43] 《风尘杂俎》，第303页。

注[44] 《旦暮芥考》，第292—293页。

注[45] 《最后的旅行》，第138—140页。

注[46] 《众议员真相》，第87—88页。

注[47] 长富祐一郎著《超越近代》上卷，大藏财务协会出版，第394页。

注[48] 《众议员真相》，第197页。

注[49] 《众议员真相》，第199页。

注[50] 《最后的旅行》，第130页。

注[51] 《风尘杂俎》，第236—237页，另请参照田中六助著《大平正芳其人与政治》，朝日索诺拉玛出版社出版，第103页。

注[52] 《风尘杂俎》，第306—307页。

注[53] 公文俊平等监修《大平正芳——其人与思想》，大平正芳纪念财团出版，第470页，另请参照《大平正芳其人与政治》，第94—95页。

注[54] 《超越时代》，上卷，第274页。

注[55] 《最后的旅行》，第110页。

注[56] 真锅贤二著《我所看到的大平正芳》，选举宣传出版社出版，第152—154页。

注[57] 《超越时代》，上卷，第273页。

注[58] 《超越时代》，上卷，第273页。

注[59] 新井俊二、森田一著《文人宰相大平正芳》，春秋社出版，第321页。

第二部分

评论随笔

政治家大平正芳

伊东正义

1936 年 4 月，我刚进入农林省奉职，农林省和大藏省正好组织棒球对抗赛。在中学时代，我参加了棒球俱乐部，并作为投球手参加比赛。大藏省代表队的大平正芳也是当年刚进大藏省的。他是用魁梧身躯堵球的接球手，棒球打得并不好。由于我这个投球手的作用，比赛结果，农林省代表队获胜。比赛结束后，大家一起到银座喝酒联欢，我和他就是那时相识的，并立即情投意合。这是我同大平交往的开端。

从那以后直到大平 1980 年仙逝，40 多年来，他对我来说总是一位慈祥的兄长，亲密的朋友，严格的老师。大平过世后10 多年的今天，我也结束了漫长的政治生涯。在人生垂暮之际，回首过去，我不禁感到受这位人生导师亲身教导的影响是多么深远。现在有机会追忆大平的人生轨迹，对我自己来说也是人生的总结。

绰号“老板”的秘密

大平从年轻时代起，既无主动发言的积极性，也无充当首领的气质和风度，但不知不觉之中他在伙伴中却成了领袖人物。究其个中原因大致有二。其一，他在上大学之前经历了学生时代的艰苦，正因为如此，他比同期进入官厅的伙伴要年长几岁。然而，更重要的原因是，他在精神上经受了磨难。他在高松商校时代参加了基督教的一个组织，经常在街头开展布教活动。由于这一原因，他和那些未曾经受磨练就上了大学，大学毕业后又进入官厅的人比较起来，对人生就有着更加深刻的认识。

大平乐于听取他人之言，即使碰上喋喋不休令人讨嫌的人，他也不厌其烦，乐于倾听。大平耐性之大确实令人惊叹。后来他常说：“得到他人理解，自己的存在能被他人承认，对人生来说比什么都更有价值。”从年轻时代起，人们就给他起了个绰号叫“老板”，“老板”就是首领。他在伙伴中所以能处于核心地位，其秘密也许是因为他的行动有哲学基础。

我和大平君年轻时都曾在日本为向外侵略而设的

兴亚院工作过，一道在兴亚院工作并常聚在一起的还有佐佐木义武、大来佐武郎诸君。每次聚会，大平虽注意倾听他人之言，但也渐渐地积极发表意见了。

现在看来，在兴亚院时代，我们实际上为推行当时日本向外侵略扩张的殖民政策充当了打手。尽管我们都很年轻，但都被委以重任，这个时期的经验对后来我们作为政治家从事活动无疑起了很大作用。对驻地军人的独断专行和不了解实情的东京官员的统制性思想方法，大平大胆地进行了批判，言词之激烈至今仍清晰地留在我的脑际。

倡导市场经济的“小政府”论者

战争结束后，我从上海撤回国内，由于东京遭受空袭，我无家可居。在不得已的情况下，我和妻子借用幸免于火灾的大平家一隅临时住了整整两年。这一期间，我和大平来往尤其亲密。当时担任大藏事务次官的池田勇人（后任总理大臣）常常带着微微醉意而来，大家开怀畅饮。大平有时面对在农林省任肥料课长的我大发雷霆：“搞统制经济是愚蠢的，肥料、粮食都不可能增产！只要遵循民间市场原理，一切都好办。

……”从这时起，大平成了倡导市场经济的“小政府”论者。

大平对民间的智慧和活力寄予信赖的想法后来成为贯穿他一生的信念。他在第一次石油危机后任大藏大臣时，出现了调整公共事业收费标准问题，第二次石油危机时他任总理大臣又发生了重新决定石油价格问题，但大平反对无视价格机制的做法，他认为，政府如果强行干预，最后必将背上沉重的包袱。结果证明，他的主张是正确的。

大平是位富有洞察力和实行力的优秀政治家。这虽难以从他那洋洋大度的风貌中窥视出来，但他有在大藏省任职和在经济稳定总部任公共事业课长积累的经验。他的才华首先在故乡得到了充分发挥。我在任农林省农地局局长时，受已当选为众议员的大平的嘱托，处理了四国吉野川的分流即香川用水开发问题，大平那时指挥得实在漂亮。在那之前香川县夏季雨水少，为水而引起的争斗常常导致血如雨注。所谓香川用水的开发就是从德岛县和高知县把水引到香川县。然而，从外县要水在当时是极其困难的，香川用水开发之所以得以实现完全得助于当时刚当选为众议员的大平正芳的政治力量。现在这条水渠不仅满足了香川县农业的需要，对当地的产业和居民生活也发挥着不可估量的巨大作用。

我于1963年离开农林省，同年11月第一次当选众议院议员。那时的大平已当过内阁大管家——官房长官，又任外务大臣，前程似锦。但其后不久，他辞去外务大臣职务，接着又遭遇长子去世的不幸。加之池田之后任首相的佐藤荣作不知出于何种原因疏远大平。佐藤政权的7年零8个月对大平来说是漫长的“严冬时代”。1967年1月我第二次竞选时落选了，直到1969年12月再次当选，大约3年之久的流浪生活令我忧虑不堪。在此期间大平对我千方百计地给予照顾，让人难以忘怀。

成功地出任宏池会会长

翻开历史书籍，我发现不少在度过漫长忧郁而不幸的时代后登上顶峰的杰出人物。如果列举世界知名的大人物，既有戴高乐，也有邱吉尔，在日本有大隈重信和岸信介等。他们在各自的时代磨砺自己，努力把自己锻炼成能胜任新任务的人物。

我认为大平也是这样的人物之一。他在“严冬时代”的最后阶段遇到的一个难题是宏池会更迭会长。自民党的派系大体上是这样形成的：为让一位政治家当上自民党总裁，政治见解和志向相同的人则围绕这个人而聚集起来。处于中心位置的政治家如果由于某种理由离开政界，派系解体，其成员往往或被别的派系吸收，或形成独自的新派系。然而，唯独宏池会在池田谢世后，由其盟友前尾繁三郎继承了领导地位。派系虽然原封不动地保存下来，但派系首领必须参加总裁竞选，以满足其成员的期待。但是，前尾在佐藤执政时期第四次进行总裁选举时却同佐藤达成协议，前尾以入阁为条件中途退兵，不参加总裁竞选。然而，佐藤蝉联总裁后却不改组内阁，协议被践踏。

早就对执政欲望不强烈的前尾抱有不满的新议员（田中六助、佐佐木义武、田泽吉郎、服部安司、浦野幸男、伊东正义等）听到这一消息后猛烈反对，他们抬出大平要求更换会长，采取了近乎政变的举动。这在自民党各派系中，乃是前所未有的。

当时大平的心境对旁观者来说确实是洞若观火。在他脑际回荡的是，不能永远寄身于前尾门下，而要作为宏池会会长参加佐藤以后的总裁竞选，与田中角荣、福田赳夫、三木武夫或中曾根康弘等对手一决雌雄。然而，前尾是大平在大藏省时代的前辈，进入政界后，他俩又同在池田门下兄弟般地工作着。在这种情况下，大平十分苦恼。若以实力优势夺取会长之宝座，可能违背为人之道。正当他左右为难的时候，少壮造反派的活动逐步升级，派系内笼罩着不惜分裂也要干到底的气氛。当时我是只当选两次的议员，记得我们曾多次到位于东京濑田的大平私宅敦促大平横下决心。一天，他终于决定了自己的态度："既然大家都这么说……。"

1971年春，通过协商终于实现了从前尾到大平的会长更迭。政治家出于夺取权力的需要，抛弃理义人情也是不得已的，这是命运注定的。我认为，在宏池会会长更迭剧中，大平是真正下了决心的。此后，大平作为派系首领开始朝总理、总裁的目标努力奋进。但在实现这一目标之前，他大约走了7年半的艰难历程。但是，当大平登上权力高峰的时候，更加严酷的命运又在等待着他。

在"责任道德"和"精神道德"之间

然而，此时大平已成为比他过去任何时候都更加强有力的大政治家。他无疑学会了马克斯·韦伯的所谓"责任道德"论，即使是同魔鬼联手也要对结果负责。若不如此进行自我变革，其后当大平面临日中邦交正常化、洛克希德事件以及"40天抗争"等问题需要作出重大政治决断时，他就不可能履行时代赋予他的使命。大平紧紧把握住国家目标和自己的使命，不管遇到什么诽谤中伤或恫吓威胁，都毫不犹豫地昂首前进。我作为大平的亲密朋友十分佩服他那堂堂正正的态度。

如果说大平已经完全摆脱了内心的苦恼，那也未免说得太过分。尤其是，大平在青年时代亲近基督教，到了晚年，身边从不离开圣经，“正直地做事，结果听任上帝裁决”。他的内心无疑已被这种宗教信徒的“精神道德”所强烈吸引。他不曾公开吐露内心的矛盾，但从大平的举止和偶然而发的自言自语中可以窥见他的内心世界。对了解他的人来说，这也是一种难以言表的魅力。

我曾听大平说过：“辞去总理后我将告退政界回家，通过培养故乡的青年来安度晚年。”由于在众参两院同日选举时突然病逝，大平的最后愿望未能实现，我们也无以聆听他的真意。但我认为，这是大平其人真实心情的披露。

韦伯这样说：“那种真正深感对结果的责任，并遵循责任道德而行动的业已成熟的人，如果在某一点上他说：‘我只能这样做。因此我才站立在这里。’那么这句话将深深地扣动人们的心弦。这是人所具有的纯粹而又震撼灵魂的精神。因为，只要内心世界的精神尚未泯灭，我们总有一天不能不进入这种状态。”

（第二届大平内阁官房长官）

缅怀恩师大平正芳

加藤纮一

在一次好象与日中关系有关的招待会上，许多政治家、政府官员以及经济界人士聚集一堂。一个孤单而立的身影突然闯进我的视线。那时我在外务省中国课任课长助理。亲眼看到大平这是第一次。

当时我的工作是制定有关中国问题的政策。我奔走于各政党尤其是自民党领导人之间，收集他们有关中国问题的想法，并加以整理。在当时的领导人中，大平的想法最深刻，也最透彻。因此，我常想，他真是一位了不起的人物啊！在不知不觉中，我想到大平身边去同他聊聊。映入我眼帘的大平，的确是位极其威严而又富有魅力的人物。对于出身日本东北地方的我来说，周围的气氛足以使我感到："他确是一位朴实无华的政治家！"

加入大平派的原委

后来，当我决心进军政界的时候，我毫不犹豫地决定加入大平派。我的父亲属藤山派，但当时的藤山派已经失去势头，面临解散。滩尾弘吉虽是我结婚的媒人，但不知为什么，我觉得在政治路线上同滩尾不一致。然而，对大平从第一次见面起就对他抱有亲近感。池田勇人以来的宏池会基于现代合理主义制定的政策正合我意。因此，同其他议员不一样，我想“跳槽”加入大平派。

加入的方式是这样的：首先拜托据说与大平有远亲关系的外务省法眼晋作把我介绍给大平。法眼的长子俊作是我高中和大学时代的同学。俊作1964年去世，举行葬礼时，大平作为俊作的父亲晋作的朋友代表致悼词，而俊作的朋友则是我。由于这一缘份，我请求法眼写了一封介绍信。

初次拜访宏池会会长办公室时，大平缄默不语地一直听我讲。最后他只说：“你身体行吗？”“有无资金准备？”记得我是这样回答的：“身体没问题，但没有资金准备，我想以最低限度的费用试试。”然而，对于是否让我以大平派推荐的方式参加竞选，他却什么也没说。两个月过去了，也无任何联系。我通过他人介绍，会晤了大藏省政务次官田中六助。磋商后，大平再次叫我去，他说："看来你的决心未变，一定要试试了?"我回答："决心未变。"大平笑着说："那么就同我们一起吃苦吧!"这就是我加入宏池会的原委，是1971年的事。第二年即1972年12月大选时我第一次出马竞选。在大平派内与我同期当选的有宫崎茂一、今井勇、荻原勇、住荣作、瓦力，这就是所谓大平派第一次当选为国会议员的新手阵容。

如果有人让我用一句话概括大平的魅力，我觉得还是他对人的宽容，或者说胸怀大度。他不是作为尖子直线进入大藏省的，而是在经历了基督教传教士和经商活动之后才进大学的，因此，他决不以貌取人，常常用他人的人生对照自己的体验进行思考，平易近人。我记得他常说："人既有长处，也有短处。既有正直的一面，也有狡黠的一面。不同人的相互碰撞才形成了社会，因此，人类社会是饶有兴味的。"

回忆总裁选举和40天抗争

所谓“40天抗争”，是指大平正芳和福田赳夫争夺总裁之争。我们大平派议员都回到家乡全力以赴地投入选举运动。当时的选举方式是以县为范围，竞选者如果多得一票，全县的选票都归多获一票的那一方。为此，我们这些新当选的议员都不得不顽强拼搏。在大约40天的选举期间，有时也想回东京。一天晚上，我和瓦力一起拜访了大平的私宅，大平慰劳我们说：“啊，辛苦啦！你们每天都工作吗？”之后，他突然讲起当天会见冒险家植村直己的情况来。

“植村君给我讲了一件很有趣味的事。乘狗拉雪橇在北极旅行，10来条狗的习性只有注意观察方能逐渐摸清。有些狗看起来似乎是拼命拉，实际上它一点劲也没使。另一些狗看来仿佛无所作为，但它却用大力气拉。植村是这么讲的。”瓦力和我立即告辞，飞回选区，这是不言而喻的。大平不仅富有洞察力，而且非常善于使用人。

大平相当顽强。日中航空协定谈判时，他在北京顽强坚持，直到尿出血。回国后他无暇休息，一连几天被叫去参加自民党外交委员会会议，长时间地忍受没完没了的讨论。当时一谈起中国问题，自民党就笼罩着紧张气氛，思想上争论之激烈，就像党已一分为二似的。大平尽管遭到反对派的围攻，但他毫不动摇，终于把党内意见统一起来。我当时担任联络工作，不禁为大平的凛然傲骨深深打动。

对于大平和福田“40天抗争”的情景至今我仍记忆犹新。当时我是官房副长官，大平虽然面临日本所有舆论工具的一致攻击，但他根本不想离开总理的宝座。他反复说：“我若辞职当然轻松，我也希望这样。但让谁继任总理呢？谁又能把党统一起来呢？想到这里我又觉得没有理由辞职。不能不负责任。”

几天后，大平在党总部同福田展开了激烈的争论，他竟说出“要我辞职就是叫我死”这句名言，嗣后便回到官邸。当他在和我们一起共进早已过时的午餐时，突然两眼炯炯有神地问我：“加藤君，福田逼我辞职，我再重复一遍，你认为让谁当下任总理好？”只当选过两次议员的我当然无从回答这个问题。当我低头默默不语时，大平又问：“加藤，你说说看！”我又低下头不吭声。不一会，大平喃喃自语：“我若辞职，为了日本该当总理的恐怕是福田吧？”

我几乎怀疑自己的耳朵。刚才大平还大发雷霆，可现在为何又说出这番话呢？当时我立刻联想起，若让派系成员们听到，他们又会怎么考虑呢？但我又想到，能当总理大臣的人物在关键时刻总会超越任何恩怨，认真考虑的只有国家利益吧。大平那时的炯炯目光我终生难忘。

大平的真本领是外交

我觉得大平的真正本领还是外交。在战后的日本外务大臣中，大平的任期最长，但比任期长短更为重要的是内容充实。日中关系正常化虽是田中当总理时的业绩，但大平应有这样的自负：在那前后五、六年的日本外交，全部是由他自己一手处理的。与其说大平在历史潮流中成功地开展了外交，不如说他亲自设计并积极地推行了外交，这是值得称道的。日中邦交正常化谈判以及此后的日中航空协定谈判等，从设计到反复思考，再付诸实施，最大的功绩属于大平。

在大平内阁时代我连任两届官房副长官。因此，大平总理出访全都由我陪同。1979年访美时，在同卡特总统会谈的前一天，大平夜不成眠，我记得他拿了少量的安眠药。大平作为外务大臣已多次经历过这种场面，但作为总理参加首脑会谈也许格外感到紧张吧。第二天会谈时，大平以比他年轻的卡特总统为对手，堂堂正正地阐述日本的主张，积极地与卡特交锋。

我清楚地记得，第一轮会谈一结束，大平两颊绯红，显得益加魁雄。肩负国家大任的大平，也许在内心产生了没有败阵的意识吧。后来卡特和大平建立了比对等更进一步的关系。第2年，卡特总统在处理伊朗事件失败后，大平像兄长疏导小弟那样对卡特讲："日本作为美国的盟国，将尽可能地提供援助，希望不要诉诸武力。"这时，大平第一次明确提出了日本是西方的一员，摒弃了全方位外交的原则。

学习大平首先要学习他"政治家的决断"。如上所述，大平一旦作出决定就绝不动摇。有人说政治是妥协的产物，民主主义是在充分协商基础上的让步。但领导人在决定国家前进道路时，决不能采取这种天真的态度。作为领导人必须自己认真地思考，经过认真思考之后才作出决断。决断还要经过锤炼，自我提出疑问，在此基础上再锤炼，然后才能变成领导人自己的血肉。否则，大平在进行日中航空协定谈判时就不会显示出贯彻自己信念的坚韧性。

从这一意义上讲，大平也是一位善于思索的人。他是在反复思考的基础上设计日本国的前进道路并始终坚持自己信念的政治家。

我作为在大平身边工作的人，在衷心赞扬"我师大平正芳”丰功伟绩的同时，对他多方的指导和教诲表示由衷的感谢。

（众院议员，第一、二届
大平内阁官房副长官）

大平总理与地方时代

森田一

明治维新以后，我国通过中央集权形成了现代化国家。但是，今后日本争取树立的国家形象正如第4次全国综合开发计划所规定的那样，应使国土多极分散化。大平总理期盼地方时代能够到来，并先于第4次全国综合开发计划确立了国土多极分散化的思想。

到东京去曾经一度是年轻人的梦想。随着生活水平的提高和交通、通讯手段的发达，与过去相比，不仅去东京轻而易举，东京的现实也更加明显了，人们不再像过去那样强烈地憧憬抽象的东京了。与儿童数量的减少相辅相成，在东京上大学毕业后回故乡就业的青年正在增加。而随着新的信息化时代的到来，不论在东京还是在地方，几乎都能同时得到信息。就此而言，往东京一极集中的现象正趋于消失。另一方面，信息化和国际化越是发展，信息就越是向东京集中，把总公司迁往东京的情况也越发增多。这是为了增加同以信息机器难以传输的由人与人交往产生的信息和市场的接触。信息化的进展导致信息系统朝集中与分散两个方向同步发展。

21世纪我国应树立的国家形象

在此情况下，我国面向21世纪应树立的国家形象是，纠正明治时代以来的过度集中，形成均衡的多极分散型国土。

第3次全国综合开发计划是1977年11月由内阁决定的建国构想，大平总理对此深表关注。人口向城市集中的现象不仅在我国，在世界其他地区也都存在，尤其是发展中国家，人口向城市集中呈现有增无减之势。发展中国家人口向城市迅速集中不像发达国家那样是伴随工业化的发展和生活基础设施的完善进展的，而是极贫困地区的人们为寻找就业机会和增加收入涌向城市的，因此，存在的问题也就更多。由于各种信息和大批人口向大城市集中，大城市若不能提供更高水平的教育和接触各种文化的机会，管理就越发困难。

然而，现在的大城市人与自然环境的协调日益受到妨碍，孩子接触绿树、动物以及自然天地的机会越来越少。另一方面，信息集中导致企业集中，市区的地价急剧上涨，居住地与工作场所的距离越来越远，人们上下班日益困难，从而给家庭生活带来不良影响。

为改变这种状况，现在正制定地方中心城市规划，为分散人口，正在争取从经济上、文化上和交通上解决影响人口分散的问题，而最重要的则是尊重地区的独立自主。过去在使用地方分权这句话时，往往意味着向地方让权或向地方分配财源，这是中央集权的思维方式，应当予以注意。

不是先有国家而是先有地方。各地区应把自己的权限和责任作为固有的东西紧紧抓住。中央应彻底地重新考虑并削减现在过度集中的权限、行政事务以及补贴分配权，一面积极适应新时代的行政需要，一面尽可能地削弱确保财源的手段。

战后，我国人口大约增加了3000万。尤其在人口显著向大城市及其周围集中的50年代和60年代，人口大量涌进东京、大阪、名古屋。人口如此向大城市集中，给大城市带来了人口过密、环境破坏、住房紧张等问题。结果，到了70年代后半期又出现了所谓倒流现象。也就是说，从地方流进大城市及其周围地区的年轻人又向地方回流。

工业向地方分散从60年代起逐渐取得进展。

人均县民收入差距以1960年为转折点正在缩小。假定东京人均收入为100，县民人均收入不到50的，1955年有5个县，1960年增加到31个县，但到1965年减少为17个县，1970年为14个县，1975年只有4个县。而在生活环境、交通条件、医疗设施以及住房面积等方面，地方的满意程度要比大城市高。

就地区社会而言，不论大城市、地方城市或农村山村渔村，人们的生活方式和居民的意识都发生了急剧的变化。近来又出现了重视居住环境、推动城市和农村相结合的动向，并开始思考如何给山村带来活力等问题。

在地区社会，居民在尊重个人自主性的同时，正在谋求人和自然的接触以及人与人之间心心相印的交流，以确立充满人情味和富有人生价值的生活。

大平总理的理想和田园都市国家设想

过去的地区社会由于人际关系过分密切而被称为“止水闸”。与此相反，东京因缺乏人际交往而被称为感情沙漠。大平总理说，理想的状态是在两者之间。大平总理的这一信念体现在田园都市国家设想和充实家庭基础计划之中。田园都市这一称呼源于英国。产业革命后，城市荒废现象在英国层出不穷，英国为对这一结果进行反思，提出兴建田园都市。明治初期这个词由日本内务省翻译过来，曾几何时加拿大的多伦多便成为田园都市的样板。

居民日常开展的文化活动有助于加强居民之间的相互交流和对话，这对增强他们的协作意识是可取的。日本由于明治维新，富有优良文化传统的地区交流形式“藩”瓦解了。后来，特别是战后，人们不仅在职业上，连住房（公司提供住宅）、休闲（福利设施）以及老后（退休金、第二职业的介绍）都得依靠企业，企业发挥了情感交流的作用。山崎正和先生说，明治维新后描写地区社会的小说都写得阴暗，但描写企业的小说尤其是战后的企业小说都写得很明朗，然而，这种倾向最近发生了变化。在地区已经培育了这种情感交流的体制。

为更好地适应居民对地区社会文化活动多样化的需求，行政部门应发挥很大 的作用。从某种意义上说，文化具有在传统的基础上自然发生的特性，另一方面，在某个时代通过社会的自觉努力也是可以创造的。行政部门的工作应是社会努力的一部分。当然，行政部门既不要由于过份干预而破坏文化的生命力，但也不许放松为奠定发展文化的基础而进行的努力。

为充实地区文化活动，在建设新文化设施的同时，充分利用地区社会现有的中小学以及大学等设施开展丰富多彩的文化活动也很重要。个人的文化活动应予重视。富有能力和经验并追求生活意义的中高龄者以及希望积极参与社会活动的家庭妇女等宝贵人材正在不断涌现出来。希望这些人本着善意和自觉性，作地区文化活动的领导者。

日本是四季分明、绿荫常在的国家。凡到外国旅游过的人，都不难发现这一宝贵的事实。为谋求同美丽的大自然相融合，希望人们不仅要爱护居住空间、近邻环境、社区交流，而且应广泛地保护和有效地利用河川、海洋和山岳地带丰富的自然资源。

为此，不仅要健全交通、通讯等设施，而且需要整治河床，向居民提供休息场所，修建游艇码头，完善港湾设施，搞好海岸环境，与此同时还必须加强防止环境污染的措施。

对地区发展起重要作用的是在各地发展多样化的产业。地区经济的发展除了发挥各地的特色外，还必须为那些希望在那里定居的人提供充分的就业机会，确保与大城市相比并不逊色的收入水平。为此，在振兴有特色的地区产业的同时，还必须积极引进尖端技术产业。

地区经济的形态除了充分考虑该地区的自然环

境、传统和文化等特色外，还必须提供能确保高水平生活的就业机会和收入，并有助于有个性、有情趣、有活力的地区社会的形成。田园都市国家构想是以自然和文化、传统和产业、尖端技术三位一体为宏旨的。

地区经济的振兴必须既有助于满足人们的文化需求、促进人与人之间的真诚交往和格调高雅的感情交流，又有助于充实地区的文化机能。

人、自然、人工三位一体的协调

为适应人们要求与自然接触的愿望，地区产业的发展不仅不应破坏自然，而且必须充分注意人、自然和人工三位一体的协调。地区产业的发展不能被动地等待中央的安排，而应通过积极的地区政策，并根据以竞争为核心的市场经济原则，自主地发展富有活力的地区产业。进而言之，地区产业的发展应摆脱总公司或总工厂在管理职能和人材分配方面一贯存在的中央优先这一思想束缚，并为地区经济的发展发挥重要作用。

地方自治体应通过提出地区经济发展规划、提供信息、完善与产业发展有关的基础设施等途径，支持和促进企业的自由经营。

由此我想到最近在美国出现的以州为单位评比先进和后进的做法。某州能否在同其他州的竞争中获胜，取决于该州能否积极推行独自的产业政策，能否成功地引进国内外的企业，实现超过美国经济平均增长水平的发展。目前，南部各州都是先进的，最后进的是加利福尼亚州。我们应当认识到，日本的都道府县也应开展这样的竞赛。时代不同了，光依靠国家是混不下去的。

随着国民需求的多样化和科学技术的进步，产业结构和产业布局也在发生变化。产业结构正向知识密集型转变，文化产业已呈现出新的局面，软件开发业开始崭露头角，高质量产业业已形成。日本经济和世界经济出现的这些新变化正给社会生活带来巨大影响。在各自的领域用新思维进行开拓的中小企业，其发展尤其令人瞩目。我国自明治时代起一直是以硬件产业为中心发展起来的，如今，以大企业为中心的时代已告结束。不论从就业来讲，还是从适应和开拓新的需求而言，现在都是不断拓展新领域的中小企业蓬勃发展的时代。

第三产业在国民经济中所占的比重近年来显著增大。在需求多样化、高标准化和经济软件化这一发展趋势中，今后中小企业必将日益发展。

培养在地区经济活动中起骨干作用的人材

经济发展最终取决于人材。必须积极培养在地区经济活动中起骨干作用的人材。为此，各地区应加强职业培训，健全就业信息体制，充实试验研究机构。

美国南部各州为新引进的或增资扩建的国内外企业培训尖端技术需要的高度熟练工人编制预算，甚至还为这些企业进行招聘和考核。这些州根本不需要联邦政府为失业者重新就业进行培训而提供补贴。因为这种培训不是联邦政府所要求的为解决失业而采取的对策，其目的是为引进能带动经济迅速发展并确保该州在同其他州竞争中获胜的尖端技术型企业而让已经就业的工人掌握更先进的技术，也是各州不依赖国家而独自推行政策的佐证。日本各都道府县应该记住，美国南部各州确定的竞争对手不只是美国国内各州，它们还明确地宣布，也包括迅速发展的东南亚各国。竞争是严峻的。

我们还期待各地区的大学和研究机构以及各种经济团体，不仅要在引进尖端技术产业方面发挥作用，而且在培训当地中心企业经营者和职工、推行终身教育以及培养传统技能的继承人等方面也应履行职责。在美国南部各州，州政府和设在该州的企业、大学凝成一体推行旨在经济开发的新项目。在国际化进展过程中，考虑外国人的研修对促进地区产业的发展和解决劳动力不足问题也是非常必要的。

伴随现代化、工业化和城市化的进展，人与人相互联系的纽带日益减弱。在人与自然环境保持协调、培育有血有肉的人际关系、倡导自立自助和互相帮助精神的过程中，需要确立尊重固有文化和传统的以人为本位的交流渠道。近年来，地区社会已再次引起人们的关注。因为地区社会继家庭和工作场所之后，已成为最基础的集团，但在工业化和城市化的浪潮中它却日益衰微破败。地区社会正由各个地区根据固有文化和结构的特性，通过自主而认真的努力开始形成。现在，各地都在进行这种努力，并以各种形式试图建立新街区。

居住在地方城市的人要求保持与中央相同的文化水准，而另一方面，住在大城市的人对美丽的自然、历史环境、情趣丰富的人际交往深感魅力，并悉心追求。今后，应在大城市恢复自然和有人情味的交流，在地方城市和各地区发展产业，努力消除在生活上和文化上与大城市存在的差距。为此必须建立与该地区的特色相适应的富有个性和魅力的地方城市。此外，还应建立农村山村渔村与附近城市连成一体的街区。

为发展地区经济正在世界范围内进行竞争

泰国、马来西亚、印度尼西亚和中国等东亚国家以及美国的各个州，都在果断地采取税收优惠措施，提供财政支援，设置自由贸易区，优先提供工业区地皮，完善基础设施，设法引进和扩充企业，竭力争取在发展地区经济的竞争中获胜。印度尼西亚总统苏哈托邀请国内的主要华侨财团鼓励他们在国内而不要到中国去投资，这已成为遐迩闻名的话题。马来西亚总理马哈蒂尔号召亚洲各国为促进地区经济的进一步发展而合作，并提出了召开东亚经济会议的设想。所有这些都是大平总理倡导的“环太平洋共同体设想”中蕴涵的信念的发展。这一构想在大平谢世的那年秋天以环太平洋经济合作会议（PECC）这种形式落实下来，后来又发展为亚洲太平洋经济合作部长会议（APEC），关于这个问题请参照长富祐一郎写的《环太平洋共同体设想》一稿。

在美国南部各州，巴伐利亚汽车公司和奔驰等公司正在大规模地设置企业，为成千上万人创造了就业机会。在那里设厂的日本有代表性的企业都异口同声地表示：我们不希望人们说什么正向日本反销，实际上我们正向日本发动真正的出口攻势。有人说就地采购零部件有问题，这是误解，我们本来就对从日本进口零部件不感兴趣，我们正积极地从在当地设厂的日本零部件厂家以及当地企业采购零部件。在当地采购的零部件不久将超过90%。现在还保留着接受日本总公司指示的习惯，但不久我们将和设在东京等地的总公司毫无关系地独自实施企业经营战略。

在东南亚各国也出现了同样的情况。马渊马达公司在日本只保留总公司的指挥职能，国内生产全部停业。马渊马达公司已在大连设立了拥有5，000名职工的工厂，生产机能已向中国各地和东南亚转移。八百伴公司已将总公司迁往香港，积极谋求和华侨资本合作。菲律宾试图摆脱落后局面，越南也在奋起直追。

随着石油价格的下降，沙特阿拉伯等海湾国家正谋求改变以石油为中心的单一经济。中东形势正朝和平的方向发展，约旦等非产油国家积极进行经济改革，试图抓住发展的机遇。

发展地区经济的竞争正在世界范围内展开，各国都在认真对待。日本的各个地区绝不应忘记，要同这种世界规模的殊死努力展开竞争。真正的地方时代正是在同这种努力展开竞争的过程中开始的。

此文写作过程中全面地运用了如下作品：大平政策研究会9个研究课题之一的田园都市国家设想研究组整理的《田园都市国家设想》；在该研究会起综合调整作用的长富祐一郎撰写的《超越近代》上下卷；以及长富最近发表的有关世界各地情况的论文。

（众议院议员，第一、二届
大平内阁总理大臣首席秘书）

诚意在选举与外交之中

真锅贤二

1963年11月21日投票的第30届众议院选举，由于投票不是在节假日进行，为此，投票时间延长了两个小时，到当晚8时结束。那天天公作美，投票率也不低。尽管我已多次经历选举，但每当开票时，我仍是怀有某种期待和不安，从事选举的有关人员心情也很激动。然而，聚集在大平正芳选举事务所的人们几乎没有任何不安的迹象。1958年和1960年两次大选时，大平都以最高票当选，尤其是1958年的选举，大平以6.4万票对4.2万票的优势把以第二位当选的加藤常太郎远远地抛在后面，票差竟达2.2万票，得票率相差50%，优势是绝对的。另一方面，从大平3年多的政治活动看，两度任池田内阁官房长官，接着又担任外务大臣这一要职，在中央政界总算崭露了头角，呈现喷薄欲出之势。大平当年53岁，作为政治家正是经验丰富、体力充沛之时。大平已是6次出马竞选，竞选组织健全，无懈可击。为此，选举事务所事务局长茨木山治以及在竞选中发挥主要作用的后援会干部也都异口同声地说："以第一名当选理所当然，问题在于能否赢得7万票，要同第二位当选者拉大距离……。"他们盛气凌人，越说越起劲，对开票结果充满信心。

然而，票箱一打开，加藤选票稳步增加，而大平选票却不像他们所期待的那样进展。开票场的情况也一样，大平不如加藤。"不会这样的，好戏在后头……。"有的后援会干部嘴虽这么说，但声音却越来越低沉。电视速报虽然显示出大平肯定当选，但以第一名当选的优势却被得票大大增加的加藤夺走了。当大平以第二名当选逐渐成为现实时，选举事务所当初洋溢的乐观气氛开始淡薄，并被沉闷气氛所笼罩。

开票结果表明，加藤比上次竞选时增加了2.5万多票，总票数达6.7万票，而大平的得票数只有64066票，尽管只比上次减少了11票，但毕竟没有增加，不得不屈居第二位。"这是怎么回事？"由于参与竞选活动的有关人员所抱期望过高，因此受到的冲击亦很大。

对于这次选举结果，要求立即追查失败原因的呼声高涨起来。个别后援会干部认为，加藤从物质上加大了竞选力度，然而，以第三名当选的福田繁芳和含恨落选的佐佐荣三郎也分别增加了8000票和1万多票，因此，这种解释没有说服力。随着大平在中央政坛地位的提高，越来越不能专心致力于自己的选举。他作为派系领导干部，为支援同伴而不得不奔波全国，既要助争取蝉联却又处境困难的佐佐木义武和田泽吉郎一臂之力，又要为初次参加竞选的伊东正义、田中六助等人加油鼓劲。所有这些也许能成为几分理由，但随着大平今后在中央地位的提高，这种说法未必恰当。首先，不善于搞竞选的候选人作为政治家而成就事业，这是没有先例的。我作为坚信大平必定成就大业的首席秘书不能苟同后援会干部从眼前利益出发就事论事地剖析原因的做法。我认为，今后为建立能让大平先生毫无后顾之忧地专心于中央政坛的体制，就必须从根本上查找原因。我们不应忽视“在过去 3 次竞选中先生虽无落榜之忧，但选票增长势头却已停止”这一现实。

组建雄心会和芳友会

我心怀这种想法与处于少壮派核心地位的三崎矩光、盐田邦博、久保定市等同志一商量，他们和我一拍即合。大家表示，决不能允许再次出现让人背后说“在池田内阁的阁僚中，以第 2 位当选的只有大平外相……”这样的事态。随着时代的变化，开展选举运动的方式也得改变。总是满足于用老套套当然要落后于时代。我们一致认为，为了将来，必须果断地重建选举体制，并由我代表大家向大平申述意见。

我对大平说：“在如此停滞不前的气氛中，应该怎么办呢？”大平说：“过去竞选时，选举运动是以我的同窗、企业的志同道合者等和我同时代的人或比我年长的人为中心展开的。十几年前，当我第一次决心出马竞选时，赞成和支持我的志愿者起初都觉得很新鲜，他们从各个方面既给我忠告，又给我支持，他们就像对待自己的工作那样认真地开展选举运动。但经过三、四次选举之后，他们对待选举的精神准备或者说经验吧，已经固定化了。想当初，只要一人发出号召便八方呼应，就像核裂变那样形成强有力的冲击波。然而，不忘初衷这句话说来容易做来难。”他接着说：“也许他们觉得自己在拼命努力，但在不知不觉之中产生了惰性，讲起来口若悬河，行动却很迟缓。老化现象确实不好办。重要的是不改初衷。对不起，请把开展竞选活动的母体改为像你这样的年龄层……。”

于是，大平竞选班子年轻化的工作开始启动。年轻的志愿者聚集起来举行“应该怎么办”一类的研讨会。当时大平先生的盟友田中角荣先生以每次竞选都能获得大量选票而闻名。现任香川县议会议员的大西末广专程到新潟去研究田中角荣的后援组织越山会。越山会日常活动的规模要比大平“后援会”大得多，也更活跃。但是，越山会的做法不论从哪方面看都不适于大平的后援会。问题在于要确立与大平情况相适应并有连续性的竞选体制。

经过研究得出的结论是：“既不要为争夺眼前的一票两票而奔波，也不要轻易地为暂时的利益而倾斜，应以东京、京（都）阪（大阪）神（户）、高松市为中心招募年龄在三、四十岁上下、锐意进取的高水平志愿者。在当地，以坂出、丸龟、观音寺等为据点聚集年轻又有领导才能的志同道合者。通过日常的政治研究会加强联络，进而用大平其人的魅力和政治理想实现同志式的团结，志同道合不以人数多寡为目的，应从长远出发严格挑选甘苦与共的人材……。”

根据上述基本方针，我们决定东京以三崎为中心，京阪神和高松分别以盐田和久保为中心，聚集志同道合者结成“雄心会”。雄心会在东京从起初的50人开始，最后达到200人，大阪和高松分别为150人和100来人。在当地，以坂出、丸龟、观音寺等据点为中心，每天以100户为目标专访家庭，用联络员形式动员年轻人参加，结果只用两个多月就发展了1500名联络员，以此为基础又建立了“芳友会”。在大城市的人员做当地人的工作，当地的组织接纳他们为新会员。这样一来，竞选组织稳步扩大，每次大选都取得很好的成果。从此以后，大平每次竞选得票都有增加，所得票数对有效投票的比例名列日本第一，大平终于有了绝对的信心说："我善于选举。"

我为大平从事选举历时20余载，经过6次选举大战。后来我自己三度出马竞选参议员，此外还多次经历了其他选举大战，饱尝了竞选的辛酸。大选时让5万乃至10万人在选票上写大平的名字或写上我的名字，真是太难了，简直能把人累死。在精于选举的人中，有的说1人能搞到100张票，也有的说1人能搞到200张票。话虽这么说，但1个人真正得到信赖的亲朋好友只不过5人或10人。这些亲朋好友受到委托时也许会说"行，只要你说的"，但最大限度也只有5票或10票。5万票或10万票就是这样积累起来的。我认为，重视这样的积累是赢得选举不可动摇的原则。"雄心会"和"芳友会"就是这些志同道合者的核心。

由此可见，对选举来说最为重要的，首先是候选者的人物形象；第二，要有组织和行动力。只有信任和诚意，组织才有活力。信任只有以日常活动为基础才能巩固，大平先生曾严肃地告诫我："能做到的和不能做到的一定要严格区分，不大可能办到的事，千万不要打保票。"他还教导我，一旦答应的事，不论多么困难也要尽力去完成。政治家和选民之间的信任关系只有通过如此反复的承诺和实践才能确立。

信任是外交的基本

选举是这样，国与国之间进行交往的外交关系也是这样。在外交活动中最为重要的是，政治家和政治家通过日常活动建立信任关系，以及由此而形成的国民与国民之间的信任关系。大平从在大藏省任官员的时代起到成为政治家，又相继担任4年外相、两年大藏大臣，直到最后任总理大臣，贯穿其间的就是这种信任关系。

战前的日本由于财政拮据，从英法等国大举借债，兴办各种事业。由于日本在第二次世界大战中遭到失败，造成全国几近清贫如洗，偿还这些债务对日本来说几乎是不可能的。但是，当时大藏省官僚福田赳夫、大平正芳等人决定，要在困难中咬紧牙关一点一点地偿还，并为此而竭尽全力。他们的诚恳努力博得美英的信任，它们说，“日本这个国家不说谎”。这对日本回归国际社会不知起了多么大的作用。我认为信任是外交的基本。

被认为困难至极的日中邦交正常化，由于大平至诚的努力而感动了周恩来总理等中国领导人，从而打开了僵局，渡过了难关，实现了两国邦交正常化。我以自己的眼睛从历史的最深处看到了政治家和政治家之间的信任和诚意的重要性。

1980年4月30日到5月10日，大平总理最后一次出访，12天行程5万余公里。此事至今我仍记忆犹新。大平利用4月底开始的黄金周访问与我国关系迅速加深的墨西哥、加拿大两国，其目的是通过首脑外交使双边关系进一步紧密化。活动日程十分紧张。然而，随着出访日期的接近，有人提出“既然出访墨西哥和加拿大，从美国掠空而过也不太妥当”，于是又紧急改变日程，先访问美国，再访问墨西哥和加拿大。

当时围绕美国的国际形势十分复杂。前一年的11月4日发生了伊朗绑架美国使馆人员的人质事件，年底又发生了苏联入侵阿富汗。作为对抗措施，卡特总统提出对伊朗实行石油禁运，呼吁其他国家抵制莫斯科奥运会。但卡特采取的这些措施未必都能得到西方盟国的支持，美国外交出现了明显的焦急和不安。美国在国际上日益孤立是有史以来的第一次。此时卡特呼吁西方各国协同步调，禁止从伊朗进口石油和抵制莫斯科奥运会，这对大部分原油依靠中东的日本来说是极其痛苦的选择。然而，大平早就作出了判断：“原油与奥运会相比，原油更重要”；“原油与美国相比，美国更重要”。这就是他的信念。为此，他从“越是在艰苦的时候越应鼓励美国国民，给他们增添勇气”这一考虑出发，把美国作为首先出访的国家，重新制定了出访计划，增加了4天日程。在大平访美之前的4月25日，政府通过内阁官房长官伊东正义转告日本奥委会，派运动员参加莫斯科奥运会不可取。在此之前日本又接到美国救援人质的作战行动失败的消息，美国政府和国民的孤立感和失望感达到了高潮。

大平总理一行在美国受到热烈欢迎。访问众参两院时，全体议员起立鼓掌欢迎。早晨安排早餐会，中午安排午餐会，不论到哪里，国会议员和经济界人士都起立鼓掌欢迎。我作为参议员第一次随同总理出访，不禁思忖：“起立欢迎外国国宾是美国的习惯吗？”为此，我还询问了美国驻日大使曼斯菲尔德，他解释说：“掌声是在对大平总理的尊敬之情和困难之时来自盟国的友谊相结合的情况下出现的。而起立鼓掌则是通过这一形式对给予我国的协助表示感谢。”

对于超级大国美国对曾是战败国日本的总理大臣给予如此热烈的欢迎，一种难以言状的激动之情从我心底油然而生。“美国衷心为我们鼓掌”这一友情和同志式的共鸣不禁使我热泪盈眶。当我向大平总理谈到这种心情时，他用难以形容的笑颜回答说：“是的，诚意对人对国家都一样，不论在哪个国家，肯定都是相通的。即便外交，也不是靠要手腕设圈套，最后起作用的还是诚意。美国理解了日本的诚意，因此我们才受到了意想不到的欢迎。”卡特总统在办公室会见大平时提出：“倘若日本石油不够用的话，美国将鼎力相助。”这是一句对患难与共的同志显示友谊的话语，卡特总统的深情厚意我们领受了。

大平最后一次出访，不论到什么地方都以诚待人。在加拿大，大平总理对我们说：“无事出访和交往，一旦发生问题相互交涉时，它就会以非常友好的关系体现出来。日常接触的重要性你们可能还没有充分理解吧。”大平对加拿大的访问正是出于这一目的。

南斯拉夫总统铁托逝世的讣告是在从墨西哥到加拿大的飞机中听到的。紧张的日程更加紧张。大平总理从温哥华取道西德飞往南斯拉夫开展的吊丧外交，对他来说的确是缩短生命的出访。回国后不久，对内阁的不信任案被草率地通过，接着又是众参两院同日投票选举，这无疑成了促使大平壮志未酬先倒下的导火线。

大平如能再活一段时间的话，日本的外交和内政一定发生变化，我的这种思念至今未曾中断。然而，大平先生毕竟给我们留下了无可取代的教诲，他说：“从选举到外交，对政治来说至为重要的是怀有不背叛他人的诚意和采取显示诚意的日常行动。这里既有政治家的骄傲，也有政治家的人生价值。”大平的这一教诲至今仍融化于我的血液里，正因为如此，我才能长期忍受雌伏之苦。

（前参议员）

大平的政治观和形象

牛尾治朗

“青蓝会”上印象深刻的发言

话说1971年10月，格勒兰制药公司的柳泽昭和中部煤气公司的神野信郎等既同大平有亲密交往又是青年会议所成员的人想成立大平会，当时并决定在筑地的“蓝亭”开始聚会。第一次聚会时，由于是“青年人在蓝亭聚会”，所以取名为“青蓝会”。“青蓝会”，尽管因后来有著名的“青岚会”诞生而稍感逊色，但每年都聚会三、四次。

大平在任通产大臣时曾说过：“美国态度严厉地逼迫我们开放市场，他们一再追问：‘汽车市场什么时候开放？’‘资本市场什么时候自由化？’我回答：‘1970年一定举办万国博览会。’对方只好死了心，面笑而归。”大平确实善于装糊涂。他在担任外务大臣时说：“日本不会轻易出现像尼赫鲁、纳赛尔那样任意摆布世界，成为外交舞台上的明星人物。特别是像我这样平凡的外务大臣什么也干不了。但是大家议决的事，不管遇到什么情况，我都严格遵守。我想标榜的就是信任。”大平的这番话给我留下了深刻的印象。“兴一利不如除一弊”，“多一事不如少一事”，“淡而成事，满而败事”。大平正是持有这种人生观、细心而认真的领导人。

70年代前半期，有人两次劝我参加参议院竞选，但家属和亲友都反对。为慎重起见，我去大平家拜访。大平说：“牛尾君，你不要当政治家。像你这样在文化界和学术界有广泛交往，在政界也有不少朋友的企业经营者，一如既往地作为经营者为国效力最为理想。我百分之百的反对你去当政治家。”为人温厚的大平都明确地表示反对，我也不再坚持了。

田中角荣任总理大臣时，日中邦交正常化举世关注。在这前后，潇洒自如的大平正芳作为外务大臣确实高兴了一阵子。当时安冈正笃曾对大平说：“周恩来赠给田中首相的书法‘言必信，行必果’是《论语》中议论庸官之才的一句话。大平君作为随行人员没有看透这句话，太不应该。”当我提到这件事的时候，大平说：“唉呀，真糟糕！”大平确是一副难堪相。

在“青蓝会”会员聚会时，时常有人提出，“你若不同田中角荣划清界限，群众今后对你作为总理是否清白难道不会怀疑吗？”“你和田中关系为何那样好？”有的问得很单纯，有的却要追根问底。尽管问题多种多样，但大平只是微微一笑地说：“我们早就开始交往了。”他在当天签名簿的扉页上写下“不惜侠气”后退场，我想这就是他想说的话吧。

1976年，大平作为自民党干事长活跃于政界，安倍晋太郎正好是福田内阁的官房长官。一天晚上，他俩推心置腹谈至深夜。我记得安倍当时曾喃喃自语：“其实我最尊敬的是大平这样的政治家。他作为自民党干事长，我作为内阁官房长官一起共事，令人高兴。同他交谈受益颇深。”安倍长子和我女儿相爱而结婚，尽管我和安倍是亲戚关系，但他和大平却心心相印，情投意合。他们这天晚上的交谈使我真正感到了友情的珍贵。

大概是1977年年底，作为自民党干事长的大平曾和佐藤诚三郎、香山健一等社会工学研究所的学者们一起讨论。大平对待学问的谦虚态度使年轻的学者们深深感动。大家一致希望今后要继续讨论，愉快地合作。后来他们又到大平那里，有的甚至狂妄地说：“大平，当总理并不是目的。我倒希望能明确当总理大臣要干什么或想干什么的人将来成为总理。”大平说：

“你说得对。能不能把上次同诸位一起议论的内容整理出一份东西来?”为此,我们于1978年5、6月举办了学习会。

大平竞选总裁的政策纲领现在读起来虽有朝气蓬勃之势,但也略有稚嫩之感。若是一般政治家是羞于拿出来的。当时虽是40来岁的人集体写的东西,但大体上几乎都被大平作为政策吸收了。大平不愧是胸怀豁达的领导人。那时大家纷纷议论的小政府、田园都市国家、文化国家、环太平洋设想等,大平就任总理后,形成了9个政策研究会。当时我们还有些自高自大地认为,我们的想法之所以被采纳,是因为我们的想法有独到之处。现在回过头来看,虽确有新鲜感,但并不成熟。大平为不伤害幼芽和吸收年轻人的力量,就原封不动地采纳稚气未脱的那些见解。他在如何对待学问和如何对待年轻人问题上所表现的豁达和尊重令人佩服。大平的这种气度终于形成了近百名民间人士参与制定政策的新局面。当时在大平秘书班子工作的森田一、来自通产省的福川伸次、来自外务省的佐藤嘉恭以及大藏省出身的长富祐一郎等也给了很多的协助。

推举东京都知事候选人的真相

大概是1978年圣诞节也就是大平就任总理的前一天，我和浅利庆太、香山健一一起在大平私宅进行了长时间的交谈。他们说:“牛尾君，1979年东京都知事选举时，出来竞选吧!”其实当年9月新自由俱乐部代表河野泽平已单方面地宣布:“我党准备推举牛尾治郎为候选人。”我大感困惑。新闻记者问及此事时，我全面否定说:“没有那样的打算。”后来我就到欧洲旅行去了。正如前文所提到的，大平最反对我当政治家。然而他却说:“现在是时代发生巨大变化的转折点，让新人走上东京都知事这一重要岗位，必将改变日本的政治。我认为这样做既是对日本前进方向的最好解释，也是向东京都都民提出的一个课题。我经过多方考虑决定向你提出这一要求。”大平的这番话不能不使我感到惊讶。我说:“事情并不那么简单。既然大平先生说了，那就让我好好考虑考虑吧。”大平又面向浅利和香山说:“出什么样的轿子由我决定，请你们研究的是如何抬，怎样才能顺利地往前走。这可是重要事项啊!”我对大平秘书森田说:“此事如不小心谨慎、细致周密地进行，那是很危险的。大家再议一次吧。”森田完全赞同我的意见。由于是“研究事项”，大家才松了一口气，但大平再次希望浅利和香山充分研究抬轿子的方法和抬向什么地方。

在政治世界里，一有风声就会满城风雨。圣诞节一过，报纸就出现了“大平总理推举牛尾”的报道，有的消息还说，河野先生称“牛尾本来就是我们提出的候选人”，表示全面赞成。面对新闻界的攻击，大平也有所退缩。新年伊始，他就要我去见他。大平说：“牛尾君，情况真复杂啊。推行新的设想总会遇到阻力的。面对激烈的诽谤，也许你会受到创伤的，但我希望你以这种思想准备干下去。”我告诉大平，现在还不是正式的候选人，完全处于私人试探阶段，因此我想辞退。然而，当时态度最积极的是河野，若不事先打招呼就辞退的话，有伤他的面子。尽管我在分别求得河野、浅利、香山的谅解之后，明确地表示不参加竞选，但还是造成了混乱。这是因为，在明确表示“我不出马”之前，先取得两三个人的谅解，这在当今世界上仍然意味着有十足的勇气参加竞选。用了一周时间在大体上求得了大家的谅解之后，我于1月13日拜访了为作健康检查而在虎之门医院住院的大平先生。我说：“想尽早明确表示没有这回事。”由于消息传得相当广，我们决定1月15日由大平在总理官邸正式表示希望我辞退，并在前一天宣布“新自由俱乐部代表河野泽平放弃推举牛尾。”大平还不无担心地说：“只有在河野宣布放弃推举之前你表示不参加竞选，你才不至于受到损伤。”后来中山素平也责备说：“（河野）那儿还在犹豫呢。”然而我觉得，这样做是对河野友好的表示。从12月23、24日到1月15日，在大约3周期间一场虚幻的推举东京都知事候选人闹剧终于结束。其间，田中六助和森田一几乎都伴随在场，浅利、香山细心周到地支持我。人与人之间的温暖情谊难以忘怀。此外，在这前后，松下幸之助、石川六郎也都乐于同我商谈，至今倍感亲切。

从这年3月开始，我对大平保持一定的距离，继续坚持以经营者身份提建议的立场。9个政策研究会即将成立，主席和干事业已确定，共有100名企业经营者、文化界人士、学者以及新闻记者参加政策设计，从而实现了日本罕见的政策协调。但我没有参加其中任何一个政策研究会。这是因为，我想继续坚持置身旋涡之外，为9个研究会都提建议的立场。

我记得，1980年的40天抗争，正当大平为自己的进退感到十分苦恼的时候，我同他进行了坦率的交谈。我说：“正因为在这样的时刻作为领导不应在人际关系的洪流中考虑自己的进退，而应考虑的是今后如何推行大家齐心协力制定的各种政策。也就是说，应以政策为中心来考虑自己的进退。”我这么一讲，大平突然愁眉舒展，他说：“应该如此。”

决定举办筑波科技博览会的内幕

从1978年起，我和土光敏夫一起筹备举办科技博览会。对在旧时代度过青春的大平来说，为博览会这种节日性活动花钱总觉得是浪费。大平一向认为，钱应该花在治山治水上。因此，双方的想法怎么也吻合不到一起。举办科技博览会是从福田内阁建立博览会协议会时候起就开始议论的话题。协议会会长土光说：“政府不给我们拨预算，我们就无法动手。”协议会成立时，福田内阁曾表示，要从财政预算拨款1000亿日元，但大平内阁却对举办科技博览会迟迟不作正式决定。在这种情况下，我和土光为督促总理而拜访了大平。但土光和大平见面后，两人只是聊天或谈其他，根本不提博览会的事。20分钟过去了，土光站起来说：“牛尾君，我们回去吧。”走到大门口时，大平才开口：“博览会的事拜托啦。”土光接着说：“你若说干的话，那我就在总理所希望的范围内干好。需要多少钱由你定。”土光说完这番话就走了。后来碰到大平时，他不无感慨地说："唉呀，我对土光真是服了！如果由土光就举办博览会提出什么希望的话，我本来想说'现在财政很紧，能不能设法缩小规模呢？'然而，直到最后他都只字不提，结果倒是我求他了。我在脑子里闪了一下，这次不提，下次有机会再拜托。但在此时还是得由我这个作后辈的作出让步。土光真了不起啊！"不久，大平内阁就按当初的计划安排了预算，并由大平请求土光办。我是科学技术博览会基本设想委员会委员长，参与了前期计划的制定，后来我又协助土光搞第二届临时行政调查会。大平去世时，我正在巴黎参加第3届世界博览会协会理事会。筑波科学技术博览会被正式批准举办的那天晚上突然接到讣告，第2天一早我就启程回国，赶上了大平的守灵式。这是令我悲哀的回忆。

大平任总理期间，由于第2次石油危机的影响，东京七国首脑会议围绕对石油消费的预测展开了激烈的争论，甚至出现了美国、欧洲各国首脑在法国驻日本大使馆开会把日本排除在外的异常场面。从1979年东京七国首脑会议起，大平为了日本的前途，彻夜不眠地思考着将来的能源政策、外交政策的应有状态以及国家的安全保障等。他常说："牛尾君，昨夜直到凌晨5点还没睡着呢。"亲眼看到肩负国家命运的最高领导人日夜思虑的责任感，我既为之钦佩又为之担忧。我说："大平，你吃点安眠药吧。我去美国时，最初的四、五天一直吃安眠药睡觉，回国之后的两三天也是吃安眠药睡觉。来来往往的时候常常连续一个月吃安眠药。直到最近也未停过。"他说："安眠药？安眠药不仅对身体不好，也容易成瘾，不久定会出现后遗症。不能吃。"他这么一说，我也火了。"已经到了这般年龄，10年后即使后遗症显现出来也没有什么关系嘛！现在好好地睡觉，保持头脑清醒，搞好任期内的工作才重要。"我这么一讲，他又笑咪咪地说："是这么回事。"然而，直到去世前他好象也未用过安眠药。大平确有旧时代墨守清规戒律的气质，但他那真诚的责任感也许是引起心肌梗塞、循环器官障碍的起因。

我从大平的各种各样的谈话学到了不少语言。后来才知道，他的语言有三分之一是他自己创造的。在他的讲话中不乏"常"、"淡"、"愚"、"宽"，"至人只是常，真味只是淡"。"素而知赘"是我喜爱的大平语录之一。

一个是政治家，明治时代生人，农村出身。一个是经营者，昭和年代生人，商人出身。我与大平所处的环境毫无相同之处，为什么我和大平在许多方面又能相互理解呢？我们在年龄上虽有很大差距，但我为能一直作为他的年轻朋友而感到自豪。大平虽是政治家，但像大平那样能和政治家以外的人感性相投、同欢乐和同愤怒的政治家是难得的。和大平相识丰富了我的人生。

大平的音容笑貌静浮于我的脑际。

（书于草加市）

（牛尾电机公司董事长）

大平领导伯仲政治

加藤博久

自1955年保守党联合以来，日本由保守党一党执政的时间之长在世界上没有先例。但自70年代起，潮流开始出现变化。池田和佐藤两届政权推行的经济高速增长政策，到了70年代初相继出现产业公害和过疏过密等弊端。当佐藤首相在签订“冲绳归还协定”之后说“战后已经结束”的时候，美国总统助理基辛格访华，美中之间出现了邦交正常化的动向。与此同时，由于史密索尼安协议，固定汇率制开始向浮动汇率制转变。“尼克松双重冲击”加速了佐藤政权走向崩溃的进程。随着佐藤政权末期的接近，日本内外形势日益加剧动荡。

1971年春，大平正芳就任宏池会会长。同年秋他在该派国会议员研修会上以“拉开日本新世纪的序幕——改变潮流”为题发表了政策建议。他向采访这次研修会的笔者透露：“时代变得艰难了。在既无海图又无指南针的情况下，如何航行才好呢？如果掌舵有误，日本这条大船就将很危险。”大平作为政界领导人登台，他在这次研修会上的建议也可以说是表明决心的政策建议，也明确提出了日中邦交正常化这一课题(这一政策建议的形成过程详见《大平正芳——其人和思想》)。我亲身体验到的大平对时代变化的洞察力及其满怀苦衷的心情使我深受感动，至今难忘。

政治潮流的变化早在60年代就从地方开始了。京都、东京、大阪等大城市，革新市长相继登场。这表明以社会党和共产党为中心的合作选举起了作用，也反映了选民政治意识的变化。人们不仅对自民党长期执政感到厌倦，而且价值观的多样化又使他们增强了对革新政党的期待。在野党的选举合作，包括公明党和民社党在内是以多种形式的相互组合展开的。反自民党的浪潮从都道府县的选举向市级选举扩展，直到70年代中期，各在野党不断发表联合执政设想，“从地方再到中央包围自民党政权”(社会党前委员长飞鸟田一雄语)的战术势如破竹，节节推进。

在这种形势下，由于众议院议员任期届满而于1976年12月举行大选，结果，自民党建党以来第一次没有在众议院获得过半数。同年2月洛克希德事件曝光，警察当局进行搜查，田中角荣前首相被捕。这一动向反过来又影响了政局，以“拉三木下台”为中心的党内斗争更加激化，新自由俱乐部揭竿而起。这一切都是导致自民党失败的重要原因。大选后，福田内阁成立，大平就任自民党干事长。福田政权是在自民党分裂、国会处于执政党和在野党势均力敌状态、在野党的攻势更加猛烈的情况下迈开艰难步伐的。在1977年1月召开的自民党代表大会上，大平干事长在总结大选失败原因时谦虚地作了内容如下的报告：

“建党以来，国民对本党的支持率呈逐渐下降的趋势，终于出现了在去年底的大选中遭到失败的事态。我相信，这不是国民对本党保卫自由社会这一基本立场的否定，而是国民对本党的政治姿态和体制以及本党开展的活动表示出极大的不满。若从其他方面看，无政党倾向的国民不知不觉之中也增长到占选民总数的将近一半，这一事实也表明，自民党必然失败。”

大平在对洛克希德事件进行反省的同时，准确地抓住无政党倾向的阶层急剧增加这一事实。他指出，若不尽快改变自民党的政治姿态和体制，选民对自民党的支持不可能恢复。基于对自民党面临危机的严重认识，大平提出了包括修改总裁选举章程在内的对自民党进行改革的五大紧急课题。五大紧急课题在党内反复讨论后付诸实施。大约两年后，根据总裁选举的新规定，大平当选为自民党总裁，并出任总理。

大平干事长运筹国会

大平作为执政党的干事长，他在执政党和在野党势均力敌的情况下运筹国会时，巧妙地发挥了作为正视现实的政治家的手腕。在1977年的通常国会上，5个在野党步调一致地要求修改预算案，但大平只在所得税等问题上自民党能让步的范围内同在野党达成了协议。那时，大平在彻底弄清在野党要求的基础上，按能够接受的和应该拒绝的、能够妥协的和不能妥协的区别对待，也就是说坚持了部分联合的想法。同年6月，即不久将进行参议院选举的时期，他在日本记者俱乐部举行的记者招待会上说："此次参议院选举，自民党即使比在野党多一个人或几个人，但（在全体会议上，自民党议员）有时也不可能都被动员起来。作为现实问题，必须考虑根据法案的不同实行以自民党为核心的部分联合。"这番话爽快地表明了他作为自民党干事长对势均力敌的政治和势均力敌的国会的基本认识。

福田执政实际上以"政府由福田负责，党务由大平负责"的形式实现了"总理和总裁分离"。大平作为党的最高负责人第一次从事的全国性选举是1977年的参议院选举，这次选举是在执政党和在野党自1974年以来形成的势均力敌的情况下进行的，形势极其严峻。这次选举的焦点是，自民党能否保住将改选的65席，从而制止执政党和在野党在参议院的议席数也发生逆转。选举前的预测表明，由于洛克希德丑闻对自民党的影响仍然存在，自民党被迫处于守势，阻止发生逆转相当困难。

这时的大平干事长仍以十分冷静的眼光正视现实。他认为，在野党的联合阵线看起来气势汹汹，但并非铁板一块，仔细分析，相互之间不仅存在着利害冲突，在地方选区的联合未必无懈可击。尽管如此，舆论界仍然预测，执政党和在野党的议席数必将逆转，联合执政的时代即将到来。也有不少人担心，如果自民党继众议院之后又在参议院选举中遭到失败，政局有可能更加混乱。在这种情况下，要尽量争取因洛克希德丑闻而对支持自民党持保留态度的不关心政治的选民。根据这一判断，大平在选举进入高潮时东奔西走，全力以赴地呼吁挽救党的危机。他有节制地发表面向选举的政策，避免同在野党对峙，从而使在野党感到不安。尽管这一做法被指责为“没有争论焦点的选举”，但自民党各派都在危机感中紧张而认真地投入了选举。

选举结果，自民党在地方选区获得45席，在全国选区获得18席，加上自民党追认的两名候选人和一名以无党派身份参加竞选者，共获得66席，实现了制止执政党和在野党议席数发生逆转的目标。执政党和在野党政治上的势均力敌虽是时代的潮流，自民党和在野党实行部分联合虽将继续进行，但作为政治核心的自民党为掌握主导权，必须全力以赴地保持过半数的议席。大平的这一信念终于变成了现实。

1978年11月自民党总裁预选时，大平超过福田名列第一，12月正式当选总裁，接着在国会被选为总理大臣。在此之前的大约两年里，由于田中的政治资金问题和洛克希德事件相继发生，自民党受到严重创伤。大平为重建自民党，恢复国民对自民党的信任，他支持福田首相，协调一致地以所谓“大福体制”度过了难关。但是，由于福田无意主动地让大平继任总理，于是第一次通过党员投票选举总裁的预选方式，使大平堂堂正正而又名副其实地掌握了政权。这次总裁选举虽说有田中派的全面支持，但一向不善于和他人相争的大平，这次却少有地显示出旺盛的斗志，终于赢得了胜利。

在总裁预选时，笔者曾挑选了读卖新闻的3位读者和我一起采访了4位竞选者。田园都市设想、充实家庭基础计划已由大平发表，有关这些问题的提问，大平虽都认真地作了回答，但他还斩钉截铁地强调，在国家财政面临危机的情况下，受益者自我负担的必要性。他说："今后需要各位国民负担的事还很多。为了使地区生活更加丰富多彩，当地居民应有自我负担的决心。希望大家都能理解国家财政面临的困境。"这次采访给我留下的深刻印象是，现在的大平比1972年佐藤下台后自民党总裁选举时的大平更加充满信心，敢于讲国民不乐意听的话。由于福田政权下决心发行了赤字国债，造成国家财政危机，此时大平也许已经下定决心，要重新研究并加强征收间接税，以打开局面。

大平总理和一般消费税

就任总理大臣后的大平正芳在1979年新春记者招待会上表示，决心实施一般消费税。为在1980财政年度实施一般消费税，这年夏天内阁会议批准了经济社会7年规划。当时赤字国债仍在继续发行，财政当局强烈要求重新研究直接税和间接税的比例。自民党税制调查会就按欧洲方式征收包括附加值税等在内的间接税问题展开了激烈的争论。一般消费税与物品税相比，征税的范围要大得多，因此，反对引进一般消费税的国民呼声日益高涨。为了国家就不能不让国民喝些苦水。由此可见，大平是下了很大决心的。另一方面，第二次石油危机已经到来，我国又被迫扩大内需。

在这种情况下，4 月举行了统一地方选举，6 月又在东京召开了西方七国首脑会议。在统一地方选举中，从东京、大阪的知事选举到各级自治体的首长和议会选举，自民党或者说保守与标榜中庸之道的政党联合获胜，而革新势力大大受挫。京都府知事已被自民党系统的人取代，地方政界出现了保守回归现象。随着革新势力推行福利政策的失败和地方财政出现危机以及在野党联合的分裂，选民不再像 70 年代前半期那样对革新政党抱有强烈的期望了。

大平总理继 1977 年的参议院选举和 1978 年自民党总裁选举之后，又于 1979 年举行了统一地方选举，三度选举三次获胜。首次在东京举行的西方七国首脑会议，能源问题是主要议题，但作为东道主的大平总理在美国总统卡特的支持下，成功地主持了这次会议。1980 年 1 月 2 日，笔者前往大平私宅拜访时，很冒失地问大平："40 天抗争时没太睡好觉吧？"总理微笑着对我说："没能睡好觉的是七国首脑会议的时候。最让我伤脑筋的是如何分配石油进口量，才能使大家满意地达成协议。卡特帮了我的忙。在决定日本的进口量时我真高兴。(40天抗争)是没有理念的斗争,因此我睡得很好。”尽管大平总理和阁僚们一起穿着短袖节能服,但第二次石油危机和东京七国首脑会议都顺利地渡过了。

然而,1979年秋举行的大选却以惨败而告终。自民党获得248席,与1976年举行的上届大选相比虽然只少1席,但这是自民党建党以来最低席位数,再次失去了在众议院的过半数优势。失败原因既有天气因素,也有选民对增税的批判。投票那天,日本全国天气都不好,西日本地区还受到暴风雨的袭击,投票率只达68%,是战后以来的倒数第二的低投票率。关于一般消费税问题,大平总理虽在投票(10月7日)前两周游说时就已经表示要放弃引进消费税,但从选民反对增税这一心理的影响来说,却有失之晚矣之感。

增税不利于执政党的竞选,这是众所周知的事实。尽管如此,大平直到大选前也没有撤回引进一般消费税的考虑。这是为什么呢?是他对春季统一地方选举时出现的保守回归潮流有了自信?是他把在东京七国首脑会议上以及其他外交活动中的得分看成是有利因素?抑或是为了贯彻调整直接税和间接税的比例以重建财政这一信念,不论选举结果如何也要不惜豁出政治生命去干?在决心解散众议院的大平心中,大概是各种想法相互交织。在三木执政时代举行的大选中,自民党第一次失去了在众议院的过半数优势。作为自民党领导人为其后的政局和国会运筹而煞费苦心的大平总理不可能轻率地下决心解散国会。重新调整直接税和间接税的比例和引进消费税虽由相隔3代的竹下内阁实现，但当时的选举结果对大平来说是冷酷的。这次选举的失败又发展为大平和福田前首相的恩怨之战。福田前首相虽在总裁选举中败给大平，但仍留恋权力。大平的失败为福田提供了发难的机会，“40天抗争”由此爆发。

由于大选失败，福田、三木、中曾根等各派的首领都要求大平下台。大平虽有引咎辞职的闪念，但田中角荣、伊东正义等多年盟友鼓励他“不要示弱”，于是10月9日大平表明决心要继续执政。然而，3个反主流派仍顽强地要求大平下台，双方一直相持到11月6日举行特别国会。大平、福田的支持者不相上下，围绕总理选举的争夺异常激烈。大平得到新自由俱乐部的支持，决选投票时大平终于击败了福田而当选。事情并非到此为止，双方接着又在内阁和党内领导的人选上发生纠葛，直到11月16日才大体上告一段落。这就是社会上所说的由“三（木）、角（田中角荣）、大（平）、福（田）、中（曾根）的恩怨”燃起的40天抗争。

40天抗争结束后，大平总理在认真对付执政党和在野党势均力敌的国会的同时，继续为改善日美关系和开展环太平洋外交而积极活动。但在通常国会行将结束的时候，社会党提出的对内阁不信任案在福田、三木两派议员的支持下被通过，大平总理再次决定解散国会，断然举行日本宪政史上未曾有过的众参两院同日投票选举。大平总理在竞选战刚开始发表街头演说时倒下，终于一去不归。但众参两院同日投票选举的结果表明，自民党以压倒优势获胜，众参两院势均力敌局面宣告结束。

重视现实的保守本流政治家

大平总理虽置身于保守本流，但又是重视现实的政治家，他作为政府和自民党的领导人发挥了重要作用。在执政党和在野党势均力敌状态下，他一面把握时代潮流，一面同在野党协商，以部分联合这种灵活的政治手法，贯彻了信赖和协调的政治信条。在洛克希德事件等政治丑闻和恩恩怨怨的权力斗争多次使自民党面临分裂的情况下，大平仍坚持自己的信念，努力摸索现实的解决方法。凡与他的理念不相符的，就断然拒绝，只要是有利于国家未来的政策，他就像对待消费税那样，诚恳地呼吁，大胆地挑战。大平的悲剧就在于他未能摆脱“三角大福中恩恩怨怨的权力斗争”的旋涡。而这种恩恩怨怨的权力斗争在他去世后便停止了，他在心中盼望的恢复自民党在国会占有稳定多数的局面，在他去世后实现了，这只能说是命运的讽刺。

大平去世13年后的1993年7月举行大选的结果导致8党派联合的细川内阁诞生。自民党建党37年来第一次沦为在野党。自民党虽然领导了日本的战后复兴，恢复了日本的独立地位、推动了日本经济的高速增长，实现了同韩国、中国、苏联的邦交正常化和回归国际社会，但从70年代中期起，伴随长期执政而滋生的腐败开始暴露。从70年代开始，选民们用自己拥有的一票之权为执政的自民党在国会的地位作了这样的安排：执政党与在野党势均力敌——自民党恢复稳定多数——执政党与在野党再度势均力敌——自民党又掌握绝对多数——执政党与在野党在参议院的议席数逆转——自民党在众议院失去占据多数的优势——非自民党联合，实现政权换位。国政进程如此曲折，原因在于选民既对自民党为稳定政局而做出的实际成绩给予评价，又对自民党的腐败体制进行批判，既对在野党寄予期待，又对在野党持有不信任感。

大平总理身处执政党与在野党势均力敌和自民党

以此为背景而展开权力斗争这一环境之中，一面艰难地运筹着政局，一面努力推行有利于国民的政治，竭力履行日本作为国际化国家的责任，全力以赴地正确把握面向未来的国家航向。如今，消费税已经固定化，为迎接高龄化社会的到来而调整直接税和间接税比例已成为新的课题，田园都市设想正以“故乡创业”、“生活大国”、“日本改造计划”等多种形式继续展开讨论，至于环太平洋国家的经济合作，克林顿也提出了倡议，在日美欧三极化趋势发展过程中，人们期待着这种合作能为国际经济的发展发挥新的作用。

大平总理在新内阁成立不久就于1979年12月访问了中国，第2年1月访问了澳大利亚和新西兰，同年4月又访问了美国、墨西哥和加拿大，在紧张的访问途中接到南斯拉夫总统铁托逝世的讣告，他又飞往贝尔格莱德。直到去世前仍精力充沛地以环太平洋为中心开展首脑外交，他以自己的行动指出了日本作为太平洋国家谋求生存的前进道路。

现在浮现在笔者脑际的，是大平这位政治家多种多样的表情：或许是出于对权力斗争的厌倦而喃喃自语“我想回赞岐种田”的大平；伫立虎门书店叹息“希望有读书时间”的大平；面红耳赤、怒目而视、斗志昂扬的大平。回顾大平推动经济增长、开展重视环太平洋外交、领导势均力敌政治等业绩，我对他的人品怀有无限哀惜之情。大平在位掌权的时间虽然不长，但在日本政治处于转折的关键时刻，他能正确无误地进行引导。他是一位既能誓死坚持政治信条，又能全力谋求保守势力起死回生的政治家。他又是一位对基于互相信任的诚恳对话和达成协议表示了无限的热情，但在对大局进行决断时又显示出“力排众议，一意孤行”的坚定性的政治家。

（读卖新闻社副社长兼营业主干）

大平正芳的派阀观

宇治敏彦

大平正芳先生有时冒出这样的话:“政界是嫉妒之海,三人在一起就能形成两个派。”不过,大平对政治活动中的“派阀”决不持否定态度。为了撰写这篇文章,我对“政治家大平”的言行再次作了分析,发现他把政治活动中“派阀”作用归纳为以下三点:

第一、派阀有产生政治家或政治团体的活动源泉即政治能量与活力的作用;

第二、派阀有牵制当权者(总理、总裁、党的领导机构等)独裁的作用;

第三、派阀还有互相了解的知心者之间在沙龙或学习会的气氛中自由交谈、加深友情的绿洲作用。

文章一开头写的“三人在一起……”、那句话,既反映了大平的“政界就是如此无情”那种东方式的达观,也包含着上述绿洲论的涵义,这正如他所说,“三人各行其事,则会感到孤独;两人相依为命则会同甘共苦”。

根据笔者的采访笔记，发现大平的派阀观，有些方面是受东京大学佐藤诚三郎教授关于“家”的研究的影响。昭和 51 年（1976 年）5 月 6 日，自民党内“拉三木下马”活动正式开始。那天晚间，我到大平私邸采访，大平（当时是大藏省大臣）联系到政治现代化谈及派阀问题。他说：“我曾接受过外国记者关于洛克希德事件的采访。我回答说，‘这个事件是偶然发生的，还是日本的政治结构问题，连我自己也说不清楚。我希望是偶然发生的。’日本没有像西方那样的现代化，这是日本的优势。《中央公论》第三期报道了佐藤诚三郎等年轻学者关于‘家’的研究。‘家’也好，‘派阀’也好，都是非现代化的产物，正是在这点上，日本有优势。自民党因为有派阀所以才有活力。如果把自民党搞成现代化的党，那就和共产党没有什么两样了。大平派每星期四也要聚会一次，大家像在家里一样交谈，因此才这样和谐。如果没有这些，就只能是‘个人’，就仅仅是‘党’，那情况会如何呢？连我家里都还有派别嘛（笑）。”

在那以后不久，5 月 29 日，大平去大阪，与关西财界会晤，发表演说时，提出“驱邪论”。这是大平对洛克希德事件的独到见解。其逻辑也是“家”的逻辑的延伸。他说：

“日本的政治活力不正是存在于‘家’的原理之中吗？它不是对某个人而是把对‘家’的忠诚放在第一位。将‘家’扩大便是企业，便是政党，便是国家。企业内工会、终身雇用制等这些都是外国所没有的。日本缺乏值得炫耀的东西，但这些不引人注目之处正是日本活力之所在。

“自民党的改革成为人们议论的热点，有人会问起派阀的问题。我认为，问题不在于有没有派阀，而在于那个政党具备不具备应付当今时代所赋予使命的能力。即使这个政党有严格的纪律、严密的组织，是一个优秀的现代政党，但如果它没有掌管天下的能力，那又有什么用呢？自民党不能只会出售一种商品，而应该出售各种商品，它不是专卖店，而应该是一家巨大的百货公司。

“还有，为了保护党的声誉、活力和纪律，我们要经常虚心反省，洗心净面，要有‘驱邪’的思想准备。”

几年后，大平在参加总裁竞选时提出的“复合力的政治”理论，即是以上述“家”的逻辑和他的派阀观为背景的。

“自民党活力的源泉，就在于党内允许自由地存在各种见解。它们通过无数条渠道与日本社会的所有阶层、单位和地区连结起来。我认为只有从这个自由而丰富的源泉中汲取取之不尽、用之不竭的国民的创造性

和能动力的政治，才能起到使今后的日本向着战后第二个黎明前进的马达的作用。”(引自《复合力的时代》)

“非现代”乃至“脱现代”是日本政治活力的源泉。这是大平的历史观，也就是把“癌症治好了，但生命却枯竭了”这句话翻过来的一种说法，是颇具大平风格的表达。

对派阀的评价有时也作微妙的改变

大平一方面肯定派阀的能动作用，有时也因场合不同，微妙地改变对派阀的评价。

例如，1978年2月，大平在“消除了派阀”的福田内阁中担任自民党干事长。由于当年秋季要选举总裁，恢复派阀活动的呼声日益高涨。对此，大平在接受《自由新报》的采访时（1978年2月14日刊登）回答说：

“派阀活动所以遭到批判，是因为它有损害党的主体性的危险，不仅在政党里，就是在任何一个团体中，都不允许其中的派阀势力歪曲该集团的方针。为了避免这种弊病的发生，必须加强党的主体性。加强了党的主体性，提高了权威性，弊病就会像阳光照射下的积雪一样溶化了。”

可是4个月后，总裁竞选的日期日益逼近。《星期天每日》杂志采访了大平（同年6月18日出版）。

记者问：“听说干事长对消除派阀持消极态度，您是否认为派阀还是有用的呢？”

答：“如果派阀挖了党的墙角，或者破坏了党的主体性，那是不能允许的。但是，反过来说，允许派阀存在的党，它就不是独裁的政党。允许各种派别活动可以起到防止党的独裁化的作用。诚然，不能说派阀的活动一定能使政策一致，但是，一旦政策发生问题时，大家各抒己见，经过一番争论后便会得出一致的见解。如果是这样的话，派阀就起到了非常宝贵的作用。至于党与派的关系嘛（这时大平取出一张纸，在上面画了一个太阳和围绕太阳的行星，边画边说），党和派要保持一定的距离，经常保持一种紧张的关系。如果这种紧张的关系一旦中断，那么派阀就不知跑到什么方向去了，就会出问题。党与派就像椭圆形的两个焦点，政党不是同心圆。”

大平在接受前者的采访中强调了“派阀不能损害党的主体性”，而在接受后者的采访中却将“派阀可以阻止党的独裁化”的观点摆到了首位。

我觉得，大平在接受前者采访时，正是担任党的干事长时期，而接受后者采访是在他即将参加总裁竞选的时候。而且，1978 年 2 月“大福蜜月”余韵尚存，而到了 6 月，福田提出解散内阁举行大选，遂使大福关系开始冷淡。这恐怕也是造成两次采访中所谈论点不同的心理因素吧！

那年秋天举行总裁竞选时，新闻界将关心的焦点转向“政党与派阀”的关系问题上。大平从利与弊两个方面谈及了这个问题。他说：

“现在的水并不是H_2O，也不是蒸馏水。同样，人类社会也不是那么纯粹。派别活动如果是做些有益的事情，是允许存在的。但如果在人事问题上或其他方面表现出利己主义，就要加以纠正。人的群体中存在派别活动，在某种程度上是不可避免的。”（《日本经济新闻》同年 10 月 22 日）

“人们的活动方式千差万别，派别活动无论说它好还是坏都是现实存在的。如果它损坏了党的团结、秩序和主体性，则将产生严重的后果。因此我并不是主张派别有用论的。”（《读卖新闻》10 月 22 日）

深知有利与不利两个方面

大平正芳这位政治家经常从理想论与现实论两方

面思考问题，进行工作。对于“派阀”他深知其利与弊这两个方面。1977年4月25日，他作为干事长在党的改革和跃进誓师大会上作报告，他用“宿弊”二字形容派阀。派阀所具有的活力与弊病是交织在一起的。这就是大平的派阀观。他用“宿弊”二字加以表达。

大平真正意识到派阀是自己从事政治活动的能源，恐怕是他从前尾繁三郎手中接任宏池会会长的时候。

“政权这种东西并不是孤立存在的。政权必须有一个要服务的目标。如果政权认为派阀的活动对自己为之服务的目的有用，则在必要的范围内允许其存在。”(1971年3月9日《日本经济新闻》)

如果派阀是夺取政权的一种手段，那么派阀本身也就必须具有其“服务的目标”。那就是在自民党内，将思想、利害关系一致的政治家们联合起来，推举代表登上总理、总裁的宝座。

诚然，这种倾向在“八大师团”和“三角大福中”的时代是很明显的。但是，田中角荣首相下台后的“田中派统治”、竹下登首相下台后的“竹下登派统治”这些最大的派阀，不从本派中推选总理、总裁，而支持其他派的候选人，这种“扭曲现象”是有问题的。以东京佐川快递公司行贿事件为契机出现的政治混乱，尤其是竹下派的分裂，都说明派阀政治的“宿弊”造成体制上的疲惫。而且，派阀的意义与其说是要实现共同的想法，莫如说正朝着实现每个议员利益的方向发生质变。由于在1993年（平成5年）众议院大选中自民党惨遭失败，致使1955年以来自民党一党执政的体制发生崩溃。随着细川联合政权的诞生，自民党变成在野党，自民党内的派阀活动陷于软弱无力状态，取消派阀论也逐渐高涨。如果大平健在，他将如何评论今天的政治呢？

大平一显身手的时代，是在自民党“一党统治”下“派阀”发挥派阀作用的时代，无论其作用是积极的还是消极的。而在失去了强有力的反主流派的总主流派体制下，派阀存在的意义几乎等于零。大平的三点派阀效应论，即“活力的源泉”、“牵制权力的机能”、“心灵的绿洲”，是在派阀以其本来面貌发挥作用的时代才成立的。另外，作为派阀的弊病，我们不能忘记，大平本人正是在总理任期内“战死”在派阀抗争的汪洋大海之中的。

（《东京新闻》编辑局副局长）

大平正芳的国际感觉

山岸一平

大平曾在池田内阁（1962—1964）和田中内阁（1972—1974）中任外务大臣。这恐怕是在他漫长的政治生涯中最充实和最愉快的时期吧！他的盟友田中首相常说，“大平君是喜欢外交工作的”。对国际问题，大平的确比一般人格外关心，备感兴趣。

1962年夏季内阁改组前夕，当时的池田首相将大平、前尾繁三郎（原众议院议长）和田中角荣三位亲信请到家中，指示他们进行协商以确定谁担任外相、藏相和自民党干事长这三个职务。大平任外相是当即决定的，而决定由田中担任藏相和前尾担任干事长则花费了不少时间。1972年7月5日，田中当选为自民党总裁，当天晚上将大平一人请到大仓饭店的一个房间里进行密谈。我还记得，新总裁失踪当时在我们这些政治记者中曾引起轰动。那天田中总裁是请大平出任外相的。田中说：“明后天将组成田中内阁，外交工作就拜托了。名义上副总理是三木武夫，实际上是你。”大平也欣然从命。

大平所以具有丰富的国际感觉，是与他毕业于高松高等商业学校（现香川大学经济系）和东京商业大学（现一桥大学）这两所以培养国际人才为目的，重视外语教育的学校有关的。而更重要的是，他还是一位虔诚的基督教徒。他的国际感觉的内涵与此密切相关。他考入高松高商不久即满18岁，便加入了以传教为宗旨的基督教的“耶稣会”。此后一生他对传教活动都是一位深刻的理解者。在考入东京商大的前一年，他加入了现在的桃谷顺天馆，从事具体的实践活动。

人类爱是大平外交的出发点

人类爱、博爱主义这一基督教的教义，也是大平外交的出发点。他作为池田内阁的外相，首次在联合国大会发表演讲时，强调不仅要解决由于意识形态的对立而产生的东西问题，更要努力解决由于贫富差别而产生的激烈的南北问题。在国会发表的有关外交的演说中，他极力主张不仅要缓和以美苏两个超级大国为顶点的自由主义阵营和社会主义阵营的对立，而且更要致力于改变发达国家与发展中国家之间生活水平的差距。当时主张将处理南北问题放在最重要位置的外交家还是极不寻常的。

大平虽然是自民党这一保守党的政治家，但属于“鸽派”，与右翼的“鹰派”总是界线分明的。他从没有放弃过重视日美关系的姿态，但他又一贯坚持尽量避免与社会主义国家发生不必要的摩擦的方针，尤其注意与邻邦中国改善关系。建交之前，他公开地或非公开地支持亲华政治家代表古井喜实的活动。大平作为田中内阁的外相一举实现了邦交正常化，正是因为他做了这些事前准备工作的结果。

继 1972 年日中复交后，又开始了日中航空协定谈判。为此，他对自民党内以亲台势力为核心的鹰派进行的交涉比对中国政府的交涉还要艰苦。但他不怕威胁和刁难，坚持自己的信念。有消息说台湾空军有可能击落他乘坐的飞往北京的日航专机。他确实是冒着生命危险从事外交谈判的。当时大平外相正患尿道结石，痛苦难忍。但是他有一种令恶鬼退避三舍的气概。

作为日本外相，他从不忽视本国的利益，但是讨厌过分强调本国利益的国粹主义行为。他一贯坚持不应随便利用外交为国内政治服务的观点。在佐藤内阁（1968—1970）时代，他任通产大臣。在日美纺织品谈判问题上，他因与佐藤首相对立而实际上被解职。当时，佐藤首相正在谈判归还冲绳问题，他要求日本的纺织业界主动控制对美国的出口，以讨好美国。对此，大平通产相坚持不可轻易放弃自由贸易的大原则这一基本立场，主张与美国进行顽强的长时间交涉。为此，当改组内阁时，大平被宫泽喜一所取代。以上这些都是他根据不可特意把外交与内政混淆在一起的思想所采取的行动。

稳健而朴实的政治手腕

“拙速弗如巧迟”，“兴一利弗如除一弊”。这是大平喜欢的两句话。他从政稳健、踏实，绝不图表面的轰轰烈烈。外交工作也不例外。他处理事务绝不做奇伎淫巧，而是顺其自然，淡泊从容。他有一句口头禅，叫做“民主是需要时间和费工夫的”。对于他的这种处事方法，确有些人觉得不够味儿而加以批判。

佐藤内阁以冲绳回归祖国为其长期政权的使命，宣称“冲绳不回归祖国，战后时代就不算结束”，而且还提出拆除美军核基地，使冲绳与“无核武器的本土相同”。当时被迫辞掉通产大臣职务、站在反佐藤立场上的大平，对这种外交姿态是持批判态度的。他曾冷漠地说:"使冲绳与无核武器的本土相同,如同猫咬鲸鱼一般。"

佐藤首相这种牺牲日本纺织业界的强制性作法,被形容为"是以纺织品买绳(冲绳)"。但冲绳问题基本上是按佐藤首相的思路解决的。冲绳归还后,我再没有问过大平对此有什么感想。不过,我想他内心里对于佐藤首相与自己全然不同的作法一定震惊不已。

大平政治,无论是内政还是外交,无疑都以博大精深的文化教养为基础。在日本的政治家中,他是少有的精通哲学的人。无论怎么忙,他每周必逛一次书店。在担任公务繁忙的外相和自民党干事长时期,他也时常去向不明。这时如果给他常去的书店打电话,一定能够找到他。他是政界屈指可数的读书迷。

无论在大臣办公室,还是在家中,他总是珍惜每分每秒的读书时间。读书的内容以历史、哲学等深奥的读物为主,而不是小说之类的通俗读物。他酷爱古今东西的书籍,而以外国的翻译作品居多。他阅读时手里总是拿着一根红铅笔,遇到特别感兴趣的地方便划上红线,读得十分认真。他的讲演稿从不委托秘书写,而是自己动手,否则他不放心。

《日本经济新闻》上曾连载社会名流回忆录——《我的履历书》,颇受好评。但其中的人物,尤其是政治家的回忆,大部分是由记者整理采访记录而成的。但由我组稿请大平写的履历书却是他亲自执笔的。

大平的文人形象跃然纸上

作为文人，大平正芳有几个小故事，可充分反映他的人品。那是1976年，众议院选举中败北的三木武夫引咎走下自民党总裁的宝座。在自民党两院议员全体会议上，总务会长松野赖三作为代表致词欢送三木总裁。致词的结束语引用了这样一句话："罗马神话中象征智慧之神的猫头鹰在薄暮中飞去。"意思是说，象征智慧的猫头鹰在晚霞消失后，即工作结束之后飞出去才为人所瞩目。寓意为：对三木政治的评价，在他卸任之后会越来越高。

这段话是一位与松野要好的新闻记者建议加进去的。松野引以为得意而信心十足。但是自民党议员对此却无任何反应，松野很失望。那天晚上，大平给他家里打电话说："智慧之神猫头鹰的那段话讲得好。我作为政治家中的后进听后十分感动。"松野十分感激。当时两人的关系并不密切，在后来一段时间内，松野逢人就吹"大平是政界最有学问的人"。

大平内阁时代，经向由学者、知识分子组成的研究会咨询而制定出的《田园都市构想》和《环太平洋联合构想》等政策，至今还引人注目。遗憾的是这些构想在他健在时只有一部分作为中间报告发表出来，而最后定稿是在他死后才完成的。不知为什么，应该是继承大平内阁的铃木内阁却对这些报告漠不关心。倒是大平生前与之关系龃龉的中曾根康弘对这些构想表现了极大的兴趣。

瞄准下届政权的中曾根对大平的生前好友和亲信伊东正义说："我若掌管天下，将继承大平政治，实现他未能实现的政策。"中曾根与伊东的关系过去并不密切。但是，自认为是大平神社神主的伊东听了这句话，便表示愿意鼎力相助。后来伊东一直支持中曾根内阁。大平集团的学者和知识分子多数成为中曾根首相的智囊，对 80 年代的日本政治作出了重要贡献。

大平的溘然逝去使大平内阁不到两年便告终结。但是对他的评价，正像暮色中外出的神鸟，越来越高，基督徒的信仰、精深的文化教养、有预见性的国际感觉，集日本政治家之必备条件于一身的大平政治，在他死后 14 年大放异彩。智慧万能之神的化身、罗马神话中的猫头鹰在大平长眠之后正载着他那深邃的政治展翅飞翔。

（《日本经济新闻》常务董事）

勾勒太平洋共同体蓝图的同志

马克姆·弗雷泽

大平正芳总理大臣是一位有远见、富于进取精神的政治家。在我担任澳大利亚总理期间所会见的各国政治领导人中，他是一位卓越的政治家。大平总理有着囊括全世界的设想。特别对太平洋共同体，他提倡有关国家要相互团结，建立共同体以取得进一步的繁荣。

大平总理还是一位正视现实的政治家。在我们生活的这个世界上，在有限的时间内改变社会结构和意识不是一件轻而易举的事情。大平总理深知这一点。但是，同时他也最清楚，若使这种变革成为可能，必须在成就大事之前做好每一件小事。

大平总理对我国进行国事访问时，正是我担任澳大利亚总理期间，为此我感到荣幸。那是我首次接触大平总理的为人和思想。日本与澳大利亚之间存在着文化上的距离和历史上的差异。但是，对发展太平洋共同体的目的及其利害关系，我们两人的看法却是相同的。我们一致认为，根据这个发展设想，我们两国可发挥核心作用。响应大平总理的建议，我很快组织了各种民间级别的研究会，使学界、经济界和政府官员等各方人才得以进行广泛交流，以期对太平洋共同体构想集思广益，充实具体内容。

这些活动成为后来成立的亚太经济合作部长会议的重要一步。不过，我认为，就亚太经济合作部长会议本身而言，它不过是可望成立的太平洋共同体的第一阶段而已。如果没有贸易与经济的进一步联合和超越政治争端的紧密合作，它就无法名副其实。

走在时代前面的太平洋共同体构想

大平总理和我在澳大利亚会见时，我们都清楚地知道现在还不到为实现设想而阔步前进的时候。这里有两个理由。首先，亚太地区很多国家当时还有许多其他有待解决的问题。东南亚国家联盟中的各成员国即使现在也仍然如此。它们尚处于发展阶段。我们两人一致认为，在东南亚国家联盟各国对各自国家的自立和它们之间的共同体还没有百倍的信心之前，不宜考虑比这更广泛的共同体设想。顺便提一句，后来，这些国家的信心越来越强，今天的东南亚国家联盟在亚太经济合作部长会议上正发挥着建设性的作用。

当时认为这个宏伟设想为时尚早的另一个理由是，亚太地区各国的规模、历史、文化和经济发展情况都不尽相同，而且还严重地存在着处理中国和台湾问题的沉重包袱……。为了解决这些问题非常需要外交手腕、时间和相互理解。

在我们两人的倡导下，两国间的紧密关系超过了历史上任何时期，而且不仅限于政府之间。知识界和经济界也倍加努力，其合作范围日渐扩大，甚至活跃了亚太各国的交往。特别是大平总理深知，两国未来的发展取决于肩负各自国家未来的青少年的行动和经验。他认为，日澳两国青年对对方国家应有更好的认识和了解。因此，大平总理建议开展两国青年的交流活动。这项活动现在虽然规模尚小，但是将来一定会结出硕果。这也是大平式的政策之一吧。

第一位排除战后对日本制约的总理

在内政方面，大平总理曾几度遇到困难，虽然这是作为国家领导人谁都有过的体验，但是在国际外交方面，他那具有建设性和预见性的见解和行动则是一位留名千古的政治家。我认为，这样说是决不过分的。大平总理十分了解，为了维护一个协调而和平的世界都需要些什么。为了日本在这方面发挥作用，而且是以不极力突出自己的方式发挥作用，他奉献了自己的身心。在日本的总理大臣中，大平恐怕是排除战后对日本某种制约的第一位总理大臣。

按照大平总理对时代的认识，日本作为世界上最引人瞩目的经济大国之一，为了更美好的世界而真正发挥其影响的时代已经到来。日本再也不能永远只是一味地袖着手追随在事态后面，而应发挥领导作用。大平总理早已认识到这些，而且在国际外交场合，他已使日本开始由被动地位向主动发挥作用的地位转化。只是由于他的外交手法是谨慎第一，因此没有为世界各国及时发现而已。其实，当时他已经出色地发挥了这种作用。

此次应约寄此短文，能为《大平正芳的政治遗产》的出版计划做一点小小的贡献，并借以缅怀大平总理，我感到无尚光荣。我自从政界引退后，多年来一直定期访问日本，每次都深感我本人对日本的感情愈加亲近，关系愈加密切。太平洋各国对和平合作关系的相互依赖程度在逐年加深。它意味着多边的相互合作关系的进展，也意味着我们日澳之间的相互合作关系的加深与飞速发展。

我知道，纪念大平正芳财团组织出版的《大平正芳的政治遗产》一书不仅是为了让对大平总理的回忆流芳百世，而且也是用以赞颂大平总理终生战斗、孜孜以求的理想和他的凛然大义。因此，这次得到撰稿的机会令人感到双重的喜悦，我由衷地表示谢意。

1994 年 1 月 31 日

（澳大利亚前总理）

环太平洋共同体设想

长富祐一郎

把一个亚洲和脱亚凝为一体

已故大平总理如人们所说，是一位思想家或者说是一位哲人宰相。他非常喜欢同文人学者交谈。总理生前一直想见一位作家却未能如愿以偿，那位作家就是司马辽太郎。

司马先生不愿见当权者。他说：“我也很希望会见大平先生，只是想在他退下来后见面。”结果大平在任期内突然逝世，终于失去了与司马见面的机会。

我后来有一次见到司马先生时说：“大平先生一定很遗憾。”

司马神驰远方说：“环太平洋共同体设想不错！日本从明治以来一直为了是‘一个亚洲’还是‘脱离亚

洲’而烦恼。听了大平那句话我觉得豁然开朗。它把两方面全包容进去了。”

这声音也许已经传到了天国。我脑海中立刻浮现出大平眯着双眼微笑的神情。

大平正芳的政策纲要资料

大平在就任总理前，于1978年11月27日，将有关就任总理大臣后要执行的政策汇集成《大平正芳的政策纲要资料》并公诸于世。

“环太平洋共同体”这句话第一次就出现在这个政策纲要资料里。纲要冠以《建立环太平洋共同体》这一大标题。其中写道：

“我国以日美友好为基轴，与地球上所有国家建立合作关系，对于（日本所在的）太平洋地区国家理应给予特殊的考虑。……因为太平洋地区的发展关系到世界的发展。

“在太平洋地区……存在着许多国家。……无论在相互接近上，还是合作政策的实施方式上都要十分慎重，它将成为一个‘松散的共同体’。

“共同体包括哪些范围的国家？其选择也很困难。

因为这不能由日本自己决定。”

世界处于激烈的动荡之中，但13年前大平的理想现在仍然是适宜的。

我接受了竹内道雄（东京证券交易所前理事长）的私下劝说而加入了大平主持的学习会。在该学习会上，根据大平指示的政策构想，我与佐藤诚三郎、公文俊平、香山健一及森田一等人，通过讨论整理出了这份政策纲要资料。

环太平洋共同体设想的出发点

那是在兴亚院时代，大平总理眺望着太平洋，脑子里萌发了环太平洋共同体设想。他想：“日本的未来就在于这个太平洋了。”兴亚院的所在地——张家口地处内陆，是一个“树无一颗的‘土城’”（择自大平总理的自传《我的履历书》）。我想也许是太平洋与张家口的鲜明对照萌发了他的想法吧！

后来他任外务大臣时，根据运输用的经济距离重新绘制了一张世界地图，发现广阔的太平洋变得像内海一样小。这使他的设想更加坚定了。恰好当时的美国驻日大使赖肖尔也有相同的想法，两人便情投意合起来。

不过在太平洋地区，还有波利尼西亚、密克罗尼西亚、美拉尼西亚等太平洋岛国。因此环太平洋国家不能只理解为环绕太平洋周边的国家。故在政策纲要资料中，在“环太平洋共同体设想”之外又加上了“太平洋共同体”。

环太平洋共同体研究小组提出报告时，标题为《Pacific Basin Cooperation Concept》。即使这样，仍被欧美国家人士称为“太平洋圈”。

大平政策研究会的诞生

1978 年 12 月 7 日，大平就任内阁总理大臣。我被任命为担任政策研究的首席助理。通商产业省的照山正夫、外务省的内田胜久为助理，另外还从厚生省、农林水产省调来几位年轻人组成助理室的工作班子。

大平总理请了 130 位学者、文化界人士和 80 位中坚官僚组成 9 个研究小组，指示他们研究发达国家的社会、经济的结构变化和人类应该选择的新道路。

按“文化时代”、“田园都市构想”、“充实家庭基础”、“环太平洋共同体”、“综合安全保障”、“对外经济政策”、“文化时代的经济运行”、“科学技术的历史发展”、“关心多元化社会的生活”等专题组成的研究小组后来被统称为“大平政策研究会”。

环太平洋共同体研究小组委托大来佐武郎为议长，饭田经夫、佐藤诚三郎两位教授为干事。其他小组也同样，从各界请来政策研究员，由各个省厅调来课长助理担任秘书。

有关大平政策研究会各研究小组的成员、活动情况及所提出的报告等详细情况，请参阅我的拙著《超越近代——已故大平总理的遗产》（大藏财务协会出版）。

大来议长就任外务大臣

大平在就任总理之前，在《政策纲要资料》中即已提出“环太平洋共同体设想”，所以该设想很快引起世界各国的注目。

于是有必要尽快将设想，即使仅仅是概要也好公诸于世。因此环太平洋共同体研究小组的研究工作要比其他小组紧张。1979 年 11 月 14 日提出了中间报告。大平总理尚健在的 1980 年 5 月 19 日提出了最终报告。

政策研究会的9个研究小组中，只有3个小组的报告是在大平总理生前提出的，其余6个报告均是在他谢世一个半月后提出的。

在所有报告提出之前的1979年11月8日晨，森田一秘书通知说“今天一天在助理室待命”。那天是第二次大平内阁组阁的日子。天色已过了傍晚，上边来命令“马上把大来找来”。可是大来去哪儿了呢？怎么也找不到。上面一再催促说，“再过两小时找不到，就赶不上组阁了”。

直到看到大来平安地就任了外务大臣时我才松了一口气。大来作为研究小组的议长归纳整理出了环太平洋共同体设想的中间报告，今后他将以外务大臣的身份亲自负责推进设想的实现。

外务省的抵制

主张外交一元化的外务省，对官邸主导型外交持不欢迎态度。更何况对在总理就任之前未经任何商量而提出的设想，更是持不予理睬的态度。这也是可想而知的。

内田助理和在驻华盛顿大使馆一起工作过的外务省出身的佐藤嘉恭秘书为此伤透了脑筋。我是大藏省的官僚，对外务省官僚的思想也十分了解。

由于上述缘故，大平在1979年1月25日的国会会议上作就任总理大臣后的首次施政方针演说时，没有涉及这个设想。理由是设想的内容还不够明确，甚至连作为一种政治理想都不能发表。只是在外务省坚持的“亚洲·太平洋地区”一词下面，加上一句“打算为进一步巩固与太平洋各国的相互依赖关系、……友好关系而不懈努力”。

大来就任了外务大臣，环太平洋共同体的中间报告也已经发表。尽管如此，在宣布“明年1月份出访澳大利亚和新西兰”的1979年11月27日第三次国会演说中，也仅仅提到“目的在于加强同包括东南亚各国在内的亚洲和太平洋地区国家的合作关系”。

来自官邸内部的抵制

在演说中不能写进环太平洋共同体设想的内容，不仅是因为外务省的抵制。在总理官邸内部的抵触情绪也很大。在美国，如果新总统上台，手下的班子将全部换成他自己的人。而在日本，总理官邸的官僚是以原内务省系统的厚生省为核心，由各省派遣进来的。

总理大臣的演说，是官邸官僚综合各省厅提出“应写入总理大臣演说中的事项”后编写而成的。而且执笔者不是秘书，而是不知从哪里来的人根据总理的意向独自起草的。对此，官邸的官僚们当然也不感兴趣。通产省出身的福川伸次秘书，采取折衷办法，作了不少调整。

从政策研究会的设立到开展工作，内阁审议室室长清水汪及许多人士都给予了很多关照，尽了力量。我们助理室的成员们也吃了一言难尽的苦头。今天，这些恩恩怨怨都已时过境迁了。

总理大臣的伟大人格包容了一切。

飞往澳大利亚和新西兰

进入1980年之后，访问澳大利亚和新西兰的日期日益逼近。此次访问中，“环太平洋共同体设想”预计可能成为热门话题，因此决定我也随行前往。但即使到这时，对于在访问期间这个设想会有怎样的进展谁都心中无数。

我对大来外务大臣说："大臣，在堪培拉见一下澳大利亚国立大学（ANU）的克罗福德校长吧！"

大臣说："我也这样想。他在给我的信中也表示希望见一见。不过，不知总理是什么态度。"

我说："总理那里由我负责，您放心吧！"

大臣说："那好。"

那天晚上总理在自己家里组织了访澳新代表团成员学习会，学习内容还包括苏联入侵阿富汗问题。我汇报了与外务大臣的谈话，取得了总理的同意。

1月15日晨9时10分，专机从羽田机场起飞。在飞机上，我问外务大臣："总理已经表示理解，大臣以为如何？"大臣回答："明天中午会见。"

环太平洋共同体设想的倡议

1月16日，堪培拉的清晨晴空万里。10时，第一次日澳首脑会谈在举行内阁会议的内阁会议室举行，因为环太平洋共同体设想被定为议题之一。所以从会谈一开始我就作为陪同参加，不过我请总理将该设想作为下午的议题。

下午，直到第二次首脑会谈开始之前，外务大臣才回来。

我问："情况如何?"

大臣说："大学校长说，如果澳大利亚政府支持，大学将在今年秋天召开第一次环太平洋共同体设想研讨会。不过他还没有同弗雷泽总理商量。"

我说："明白了。"

外务大臣在首脑会谈时发言也许是破例的。由于没有时间向总理说明，只在他的耳边建议："如果对方提问，请让外务大臣做详细介绍。"

总理嗯了一声。

大平总理与大来外务大臣是兴亚院以来的朋友。大来大臣与克罗福德校长是20年来的知己，而校长与弗雷泽总理 又彼此十分信任。这种人与人之间的信赖关系，可谓是环太平洋共同体设想的纽带，它使这个设想朝着实现的方向迈出了第一步。

大平总理作了有关设想的介绍，继而大来大臣做了补充说明。然后，弗雷泽总理当场表示："大学如果举行研讨会，澳政府将给予援助。"我顿时觉得身体松弛了下来。

次日清晨，各报均以醒目标题报道：《日澳就环太平洋共同体设想达成协议》。

环太平洋共同体设想得到公认

在弗雷泽总理于墨尔本举行的午餐会上，大平总理以《太平洋时代创造性的合作关系》为题，操英语发表了讲演。讲演中总理首次在正式演说中谈此设想。他说："前年，我就任总理大臣时有一个政治理想，就是提出了'环太平洋共同体设想'。"他又说："环太平洋各国的合作绝不是为了形成一个排他性的集团，也不是仅仅为了太平洋各国，而是为了全人类的最大幸福和繁荣。这才是它的最终目的。""我认为日澳两国在环太平洋共同体中，可以起更重要的作用。"

在接见记者时，总理说："'环太平洋共同体设想'不是在政治与军事领域，而是以文化和经济方面的合作为中心，建设一种'松散的共同体'和'开放的共同体'。"在答记者问时，他明确表示："如果中国、苏联希望参加，也不能将它们排斥在外。"在当时，这是一种大胆的言论。因为在阿富汗问题上苏联正受到强烈的谴责。因此澳大利亚新闻记者在会议室内发出一阵说不上是惊讶还是批评的尖叫声。

在新西兰，马尔登总理在致欢迎词时说："我们欢迎大平总理关于环太平洋共同体的设想。”其他发言者也都纷纷表示欢迎。

1980年1月25日，大平总理在施政方针演说中说：“在澳大利亚和新西兰，……为了整个太平洋地区的稳定与发展，就环太平洋共同体设想及发展有关国家的多边合作关系进行了有意义的会谈。”这是他首次在国会演说中谈及“环太平洋共同体设想”。环太平洋共同体设想在日本也逐渐得到了公认。不过那是大平总理生前最后一次国会讲演。

太平洋经济合作会议（PECC）的诞生

1980年6月12日，大平总理猝然逝世。为了悼念他，同年9月在堪培拉召开了包括太平洋岛国代表参加的12个国家和地区的“环太平洋共同体研讨会”。这就是现在的“太平洋经济合作会议”的第一次大会。代表由各国政府、经济界和学者三部分人组成。大来佐武郎、佐藤诚三郎、山泽逸平各位先生及环太平洋共同体研究小组的诸位先生，从这个会议创立之日起便作出了非凡的努力。

太平洋经济合作会议此后每隔一年半召开一次会

议，先后在曼谷、巴厘岛、汉城、温哥华、大阪、奥克兰、新加坡、旧金山召开。

要求参加的国家逐年增加，第四次大会有文莱，第五次大会有中国和台湾，第八次大会有香港、墨西哥、秘鲁、智利，第九次大会有苏联参加，现在由20个国家和地区组成。在第七次大会上，决定在新加坡设立太平洋经济合作会议国际常设秘书处，从去年开始工作。

我担任太平洋经济合作会议日本委员会的常务委员，曾应邀出席过1990年9月在雅加达举行的纪念该组织成立10周年的活动。在第九届旧金山大会上，我就《资本的转移、投资与发展》作过讲演。

更改环太平洋共同体的名称

看来外务省一直是想改变“环太平洋共同体设想”的形象和它的名称。太平洋经济合作会议日本委员会的名称于1988年7月也由原来的“环太平洋合作日本委员会”改为“太平洋经济合作会议日本委员会”。

后来，凡该地区的合作，都用外务省当初坚持的

“亚洲·太平洋地区合作”的字样来表达。

本文后边将谈及这个问题，即“亚洲·太平洋”的措词存在着严重的缺点，但是我想，事已至此，也就不必反对了。外务省的心情我也清楚，从总理方面来讲，只要实质上是按着他的理想和想法办事的，至于谁是倡导者，名称叫什么，他都不计较。

只是考虑到纪念意义，对我在任关税局局长时期呼吁各国设立的会议才被命名为“环太平洋关税厅长官和局长会议”。后来它成为关税合作理事会亚洲和太平洋地区会议的成员，对能在这一名义之下邀请美国和加拿大同亚洲国家一道参加该组织，我感到非常高兴。

大平设想的继承

关于大平正芳纪念财团为了继承大平设想而开展种种发展与普及这一设想的活动情况，我不多说了。1986 年 4 月设立社团法人研究信息基金的目的在于继承已故大平总理的研究活动，得到大平政策研究会许多先生的大力协助。

1988 年，按照竹下登首相的指示，成立了由 170

人组成的“亚洲和太平洋地区经济研究委员会”(委员长由美洲开发银行前总裁吉田太郎一担任)。该委员会有亚洲和太平洋地区很多国家的人士参加，竹下登前首相曾出席会议并作过基调报告，召开了两次“亚洲和太平洋会议”。

还有,研究信息基金为了积极推进亚太地区合作,成立了由活跃于本地区的政界、官方、民间企业和学术界领导人组成的“亚洲和太平洋会”,由前首相竹下登任会长，由经团联会长平岩外四任召集人，每隔两个月召开一次会议，请各省厅有关局长出席。

此外还成立了以亚洲地区居领导地位的研究人员为代表的“亚洲地区共同研究委员会”,日本方面以吉田太郎一先生、佐藤和山泽两位先生及鸟居泰彦教授为中心，已召开了两次“亚洲地区共同研究会议”。第三次会议以《亚洲的经济合作》为主题，在吉隆坡召开，前首相竹下登发去了贺电。此次大会有东亚地区许多人士参加。

为实现部长级合作而努力

在美加自由贸易协定谈判获得进展的过程中，美国就缔结日美自由贸易协定作了试探。竹下首相认为，仅仅是有很多问题这一点便会对日本产生更坏的看法。因此，他在1988年7月访问澳大利亚时提议日澳两国在高层次就这些问题进行研究。那次访问时，我作为关税局局长陪同前往。前边提到的竹下首相关于成立研究信息基金的指示与那次访澳有关。

日澳高层研讨会于那年金秋在东京举行。与会者认为，该研讨会可请更多国家参加，可作为政府一级商讨亚洲和太平洋地区合作问题的论坛。

但是事态的发展出现了意外。澳大利亚的霍克总理在1989年1月访问韩国时提出了设立亚洲和太平洋部长会议的设想。这不能不使人感到唐突。竹下首相问我，这一设想与太平洋经济合作会议的关系如何处理。竹下首相是十分珍视大平设想的。

我曾说过："为了有力地开展亚太地区的合作，已经到了可设置部长级会议的时候了。太平洋经济合作会议仍然可以保留，在此基础上再搞一个部长会议。但是，霍克的设想有很多问题。"

竹下首相给霍克总理寄出一封亲笔信，阐述了亚太地区合作应向世界开放、应欢迎美国和加拿大参加和必须尊重东亚国家的意见等观点。

最初对霍克总理倡议抱冷淡态度的美国，其国务卿贝克在纽约亚洲协会的一次演说中，一改过去的冷淡态度而对亚太地区合作变得热心起来。

亚太经济合作部长会议的诞生

为“亚洲·太平洋经济合作”（APEC）而设立的部长级会议，于1989年11月召开的堪培拉会议上宣告成立，1990年7月，在新加坡召开了第二次会议后基本巩固下来。这是因为堪培拉成立大会本身，以及会议的连续性等基本事项都难以取得进展。而在新加坡会议上，与会者几乎一致同意会议由东南亚国家联盟成员国和非东南亚国家联盟成员国轮流主办。

亚太经济合作部长会议由各国负责外交和贸易的部长参加，日本则由外务大臣、通商产业大臣出席。我从第一次会议开始，作为大藏省的代表一直参加会议。

第三次会议于1991年11月在汉城举行。从这次会议开始，中国、香港、台湾的代表参加了会议。这一举措在国际政治中具有重大意义。首先，中国外长钱其琛访问了汉城，并同韩国总统卢泰愚进行了会谈这点尤其值得大书特书。当时，我对设置两个中文同声传译的席位有些惊讶，但后来如众所周知，中韩已建立了外交关系。

在这次会议上通过了以自由贸易和市场经济为基础的"汉城亚太经济合作宣言"。中国对此表示赞同一事也具有十分重大的意义。

第四次会议是在曼谷召开的。这次会议决定了在新加坡设置秘书处，从第二年开始建立预算制度，资金分担比例日本与美国最大，各占18%等事项。

今后将按美国、印度尼西亚、日本、菲律宾和加拿大的顺序轮流主持召开会议。

太平洋经济合作会议在日本方面的进展

关于亚太地区合作，通产省把着力点放在由太平洋地区内各国的经济界人士组成的"太平洋经济委员会"上。太平洋经济合作会议日本委员会尽管由大来佐武郎担任委员长，实际上被置于外务省所属国际问题研究所内。外务省对太平洋经济合作会议并不太热心。

但是在亚太经济合作部长会议的发展过程中，由于围绕对亚太经济合作部长会议的名称等与通产省各持己见，外务省突然改变态度，表现了要认真对待亚太经济合作部长会议的姿态。

1991年4月，前驻美大使松永信雄就任太平洋经济合作会议日本委员会委员长。大来成为名誉委员长。在太平洋经济合作会议第八次大会上，昌多拉·达斯议长向大来赠送纪念章，以表彰他作为太平洋经济合作会议创始人长期以来所作出的贡献。

外务省派出5名现任或前任驻外大使出席第八次会议。对于了解原委的人来讲，这是有些令人难以置信的。而我却感慨万端，对这一动向表示欢迎，并且感到欣慰。

东亚经济合作构想

亚太经济合作部长会议从倡议到成立，都给东南亚国家联盟各成员国留下许多不悦。我在1991年曾7次、1992年曾6次访问亚洲国家，就亚太合作问题与各国要人进行了会谈。1992年在QUICK综合研究所创设了“亚洲金融界人士会议”，用研究信息基金接待了中国国家经济体制改革委员会派遣的股份公司研究考察团。

亚洲经济的发展必须有培育和发展当地产业的长期产业资金。为此，各国都对金融资本市场进行改革。

1991年，我应邀出席东南亚中央银行（SEACEN）总裁雅加达会议，作了题为《亚洲金融资本市场的发展与日本的经验》的讲演。1992年按照各国的要求在研究信息基金金融综合研究所内设置了“亚洲金融技术合作委员会”，一面研究各国的市场，一面开始由日本大藏省、东京证券交易所等部门的金融界专家举办金融和证券业务研讨会。8月份与中国国家经济体制改革委员会的刘鸿儒副主任合作在北京、上海、深圳举行研讨会，11月份与印度尼西亚的财政部联合在彭贾克举办了食宿一周的研讨会。

过去，马来西亚的马哈蒂尔总理曾强烈呼吁亚洲内部的合作，提出“东亚经济集团”（EAEG）的设想。由于遭到美国等国家的强烈反对，经东盟各国内部研究，原则上达成一致意见，将它改为“东亚经济会议”。

但是美国仍强烈要求日本对此持反对立场。马哈蒂尔总理十分恼火，对马来西亚派代表出席在汉城举行的亚太经济合作部长会议表示为难，后来总算派了一位年轻的法务部长参加了会议。

关于东亚经济会议设想，马来西亚贸易产业部长拉菲达也向我做了一个多小时的说明。该设想绝不是企图使亚洲市场集团化，只是希望通过东亚国家的合作发展本地区的经济，并在乌拉主回合谈判等国际场合拥有发言权。他们的愿望得到韩国等国家的共鸣。

总之，日本不能动摇作为外交基轴的日美关系，而亚洲在日本的外交中也十分重要。日本正处于二律背反的困境中。

会不会再次陷入脱亚还是一个亚洲的苦恼之中

本文的开头部分曾援引了司马辽太郎的一段话："环太平洋共同体设想不错！日本从明治以来一直为了是'一个亚洲'还是'脱离亚洲'而烦恼。听了大平那句话我觉得豁然开朗。它把两方面全包容进去了。"

顽固地坚持消除"环太平洋共同体设想"的形象，拘泥于"亚洲和太平洋地区合作"的措词将使"亚洲"从太平洋中浮游出来，进而使日本再次陷入要么脱亚要么主张一个亚洲这样一种二者择其一的烦恼之中。

如上所述，以"亚洲地区共同研究"和"亚洲经济合作"为主题，在吉隆坡召开了研究信息基金第三次会议，参加者扩大到广大的东亚地区。会议的目的在于将 caucus（会议）的 C 改为 cooperation（合作）的

C，以期在亚洲经济合作方面取得成果。

我望着照片上大平总理慈祥的面孔，默默地祝愿：我要寻求为解脱要么是脱亚，要么是一个亚洲的苦恼的第三条道路，走完自己的人生旅途。

（1992 年 12 月 15 日）

（QUICK 综合研究所董事兼理事长）

国民性与环太平洋共同体构想

林知己夫

人若不戴有色眼镜便难以见物，而过分拘泥这种见解则容易陷于偏见。但是说来说去仍然是人若不戴有色眼镜就什么也看不见。所谓有色眼镜，换而言之就是观察问题时的“某种立场”、“某种看法”和“某种假说”。常常由于自己戴着有色眼镜却意识不到自己戴的仅仅是一种有色眼镜，因而发生问题。我认为，知道有种种有色眼镜而且试探着戴上它们去看事物是十分重要的。经常认识到自己的观点只是“一种有色眼镜”也是重要的。当你认为“现在的立场很好”时，你不要固守它，还需换个立场去观察，去思考。这是我长期从事国际比较研究中得出的结论。就是说“即使你认为是件好事，做起来的时候也要适可而止”这种模糊数学式的感觉至关重要。

充满偏见的日本亚洲观

老实讲在日本对亚洲的看法中充满了可怕的偏见。从“亚洲是一个整体”的偏见开始，引发出一连串的错误。对提倡“亚洲是一个整体”的冈仓天心并非怀有恶意，他不过是发现在亚洲的艺术中存在着“某种共同的东西”，与西欧有差异而已。也可以感觉到，他对于那种认为西欧艺术水平高，亚洲艺术水平低的倾向有一种对抗情绪。然而他的讲话被逐步扩大解释，甚至发展成“亚洲有共同的想法”，“亚洲能够成为一个整体”，“全亚洲凝为一体，击破西欧统治亚洲的野心”。并妄图按这种基于偏见形成的思想去行事。

为什么不能从偏见中解脱出来呢？我认为这与日本的人文社会科学力量薄弱、缺乏对观察事物的方法训练有关。要全部解决这些问题并非易事。因为充满意识形态的语言明快而又易懂，很容易被这些动听的言词牵着鼻子走，要科学地观察事物需要非凡的努力，要花上大量的费用和时间，还要有多年的经验积累。这样得出的结论虽然不那么明快，但却会隐约地发现它们是完全超脱意识形态而存在的。虽有一言难尽之处，但在模糊中却闪烁着令人瞠目的光彩。这才是真实情况。说得太肯定，很可能是谎言。如果不习惯用这种方法观察事物，就难以克服偏见。

国民性在国际比较中的重要地位

近年来我试图做些国际比较调查研究工作。我发现，对事物的观察方法、感受方式（belief Systems，the way of thinking，Sentiments），概而言之即国民性，对思考任何问题都十分重要，缺了它将犯致命性错误。我发现它是在处理国际关系时，在解释和预测各国的行动，在促进国际性互相理解等方面都缺少不了的观点，甚至在考察历史上的文化兴亡、文明的盛衰方面也都是十分重要的。这在预测日本的未来时也是不可缺少的智慧。但如果把国民性看作解决一切问题的金钥匙，那也是一种偏见。国民性是重要的观察问题的方法，是宝贵的信息，而了解这种调查结果也是培养不具偏见的观察问题方法的知识训练。为把握复杂和模糊不清的事物，而采用美国社会科学惯用的“提出假说，然后检证”的手法，有可能进一步加重偏见。因为设定的假说往往制约着调查结果,从而看不见事物的整体。

那么,该怎么办呢?这就需要探索现象的立场。要设定很多假说,然后制造相应的工具(如果进行社会调查,则需列出调查提纲),在证实这些工具的性质的同时,利用它(如果是从事社会调查,就要分析数据)去探索现象。利用各种工具,包括利用一些新奇的工具,是重要的。就像一个外科医生对患者全身进行诊断,实在弄不清楚的地方就换一种工具,采用所谓的“医学知识加随机应变”的外科手术方式。还要考虑采用何种工具、选择怎样的比较对象对探索现象才有利等问题。为此我在思考连锁式国际比较调查分析法这种方法。因为所谓比较调查研究是要明确所比较的对象的相似和差异的地方,所以将两种明显不同的事物拿来做比较显然是不合适的。就是说,比较调查应该是将相似之处和不同之处如锁链般连接在一起,同时加以调查、分析和探索。选择调查对象和提出问题都应该用这种方法。另外,对于调查对象,例如将美国与日本进行比较,应该将夏威夷的美籍日本人、非美籍日本人、美国本土的美籍日本人也考虑在内,弄清楚他们之间的相似与差异点。在设定调查问题时,既有按日本人的思维方法在日本设定的问题,又有按美国人的思维方法在美国设定的问题,还要有现代产业社会共同的问题(如工作观,科学文明观等),

有关于人类共同的基本感情的问题(如快活，不快活，喜怒哀乐，宗教等)。将以上这些混合在一起用来作工具。

按上述方法去收集各种材料，思考问题。在这种调查过程中，你会发现许多不曾发现的事物。这就是所谓的国民性的比较研究。不妨认为，这种调查方法可以训练人们减少偏见。

气宇轩昂又无偏见的环太平洋共同体构想

现在看来，我认为大平总理的环太平洋共同体构想真是气宇轩昂而又没有偏见。

亚洲尚未觉醒，日本应促进其觉醒，推动民族独立，让亚洲人携起手来这一思想本身不就是日本式的偏见吗？人们从未反思过那是“多管闲事”，却一直认为是正确的。不能不使人感到这是强制推销善意。而善意必得善解，一定能行得通，这恐怕也是日本式的思想方法。日本没有意识到“亚洲既是个整体当然可畅通无阻”的思想就是一种偏见，即使现在还仍然存在着“善意走遍天下”这种自以为是的思想。

上述思想在相当多的日本人中是存在的，不管他们表面上如何，内心是这样想的，只是现在说这些不适时宜而缄口不语。至少在一般群众中是这样。因为他们还没有意识到这是完全没有理解其他国家的人的思想方法、对事物的感受和国民性而造成的。类似这样的偏见在今天的对外关系中依然存在。

值得注意的是，日本人有一种自以为是的倾向。在国际场合，日本人对自己所处的立场自以为是的思想相当严重。归根结底就是因对本国和他国的国民性不了解而产生的偏见。

我知道，环太平洋共同体构想绝不是立足于上述思想。因为它所考虑的不仅仅是亚洲，而是环太平洋。这点与过去完全不同。在思考如此广大地区的问题时，很重要的一点就是不能有亚洲是一个整体的想法，必须站在国际性相互理解的立场上考虑广大地区的共同繁荣。而实际推动这个运动的基础就是积累没有偏见的信息。其中最重要的就是对于国民性的了解。不仅如此，我认为大平正芳纪念财团所从事的活动就是很宝贵的信息。应该正确地利用这些积累起来的成果。但是我担心那些应该利用这些成果的日本领导人中，有许多人仍持有上述偏见，或者认为只要是善意就能行得通，或者不做客观分析，一味承认错误，认为“一切都是自己不好”，以为这样才能得到谅解，今后的事情就好办了，从而无视了国民性。

为了引起人们对这个问题的注意，仅靠积累研究成果还是不够的，对日本涉及的问题必须反复进行研究讨论。不是形式上的研讨会，而是无拘无束的自由讨论。日本人讲演、作文章往往先讲一通客气话，然后通篇全是美丽的词藻，沉醉于做表面文章。我衷心希望通过自由讨论，使没有偏见的人们利用那些研究成果，实现环太平洋共同体构想。

相互理解的结构分析和对过程的解析

最后再补充一点。上面已经谈过共同体构想的基础是相互理解。这里有必要再详细研究一下相互理解的内涵。相互理解必须是双方的，仅一个力士做不成相扑。以日本为例，只要对方国家不想理解日本就不可能有互相二字。对方国家在何种情况下想要了解日本呢？没有任何意图，完全是为了解日本而了解日本的情况当然也是有的，但不全是这样。有的是考虑到日本有强大的经济实力因而要了解日本，有的是想了解日本的文化例如艺术、思想、学问等，有的则认为不了解日本自己将蒙受损失，而通过了解日本自己会得到好处等等。我们要研究如何使外国人产生想要了解日本的欲望。我们要提供这种机会。当他们产生这种欲望时，我们要为他们提供便于理解的材料。

另一方面，日本也要正确地了解对方国家，如前所述这是相当困难的。换句话说是存在着一种扭曲的外国观。如果对于产生这种情况的原因不做分析，今后还会反复出现同样问题。我认为根源在于自古以来尤其从明治维新以后，日本在接受外国文化方面存在问题，即认为在摄取外国文化时，正确理解外国文化并不是十分重要。就是说认为只要能从外国的文化中汲取点什么作为改造自己文化的食粮就够了。也可以说是将外国文化作为让自己富起来的一种刺激：在接受外国文化上的什么理想化、醉心型、曲解型都无所谓，只要能使自己国家的文化丰富起来就可以了。这也就是说，正确的理解不是不可缺少的条件。而这一切都是在完全无意识中进行的。于是在全然不知不晓中便对外国文化产生了理想化、误解和曲解。这在赶超外国阶段还可以，但是到了需相互理解的时候，这种态度就十分荒唐了。相互理解不是历来那种形式的理解，必须立足于透彻观察的基础之上。日本人必须从这里重新思考。也就是说必须进行深入的分析。

总之，首先要进行彼此相互理解的结构分析和过程解析，在此基础上再端正相互理解的态度，搜集材料和数据。为了建成共同体的框架，也必须按上述思路从事研究和进行实践。

（统计数理研究所名誉教授）

回顾大平的首脑外交

佐藤嘉恭

今年是日本加入总部设在巴黎的经济合作与发展组织30周年。1964年金秋时节，池田内阁的外务大臣大平正芳先生访问西欧各国，为使日本加入这个发达国家的“俱乐部”，作出过巨大贡献。现在，我作为日本政府派驻这个组织的代表，勤奋地工作，以无愧于大平总理当年的努力。

我不太相信人生中的“因缘”，但是与大平总理的关系却是个例外。我曾任他的秘书，承蒙过他的恩泽。我还担任过驻国际能源组织（IEA）的代表。这个机构也是在第一次石油危机时，当时任日本外务大臣的大平先生与美国国务卿基辛格、法国外长若贝尔进行了激烈的谈判后设立的。在我的人生旅途上，大平总理像是一位引路人，他使我认识到生活的意义。

光阴流逝，大平总理辞世已经14年了。要全面回顾大平外交需要相当详尽的资料和确切的记忆。我没有力量面对如此巨大的课题。本文仅在有限的范围内回忆几个令我难以忘怀的历史场面，以追溯大平总理的外交和他的外交思想。

1980年5月28日夜晚，大平总理在主持欢迎中国华国锋总理的晚宴结束后回到首相官邸。大平总理对我说："佐藤秘书官总算明白大平外交了吧!"当时我觉得这是大平总理与主宾华总理干杯后感到满意，因而心情舒畅的一种表露。后来，我重新阅读了总理的著作，才体会到那是总理将自己与下级"平等看待"的一种表现。同月19日，众议院解散，正是总理为应付大选而最操心的时候。在那种情况下，他仍对外交工作倾注了如此巨大的热情，想起来令人感动。记得当时我曾这样回答他："通过大平总理访问中国(1979年12月5日－9日)和华总理访日，决定在日中之间设立定期部长级会议，日中关系得到了发展，这是大平外交的伟大成就。"

大平外交的哲学与思想

上面提到的总理那句问话，不知为什么总是深深地印在我的脑海里。同时我一直在思索究竟什么是大平外交的哲学与思想。我重新阅读了收录在《旦暮芥考》、《风尘杂俎》、《永恒的今天》和《我的履历书》等著作中大平总理的若干国会演说、正式文告、一般演讲、即席讲话等等，从这些著述的字里行间都能学到大平总理的外交哲学和外交思想。我真想将这些文章直接引用到本文里来，但是这样文章就太冗长了，因此请允许我主观地归纳几点：

一、读过他的那些文章后的第一个感想是，人们往往从他历任内阁的重要官职和自民党的重要职务来理解他的外交哲学和外交思想，但是我认为更应该从他的为人和他对问题的思考方法去理解。在当总理大臣之前，他就已经十分明确地意识到作为总理大臣所应确定的外交座标轴。这正好像一位打高尔夫球的高手（总理也非常喜欢打高尔夫球）把球打到草坪上预期的位置后，又看清了通向洞穴的球路。

二、建立国与国的国际信用和信赖关系是外交工作的根本任务。大平认为，这种关系是可以通过总理本身的外交活动实现的，所以他强调总理在外交工作中的领导能力。他的这种想法与他十分注意建立首脑间的个人信赖关系有关。因此，我想在这里特地提出来。

三、政府应负责外交工作。对宪法的这一规定，他没有任何异议，这也是理所当然的。但是同时他也有志于实行建立在民主基础上的外交，即在无法使“外交工作做到最后一刻”的情况下，他主张就国内政治和外交的关联问题彻底地交换意见，并进行耐心的说服工作，在此基础上完成政府所负的责任。

四、总理对市场经济十分信赖，对于政府干预市场持非常慎重的态度。这同时也是他对民间企业活力的巨大信任，并表现在各项政策上。

以上是我努力从大平总理的讲话和演说中概括出来的他的思想。虽然不够完整，但是这些思想是贯穿在总理大臣时代的外交工作中的。

第一次东京发达国家首脑会议主席

1978年12月8日，大平内阁成立。他发表了如下内容的总理大臣谈话：“我将直率地告诉国民，政治能做什么和不能做什么，政治应做的和不应做的事，并最大限度地尊重国民的自由创造性与活力，决心面对走向21世纪的重大转折期。”在这次讲话中，总理虽然没有明确提出在外交方面要开好由前届内阁决定翌年在东京召开的发达国家首脑会议，但这也是他的

“决心”中的一个内容。对总理来说，如何开展外交活动使会议获得圆满成功乃是最大的外交课题。

第一次东京发达国家首脑会议决定于1979年6月28日和29日两天在修葺一新的赤坂迎宾馆举行。作为东道主国家的政府首脑大平总理大臣处在担任会议主席的地位。而美、德、英、法、意、加等国家的首脑同时在东京聚首，这在日本外交史上还是破天荒的，这表明日本在为国际政治提供舞台。当时美国等一些国家的大众传媒都作了“大平 WHO（何许人也)?”的报道，对东京首脑会议的前景持怀疑态度。这也许是首相官邸的宣传工作做得不充分，或许是新闻记者的知识面尚不那么广泛所致。但在当时，我们没有任何担心。大平总理曾两度担任外务大臣，作为三木武夫内阁的藏相也曾出席过朗布依埃会议（第一次发达国家首脑会议）和在波多黎各举行的第二次首脑会议，并且作为通产大臣曾与美国进行过日美纺织品谈判，作为大藏大臣出席过世界银行、国际货币基金组织（I M F）等国际会议，在主要国家领导人中广交知己，在对外关系上已经取得了不可否认的实绩。大平总理作为政治家从不把“我”如何如何摆在前面，这种谦虚态度，可以说是很少见的，但是对东京发达国家首脑会议却表现得很有魄力。他由于有过去的经验而信心十足，为通过首脑外交施展自己的政治哲学作了周密的安排。总理认为将6位发达国家的首脑和欧洲共同体委员会主席请到东京，如果工作上稍有疏忽就会铸成大错。我记得他因此而对我们这些秘书做了详尽的指示。在会议结束后举行的记者招待会上，总理说："由于警备上的原因，可能给诸位的采访造成不便，请多包涵。"由此也可以看出总理十分重视警卫工作。

回想起来，大平总理自就任池田勇人内阁的官房长官以来，多次担任政府与执政党要职，以战后的复兴和重新走向国际社会为己任，起到了战后日本的舵手作用。他站在主持发达国家首脑会议的立场，脑中闪现着历史上的一个个镜头，深感自己肩负着要进一步发展先辈们建设起来的日本责任。他本着"宽容与忍耐"的政治思想，为战后日本的成长打下了基础，以大干一场的气概，探索着下一个时代"文化时代"和"地方时代"的政治。东京发达国家首脑会议是在大平内阁组阁完成仅半年后举行的，但是会议期间日本外交得到了充分的展开。也正因为如此，总理本人也十分紧张。在羽田机场送走最后一位首脑（我记得大概是法国的吉斯卡尔·德斯坦总统）后，总理对我们这些秘书说："不当总理大臣也行了。"同样的话在后来的私人会见场合曾流露过多次。我觉得这是他对在发达国家首脑会议这种最高层的首脑外交中充分实践了自己的政治思想感到满意的一种表现。我们这些秘书官曾提醒他，“不当总理大臣也行”讲多了恐怕会引起无益的臆测，希望他今后讲话时慎重些为好。

围绕第二次石油危机的外交

第一次东京发达国家首脑会议的最大课题是能源问题，尤其是探讨如何应付第二次石油危机问题。各国首脑在东京期间，沙特阿拉伯的原油每桶价格由14美元一下子涨至18美元。欧佩克成员国在此期间也召开会议，对消费国家施加压力。首脑会议主要讨论如何才能减少对石油的依赖。讨论不是抽象的，最后决定各国要提出具体数字，以保证减少石油进口量，而且决定削减石油进口的数字还相当大。总理作为身系会议成败关键的会议主席，可以说煞费苦心了。总理曾回忆他在各国首脑颇有信心地商讨1985年石油进口水平时的心境说：“唯有我自己似乎处在蚊帐外边。”（1979年6月30日日本电视台座谈会《与总理对谈》节目）

从那以后14年过去了。如今的石油市场虽然多少有些变动但总体来看是稳定的。应该说，这是主要发达国家之间所采取的一致政策为世界经济建立的伟大功绩。从对当今的市场已经习以为常的人们来说，很难想象总理当时作出决定是多么困难。总理在上面提到的同日本电视台的座谈会上回忆道，“我当时想了很多，譬如可能造成日本经济混乱，弄不好也许会出现恐慌，不过……”。大平总理从事“石油外交”不是从东京发达国家首脑会议才开始的。在担任田中内阁的外务大臣时，为渡过第一次石油危机曾与美国国务卿基辛格打过交道，探讨过当时日本的中东政策与日美关系的对接，即开展了所谓“管理危机”外交。东京发达国家首脑会议也是处理危机的外交。因为确立了强有力的合作体制，所以总理对此成果十分满意，提出“愿为世界祝福”。在东京首脑会议上，决定1985年日本进口石油上限目标每天为630～690万桶，但1992年石油进口量每天为433万桶。这是为认真恪守东京首脑会议的决定而彻底实施节能政策的结果。可以说，它清楚地告诉人们何谓政治决断。

成功的“大平—卡特会谈”

日美关系是日本外交的基础。大平总理为此绞尽了脑汁。那还是在大平当总理之前，他在《我的履历书》中这样写道："作为外务大臣，最重要的工作，不言而喻就是与防卫当局配合，忠实地实施日美安全条约。这是日美两国相互理解和信赖的基础。为了使日美之间不发生丝毫的不信任，我对各方面都必须考虑得十分周到。"在他就任总理大臣时，日美之间已经出现经济摩擦。总理在选民面前明确表示："绝对不能使这种摩擦发展成日美间的不信任问题和政治问题。……同如此重要的友邦之间不能有丝毫的不信任。我认为这是日本外交的基本方针。"（1979年7月7日在香川县发表的纪念讲演）总理对日美关系的想法是始终如一的。

1979年5月发表的大平—卡特联合声明中强调日美关系是"富有成果的关系"。我最近在讨论日美关系的聚会上，曾与当时担任过负责东亚事务的国务卿帮办霍尔布鲁克先生（现驻德国大使）交谈过。我们两人都认为，要处理好对世界极为重要的日美关系，一般的努力是不够的，并一致评价"大平—卡特会谈"是一个成功的范例。翌年，1980年5月，大平总理访问华盛顿，使大平—卡特的关系更加巩固。美国在处理驻伊朗大使馆馆员被伊朗扣作人质问题时感到十分棘手，为此与各盟国的关系出现分歧。大平总理访美前夕，美国国务卿万斯辞职，由克里斯托弗副国务卿

（现任国务卿）代理国务卿出面迎接总理。总理与卡特总统会谈后，在白宫玫瑰园会见记者时，对美国人民面临的困难表示理解。他操英语铿锵有力地说："我与贵国人民一起衷心祝愿他们（仍被伊朗扣押的50名美国公民）人身安全。……我对总统的忍耐和克制表示敬意。我认为，只有勇敢的人才能做到这一点。情况十分严重。在这里，我不想说些一般的同情或支持的话，但是我要说日本打算与美国合作，与其他友邦协调行动，为早日和平解放人质尽最大的努力。"总理是出于"当前对全世界人民来说是非常困难而又面临考验的时刻"这样一种认识才发表上述讲话的。对卡特总统来讲，会谈无疑给了他莫大的勇气（大平总理逝世后，卡特总统亲自来参加葬礼，并到濑田私邸吊唁即说明这一点）。当时日本各大报均冠以日美关系"加强同盟"或"确认加强同盟"的大标题加以报道。从当时的国际形势来讲（总理在国会就"最后的旅行"所做的报告认为，伊朗、阿富汗问题"严重地威胁着国际秩序"）应有更深入的讨论，遗憾的是由于总理仙逝，这些问题被暂时搁置了一段时间。

吊唁铁托意在协调与西欧的关系

1980年5月上旬，在大平总理“最后的旅行中”，访问了美国、墨西哥、加拿大、南斯拉夫及西德。由于总理的逝世，他的这次出访后来没有被人们过多地谈及，其实它包括着日本外交上应处理的许多政策性课题。与美国的关系前面已经叙述过，下面让我们回顾一下总理访问南斯拉夫和西德的情况。

访问南斯拉夫是为了参加铁托总统的葬礼。当时参加葬礼的除了各不结盟国家外，还有几乎所有东西方国家的首脑。大平总理是在结束了对墨西哥访问后在飞往加拿大的专机上接到铁托逝世的噩耗的。关于总理决定访问贝尔格莱德的原委，森田一先生在《最后的旅行》一书中作了详尽的描述，我这里就省略了。那年4月，铁托总统病情恶化的消息传开后，日本政府便开始研究如果铁托总统病逝，应采取何种对策。考虑到这位总统死后南斯拉夫形势可能出现不稳定以及围绕该地区的东西方关系，日本政府认为总理应亲自参加葬礼。对此，包括伊东正义官房长官、加藤纮一官房副长官在内，首相官邸内也统一了看法。总理本人也是这样认为的。我记得出发前甚至研究了意外情况的对策：途中收到讣告后将立即调整总理的访问日程以赶赴葬礼。我们随行人员也知道，这两个日程只要能调整得开总理当然是要参加葬礼的。所以当我看到森田先生在书中说总理表示了“不参加”葬礼的态度时感到非常惊讶。虽然没有机会直接询问总理当时的心情，但我记得在旅途中总理曾向记者团透露，访问了美国、墨西哥、加拿大后还有许多内政问题要处理，在发达国家首脑会议召开之前已经没有时间出访了。

在贝尔格莱德的日程十分紧张，以至想起来都令人觉得难熬。国葬在炎炎烈日下（虽然是5月初，但日照与日本的夏天相似）进行了数小时，其间宣读悼辞等仪式不准带翻译，仅限总理一人参加。葬礼结束后也不像日本那样车队按顺序很快地驶出来，总理在那里等候良久。我作为秘书急得要命，额头上冒出汗珠。总理等在那里没说一句不满的话，看到总理的样子我的心情益加沉重。出访的最后一站是波恩。总理与西德总理施密特边进午餐边会谈。总理对这次会谈特别满意，会谈后的日程是安排打高尔夫球，忘记了前一天的紧张，这才使我放下心来。

这次会谈是因为参加铁托总统的葬礼而临时安排的。但是作为上述与卡特总统会谈的补充，是一次极为重要的会谈。对总理来讲，这是对 6 月份即将来临的威尼斯发达国家首脑会议作一番准备，也是很有意义的。这次会谈的主要议题是，综合地考虑美国驻伊朗大使馆馆员被扣作人质事件，对伊朗的制裁，苏联占领阿富汗，中东和平问题，控制军备问题，抵制莫斯科奥运会问题等，明确提出建立日、美、欧三方协调体制。西德总理施密特大概意识到美苏关系的脆弱性和不稳定性孕育着极大的危险，他强调在这种情况下西方国家应采取协调行动，以使苏联理解西方国家与美国的同盟关系的重要性，并且不要对苏联发出错误信号。总理对此表示同感，并披露了他本人对以日美关系为基轴的日本外交的信念，并相约在威尼斯发达国家首脑会议上重新聚首。施密特总理连做梦也没想到这竟是与大平总理的最后一次会谈。

去年 9 月，我在一次聚会上见到了施密特总理，偶尔谈起日本总理的问题。我便问他对大平总理有何感想。他回答说：“他是一位难以理解的人物，但也是一位思想深邃的政治家。我感到他是杰出的思想家。”如果总理出席在威尼斯举行的发达国家首脑会议，在会议获得圆满成功后，他定会与卡特总统、施密特总理和德斯坦总统等进一步加深交往，使日本以日美关系为基础、与西欧国家合作的关系进一步发展。然而这次旅行竟成为他“最后的出访”，这是一个无法挽回的遗憾。

与华总理的“最后会谈”

1980年5月27日和28日两天与华国锋总理的会谈是大平总理最后一次会见外国要人。华国锋总理访问日本是对1979年12月大平总理访华的回访。中国国家领导人访问日本，在日中关系史上这是第一次，可谓是一次具有划时代深远意义的访问。也是大平总理第三次与华总理见面，两人的关系已经相当亲密。当时大平总理的处境不佳，在国会会议上被提出不信任案，面临着解散众议院的困境。在这种情况下与华总理会谈，大平总理很是过意不去的，他说：“在这种时候，按预定计划请华总理访日感到十分光荣。”考虑对方的立场，这是大平总理的外交哲学。日中邦交正常化以后又签定了和平友好条约，两国关系得到很大发展。在这次会谈中，大平总理提出：“不能将日中关系仅仅局限于是两国的财产，它应为亚洲与世界和平发挥作用。”华总理谈到访日抱负时说：“通过这次访问加深理解，促进友谊，扩大合作关系。”在两国关系正常化后第八个年头举行的这次会谈，双方同意设置

“日中定期部长会议”。这次“最后的会谈”为日中关系后来的发展奠定了基础。大平总理曾说，他坚信自己现在虽然受到不信任，但是一个月后一切都会解决，这一次将成为历史的回忆。回忆大平总理的这些讲话，使人感到他对政局的运筹有大无畏的气概。

在这次会谈的两天后，即5月30日，大平总理在众议院和参议院同时选举大战的第一天猝然倒下。不难想象最感震惊的外国人就是华总理了。当时正在关西访问的华总理曾提出要返回东京探望总理。后来参加了总理葬礼的华总理曾到濑田的大平总理私邸访问志华子夫人（志华子夫人也过早地离开人世，令我痛心），以个人名义进行吊唁，说明华总理和大平总理个人之间的友情之深。总理对日中关系所作的贡献将永远传颂下去。5月29日，华国锋总理在中国大使馆举行招待会，大平总理致辞。这是他在与外国要人的正式活动中最后一次讲话。在洋溢着友谊的致辞中，他谈及了日中两国间两千年的交流史。在田中内阁时期，他为日中关系正常化而鞠躬尽瘁，一定是祝愿日中关系世世代代发展下去的。

期望大平外交路线的具体实现

1980年6月12日大平总理逝世之后，世界形势发生了令人意想不到的巨变。那就是冷战结构的崩溃。在此期间，日本的国力进一步增强，国际社会对日本的期望愈来愈大，国民要求建立与此相适应的政治体制的呼声也越来越高。当年6月23日发行的《新闻周刊》封面刊登了大平总理的照片，并以《WHO WILL LEAD JAPAN? Masayoshi Ohiva1910—1980(谁将领导日本?大平正芳1910—1980)》为题对日本的未来进行了展望。文内论述了大平总理不远万里参加铁托总统葬礼，并对世界形势的发展前景作了展望，他的突然逝世必将对日本的内政和外交产生影响。

继大平总理之后，铃木善幸、中曾根康弘、竹下登、宇野宗佑、海部俊树、宫泽喜一等自民党内阁一直延续下来。去年8月，诞生了以日本新党为首的非自民党细川护熙联合内阁，为日本政治吹进一股清新之风。日本在国际社会中的地位日益重要，我衷心希望能够按照新的时代要求具体实现大平政治铺设的外交路线。

（日本驻经济合作与发展组织大使）

大平总理把日美关系提到新高度

吉米·卡特

【致词】

我今天晚上到这里来不带任何政治任务，是对大平总理的一种难以言状的特殊友情把我吸引到这里来的，简单地讲这是一种亲爱之情吧。作为过去的总统我这样说可能有些可笑，但这是我的真实感情。

刚才日本广播协会电视台采访时问我："为什么和大平总理大臣如此亲密？是否因为是同时期担任总统的？"我回答说："我当总统时世界上有150位国家元首。但其中能够做到家庭式相处的只有两位，一位是萨达特总统，另一位就是大平总理。"

同大平大藏大臣畅谈将来的方向和希望

凡是读过大平总理著作、查阅过他业绩的人，都知道他是一位有判断力和人情味、心地广阔并有预见性的出类拔萃的人物。我第一次与大平总理接触是在1975年5月首次访日的时候。当时大平担任大藏大臣。那时我正在争取当总统。因此利用访日的机会尽量与更多的日本领导人会见。也就是说，对我来讲与大藏大臣会见是一项非常重要的日程。后来大平总理告诉我，我到他的大臣办公室时他正在向他的部下了解我的情况。他的部下告诉他，我是佐治亚州的前任州长。他说要是那样的话，还是让他等几分钟为好。我总算被允许同他会见，他非常亲切地接待了我，听取了我对将来的设想。我谈了想作美利坚合众国总统的雄心。大平总理听了之后从容地微微一笑。我们俩人谈到了将来的方向、目标和希望，甚至忘记了时间。

我当了总统，他作了总理大臣后，我们之间开始相互正式访问了。每次访问的时候，两国政府的高级官员们都排坐在两侧，我们两人需要掌握好这种面对面的正式会议。尽管如此，我们还是能够挤出属于我们两个人安静地在一起的时间的。这时，我们围绕关于两国政府和两国人民之间的关系交换意见，围绕将来如何确立共同的合作伙伴深入地交谈。

大平总理的英语讲得特别慢，对于我这个美国南部出身的人来讲感到十分亲切，听他讲话觉得心情舒畅。不过听说大平总理的日语说得也很慢。总之，我们的会谈是两个人慢慢地边想边谈的。今天我仍可以自信地这样说，大平总理正是通过这种正式的和私下的交谈，为把日美关系提高到一个新的水平作出了贡献的。

强调日美同盟关系和创设贤人会议

关于大平总理访问美国曾有过这样一件事。我的部下提醒我说："用什么措词表达两国关系是个微妙的问题。同盟这个词有军事关系的含义，还是不用为好。"可是在白宫的欢迎仪式上，大平总理强调的第一点就是日美之间牢固的同盟关系。大平总理说："这不意味着军事关系，它是把两国像兄弟般连接在一起的关系，成为今后两国人民长期进步基础的不可动摇的伙伴关系。"大平总理又回忆了日美两国从军事上相互仇恨到战后走向和解的那几年岁月之后说，现在两国正在探索新的关系，我们不能忘记两国关系能够发展到今天是两国同心协力构筑起来的，它给日本带来巨大的政治和经济利益。我在致答词中强调说，它对我们美国也是有利的。

到了70年代，日本经济得到突飞猛进的发展，并开始发挥它的影响。在这点上我也曾鼓励过大平总理。大平总理对日本在政治和经济两方面的潜力是非常清楚的。我常对大平总理说，日本有责任用成功的经济去援助世界上那些困难的国家（那些还过不上在日本和美国看来是理所当然的富裕生活的国家）。大平总理很早就清楚地了解这一点，并认为日本援助的范围不仅是西太平洋地区，而且应扩大到世界上所有的发展中国家。我想这充分地表现了大平总理的政治家风度。他非常了解这种对其他国家的人道主义支援是对本国将来的投资。

我们两人也都十分清楚，两国的经济竞争愈演愈烈，日本以比美国更便宜的价格生产了大量的高质量消费品，逐渐对美国构成了威胁。我作为一个政治家感到这个问题非常严重，认为它很可能使日美关系发生裂痕。大平总理同我有一样的担心。我们两人都很注意不要把这种问题带到政治争端中去。于是我们通过非正式会谈的方式研究如何避免这种经济上的对立表面化，结果决定建立一个贤人会议，请有名声、有能力、有知识、有经验和人格高尚的真正政治家做会议的成员。我推选了三位精通日本情况的美国人，大平总理推选了三位精通美国情况的日本人。一旦发生什么争议时，不管是电视机也好，鞋也好，就马上提出来，召集非正式的少数人会议。会场有时设在东京，有时设在纽约、华盛顿、夏威夷。会议对产生问题的方方面面进行研究和讨论，然后向日美两国首脑提出建议，把它作为白宫或首相官邸的想法加以宣传。在与日本的经济竞争中，如果出现谴责日本的空气时，我本人也注意使用白宫的权限，一面强调日美两国要同舟共济，一面将关系恶化控制在最小范围内。

我们两人的合作关系不仅仅局限在消费品问题上。1979 年，在石油危机最严重的时期，在东京举行了发达国家首脑会议。会议的最重要议题就是讨论石油危机问题。日本对中东石油的依赖性很大，所以大平总理周围很多人都劝他，千万不要发表令产油国感到不悦的声明。但是大平总理替日本选择了与美国相同的立场，要求策动涨价的产油国自重。这是一个政治上需要巨大勇气的行动。

1980 年 5 月，大平总理访问美国。我与他的会见竟成了诀别。我们两人确定了日美间非能源研究开发协定的内容，并且签署了这一协定。从那以后没过几个星期，大平总理便离开了人世。

我感到非常悲痛，那不仅是因为我失去了一位朋友，更重要的是美国失去了一位宝贵的日本代言人。多年来，大平总理的谈话、他的先见之明、勇气和领导能力，作为日本的代言人对我们美国是至关重要的。按照惯例，美国总统是不能参加葬礼的。在我任总统期间举行的葬礼，包括铁托总统的葬礼在内，都是由副总统或者由我的妻子或母亲代表参加的。但是我的挚友大平总理的葬礼，是我亲自参加的。

美国应学习大平总理的睿智

我至今仍不能忘怀大平总理。此次为缅怀大平总理而策划的“纪念大平讲演活动”具有非常深远的意义。我希望参加此次讲演的诸位，就为日本鞠躬尽瘁的大平总理的思想和行动作进一步的深入研究。

大平总理和我珍视友情，彼此尊敬，十分尊重对方的原则立场。我认为，现在的日美首脑能够从这两位合作伙伴身上学到许多如何避免两国对立的办法。为了避免两个大国之间的不协调，为了将不可避免的竞争控制在最小限度内，进而为了将来在两国之间一旦发生互相谴责的事态，两国领导人以各自的领导能力勇敢地对本国国民进行说服工作，也希望一定要向大平总理学习。

在政治世界中，往往将本国的失业问题归罪为别国的责任。这十年来，美国的这种行动实在是太多了。美国议会和一般人总是责难日本生产物美价廉的产品。这种议论是毫无意义的。美国人应从大平总理的睿智中学到更多的东西。

【回答提问】

为了维护和发展良好的日美关系

问：与日本交往的主要任务是维护和发展良好的日美关系。这几年在两国的互惠关系中开始出现一些困难，随着冷战色彩的减退，日美间的竞争越来越突出，美国对日本开始抱有敌意，而且这种敌视的看法很可能愈演愈烈，令人十分忧虑。希望您从一个国家领导人的观点谈一谈应如何对待这种情况。

答：第一，要理解日美文化的差异。我多次访问日本，每次访问我不仅会见现任的总理、内阁官员、有影响的议员和经济界人士，而且尽量争取访问一般家庭。作为总统访日时，我请大平总理在乡镇的公民馆内组织了一次集会，有1200名听众出席，回答他们的问题，并通过电视进行现场转播。那虽是首次尝试却受益匪浅。我们美国人有责任多读书，向精通两国文化差异的学者学习，更多地了解日本。

第二，与将责任转嫁给外国的政治家作斗争。在任何社会里，当新产品问世、现存的旧产品被迫退出市场时，往往发展为政治问题。为了追究责任就要谴责什么人。而外国人往往成为被攻击的对象。过去10年间，美国的一些政客把日本作为他们攻击的目标，他们将本国的问题推卸给日本。这种情况在美国国会会议上时有发生。报纸上只登坏话完全没有褒誉之词，这虽是一种民主的表现，但是为了对这种无根据的责难作出正确的回答，就需要主持公道者出来讲话。在座的各位中有人是可以这样做的。而国务院、商务部及其他部局以及白宫本身应对此加以引导。如果不对议会上那些无端的谴责作出恰如其分的回答，那后果将是无法挽回的。

现在，我站在大学教授这样一个市民的立场上想要强调的是恢复贤人会议。贤人会议应该网罗我曾经任命的前驻日本大使曼斯菲尔德先生这种级别的人物。在这个贤人会议上，由双方的两三名代表，按照一个个具体课题，就两国的经济、文化、社会等各个不同的领域分别进行讨论，考虑到相互不同的特点，提出解决办法，向总统、商务部长和国防部提出冷静的建议。这个贤人会议在我和大平总理的时候曾发挥了很好的功能。不知道是什么原因，这个贤人会议却停止了活动。这是件令人遗憾的事情。

我们目前正面临一个非常大的变革时代。欧洲正走向联合，一个拥有3.5亿人口的统一国家即将诞生。考虑到届时将会出现的欧洲的竞争威胁，就应该了解日美两国必须进行更紧密的合作。日美两国必须更好地相互学习。

在我担任佐治亚州州长的时代作出的最高明的一个决定是让日本的YKK（吉田工业公司）在佐治亚州的科曼建设工厂。几乎所有设在佐治亚州的需要高技术的制造厂家都在非常密切地关注着YKK的做法。其结果是，YKK不仅为本州创造了就业机会，而且，通过其先进的设备和协调的劳资关系的优越性给了本州的产业以很大刺激。YKK带来的整个州的一体感及相互认同对佐治亚州所作的贡献确实是无法估量的。

日本对世界作贡献的领域是援助发展中国家

问：假如现在你是总统，大平先生是总理大臣，那么，你就日本对世界作贡献的领域会提出什么样的建议呢？

答：谈一谈10年、20年之前无法想象的新思考，作为答复吧。

当今世界最引人注目的发展之一，便是日美两国和发展中国家的关系。现在，日本对海外的经济援助已经超过120亿美元，凌驾于美国之上。这些经济援助的几乎全部都用于提高生活质量这一人道主义目的。然而美国的援助却令人遗憾地几乎都采取了武器援助的形式，而且，这些援助的大部分只提供给以色列以及埃及、巴基斯坦、希腊、土耳其和菲律宾，除此之外的国家几乎得不到援助。因此，我就想，在对外经济援助这个领域里，日美两国不正可以进行合作吗？因为援助发展中国家是为两国将来的发展所作的最明智的先行投资。两国在这个领域进行合作的过程中就会自然而然地组成工作小组，从而把个人和政府之间联系起来。

关于中国问题这类微妙的问题，我不知道现在美国同日本进行了多么深入的磋商，但是我认为，两国应该进行更密切的磋商。我以为，最为重要的是，双方都要认识到在这个问题上得到日本的合作具有何等重要的意义，特别是要让美国人民认识到这个问题的重要性。如果因此而使美国人民真正地了解到同日本的友好关系是如何的重要，那么“敲打日本”这种做法几乎会自动消除。假如日美两国于第三世界不是在武器援助而是在人道主义援助计划上齐心协力进行合作，那么在争取于第三世界构筑民主、自由、人权等对于两国来说是共同价值基准这个新领域，就将拥有合作、相互理解和共同目的。

如果我是总统，我将继续让贤人会议发挥作用

问：在过去的9年间，如果你是总统，对日政策将会是怎样的？

答：首先，我想继续让贤人会议存在。对于它的意义和作用，不能评价过低。我认为，由于没有贤人

会议那样的功能，因此里根总统和布什总统在任内都无法随心所欲地发表讲话以纠正议会里蛊惑人心的声音。在美国政府的功能中，不存在从当事者双方的立场上讨论同日本贸易摩擦等等问题的机制。也正因为如此，我认为，以某种形式恢复贤人会议将在很大程度上有助于弥补这个弱点。如果像曼斯菲尔德先生那样熟知两国情况的6名成员向我提出建议，我就能够根据这些建议的精神行使总统的政治权力。第二，我也将像里根总统一样，反对保护主义。直到几年之前，日本在纺织产业领域还是佐治亚州强有力的竞争对手，可是如今却失去了竞争力，纺织产业正在向泰国等工资低廉的国家转移，这种变化是不可避免的。第三，我将推进在科学技术研究开发领域里的合作。目前，在美国，有一种强烈的观点认为，日美之间在科学领域的竞争是不可避免的。如果真是这样的话，将会随之而付出巨大的牺牲。我认为，在基础研究方面倘若两国不仅在产业界，而且也在大学里进行合作，那么两国因此而获得的利益将是无可估量的。

有许多日本游客来美国，学习到许多关于美国的知识。但仅仅如此，还无法了解美国人的日常生活。因此就需要进行更广泛的文化交流。

日本在美国建设工厂等也有助于加深日美两国的相互了解。上面提到的YKK公司建设的工厂不仅为佐治亚州的科曼增加了就业，而且带来了新的经营方法和应有的劳资关系，并且开展无缺陷活动和全面质量管理活动，给了美国企业以很大刺激。两国政府应该加强这种联系,定期地确认相互合作关系的重要性,让国民更多地了解这些情况。我以为，总统在国情咨文中万万不可不谈及日本在这方面的重要性。在国情咨文中，每次必定谈北约，也必然谈苏联。可是，在最近的国情咨文中，却对日本只字不提。让国民了解同日本的关系的重要性——这就是如果我是总统而要做的一项重要工作。

要有“地球 2000 年”计划的视野

问：日本企业正在购买美国的传媒产业，其影响如何？与此同时，美国企业也担心，如不像日本那样在研究开发方面建立官民学联合攻关体制，就会在竞争中败北。对此，想听听您的高见。

答：日本企业购买美国企业，包括传媒企业在内，我不反对。

仅就竞争这一点而言，比起美国，日本的政府和产业界有一种更为密切的关系，因而处于有利地位，这是确实的。在日本，法律上不禁止两家公司进行联合研究。卡特中心几年前曾就竞争问题举办过研讨会，美国方面显然存在着一些问题。

问题之一便是美国企业不把出口当作至高无上的追求。因为在美国国内就有庞大的市场，所以几乎所有的企业只要考虑美国国内的用户也就足够了。可是在日本，出口却是生命线。德国多少代以来也一直优先制造出口产品。美国没有这种必要，因此，最后便在如何在竞争中取胜这方面大大落后了，出现了令人啼笑皆非的结果。这就是在把握对方顾客的喜爱、嗜好和需求方面，日本的企业比美国的企业做得好。

另一个非常重要的问题是，企业经营者以怎样的姿态对待生产、销售和从业人员。在美国，至少是近10年来，兼并企业已成为家常便饭。研讨会得出的结论是，这种企业兼并是搞垮美国产业界的元凶。因为这种兼并意味着不懂得生产线，也不了解从业员需要和营业的人进入公司，由他们来从事经营活动。甚至常常有这样的情况发生：为了支付陈旧债务的利息，很快就将兼并过来的公司卖掉了。日本的公司没有这种兼并企业的习惯。

不过，研讨会上得出的另一个结论是，美国有着世界上最优秀的高等教育制度，在创新思想方面，美国是世界的主角。在基础研究部门，美国也是出类拔萃的。家庭用品的大部分专利都是美国的。这是因为美国有着出色的企业家精神、研究能力和教育体系。而美国所缺乏的，就是把这些专利发展到实用化、产品化的积极性和动力。

研讨会最后指出来的问题是，美国对未来缺乏长远观点。我在任总统的最后3年间，曾让整个联邦政府（至少是其中的13个部）制定广范围的未来发展计划。可是到了下届政府，这种发展计划便遭到了被贬批、被非难和被扔进废纸篓中的厄运。这就是说，从长远的观点把握和展望世界未来动向的成果被丢掉了。与此形成鲜明的对照，日本（德国也是如此）在政府的全面支持下，为了抓住未来的新的商业机遇，正在努力展望未来。

卡特中心曾多次和美国科学院院长举行会议，讨论美国怎样才能恢复长远观点。至于高清晰度彩色电视机以及其他最尖端的技术如电子产品的实用化，从决定研究开发到建设工厂、设计主要的构成零部件、选定生产厂家、确立市场营销系统竟需要8年到10年时间。实际情况往往是只有少数的超大型企业才能搞这些事情。为克服这种状况，战胜企业和政府齐心协力占据优势的日本，美国有必要发挥和运用卓越的企业家精神、研究能力和教育体系的优势。为此，我们就更需要培养关心未来和预见未来的能力。我在担任总统期间，曾根据“地球2000”这样一个计划对未来作了预测。卡特中心目前仍在研究怎样才能恢复长远观点的问题。

美国应该在对华人权政策上负起责任

问：日美两国应该怎样对待天安门事件后的中国？在对华政策上，日本能够做些美国无能为力的事情吗？

答：我想运用实现了同中国关系正常化的前总统的立场医治因天安门事件而产生的创伤。因为中国人不会忘记掘井的老朋友。中国对于外国干涉内政是非常敏感的。关于天安门事件，也必须采用“这是自己的决定”这种形式，而不是通过美国和其他国家施加压力让中国解决人权问题。我希望美国今后在同中国维持外交关系的同时，冷静却又坚决地做工作，使之改善在人权问题上的做法，并且希望中国作出响应。

关于在中国问题上同日本的关系，我在就任总统期间，一直就美中关系同日本保持着密切的联系。这是因为我知道，日中两国之间有着比美中两国间更为强有力的纽带。天安门事件后，日本远远早于美国治愈了对华关系的创伤。实际上，日本正在贸易方面采取引人注目的行动。这大概是日本比只讲原则的美国更有必要采取现实主义的立场吧！美国人认为中国人犯了罪，应该受到惩罚。在对中国问题上，我认为布什总统的处理正确果断。作为实现了同中国关系正常化的前总统，我高兴地看到两国现在仍然维持着外交关系。我希望有朝一日中国的人权政策能够实现正常化。但是，我不认为这是个应该由日本去承担的责任。我认为，日本国会难以像美国议会那样通过谴责中国的决议。日本尚不具备足以指控中国无视人权的政治灵活性和影响。毋宁说美国应该得到日本的合作，尽可能地在保存中国面子的情况下做工作，以促使它改变人权政策。我以为，在日本正显示其领导作用的柬埔寨问题上，也存在着同中国合作解决争端的领域。

重要的是，应该在把天安门事件作为一件不可忽视的大事的同时去处理其他问题，并且不要把它们同天安门事件联系在一起。

没有必要修改日美安全保障条约

问：您如何展望修改后已过30年的日美安全保障条约的前景？

答：在我居住的佐治亚州，有这样一句谚语："不坏不修"。日美安全条约是非常健全的，日本负担的经费正在逐年增加。我认为，日本的防御能力也正在获得大幅度的改善。在我任总统的时代，安全保障方面不存在任何问题。对于美国在韩国和西太平洋上所承担的责任，日本也给予了足够的支援。我认为，日美安全保障条约可以像过去30年那样继续下去，没有必要修改，但是应该继续增加相互保障的经费负担。美国的一些领导人要求日本大幅度地增加军事费用，我不赞成这样做。我在担任总统期间从未向日本的总理大臣提出过大幅度增加防卫费的要求。我认为，日本的防卫政策是适宜的，不应该乱动。

我不是日本问题专家，但我是强烈希望维持和发展日美两国人民难能可贵的友好关系的人们中间的一员。

（美国前总统）

注：本文是1990年6月14日在纽约日本协会所作纪念大平的讲话的全文。在质疑解答部分中，与环太平洋构想关系较少的内容——美国的内政问题、戈尔巴乔夫和苏联问题、南非问题等——忍痛割爱了。

纪念我友大平正芳先生

姬鹏飞

光阴荏苒，大平正芳先生离世已经15个春秋了。这位杰出政治家为中日友好事业做出的积极贡献永垂史册。中国人民永远不会忘记这位老朋友。

我同大平正芳先生初识于1972年9月那段重大的历史过程，对于我本人来说，是一段难以忘怀的日子。当时大平正芳先生作为外务大臣，随同田中角荣首相应周恩来总理的邀请前来北京，通过谈判完成了实现中日邦交正常化的历史使命，结束了中日两国之间长期存在的不正常状态，揭开了中日关系史上的新篇章。在这次及此后的一系列谈判中，大平外相充分表现出一个政治家和外交家的出色智慧。

实现中日邦交正常化，是两国人民的共同心愿，两国老一辈政治家为之奋斗了20多年。1972年7月7日，田中先生就任首相伊始，就顺应历史潮流和广大日本人民的要求，公开表示理解中国政府提出的中日复交三原则（即中华人民共和国政府是代表中国的唯一合法政府；台湾是中华人民共和国领土不可分割的一部分；“日台条约”是非法无效的，应予废除），宣布要加紧实现同中华人民共和国的邦交正常化。周总理对此迅速作出反应，表示“这是值得欢迎的”。抓住时机，实现中日邦交正常化，是两国政府的重大目标。在这一点上，双方认识完全一致。但是，众所周知，结束两国的战争状态，首先要解决台湾问题。这是两国关系正常化谈判的焦点所在。两国总理本着求大同存小异的精神，以信为本，开诚布公地交换了意见，在重大原则问题上取得一致意见后，便把起草两国政府联合声明的重任交给了大平正芳先生和我。在联合声明的起草过程中，如何就两国战争状态的结束、台湾问题、“日台条约”的处理等问题找出适当的措词，使其既能体现复交三原则精神，又能兼顾双方的不同立场，确实动了不少脑筋。为此，我们夜以继日地工作，就连去八达岭游览的路上也没有停止，在颠簸的汽车上继续交换意见。大平先生出了不少好主意。当然对我的意见他也都认真考虑。最后我们终于写出了双方都比较满意的稿子。关于在联合声明中未能具体言及的“日台条约”问题，由大平外相在联合声明发表后在记者招待会上宣布：作为日中邦交正常化的结果，“日台条约”已经失去了存在意义，并宣告结束，台湾和日本国的外交关系将不能维持。这是大平正芳先生的建议，得到了周恩来总理的赞许。9月27日，毛泽东主席会见田中首相（大平外相和二阶堂官房长官在座）。一见面，毛泽东主席就风趣地问田中首相："怎么样？吵架了吗？总要吵一些，天下没有不吵架的。"田中首相说："吵是吵了一些，但是已经基本上解决了问题。"接着，周总理和田中首相异口同声地说，两国外长很努力。毛泽东主席回头指着大平先生同我开玩笑："你把他打败了吧。"大平先生摇摇头说，"没有，我们是平等的"，然后朝着我眯起眼睛笑了。

维护本国人民的利益是外交人员的天职，但是我们也很清楚，中日友好是大局，是大原则，找出维护大局的共同点是我们的使命。所以，我们既是谈判对手，又是合作伙伴。我和大平先生恰好同庚。我为能够和大平先生一起完成这一伟大的历史任务感到无限高兴。从此我们之间建立起一种可贵的友谊，一种相互信赖的关系。

我同大平先生的第二次合作是1974年1月。大平先生作为田中内阁的外相，根据中日联合声明到北京谈判中日航空协定问题。新年刚过，大平先生就到了北京，为了亲自体验一下中日不能直航的不便，大平先生没有坐专机，而是乘坐班机绕道香港到北京的。这又是一次艰苦的谈判。关键的问题是如何处理日台航线。中日邦交正常化后，根据两国政府的协议，日台之间只能维持经济、贸易、人员来往等民间往来，包括航空往来在内，不能带有官方性质。经过4天的谈判，双方商定，中日之间的航空协定是国家间的协定，日台之间是地区性的民间航空往来。根据两国政府联合声明，从中日航空协定签字之日起，日本政府不承认台湾飞机上的旗帜是所谓的国旗标志，不承认台湾“中华航空公司”是代表国家的航空公司。出乎大平先生的预料，回国后他遭到自民党内一些议员的强烈反对和猛烈攻击。大平先生是一位严守信义，从不食言的人。3月21日，他委托当时的外务省中国课长国广道彦先生带信给我，说他诚心诚意地执行1月6日同我就处理日台航线达成的基本谅解，为使签订中日航空协定之事尽快走上轨道，他正豁出自己的政治生命进行努力。在大平先生的顽强努力下，中日航空协定终于在同年4月20日按期签字。同年9月29日，在两国人民欢庆邦交正常化两周年的时候，中日正式通航，北京、东京之间航程原来绕道香港历时3天，现在只需4个小时。大平先生又一次在中日关系史上立下了不朽的功勋。

大平先生第三次访华，也是他最后一次访华，是1979年12月。他以日本国内阁总理大臣的身份正式访问中国。这时，两国已经缔结了中日和平友好条约，中日联合声明确定的两国友好的政治基础得到进一步保证。当时我已经离开外交部，未能参加同大平先生的会谈。据我了解，他同我国领导人的会谈是亲切友好、卓有成效的。会谈内容涉及面向21世纪的两国友好合作关系和整个国际形势。大平先生强调，日中友好合作关系是亚洲、西太平洋地区稳定不可缺少的因素，即使是在遥远的将来，不管遇到什么情况，日中两国都要毫不动摇地坚持友好下去，并决定日本政府开始向中国提供日元贷款和无偿援助，实现了中日两国全面的经济合作。他认为，人们期待一个更加富裕的中国出现，因为这与更加美好的世界相连，日本要对中国为实现现代化所做的努力进行积极的合作。

我接触过世界上许多杰出的政治家，大平先生给我留下了深刻的印象。从接触和合作中，我深深感到大平先生是一位具有远见卓识和善于深思熟虑、恪守信义的政治家。他下决心辅佐田中首相解决日中关系问题，不仅是立足于日本人民的现实和长远利益，而且预见到在迎接亚洲、太平洋时代以及维护世界和平与稳定中日友好合作所具有的重大意义。大平先生的逝世，使中国人民失去一位好朋友，也是中日友好事业的一大损失。在新的国际形势下，中日两国进一步发展睦邻友好关系具有更加重要的意义。我们应该继承前人的事业，沿着中日联合声明和中日和平友好条约的轨道，不断把两国关系推向新的深度和广度，为建立 21 世纪乃至更长久的友好合作关系而努力。我想，这也是大平正芳先生的心愿。

1993 年 12 月 27 日

（中华人民共和国外交部前部长）

在日中航空协定谈判的关键时刻

国广道彦

我曾三次为大平总理服务，两次是在他任外相时，另一次是在他任总理大臣期间。在大平先生任外相时，第一次是偶然做一做不高明的翻译。在大平总理时代，使我难以忘怀的是我作为经济局参事在东京举行西方国家首脑会议时帮忙的情景。第二年，大平总理因病住院后，仍然强烈地希望参加在威尼斯举行的西方国家首脑会议。就在佐藤嘉恭秘书（现任驻经济合作与发展组织大使）来访，秘密磋商前往威尼斯打前站那天黎明，大平总理与世长辞了。当时心痛欲碎的情景我至今记忆犹新。

作为亚洲局中国课课长辅佐大平外相

我觉得，通过为大平总理分忧从而最深刻地了解到他的人品是在他担任外相期间进行日中航空协定谈判的时候。当时我是亚洲局中国课课长。

日中关系正常化后不久，1972 年 11 月，我方提出了航空协定草案，经过日中两国谈判，直到 1974 年 4 月 20 日才达成一致意见，正式签约。当时到中国去，要从香港经深圳，仅单程就需要两天时间，实在是太不方便了。因此，开设日中直达航线无论是在象征意义上还是在实际利益上，都是日中关系正常化后的一个紧急课题。然而为什么需要进行这么长时间的谈判呢？

其中最大的原因是围绕着日台航线而产生的政治问题。当时，日中两国政府达成的基本谅解是，实现关系正常化后，日台之间不再有政府间关系，但可维持经济、文化等民间交流，其中当然也包括民间航空关系。可是，中国方面却把必须明确日中航空关系是政府间关系、日台航空关系是民间的地方关系作为一个原则问题而不肯让步。为此，作为具体问题，就产生了如何处理“中华航空”的名称和青天白日旗等种种问题。

我方认为，既然日中之间实现了关系正常化，理所当然地就无法把日中间和日台间的航空关系等同起来处理。然而中国方面在具体问题上的严厉态度确实使我方困惑不解。航空协定本身原是技术性的业务协定，但是对于中国来说，如何处理日台间的航线却是一个关系到国家主权的极其严重的政治问题。

不仅如此，中国方面虽然在谈判中强调上面所说的那种原则论，但是自己并不提出处理意见，说是如果中国方面提出了处理方案，日本国内的支持台湾派就会谴责中国政府，因此，日本政府应该提出自己应采取的对策，日本政府自己应该负责统一国内意见（事实上，也存在着如果日本屈服于中国方面的要求，台湾方面也将反对的侧面）。尽管如此，由于提出中国反对的方案只会招致混乱，所以，我方想方设法，包括通过非正式渠道等，努力寻找具体的解决办法，不断地试探中国方面的想法，但是很难得到来自中国方面的肯定性反应（在另一方面，当然也通过非正式途径努力试探台湾的态度）。

在政治形势紧张的情况下于元月二日访华

到了1973年秋天，中国方面看到事务级谈判没有进展，便企图迫使日方作政治决断，遂公开或私下敦促大平外相在当年内访华。关系正常化已经一年，外务大臣之间尚无交流，这也确实是不自然的。但是在另一方面，倘若航空协定达不成一致意见而大臣去访华，那就难免使大臣一人肩负过重的政治责任。这是一个难以做判断的问题。但是，我认为，即使为了确认除航空问题以外的日中关系正在顺利发展的事态（实际上贸易协定谈判已经进展到可以签约的地步），也应于1月国会会议开幕前访华。届时，关于航空谈判如不能解决台湾问题，也就无法完成签订航空协定的谈判，赶上国会的批准。关于大臣的1月访华事宜，暗中已征得亚洲局局长高岛益郎的认可。

12月22日，年关在即，我被法眼晋作次官唤去。我本想就大臣访华一事进言，可是，未等我开口，法眼次官便问我，航空协定谈判能否在大臣访华之前结束。我陈述了亚洲局的上述想法。法眼次官对我说，他询问了大平大臣的意向，结果大臣也认为，应该在这个时候访华，但是由于田中总理要访问东南亚国家，因此必须在1月7日回国。事情来得也太突然，正巧听说英国的希思总理1月初的访华计划被取消了，因此，中国领导人在这个期间是可以安排日程的。此外，众议员佐佐木更三一行计划乘专机访华，大臣回程可以利用这次航班。这样，1月2日至6日有可能实现访华。总之，匆匆忙忙地得到中国方面的谅解，大臣便于1月2日从羽田机场起程访华了。当天警方动员了4000名警察。正如这种戒备森严的情况所表明，大平大臣是在今天不可想象的紧张政治形势下出访的。

考虑到关于航空协定的谈判有可能进展不顺等情况，我们向中国提出访华要求时说，外相访问的目的，是举行外长协商，包括就国际形势交换意见。3日晚间，当乘坐中国政府派往广东的专机抵达北京机场时，姬鹏飞外长前往迎接。据说当大平外相告诉他打算就航空协定进行会谈时，姬鹏飞外长流露出松了一口气的表情。

大臣在北京的主要活动日程如下：

1月4日上午9时半	同姬外长举行会谈
下午3时	同周恩来总理举行会谈
下午7时	中方欢迎宴会
1月5日上午11时	同姬外长举行会谈

下午 7 时　　日方答谢宴会

签署日中贸易协定

晚 11 时半　　同周恩来总理举行会谈

1 月 6 日上午 9 时半　　同姬外长举行会谈

除上述日程外，5 日早晨突然接到了上午 8 时大平大臣要单独拜访毛泽东主席的通知。

在同周总理单独会谈时作记录员

无论怎样表述这次访华目的，双方最关心的问题显然都是航空协定。在第一次外长会谈中，我们一并陈述了我方的想法，期望在下午同周总理的会谈中对方能做出向前看的反应。然而，周总理的讲话极其强硬，使人感到，这讲话不仅会遭到自民党内亲台派的激烈反对，而且也突出了周总理对日认识的严峻性。

第二次外长会谈集中谈航空协定问题。大平大臣在会谈中说，“我一直把我政治生命的赌注押在日中关系正常化上。违反这一基本原则的事情不用中国方面说，我自己也不会去做”，强调根据我方的解决方案是会处理原则问题的。可是姬部长却根本不接受。

中国方面在那天清晨让大平大臣会见了毛泽东主

席，虽说会见方式是极其罕见的。或许有人认为，其中也有中国方面领导人想把这次访华置于成功的地位，但是在中国方面的讲话中却根本没有发现这种迹象。

因此，我们把希望寄托在当天同周总理的第二次会谈上。于是，首席随员松永信雄提议将这次会谈作为同周总理进行的单独会谈（日本方面由我作为记录员陪同，中国方面则有姬部长出席）。预定于下午3时举行的会谈一直未加解释地让我们等到晚上11时半。

会谈持续到凌晨1时许，充满了紧张气氛。大平大臣坚持认为，“就日本方面来说，将始终恪守日中关系正常化的原则。但若按照中国方面的意见办事，日台航线显然要被切断。日本方案是一个最大限度的既坚持原则又顾全现实的方案。因为自民党政府向国民保证将在民间级别维持日台航空关系，所以我们不能自食其言。请务必谅解日本方面的这种考虑”。但是，周总理说，能够照顾的，中国方面全都给予了照顾，未表示任何妥协的意思。结果这次会谈决定，根据在会谈中交换的意见，再一次归纳整理日本政府能够做得到的和不能做的事情，然后在第二天的外长会谈中做出答复。

会谈之后，我们在大平大臣下榻处的客厅里进行内部协商，一直到3时半左右。自从抵京以来，中国方面根本无意让步。但是，是否就得下决心按照中国方面的想法解决中国所说的“原则问题”呢？经再三思考，作为主管课长，我谈了如下意见：“我认为，我们不能达成一种协议，让一般的日本人觉得日本政府的方针过于听从了中国的意见，而对台湾无情无义。但是可以采用这样一种解决办法：台湾方面反对日本政府的方案，而一般的日本人则认为台湾这样做是无理取闹。我认为，既然走到了这个地步，就只好以一般的日本人怎样想为基准决定问题了。”

一直默不作声倾听意见的大平大臣终于做出了如下判断：“如若台湾自己主动地改变旗帜和公司名称，这对我们来说是再好不过了。但是我们不打算强迫台湾这样做。”于是，我们做出这样的决定：这次未能找到解决问题的途径而回国也是不得已的。

大平大臣的话别与问题的迅速解决

翌日清晨，我注意到大平大臣几乎没有吃一口早餐。虽然没有达成协议，但回国之际还要请大平大臣讲这样一番话：“不幸的是未能就签订航空协定达成一致意见，不过，日中友好关系就整个情况看还是良好的，它今后将像长江流水，滔滔不绝。关于航空协定，让我们为在不久的将来取得一致意见而继续努力吧！”经过磋商，这番话获得大平大臣的首肯。于是，我赶紧将它写下来。

这天的外长会谈的安排是前半部分时间归纳航空协定以外的问题，后半部分时间就航空协定举行最后一轮会谈。可是，在我方结束了关于前半部分议题的讲话之后，大平大臣便掏出上述发言稿，也就是说他将就此做话别。我始终没有机会询问大平大臣是否故意这样做，但是在大平大臣讲话时，在我对面的韩念龙副部长离开了座席。事后得知他是去向周总理汇报情况了。

前半部分日程在中国方面惊愕不已的气氛中结束了。休息片刻之后，对方说希望由少数人举行非正式会谈。中国方面首先说明，这次大平外相访华引起了世界注目，不能让它失败，然后说想提出中国方面的方案，接着便逐条宣读起中国方案来。我侧耳倾听，觉得中国方面的所谓新想法和我方迄今为止介绍的日本方案实质上是一样的。征得大平大臣的许可，我要求中方澄清两三个问题，确认了这些都是中国方面准备照顾我方立场的地方。

直到不久之前，我们还在黑暗之中苦恼，现在形势突然急转直下，出现了解决问题的前景。本来应该感到高兴的我却感到全身无力，像瘫痪了似的。首先是产生了一种虚无感，觉得早知如此，何必当初？同时脑海中也浮现一个难题，这就是回国后必须在此基础上说服国内的反对派。

我至今还能够体察大平大臣当时的心情。本来，大平大臣在年底就身患感冒，发烧，是硬支撑着身体来中国访问的，后来听保健医生永泽滋夫说，大平大臣在5日夜里因尿道结石而便血。他就是在这样的身体条件下进行5轮严峻的会谈的。这确实是呕心沥血。而且，这“六项”基本协议很有可能遭到亲台派的反对。

在中国方面，如今已经是尽人皆知的事实了，周总理当时也身患癌症，实际上是在住院的情况下坚持工作的。在政治上，他也一定承受着来自“四人帮”的压力。此外，在中美之间，当时中国方面开始怀疑美国在对台湾问题所做承诺方面态度有所倒退，整个形势也不允许轻易向日本表示妥协姿态。

大平大臣也好，周总理也好，他们都是在肉体上与政治上和非同一般的痛苦进行斗争的情况下为克服日中关系正常化后最大的障碍做出决断的。

大平大臣的坚定决心和不动摇的信念

以在大平访华期间达成的基本谅解为基础，我们拟定了所谓的“六项”方针，为缔结协定而开始了国内准备工作。就我们来说，这是在冥思苦想之后找出来的解决办法，可在自民党内还是产生了种种反对意见。不仅仅是“六项”具体措施，而且关于日中之间的航空协定，后来围绕着“以远权”的处理等，谈判也令人意外地陷入僵局。在这些问题上，航空界有关方面也有反对意见。为要得到自民党对政府方案的赞同，真是困难到了极点。

在这个过程中，外务省事务当局，自法眼次官以下，人人都在为游说国内各方面而奔忙。而最令人钦佩的，还是大平大臣的坚定决心。在自民党内，各个机构没完没了地进行讨论，时而发生对大平大臣的人身攻击性指责。大平大臣抱着“如坐针毡的决心”出席各种会议，对于那些出言不逊的讲话，他也慎重应酬，不断地进行说服工作。

从北京回国后不久，大平大臣在濑田的住宅不幸失火遭灾，不得已只好暂时到大仓饭店栖身。一天夜间，我去饭店向大臣汇报情况，当介绍到反对意见增强的情况时，大平大臣便说："为了日中关系的前途，一定要使这个协定获得国会的通过。若有必要外务省不妨把我杀掉。"在场的条约局局长松永和我深深地被大平大臣的悲壮决心所感动，我们在心内发誓，一定要竭尽全力，使这个协定得以批准和缔结。

就这样，历时约一年半之久的日中航空协定谈判毕竟越过了种种难关。而日中关系正常化后最困难的一个关口——航空协定谈判的关键则是1月的大平访华。而且，鼓舞我们后来在互换批准书之前解决国内外各种问题的，正是大平大臣正视日中关系的历史和将来的不可动摇的信念。

（驻中国大使）

日中建交秘话——中南海一夜

二阶堂进

日中关系正常化以后，20年来，其间虽然出现过一些波折，但是日中两国的友好睦邻关系正在走向充满希望的未来，越来越拓宽其广度，加大其深度，如今，日本和中国已成为互不可缺少的国家了。然而，在这种友好睦邻关系不断加深的形势下，容易被忘却的是那些为奠定这种关系的基础而竭尽全力的人们的努力。

中国有句谚语，叫做“饮水不忘掘井人”。回忆起在清冽的井水涌出之前，掘井人那种浑身泥泞、满头大汗、辛苦劳动，有时还会碰到折断镐头的坚硬岩石的情景，就不能不使人加深对他们的感谢之情。

抚今追昔，在这20年当中，日中双方参加掘井的许多人相继谢世了。日中关系正常化谈判呈现最高潮时，参加于北京中南海举行具有历史意义的会谈的人们中，在日本方面，大平先生仙逝了，田中先生也令人堪忧。

在中国方面，毛泽东先生、周恩来先生，还有和我地位相当的廖承志先生也相继与世长辞。

那次会谈由于没有外务省的人在场，因此，除了中方的译员，现在能够谈及当时情形的只有我一个人了。我虽然没有特殊的资格谈论中国问题，但是根据要求，想从那个场面唯一活着的见证人的立场谈谈当时的情况。

佐藤先生持慎重态度

这次会谈使日中关系正常化成为可能。而能够发展到这一步，则有赖于田中先生充满勇气的决断和大平先生非常周密的考虑。因此，我必须首先谈一谈这些情况。

推动日中关系正常化的活动走向高潮的，是围绕中国的国际形势的巨大变化。在此之前，许多人为改善同中国的关系而做出了各种各样的努力。但是，由于冷战状态下东西方对立，形势严峻，又由于日本在战后同台湾（中华民国）缔结了日华条约，因此日中关系迟迟未能走上发展的轨道。

可是到了昭和45年（1970年），在联合国大会上出现了邀请中国参加和驱逐台湾的决议案第一次占过半数的局面。参加联合国需要有联合国大会三分之二多数票的赞成。因此，过半数这种情况并不意味着中国会马上进入联合国。但是，由于属第三世界国家的支持增强，中国参加联合国可以认为已是时间问题。在这种背景下，是年年底，以自民党议员藤山爱一郎为会长的超党派的促进日中复交议员联盟成立了，在日本政界也开始出现种种争取关系正常化的动向。

在这种形势下，一个明确无误的问题是，要同由北京政府代表的中国实现关系正常化，无论如何都必须果断地解决台湾问题。可是，在自民党内，有被称为亲台派的实力人物，如岸（信介）先生、贺屋（兴宣）先生以及石井（光次郎）先生、滩尾（弘吉）先生等人，他们一向同国府的领导人有密切交往，对于蒋介石总统不要求赔偿而同日本缔结日华和约表示感谢，因此强烈反对承认北京政府，认为不能做那种对台湾无情无义的事情。

我当时奉职于佐藤内阁。佐藤首相虽然也认为有必要重新考虑对华政策，但是他在感情上和亲台派相吻合。每逢我去见佐藤时，他便对促进正常化派的行动表示不满，说“为时尚早”、“台湾怎么办”等等。

到了第二年，即昭和 46 年（1971 年），促进恢复关系正常化的势头更加猛烈，中国方面也派遣乒乓球代表团到日本来，开始出现新的进展。日本蒙受的最大冲击是当年 7 月 15 日美国政府宣布尼克松总统要访问中国的决定。这在日本被称为“越顶外交”，谴责美国的行为的呼声高涨起来。实际上，这是世界上的对立结构发生重大变化的决定性证据。曾经被说成是社会主义铁板一块的中苏关系已经恶化，以至在边界发生过数次武装冲突。

此外，被越南战争拖垮了的美国为对抗苏联，也不得不改变其亚洲政策。还有，中国本身也由于 5 年前开始的文化大革命而陷于疲惫状态，出现了需要美国和日本等西方国家给予合作的形势。

在这种情况下，继前尾繁三郎先生之后就任宏池会会长的大平先生在秋季的议员研修会的建议中提出了日本应修正在联合国内反对中国的政策、促进关系正常化的方针。这显然是反对当时的佐藤政府的态度。大平先生早在昭和 39 年（1964 年）担任池田内阁外相的时代，就曾在众院外务委员会会议上被问及对承认北京政府的态度时作了有如下含意的答复：“如果出现了中共政府在世界祝福下参加联合国的事态，那么我国也将考虑实现关系正常化。”因此，在当时提出那样的方针也不是什么不可思议的。

可是，对于属佐藤派的田中先生和我来说，佐藤首相的权威是极大的，而且在佐藤派内，存在着强大的亲台派。因此，当时还不是把日中关系正常化提到日程上去加以考虑的状况。

“如果连个招呼都不打，那就糟了”

虽然如此，要求日中关系正常化的活动还是进一步加强了。这年10月2日，上述促进日中复交议员联盟的代表访问中国，同以王国权先生为团长的中日友好协会代表团发表了关于日中复交的所谓“复交四原则”。其内容是：一、中华人民共和国是代表中国的唯一合法政府；二、承认台湾省是中华人民共和国领土的一部分；三、所谓的“日台条约”是非法无效的，应予废除；四、应把国府代表从联合国的所有机构中驱逐出去。

接着，在这个声明发表之后不久，即10月25日，联合国通过了所谓的“阿尔巴尼亚提案”，承认中国参加联合国。日本政府一直同美国联合起来反对接纳中国进入联合国，因此被关系正常化促进派指责为不明智的举动。就这样，中国问题成为一个把自民党一分为二的问题。另外，由于复交四原则中的第四条已得到实现，所以后来复交四原则被称作“复交三原则”，并一直成为后来日中关系正常化谈判的基础。

在这个过程中，佐藤先生豁出政治生命，实现了归还冲绳的宿愿，佐藤先生下台的时日逐渐成为政局的焦点。在支持佐藤的阵营里，福田赳夫先生和田中先生被视为下届总裁竞选的候选人。我们这些支持田中先生的人也日趋活跃。我以佐藤派内为主要对象，寻求支持者，宣传“佐藤先生之后让田中先生干”，努力进行游说。不过，要参加总裁竞选，就需要有政权构想。田中先生已经公布了他的《日本列岛改造计划》。我督促办事人员加紧制定这方面的政策。但是，田中派的外交路线尚不明确。

大平先生虽然提出了日中关系正常化的方针，但是，对于具体做法，仍持慎重态度。为在总裁竞选中获得多数票，过早地刺激党内的亲台派不能说是上策。

田中先生和大平先生从来就是盟友，这一事实尽人皆知。因此可以想见，俩人恐怕已就这个重要问题进行过多次磋商。后来得知，大平先生的老朋友、同中国要人有旧交的自民党议员古井喜实先生早已在5月初就根据田中先生和大平先生的要求去中国访问，在会见周总理等中国对日关系负责人时传达口信说，一俟田中—大平政权诞生，关系正常化问题必会有迅速进展。这些情况我不十分了解，但我记得，从这时候起，田中先生才开始说这样的话："中国是邻国。同中国人擦肩而过，如果连个招呼都不打，那就糟了。要建立能够拍拍肩膀、招呼一声'你好'这样的关系。"

不过，在公开场合，田中和大平两位仍对关系正常化持审慎态度。在这时，唯有同被视为总裁候选人、和周总理有一面之交的三木武夫先生大声疾呼日中关系正常化。

佐藤先生一生的光辉顶点、冲绳归还庆典(5月15日)一过，田中先生和福田先生要出马竞选总裁的态势就明朗化了，大平先生和三木先生参加竞选也被视为确定无疑。以6月17日佐藤宣布辞职为契机，自民党各派不约而同地朝着佐藤之后的总裁竞选行动起来。随着投票日的临近，争取多数的活动紧锣密鼓地展开。就在这个紧要关头，引人瞩目的中曾根先生宣布支持田中。7月2日，即投票日前5天，田中、大平、三木三派结成了反福田联合阵线。而日中关系正常化则成为当时签订的政策协定的中心支柱，占据了其后诞生的田中内阁最重要外交政策的位置。

大平的周密考虑

昭和47年（1972年）7月7日，田中内阁诞生。大平就任外相，我当了官房长官。在宏池会内，当时有一种意见，认为大平应出任自民党干事长。但是在田中和大平两位之间，似乎已经商定“田中抓内政、大平抓外交”的分工。

大平外相在组阁后的首次记者招待会上就日本同台湾的关系问题公然说道：“田中内阁的最大课题是日中关系正常化。在日中关系正常化完成的情况下，无法想象日台条约还会存在。”日本政府首脑的这一讲话得到北京的好感，周恩来总理立即发表谈话说，“欢迎田中内阁表明了关系正常化的意向”。

与此相呼应，我发表了官房长官谈话，内容是：“日本政府表现在日中关系正常化方面的热情充分为中国方面所理解，是桩好事情。政府认为，目前日中政府间进行接触的时机正在成熟。因此，今后打算由政府负责稳步地采取具体措施，实现日中关系正常化。”

关系正常化的气氛顿时出现高潮。但是各方面也都提出种种意见。因此，7月18日，田中内阁以答复在野党所提问题的形式拟定了“关于日中关系正常化的基本姿态”，内容如下：“一、关于战前和战时一个时期内我国给中国人民造成的巨大麻烦，认为应该虔诚地进行反省；二、对于中华人民共和国提出的有关关系正常化的‘复交三原则’，作为基本认识，政府能够充分理解；三、打算在承认中华人民共和国为代表中国的唯一正统政府这一前提下进行政府间谈判。”

肩负着推进日中关系正常化重任的大平外相的作法是极其周密的。首先，为了解中国方面的想法，他不仅起用了古井等自己身边的人，而且也让强烈关心关系正常化的在野党发挥作用。社会党表示了只要承认“复交三原则”就给予支持的态度，公明党也说，田中首相若有决心打开日中关系将给予大力合作。大平首先委托7月12日访华的社会党原委员长佐佐木更三转达田中首相的真意。

我记得，在就任官房长官之后不久，我就同佐佐木秘密地进行过磋商。佐佐木访华归来之后就到官邸，转告了周总理将邀请田中首相访问北京的口信。关于复交三原则中对台湾的处理以及日美安全条约同日中关系正常化的关系，大平委托公明党的竹入义胜委员长探询中国方面的真正想法。竹入义胜在北京同周总理进行了三次会谈，回国后详细地汇报了会谈结果。中国方面提出的方案出乎意外地缓和、灵活，田中和大平因此也增强了信心，认为“这样就好办了”。

在此基础上，8 月 15 日，正在日本访问的中国方面代表孙平化和肖向前先生在帝国饭店与田中和大平举行了会谈，我也参加了这些会谈。席间，中国方面说，周恩来总理“高兴地欢迎田中首相去中国”。对此，田中首相答复说，“希望同周总理的会谈富有成果”。这就是说，田中首相正式接受了周总理发出的访华邀请。

大平外相一方面推进同北京的谈判，另一只眼睛却在注视着美国政府的动向。9 月 1 日和 2 日，在夏威夷举行了由尼克松总统、罗杰斯国务卿和田中首相、大平外相参加的日美首脑会谈。日本方面详细介绍了关于改变对华政策的想法，美国方面似乎未必全面欢迎日本接近中国。不过，日本方面对美国没有表示积极的反对态度而感到满足，决定到北京去。

“尽让我干这种差事！”

不言而喻，最困难的还是说服自民党内的亲台派势力和如何对待台湾政府。

到了 7 月底，就是在自民党内，也开始出现必须加强日中关系正常化工作的动向，改组了以前的日中问题调查会，设立了以原外相小坂善太郎为会长的日中关系正常化协议会。7月24日举行了首次会议，田中首相出席并表示了将竭尽全力实现关系正常化的决心。但是，果不出所料，迫近过半数的亲台派团结一致，开始猛烈反击。首当其冲的大平外相每次开会都被叫去参加，受到各种各样的责难。我虽然并不陪同在场，但是大平外相遭到围攻的消息也不时传到首相官邸来，感到他真是受苦受累了。

最后，这个协议会有条件地同意了田中首相访华，条件便是“应给予照顾以继续维持同中华民国（台湾）的原有关系”。关于访华目的，协议会也将它限定为“就关系正常化的基本问题无隔阂地交换意见”，未完全拟定党的基本方针。在田中访华之前，以协议会小坂会长为团长的议员团去中国访问，目的在于为进行政府间谈判铺平道路。然而，大平外相觉察到这个议员代表团不会起到多大作用，因此为转达日本政府的真意，似乎还采取了其他办法。

不管怎样，最大的难关还是台湾问题。关于去向台湾说明情况的差事交给了椎名悦三郎副总裁。可是椎名迟迟不肯接受这一任务。我也数次登门求助。在日韩问题上曾被迫扮演不光彩角色的椎名似乎有点不心甘情愿，说“尽让我干这种差事”。就这样勉勉强强出发的椎名连蒋介石总统也没有见到，在路上还被投以鸡蛋，惨败而归。唯有这件事至今我还感到委屈了椎名。

既没有得到自民党的完全首肯，右翼团体又不断打来恐吓电话（不仅田中和大平那里，就是我这里，也曾有人打来电话，说什么“一周之后你就没命了！”），令人牵挂的事情实在太多了。但时间已经迫近预定起程的日子——9月下旬。田中好像说过，“机不可失，时不再来。务必获得成功”。

田中下了殊死的决心

昭和47年（1972年）9月25日上午11时半，田中首相、大平外相和二阶堂官房长官等日本政府代表抵达北京机场。

在当天下午举行的首脑会谈中，周恩来总理具体地一一列举“半个世纪来日本军国主义对中国的侵略”，说“我们遭受到如此巨大的牺牲”，以激烈的言词为会谈开了头。我心里想：“好严厉的态度啊！”可是田中不为其所动，回敬说：“我这次来是下了殊死的决心的。对于日中复交，国内一部分人表示强烈反对。我们说不定什么时候就会被杀掉。在党内，也有种种意见。此外，日本也不是一人说了算的国家。因此不能不进行选举，有众议院选举，还有总裁选举。你们国家大概没有选举吧，也没有总裁选举吧！”

周先生指着身旁的译员说：“我知道贵国有贵国的情况。但是在我国这些年轻人当中，也有反对中日关系正常化的人，决不是人人都赞成。”中国当时正处在文化大革命的高潮中，连周先生也没有得到全面的支持。我由于没有参加这种外交谈判的经历，因此感到：“真厉害！不知结果会怎样。”但是，最后双方得出了“求大同存小异，有可能达成一致意见”的结论。

官房长官是政府发言人，必须尽可能准确地传达消息，说多了，说少了，都会招致无益的误解。因此，决定由外务省的桥本恕课长（现任驻华大使）把我应该讲的内容写下来，就是说我“不能说得更多”。可是，我在第一次首脑会谈后举行的记者招待会上一上手便说，“令人惊讶地坦率交换了意见”。这是我直接的感受，但是并未写在预备好的发言稿上。

在第一天夜里举行的会谈中，田中首相就日本过去的行为表示了谢罪的心情。他说：“长期来给贵国添了很大麻烦。”没想到，在后来的首脑会谈中，这句话却成了问题。周总理说：“‘添麻烦’是把水泼到女人裙子上时说的道歉话。迄今为止的事情能以‘添麻烦’了结吗？”对此，田中坚持说：“不知道在中国该怎么说，但是在日本，使用这个措词就到头了。”

在会谈中，意想不到的问题一个接一个地出现，双方意见常常发生对立，有时还争得面红耳赤。

在大平外相和姬鹏飞外长进行的会谈当中，最伤脑筋的就是如何处理台湾问题和如何表达对中国的谢罪之意。中国是一个重名份的国家，因此，坚持日华条约非法无效的立场。日本则将重点放在日中关系正常化之后也保持同台湾的实质性关系上。结果双方商定，在日中关系正常化实现后，日本自己声明废除日华条约。关于谢罪条文一直到双方签字那天的凌晨才得到解决。

“请借厕所用一用”

毛主席也许一一接到了关于双方这些争论的汇报。第三天，即9月27日吃晚饭的时候，我们接到通知说，“毛主席说想见一见诸位，请马上做好准备”，结果只有田中、大平、二阶堂三人被请去见毛主席。不知是什么缘故，我们三人被安排分乘三辆轿车。穿过中南海大门之后不久，汽车便停在一幢古老的木结构建筑物前。这就是毛主席办公的地方。

毛主席站在门庭处等候着我们。在大门口，大家相互寒暄、握手，田中开口第一句话却说“请借厕所用一用”，随后便被陪同到里面去，直到田中回来，毛主席一直站在那里等着。

接着，我们被引入一间堆满了书、有许多书架子的房间。周先生和廖先生都在那里。相互握过手之后，毛先生指着周先生说：“田中先生，同我们这位吵完架了吗？不吵架不行。”我心里想：“真是谈吐不凡！”此外，毛主席还谈到小时候受过父亲的严格教育，孝敬父母还是需要的，并没有深入地谈政治问题。

毛主席还指着廖承志先生开玩笑说：“把他带回去，立为你们国家参议院选举的候选人吧！他会当选吧！”田中应酬说：“廖承志先生很熟悉日本情况，从早稻田附近的小饭馆到酒店，他全都知道。”

这次会谈由毛先生唱独角戏，不到一个小时就结束了。在回程的汽车里，我就思忖：这次会谈到底是为了什么？最后我想到，这大概是有冰释发端于“添麻烦”的争论、消除感情上的隔阂，到此为止结束谈判这种含义的和解吧！

临别时，毛先生馈赠一册中国古诗集，大概有“今后也请学点诗词”的意思。最后，毛先生又说：“田中先生，我也患神经痛，腿脚也不好使，不久就要见上帝了。”

人们知道我们在会谈之后会见了毛主席，所以由我一个人举行了记者招待会。这次外务省没有人跟着去，因此没有人给我写讲话稿。我根据自己的判断在对记者发表的内容中只省略了毛先生在告别时说的那句话。这是因为我担心，如果公布了这句话，“毛泽东将不久于人世”这一消息也许会立即传遍全世界。

在中南海同毛主席举行会谈之后，首脑会谈便顺利进展，日中关系正常化毫无阻碍地实现了。这场漫长而严峻的会谈给我留下了两点深刻的印象。其一是周先生就台湾问题说，“请自由地同台湾进行经济交流、文化交流和人员交流，绝对不会对台湾行使武力”。其二是田中先生在会谈的最后说：“让我们共同开发尖阁列岛吧！”此时，周先生果断地说：“田中先生，这件事以后再说吧！”这样，田中先生就再也没有说下去。

“二阶堂先生，让他睡吧！”

9月29日上午10时行将签署联合声明的那天早晨，大平由于同姬鹏飞部长为敲定联合声明的条文而熬了个通宵，因此红着眼睛来到田中的房间。田中和大平相互慰劳说："好极了，没有白辛苦一趟。"然后便操毛笔在房间里准备好的纸上写起诗来。大平的诗句是这样的：

长城延延六千里
汲尽苍生苦汗泉
始皇坚信城内泰
不知抵抗在民心
山容城壁默不语
荣枯盛衰凡如梦

大平究竟是什么时候做了这首诗？还有，其内容到底意味着什么？这些我都无从了解。我想，终有一天会明白的，因此我一直把写这首诗的纸珍藏在身边，直到前不久，我才将它还给大平的令郎，但是上述疑点仍未得到解答。

还有，当时田中也写了首更短的诗，记得也是由我保管的。可是不知为什么，现在怎么也找不到了。对于我来说，这是在日中关系正常化过程中留下来的两个谜。

双方在签署联合声明之后，举杯祝贺。接着田中、大平和二阶堂等人乘专机去上海，加上周总理共四人坐在特等舱中。不一会儿，田中就睡着了。这大概是喝烈性茅台喝醉了。我说把闭上眼睛的田中叫起来吧，但是周总理却说："二阶堂先生，让他睡吧！"于是我就没有叫醒他。田中正好在飞抵上海附近时醒来了。

现在回过头来看，在溢满日中友好亲善之井的水面，映照着一个个掘井人的身影。20年前，我虽然只不过是多少做了些帮助掘井的工作，但是我确信，如果没有当时毛先生和周先生、田中先生和大平先生的决断和辛苦工作，便不会有今日的日中友好和太平洋的和平。

（众议院议员、田中内阁官房长官）

（转载自《正论》月刊1992年10月号）

为台湾问题煞费苦心的大平外交

阿部穆

日中·日台问题即日本国内问题

大平正芳在其漫长的政治生涯中曾两度担任外务大臣。一次是在池田执政时，自昭和 37 年（1962 年）起，历时两年；第二次是在田中执政时，自昭和 47 年（1972 年）起，历时两年。

在这两度外相任上，大平外交最为操心的是日本与中国、日本与台湾的所谓日中·日台问题。首次担任外相时发生的仓敷人造丝公司对华出口维尼纶成套设备问题和访日期间中国翻译周鸿庆政治避难事件，导致了其后日本对华姿态的变化以及随之而产生的可视作日本国内论战先兆的波澜。

10年后第二次就任外相时，一个重大的使命不用说是和首相田中角荣共同谋求日中邦交正常化。但是，与此同时，以何种方式将战后长期维持并扩大了经济务实关系的对台关系延续下去，也是一个重大的课题。

幸运的是，在日台间问题明朗化时——大平首任外相期间和实现日中邦交正常化时——大平第二次任外相期间，笔者都在霞俱乐部（即外务省记者俱乐部），亲眼目睹了大平外相是如何致力于处理日中、日台问题的。

而且，昭和39年（1964年）大平访台时（这是大平一生对台湾唯一的一次访问），笔者随同前往，采访了大平·蒋介石会谈。昭和47年（1972年）日中邦交正常化谈判之际，笔者又有机会随其前往北京采访田中·大平与毛泽东·周恩来的会谈。大平对日中邦交正常化的看法以及谈判经过，已通过《大平正芳回忆录》等各种各样的记录材料公诸于世，本文主要想提一提大平对隐藏在日中邦交正常化背后的日台关系的看法。

大平对日中问题的基本观点在“所谓日中问题，即‘日本国内问题’”这句话中充分体现出来。这句话的弦外之音是说，日本与中国、日本与台湾的直接谈判固然重要，但问题的关键是要看日本国内在中国问题上的政治形势，即亲中国势力和亲台湾势力如何展开攻防，其力量对比将如何变化，这关系到日中问题能否取得突破。在政府推行对华、对台政策时，如果国内舆论给人完全对立的感觉，谈判便无法取得进展。但是，假如国际形势和国际舆论发生巨大变化，日本国内舆论又众相归一，则理应按其所向寻求问题的突破。这就是大平的想法。

对大平提出的“日中问题即日本国内问题”的论断，亲华、亲台两派均进行反驳与批判。他们多半指责说：“大平的做法是典型的看风使舵，让人捉摸不透他自己的信念”；“外交应讲信义与伦理，不应随国际形势和国内舆论左右摇摆”。这类批判有一个特点：在大平首次任外相时主要来自亲华势力，第二次任外相时主要来自亲台势力。

日台关系恶化

大平首次出任外相的昭和 37 年（1962 年），正值日本在美国力劝下选择台湾（中华民国）作为代表中国的政府并与之缔结日华和平条约(1952 年)10 周年。这时的日中关系虽然尚无邦交，但已摆脱岸信介政府时的别扭状况，池田政府取代了岸政府，民间级的接触活跃起来。和池田首相关系亲密、财界出身的政治家高碕达之助同中国对日谈判的重要人物廖承志签署“关于日中综合贸易备忘录”(即LT贸易),也是在这一年。

自负精通经济的池田首相深信,把中国纳入世界经济和亚洲经济的框架中来,不仅能使它从僵硬的共产党国家体制中摆脱出来,而且日中贸易的重开也会导致日本经济的扩大。当时的大平比池田略显慎重,这是因为他作为外相天天从事对台业务工作,同时也是因为美国对重开日中贸易的反应“既不是同意,也不是不同意,而只是表示可以理解”(大平正芳著《春风秋雨》)。

然而,昭和38年(1963年),池田首相批准仓敷人造丝公司向中国出口维尼纶成套设备,由日本输出入银行提供贷款。大平受命于池田首相,与当时的台湾驻日大使张厉生举行了多次会谈。张厉生是中国的杰出人材,早年曾经与尚未加入共产党的周恩来等人一同留学巴黎,他言语不多,但深得蒋介石的垂青,担任过国民党秘书长,是台湾重要的政治家。大平在与张大使的多次谈判过程中,似乎被他的人格所深深打动,然而由于政府始终坚持原有的方针,因此张厉生后来奉召回国了。“张大使由于那淡泊而敦厚的性格,深得国内外的尊敬,对于我来说这是一段万分悲恸的回忆”(《春风秋雨》)。大平的这段回忆录毫不隐讳地表达了他当时的那种心情。

台湾方面在召回张大使以后，对于同日本的进出口实行了限制，停止了政府采购，接连不断地采取一系列强硬措施。就在日台关系不断恶化的过程中，发生了周鸿庆事件。周鸿庆是赴日参观在东京举办的世界油压机械商品交易会的中国代表团成员，在预定回国的当天跑到了苏联大使馆寻求避难。苏联方面没有提供避难，把他暂且交给了日本方面。然而，周鸿庆本人一会儿要求前往台湾，一会儿又希望回到中国，态度一直很暧昧。结果，周鸿庆在最后阶段明确表态要回中国，于是被遣返回了大陆。台湾方面严厉地谴责日本政府说:“把原本希望到台湾避难的人物遣返回大陆是不当之举。”

这样，日台关系陷入了最坏的状态之中。池田和大平经过反复商量，最终决定请吉田茂出访台湾。吉田茂在缔结“日华和平条约”时担任首相，而且与蒋介石的关系也很亲密。吉田茂携带池田首相的亲笔信，于昭和 39 年(1964 年)2 月访问台湾，会见了蒋介石，在此前后递交了著名的吉田信件。这封信是在大平与吉田商量的基础上由吉田执笔的，但据说信中答应在对华出口维尼纶成套设备之际，暂不将日本输出入银行的资金用于对华出口的延期付款上；同时，信中还表明了在精神和道义上支持台湾反共政策的意向。

大平访台与蒋介石

由于吉田访台和吉田信件，台湾方面也缓和了强硬的态度，日台关系开始朝着改善的方向发展。同年3月，继吉田之后，曾经在大平手下担任外务政务次官的毛利松平访问了台湾。6月，国民党的大人物魏道明作为驻日大使到东京赴任。日台之间一致认为有必要达成政府级的正式谅解，于是大平在7月访问了台湾。

现在回想起来，大平在盛夏酷暑中访问台湾，似乎是台湾方面蓄意精心安排的。台湾方面希望让作为池田亲信的大平了解台湾的发展及其想法，同时安排大平与蒋介石会见。当时，大平所熟识的台湾系中国人当中，有一位名叫苗剑秋的人物。苗剑秋出生于中国东北，在旧制一高就读时与福田赳夫和前尾繁三郎等日本许多政要同窗。不仅如此，苗剑秋还曾经作为发动著名的西安事变的张学良的亲信而一显身手。在那场事件中张软禁了蒋介石，劝其抗日。因此，苗剑秋通过非正式渠道劝说大平访台，则是不难想像的。

迎接大平并专门与之谈判的台北对手是外交部长

沈昌焕。沈昌焕是典型的中国外交官，而且也是蒋介石的亲信。一切谈判结束后，大平偕日本驻台大使木村四郎七一道拜会了蒋介石。正如10年后毛泽东同田中和大平会面时一样，据说蒋介石只是说“谈判结束了吗？华日关系（台日关系）很重要”这样的话，其余的大部分是闲谈。当晚，面对着圆山大饭店窗下的台北夜景，大平对笔者说：“今天算是见到了历史中的人物了。”其意思固然可以理解为蒋介石已经成了“历史中的人物”，但恐怕还是理解为遇到历史或者说现代史中的大人物后产生的那种“余韵未尽”的感觉更为贴切。在此之前，大平也曾会晤过戴高乐和肯尼迪，但从蒋介石身上一定感受到了不同于这些欧美“巨人”的东方“巨人”的印象。

在访台不久前的昭和39年（1964年）2月，社会党议员穗积七郎在国会上向大平提出了在有关联合国的中国代表权问题上如何对待承认中国的问题。穗积质询道：“如果联合国以多数决定同意中国更换代表的话，那么是否能够决心承认中国？”大平回答说：“如果在联合国中出现了中共政府在举世祝福中，加入联合国的情况，那么，我国必然会作出重大的决定，我想这是理所当然的事。”或许是在气势上被大平在答辩中使用的“祝福”这一于国会上前所未闻的措词所压倒，穗积没有再继续追问。然而，大平的这一答辩最终却成为导致后来日中邦交正常化的一次重要讲话。

作出对华关系正常化的决断

大平再度担任外相是在昭和 47 年(1972 年)7 月，这时距首次就任外相的昭和 37 年（1962 年）已经 10 年，从昭和 39 年（1964 年）7 月辞去池田内阁外相算起正好时隔 8 年。

这整整 8 年实际上是佐藤荣作长期执政的岁月。对于和佐藤关系不太融洽的大平来说，也可谓是不受佐藤赏识、遭遇不佳的时期。然而，大平对时局并没有袖手旁观。虽然大平没有多少直接接触日中和日台关系的机会，但是他非常清楚地了解，这个问题在“佐藤以后”，将迅速地提上议事日程。

在 1971 年秋联合国大会即将召开，台湾一直维持的联合国席位就要被北京取代的国际氛围日益增强之际，佐藤政权决定要做向联合国同时提出以下两项决议案的共同提案国。其一是，“接纳北京政府加入联合国，但也要承认国府（台湾)”，即维持台湾席位的复合双重代表制；其二是，“在取消国府席位问题上，要采用指定为重要事项的决议案”，即逆重要事项决议案。大平暗中对此持批评态度。关于对华和对台政策问题，大平不断地强调："首先在台湾问题上，应该分清可能和不可能的界限加以对待。"

这一年夏天，大平决心在宏池会研修会上的致辞中，发表比以往的想法更进一步的以日中邦交正常化为内容的讲话，这篇讲话也带有宣布在"佐藤以后"出马竞选总裁的含义。在拟草稿的某一天夜晚，大平在世田谷区濑田的私邸中向笔者这样问道："日中问题好像已经到了应该解决的时候。采用什么样的措词好呢？你以为如何？"笔者清楚地记得大平首次担任外相时在国会上答辩的情景，因此随即回答说："我记得您在担任池田内阁的外务大臣时，曾经讲过'如果中国在举世祝福中进入了联合国，那么日本也必须作出重大的决定'这样的话，目前的局势正可谓处于那次讲话的延长线上。明确宣布8年前你自己所说的'祝福的时刻'已经到来，不知你以为然否？"一直静听我谈话的大平此时情绪突然振奋起来，只是说了声"是啊，就照此写下去吧，比较棘手的是台湾问题"，便又开始整理起草稿来。

大平的演说冠以《拉开日本新世纪的序幕——要改变潮流》的标题，在此不妨引用一段有关日中关系的部分，虽然篇幅显得冗长一些：

"在1964年的国会会议上，我作了如下内容的讲话，即如果北京受到举世的祝福，被接纳为联合国成员国，那么日本也应该谋求与北京实现邦交正常化。在那之后，联合国对中国代表权问题一直在进行审议，但是在总体上朝着承认中国的代表权属于北京的方向急速倾斜，却是去年金秋以后的事情。此后与北京建立外交关系的国家也不断增加，而且我国的舆论也朝着这一方向作了大幅度调整。我认为政府应该对这种形势有一个正确的估价，应该认识到解决所谓中国问题的时机已经逐步成熟。为此，政府本着日中友好的精神和原则，尽快与北京开始政府间的接触，我相信这是忠于国内外舆论的应有姿态。同时，在问题最终解决之前，希望政府对于像在联合国支持指定为逆重要事项方式那种和舆论大势背道而驰的做法，要谨慎行事。”

在这一年10月25日举行的联合国大会全体会议上，日本和美国联合提出的指定为逆重要事项决议案遭到了否决，大会同意中国代表权属于北京政府而不是台湾政府，中国在联合国的席位由台湾转交给了北京。的确正如大平所说“解决的时刻”已经到来，在1972年盛夏佐藤政权下台以后，具体实施日中邦交正常化以及如何对待台湾问题已经成为非常现实的问题。

棘手的对台问题

1972年7月举行的争夺“佐藤之后”的自民党总裁选举，是田中角荣和福田赳夫之间的一场激烈较量，至今人们仍称之为“角福决战”。田中和福田一直都辅佐长期执政的佐藤政权，在二者争斗过程中，深得佐藤首相信赖的福田一开始似乎占据了优势，然而田中获得了盟友大平的支持，形成了势均力敌的局面。此后，在日中问题上与田中观点一致的三木武夫和中曾根康弘决定支持田中，田中的胜利已成定局。大平按照田中“国内政治我负责，你负责外交”的要求，准备接任以日中邦交正常化为最大课题的田中政权的外相。

此时，大平在接受笔者采访时，就台湾问题这一自认为“棘手的问题”说：

“日中一俟实现邦交正常化，日华条约将不可能存在。谋求日中邦交正常化，是希望与北京之间作出新的承诺，我想问题是显而易见的。一旦日中关系在政治上实现正常化，那么日台关系就将不复存在。不过，日本与台湾之间的人事交流和贸易往来过去已经有过，将来也将继续进行下去。我们对于台湾未来的前途没有发言权，不过，必须把人事交流和贸易往来关系建立在稳定的基础上，在此形式下实现日中邦交正常化。”

在7月5日的自民党总裁选举中，田中被选为总裁，田中政权宣布诞生，大平第二次正式就任外相。在日中问题上，大平过去一直强调“日中问题即日本国内问题”，“台湾问题是关键”。他在自民党和外务省内分别委托了一些官员来负责中国和台湾问题。即在自民党内担任公开对华职务的是原外相小坂善太郎等人（相反，担任暗中职务的是古井喜实等人），另一方面，担任对台职务的是曾任过外相、现任田中政权副总裁的椎名悦三郎。在外务省内，亚洲局局长吉田健三和中国课课长桥本恕（后来都担任了驻中国大使）等人负责中国问题，该局的中江要介参事官（后来亦任驻中国大使）负责台湾问题。中江在题为《不似大使的大使的话》这篇回忆录中写道：“日中关系实际上是日台关系，这是当时大平外相的口头禅。其含义是，实现日中关系正常化，真正的困难所在是如何处理好过去一直获得了友好发展的日台关系。”

椎名特使的不满

在实现日中邦交正常化之际，日本方面面临如何对待和如何处理同迄今与之建交的台湾的关系，有关这方面的记录极其有限。在这个问题上，大平似乎没有发表过公开的讲话。对急于实现日中邦交正常化持批评态度的椎名也没有留下记录。这或许是务实派中江等以及担任了“倒霉职务”的椎名等人熟知大平意图的缘故。大平希望在日中即将举行邦交正常化谈判之际，尽量不要刺激北京，中江这样写道：“田中首相眼中似乎唯有北京的存在，他经常说，‘好了，我知道了’。然而，日中实现正常化之后，日台关系将会怎样，对日台关系应该做些什么，这些都是大问题。一步走错，就关系到日本的安全保障问题。日本把过去一直正常并顺利与之相处的台湾突然冷冰冰地抛到一边，这样做得当吗？希望实现正常化的中国一直密切关注着事态的发展，摆出一副决不能容忍承认‘两个中国’的架式。因此，作为‘幕后人物’，即使身居幕后，也不应该无所事事，更不可惹人耳目。必须在不知不觉中扎扎实实地做好对台工作。”

此时，大平已多次同椎名和中江碰头。椎名和大平在六本木的餐馆里进行了会谈，椎名对大平说："由于这次要与北京以这种方式实现正常化，那么与台北断绝关系的做法是不是有些不妥当。难道要与北京实现正常化，除了与台湾断交以外再也没有其他办法了吗？"大平回答说："选择了一方，就只有放弃另一方。无论是朝鲜半岛、德国还是越南，我们与分裂国家的来往别无选择。"双方的谈话最终未能取得一致。

椎名对这次会谈不满，从那时他对身边人流露的话语中也能清楚地反映出来。椎名说："大平不太热情。由于我作为特使前往台湾一事已经确定下来，因此大平应该就今后如何对待台湾的问题，向我多透露一点内心想法。"从大平方面来讲，"如果现在就如何维持与台湾的业务关系说些什么，那么日中正常化就不可能实现"。因此即使是对椎名，也很少直截了当地和盘托出。大平总是尽量通过起联络作用的中江来把自己的想法委婉地传入椎名耳中。据中江说："我曾经悄悄但却很频繁地与大平外相取得联系，互换信息，一心一意致力于处理与台湾的关系。秘密会面的场所是新桥界隈。在9月份日中谈判进入最后阶段的时候，决定派特使前往台湾，这时与椎名副总裁碰头更加频繁了。"

椎名访台和台湾的反应

台湾方面作为日中邦交正常化谈判的又一个当事者，此时有什么动静呢？当时，台湾驻日大使馆政务参赞林金茎（现任台北驻日经济文化代表处代表）在其所著《战后的日华关系和国际法》一书中，对台湾的动向有一点轻描淡写。其中写道："1972 年 7 月 20 日，中华民国政府发表声明，劝告日本政府要尊重国际信义和条约义务，考虑自身之基本利益，明辨是非，作出正确判断，不要被中共的政治阴谋所欺骗。驻日大使彭孟缉会同公使钮乃圣以及政务参赞（林金茎），于 7 月 25 日到外务省拜访了大平外相，对日'中'的动向表明了严重的关切。对此，大平外相回答说，'日中邦交正常化'以后，虽然日华之间不可能保持外交关系，但是日本却希望维持与台湾在经济、贸易和文化方面的关系。外相斩钉截铁地表示不能保持外交关系，这意味着田中内阁已经横下决心实现'日中邦交正常化'。"

林金茎的这段描述说明，大平认为"虽然日中邦交正常化以后不得不断绝与台湾的外交关系，但却希望努力维持经济、贸易和文化方面的业务关系”，大平还向台湾方面正式表明了这一意图。回顾起来，这的确是一次极为重要的谈话，然而，从台湾方面来看，“断绝外交关系”是最重要的问题，而对“保持日台间的业务关系”似乎并没有作出很高的评价。台湾方面所以没有宣布或者正式报道有关“即使日中实现邦交正常化，仍将保持日台业务关系”这方面的内容，或者是因为台湾方面过于把重点放在了“断绝外交关系”上，抑或因为看清了时局的潮流，珍视维持业务关系，总之二者必居其一。

与此相关，随同椎名特使访台的中江，将当时台北的接待方式作了饶有兴味的记述。其中写道：“椎名特使一行于 1972 年 9 月 17 日抵达台北。激动的市民举行了大规模的示威游行，向我们乘坐的汽车上投掷生鸡蛋，吐唾沫，反日情绪一举爆发出来。我们一行一直忍受着。不过，事态绝对没有发展到打破挡风玻璃甚至开枪的地步。当时的情景有如劝进帐（日本歌舞伎剧目之一）中明知弁庆装扮成了山中修行的僧侣还将他放走的一幕”。

此外，中江还说，椎名特使在与蒋介石之子、行政院院长蒋经国举行会谈时，说明了自民党日中问题恳谈会关于“将继续与台湾保持原有关系”的决议和方针，并表明了“外交关系也将继续”的想法，对此，蒋经国给予了反驳。蒋经国所引用的大概是前面讲过的林金茎的记录中有关大平会见彭大使的报告。

中江写道："蒋经国毫不掩饰地对大平的讲话进行了批驳。他反问道：'你说要像过去一样保持外交关系，可是你的国家的外相（大平）不是说要断绝邦交吗？'椎名最后解释说，总之与台湾的邦交还像过去一样。'不要说这种显而易见的谎话'，蒋经国似乎有些发怒了。不过，台湾方面并不希望日台关系破裂。双方都有这样的意图，即想要以最低限度的损失来走完这段必由之路。此后，又经历了很多事情，一直发展到像今天这样的友好关系。"中江最后写道："我深感中国人城府很深。这是我作为外交官的一段难忘经历。"

周恩来的"法匪"讲话

日中邦交正常化的最终谈判于 1972 年 9 月 25 日至 28 日在北京举行。谈判以大平外相和姬鹏飞外长会谈的形式进行，但实际上是大平和周恩来总理的谈判。

正如大平事先预料的那样，谈判的最关键问题是有关"台湾"的问题。以周恩来为首的中方提出了日中恢复邦交三原则，它们分别是：（1）中华人民共和国政府是代表中国的唯一合法政府；（2）台湾是中华人民共和国领土不可分割的一部分；（3）日台和平条约是无效的，必须废除。对于中国方面的这些主张，暂且撇开恢复邦交三原则中的第一项不谈，以大平为首的日方并没有答应第二和第三项，而是逐一进行了反驳。即关于台湾的领土地位问题，日本虽然在1951年的旧金山和平条约中明确规定放弃领土权，但是并没有就放弃后的台湾的归属对象作任何具体的规定，而是一直主张把这一问题交给将来去解决。此外，根据旧金山和约第26条规定，日台之间缔结的日台和平条约，即相当于和约的“子条约”，是经日本国会批准生效的。因此，日方不可能接受第二项和第三项。条约局局长高岛益郎在谈判中强烈地做了上述反驳。

对于日方在“台湾”问题上超乎意料的强烈态度，中方似乎有些震惊。周恩来以讽刺的口吻说：“我想高岛局长的讲话未必就表达了田中和大平两位领导人的真正意图。如果那样的话，真不知道他们是来吵架的，还是来实现正常化的。”据说，周恩来曾经向中国代表团流露“高岛局长是‘法匪’式的人物”。

谈判一时似乎在这一问题上受到了严重阻碍，然而，在大平与周恩来的不懈努力下以及毛泽东在最后阶段出面，双方终于达成了妥协。妥协的内容是：日方接受三原则中的第一项。关于第二项，中方将重申领土不可分割这一点,日方将表明充分理解和尊重中方的这一立场,并坚持波茨坦公告第八项(履行开罗宣言)的立场。关于第三项,双方在联合声明中都不提日华条约一事,日方将宣布日台之间的外交关系已经结束。

那是唯一的选择

大纲谈妥以后,还有一些细节问题有待解决。其一,日台之间业已存在的经济、贸易和文化等业务性的交流关系将如何继续下去?其二,日方何时宣布日台之间的外交关系已经结束?虽然联合声明没有涉及继续保持日台业务关系方面的内容,但是周恩来已悄悄地表示承认这一点。尽管如此,周恩来对日方何时以何种方式宣布日台间断绝外交关系尚存疑虑。大平对周恩来说:“我相信所谓外交问题绝对不会有错。但如果要用日期的形式加以限制,那么万一即使晚了一天甚至一小时,都会使两国的信赖关系产生裂痕,请相信我吧。”在大平的说服下,周恩来便相信了大平。

这样,在访华的第五天即 9 月 29 日,日中联合声明的签字仪式在北京人民大会堂东大厅举行了。仪式结束之后,在作为新闻中心的民族文化宫大厅举行了记者招待会，大平立即果断地表示："作为日中关系正常化的结果，日华和平条约已经失去存在的意义。我们认为该条约已经终止，这是日本政府的见解。"大平在发表联合声明的当天，就果断地说出了周恩来多次要求明确表示的内容。这一讲话内容于当天也传达给东京的法眼外务次官以及台湾驻日大使彭孟缉等。在这种情况下，台湾当局即日发表了对日断交宣言，自1952年以来一直持续的日台间的外交关系在20年后中断了。

日中邦交正常化的结果导致了日台之间外交关系的断绝，日台之间仅剩下经济、贸易和文化等业务性关系。后来，大平曾经对笔者说："在那个时候，那是唯一的选择。"他的话语中蕴含这样的意味：（1）国内外要求实现邦交正常化的呼声非常强烈；（2）虽然当时"四人帮"掌握着大权，但是周恩来在经毛泽东同意的条件下，希望尽快实现日中邦交正常化；（3）通过椎名特使的访台等活动，最终促使台湾重视维持业务关系，表现出了成熟的态度。

大平曾为保持日台之间的业务关系而竭尽全力，这一点从日中航空协定谈判中也能看得出来。大平处于中方和日本国内亲台派的腹背夹击之中，有一个时期处境极为困难。台湾方面对这一谈判的不满，使得日台航线自1974年4月起中断达1年零4个月，不过，航线于第二年8月恢复，一直持续到现在。

在大平漫长的政治生涯中，晚年涉及的日中和日台问题显然要超过其他问题。大平和田中一道为实现日中邦交正常化而呕心沥血，另一方面，也为处理“台湾”问题和维持日台间的业务关系而竭尽了全力，这是无可争辩的事实。在担任外务大臣的1962年至1964年两年间以及1972年至1974年这两年间，大平所见到的蒋介石、毛泽东、周恩来以及虽未直接见面却仿佛相互意识到彼此存在的蒋经国等中国人，的确都是现代史上的“巨人”。当今正在发展的日中和日台关系，是在大平与这些“巨人”们会晤过程中建立起来的，这样说似乎并不为过分。

（产经新闻社董事，原政治部长）

大平总理政策运作的基本姿态

平岩外四

世界的发展，从力学角度看，根据各个时期的状况，不难发现是向心力和离心力在起着作用。这种力量化为各种各样的势头，一直支配着各个时代的动向。从这一角度来看，当时大平先生作为总理，管理国政，参与国际政治的那个时代，正是过去对世界曾经起过作用的向心力急剧衰退，而离心力开始抬头并在世界范围内扩展其声势的时代。世界的各个领域出现了打破现状，建立新体制和新秩序的各种尝试。它表现为各式各样的人物、各种各样的利益集团以及地球上所有的国家开始我行我素地进行活动。现有的均衡失去了，使得其间的利害调整更加复杂，达成协议就更为困难了。

在失去向心力的世界中

第二次世界大战后，国际政治不论褒贬如何，都是在以美国和苏联为首的东西方两大阵营的对峙，即所谓的“冷战结构”这一框架下展开的。而且，联合国宪章所提出的理想与信念，超越了意识形态，成了实现国际正义的核心力量。在国际经济领域，国际货币基金组织和关税及贸易总协定所代表的布雷顿森林体制，一直起着扩大和推进世界自由贸易的作用。这些体制及其秩序，保证了战后国际社会的和平与安全，促进了世界的复兴和发展，提高了人们的福利水平，这是众所周知的事实。可以说，世界基本上是朝着“向心”的方向发展的。

然而，随着时间的流逝，世界的状况发生了巨变。技术革新成了这种变化的推动力量。首先，世界的产业结构改变了，经济规模急剧膨胀。世界出现了各种各样的差距。国际间的利害冲突、各国国内的利害关系以及人与人之间的利害关系变得越来越复杂。人们关心的对象改变了，生活方式改变了，价值观也必然会发生变化。当然，对世界的力量对比也产生了影响。在这种力量对比中，从现有的体制中分离出来的巨大力量也必然会起作用。如果这种新的状况发展下去，那么以往旧秩序中用规律无法约束的领域就必然会增加。离心力就是这样在世界中开始起作用的。

在大平先生登上政权宝座之际，相继发生的世界大事，以及国内外出现的各种各样的现象，如实地说明了这一期间的情况。例如，伊朗爆发了伊斯兰革命是如此；欧佩克大幅度提高油价导致世界经济混乱和第二次石油危机亦然；原苏联侵略阿富汗也不例外。还有，东方阵营中的中苏关系冷却；中越关系恶化；南北之间的经济差距在扩大；世界贸易收支不平衡；有关国家在保护自然环境问题上发生利害冲突。上述这些新情况无一例外地证明，以往的体制和秩序正在失去向心力。政治和军事上的超级大国已经不能充分地发挥它们的领导作用。

大平总理的施政演说和政策研究集团

在世界的向心力已经不起作用的形势下，大平先生开始执掌日本政权。除了肩负重建国家财政这一重要任务外，各国还期待着作为主要国家总理的大平先生能够在解决第二次石油危机和恢复由此而带来的不景气的世界经济方面发挥领导作用。在国内，正处于党内存在着一股强有力的批评势力，执政党和在野党势力旗鼓相当的严峻政治形势之下。值得庆幸的是，由于国民坚韧不拔和勤劳的精神，我国经济从战后的荒废中奇迹般地站立起来，并获得了顺畅的发展。结果，在这种严峻的国内外形势下，我国多少积累了能够渡过难关的经济余力。先生紧紧地抓住这些机遇，不断地从更广阔的视野对国家的未来作了展望。

大平先生担任总理后，首先在施政演说中向世界表明了政治信念：即期望我国在国际社会中占有光荣的地位，积极发挥与国力相称的国际性作用，履行应尽的职责。这是大平先生作为政治家平时在心灵深处描绘的一幅我国所应有的姿态。先生常常教诲我们："今后，我国在国际社会中也必须分担相应的作用，履行自己的职责和义务。这对于我国来说是最好的安全保障措施，必须让这一点成为所有国民的共识……。"

当时，我的感受是，大平总理的这一施政演说，改变了往昔我国被动、内向、不能适应国际形势发展的对外姿态，表明了适应国际社会变化而又积极进取的决心和夙愿。为了实现这一信念，大平总理在组阁后立即成立了9个政策研究小组。展望21世纪，为使我国在国际社会中占有光荣的地位，如何调整我国政策运作的基本姿态——这就是这些小组所要研究的课题。这9个小组是“田园都市构想研究小组”，“对外经济政策研究小组”，“关心多元化社会生活研究小组”，“环太平洋共同体研究小组”，“充实家庭基础研究小组”，“综合安全保障研究小组”，“文化时代研究小组”，“文化时代经济运作研究小组”以及“科学技术发展研究小组”。这些研究小组囊括了我国社会由于战后经济持续发展而面临的所有课题。从中可以感受到大平总理所酝酿的思想，即加强世界各国相互间的信赖，为世界的和平与发展，为建立国际新秩序而作出贡献。

尽管这是一个宏图大略，然而，当时大平内阁却面临着国内外的各种严峻形势，从内阁成立的那一时刻开始，就有许多棘手的政策课题等待着他去解决。在对外方面，如何解决不断增加的我国国际收支盈余问题，已成为国际经济社会悬而未决的问题。外国特别是美国，由于背上了巨额的对日贸易赤字的包袱，因此要求我国进一步实行自由贸易，增加产品的进口。同时，世界各国亦期待着我国能够将大幅度的国际收支盈余用于世界经济的发展上面，这一课题一直延续到今天。此外，伊朗的伊斯兰革命导致了原油价格的暴涨，结果引发了第二次石油危机，使得国际经济处于混乱的秩序之中，面临不景气和通货膨胀的威胁。此外，南北经济差距的扩大以及保护地球环境这一关系到人类社会生死存亡的新课题，都迫不及待地需要解决。

另一方面，从当时我国的国内情况来看，在政治方面，执政党与在野党处于势均力敌的状态，大平总理在任期内一直极为艰苦地维持着政局的运转。大平总理期待着自第一次石油危机以来一直摇摆不定的我国经济能够走上稳步增长的轨道，盼望着国内的生活有一个质的飞跃，然而，现实情况似乎并不尽如人意。此外，财政需求不断增加，财政赤字酿成了将会成为永久性的危机。这样，大平内阁无暇他顾，不得不首先将这些问题作为当前的政策课题而加以解决。

施政方针演说中所体现的决心和意志

大平总理就任后首次在国会发表施政方针演说时，曾经表示要下决心解决这些问题，他说：

“将适当地设法扩大内需”，为此，“将尽可能地确保财政开支，使得经济复苏的趋势长久地保持下去”，从而“有助于实现国际社会对我们强烈要求的国际收支的平衡”。这样，“我国在对世界经济尽职尽责”的同时，“还将抓住重建财政的机遇”。总理在演说中提到了税制改革的问题，对重建困难重重的财政问题表示极大的关注。他说：“我迫切希望在国会内外就实施一般消费税等税务负担问题进行深入的讨论。”此外，针对石油危机，大平总理根据“确保能源资源关系到我国的命运”这一基本认识，强调要“推进节能”，“确保石油的稳定供应”，“开发代替石油的能源”，“从事以核聚变为主的新能源的研究和开发”等等。

大平总理一面在脑海中描绘着我国将来所应有的姿态，一面解决当前所急待克服的难题。为此，总理首先集中精力开展了首脑外交。为了使首次在东京举行的发达国家首脑会议获得成功，大平总理怀着一种特殊的使命感主持了这次首脑会议。由于当时正处于第二次石油危机当中，发达国家在进口石油的限额问题上发生了利害冲突，一时难以调整。大平总理在不损害我国利益的情况下，成功地对各国的利害关系进行了调整。对于我们这些从事能源产业的人士来说，这一结果是完全能够接受的，是大平总理经过几番努力获得的。这次首脑会议能够成功，完全归功于大平总理诚实的天性，这样讲毫不为过。

我推测，大平总理当时最担心的是不稳定的政局、经济不景气以及社会状况完全阻碍了重建财政的工作。任何政策的实施，都必须以财政作为后盾。重建财政，保持健全的财政状况，其重要性是任何人都无法否认的。很早以前，大平总理在提出行政改革的同时，就呼吁要实现税制的合理化，必要时可以实施一般消费税。然而，当时无论是国会还是舆论界，都没有出现就税制问题认真展开讨论的气氛。相反，“大平总理强行增税”的形象，却不知不觉地在人们的心目中形成了。于是，在1979年金秋的众议院选举过程中，在未能恢复执政党议席的情况下，大平总理陷入了极为艰苦的政局运作之中。这成了缩短大平先生寿命的原因之一，令人不胜痛心之至。记得那时有一次大平先生见到我开口便说，“我已经不是我自己，但却堂堂正正地独自走着自己的路”。这句话反映了先生无限惆怅的情怀。

政治理想和崇高志向

从大平总理的政治理想和崇高志向，还有为此而奋斗的政策运作的轨迹中，我们可以学到很多东西。随着人们生活水平的提高，离心力在世界中起作用，出现了多极化的趋势，使得人们越来越难以形成共识。我们必须认识到，目前的这种状况今后将会继续存在下去。如果仔细观察一下过去以及今天的国内外的政治、经济以及社会的动向，就不难发现目前的这种状况。大平先生无疑在很早以前就已经洞察到了将会出现这种状况。大平先生在执政后不久便立即成立了上面所提到的9个政策研究小组，其原因大概亦在于此。在一个离心力起作用、不断走向分化的国际社会中，我国怎样才能确保综合性的安全保障，大平先生对此抱有强烈的责任感和使命感。

大平先生逝世已经10多年了，如今，正如先生所追求的那样，我国在国际社会中已占据光荣的地位，根据我国的国力对国际社会作出相应的贡献，对于我国来说已成为最重要的政策目标。这既是我国赋予自己的责任和义务，同时也是国际社会对我国的殷切期望。

我们将继承先生的这种崇高的遗志，努力为国际社会进一步作出贡献，为世界的和平与发展奉献自己的力量。

（经济团体联合会前会长）

大平总理的政策设想

伊藤善市

环太平洋共同体构想

大平先生在1978年12月1日召开的党的临时大会上被选为自民党的新总裁，在此之前，大平曾在11月28日公布了体现新政权的政策基调的《政策纲要》。大平在纲要中表明了日本要在外交方面与美国、加拿大、澳大利亚、新西兰以及东盟国家等太平洋地区国家加强联系的思想。此外，他还表明了在第二年的东京七国首脑会议之前召开第一届泛太平洋主要国家会议的意向。

大平说："正如美国对拉丁美洲国家，西德对欧共体，欧共体对非洲国家给予特别关照一样，日本特别注重与太平洋地区国家的联合是理所当然的。"（《日本时报》1978年11月29日）我在读到这篇报道后这样写道:“这一讲话将受到熟知大平人格的有关国家的善意的欢迎。”（《山形新闻》1978年12月12日）

众所周知，世界历史在地中海时代获得了大的发展，其次大西洋时代经过大航海时代而展开，最后迎来了欧洲和美国的时代。进入本世纪又逐渐迎来了太平洋时代。第二次世界大战以后，也是由于日本经济高速增长的影响，太平洋沿岸国家的贸易超过了大西洋沿岸国家。如今，展望中国沿海地区繁荣起来的经济特区的前景，我们不得不说太平洋时代的未来是光明的。

大平先生注意到这一事实，便提出了“环太平洋联合构想”,以强调在太平洋时代建立创造性的国际合作关系的重要性，其先见之明令我深受感动。大平作为总理于1980年1月访问了澳大利亚,在弗雷泽总理于墨尔本举行的午餐会上发表了以下讲话:

“前年,我在就任总理之际,曾提倡‘环太平洋共同体构想’,以作为我的政治理念之一。我认为表明现代国际社会特点的最主要的倾向是‘相互依赖的关系加深了’，在这种关系日益加深的过程中，近年来，环太平洋国家之间的友谊与合作的关系得到了显著的发展。今天，这些地区的经济充满了活力，丰富多彩的文化百花齐放，而且，随着交通和通信手段的日益发达，过去一直阻隔这些国家的太平洋已经成了安全、自由、高效的交通线路。这样，广袤而多样的太平洋地区在历史上首次具备了成为一个地区社会的条件。

“然而，考虑到过去的地区性合作多数是以共同语言、共同文化以及共同传统等的同质性为核心而加强这种纽带关系的。想起这一点，人们或许会问，具有不同的文化和历史背景、经济的发展也处于不同阶段的这些太平洋国家之间，果真能够建立起新的合作关系，并以这种合作关系为基础创造出新的文明吗？

“我认为，能够解开这样难题的线索，就是在理解和相信各国文化的独立性和政治的自主性的基础上开展地区合作，而且是与地球时代相适应的开放的地区合作。环太平洋国家的联合，决不是为了形成一个排他性的集团。

“我认为，日本和澳大利亚两国能够为太平洋地区的联合发挥特别重要的作用。首先，日本人长期在东方伟大的精神文化的影响下培养了独特的创造性，在这种力量的作用下，日本民族在明治维新后的100年时间里，充分吸收和消化了西方的文明，获得成功。

“另一方面，澳大利亚国民的民族特点是，既有西欧的种族和文化的渊源，又在亚洲和太平洋地区的新大陆形成，而且对于亚洲和太平洋这一新的环境显示出高度的感受性、理解能力和创造性的适应能力。此外，我听说澳大利亚是由来自100多个国家的人组成的，如此丰富多彩的文化和种族集团的存在，成了澳大利亚创造独有文化的推动力量，这是应该刮目相看的事实。

“从历史来看，我国也好，澳大利亚也好，都是依靠国民所焕发出的巨大活力而在极短的时间里完成了这项伟业。日澳两国都是应该成为创造新的太平洋文明的重要力量的国家。”

上述讲话是大平总理首次亲自对外，而且是用英语发表的作为其政治理念之一的环太平洋共同体构想。在大平总理的政策研究小组中，环太平洋共同体研究小组是1979年3月成立的。大平总理去世以后，设立了大平正芳纪念财团，颁发大平正芳纪念奖和环太平洋学术研究援助奖。如今，大平精神一直活在很多人心中，今后也将永远地活在人们的心中。大平的理想将永不磨灭。

田园都市构想

在大平总理的政策研究会中设立田园都市构想研究小组，是在1979年1月。“田园都市”这个词给人以美丽和欢乐等明快印象。据这个研究小组的报告称："将田园的悠闲带给城市，将城市的活力带给田园，促进二者活跃而稳定的交流，将地区社会和世界联结起来，建立自由、和平、开放的社会——这就是田园都市国家构想。"

这一构想的诞生是有其背景的，首先，我国自明治开国以来一直追求的追赶西方发达国家工业水平和收入水平的目标已经基本实现。特别是新干线网的兴建和电视、汽车的普及，使得农村生活发生了根本性的变化，城市和农村的传统差距和对立正在日益消失。向建设都市田园国家这一新的文明阶段挑战，在现实中已经有这种可能。其次，在长期的现代化、工业化、城市化、大众化和信息化等经济社会的巨大结构变化的背景下，国民的意识和价值观也发生了重要的变化，面向21世纪的国民的新愿望正在稳步形成。

也就是说，"前所未有的自由和富裕，促使人们对容易丧失的人性的几个重要方面进行反省，并重新发现日本文化的优秀特质，同时，唤醒了人们更成熟和更崇高的人性的欲望。国民对深入人心的精神和文化的丰富程度、生活的质量和多样性、自由和责任的平衡、恢复地区社会的个性和家庭、地区和工作环境中的温暖的人际关系、宽松舒适的居住环境、人和自然与机械的生态性共存和协调、创造与人生的各个时期相适应的理想环境和改善福利条件等等，提出了高要求。这样，田园中的居民越来越渴望城市的活力和文化的多样性，城市的居民在享受着自由和便利的同时，也更加渴求田园的悠闲和自然的恩赐。”

大平进而解释说，“田园都市国家构想的目的是建设‘文化时代’的国家，促进人和自然的调和，发展具有个性的地区产业，同时向各地区社会提供高质的就业机会和收入水平。其目的还在于改变过去一直过分追求的中央集权和中央集中的倾向，确立在政治、经济和文化等方面的分散多样化的方向，展现多样化的地区社会。”总之，田园都市国家构想是提倡新的地区主义。

不错，追赶发达国家曾是明治维新以来日本的国家目标，为了实现经济的现代化，促使产业结构朝着高精度的方向发展，向贫困挑战，曾努力动员一切资本和人力集中到中央，以求全面发挥其潜在能力，这是合情合理的。第二次世界大战以后，加紧实现这种“谋求发展的意志”也是理所当然的。特别是1955年以后，急剧展开的工业化和城市化引起了一场民族大迁徙，出现了人口过密和过疏、差距拉大以及环境等问题，尽管如此，却基本上实现了追赶发达国家这一明治维新以来的国家目标。同时，在明治维新以来的100年里，一直处于结构性入超状态的国际收支，也开始转为慢性的出超状态，日本迅猛进入名副其实的富裕社会。

然而，从昭和40年代（1965年—1975年）后半期开始，公害频发，环境遭到破坏，1973年秋季爆发石油危机。这些有象征性的事件表明，资源的制约、国际货币不稳、国际性滞胀的扩展，事实上已大大动摇了日本经济，给地区经济社会造成各种各样的影响。如今，我们正在进入日益成熟的富裕社会，正因为如此，我们反而经受着来自因富裕和开发而产生的正面和负面结果的挑战。田园都市国家构想可谓是针对这种挑战的一种解答。大平总理在1979年1月举行的第87届国会上发表施政演说时这样说道：

“在经济繁荣和物质丰富的同时，我想我们应该恢复生活中富有浓厚人情味、大家共同参与、团结一致的田园生活。……我想推行的建设田园都市构想是要将城市所具有的高生产率和高质量信息与也可称之为民族摇篮的田园所具有的丰富的自然和美好的人际关系结合起来，建立健康而舒适的田园都市。我们要在全国营造为绿色和自然所覆盖、自由自在、充满乡土爱、人际关系温暖如春的地区生活圈，发挥大城市、地方城市、农村、山村和渔村等各个地区的自主性和个性，形成发展平衡而丰富多彩的国土。”

大平总理提倡的田园都市国家构想并不是想象建

立新产业城市那样由政府指定特定的区域，实际建立田园都市，而是表明国家建设的一种理念。

充实家庭基础构想

大平总理的政策研究会成立以后，我因商量事情和进行中间报告曾经两度拜访过大平在濑田的住宅。当接到让我担任“充实家庭基础研究小组”主席的委任时，我感到有些不安，因为我不是家庭问题的专家。

然而，在我见到大平总理后，他用平静的口吻对我说：“只有充实的家庭才是国民获得休憩的绿洲，它是日本社会的基础结构”；“推动战后复兴和发展的是企业和家庭”；“政府不应该干预家庭，政府提示理想家庭的应有状态也是不妥当的”。然而，在充实家庭基础，建立具有特色的、舒适而安定的家庭方面，“难道政府不是可以与家庭的自主努力结合起来帮助做点什么吗？”意思是希望对此做些研究。我愉快地接受了这项工作。大平总理在1979年2月举行的众议院预算委员会会议上做了如下答辩：

“我认为，家庭对于我们的生活来说，是不可替代的绿洲，这里不存在自私和忌妒，有的是善意和奉献，只有在这里我们才能获得充分的休息和安慰。它是人生非常重要的绿洲。对于社会来说,没有健康的家庭,就不可能有健康的社会,这是理所当然的;对于国家来说,没有健康的家庭就会一事无成,国家的基础也不可能得到巩固。”

大平先生本人的家庭就是一个模范的绿洲,这是众口一词的。大平在与女演员檀文交谈时曾经这样说:“家庭难道不是一个只有善意的世界吗?这里没有忌妒、阴谋和歪门邪道,可以得到真正的休息和安慰。因此,家庭是非常重要的。……以夫妻为中心组成的家庭这个世界别有洞天。外面的世界是一个危险的世界,是一个必须时刻提防的世界,回到家中便可以得到一分特别的舒适和安静,这里没有可怕的东西。维护这样的家庭是非常重要的。”

正如前面所说,政府干预家庭,提示理想的家庭应有状态是不恰当的,大平总理的这一基本态度是正确的。之所以这样说,是因为产业革命后形成的核家庭的面貌发生了变化,由各种各样的家族成员组成的多种多样的家庭已经形成,各种各样家庭的共存乃至共生已经是必要的。

我们的研究小组所留意的一点是,针对多种多样的家庭的形态、类型和生活周期,采用多种多样的尺度对待问题,极力避免统一化的想法。同时,还曾留意，家庭生活的设计和充实是应该任凭各家庭首先基于自己的自由和责任而进行自助自立和多样的自主努力去完成的工作，而不是应该由政治和行政去统一地过分干预的事情。A.托夫勒在其所著《第三次浪潮》一书中写道："如果有人问在把丈夫工作，妻子从事家务，拥有两个孩子的家庭定义为核家庭时，有多少美国人符合这种家族形态呢？那么答案，请莫惊讶，只占总人口的7%。即使将定义的范围扩大到双职工家庭，孩子的人数不限，那么美国三分之二至四分之三的多数人口仍不属这一行列。"托夫勒指出，这种状况是由单身人口的大量增加以及离婚和双亲不全的家庭的增加所造成的。尽管日本的国情与美国有所不同，家庭解体并没有到达美国那样的地步，然而，多种多样的家庭正在出现也是事实。

大平总理强调，"充实家庭基础，最重要的是改善居住环境"，此外，"孩子是通向未来的使者，是文化的继承者"。听说曾经有一位新闻记者问当时还是中学生的大平先生的孙子："你觉得福田和三木怎样？"他回答说：

"福田和三木都被选为一国的总理，他们能够担任总理，我想他们是有能力的了不起的人物。"

那位记者针对当时大平曾遭到排挤的事实，似乎很想引出大平孙子的感想，然而，从模范的大平家的孙子口中对大平的对手进行中伤的话却一句也不曾听到。真可谓是完美的回答，令人叫绝。每当我读到大平在 1978 年 11 月被提名为自民党总裁候选人时所作的讲话，总是感动不已。在此谨以体现大平人格的一段话来结束本文。

“时代正在发生急剧的变化。经过长期艰苦的磨难，黎明终于到来。尽管周围还是黑夜，但抬头远望，未来的曙光已在眼前。我们不应该向后退却，而应该主动地迎接曙光的到来。”（引自《在政治中注入复合力量》）

（帝京大学教授兼东京女子大学名誉教授）

大平正芳的经济思想

饭田经夫

“经济思想”的内在支柱包括“人生观”、“社会观”或“世界观”。就是说，究竟怎样看经济，特别是怎样看日本经济？这就要解决究竟日本人是什么样的人，怎样看他们日本人所建立的日本社会以及日本所处的国际环境的问题，不解决这些问题就无从谈起。然而，无论是“经济思想”，还是对其产生影响的“人生观”、“社会观”、“世界观”，任何时代都有着在当时占有主导地位的“原则”论或“陈词滥调”式的观点，人们大多只是在口头上喊喊而已。在那种情况下，要谈论个人独特的“经济思想”、“人生观”、“世界观”是极其困难的。例如对于政治家来说，这种情况也是司空见惯的。

不过，所幸的是人们在这一点上大可不必为大平正芳担心。他利用各种机会极为坦率地谈他自己的“看法”。显然，这一点是作为普通人的大平正芳的无穷魅力之所在，他与经济评论家田中洋之助（每日新闻）的一次谈话就是一例。这一谈话由生活出版社于1978年9月出版，题为《复合力量的时代》。

1978年这本书出版时，恰逢第一次大平内阁成立的一年，从文中田中所说“总有一天会登上总理的宝座”这番话来推测，这一谈话是在大平就任总理四个月前进行的，因此是很耐人寻味的。

大平的人生观和日本社会观

大平的人生观可以用“人并不是那么了不起”这句话来概括。这句话似乎只不过表达了一个很自然的道理，然而，学者、评论家以及传播媒介人士等“文人墨客”通常却很少以这种方式讲话，政治家难道不也是如此？我所以这么说，是因为他们的议论中往往“原则”论多，过多地立足于人是否是极其“了不起的”——至少应该是“了不起的”这样的前提。

显然，大平曾认为进行那一类议论是极其可耻的。那种“超脱”的作风、“不偏袒”的作风是他的特点，也是他的魅力所在。他非常喜爱读书，终身对知识始终抱有深深的敬仰之念，但另一方面，对于自身作为一名知识分子，又常常怀有一丝厌恶之情。显然，他的特点和魅力大概与这一点有关。

那么，大平是怎样看待日本社会的呢？

“有人说日本人在自由社会的体制中,成了一味追求利润的经济动物，这种观点是极其错误的。日本人是非常有素养的民族，不是贪得无厌的民族。日本有许多优秀的企业，也有很多经营能力强、享有很高信誉的企业。从企业内部来看，以高层管理人员为首，大家都非常谨慎，严格要求自己，他们全心全意为了企业和社会的发展而努力。”

此外，“共产党人常说大企业蛮横”，但这种说法“作为一个攻击性的口号，或许会有一定的效果”，然而，“实际上并非如此”。而且，我认为“政治对于这些企业的人员是否压制得太过分了”,甚至认为多给他们点自由不是更好吗？大平还说：

“……贫富差距如此小的国家,资本主义国家自不必说,就是在社会主义国家中不也是极为罕见的吗？在日本，不论是什么样的组织，上级和下级之间的差距是很小的。企业尤其是这样。不妨可以说是过于平等了。决不能走极端，应该公正地看问题。”

富有平衡感的经济思想

既然对于日本人和日本社会有如此深的信赖，那么在经济运行中完全依靠市场机制就是很自然的了。据说大平在1968年11月就任通产大臣后举行的记者招待会上说："今后的政策运营，应该主要依靠民间展开。"这使得因自由化而感到权限缩小的通产官僚们大吃一惊。

大平认为"人并不是那么了不起的"，从这种人生观便派生出这样的思想，即不求十全十美，只要过得去便适可而止。与此相关的一点是大平究竟是怎样看当时日本的"富裕"的。

他说："今后的主要问题与其说是增长，毋宁说是如何才能维持住我们正在享受的物质生活条件。这已成为我们面临的最大的课题。就是如何才能维持住我们迄今为止所享有的生活水平？为此而全力以赴能获得多么大的成功？我认为这是我们要解决的最大的问题。政治就应该为此而竭尽全力。"

这显然是一种"零增长论"，是一种只要实现零增长就算是上乘的思想。

大平之所以持有这种消极的观点，其中的一个原因是他对当时的客观形势有了深刻的认识。1971年的“尼克松冲击”使得美元与黄金的兑换停止。通货的价值基准的丧失使得“世界经济从高速公路一下子滑向了泥泞的小道”。此外，1973年和1979年两度爆发的“石油危机”，“使得资源的供应和价格失去了稳定性”。“如今世界经济的基础正面临崩溃的边缘”，“只不过是依靠惯性在运转而已”。（附带说一句，“第二次石油冲击”正好发生在大平担任总理的任期之内，大平为此而煞费苦心，……）因此，大平说：

“我们只是在历史中非常短暂的一段时期，创造了暂时令世界刮目相看的经济奇迹，但那是‘槿花一日自成荣’，只是短暂的荣华。一切有利的条件都碰巧结合在一起了，加上技术上先进的发明和发现，从而创造了一个飞速发展的时代。然而，那样的时代似乎已经过去。”

但是，除了对时代有这种认识以外，大平似乎同时还确实有过这样的强烈的感慨：“我们在物质方面已经十分富有了！”因为大平曾经这样说过：

“……我们过去不适当地过于偏重经济，如果我们把那个时代称之为‘经济时代’，那么我想我们是否应该考虑从那个时代向着文化的时代或者说是宗教的时代过渡。

"也就是说，提高生活水平，使生活更加方便等等，并非那么可贵，应该想一想，除此之外难道不是还有什么更为重要的、眼睛看不见的更有意义的东西吗？例如，文化价值。即艺术，文化，体育，还有佛经上讲的法悦……。"

这样看来，大平正芳的经济思想并不同于他的导师池田勇人的单纯的高速增长论，而是恰恰相反。固然也因为两人所处时代不同，但两人个性的差异似乎也确实存在。从大平身上可以体会到的平衡的感觉，令人想起古人的"知足"的智慧。

从引进一般消费税问题上体现出的"坚持真理"的政治家

谈论大平正芳的经济思想，恐怕不能忽视引进一般消费税的问题。首先，让我们来简单地回顾一下事情的经过。

大平就任总理后不久，于1979年1月4日在参拜伊势神宫后举行的记者招待会上谈到了引进一般消费税的问题，在第二天召开的内阁会议上便决定从1980年度开始引进消费税。增税是国民最厌恶的政策，正是考虑到这一点，就连执政党自民党内部也在当年7月成立了财政重建议员恳谈会，为反对引进一般消费税而大造声势。在第88届临时国会会议上，社会党、公明党和民社党三党看到大平内阁正式决定引进一般消费税，便于9月7日联合向众议院提出了“对大平内阁的不信任案”。在此情况下，大平总理宣布解散众议院，9月27日公布大选日期，10月7日举行投票。

然而，遭到在野党极力反对的大平，9月26日在新潟进行竞选游说时，不得不发表放弃引进一般消费税的讲话。而且，由于台风等恶劣天气的影响，大平在选举中遭到了惨败，获得了248个议席，低于上届三木内阁的249个议席。

这一惨败引起了自民党内著名的“40日抗争”。大平尽量克服了这一切，在国会的首相指名选举中获胜，在第二次大平内阁于11月9日勉强成立以后，内阁的基础仍处于极不稳定的状态。自民党的反主流派和在野党抓住各种机会向大平内阁发难，在这种局势下，社会党于5月16日向众议院提出了对内阁的不信任案，由于自民党内的反主流派在国会正式会议上采取缺席战术，不信任案以悬殊的票差通过。

于是，大平总理决定解散众议院，众议院与参议院同时于6月22日举行选举。在为选举而进行的游说的第一天，大平因为“过度疲劳引起心绞痛”而倒下，深夜被送往医院，终因医治无效而去世。

从事情的经过来看，说大平为了引进一般消费税而壮烈“战死”毫不过分。许多人评论说，他打着增税的旗号参加选举战太不明智。

那么，为什么大平以自己的生命为赌注执意要引进一般消费税呢？大平担任三木内阁藏相期间，首次发行了赤字公债，在福田内阁担任自民党干事长期间又与新自由俱乐部达成了增加减税数额的妥协。大平深深感到在这一点上的责任，将“重建财政”当成了自己的最重要的课题。

他认为：“世界上同时存在国民喜爱和不喜爱的两种情况。当国民不喜爱但又不得不那样去做的时候，向国民解释其必要性，得到国民的理解并实行下去，这才是政治。”

在当今大众民主主义的时代，政治家们总是一味地以国民喜爱的事情来迎合选民，而大平的确可谓是一位罕见的“坚持真理”的政治家。

（国际日本文化研究中心教授）

尊重市场机制的经济政策

福川伸次

以伦理观为基础的市场经济主义

我相信，大平首相的经济政策的基础，一言以蔽之，是市场经济主义，而且是以伦理观为根据的市场经济主义。

大平在1951年夏季担任池田藏相秘书官之际，奉池田藏相之命，曾经参加了为期3个月的“国际领导人计划”，对美国进行了考察。与战后不久满目荒凉的日本经济相比，当时的美国经济规模之大，令人瞠目而又羡慕。他概括了当时的印象并写道：“今日美国的文化……是一种运动不止的动态文化。在竞争这一动力的推动下，美国经济像一台自动运转的机器，在物质极大丰富的同时，人们自发地形成了勤劳和节约的美德，美国的经济似乎正走在一条无限宽广的道路上……。今日的美国有如史无前例的庞然大物，正在将巨大的生产力源源不断地释放出来。”勤劳和节约的伦理观——换言之，只有建立在高储蓄率基础上的竞争，才是经济繁荣的源泉，这种认识成了他终生坚持的经济哲学。

1960年7月，池田内阁诞生。池田内阁实施所得倍增计划，使得日本经济开始走上了高速增长的道路。这一计划由经济审议会研究后于同年12月27日在内阁会议上决定下来，被当作政府的正式计划。据说，当时的大平官房长官对将所得倍增理论列为“计划”持消极的态度。大平当时是基于这样的想法，即日本实行的并非计划经济，将所得倍增的理论作为“政府实施政策时的一面镜子”，作为评价政策的尺度就足够了。他认为，只要让日本经济所具有的经营能力、劳动力、技术力量和储蓄力量走上正确的轨道，在10年间将所得翻一翻是完全有可能的。

1968年11月，大平就任通商产业大臣。他在就任后的记者招待会上说：“今后的政策运营，应该以民间为主导展开。”这番话使得因自由化而感到权限缩小的通产官僚们大吃一惊。不只是贸易的自由化，而且资本交易的自由化也进一步加快了。在池田内阁时代，由于执行贸易外汇自由化计划大纲，原来只有40%的自由化率，三年后提高到90%。1968年，当时的自由化率已经达到97%，限制进口的商品项目只剩下了120个。但是贸易盈余开始增加，海外要求开放市场呼声接连不断。因此，1969年7月，大平通产大臣决定在两年半以后将限制进口的商品减少一半。

在资本自由化的问题上，大平通产大臣当时原则上以100%自由化为目标，取得了实质性的进展。国内外最关注的汽车产业的自由化问题，也就是在这个时候确认了尽早实现自由化的方针的。

大平在就任通产大臣时说："以民间为主导的真正的意图在于要促使民间企业清醒地知道，今后必须依靠自身的力量在激烈的国际竞争中求生存。在自由经济体制下，发展经济的主角是民间企业，只有民间的智慧、活力和创造力才是发展的原动力。"这番讲话无疑成了此后经济政策的指导路线。

1974年7月，福田藏相对田中首相的政治态度提出批评并辞去藏相的职务，大平于是从外相的职位转而接任藏相。于是，两位政治家的经济哲学之间的差异自然显示出来。当时，由于第一次石油危机的影响，物价暴涨，呈现出疯狂的状态。福田将稳定物价作为当时最优先的课题，极力控制公共事业费的开支。然而，大平藏相的想法却略有不同。他认为，在公共事业费开支问题上"强行控制会留下后遗症，反而会损害经济”，此外，他还表示，在此之前为了消除物价和工资的恶性循环而研究的所得政策，并不利于保持具有活力的经济。1974 年的生产者米价上涨了 37.4%，消费者米价也上涨了 32%。这里也体现了重视民间的独创见解，以价格机制为基础的市场经济的思想。

1979 年秋季发生了第二次石油危机，日本经济再次被石油供应不稳定和物价急剧上涨所困扰，然而，基于提高价格能推动节能，并向着新的价格体系过渡的思想，大平坚持实行对总需求进行控制的政策，同时努力从事面向节能的技术开发，在国民中开展节能运动。

推进自由贸易和应付贸易摩擦的对策

重视市场作用的思想，在对外方面表现为自由贸易主义。池田内阁执政时期，以贸易外汇自由化计划大纲为指导，促进了对外贸易的自由化，1964 年过渡为国际货币基金组织第 8 条规定的国家并加入了经济合作与发展组织。当时，担任外务大臣的大平一定对这种变化深为感慨。

由 99 个国家历时 7 年开展的关贸总协定东京回

合谈判（多边贸易谈判），于1979年4月达成了实质性的协议，我国在同年7月27日签署了这项协议。这是他担任总理期间的一次壮举。有趣的是，东京回合谈判是在他任田中内阁外务大臣时宣布开始的。东京回合协议除了决定在8年内将矿业和工业产品的关税率平均降低33%，将农产品关税平均降低41%以外，还规定了消除非关税壁垒等内容，它对推动世界自由贸易的发展起到了划时代的作用。

从大平总理生前的活动来看，人们对于他在国内政治和国际政治中所起作用的评价，要超过经济外交。不过，我们也不应该忽视，大平的经济思想在现实中一直都在得到确确实实的实施。

大平在其政治生涯中，也曾不得不多次参与解决与美国等国的贸易摩擦问题。其中最典型的是1969年进行的日美纺织品谈判。当时的美国总统尼克松为了履行在总统选举中许下的对纺织品实行一揽子进口限制的承诺，于同年5月派遣了商务部长莫里斯·斯坦斯到日本进行谈判。在谈判中，大平通产大臣主张如果美国的纺织业受到了来自日本的纺织品的侵害，那就应该根据关贸总协定的规则加以处理，而未作丝毫让步。在后来的几次谈判中，大平通产大臣一面耐心地说服对方，指出“关贸总协定规则是由美国提倡制定的，不顾这些规则而采取限制措施，无论对日美关系还是对美国纺织业界都没有好处”，一面认真地对待美方提出的有关纺织业受到侵害的实证调查，并从重视日美关系的角度出发，提出了多边协商等建议，尽到了我国的诚意。主张“在没有受到侵害的领域不应该实行限制”的日本纺织业界和通产省事务当局，对大平通产大臣尊重关贸总协定规则，实行自由贸易主义的做法寄予了很高的信赖。尽管这一问题的处理由于1970年1月的内阁改组，最终落到了宫泽喜一大臣和后来的田中角荣大臣的肩上，然而，当时谈判的经过的确是非常艰苦的，体现了大平的坚定的信念。

在他担任总理大臣期间，我国也与美国之间发生了多次贸易摩擦问题。美国要求我国对彩电的出口进行限制，扩大皮革制品的进口，对美国的汽车行业进行投资等。大平总理在处理这些问题的过程中，始终贯彻了应该尽量将人为的限制和指导减少到最小限度的思想。

当时还发生过问题性质稍有不同的事件。以在德黑兰发生的美国大使馆的人质事件为开端，爆发了对伊朗实行经济制裁的问题。美国一直强迫日本停止从伊朗进口石油。当时的国务卿万斯甚至使用“日本反应迟钝”这样的措辞，对日本多次进行了批判。大平总理面对伊朗要求提高石油价格的压力，从防止石油价格过度上涨的角度考虑，以价格太高的经济理由，决定断绝从伊朗的石油进口。在美国要求对伊朗的出口进行限制的问题上，大平总理也同样以多边协议的原则为依据，而勉强下了决心。毫无疑问，他的内心想法一定是希望尽量减少政治对经济的干预。

基于综合考虑的总需求管理政策

大平总理在担任通产大臣期间，以民间为主导的说法已被普遍接受，1974 年 7 月担任大藏大臣以后，又多次提出要“公正地重新研究企业”。这大概是由于他认为，无论是生产活动还是流通活动，只有企业生气勃勃地开展事业才是发展经济的必由之路。因此，他尊重价格机制，讨厌政府在物价等方面进行直接干预。不妨说，他是认为，经济运作不可勉为其难，适当地控制总需求才是理想的做法。

然而，在他晚年却发生了几起与他的经济哲学不同的现象。1975 年 4 月，大平藏相发表了题为《关于当前的财政情况》的财政危机宣言。当时，不仅因石油危机造成企业收益大幅度下降，从而导致税收减少，而且由于政府从重视物价出发而提出的冻结公用事业费和烟酒提价法案未获通过等原因，财政状况急剧恶化。因此，这篇财政宣言只不过是呼吁要从根本上改革财政现状。

经济形势的恶化，使得财政异常吃紧。1975年度的补充预算，在战后财政史上首开发行赤字国债的先河。1976年度预算对公债的依赖程度已经达到29.9%，而且，赤字公债超过了公债发行额的一半。此后，即使在渡过石油危机以后，由于日本贸易出超累增，在1978年度的波恩七国首脑会议上，有的国家提出了以日本为世界经济火车头的观点，日本不得不承诺保持7%的经济增长，一直长期背负沉重的财政负担。

由于担心这种财政危机会成为日本经济的巨大包袱，因此，大平在担任总理后对重建财政表现出极大的热情。他在1979年1月举行的国会平时会议上发表施政方针演说时"迫切希望在国会内外就引进一般消费税问题进行更深刻的讨论"。大平此举导致了在同年秋季的众议院大选中的不利结果。此后，引进一般消费税耗费了大约10年的时间。

大平总理心中一直苦恼的一件事是，如果任凭财政状况继续恶化下去，那么现行的财政将不能适应新时代的要求，同时，政府的宏观控制的能力也将下降。大平总理曾经希望对担任藏相时期所发行的赤字国债进行一次总的清算，消除以往的欠帐。

大平的经济哲学同样体现在第二次石油危机后的经济运作过程中。对于在野党提出的稳定物价的要求，大平回答说："问题的根本在于通过增加供给来稳定需求。"他在努力确保石油供给的同时，尽可能对公共开支进行限制，并果断地提高了官定贴现率。在预算案审议的过程中提高或者降低官定贴现率通常被视为禁忌，大平却甘冒此禁忌，毅然在1979年2月总理任期内作出了这一决定。从此后的发展情况来看，日本的产业发挥出强大的威力，成功地渡过了石油危机。

结构改革的对策

虽然大平一直很重视市场的作用，注意在经济运营中不勉为其难，然而，如果说大平对结构改革毫不关心，那恐怕也是言过其实。

1969年10月，八幡制铁公司与富士制铁公司合并，建立了新日本制铁公司。这一合并事先是得到公正交易委员会批准的，是在大平担任通产大臣期间发生的事情。大平极力支持两家公司的合并，他与当时的田中角荣干事长联合起来，巧妙地摆脱了新闻记者的包围，秘密地与公正交易委员会委员长山田精一进行了多次会谈。大平后来在回忆时说:“从产业政策来说,将这两家公司的研究开发和市场经营统一起来,以提高技术水平和经营素质是很有吸引力的。只靠软弱无力的产业,不可能实行满怀信心的产业政策,而仅仅依靠政府的力量,要实行切实有效的产业政策也是不可能的。政府的产业政策,有的也要依赖于有见识、有实力的优秀企业的合作。从这一意义上讲,我一直期待着新日铁的诞生。”

能源政策是大平重点实施的另一项结构改革对策。在1979年东京七国首脑会议上,日本的石油进口量被限制在日均630万桶至690万桶的范围内。大平鼓励通产省进行节能和替代能源的开发,并令通产省制定将石油依赖率从当时的75%,降到80年代中期的60%,10年后的50%的供求展望计划。1979年度,大平对石油合理化事业团等三个机构进行了整顿,设立了新能源综合开发机构,作为开发替代能源的核心机构。

以平衡见长的综合思考

大平的经济运营哲学归纳起来可以概括为:尊重

作为经济主体的企业和消费者的愿望与选择，尽可能将政府的作用置于第二位，建立综合平衡的经济环境。具体地说，就是对增长、就业、国际收支、物价、贸易摩擦、能源以及公害等日本经济中的各种因素进行通盘考虑，以不断寻求最佳解决方案。这种思想也是发展今天的日本经济运营所最需要的。

（神户制铁所副总经理）

大平总理的财政思想

小粥正巳　富泽宏

已故大平总理在担任大藏大臣期间，作出了发行战后首批赤字国债的决定，作为总理大臣，大平给人印象最深的就是极力主张引进一般消费税。尽管政治家有时根据时代的需要，不得不采取一些与自己平时的政治主张看似相违背的政策，然而，这样的印象对于了解大平总理日常想法的人来说，实在感到是一种带有讽刺意味的巧合。不过，对于国民来说，在前所未有的财政的转变时期遇到像大平总理这样真诚的带路人，实为上苍的精心安排，是一种大幸。

可以认为，大平总理的财政思想，与其说是财政固有的东西，毋宁说是大平总理一贯的思维方法或哲学在财政中的反映。

从大平总理对前人和知己所作的人物评论来看，其中描述自己为对方简朴的生活所感动的内容很多。幼年和少年时代，大平的家境不能算贫寒，但也决不富裕。我们曾经与大平总理有过短暂的共事，在此期间，他那质朴、节俭的高贵品质给我们留下了极深的印象。据说大平总理只要发现房间里面没有人而灯还开着，总要亲自去把灯关掉。他所爱吃的也只是面条之类的大众食品。

大平总理曾写过一篇有关财政的论文，题为《棒柸（除去枝叶的青冈栎）财政论》。其主要内容是，当青冈栎树吸收不到充足的养分时，就必须砍掉青冈栎的枝叶，否则树就会干枯而死。对于财政困难也应该这样，将不必要的开支砍掉才是至关重要的。“量入制出”是大平总理的基本思想。

大平总理对于行政的整体看法也是坚信很多事情应该放手让民间去做，发挥民间的活力，政府的干涉应该只保持必要的最小限度。关于行政改革，大平的宗旨是“兴一利弗如除一弊”，这也是人所共知的。

关于经济问题，他相信市场机制的作用，不主张对经济实行过多的管制，这一点在他的文章中随处可见。

记得一天夜晚，我陪同大平总理到一座高层建筑的最顶层参加晚会，当时外面已经是一片漆黑，只有远处的灯火还在闪烁。他说：“在那一盏盏灯下，从事不同行业的人们正享用着他们的晚餐，抚育着他们的孩子。市场经济的伟大之处非人的智力所能及啊！”

维持货币的价值至关重要

大平总理自从在大藏省就职以来，有过很多机会作为官吏参与财政管理。天生的朴实的品质和在这期间积累的经验，加强了他的上述思想。他曾经在中国张家口兴亚院联络部工作过，还担任过文部省负责主计官、工资第三课课长和经济稳定本部公共事业课课长等职务。大平总理在各个岗位上都取得了令人满意的成果，他在职时起草的各项建议和对往事进行的总结，都强调了保持财政平衡的必要性。他多次指出，不健全的财政将会引发通货膨胀，进而涣散国民的斗志，他还明确表示，在大藏大臣的工作中，最重要的是维持货币的价值。

不过，大平总理不管对待什么问题，从来都不采取拘泥于原理原则的死板态度。他总是从实际情况出发，考虑怎样才能把事情向前推进一步，或者怎样才能不使事态继续恶化下去。为此，他不辞劳苦，尽心竭力，并以此作为自己的人生价值和信念。回顾大平总理为后人留下的业绩，我们不难看出在许多表面现象的背后无不贯穿了他的这种信念。

大平总理在进入政界后不久，1953年曾经就大藏大臣这一职务做过一段论述，其中写道："世上有'倒霉'一词，这个词用来形容大藏大臣是再恰当不过的了。（中略）大藏大臣并不是人人都想当的好差事，而是一个大家都想避而远之的职务。而且又是不愿意交给那些一心想当的人去干的差事。恐怕可以说这是一个如此重要的职务，正是那些坚决不愿意干的人，才要以三顾茅庐之礼请他出山来担任这一公职。"（《财政徒然草》）

当时，不知大平总理是否意料到自己日后竟会处在自己所说的这一位置上。

1974年7月，迎来了大平大臣的大藏省，不久即投入了编制1975年度预算的工作。

1974年的批发价上涨率为31.3%，加上1973年的上涨率15.9%，两年间的物价实际上涨50%以上。此外，在这一年的春季劳资斗争中，工人工资上涨了32%。1974年度的实际经济增长率为负0.4%。

尽管这些都是由于第一次石油冲击所引起的，然而在编制预算时，却不得不考虑物价和经济增长这两大问题，当时的局面是极其困难的。大平在就任大藏大臣时表示了这样的认识："对待目前的经济应该有如履薄冰一样的小心和谨慎。要断然作出结论是极其困难的。"

然而，在决定现实的政策时必须在物价和经济发展两者中选择其一。他在谈 1975 年新年感想时说："目前最主要的任务是克服通货膨胀。通货膨胀是腐蚀社会和人心的病根，是造成社会不公并使之日趋扩大的罪魁祸首。"总之，政府的首要任务是遏制工资和物价的飞涨，稳定民心，这已成为当时社会的共识。不过，上一年度的物价上涨所造成的欠帐，自然会引起经费的急剧膨胀，使得收支很难达到平衡。这样，如何处理公用事业费便成了一大问题。大平藏相主张，公用事业费应该由受益者负担，而福田副总理则主张为了平抑物价应该冻结公用事业费，从而与大平藏相之间产生了意见分歧。最后，尽管极力控制公用事业费的方针得到了贯彻，但其中也反映了大平藏相的一些意见，比如修改邮政和烟草等行业的收费价格，提高酒的税率。此外，在这一年度的预算中，根据三木首相的意见，将社会保障费提高 35.8%，远远超出预算总额的 24.5%的增长率。对于大平藏相来说，这或许是一件极为遗憾的事情。经过编制预算这场风波，大平形容自己的心情"像铅一样沉重"。当有人问起预算是否反映了大平的特色时，他回答说："基本上没有。"从这里我们也能体会到大平此时的心情。

这一预算于 1975 年 4 月 2 日获得了通过，然而，此后不久，4 月 15 日大平藏相即发布了财政危机宣言。发布这一宣言，是为适应当时的情况。1974年度的预算中出现了高达8000亿日元的税收短缺，这就要用非常手段即以下一年度的一部分税收来弥补。宣言明确指出，由于经济转为稳定增长，以往是通过高速增长来实现自然增收的，这种解决问题的财政方法已经无法再用。事实上，从这个时期开始，我国的实际经济增长率已经从过去的两位数，明显降到一半以下。在这一年的7月，我国首次公布了表明稳定增长的条件下财政收支中期展望的财政收支试算结果。

关于具体的财政支出问题，宣言明确体现了大平的特色，其中提出应该严格选择依靠财政负担所应该实施的措施；应该重新研究社会保险的费用负担，公用事业费应该根据使用者负担的原则，规定和成本联系起来的适当水平等。此后，财政当局便朝着健全财政的方向走上漫长而艰苦的道路，而这一宣言就是出发点。

决定发行赤字公债

在这期间，由于经济继续在不景气中徘徊，而物价又逐步趋于平稳，因此，经济政策便增强向景气对策倾斜。大平藏相为抑制政府和党内常出现的岁出膨胀倾向而作出了不懈的努力。此外，他为了增加财政收入而提出的有关烟酒的法案在国会中未获通过。1975年度的修正预算就是针对这样状况而编制的。为了解决由于景气停滞和增税法案未获通过所带来的高达3.9万亿日元的岁入短缺问题，便决定发行2.3万亿日元的庞大赤字公债，这已成为载入史册的事件。

此时，大平藏相就发行赤字公债的制动措施作了极为周到的安排。发行公债需要依据的特例法案不是永久性的，而是采取每年都要经过国会审议的形式，还明确规定这种公债的倒换不得在国会审议中进行等。可以说，作为大藏大臣的大平勇敢地选择了一条必须作出艰苦努力的道路。

在辞去大藏大臣时的记者招待会上，有记者问："今后或许有人会做这样的评价，大平在从事财政工作的两年半期间，给后代留下了大量的赤字国债。对于这一点，你感到后悔吗？"对此，大平回答说："不后悔，在这一转折时期，除此之外，没有其它选择的余地。牺牲财政以避免经济破产是不得已而为的。今后，我们必须尽快探索出摆脱财政依靠特例债的途径。"这恐怕正是他的真情实话。

大平在离任前说："今后，大藏省光靠智慧不行，必须流着汗匍匐前进。"大平对后辈寄予了殷切的希望，同时也洞察到了人容易流露出的脆弱的一面。此时，他似乎已经预感到了重建财政的前途艰险。

总之，有高人一等的财政家见解和自尊的大平总理，对于自己在担任藏相时不得不发行本来财政法所不允许的赤字公债一事负有强烈的责任感，他一定曾经暗下决心，要亲自将财政从特例债中解脱出来，恢复财政的适应能力，实现重建财政。可以说，从这时起，重建财政已经成了大平总理的历史使命。

将重建财政作为内阁的最优先课题

在两年后诞生的大平内阁中，大平总理曾多次强调有必要将重建财政作为政策的最优先课题。

1979 年 8 月，大平总理在临近大选召开国会临时会议上发表政见时，将“恢复财政的适应能力”作为当前的三大紧急课题之一。他说：“由负债产生负债的财政运营再也不能继续下去了。如果任凭其发展下去，那就会从财政方面引起通货膨胀，也很可能使国民的生活陷入混乱，并有损于社会的公正。要使财政跟上新时代的需要，必须设法迅速改善财政本身的素质，恢复其适应能力。从这个意义来讲，重建财政是当务之急，回避这一课题也就谈不上对政治负责。”从这里我们不难发现大平总理的财政思想的精髓和作为政治家的责任感。此外，大平在政见中还提出要在1984年度将财政从特例债中解脱出来，并提出了对策。他说：“必须极力削减岁出，但当财政来源仍不能满足必要的岁出时，只能在求得国民的理解的前提下，寻求新的负担的方式。”指出了为重建财政，甚至断然增税也在所不惜的方向。所谓“新的负担”，恐怕实际上就是曾经设想过的“一般消费税”，这在政府的税制调查会也已经作为今后税制的主要内容而进行过研究。

然而，在选举即将来临之际，无论附加什么样的“要将岁出削减到极限”的条件，提出有可能被人们理解为“增税倾向”的政策，作为一种政治判断，无疑是得不偿失的。当然，大平总理明知此而敢于向国民“愚直地”开出苦药方，这就突出表现了他对重建财政的使命感。

不幸的是，大平总理的这种可以称之为信念的财政思想却未能立刻得到国民的理解，加上传播媒介以所谓“公费天国”的名义加以口诛笔伐，因此，10月份的选举结果对总理极为不利。此后，党内的斗争日趋激化，政局急转直下，最终在1980年5月发展为解散众议院。在此期间，由于身心疲惫至极，大平总理却在6月的参众两院同日选举前夕与世长辞。

总理在去世前不久在住院期间曾经对周围的人说:“我想要再稍微找出点什么办法的,就是重建财政和日元汇率的问题。尽管作为重建财政措施之一的一般消费税遭到了国民的反对,但是只要向国民做耐心细致的解释,他们必定会理解的。只要通过行政整顿等措施推进岁出方面的合理化,国民必定会在增税问题上给予理解。”大平总理作为政治家以自身的信念来为国民推进重建财政的工作,真可谓半途而废,以身殉职。但是,大平总理的财政思想却一直被继承下来,至今仍闪耀着光辉。

消费税法经过几番周折在1988年成立。此外,从最初发行赤字国债经过了10多年的时间,在进入平成时代以后,我国财政终于摆脱了赤字国债。

假如大平总理知道这样的历史发展过程,他会做何评论呢?这在今天已无从得知。但我想,他大概会对在这期间付出艰苦劳动的财政当局给予高度评价,而且定会认为全体国民围绕着消费税而展开的那场激烈的论战也是必要的过程。他对国民的明智所做的判断,可能不会改变。

(公正交易委员会委员长)

(日本烟草产业公司常务董事)

大平总理的思想

新井俊三

意大利商法学家莫萨有一句名言，叫“逆风而上，顺风而下”。大平所尊敬的同乡和早期毕业校友米谷隆三先生（一桥大学教授，相当于莫萨的弟子）在其著作的卷首也引用了这句话。

在一次闲聊中，大平提到了这句话，并谈了他的感想说：“真是至理名言哪！”这就是说，大平先生的思想是有灵活性的，有时顶着舆论的压力，毅然坚持自己的观点，有时洞察舆论的动向，表示赞同。

细川总理曾经打了一个比喻，说：“舆论是风，自己是帆，国家是船。”我想如果大平总理在世的话，他一定会提醒这位晚辈说，有时逆风而上，有时顺风而下，这种政治家的独到见识也是很重要的哟。

宽敞书斋的梦想终未实现

大平去世以后，大平夫人曾经回忆说：“大平非常尊敬常盘先生，特别羡慕常盘先生的宽敞书斋。曾经说过自己也希望拥有一间像那样宽敞的书斋。于是，当我们在经历了一场大火之后，准备兴建现在的房屋时，首次设计了大平所希望的宽敞的书斋。然而，建房费一削再削，这削减一点，那削减一点，终于建书斋费也削减了，最后还是建成了一个狭小的书斋。至今回想起来，要是当初建一座大平所梦寐以求的宽敞书斋，那该多好啊。”

此次，我受人之托，写一篇有关大平先生的追忆性文章，细想起来，有关大平先生的事迹，已经有许多人写，几乎都谈到了。然而，大平先生已经远离我们10多年了，在此，我想不管是否重复，仅就他的思想谈一谈我的一些深刻感受。

强调“政治有限”

“政治有限”是大平先生常说的一句话。在当今世界，越是专家，越强调自己万能。如果是政治家则强调政治万能。如果是经济界人士则好强调经济万能。然而，大平先生却总是大声疾呼“政治有限”。

这是表示非常勇敢的一句话，强调有限，就是“有自知之明”。而且正是这种人才会对自己的言行有责任感。

如今，全世界到处都掀起了政治改革的热潮。它给世人造成了一种错觉，似乎政治是万能的，而相反，社会却向政治强求所没有的东西。大平则认为，“政治的力量”是有限的。有“光照一隅”这样一句话，政治只不过是光照一隅而已。大平的思想很清楚，那就是政治、经济、文化等都要通力合作，以使得世界更加美好。

大平先生在出席我们的会议时，虽然对大家的要求都一一表示赞同，但同时也常常说：“不过，诸位！请不要对政治期望过高。”“当然，也有不依靠政治解决不了问题的领域。我在这些问题上可是百分之百地负责呀。”这是大平先生一贯的态度。

思想存在着也可以称之谓“凸型”和“凹型”两种。所谓凸就是正面型的，凹则是负面型的。但是，特别在东方思想中，这种正面和负面表里形成了一体，从表面和形式来看，有时表现为凸型，有时表现为凹型，然而，实际上却是“无即有，有即无”。

“兴一利弗如除一弊”（耶律楚材）是大平喜欢引用的一句名言。这也是负面型思想，如果大平还健在的话，我想他很可能会从政治方面在很大程度上阻止“泡沫经济”的出现。

老庄的思想境界和法兰西精神

大平精通四书五经，但在思想上（特别是晚年）却属于老庄的思想境界。

当今的日本思想，既融合了日本自古以来的神道和日本化了的佛教和儒教，也吸收了明治维新以来的西方的合理主义思想。大平的思想非常自然地反映了日本当今的思想。

古神道的精神常以“清明心”的字样来表达，大平先生的心境就总是注意保持这种“清明心”。大平的姿态给人的印象，很自然的就会让人想起在神社掌管祭神的神主向神前奉献玉串的那种“局蹐”姿态——躬身俯视。

大平曾经说过他的“永远的现在”思想直接来自于田边哲学中的“历史性现实”的思想，田边哲学汲取了西田哲学的流派，其源流是道元的正法眼藏和亲鸾的思想，其中包括着日本式佛教的精髓。

大平1936年毕业于东京商科大学。毕业纪念册上写有三浦校长的临别赠言（参照露木清《大平正芳回想录——追想篇》）。

赠言最后一句写道：“虽是老生常谈，然人生乃千古之谜。越是谜，则令人渴望解开之心就越迫切，也就越能体味到苦中有乐。在即将离校的今天，年轻的伙伴应该谈谈青春，而不是听蹉跎老人絮叨的时候。如果硬让我说，那我就想引用‘居之无倦，行之以忠’这句古语奉劝你们去学习福斯特把‘理性’译作‘行为’的那种决心吧。”

三浦先生的短短话语中充满着日本明治维新以来拼命吸收的现代西方思想和自古以来的日本思想相融合的神韵，而大平的思想中也完全充满着那样一种细微的差别。即使在大平已经去世的今天，大平的思想仍散发着蓬勃朝气。

据说法国总统吉斯卡尔·德斯坦曾经称赞大平

“了解法兰西精神”。可以说，这句话准确地道出了大平思想的本质。

（国际关系基础研究所总经理）

四型政治家大平总理

安田正治

1979年5月6日傍晚，在濑田区大平总理私宅，欢迎访美归来的总理一行，大家热烈地交谈起来。由于确切证实了首次访美与卡特政府之间结成了友好和信任的纽带，大家情绪很高。

回答卡特总统的问题

经过一番寒暄之后，总理在人群中见到我便说：“喂！美国总统卡特还问过我那句话的意思呢。我告诉他：‘那是政治家历尽千辛万苦才最后摸索到的感叹之语’……。”他一面说着，一面把我请到起居室一角的圆桌旁，接着说：“二日在白宫举行的晚宴上，总统特意安排了《刑警科隆勃》中的皮特·福克等在日本也很有名气的人士与我同坐一桌。大家你一言我一语热闹一番以后，卡特总统问我：'大平先生，您的书中引用了兴一利弗如除一弊这句话，那是指什么意思?'于是，我就向他做了这样的解释……。"

总理特意向我打招呼说这番话，有这样一个背景。每当新总理诞生的时候，为了让国外了解其人格和履历，都要编印一些英文的宣传资料。大平就任总理之际，要求"挑选一句总理最喜爱的可以作为座右铭的名言"。大平总理熟知很多名言警句，并如获至宝，或许由于这一原因，究竟选择哪句名言为好反而有些举棋不定。于是给我留了一个题目，说"替我想一句"。第二天，大平在从总理官邸秘书室去小餐厅途中的台阶上问我："想好了吗?"我便试探性地说，耶律楚材说的"兴一利弗如除一弊"如何？总理一面考虑，一面下了几个台阶，便表示同意说，"那就用它吧……"。

耶律楚材（1190～1244）出身于辽代的王族。当蒙古军队攻陷燕京（今北京）时，他26岁，在金国中担任重要职务，据说当时成吉思汗对他的才能很赏识。他作为政治顾问频繁进出于成吉思汗帐下，并随军西征。他精通占卜、医术、历史以及老庄之道，酷爱诗词和音乐，同时又虔诚地皈依佛教，自称湛然居士。此外，据说耶律楚材还管理过占领区的行政，以保护城市和农耕文明免遭野蛮破坏作为天职，力量超群。

大平总理继续回忆他向卡特总统所做的解释："从前，我在会见肯尼迪总统时向总统问道：'总统先生，对于您来说竞选意味着什么？'他先是简单地回答说，'磨鞋底'，接着又说，'在长达1个月的竞选活动期间，磨破了一双鞋的鞋底。'肯尼迪总统之所以如此不辞劳苦地要成为政治家，难道不是因为他要设法实现自己的理想的热情很高吗？

"我想，卡特总统致力于政治，目的也是为了建立一个更美好的社会。然而，对于所有的人都有利的政策和措施是不存在的，即便是大家公认的好的政策和措施，随着时间的变化，也会出现意想不到的消极方面或负面反应。一代又一代的政治家就是这样为建立一个更美好的社会而奋斗不息，结果才有了今天的社会。

"前面谈到的那句话是以辅佐过蒙古的成吉思汗及其继承人元太宗窝阔台而闻名的宰相耶律楚材的名言。我想，那是他为了保护当时的文明不受蒙古苛政的侵害，在终身奋斗后所悟出的感受，是为了实现理想社会而孜孜以求的政治家历尽千辛万苦才最后摸索找到的感叹之语。"

我曾经多次听到大平总理在演说中引用这句名言，然而，将它解释为政治家为实现理想而尽了最大努力之后达到的境界，是"最后的感叹"，这还是第一次听他说。我想，这实际上是大平总理本人通过人生体验所达到的境界，它似乎凝练而鲜明地体现了总理作为政治家的个性。

在那次晚宴上，卡特总统与大平总理结下了个人的亲密关系，这种友情之深，以至于在总理突然去世后，美国总统竟破天荒地亲自参加了总理的葬礼。一夕之交和对一句话的解释，使得两位政治家的心紧紧地连结在一起。

我想，人们之所以喜爱古人之语，很大程度上固然是因为了解其表面字义，同时，也是因为与古人的为人、天资、政治手段以及想法多有一脉相通之处。

凸型和凹型政治家形象的鲜明对照

通常，有志于政治的人往往比普通人具有更坚强的信念、主张和行动能力，因此，很多政治家，其形象就成了显著的凸型。然而，也有极少数政治家更适合用凹型来象征其形象。凸型政治家思维的出发点常常是现在，是自己脚下的地平线。他们属于从现状出发来考虑应该砌多少块砖才能达到目标的那种类型。相反，凹型政治家是以理想的目标作为思维的基准，他们属于总是考虑现状离那个基准以下还有多远，怎样才能缩短其距离的那种类型。如果借用耶律楚材的话来说，那大概就是志在兴一利者为凸型，而发现除一弊的巨大价值者为凹型。凸型政治家所考虑的是努力的结果已砌起了多高，而凹型政治家则考虑的是还有多远达不到理想目标。前者是正面志向，是现实主义，后者是负面志向，是理想主义。因此，前者为乐天派，而后者常为追求派。凸型政治家能肯定自己的努力，并满足于已有成果而止步；而凹型政治家，理想总是很高，不能容忍自己满足于现状而止步。因此，凸型和凹型政治家，无论在政治手段方面，还是在政治家的作用方面，都各有所长，各有所短。凸型政治家追求目标是积极的直线式的，多少有些缺点也不在乎。而凹型政治家却认为权力和地位始终只是实现理想和目标的手段，因此，为获得政治权力也要追求其道义性与合理性。对于政治手段，也是力求完美无缺的倾向很强，显得有些被动。就是说，凸型善于进攻，而凹型力在防守。

唐太宗李世民（628～649）是中国历史上著名的明君，他奠定了唐朝300年的基础，在他统治期间出现了国泰民安的“贞观之治”的局面。据《贞观政要》第一卷第一编《论君道》记载，唐太宗曾经问左右群臣“帝王业，草创与守成何难?”此时，大臣们有的说创业难，有的认为守成难。唐太宗在肯定了两者都不容易的基础上回答说："今，草创之难已往。公等当慎思守成之难。"唐太宗在位23年，专心致志于守成。

创业与守成，其难度的性质完全不同，因而不能一概而论孰易孰难。不过，在东方，自古以来，"创业容易，守成难"的观点容易得到支持。创业虽然很难，但目标一旦实现，创业也便结束。守成却没有一个可以结束的界限，必须永远地保持谨慎和自我克制，其无休止的紧张实难忍受，守成之难就在于此。如此看来，可以说，创业适合于凸型人，为守成而焦思苦虑适合于凹型人。

耶律楚材虽然受到成吉思汗的重用，但却始终保持了脱离世俗荣达、向往自由境界的胸怀和心境。同样，大平总理也常常在政治家的使命感和对自由生活的向往之间徘徊，很多人都见过大平总理为此而苦恼的情景。有人把这视为是他作为政治家的脆弱之处，有人则认为是他能够吸引人的人性魅力之所在。由此看来，这两位政治家之间有着诸多的共同点，特别是在作为凹型政治家这一点上有着惊人的相似之处。

从“大福体制”建立和分裂看总理的特性

自1971年4月就任第三代宏池会会长以后，大平总理作为“三（木）角（田中）大（平）福（田）时代”的领导人之一，在动荡不安的70年代的政局中发挥了核心作用。在这一过程中，最能体现大平总理特性的事件，应该说是“大福”体制的建立以及大平对待这一体制的态度。

当时，三木派与反三木派相互抗争，下一届总理的人选目标集中于大平正芳和福田赳夫两人。然而，要决定孰先孰后，却并非一件轻而易举的事。如果从支持者人数来看，大平在先，如果从资历的顺序来讲，福田在先。两人所属的派系和所持的基本政策各不相同，分别代表了两大保守势力，始终处于一种对立关系之中，非一朝一夕能实现的。此时，充当调解角色的保利茂，为此伤透了脑筋，最终还是大平不附加任何条件地表明了淡泊的态度。从此，一举打开突破政治僵局的道路，大平和福田以保利作为见证人，达成了合作的协议。协议书写得非常委婉，其核心内容是“以福田政权为先，大平政权为后。福田政权的任期为一届两年，双方在相互信任的基础上进行合作。”不过，这种协议书只要当事者无意遵守，它也只不过是一张废纸。如果说协议书具有某种意义，那只不过是作为君子协定的一种道义上的约束力，那就是要任凭福田和大平的信任关系和人品去解决的问题了。大平对于这一切了解得一清二楚。而且把自己的政治生命押在道义这一赌注上。由于大平竭尽诚意，因此大平和福田之间的信任关系也加深了，从结果看，想切实执行协议的态度，的确收到了效果。福田总理自不必说，作为见证人的众议院议长保利和福田方面的代表园田直无疑也受制于道义，感到自身的责任。不过，几乎所有的朋友和同志都对大平的这种态度表示焦虑，他们以各种方式进行了劝告。

然而，对于这种善意的劝说，大平并没有为之心动。在初秋举行的初选中，当福田占压倒优势的消息传来之际，大平干事长甚至说：“政治家的目的并不只有成为总理一种。如果不能成为总理，那就不当好了……”他一直对为总裁公选做准备采取了克制的态度。我想，此时的大平对自己的政治命运是采取了听天由命的态度，他决心沿着自己所坚信的道路走下去。不过，一旦自己的决定是错误的，那么又如何对得起多年来一直企盼着大平政权的诞生并为之献身的同志，这并不是一个自己告退便可以一了了之的问题。因此，大平始终坚持这一选择，是要冒很大风险的，所走的是一条孤独而艰险的道路。大平干事长越是对前途难以把握，越是把信义和道义放在首位，默默承受着各种批评和内心的不安，这是何等感人！

在大福体制的两年中，大平干事长与福田首相举行了多达几十次的单独会谈，大平干事长以君子协定为理由，与福田首相竭尽诚意相对，而福田首相对于应该遵从道义，还是继续连任以便锦上添花，一直在政权的宝座上犹豫不定。两人的谈话最终发展为不顾一切的全面冲突。在这场争斗中，大平反败为胜，登上了政权的宝座。然而，用激烈斗争的手段夺取权力虽然不是大平的本意，但却从根本上扭曲了大平此后的人生。过去一直力图避免权力斗争的大平总理，转而一下子卷入了“40日抗争”、内阁不信任案的通过、参众同日选举等无休无止的抗争漩涡。这一切最终导致大平总理在同日选举之初便倒在新宿的街头，从这一点，我们清楚地看到了政治权力所具有的魔力。

“首脑会议是小事，政局的稳定才是大事”

大平总理在过去池田勇人总理被送进癌症中心时，曾经担任过池田内阁的收尾和收拾政局的工作。时隔16年，他本人也陷于和池田总理相同的处境而卧床不起。躺在病床上，大平的脸上充满了“谋事在人，成事在天”的安详神情，其中甚至隐含着“就此结束自己的政治生涯”，不再与权力有缘的超脱之感。不过，大平总理所担心的是直接与政局相关的选举形势以及能否出席与投票日相冲突的威尼斯首脑会议问题。

出席威尼斯首脑会议是关系到国家利益的问题，大平出于自己的使命感，大概也很希望出席这次会议，大概也曾想把这次会议作为光荣告退的一个台阶。然而，此时飞往威尼斯却成了一个危及个人生命的问题，假如发生万一，那么必然会导致政局的混乱。随着病情开始好转和选举战幕拉开，大平总理曾很想了解选举形势。“我这里什么消息也没有”，他每见到我时都这么说。然而，我们却不能对总理谈论这种有损于健康的问题。有时，当大平总理心情比较好的时候，我们主动跟他谈论有关政治家的人物评论。然而，当我第二次谈人物评论的时候，我发觉“总理已经在物色可以托付后事的人选，并观察我们的反应”，此时我感到了问题的严重性。

在总理突然去世前两天，我去看望他。总理用非常坚定的语调对我说：“首脑会议是小事，政局的稳定才是大事……。”总理的话语铿锵有力，大有不容回避的气势，然而，由于我一直受着“不能让总理精神紧张”这样一种强迫观念的约束，在做了几分钟的短暂寒暄后便匆匆告辞。当时，我只想尽一切可能按照总理的思路来考虑收拾政局的办法，我的想法是“等总理病情稍有好转再把一切告诉他”。

这样，“首脑会议是小事，政局的稳定才是大事”这句话，成了我听到的大平总理的最后感叹之语。

“安魂”政治家西乡隆盛也是凹型

1979年11月上旬，“40日抗争”已过高潮，有一天夜晚，藤波孝生邀请我和京都市立艺术大学校长梅原猛三人一起共进晚餐。当我们的话题转到近一段时期政界的激烈斗争以及有必要进行“安魂”时，梅原校长说："在日本历史中，'安魂'是一项最重要的'祭祀活动'。每当出现罕见的大凹型政治家时，都要进行'安魂'。近代的西乡隆盛就是这样一位政治家。我对政界的内部情况知之甚少，不能明确断言，然而，我想大平先生或许正是一位不可多得的凹型政治家。"

在大平总理当政的时候，他心里装满的是各种难以应付的政治纠纷和对此进行"安魂"的愿望。大平总理如何为此而绞尽脑汁，忍辱负重，不得而知。然而，要平息狂乱的怨念，只有竭尽诚意，尽职尽守，舍此无它。

西乡隆盛曾经建立了招魂社，以祭慰在幕府末期的动乱中饮恨长逝的亡灵。然而，明治维新后，一直为着他人的死得其所而孜孜以求的西乡，最终却是在城山倒下的那一时刻才壮志以酬。

大平总理的殉职，使得70年代的政局暂时得到了平息。总理也把自己的生命献给了政局这一"祭坛"，从而善始善终地完成了作为凹型政治家的使命。

（第二届大平内阁总理大臣秘书官）

大平正芳与基督教

铃木秀子

大平正芳在1967年2月25日接受《基督教新闻》的采访时说:“我不把基督教视为一种可以在别人面前夸耀的信仰，但我的生活是离不开圣经的。我一直在通过祈祷与上帝进行对话。”

大平正芳就任总理时，曾经被称为“基督教徒宰相”，是一位在国外享有很高评价的政治家。很多人指出，这不仅是因为他与欧美人之间有着基督教这一共同的基础，而且还因为他拥有在政治中能给人们带来生命力和光明的源泉，即所谓哲学。这种源泉不正是他从年轻时起就热衷和亲近的基督教吗?

从耶稣什会到接触圣经成为信仰

大平最初接触基督教是在1928年在旧制高松高

等商科学校入学后不久，当时，基督教团体“耶稣仆会”正在开展全国性的传教活动，大平听了该团体的主持人佐藤定吉发表的讲演，从而对基督教产生了兴趣。

《大平正芳回忆录·传记编》这样写道：

“在上一年经受过父亲去世这一不幸打击之后，大平告别严峻的生活环境负笈而出，来到高松这座充满城市刺激的新环境。18岁的大平过去大概也无暇接触思想或宗教问题，而此时却着了魔似地被卷进佐藤掀起的这场口若悬河的传教风暴。大平还与许多学生一起到佐藤府上拜访，决心要成为一名‘使徒’。他手提画有十字架的灯笼，加入了被称为‘野外作战’的路旁传道行列，亲自在街头讲说耶稣的教诲。节假日，他们还常常聚集在耶稣仆会会员的住宿处，相互畅谈人生和上帝，进行祈祷，表明自己的信仰。”

第二年，大平因染上了轻度的胸膜炎而休学。他在《我的履历书》中写道：“我每天都去附近爬山，因此病情很快便好转。在这期间，我读了夏目漱石写的小说，并有幸拜读过内村鑑三先生的著作。”

《回忆录》在描述这期间大平的心境时写道：“甚至完全出乎自己意料而成了狂热的基督教活动家的年轻人，即使对以往曾经思考过的人生道路和价值观发生大的动摇，可以说，那也是很自然的吧。”此外，据大平的友人们讲，在休学的这段时间里，大平除了阅读内村鑑三写的有关宗教方面的书以外，还如饥似渴地钻研了哲学和名人写的随笔，并在给一部分友人的信中抒发了自己的感想。这一年(1929 年)12 月 22 日，大平在观音寺教会接受了布南坎牧师的洗礼，开始正式走上了基督教徒的道路。

从高等商科学校毕业以后，大平在大阪的一家公司工作，负责销售同样也是科学家的佐藤定吉研制的药品，想把收入充作“仆会”的活动经费。然而，这一计划没能成功。后来，大平获得了资助优秀学生的助学金，进入了东京商科大学（现一桥大学）学习。在商科大学期间，大平也曾为筹集 YMCA 的宿舍建设资金，呼号奔走，继续从事一些与基督教相关的活动。但是他更加把重点放在了通过研究圣经加深对信仰的理解方面。他加入了在大阪时通过读其著作而倾慕已久的矢内原忠雄组织的圣经研究会，倾听过贺川丰彦的圣经课。

他在《我的履历书》中这样写道：

“（耶稣仆会的）佐藤先生的教诲，使得我们对神萌发了敬畏之念。然而，至于神为什么是‘爱’的化身这一点，我们却怎么也理解不了。因此，必须学习基督教的教义。参加仆会的人当中，后来很多人都成了基督教徒。佐藤先生在科学和宗教问题上的论说，起到了信仰基督教的引导作用。我也是在那以后通过接触圣经而加入基督教的。”

进入社会之后，大平又这样写道：

“在初期，我们还看不清运动的焦点所在，而纲领本身也有待于完善，也许处于一种不切实际的离奇的状态。或者，一般人也许认为，这种运动是当时在学生中普遍存在的心理上的骚动，而想从这一侧面发泄的一种挣扎。然而，不管怎样，这一群人曾经在校内外引起了一场异样的轰动，许多相当优秀的学生也加入了这一行列。他们在难以抑制的内部的斗争和清算的过程中，有的被引导走上了基督教的正轨，有的则舍此而去。”(《又信》第 14 期，1938 年 8 月 31 日)

从这里可以看出，当时的大平已经摆脱了年幼时的狂热的崇拜，转而开始手持圣经，对其中的意义进行更深刻的思考。

源于基督教精神的人性

我与志华子夫人关系很好，已经有过近 20 年的交往。在此期间，我对大平源于基督教精神的人性有了比较深刻的认识。

有一次，大平正在起居室与家人一起吃饭，这时，来了一位客人，满面愁容，似乎有事要求大平，内容不清楚。他接连不断地向大平诉说了40分钟。大平坐在椅子上，躬身俯听，一言不发。客人说完以后，大平沉默良久，最后只说了一句："好，我明白了，请放心。"

当我看到客人那无限感激的表情时，我想到了《圣经》中基督在听完了人们痛苦的诉说后安慰人们"请放心"的场面。我深深感到，他平易近人、和蔼可亲的人格的深处有一种崇高的信仰，这种信仰指导着大平对任何人都非常尊重。

虽然我本人没有直接与大平谈过信仰的问题，然而，从因与大平结婚而成为基督教徒的志华子夫人怀念丈夫的话语中，我多次了解到终身生活在崇高的信仰中的大平的情况。大平所讲的信仰并非老一套的说教，其最主要特点是宽以待人，把每个人看得比什么都重。志华子夫人也曾经说："大平去世后，我以圣经中的生活方式作为自己的生活方式，这是我的最大目标。"我想，这也是大平夫妇在长期生活中共同形成的信仰的结晶。

1972年4月出版的《天主教俱乐部》月刊，收录了大平与高松教区主教田中英吉的谈话，题为《政治家读圣经的时候》，从中可以了解到大平终身生活在信仰中的实际情况。文中写道：

“大平：当很多人聚集在耶稣周围时，他们所考虑的是在以耶稣为核心的神之国，自己将处于什么样的地位。然而，在耶稣陷入孤立，被世俗抛弃最后钉在十字架的过程中，有的人背叛耶稣而去。要说他们无知，也确实是无知，不过，这也是那种曾怀着这个世界将变成神之国的庸俗梦想的人失望了的结果。

“（稍作停顿后又满怀信心地）不过，有人从基督身上看到了神的存在。他们认为神之国并不是那样轻松快活的，它存在于基督的形象中，存在于基督的死的归宿中，这些人都走着一条正经的道路。圣经是一部了不起的小说。它所描写的都是不曾经过粉饰的事实。善恶、真伪、虚荣、实干，无所不包。这些事都和现代没有两样。因此，每当我读圣经的时候，我总在想人在任何时候都是一样的啊（笑）。

“大平：（中略）我们应该做什么呢？无论在地区社会、工作单位、小家庭，还是交友的人际关系中，我们都不应该利用周围的人来达到谋取财产和权力的目的，我们应该安慰朋友，共同分享现有的为数不多的东西等，孜孜不倦地去做这些好事。神之国难道不就存在于这种为人处事的姿态之中吗？

“（中略）因此，我认为这是一场有如拔河的比赛。如果按照目前的状况发展下去，那么人类将充满斗争和矛盾，人间的信任和理解的价值将丧失殆尽，国家将陷入永无止境的混乱之中。因此，我们必须设法挽回曾经一度丧失的人性……。圣经中写道：‘汝等要成为地上之盐’……。我想至少要发挥‘地上之盐’的作用。因此，我认为基督教的哲学是‘永恒的现在’。”

生活在被严峻的现实所残酷逼迫的政治世界，想从圣经中汲取永恒的智慧，并把它运用于政治，大平先生的这种真挚的姿态，历历在目。

长子正树之死和对耶利米的同情

1964年，作为大平家继承人而对其未来寄予很高期望的长子正树突然因病去世，年仅26岁。大平在《我的履历书》中这样写道：

“他先我而去，与他最敬仰的祖父一起长眠了。基督教刚刚传到日本来的时候，有一位名叫保罗·米奇的少年非常从容地殉教而死。他生前非常崇拜这位少年，在接受洗礼的时候，将少年的名字作为自己的基督教名字。我为他立了一块写有‘保罗·米奇大平正树’的小墓碑。这块墓碑是作为父亲和朋友的我送给他的最后的礼物。他怀抱一本圣经、一只十字架、所喜爱的汽车玩具以及病中从未离过手的人形玩具和唱片，告别了马不停蹄的26年的短暂生涯，走向了另外一个世界。

“与正树的永别，是我做梦也不曾想到的事情，然而，这却成了无情的铁的事实。凡夫俗子的我几乎失去了生存的希望和热情。他是我的全部身心所在，是任何东西都无法代替的。我的哀伤如重铅压顶，如利刃刺胸。岁月流逝，也未减轻我的伤痛。”

大平正树对人无比亲切，常常惦记着父亲的健康，暗中还到盲人学校从事代读的义务劳动。尽管以无限沉痛的心情送别了那样好的儿子，但我从来没有从大平或者志华子夫人的口里听到过类似于“上帝太无情了”、“为什么偏偏只有我的儿子……”、“要是儿子还活着”等怨言。以怀念去见上帝的爱子的深情和敬意，大平夫妇像为主而奉献了自己爱子的亚伯那罕一样，把最好的宝物献给了上帝，这就是向上帝更靠近了吧。这是信仰活在日常生活最深处的佐证。

在前面提到的大平与田中主教的谈话中，田中曾经问大平最喜爱圣经中的哪一篇，大平这样回答说：

“旧约中喜欢《耶利米书》。耶利米的伤感中有着一种令人回味无穷的魅力（中略）。耶利米的爱国和忠贞之心……，有很多值得现代人借鉴。”

耶利米生活在即将亡国的犹太王国。有一次，上帝召唤他，托以预言。内容是告知腐朽的王国将面临崩溃和惩罚，要求人们“悔过自新”。当然，对于人们来说，这是逆耳之言，必然会招来他们的反对。耶利米想设法逃避，但上帝却不同意他这样做，继续让他“完成使命”。

耶利米性格温和，但却屡遭磨难。他也曾抱怨：“为什么抛弃了我?”“为什么要让我来完成这样的使命?”然而，他还是一直坚信自己的信仰。各种各样的灾难向着这位被上帝选中的肩负使命的人袭来。据说在王国行将崩溃之际，他在失意中被杀害。

大平可能是非常同情耶利米。晚年，大平常对志华子夫人说，“摆脱公务周游世界吧”，梦想像耶利米那样，在田园里过上安静的生活。

有人说，在长子正树去世之后，大平成了更成熟的政治家。他怀着虔诚的信仰对待长子之死，并且认清了自己应完成的使命而努力为之奋斗。“虔诚活用的信仰”构成前总理大平正芳的思想基础，因此，当今世界上很多人仍怀着深切的同情和敬意回忆这位“日本最杰出的政治家、有哲学思想的政治家”，这也是深中肯綮的。

（圣心女子大学教授）

大平总理的家庭观

佐藤欣子

战后几乎半个世纪，日本发生了巨大的变化。因战败而化为焦土的日本，如今已成为世界之冠的经济大国。日本人的平均寿命，男女均为世界最长。战前所讲的“人生五十年”，如今已是“人生八十年”。

规定这种变化的方向性，并促使其变化成今日之日本的，首先是日本国宪法，这一点恐怕任何人也无法否认吧。这一宪法不论或褒或贬，都是奠定当今日本最重要的基础。战前和战后日本社会的一个最明显的不同点，就是战后在人人平等，特别是男女平等方面获得了进步。所以取得这一进步，应该归功于宪法反复强调的“平等”和“尊重个人”的原则。

妇女地位的提高，首先表现为妇女所受的教育环境发生了变化。例如，每年升入东京大学的女学生人数已经超过500人，约占入学人数的20%。在过去的50年中，升入帝国大学的女学生从最初的几名，增加到百分之几，进而发展到目前的20%左右。随着时代的发展，这一比率将会不断上升，女生占据半数的日子已为期不远。教育机会既然是平等的，妇女的就业条件也发生了变化。妇女选择职业的范围越来越广，活跃在社会的各个领域。妇女劳动力已经占全部劳动力的40%，妇女已经进入了管理阶层。

正如在“女士优先”的美国，妇女的地位已经发生了根本性的、决定性的变化一样，日本的妇女地位也在逐渐发生变化，已经到达了不可逆转的地步。在妇女出征打仗甚至最终战死这样的事实面前，传统的“妇女观念”已经黯然失色。

从重视父母与子女的关系向重视夫妻关系的家庭观转变

这种尊重男女平等和个人尊严的原则，当然也就成了身份法领域的指导原则。宪法第24条规定：“婚姻只建立在男女自愿的基础上，它必须以夫妻享有同等的权利作为基本条件，必须通过相互合作而加以维持。”在有关配偶的选择、财产权以及继承权等与婚姻和家庭相关的问题上，法律的制定必须以重视个人尊严和男女实质性的平等为基础。

事实上，日本人在战前都从属于“家庭”，接受作为一家之长的户主的统率，在身份上服从户主的监督。此外，家庭财产由户主继承。然而，战后日本人从这种“家庭”制度中解放出来。同时，妇女也从男性统治的“家庭”中解放出来。日本的民法也从身份法变成家族法。

这种变化之大，即使从废除通奸罪这一事实中也显然可见。战前，丈夫通奸既不会受到处罚，也不会成为离婚的原因。妻子通奸，被丈夫告发以后，却要受到处罚，而且与妻子发生关系的男性也要受到处罚。今天的日本人几乎很难相信过去曾经有过这样的制度。不了解曾经有过这样的制度，所谓“殉情”也就不能真正打动人心。

这是一种非常急剧的变化。明治时代的民法中的身份法的修正，由于受到了很大的阻力，前后耗费了几十年的时间。然而，在本次新宪法公布和实施的同时，通过实施应急措施法，使得“家庭”制度迅速被废除了。在实施新宪法的第二年，即1948年1月1日，新的亲属继承法得到了实施。

于是，过去对妻子实行的不公正待遇以及不承认妻子享有继承权的做法得到了修正。不仅如此，配偶的继承权还得到极大的优待。配偶在任何时候都享有继承权，例如，当丈夫去世后，只有妻子和子女才享有继承权，而丈夫的父母和兄弟姐妹都无继承权。

换言之，在战前的“家庭”制度被废除以后，新的民法以夫妻作为家族的构成单位，它“彻底改变了在旧宪法和旧民法中，以父母和子女的关系(即自上而下的垂直关系)作为家族关系的思想”(佐藤功语)。然而，立法者在注重男女平等和个人尊严的原则下，对于家族应该采取何种形态，并不是已有具体的概念。因此，他们在各种各样的问题上，贯彻了形式上的平等。例如，关于结婚后的夫妻的姓的问题，究竟选择哪一方的姓，规定由当事人双方协商决定。在夫妻财产的问题上，采用了所谓赚得者持有财产的持产制度。这实质上是严重违反平等原则的，立法者对此却装看不见。

然而，家族除了横向关系外，也存在着纵向关系，这是不言而喻的。

最初在个人主义的观念下结成的松散的夫妻关系，与无法否定的父母与子女的血缘关系，织成了家族这块布料。

如果我们切断了纵向关系，那么仅仅由横线织成的家族这块布将是很不牢靠的。正如前面所述，新的民法一方面实行夫妻各自赚得的财产归各人的个人主义的夫妻持产制这种财产制度，另一方面又实行夫妻同姓这种违反个人尊严的制度。在这里，妻子入嫁丈夫家这种传统和习俗，以夫妻双方商议选择用夫姓或用妻姓这种保障表面平等的形式保留了下来。此外，如果我们彻底地否定“家庭”，那就必然会在很大程度上否定现有继承制度的根据。为什么虽然子女有继承权，但只要子女有孩子（即父母的孙子），则父母就不能继承自己子女的财产？还有，为什么又承认所谓遗留部分呢？如果要尊重个人，即尊重个人的所有权，那么就很难找到法定继承和遗留部分的根据。

家庭是国家文化的根本

所谓这种身份法的修改是麦克阿瑟草案促成的，这种说法是不对的。麦克阿瑟草案第 23 条相当于宪法第 24 条，其中一开始便写道，“家庭是人类社会的基础，家庭传统不论褒贬都已经渗透到整个国家之中”，接着又规定：“婚姻应该建立在相互同意，而不是父母强制的基础上，它不应以男性作为主宰，而应通过相互的合作来加以维持。”而宪法第 24 条规定：“婚姻只有在男女双方一致同意的基础上才能成立，并以夫妻享有同等权利作为基本条件，必须通过相互合作而加以维持。”因此，很难说宪法第 24 条的规定，是麦克阿瑟草案的准确的译文。

况且，民法的立法者忽视了开头的有关家庭意义的规定。家庭是向后代传授家庭历史、文化以及行为方式的。只有家庭才是国家文化的根本。过去，日本的母亲所念念不忘的是“祭祀祖先”、“准确地记住家庭自古以来的一切传统并且讲给后代”、“进而面向未来，继续把家庭的历史编得清白无瑕”（柳田国男）。

新的宪法和民法抹杀家庭所具有的这种文化上的意义，从而否定家庭的教育职能，并否定日本的历史和文化，特别是否定祖先和后代之间的承前启后的责任感。在此有必要再次强调，这决不是美国占领军强加于我们的。日本的那些轻佻浅薄的所谓“进步”立法者，过于迎合占领军，并试图否定过去，他们应该对此负责。

大平是全体国民的“父亲”

大平是一位作风严谨的保守主义者，他认为，“现在处于将来和过去的两种相反方向的力的作用发生抵消的状态之中，因此，无视过去的引力的作用，仅仅着眼于未来，这就是所谓的革命。相反，对未来视而不见，而只迷恋过去，则是所谓的反动。革命和反动都不能说是历史性的实践”。同时，他认为“建立在基督教的遵循超越自我的价值来克服利己主义、爱护他人的教义之上的协调思想”是非常重要的。那么，大平在提出充实家庭基础的主张之际，他对“家庭”这一概念是如何理解的呢？

大平是一位为孩子操心的父亲。据他的爱女森田芳子回忆说，当她还是学生的时候，“有时东西忘在了家里，父亲总要亲自送到学校”。此外，她还记得，大平“在洗澡的时候，不知为什么还唱赞美歌”。

大平令我想起了我自己的父亲。我记得有一天考试我忘记了带饭，后来父亲把饭送到了学校。我还记得父亲在星期天躺在榻榻咪上唱赞美歌的情景。大平总是对自己的女儿说：“快去做个讨人喜欢的媳妇，快去出嫁。”争取妇女参政运动的领导者市川房枝曾经就这一点在国会提出质询。当时，大平回答说：“那也是为女儿的幸福而祈祷的父亲的心情。”简单地避开了对方的提问。

贯穿战后社会巨大变化的金线，可以说，就是大平的这种为女儿祝福的父亲情怀。而且，这样的父亲不可能容忍个人主义旗号下的男人的自私自利和夫妇间的冲突，也不能容忍以歧视和虐待妇女作为男人发泄自悲感的方式。但是，为女儿祝福的父亲却容许和支持女儿根据生活方式和欲望的要求来维持多样的家庭形态的做法。

大平总理在“充实家庭基础研究小组”第一次会议上说：“政府提示理想家庭的应有状态等是不妥当的，然而，我认为目前面临着各种各样问题的家庭基础应该得到充实，在建立舒适的别具一格的安定家庭方面，难道政府不是可以与家庭的自主努力结合起来帮助做点什么吗？”大平总理的讲话，可以说，字里行间都洋溢着这样的父亲情怀。人们应该世代相传的就是这种父亲对孩子的无微不至的关怀和思虑。大平不仅把家庭看成是经济单位，同时也把它视为教育和文化的基本单位，给予了高度重视，并且满怀父子之深情去爱护家庭。大平先生不仅是他那可爱的家族的父亲，同时也是日本全体国民的“父亲”。

遗憾的是，在日本，父母和儿女的亲情关系正走向枯竭。“孝敬父母”已成为一句死语。据有关机构对世界青年的思想所做的一项调查，日本希望尽可能赡养年迈父母的年轻人的比率，甚至比欧美国家还低得多。人口的急剧老化所产生的影响也是无法估量的。经过了半个世纪，已经到了该给战后的宪法和民法论功定罪的时候了。

大平总理给我们留下了无比沉重的课题。

（八千代国际大学教授）

大平作政治文章

福岛正光

有句话叫“文如其人”。这是说从一个人的文章中，可以看出他的人格、个性或者思想。然而，对于政治家的文章和演讲稿来说，这句话未必适用。之所以这么说，是因为政治家由于公务繁忙及其他各种原因，常常让手下亲信、关系密切的撰稿人以及官员和有关机构的职员等协助代笔。特别是起草影响范围很大的官方文章的时候，由几人联合执笔是常有的事。总的来说，政治家的地位越高，与作文章相关的人数也就越多。

在政治家的文章当中，协助者（或许说利害关系者）最多的，恐怕要数国会平时会议开始时由首相发表的施政方针演说。尽管草拟演说的程序因不同的内阁而各自有别，然而，相关者人数却涉及官房长官、各省厅事务次官及其下属工作人员等数十人。

内阁参事官等负责起草文章的人，要采纳各方面的要求而把草稿一改再改。而且，原稿最终要经内阁会议讨论决定。当然，首相本人也要多次参与此过程，尽管如此，最后写出的文章几乎都散发出一股浓浓的官僚臭气，毫无个性。

大平先生自年轻时开始便爱好写文章，成为政治家以后，也常常亲自执笔写一些随笔和随感之类的文章，甚至把一些文章辑成了几本文集。尽管如此，大平先生在草拟官方文章的时候，也未能避免他人的介入。大平先生本人曾经作为池田内阁的官房长官为池田首相草拟过施政方针演说。他回忆录中指出，施政方针演说的原稿是征求多数人的意见写成的，是不得已而为之。他写道："如果将重要的地方都一一罗列出来，那么（施政方针演说）就会变得非常冗长。如果把它写成层次很高的非常有气势的文章，那么其间所省略的部分以后便会出现问题。要做到既不太简略，又不很冗长，而且自始至终贯穿一个思想，是非常困难的。如果写成浅显易懂的文章，则会有人说你不认真，要写成庄重的文章，又会有人批评没有内容。总之，怎么着都不行。"

日本的很多政治性的文章似乎都免不了这样的命运。不过，即使是这样，大平还是在时间允许的条件下，尽可能地动手修改原稿，改用自己写文章的体裁，力图揉进自己的思想。

1971年春天，我经某人的介绍，与大平先生见面，开始帮助写一些文章，从而有幸见到了大平先生写文章的情形。下面讲述的是当时的一些情况，我想对于研究大平先生的文章或许会有一些参考价值。

“大平政策建议”

继前尾繁三郎接任宏池会会长的大平，曾经面临两个重要的课题。第一，作为派阀的领袖，要宣布参加竞选总理和总裁。这是因为当时冲绳回归已指日可待，佐藤荣作首相不久将退任。三木武夫、福田赳夫、田中角荣以及中曾根康弘等人已经宣布参加下届首相竞选。前尾不得不辞去宏池会会长的原因之一，是由于对参加总裁竞选犹豫不决，因此，大平必须在宏池会内外迅速表明参加总裁竞选的意愿。

大平必须解决的另一个课题是消除在接替会长过程中所产生的一些不和。尽管从表面上看，这次更换会长进行得非常圆满，然而，在宏池会内部，前尾派和大平派的矛盾接连不断，弄不好有导致派阀分裂的危险。

当初，我曾经被安排去帮助重新编辑宏池会的机关杂志《前进》，然而，由于前尾称《前进》是自己个人的杂志，并发话不可由宏池会随意更改，因此杂志编辑的工作在一段时间里处于悬而未决的状态。由于杂志问题尚没有着落，而且为总裁竞选起草政策建议的工作已经开始，于是我作为一名成员被编入其中。我在编辑工作方面有些经验，但政治性的文章却从未写过。我是以协助宏池会事务局安田正治的名义，首次参加这一领域的工作（结果，《前进》杂志由前尾事务所发行，此后，宏池会再也没有发行过机关报刊）。

宏池会决定组成由大久保武雄议员担任委员长的政策委员会，以该委员会为主起草“政策建议”。根据第一次宣读会议的日程，安田和我被委任起草向政策委员会提交的文章，但是，大平对如何写文章却只字不提。大久保委员长同样也什么都没说。我们两人走投无路，而所给的时间又寥寥无几，于是两人连夜加班，匆匆拼凑一篇文章。由于没有人提出要事先看看文章的要求，因此我们只准备了必要数量的复印件，慌慌张张地参加了宣读会议。进入会场后，令我们感到诧异的是被视为大平派和前尾派的两批人马，就像是刚刚吵架后的幼儿园的孩子一样分坐在两边，正中间夹着大平。

大平让我们俩宣读文章，于是安田和我各自读了一半。很可能是由于我们写的文章与以往的体裁有较大的差别的缘故，在座的人似乎有些惊讶。不过，我们的文章并没有被全面否定，只是有人提出了一些意见，此后便散会了。大平没有对文章发表任何意见，而是决定了下面的日程。

类似的事情每三天进行一次，共重复了三次。我们每次都要听取出席议员的一些意见，然后对整篇文章进行重写。文章的体裁也和最初完全不同了。当我们似乎连自己也感觉摸到了写政策建议文章的门道时，大平这样说道："让我来修改修改吧。"

此后的工作全部由大平负责。大平用铅笔对原稿进行了修订，以至整篇文稿被修改得"有圈皆在字"。此后，他立刻命令我们在"明天以前"将原稿誊清。文章誊清后，大平又耐心地对新文章进行了修改，于是便将修改后的文稿提交宣读会议。宣读的次数总计在十次以上，大平几乎都参加了。1971年夏季的宏池会议员研修会，决定将这篇文章作为"大平政策建议"发表。

宣读会议上的争论逐步地趋于白热化。有趣的是，被视为前尾派的一些人也怀着兴致参加了进来。后来回想起来，这些似乎都是大平预料中的事。大平在草拟文章的过程中可谓用心良苦，他常常提出"下一次会议，请某某人也出席"的要求，并对此作出精心安排。大平把政策建议文章的起草工作，当成了统一派阀内思想的一种手段。

至今仍不失为新颖的时代认识

政策委员会所讨论的最重大的问题，当然是日中邦交正常化问题。在1970年秋季的联合国大会上，主张驱逐国府的阿尔巴尼亚决议案以半数以上赞成票获得通过。尽管北京政府加入联合国受到需要2/3赞成票这一指定为重要事项决议案的阻挠而未获通过，但是，人们普遍认为该决议案的成立只是一个时间问题。在这种形势下，日本政界要求恢复日中邦交的呼声迅速高涨。此外，1971年7月15日，美国政府发表了尼克松总统将在1972年5月以前访问中国的声明。宏池会政策委员会的几乎所有成员都建议大平在政策建议中写进承认北京政府的内容，然而，大平却没有明确表态。这中间除了有大平本人对中国的看法以外，还有另外一个原因，即自民党甚至宏池会内部，一部分人对日本与中国政府恢复邦交以后，如何处理同台湾的关系仍然想不通。大平已经强烈地意识到了这一点。然而，当宏池会中年轻的中坚议员提出“不涉及恢复日中邦交，政策建议就没有任何意义”的意见后，大平也似乎下定了决心。

另一个问题是应该用怎样的措词来描绘日本的未来前景。经过一番苦思瞑想以后，我们建议使用“田园城市国家”的提法。尽管参加政策委员会的一些人流露出疑惑不解的神色，但大平还是毫不犹豫地采纳了这一建议。

7月底至8月初，大平对政策委员会成员说：“以后的事就交给我吧，内容不要泄露给外界。”他还命令我们将原稿的复印件从议员的手中收回。接着，大平对原稿继续进行补充和修改。有关恢复日中邦交的措词，最终是在这之后决定下来的。

大平对文章的改动是非常彻底的。插入语和形容词被多次更换，句尾也显得铿锵有力。好不容易才写成的段落从头至尾被推倒了重新写。特别是开头有关时代认识的部分，是经过多次推敲后才写成的。即使今天再次读起，也仿佛像刚刚写出来的一样令人耳目一新，丝毫不像是二三十年前的认识。

文中说：“如今，我国迎来了对战后进行总清算的转折时机。过去，我们一味地努力追求物质的丰富，然而，已经获得的富有未必能够使人们发现真正的幸福和生存价值。我们曾经毫不犹豫地沿着经济增长的轨道疾速飞奔，然而，或许正是因为迈出的步子太快，我们不得不再次着眼于稳定。我们曾经不顾一切地试图将经济向海外扩展，然而，正是因为扩展的步伐太激烈，才受到了外国的忌妒和抵制。我们曾经以同美国保持协调为主而回避参与国际政治，然而，正是由于美元体制的削弱，使得我们不得不鼓起勇气面对充满风险的自主外交。我们曾经举国上下、同心协力恢复本国的经济，然而，正是因为我国的经济壮大，我们才不得不作为国际社会的一员而担负起经济国际化的重任。

“必须说，我们正处在一个伟大的转折时期，在这样的转折时期，保持今后发展的正确方向，乃是我们肩负的政治使命。”

我们最初起草的文章，早已是面目全非。

大平起草政治文章的方法

大平的这篇“政策建议”，于1971年9月1日在宏池会议员研修会上，以《日本新世纪的开端》为题发表。发表后引起了怎样的反响，并非本文论述的内容，故在此省略。此后一直到1972年7月5日举行自民党总裁选举之前，大平又相继写了5篇政策建议作为《改变潮流》的系列文章发表。安田和我都参与了这些文章的写作，此后还不时协助大平写一些文章。在这个过程中，我在政治文章应如何撰写这一点上，从中学到了很多。下面我想简单地谈谈大平起草政治文章的方法和我的一些想法。

第一，关于如何表达思想。

大平总是从国民的立场来考虑政治的。这一点从大平文章中的下面这段话也可以看得很明显。大平写道："我想所有国民现在都在参与政治。不搞好每个家庭和每个企业，日本和日本的政治就不可能搞好……。就是说，政治就像是由全体国民组成的一支交响乐队，各种各样的乐器发出的声音有机地结合在一起，形成协调的旋律和凝重的韵律，这便会成为政治……"大平不仅是这样说的，同时，他还对国民寄予了深深的信赖。我们很多人都听过大平对选举结果的评价，他说："国民发挥了绝妙的平衡感。"大平之所以在大选中强调引进一般消费税的必要，也是因为他对国民有一种强烈的信任感，认为只要如实地向国民陈述其必要性，就会得到国民的理解。

正如前面所说，大平在让我们起草文稿时，决不以命令的口吻叫我写什么。因此，我们总是尽量跟着大平的思路走，尽管如此，我们对写什么和如何写的问题，还是常常感到不知所措。有一次，我们俩把自己关在饭店里埋头苦干，结果一夜下来还是只字未动，只好一大早去濑田区大平家中道歉。大平正在吃早饭，出乎意料的是，他非常爽快地对我们说："果然没能写出来呀。"于是让人拿出纸和笔，就在撤去碟碗的饭桌上，突然开始写下自己的想法。或许，大平对于应该写什么样的内容同样也思考了一夜。

有了这次失败的教训，我们无论写什么样的题目，都不得不确立我们自己的表达文章思想的出发点。即从国民的立场出发表达思想。就是说，不受传播媒介等散布的既成概念和永田町(自民党总部等所在地)逻辑的干扰，而是用自己的头脑去思考国民觉得什么是问题和为什么(我在心中称之为"思想念头的萌芽")。掌握了这一点，自己对于应该写什么就一清二楚了。尽管大平没有命令我们应该怎样做，但是，这是我们在协助大平起草政治文章期间感受最深的一点。

第二，关于主题。

这里所讲的"主题"是指想说什么。换言之，也可以叫作"主张"。我们平时由于处在大量的出版物和各种观念的包围之中，因此，想在文章中提出什么主张的时候，常想面面俱到，谈及自己的所有主张。然而，如果罗列得太多，则究竟想说什么，就不太清楚了。这大概就是在写政治文章时容易犯的毛病之一。例如，前面所讲的首相的施政方针演说，由于吸收了方方面面的各种意见，结果别人反而不明白它究竟想说什么了。

因此，文章要有说服力，关键在于取舍。关于这一点，大平的判断是十分准确的。

大平将我们写的草稿中的不必要部分毫不留情地删去。好不容易找出的“名文警句”被干脆砍掉，其中有不少实在感到惋惜。然而，经大平整理后，誊清一看，才明白文章的主题明确突出了。我们给大平取了个“大总编”的绰号。

第三是文章的结构问题。

从经过大平修改过的原稿来看，大平对用词、造句以及段落都进行了频繁的移动。大平这样做，目的是为了让复杂的问题变得更容易为人们所理解。

我曾经读过介绍以文章而著称的绪方竹虎写作的事迹。据说绪方首先准备好几张长方形的纸，在每张纸上都简短地写上自己头脑中想到的内容，然后将这些全部摊在榻榻咪上进行排列，经过反复排列和调换而形成满意的排列顺序，便按照这一顺序将文章一气呵成。大平的做法大概也与此基本相同。不过，大平是在头脑中进行，而绪方是在纸上进行，两者在这一点上有所不同。

第四是措词问题。

和其他政治家的文章不同，大平的政治文章，一读起来就知道是大平写的。这是因为大平讨厌政界频繁使用的陈词滥调，对于政治性的问题和事件，多采用以往的政治文章所没有使用过的语言来表达。有时选用日常用语，有时又采用哲理性的表达方式。此外，大平还将汉文书籍和圣经中的内容信手拈来，加以引用。这些引用不仅出现在文章中，同时也出现在演讲和记者招待会等场合，有时害得新闻记者手忙脚乱地寻找出处。大平语言表达如此丰富，自然与年轻时博览群书分不开，同时也是他平时日积月累努力的结果，每当接触到一个有用的词时，他总是要将它记在自己的笔记本上。

下面让我们举几个例子加以说明。

“（参议院）是要对政治最后一锤定案的第二大院。”

“众所周知，为什么各民族主义国家……尽管为确保自身的安全和生存而东奔西跑，却仍然处于要命的疼痛之中，这是大家都知道的事实。”

“自由民主党虽然没有像英国纯种马那样华丽的外表，但却是一个有着老牛那种坚韧不拔的行动力量的党。”

“要像煮小鱼那样细心，要拿出大山一样的勇气……。”

政治文章常常容易流于生硬，然而，大平先生只在其中插入一句，整个文章的气氛就会为之一变，使人感觉到政治是和以往不同的近在身边的事情。这恐怕也是大平从国民的立场来考虑政治的一个证据。

大平晚年常常说:“文章要写得人人都能看懂。”他要求用简洁和通俗的文字写文章。遗憾的是,我们始终没能充分满足大平的这一要求,在同日选举前夕的最后的街头演说中,大平还亲自为我们作了示范。

谈论大平的文章,本不应该只局限于政治文章,而应该涉及一些收集在大平文集中的个人的感想、随笔甚至悼词。作为文章来讲,或许这些更具有代表性。特别是大平撰写的《池田政权的坐标》(1966 年)、《回忆长子正树》(1966 年)、《我的履历书》(1978 年)以及《我的圣母玛利亚》(1978 年)等文章,意味深长,令人百读不厌。然而,由于我并非文章评论方面的专家,因此只能在我自己所接触到的范围内谈一丝感想。作为大平先生在写文章方面的一名不肖弟子,我对于只能介绍恩师业绩的很少一部分而深感歉意。

(作　家)

大平的讲演与英语

韮泽嘉雄

我从1940年开始就认识了大平。当时，我是东京商科大学学部二年级学生，在米谷隆三先生的研究班中。米谷先生毕业于一桥大学，立志于法律学，通过对条款法的研究，被授与1955年度学士院奖，是香川县人。尽管大平师从上田辰之助先生，然而由于同乡的关系，他从学生时代开始就经常光顾位于高圆寺的米谷先生的府上。

在米谷隆三先生府中结识大平

1940年，大平从中国的张家口回到了日本，转而在兴亚院经济部第二课任职，当时，我在米谷先生府中结识了大平。在此之前，我记得米谷先生曾经对我们说："大藏省有一位叫大平的，很出色。将来，必定会成为了不起的人物，你们也应该像大平一样。"因此，有幸结识大平，我们都很高兴。

当时，我担任米谷先生的研究班——"隆门会"的干事，受米谷先生之命，在如水会馆举行了隆门会，兼有欢迎大平回国之意。大平欣然出席，并成了隆门会的特别会员。

此后，时局急转直下，第二年也就是1941年12月，日美开战，我作为第一批提前毕业的学生于12月离开了校园，1942年2月在金泽入伍，度过近4年的军营生活。所幸的是，我一直在内地工作，随着战争的结束，我在1945年8月31日回到了故乡信州小诸，1946年进入日本经济新闻社，负责外务省和驻日盟军总部的报道。

1948年春天，米谷先生对我说："在你高圆寺的家中开一次隆门会吧。从大平那里领一些定量供应的酒票来。"于是，我去了一趟四谷的大藏省，大平在那儿担任工资第三课的课长。那时，物资奇缺，酒票是很难弄到手的，我惶恐不安地向大平提出了请求。大平对我说："米谷先生身体可好？请代我多多向他问好。我有事不能出席，不知你们需要多少酒。"我客气了一下，回答说："如果能弄到1升（约1.8公升）酒……。"大平非常慷慨地说："那怎么够呢？给你们两升吧。"当时，整个日本都非常萧条，人们都很吝啬，这是现在的人所无法想象的。说实在话，我一直担心会遭到大平的拒绝，然而，他却加倍地满足了我们的希望。我当时想，大平不愧为先生所说的出色的人物。当然，那次隆门会因此掀起了高潮。

1949年6月，米谷先生对我说："下一次隆门会在大平的家中举办吧。我已经与大平说好了。"当时，由于会费有限，可供选择的会场很少，我们能在大平家中举办隆门会感到非常高兴。大平住宅位于驹入林町，占地一千几百坪（一坪约合3.3平方米），院门为横梁木门结构，房屋极为气派。大客厅被当作会场，大家一面喝一面交谈。那时，大平刚刚升任为池田大藏大臣的秘书官，他向我们讲述了当时的经过和心情。同时，我们还见到了美丽、温柔、天生纯真的志华子夫人。从那以后，她给予我们无微不至的关怀，真是说不完道不尽。

经过这次活动，我对大平有了更深的了解。此外，由于担任律师的松本正雄先生既是为声援大平而由一桥大学出身的财界有影响人士组织的"大平会"的创立人，又是我和我妻子的媒人，因此，尽管我不是政治部的记者，但却能常常与大平见面。1970年8月，我请大平从位于轻井泽的别墅，来到了我在小诸的家中作客，并请大平挥毫留念。大平非常爽快地写下了

“进退问天，荣辱从命”几个字。我的理解是大平决心参加下届总裁选举。

令人回味的演讲内容

我在担任日本经济新闻社的第一批伦敦特派员和评论员以后，转而就任经济同友会事务局次长，进而于1970年6月开始在世界经济研究协会事务局担任领导。由于同大平的这种关系，我在他担任田中内阁外务大臣期间和担任自民党干事长期间，曾两度邀请他到我们的协会来发表演讲。一般说来，外务大臣和干事长是不会到我们这种级别的协会来发表演讲的，然而，由于大平本人的意愿和森田一和真锅贤二先生的帮助，两次演讲都顺利地实现了。

大平担任外务大臣时的那次演讲，是1972年8月10日在东京丸内的宫殿饭店举行的。大平在7月7日刚刚就任外务大臣，是就任外务大臣以来发表的首次讲演。大平是田中内阁中排名第二的人物，同时也是被委以外交重任的“时代的红人”。由于大平是首次系统地向公众表明自己的思想和主张，因此到会的有三井物产公司顾问水上达三（世界经济研究协会会长）和日本银行总裁宇佐美洵等经济界头面人物，还有中坚干部和舆论界人士多达300人以上，可谓是一次盛会。

此外，担任干事长时的一次演讲是在6年后的1978年2月6日，同样是在宫殿饭店举行的。由于大平担任下届总理的呼声日渐高涨，而且从这一年的元旦开始，他写的《我的履历书》在《日本经济新闻》中以连载的形式发表，为时一个月，这样，大平的演讲就格外引人注目了。到会的有三井物产公司顾问水上达三和三菱矿业水泥公司董事长大槻文平等经济界头面人物，还有中坚干部和舆论界人士共500多人，规模远远超过前次，可谓是盛况空前。

前一次演讲的题目是《现在的世界形势和日本》，后一次题目是《对内外形势的思考》，两次都是在没有讲稿的情况下，用自己的语言表达的。全文刊登在我们协会的《世界经济评论》月刊上，前者刊登的日期为1972年10月号，后者为1978年4月号，至今读起来仍令人耳目一新，逸趣横生。

前一次演讲谈论的主要是日美关系和日中关系，后一次主要是围绕日美经济协商和日本政治展开的，对演讲内容特别感兴趣的人，可以参阅《世界经济评论》。在谈完这些主题之后，大平就成为经济大国后的日本和日本人今后应该以怎样的方式来作为国际社会中的一员生存下去的问题，以幽默的方式坦率地表明了自己的观点。从中可以看出大平对事物的看法及其人格，下面不妨仅就这部分作一介绍。

大平外相说：“日本经济实力如此壮大，是一件令人欣慰的事情，但同时也应该看到，今后日本对世界承担的责任将愈来愈重，遇到的麻烦也会越来越多……。我深深感到我们应该认真地思考这样一个问题，即日本是否应该从世界的角度来重新考虑自身的立场？日本是否已经作为国际社会的一员树立了自身的形象？”接着，大平说：“然而，我想日本人即使口头上这样说，也不能称得上是一个国际性的民族。总的来说，日本人不善言辞，不会应酬，腿短，在这些方面似乎是一个不可救药的民族（笑）。就连像我这样的人也在这个国家中担任外务大臣（大笑），真叫人着急呀。但是，要想一下子把日本人打扮成时髦的国际人，我想那恐怕也不大可能吧。这是一项并非轻而易举的宏伟事业。”大平还说：“我一直在想，日本人可否放弃这种不切实际的奢望，从而寻找一种日本人自己的生存方式。衡量这种生存方式的尺度，最终应该是‘是否值得信赖’，而不是‘是否时髦’。我想日本应该也有可能成为值得信赖的国际社会的一员……。值得信赖，简单地说，就是要明确地表明自己的态度，究竟‘是’，还是‘不是’。明知事情不可能，但还一个劲儿地说‘是’，这是绝对不行的。常常有人在见到外国人的时候，一面说着‘噢！是。噢！是。’一面龇牙咧嘴地笑（笑），那是最不好的。”

另一方面，大平干事长又说：“当然，我们大家的腿都短，不擅长外语，对于礼仪和礼节还不很娴熟，也就是说，还算不上是一个国际性的民族。学好外语，掌握各种各样的礼节，交很多外国朋友，这些固然重要，而更重要的是，要站在世界的立场上来审视自己的立场，了解应该做什么，不应该做什么，我想这才称得上是真正的国际人。我们理应成为这种国际人。最近，越来越多的人指出，在与外国进行谈判的过程中，除了经济和政治问题以外，还将出现根本的文化的摩擦，即发生‘文化危机’。的确如此，我感到我们已经进入了必须常常在整个生活中经受如何理解国际问题的磨炼的时代。”

大平的两次演讲，不论是前一次还是后一次，内容都是像木松鱼那样，越嚼越有味道，令人回味无穷。

不过，当时我在听这两次演讲时，由于其中夹杂了很多“啊、嗯”之类的语气词有时直打盹儿。然而，当我在一周后读到速记稿时，我感到异常惊讶，速记中没有语气词，因而读起来非常流畅，我禁不住叫了起来：“太好了！”

通常，像这样的演讲，事后整理速记稿是一件非常不容易的事情。我们协会每年大约要为会员公司举办10次左右的演讲会，同时对演讲内容进行整理后全文刊登在《世界经济评论》月刊上。有时，虽然演讲内容听起来很有趣，但读起速记内容来就显得很平淡无味，无法直接印成铅字。很多时候需要我用黑铅笔加入精心的修改，结果整篇都变成黑漆漆的一片。

然而，大平的演讲速记显得极为严谨，浑然一体，丝毫没有我们能够插手的余地，直接可以成文。这一点不得不佩服。大平在发出“啊、嗯”之类的语气词的同时，对用词进行了严格的筛选，使演讲内容成为一篇优美的文章。原总理田中角荣称赞“大平的国会答辩是最好的”，是恰如其分的。记得在大平两次发表演讲后的那两个周末，我都是在轻松愉快的气氛中度过的，因为我不需要对演讲的速记稿进行修改，从而省去一项繁杂的工作。

上田辰之助先生培养出的用英语思维的能力

仔细阅读大平的演讲速记，便可发现它可以照直翻译成英语。日语和日本人的思维非常暧昧，很多场合是不能将演讲内容直接翻译成英文的。然而，大平的演讲却可以直译成英文。

大平在前面所提到的《我的履历书》中，曾经介绍过一桥大学时代的研究班上的恩师上田辰之助先生。其中写道："上田先生与其说是一位经济学家，毋宁说是一位社会学家。在成为社会学家以前，他实际上是一位语言学家。因此，先生对托马斯·阿奎那的研究以及其他工作，和他的语言修养是密不可分的。研究班的活动，大体上都是在吉祥寺的先生家中举行的。我们以R·H·托尼的《获得社会》作为教材，从中学到的托尼用英文所作的有关语言社会学的论述，超过了他的经济思想……。"

由此可见，上田辰之助先生不仅是研究托马斯·阿奎那和西方社会、经济思想史的权威，同时也是一位"语言大师"，他精通英语、德语、法语以及拉丁语等多种语言。大平之所以英语水平很高，或许是因为从上田先生那里学到了托尼用英文所作的有关语言社会学的论述。否则，大平就不可能跟上上田先生的研究班。这也是大平掌握了西方的思维方式、观念和表达方式的原因。我想大平或许不擅长英语会话，但用英语思维和写作的能力一定很强。

此外，还有一件令我吃惊的事。大平对我说："希望在刊登之前看一下速记。"我们可以这样认为，不管大平的演讲以怎样的形式刊登在我们的《世界经济评论》月刊上，都不会对天下的大局产生多大的影响，然而，大平在看完速记以后，却亲自对其中几个地方进行了修改。这充分体现出大平对自己的言行负责的态度。

在日本政治家中有不少人要么常常自食其言，要么以暧昧的措词敷衍了事，与他们相比，大平可谓是鹤立鸡群。如果大平现在还在世的话，他或许也已经告别了政治舞台，然而，他那千钧之重的人格和哲学，却一定会对政界发挥强大的威力，对提高日本政界的水平作出巨大的贡献。出师未捷身先死，常使英雄泪满襟。

（世界经济研究协会专务理事）

大平的英语

村松增美

初次见到大平先生——请允许我怀着敬爱之情不是尊称其大平总理而是直呼大平先生，是1962年(昭和37年)大平先生作为外相出席在华盛顿举行的第二次日美贸易经济联合委员会会议（部长级会议）之际。这次会议，是继前一年在箱根召开的第一次会议之后举行的，当时根据美国国务院的提议，会议使用日英语同声传译。这在日美政府间会议上尚属首次。

此后，在大平先生历任通产相、外相、藏相及首相期间，我有幸作为译员随同其历访世界各地，譬如出席发达国家首脑会议、国际货币基金组织会议及世界银行财长会议、联合国贸易发展会议，访问美国、澳大利亚和新西兰等。

世人总喜欢称大平为“嗯……啊……先生”，但实际上，这“嗯……”“啊……”之间却蕴蓄着深思熟虑、极富内涵的不尽语言，每次讲演都内容丰富，颇博好评。在担任口译尤其是同声传译时，每逢大平先生“嗯……”“啊……”期间，你必须精神高度集中，全身心投入，以防其口吐惊人妙语。这是一种挑战，然而作为译员，这的确又是件值得一搏，受益匪浅的工作。

例如 1979 年在马尼拉联合国贸易发展会议期间举行的记者招待会上，在回答菲律宾记者的提问时他说，“我们是热爱风花雪月、酷爱大自然的民族。……江户时代有句谚语，叫做‘今朝有酒今朝醉’……”。又有一次在东京外国驻日记者协会发表讲演后的记者会见中作答时他说：“日本国际收支盈余的增加，……犹如鸭川河的流水和叡山的僧兵，历来任何人都难以驾驭……。”他总是如此行云流水，不落俗套，以独特的谈话方式来表述自己的意思。如果能把这些充满日本味的语言准确而又完美地用英语表达出来，即使是外国人也会饶有兴味地深刻理解日本想要强调的关键之所在。

自我嘲弄式的幽默手法

在华盛顿国际记者俱乐部，当有人不怀善意地质疑日本滥肆捕鲸时，他指出，“日本是国际捕鲸委员会的成员国……，它始终是在遵守有关协定的基础上从事捕鲸活动的……”。大平先生在用惯用的方式机械地回答过对方的提问之后，一副难为情的样子边挠头边补充道：“不过，鲸体太大，我也无可奈何。”他总是以这种质朴坦诚、当让则让、甚至不惜把自己的弱点作为笑料这样一种自我嘲弄式的幽默（Self-deprecating humor）作为思想交流手法，通过高超的谈话艺术去扣动对方的心弦。（关于我是怎样把这些“大平式的语言”译成英文的，并产生了何种反响，萨依马尔出版社会刊登载的拙著《续·我也不曾会讲英语》和《所以英语很有趣》中，均有详述。）

当大平先生自己直接操英语发表演讲时，他的英语，可谓抑扬顿挫，铿锵有力。大平先生的英语当然多少有些日本式的发音，但讲话时抑扬顿挫、轻重缓急却运用得恰到好处，贴切得体，显示了深厚的英语读解功底，坦荡而又充满了魄力。1962 年，在当时的美国国务卿腊斯克在华盛顿国立机场举行的欢迎仪式上，大平先生曾单调地一口气生硬地读完了事先拟好的书面讲话稿。与那时相比，不难看出后来他对英语学习之勤奋和其自身英语水平的提高之快。

我认为，这是大平先生长期以来坚持朗读，反复练习，使英语日益娴熟的结果。他总是高声朗读《纽约时报》的社论或西奥多·霍华德的惊世名著《历史的探索》。前边提到的机场讲话，是在螺旋桨飞机噪音极大的华盛顿机场，大平先生在我刚刚大声翻译完腊斯克国务卿的讲话之后不久发表的，所以，甚至还发生了这样一段鲜为人知的趣闻，即当地年轻的新闻记者竟把我误认为是日本的外相，而以为大平先生是照本宣科朗读英语的译员，且差一点写入新闻的稿件。与那时相比，后来大平先生的英语的确取得了显著的进步，由此可见他在百忙之中是如何发奋学习英语的。

大平先生就任总理之际，由我监修把《日本经济新闻》在大平任自民党干事长时代采访他而编著的《我的履历书》一书译成英文，经萨依马尔出版会编辑出版，题名为《Brush Strokes》。这成了后来访美及其他场合的宣传资料。令人感到荣幸的是，由于该书的精装本曾分呈各国首脑，我也为世人广泛了解大平先生的人生和品格尽了微薄之力。

说起人品，在外交上大平先生朴实无华的魅力，改变了日本迄今被认为是“不体面大国”的形象，为使世人善意地倾听我国的呼声起到了很大作用。这方面的实例，我目睹了许多。大平先生最后出访时的一些场景，至今仍记忆犹新。

在渥太华的第三次“请原谅!”

事情发生在1980年出访途中，当时的日程安排犹如强行军一样紧张。大平先生在华盛顿同卡特总统举行了首脑会谈，接着在访问了墨西哥后飞往渥太华，在同加拿大总理特鲁多举行过会谈后，继而又出席了这位总理在温哥华举行的晚餐会。访问墨西哥期间我被安排休息，专事访问美、加两国期间的翻译工作。回想起来，在海拔较高、空气稀薄的墨西哥访问，也可能是加重大平先生疲劳的原因之一。

大平先生作为非英联邦成员国的日本政府首脑，被破例安排在加拿大首都渥太华的联邦议会发表了演说。在热情洋溢的欢迎气氛中，大平先生首先讲道：“今天，请允许我斗胆用英语发表讲话!”顿时赢来了议员们善意的目光。“但遗憾的是，我没能抽出时间来学习法语。”当大平先生紧接着讲到这句话时，全场发出了笑声，响起了阵阵掌声。这是他考虑到以英法两种语言为国语的加拿大特殊国情而给予的格外关照。

这时，大平先生一边把目光转向讲稿空白处的笔录，一边用法语补充道：“请原谅——Excuséz-moi!”但他生硬的发音却把法语读成了“Excu-sézmoi”。尽管如此，他这种友好的姿态仍然受到了微笑与掌声的欢迎。然而，对自己的发音颇感不满的大平先生，又以极慢的速度重读了一遍这句话：“Excu-sézmoi”。尽管发音依然不准确，加拿大的国会议员们对大平先生这种锲而不舍的精神，还是报以热烈的掌声。

不过，大平先生并未就此作罢，而是以不达目的誓不休的坚韧不拔的勇气，第三次发起了挑战。“Excusée-moi！”由于这次终于取得了成功，喝彩声、欢笑声顿时响彻全场。随之，不好意思的大平先生习惯地挠着头，两只眼睛眯成了一条缝。此情此景，可想而知。这一激动人心的场景，在之后的两天内多次出现在电视荧屏上。由此，加拿大的广大国民也必定管窥到了日本政治家作为凡人的一面，并对此产生好感。

在温哥华打盹与唤醒

我们从渥太华登机西行，访问了地处太平洋沿岸的不列颠哥伦比亚省的首府温哥华。据说，这里是特鲁多总理所在政党的势力较弱的政治地盘，总理利用介绍大平先生的演说机会，大谈加拿大的国内政治。

这期间，我坐在设于大宴会厅舞台上主桌的两位首脑之间稍后的位置，与进餐中两位首脑对话时一样，继续担任口译工作。不过，这时的同声传译特点是，既不使用麦克风，也不使用耳机，而是附在听译人员的耳边直接以耳语的方式进行口译，所以又叫“耳语传译”。

这时，大平先生已明显疲惫。可能是在华盛顿、墨西哥城、渥太华三个首都的首脑外交日程业已结束，肩上的重负已经卸下的缘故。我只是把特鲁多先生同日本关系不大的讲话，为大平先生简明扼要地进行了耳语传译。但似乎是点头领悟的大平先生却像荡舟一样，开始不时地打盹。由于他高坐在讲坛上，他的举动无疑全部暴露在会场中的数百人面前。

在这种时刻，勿需介意地唤醒他，也是翻译人员应做的服务性工作之一。考虑到直接捅他的后背有点儿太过于显眼，我就假装不慎的样子，用鞋子轻轻地碰大平先生的椅子腿。每当撞击的震动把大平先生唤醒时，他就重新倾听特鲁多的演讲。这一连串的动作，先后重复了数次。

然而，我无意中偶然发现紧靠大平先生的左侧，端坐着加拿大政府的一名成员，他的右胳膊搭在大平先生的椅背上，像抱着大平先生的肩似地在隔人倾听特鲁多讲演。也就是说，每当我踢大平先生的椅子时，我的举动都会被这位加拿大人所发觉。不言而喻，他会明白是我把大平先生从昏昏欲睡中弄醒的。

于是，我突生一计：为不使旁人发觉，我把自己的身子稍微移至椅子的前沿，幸亏我的椅子略低于其他椅子，然后把一只腿的膝盖放在大平先生的椅子底下，从其椅子背后用膝盖轻轻地捅他的屁股。

这一尝试是成功的。大平先生每打盹一次，我就轻轻地捅他一次。这种动作大概重复了四五次。嗣后，大平先生似乎是发觉了我的所作所为。每当他睁开矇眬的睡眼倾听演讲时，我都感到他似乎在说："村松君，谢谢你！"

特鲁多总理的长篇演讲之后，紧接着是作为主宾的大平先生发表演讲。他的讲稿是用英文拟就的，像往常一样，大平先生已进行了充分的朗读练习。当然，他的英文口语仍像普通日本人一样，略带有方言口音。不过，由于他抑扬顿挫有方，演讲起来却明快流畅，极具魄力。对此，当地的报纸当时也进行了善意的报道，评介大平先生"非常认真地用明快流畅的"（"Laboured but artiulate"）英语发表了演讲。

当时，代表团已内定利用这一机会，正式宣布日本政府向当地大学赠送50万美元。当演讲至此时，大平先生用非常缓慢的语调说："I take pleasure in announcing my government' s decision……" 按英语语序，其意为"我高兴地宣布日本政府的决定……"。在稍做停顿之后，他继续说："to make a half million dollars' contribution to the Asian Studies Centre of the University of British Columbia over the next three years……"即"今后分三年时间把50万美元赠送给不列颠哥伦比亚大学的亚洲研究中心……"。

实际上英文原稿中，在上述句子之后还有半句"……for its Japan studies"（为其研究日本问题）尚未讲完，换句话说就是，这笔赠款的用途是带有附加条件的。但是，聆听大平先生字斟句酌的演讲的全场加拿大人，在这最后四个词尚未出口而大平先生作短暂的停顿之际，还没有听附加条件即为这50万美元高兴得鼓起掌来。

"当然"之中显示的应变能力

一时间，顿显尴尬的大平先生啼笑皆非。于是，他一边习惯地挠着头，一边忙补充道："Of course，it' s Japanese studies。"（当然，是为了用于日本研究）这一"当然"，挽回了整个局面。如果大平先生在掌声之后再机械地宣讲后边的四个词，听众即使认为附带条件是理所当然的，也难免令人扫兴。

然而，由于大平先生以其谦虚、坦诚的态度和优雅的谈话艺术，通过巧妙地加进“当然”这一副词和其随机应变的能力，使人感到“刚才所讲是本人的口误”，这样就把正确的信息传达给了对方。大平先生所以能在瞬间扭转上述不利局面，除靠其驾驭英语的能力之外，恐怕还要靠其人品。以上所言，仅仅是大平先生勇于自我承认错误、善于自嘲式幽默的一个适例。正因为他是一位才华横溢、诚实而又幽默的人，所以才博得听众的喜爱，多次赢得众人的哄然大笑和雷鸣般的掌声。同时也把捐款的用途讲得更加明确，给大家留下深刻的印象。

翌日早晨，出访日程变更，决定大平先生及其有关随员乘总理专机飞赴贝尔格莱德，出席南斯拉夫总统铁托的国葬。我则与剩下的其他随行人员改坐民航飞机返回东京。大平先生结束“国葬外交”回国后不久，等待他的是动荡的国内政局、大选和街头演说。

在温哥华听取特鲁多总理演讲时所目睹的大平先生与睡魔做斗争的劳累程度以及他所肩负的重任，给我留下了难忘的印象。事后我才知道，当时代表团领导在研究是否出席铁托总统葬礼一事时，大平先生从外交的角度权衡利弊之后，认为“他仍有必要飞赴贝尔格莱德”，其他人也欣然“同意总理这一决定”。现在回首往事，委实令人不胜难过。

长期以来，您太劳累了，大平先生。当时，尽管是为了防止您打盹儿，但也不该去捅一国总理的屁股，实在太失礼了！我再也不会去唤醒您了，请安息吧！

（萨依马尔株式会社董事长）

宽容与忍耐之人

岛桂次

50年代中期正值吉田内阁时代，我有幸担任了采访池田勇人先生的专职记者。

池田厌见记者的脾气，因袭于吉田茂先生，对待每位记者的态度也因人而异，变化无常。若是交情较深的记者，也会被让入茶室饮酒，但除此之外的记者却总是吃他的闭门羹，遭受极其冷淡的待遇。

作为记者，当时我是新手，虽多次想花些时间单独采访池田，但始终未能如愿以偿。突然有一次他对我说："我的得意弟子中，有位政治家叫大平正芳。像你这种初出茅庐的记者，在来我这儿之前，还是先去采访采访他吧!"

因此，我去本乡叩开了大平私邸的大门。当时，大平刚当选为国会议员不久，可能采访他的记者还不多。我清楚地记得，当初我拜访他时，他一边不可思议地笑着一边对我说："我说，你是不是找错了门儿，即使到我这儿来，不也是无可奈何吗?”这是我第一次与大平见面。

自此以后，我便成了大平家的常客。当时，我每天饮一瓶酒已不在话下，但大平先生却仍滴酒不沾。每次，我总是厚着脸皮对志华子夫人说：“请拿威士忌来!”然后独自把酒一饮而尽。而对于已成醉汉、喋喋不休的我，大平先生却毫无厌倦之色，无论呆多长时间，他总是以水代酒奉陪，直到我离去。

对于像我这样一个人，真正想扫地出门的，莫如说是志华子夫人。这是后来她本人告诉我的，每当我跨进大平家的大门，她总是把所有的扫帚都摆放在走廊里，忙不迭地用抹布擦擦这儿，擦擦那儿。

昭和 35 年(1960 年)，在围绕修改日美安全保障条约的大论战中，岸信介内阁倒台。在总裁选举中，池田勇人、石井光次郎和藤山爱一郎三人之间展开了角逐。在决胜轮的投票中，池田先生当选，并着手组织新内阁。

此时，事实上已被内定为内阁官房长官的大平先生赶赴箱根的仙石原，面见正在那里休养的池田先生，就新内阁的首要任务以及为达此目的如何组阁的问题进行了磋商。当时，我也一起去了仙石原，并同乘大平先生的轿车返回东京。

与现在不同，当时箱根通东京的道路状况极差，一个行程差不多花了四五个小时以上。汽车里，大平先生由于喜逢意中的池田内阁即将诞生，兴致所致竟难得一见地低声哼哼起《北归行》和《夜雾中的第二国道》等歌曲来。

然而，车行途中，渐趋平静，大平先生的表情变得深沉起来。在他双目紧闭，保持一段沉默之后，悄声地问我：

“岛君,池田先生虽然平息了国论对立导致的安保骚动这一重大事态，但接下来果真能把日本的政治引上轨道吗？池田先生的火暴性子决不可小觑，他总是有啥说啥，不计后果，甚至曾几次险些把大臣的职位白白葬送掉。你说，我真的能帮助池田先生渡过目前的难关吗？”

进而他又说：

“岛君，你分析分析看，为辅佐好池田先生我应发挥什么样的作用呢？仔细想来，池田先生的许多长处是我所没有的。但我所有而池田先生恰恰缺乏的东西又是什么呢？……可以自信地说，尽量站在对方的立场上去考虑问题的宽容度和忍耐性这两点，至少是我所具备的。这可能正是池田先生将来所需要的。”

不久，当池田内阁的施政口号发表之时，我着实感到“大平先生真了不起”。

“宽容与忍耐”——这的确是象征着大平正芳其人

的语言。在安保骚动尚未完全平息的形势下，池田内阁所以能够顺利启航，对于动辄“偏航”的池田先生来说，正是由于大平先生厉行“宽容与忍耐”辅佐池田先生的结果。

体现宽容与忍耐的美谈

大平所具备的宽容度和忍耐性，当然同他与生俱来的天资不无关系，但更多的却来自于其青年时代的艰辛经历。

他出生、成长于四国岛香川县的一个普通农民家里，家境状况并不富裕。在当地有钱人的资助下，他才得以考上高松高等商业学校，跨入东京商科大学（现在的一桥大学）的校门。这与当时的政治家多数出生于富足的家庭，然后由旧制高中升入大学的成长发迹之路相比，形成了鲜明的对照。

谈起宽容度来，曾经有过这样一件事：

40年前，当日本广播协会（ＮＨＫ）电视台仍设在内幸町的时候，附近的新桥有一个我经常光顾的寿司餐馆。有一次，大家偶然议论起大平先生来。

寿司餐馆的主人讲了一段鲜为人知的故事。

“今天我能够有这个店铺,实际上全靠大平先生关照。战前，我曾靠在大藏省宿舍干活维持生计，其间，结识了大平先生。战后，当我决定开这个店铺却因没有资金而走投无路之际，大平先生主动援助了我。因而才得以使这个铺子开张。之后，我经常拜访大平先生家，但大平先生从不提及金钱的问题，总是问我‘经营得如何?’以此给予鼓励。”

大平先生曾多次不声不响地替朋友或亲戚还债，有时用于这方面的现金，似乎超过他本人的年收入。

我实在看不下去,遂劝告他说:“即便是亲戚朋友,帮忙也不必帮到这种份儿上吧?!”听后，他却温存而又和蔼地向我解释说:“既然帮助人,只要是能办到的,就要尽最大的努力。与其说这是作为政治家，莫如说是作为一个人应具有的品格。”

说起来容易，做起来难。对于大多数人来说，似乎难以效仿这种品格。

要说其忍耐性，据说他从未对自己的家眷发过脾气。

事实上，在志华子夫人逝世之前，应她之邀，我几乎每天都去虎门医院探望她。通过彼此交谈，我也从她那里听到许多有关这方面的佳话。

“我们夫妻之间或家庭中虽也发生过这样那样的事情，但我首先要感谢丈夫的，是他对我们家人从未发过一次脾气，也从未训斥过。对此，我非常感谢他。”

顺便提一下，志华子夫人是一位自幼生长在优越环境中天生小姐气质十足的人。她半开玩笑地对我说：“我可是既不下厨房，也从不做饭的哟！”性格如此泼辣开朗的志华子向我倾吐的这些往事，恍如昨日深深地印在我的脑海里。

他对家人、朋友尚且如此，在政治生活中，他的忍耐性就更是发挥了作用。

那是发生在池田先生因病决定在东京奥运会后退出政界时的事情。围绕下届总裁候选人一事，佐藤荣作先生、藤山爱一郎先生和河野一郎先生之间展开了总裁争夺战。

当时，大平先生认为，作为池田先生的接班人，与其同是吉田弟子的佐藤先生最为合适。可是，也许池田派内对上届总裁选举中的佐藤同池田激烈争斗时积下的恩怨依然存在的缘故，受其影响，池田派内以前尾繁三郎等人为中心的不少人士认为，在这个时候，应该把政权的接力棒交给藤山和河野联合阵营，而不是佐藤。

事实上，究竟把政权交给哪一方，一个时期池田先生也曾犹豫不决，但大平先生却自始至终支持佐藤。结果，佐藤先生被指名并就任总裁。但具有讽刺意味的是，佐藤不知是从哪里道听途说的，他却误认为大平先生是池田派内反佐藤派的中心人物。佐藤内阁连续执政长达 7 年之久，在这期间，大平先生一直受到佐藤的冷遇。

当时，由于我了解事实真相，所以曾大声问他："事实上，促成佐藤内阁的难道不是你和角荣先生吗?!结果反而被佐藤先生所误解，长此下去，你的心情能坦然平静吗?!"

听后，他却斩钉截铁地说："这件事就听其自然吧!佐藤先生有佐藤先生的想法，他这样做自有其道理。作为政治家，有时也需要忍耐。"

与田中的深厚友情

佐藤内阁临近尾声之际，形势呈田中角荣、福田赳夫、三木武夫和大平先生角逐总裁的格局。在这次"三角大福"之争中，可以说是由于大平先生的宽容，结果才导致田中的胜利。我所以这样讲，是因为田中先生是佐藤派，大平先生则是池田派，他们二人之间却有着超越派系之上的深情厚谊。

他们二人与池田先生同大平先生之间一样，是两位风格迥然不同的政治家。大平先生善于"宽容和忍耐”，而田中先生以“决断和实行”见长，两者是一种相辅相成的关系。

池田内阁时代，田中先生所以得到重用，被委以大藏大臣之重任，这正是大平先生向池田先生进言的结果。大平先生一直明中暗中支持着年少几岁的田中先生。然而，时局却恰恰安排他们二位去争夺总裁的宝座。

有一天，我向田中先生进谏道：

“田中先生，您是党内最大派系的领袖，无疑是这次总裁最有力的竞选者。但您尚年轻，不必着急，如果先让大平先生就任总理大臣，然后田中先生再接班，这样安排不是更好吗?!”

不过，他却以惯用的语调说：

“大平先生的确有优越于我的地方，但他尚未出任过干事长和大藏大臣的职务。要担任总理这一要职，倘没有经历这两个职务，就有许多工作不好办。所以，这次先由已有这两个职务经验的我来当总理，此后，一定请大平君出任总理。这样安排，对大平君也有裨益。”田中先生毫无谦让之意。

其结果，大平先生听信了田中先生的话，随之，亦可称之为田中·大平联合内阁的新内阁诞生了。田中内阁时代，大平先生主动协助田中先生，如积极参与日中复交谈判等，在外交方面十分活跃，一展风采。两人的联合战线，也一直固若金汤。

田中内阁之后，由于种种原因，相继诞生了三木内阁和福田内阁。但在此期间，田中先生的确始终意欲报答大平先生的厚意，为大平内阁的实现给予了积极的合作。

两位的亲密关系，不仅仅是因政治家之间的利害促成的，而是由深厚的友谊结成的。由于我经常出入于两位的寓所，所以对此才有最清楚的了解。

昭和51年（1976年），三木内阁之后，总裁的竞选在福田先生和大平先生之间进行。当时，我作为日本广播协会电视台驻美国总局局长业已离开日本。但风闻为避免总裁竞选战，新体制以福田任总裁、大平任干事长的态势运作，并约法三章：两年后肯定把总理的交椅让位于大平先生。

获知这一消息，我立即给大平先生打电话并强烈向其进言："听说你与福田先生已有言在先，这靠得住吗？请想想岸先生与大野先生之间的违约教训吧！大野先生还不是被岸先生给耍弄了吗?!如果准备做总理总裁，现在就应该果敢地进行斗争。"

对此，大平先生未予置理。他说："岛君，即使上当受骗，只要有益于国家，不是也值得吗?!"我固执地坚持说："这正是你的软弱之处。"却仍未动摇大平先生的决心。

结果不出我所料，先前的约定被抛到了九霄云外。昭和53年（1978年）11月，福田先生举行了自民党有史以来破天荒的由全体党员和党友参加的总裁公选。这是福田先生自恃处于优越地位而采取的行动。但不管幸运与否，最终大平先生还是以绝对优势赢得胜利，大平政权由此得以诞生。这期间，田中先生的确为大平先生竭尽了全力，履行了诺言。

“总理总裁只有通过斗争才能得来。”我的这一进言，对于大平先生来说是何等的苛刻啊！这在后来围绕一般消费税问题展开的论战中，也表现得很突出。

一般消费税问题攻防战中的插曲

夜间11点左右我给大平先生家打电话，志华子夫人小声对我说：“我丈夫，他已经很长时间抱着头蹲在客厅里。岛先生，请你过来开导开导他一下！”

我旋即来到他家一看，大平先生仍旧抱着头蹲在那里。听到我打招呼，他这才终于慢慢抬起头，寡言少语地喃喃道：“是否实施一般消费税，仍然令人犹豫不定，难下决心。”

现在回想起来，我实在太不负责任了。我当时一听就火冒三丈，于是大声嚷道："你说什么?！如果政治家认为这一政策是需要的，哪怕是断送内阁，舍弃生命，也应按自己的信念行事！"

可是，他什么也没有回答我，依然低头闭目，沉默不语。现在想来，那种苦恼的样子，恐怕正是他陷入最大痛苦时的具体表现。后来听夫人讲，大平先生即使晚上躺在被窝里，也总是辗转反侧，冥思苦想，且几乎是天天如此。

在大平看来，如果不实施一般消费税，坚决进行税制改革，日本的财政势必要崩溃。但是另一方面，他也十分清楚，如果主张实施一般消费税，在选举中必吃败仗。因此，他才陷入进退两难的困境之中。

然而考虑的结果，大平仍旧得出了这样的结论，即纵然自民党在选举中失利，还是要横下决心在这个时候实施一般消费税，并在这种困境下去迎接大选。此时的大平先生，其身心的精力恐怕均已消耗殆尽。

加之所谓的"40日抗争"已经开始，大平先生周围的环境越发变得恶劣残酷起来。

尽管大平先生是自民党总裁，但非主流派却要拥立福田先生为候选人。于是，在国会的首相提名选举中，出现了从自民党内推举两名候选人的异常事态。

对此，我作为新闻界人士向大平建议道："大平先生，如果是党内总裁竞选的话尚不得而知，可在国会的首相提名选举中，同一个政党却出现两名候选人，这真是前所未闻。对这种不守纪律的党员，应立即除名。也可能是保守联合的时代持续的时间太长了，难道您不应借此机会为实现真正的两大政党体制，果断地改变日本的政治吗？”

大平先生则闭目而语：“一方面，的确如你所说。可是，在在野党尚不具备执政能力的现实情况下，首要的是要保持政局的稳定。不打不成交嘛！岛君。现在这个时候，地面不应断裂。”

就在这种情况下，在决胜投票中大平先生被指名为首相，成立了第二次大平内阁。可是，昭和55年（1980年）5月，对于在野党提出的内阁不信任案，自民党非主流派议员乘机缺席，结果导致不信任案成立。大平先生则立即决定解散内阁，举行日本宪政史上第一次众参两院同时选举。

在接连不断的艰难困苦中，大平先生于横滨的竞选演说中病倒住院，从此再也没有离开虎门医院便与世长辞了。

直到前一天为止，我怎么也没想到大平先生会如此突然地去逝。那天晚上，可能是夜里12点左右，我接到了志华子夫人打来的电话。她痛不欲生地对我说：“孩子他爸的心脏有些不正常，现正在做人工呼吸，很有可能救不过来。”嗣后，大约过了一个小时，我便接到了他逝世的噩耗。

回顾与大平先生近30年间的交往，我彻底认识了政治家大平正芳是一个如何“宽容与忍耐”的人。然而，一旦需要，正像实施一般消费税时所表明的那样，他又是一位当机立断的人。

（日本广播协会前会长）

总理的风范

翁久次郎

起 源

自昭和45年(1970年)1月任内阁官房总务课长起,把总理大臣在国会会议上的施政方针演说草案送给安冈正笃先生审批,听取他的意见,成了我的工作内容之一。从此,我得到安冈先生的知遇。由此时起,我们内阁官房的课长和总理大臣的秘书大致每月聚会一次,邀请先生一边共同进餐,一边听先生纵论天下大事。

昭和20年(1945年)8月,因处理战败事宜而组成的东久迩内阁及弊原内阁总辞职后,吉田茂继任首相。据说此后,吉田就经常把安冈先生请到总理官邸或自己的寓所,以“老先生”相称向其求教。吉田先生生于明治11年(1878年),安冈先生则呱呱坠地于明治31年（1898年），因此可以说，实际上吉田先生是拜比自己年少20岁的安冈先生为师的。吉田先生的岳父牧野伸显，在安冈先生26岁的时候发现了他那非凡的才识，并作为安冈先生的监护人明中暗中支持他的活动。因此，对于掌握这一内情的吉田先生何以虔诚地垂青安冈先生，就不难理解了。于是，吉田先生之后的池田勇人、佐藤荣作、田中角荣、福田赳夫、大平正芳等历届首相，都与安冈先生结下不解之缘，也是理所当然的。

特别是池田派的政策智囊团成立时，安冈先生应该派之请，为政策集团取名为“宏池会”。会名取自中国后汉马融的故事，马融是后汉安帝时代的高官，学德极高，致力于培养人材，身边常有数千名学生。在颂扬其业绩的《广成颂》中有记述说：“休息于高光（宫殿的名称）之树，以临宏池（水域宽广的池塘）。”“宏池会”便由此得名，同时也与池田的姓名有关。

大平与安冈先生的关系

据安冈先生的高徒林繁之所著《安冈先生动情记》记述，昭和34年（1959年）3月的某一天，“大平正芳氏飘然造访先生，理由是当时大平的私邸就在白山下先生住所的附近，并无要事相商。据说大平只是自我介绍了一番，谈了些他从学生时代起就几乎通读了先生的著作之类的话，就告辞了。”由此可见，大平同安冈先生的关系先于宏池会这一政治集团，早在青年学生时代就开始了。

昭和35年（1960年）6月，日美安全保障条约的修正案在国内一片反对声中自然成立，导致岸信介内阁倒台。7月，池田内阁诞生，由大平官房长官为新内阁提出了“宽容与忍耐”的施政口号。但新闻媒介称这是“低姿态”。某个晚上，池田总理和大平官房长官邀请安冈先生共进晚餐。席间，新内阁的高姿态和低姿态问题成了谈论的话题。但先生说：“两者不可兼而有之，必须采取正姿势。”听后，两人深深首肯。

池田内阁诞生以来，大平官房长官成了先生家的常客，有事时来，没事时也来。一次安冈先生对林繁之说：“今天（大平）又绕道我家，说他早晨要出门去，其实并没有什么事。他真是个爱读书的人。”安冈先生主办的师友协会的常务理事细谷喜一所以被任命为池田内阁的官房副长官，据说是由大平官房长官推荐的。这被当时的新闻媒介评述为破例的人事安排。昭和39年（1964年），第三次池田内阁改组时大平未入阁，不久池田首相病倒，11月，佐藤内阁诞生。

昭和46年（1971年）3月，被推举为宏池会会长的大平来拜访先生说，“由于种种原因，这次我挑起了先生命名的宏池会的重担”。之后，两人进行了长时间的恳谈。

昭和53年（1978年）12月，在自由民主党的总裁选举中，出乎一般人的预料，大平当选为总裁，第一次大平内阁诞生。当时，我任厚生省事务次官，但组阁后时隔一周，官房长官田中六助打电话给厚生大臣桥本龙太郎，说想起用我为官房副长官。从此，我开始专侍于大平总理。这是我始料未及的。此前，我从未直接侍奉过大平，这次却在国会总理大臣室在田中官房长官在场的情况下接受了任命书，也是我第一次直接与他们二人打交道。

昭和54年（1979年）5月，访美归来的大平总理邀请先生恳谈。当时大平对安冈先生说，社会上有人批评说我没有统率力，讲话语义不清。对此，安冈先生说，“这次与卡特总统会谈中你强调日美伙伴关系，这是一种远见卓识，是历届总理所不及的”。据说，这番话给总理增加了信心和勇气。通过这次访美，卡特总统同大平之间结下了牢不可破的友谊。这从大平逝世，卡特总统主动参加在日本武道馆举行的葬礼一事，也可以看得出来。

大平作为一国总理，在其处于国内外多事多难、日夜呕心沥血的一年半时间里，我服务于他的身边。通过他在会议或进餐期间毫无掩饰的言谈话语中间，我多次深深地感受到了何为总理的风格。总理大臣必须善于忍受孤独。内阁的最终责任在总理大臣，在国际谈判场合有时需要拿出勇气和决断，否则，国家的主权将受到损害。我作为内阁官房总务课长，曾服务于佐藤、田中二人；作为副长官，则为大平、铃木二人服务过。我感到，尽管每个人的人品、个性不同，但作为总理大臣的繁重责任，使每个人都很自然地展现出某种风格。佐藤的收复冲绳、田中的列岛改造、大平的环太平洋合作设想和东京发达国家首脑会议、铃木的修改参议院选举制度和行政改革等，无论哪一个，其结果如何都关系到内阁的消长和国家前途的安危。

因此，阁僚对总理大臣的辅佐甚为重要，尤其是大平内阁时代，田中六助和伊东正义两任官房长官，均是舍身辅佐总理，与总理同呼吸共命运的知心朋友。据说，伊东初入政界加入宏池会时，有人问其动机，他说因为大平君在宏池会，所以选择了宏池会，并因此引起池田的不悦。

繁忙公务中拨冗读书

大平在繁忙的公务中还经常挤时间逛书店，一次一下子就买了五六本，然后高高兴兴地抱回官邸。当我有事去总理房间时，他却不在办公室，而发现他正坐在隔壁秘书官室的小椅子上，顺手抓秘书小姐桌子上的巧克力吃。我被派往大阪府厅工作时，与我交情很深的原大阪府中之岛图书馆馆长中村祐吉先生曾出版了一本《英国政变记》，并赠送大平先生一册。该书主要叙述了以一生充满坎坷的英国宰相阿斯基斯为中心的18世纪英国议会政治的内幕。不日后我有事去总理室，发现大平先生正摊开一幅大欧洲地图聚精会神地研读《英国政变记》，令人惊异。

昭和55年（1980年）6月，日本举行了宪政史上第一次众参两院同时选举。当时，大平继访美之后，5月8日出席南斯拉夫总统铁托的葬礼，回国后不久议会通过了对内阁的不信任案。5月30日，在上述对大平最为不利的事态中，他在新宿火车站前发表了这次竞选中的第一次演说。大平在肉体和精神上均承受巨大压力的情况下仍依然完成一个接一个的内政外交日程，对于他的艰辛，局外人是难以知晓的。由于积劳成疾，最终还是因在横滨发表竞选演说的过程中猝然病倒，于5月31日拂晓住进了虎门医院。之后，病情曾一度趋于好转，但6月12日却突然与世长辞了。正值选举战方酣之时，又逢威尼斯发达国家首脑会议开幕在即之际，在这重要时刻现职总理逝世，的确给国民带来了巨大的冲击。

从报纸专栏看对大平的评价

当时的报纸专栏这样写道：

“大平曾以‘宽容与忍耐’为施政口号，控制住性情暴躁的池田，使内阁巧妙地得以运作。由此也可以看出，大平是一位极其慎重而又有分寸、先听他人意见尔后采取行动的人，是一位使人能够安心委以政治重任的人。往昔也曾有过这样的总理，他们随意制定政策，只图个人扬名，引起社会不稳，给国民增添了麻烦。但大平其人的想法是，不做任何不必要的事情，而只做最最需要的事情，其余则由国民自由发挥。他厌恶那种‘跟我来’的傲慢行为。他在不久前的国会会议上回答议员的质询时说，‘日本国民是非常优秀的国民，即使在如此艰难困苦的环境中，仍具有提高生产率的能量。我没有想指导国民这样大的野心’。这是一种近似老子的‘爱民治国，岂能无为’的哲学。有的政治家视目前繁荣稳定的经济为不景气，把经济引入通货膨胀；有的政治家宣传其他国家的军事威胁，主张增强防卫力量。这些政治家的出现，决不会给日本带来美好的结果。云云。”

大平先生的葬礼为内阁与自由民主党联合葬，由伊东官房长官任委员长，于7月9日在日本武道馆举行。葬礼是在天皇皇后两陛下的敕使和100多名各国元首和外交使节以及国内各界代表的参加下，在悲痛的气氛中庄重举行的。在此之前，葬礼委员长的悼词曾送交安冈先生过目，征询意见。安冈先生亲自提笔插入这样一句话：“入院仅旬日余，天命即无情地把你迎进天上白玉楼。”伊东先生在葬礼上宣读的悼词说：“在时代处于最危险的十字路口时，历史选择你为我国的领导人，把其命运托付给你。你以自己的深思熟虑和孜孜不倦的努力，圆满地完成了这一使命。”伊东的悼词，字字句句都充满了缅怀昔日盟友的无限感慨。

镌刻在大平总理墓碑上的碑文由伊东撰写，碑文铭记着：君以现职总理而去，虽死犹生。求真理而不倦，死而后已。

（第一、第二次大平内阁官房副长官）

从生活插曲看大平

今野耿介

我作为秘书官服务于大平官房长官，前后共约一年半时间，始于安保骚动后池田内阁成立约半年后的昭和 36 年（1961 年）2 月，止于翌年夏天池田内阁改组中大平就任外务大臣。

官房长官的工作，正如大平本人所著《我的履历书》中所记述的那样，“官房长官是一个繁忙的职务。从内政到外交全盘工作，一刻也不能忽视，神经必须高度紧张。无论国内国外，不分白天黑夜，一旦发生重要事情，都必须代表政府立即予以表态。不仅要取得政府各部和执政党的全面合作，还必须很好地说服在野党、报道界、劳动界和学术界、教育界、演艺界及体育界。他必须具备能应付各种变化的灵活姿态，决不可以僵硬死板的态度对待”。官房长官的工作的确很忙，或者说是过于繁忙。

另外，作为政府发言人，每天除举行数次定期记者会见外，若遇突发事件，还要增加临时性的新闻发布会。同时还必须应酬日本独特的“夜间讨伐”和“拂晓突袭”式的采访“陋习”。

官房长官可以说是日本最繁忙、最辛苦的一位政府官员。我作为他的秘书官，通过在大平身边工作一年半的时间里以及之后有限的接触中体验到的无数美谈中，尤其是通过印象最深的两三个佳话，谈一下我所看到的大平。

何为“其中之一”

在我就任秘书官后不久的一天记者会见中，一位记者问：“内阁调查室（现为内阁情报调查室，以下简称‘内调’）花费巨额预算搜集情报，请问长官对‘内调’的情报有何评价？”

当时，我既是秘书官，同时又在“内调”占有一席之地，所以屏息静听着长官将如何回答。稍停片刻之后，大平用其拿手的英语回答道，“其中之一”。这一回答的含义究竟是诚如其所言，还是在经过充分考虑之后的一种大平式的慎重表达方式，人们不得而知。然而，作为当时在“内调”仍占一席之地的我，也可能由于袒护的缘故，对这一回答的确感到有些失望。

不管怎么说，“内调”是官房长官的直属情报搜集机关。尤其是一部分“内调”的情报也曾受到长官本身及外务省有关人士的好评，这一点我也是清楚的。尽管如此，长官却评价说“其中之一”，作为在“内调”任职的人来说，既感可叹，又感不满。

“内调”不仅搜集国内、国际的情报，而且委托有学识有经验的人调查研究与国政有关的重要事项，同时还通过民间调查机构，对国民进行“意识调查”。但当时的体制并不要求把这些成果定期而又制度化地向官房长官报告。当然，凡遇重要事项，每次都由调查室长等人进行报告。但由于长官繁忙，未必能轻易得到这种机会。

不言而喻，无论国内外何时出现何种突发事件都必须代表政府出面表态的官房长官，有必要事先掌握可以预见到的有关事态的背景。但外务省则不同，老早以前就已把每周一次向长官定期报告制度化，每次由次官作一个小时左右的汇报。

受“其中之一”发言的触动，我也建议“内调”建立“定期报告”制度，不久便得以实现。为了确保向官房长官这样公务繁忙的人做汇报的时间，正如我期待的那样，这种“定期报告”制度取得了极好的效果。

据事后所闻，这一制度的采用不仅改善了向长官报告的渠道，而且为鼓舞“内调”职员的士气做出了很大的贡献。继而，随着“内调”情报比重的增加，对总理也实行了定期汇报制度。我虽然失去了向大平询问“其中之一”的真意的机会，但我由于这一发言而提出的建议，却确立了“内调”的定期汇报制度，我认为这是我的“善政”。

“风流梦谭”事件的处理

我被任命为秘书官那天（1961年2月1日），在《中央公论》杂志社社长家里发生了杀人事件。事件的起因是，右翼团体认为该杂志上登载的题为《风流梦谭》的文章有辱于皇室，所以一右翼少年袭击该社长的住宅，将其两名家人杀伤。

这一事件理所当然地被作为刑事案件交由司法当局处理，但与此同时，主张以诋毁名誉罪起诉该文作者与中央公论社的呼声也甚嚣尘上。

大平考虑到如若起诉，不仅将导致在皇室和国民之间靠冷酷的法律和伦理解决问题的先例，同时，该问题也将成为法庭无谓争论的对象，这是人们所不希望的。于是在会商持相同意见的池田首相后，决定政治解决这一问题。经私下听取各方有识之士的意见和慎重讨论，最终决定不再起诉。

由于我就任秘书官时间不久，对大平的见识和人品等几乎一无所知。但通过该事件的处理，使我对大平周密细致的政治考虑和略事时的慎重态度，深感敬佩。

日韩谈判

昭和36年（1961年）5月16日，韩国发生军事政变，导致朴正熙政权诞生。自这一年夏季起，韩国方面开始出现愿与日本实现邦交正常化的迹象。不过，由于当时两国间没有公开正式接触的渠道，所以，韩国方面负责接触的不是外务部，而是中央情报部；日本方面也出于对等的原则，出面接触的并非外务省，而是内阁调查室这一非正式渠道。

之后，在双方进行数次接触的基础上，翌年早春应对方之邀，内阁调查室的官员访韩，与当时的中央情报部长、事实上的韩国第二号实力人物金钟泌进行了面谈。据说，当时金坦率地介绍了韩国经济的非常事态，强烈希望日本给予援助。同时，为使日方了解韩国的实际情况，建议在参观农村地区时顺便也视察一下三八线。在结束视察于回国前夕前往金钟泌处做礼节性拜访时，金特别要求日方人员回国后向官房长官及有关人士提出坦率的视察报告。顺便提一句离题的话，据说，当时会晤金的日方人员，都为能操一口流利日语的金充满诚意的真挚态度所深深打动。

据说，大平认真听取了回国后的内阁调查室官员的汇报。通过这次听取汇报，大平对金钟泌这个人物似乎有了很好的理解与认识。于是，是年夏天大平在内阁改组时就任了外务大臣。

池田首相认为与韩国实现邦交正常化的时机日趋成熟，遂于这一年 6 月的参议院选举游说中透露，“选举后，一定要实现日韩邦交正常化”。对此，韩国最高会议的朴主席也立即作出反应，于 9 月发表声明指出，“即使受到部分国民非议，也要促成日韩关系正常化。”至此，双方期盼实现邦交关系正常化的气氛日益高涨起来。

接着，在这一年的 11 月，正值池田首相历访欧洲各国期间，韩国中央情报部金部长为交涉作为邦交关系正常化前提条件的要求日本进行战争赔偿的权利问题访日，同大平外相举行了针锋相对的戏剧性谈判。这次谈判，金钟泌和大平两位政治家始终均以各自祖国和两国间永久和平的大局为重，彼此展开了激烈而又推心置腹的交涉。双方认真谈判的结果，最终签署了日本向韩国提供无偿赠款3亿美元、有偿贷款2亿美元、经济援助1亿美元的所谓《金·大平会谈纪要》。

这次要求日本进行战争赔偿的谈判，是在大平任外务大臣后举行的，并不是我任秘书官的时候，有关细节只是后来与大平接触中偶尔谈到这一话题时从大平口中得知的。大平非常赞赏金钟泌的人品及其作为政治家的决断力，这些至今仍深深地印在我的脑海里。

盟友田中

昭和44年、45年（1969年、1970年）我在新潟县警察署工作期间，大平曾来新潟市声援市长选举，我得以与大平久别重逢，有机会共进晚餐，自由交谈。

而昭和45年、46年、(1970年、1971年）在我于高松的四国管区警察局任职时，这次又遇田中角荣到高松市声援市长选举。

毫无疑问，无论新潟还是高松，都是县厅所在地。但在并非政令指定城市的市长选举中执政党的大政治家拨冗前往声援发表演说，除特殊场合外，这在当时可能是非常罕见的。不仅如此，他们之间所以长途跋涉到对方的政治地盘声援市长选举，均缘起于彼此对对方不同寻常的友情。

另外，田中在昭和47年（1972年）组阁时启用盟友大平为外务大臣，把外交事务委托大平，彼此通力合作，着手解决悬而未决的日中邦交正常化问题。在组阁仅两个半月后，便带大平访华，于同年9月29日签署了日中两国建立邦交的联合声明，闪电般地解决了积压多年的重要悬案。

田中内阁组阁仅两个半月就取得如此重大的成果，我认为这正是由于有了田中和大平之间相互信赖、深厚友谊的基础才得以实现的。

这些暂且不提。在田中和大平之间，无论从性格还是从经历，乍一看似乎毫无共同之处。但就我所见，总觉得二人好像脾气相投，心心相印。这不是出于相互利用的目的，可以说是建立在更高层次上的相互结合。

昭和51年（1976年）7月，田中被捕。在评论他们两人的关系时，《大平正芳——其人与思想》一书记述说："盟友田中被捕，对大平来说是件痛苦不堪的事。翌日早晨，他即给亲友和一些政治家打电话吐露，'昨晚未能入眠。实在令人悲痛'。并再三说'冤枉'。大平憔悴的脸色难以掩饰。"这恐怕是再清楚不过地表露了大平为知友的厄运而悲伤的真情。

至今我依然认为，他们二人是彼此许以真心的盟友。

（原内阁官房长官秘书官）

大平总理诚实的政治家风格

川内一诚

在55年体制确定、自民社会两党对抗最激烈的池田内阁时代的某一个晚上，作为社会党国会对策委员长而纵横驰骋、大显身手的“山幸”——山本幸一，悄悄地拜访了大平官房长官的私邸。当时正值国（有）铁（路）当局同国铁工会围绕津贴问题严重对立之际。山幸认真地求诉说，若当局肯增加津贴，罢工是可以避免的。仔细地听取了这一解释的大平，立即拿起话筒给池田总理处挂了电话。从大平打电话的神态看，总理似乎担心若这次答应给工人增加薪水，则有可能成为习惯，所以强烈反对支付这笔津贴钱。但大平并未就此作罢，而是继续进行不懈的说服，终于取得池田的同意，使一场国铁工人的罢工得以避免。

“（大平）听了我的解释，当场就给池田打电话，并说服了不大愿意的池田，表现出一种基督教徒式的诚实。总之，他是一位无论什么场合都履行诺言，决不背叛对方的诚实的人。”山幸在谈及政治生活中印象最深的往事时，首先就列举了由于大平的努力而使国铁工人的罢工得以避免这件事。不仅如此，能够显示大平作为政治家诚实之处的美谈是不胜枚举的。

“总理与百名儿童”

我也曾遇到过多次能显示大平之诚实的场面。但印象最深的一次并非政局方面的举动，而是他登上政权宝座半年多后的1978年8月4日发生在朝日电视台录制“总理与百名儿童”专题节目时的情景。

这一年是联合国指定的国际儿童年，为使全世界的儿童生活得更加幸福，联合国号召人们都来关心孩子们的未来。世界各国都开展了各种各样的活动，日本也在名古屋举办了《世界儿童、日本儿童展》。作为其相关的纪念活动之一，名古屋电视台策划制作了一个特别节目，即从全国各地召集一百名小学生，同时邀请大平总理到场，就孩子们的未来这一主题进行座谈。

名古屋电视台与朝日电视台属同一系列，所以，决定由当时担任朝日电视台驻官邸首席记者的我去负责联系请总理出演。尽管正值放暑假和国会休会期间，但要把现职总理请到名古屋来，从日程上讲是不可能的。加之内阁记者会同总理官邸之间有内部协议，半官方的NHK电视台与民间电视台轮流坐庄，每月一次请总理在电视台出演。大平除刚就任总理时到其家乡的电视台出演一次外，迄今尚无例外。因此，即使交涉此事，我想实现的可能性也很小。

然而，总理的秘书官森田却来电话说，“总理对这一节目感兴趣”。由于是为纪念国际儿童年制作的专题节目，内阁记者会也同意了这一例外。但条件是不能去名古屋，只能在东京六本木的朝日电视台演播室内录制，本不可能实现的节目终于得以录制，确实让人喜出望外。

节目制作当天，大平眯缝着笑眼出现在早已集合于朝日电视台第六演播室的一百名孩子们面前。

在朝日电视台系统各地方局的积极动员下，孩子们分别来自北起北海道，南至香川和福冈的广大地区。在早熟的优等生居多的小学生中，大放异彩的是ABC的制片人带来的近畿地区的小学生。尽管来自京都、神户的学生代表并不太显眼，但可能是受地区性的影响，数名大阪的代表却毫不怯懦，个个能说会道，都像是吉本兴业演出公司的专业演员。

节目主持人是刚刚脱离东京电视台的自由职业者

久米宏。他把节目主持得轻松自如，妙趣横生。

节目刚开始，当被问及对大平的印象时，孩子们踊跃回答：

“容貌端正，很有风度。”

“好像很慈祥，给人的感觉是可以自由交谈。”

在一片回答声中，大阪代表一开口便说：“实际上他本人比平时通过屏幕或画面看到的腿要短，而且方才讲话时并没有‘嗯……’‘啊……’的毛病。”

这番话弄得大平也不由自主地面带苦笑。

有孩子问：“小时候，您准备长大了干什么？”

“想当学校老师。”

“小学时的成绩怎么样？”

“不好也不坏。”

大平与孩子们之间的交谈在继续着。

“请问大平先生，小时候您用功学习吗？”

“我只是在学校学习，回家后必须干活儿。下田，编草帽辫（用于编草帽），每天都有责任指标。若完不成，就不让出去玩。”

大平拿起演播室内早已准备好的麦秆和尚未完结的草帽辫，一边说着“这好像与我的编法有点儿不一样”，一边编给孩子们看。

“您为什么当总理大臣？”

“竞争对手是谁？”

“喜欢的歌手是谁？”

“天皇为什么没有选举权？”

“要成为政治家，最重要的是什么？”

“您准备什么时候解散国会？”

各种提问像连珠炮似地一个接着一个。当麦克风对准近畿地区尤其是大阪的小学生时，提问立即变得幽默起来。

“大平先生穿的西装多少钱？”

“可能是十几万日元吧？！”

“您穿的是什么样的裤衩？”

“穿两条。”

“种类？”

“一条贴身的，一条稍长些的，叫什么来着？”

“对啦，叫紧腿短裤。”

不管什么样的问题，大平都认认真真地一一作答。

“您夫人是美人儿吗？”

“还算一般吧。”

“一般的意思，明白吗？”久米宏说着，把话筒对准了一位大阪来的顽童。

“就是一般的女人。”

这次，久米宏把话筒转向大平问道：“这样理解可以吗？”

“可以！”大平微笑着点点头。

即使对于孩子们天真无邪的提问，大平也都一字一句地一一认真作答。负责节目制作的导演深有感触地说：

“面带羞色而诚实作答的大平的音容笑貌，至今仍历历在目，给收看电视的观众似乎也留下了很好的印象。我记得这个专题节目播放后反响强烈，很多人都说对大平的人品甚是敬佩。”

正如大平任池田内阁官房长官、在政界的公开舞台开始崭露头角时关于中小企业及吃麦饭的发言所表明的那样，他总是设法使脾气暴躁的池田总理采取宽容与忍耐的政治姿态。大平的政治行动总是证实他的诚实与谦虚。正因为“总理与百名儿童”这一节目中大平的谈话对手是小学生，所以仿佛可以说更显现出了他的人情味。

大平的诚实性格是何时形成的呢？据说在他成为政治家以前，进入大藏省两年之后，由横滨税务署署长调至仙台税务监督局任间接税部长时，尽管因台风造成的洪水泛滥使东京至横滨间的交通瘫痪，但他依然头顶行李箱，身穿一件短裤涉水渡过六乡川河，按时抵仙台赴任。从这一行动中也可以看出，他为人的诚实性格从青年时代起就已养成。

学习大平式的政治风格

在对政治不信任的风潮日甚一日的当今社会中，绝大多数人认为是因为政治家的言行不可信。为了恢复人们对政治和政治家的信赖，我想不妨再一次重新认识一下大平政治的基点。

话虽如此说，但对多数政治家来讲，要让他们去追求大平式的政治哲学和诚实人品，可能像缘木求鱼一样艰难。基本上可以说，大平的诚实性格并非当了政治家之后才有意养成的。因为在他开始接触基督教的高松高等商科学校时期，或是比这更早的时候，就已具备了这种素质。

然而，作为政治风格，如果不仅仅是在口头上模仿大平式的“不惜流汗的政治”及“宽容与忍耐”，而是付诸行动，那么，我想国民对政治家的评价也许会截然不同。现实的例子业已证明了这一点，在大平作为官房长官辅佐池田总理时，他就使池田逐步学会了宽容与忍耐的低姿态，性格变得不再暴躁。伊藤昌哉在他的著作《池田勇人——其生与死》一书中做了如下的记述：

“池田的低姿态并不像街谈巷议说的那样丑陋，即在所谓漂亮的外衣下仍穿着盔甲。但同时也不能说低姿态就是池田本来的风格。池田由于政治上采取了低姿态，之后，无论作为政治家还是作为普通人，都变得更加老练成熟。”

像池田总理那样，即使担任了最高职务之后，无论他作为政治家还是凡夫俗子，都还是能够继续成长进步的。

大平总理无与伦比的诚实性格，固然是靠大平本人的人生经历和扎实的修养等多种因素铸成的，但他的政治风格仍是可以学习掌握的。能像池田总理那样学以致用固然好，但即使把它作为纯政治姿态学到手，也会给选民留下良好的形象。这是肯定无疑的。

翻看昔日的录像带，我再次重温了大平总理作为政治家和普通人的诚实品德。

（原朝日电视台解说委员）

大平总理的为人

长尾赖隆

对于大平的人品，我想通过他本人的著作以及他逝世后许多人所写的回忆录和论述其思想的名著等，日本乃至外国的要人已有了充分的了解。现在再由我来赘述，内心深感羞愧。但有两件事一直萦回于脑际，写出来以飨读者。

其一，是返高松祭扫我家墓地时，觉得这是一次绝好的机会，想顺便到大平的老家看一看。于是我避开农村玉兰盆节的交通混乱，提前于 7 月 21 日前往，始则瞻仰了观音寺的大平正芳纪念馆，看到馆内陈列着许多纪念品，顿生感慨之情。继而又去丰滨参拜他的墓地。坟墓俨然屹立于一个风景秀丽的山丘上，丰滨的海岸一览无余。前面辽阔的沙滩上，有丰滨町民们的墓地，竖立着无数的墓碑。他的坟墓管理得非常完好，墓前整齐地摆放着两束绚丽的鲜花，令人顿感清爽惬意。这里顺便提一下，高松至观音寺间的特快电车也今非昔比，速度非常快，车辆也很舒适，仅40分钟就到达了。因这次是在此行之后不久应请执笔的，所以，我也权当是受大平直接之托。

其二，我是高松高等商科学校第六届毕业生，与大平是同届。许多人也可能知道，大平是高松高等商科学校第五期入学的，因中途生病休学，所以是第六届毕业。毕业生的同窗会称之为“又信会”，对于五、六期学生来说，除大平总理的涌现非常值得自豪外，其中还有几名有志者在东京和大阪工作。但遗憾的是在大平去世前后，数人相继作古。目前活着的仅剩我一人，实感寂寞，所以总想写点儿什么，以权当功德。

为缅怀故人，请恕我写写大平的为人。

学生时代

在我的印象中，大平的高松高等商科学校时代是在诸多烦恼中渡过的。当时，日本家庭的生活水平极低，与现在根本无法比拟。越是有才能的人，升学的苦恼相应也越多。这是因为青少年之间共同的愿望太多。因在选择学校方面与双亲的意见相悖，我也曾有过苦恼。大平所以独自选择信仰，恐怕是因为他当时有许多苦恼。

我是在读高松高等商科学校二年级时与大平走到一起的，但彼此倾心交谈的时间并不多。由于当时我们都选择了德语为第二外语，所以，倒是同野泽胖、太田诚三郎等人经常利用午休时间练习会话，而且我还记得曾与太田一起演过德语话剧。另外，我们家住高松的一伙人每天下课后就早早地回家了，但经常听说大平却要去基督教会热衷于传教。所以，实际上没有机会见到他。

然而，我想特别提及的是三年级初冬时的一个休息日，大平与同期的另一位叫桥本清的同学在屋岛散步途中，突然来到我家。当时，我家是一个中流商人之家。他们谢绝面见家母，在我们交谈了片刻之后，我记得大平的言谈话语中似乎流露出对我报考一桥大学十分羡慕的意思。这可能是桥本同学也已决定进入神户商科大学，于是心中产生了一种难以名状的失落感所产生的寂寞或悲伤的缘故吧！后来我从他的著作中得知，因为当时大平也已办完了报考一桥大学的手续。回想起大平那时的心境，拜读他的大作后我心里十分难过。

附带说一下，大平的密友神原龟太郎的志愿也是一桥大学，两人是一块儿参加应试复习的同窗。后来，神原在大阪成了卓有成就的实业家。大平写给神原的悼辞中，处处充满殷切之情。神原的令弟武雄毕业于神户商科大学，之后长期担任又信会大阪支部的支部长，兄弟二人都为又信会做出了贡献。

昭和 7 年(1932 年)毕业时,日本整个经济不景气,很难找到像样的就业场所。由于我可以去亲戚处帮工,所以对就业之事不太关心,幸亏考入一桥大学,彻底改变了人生的道路。我深深地感到,人的一生,实难预测。

正如大平的著作中所述,从我进东京商大前后至毕业期间,加之满洲事变后军方的要求,日本的自由经济逐步转入统制经济。因此,毕业于经济专业的人要求到中央官厅工作的愿望强烈,当经济官僚成了众望所归。另外,我们大学研讨会的内池廉吉教授同时也担任东大的讲师,他是劝我们当官僚的热心推进者,因此,内池教授极力劝我们在校期间参加高等文官考试。

我在上大学二年级时,大平也考入了东京商大。由于他也想参加高等文官考试，所以我们二人经常在大学校园内边散步边讨论考试问题。他经常到我位于吉祥寺的宿舍里来,我也到他地处国分寺的宿舍里去。由于这一带还住着像我们的前辈赤城猪太郎那样的许多学友，所以大家经常聚在一起谈天说地。

当时，东京商大内也以新锐人物田上穰治助教为核心成立了法学研究会，在大平他们这一届学生中入会者居多。大平除抓紧准备盼望已久的高等文官考试之外，还主动去听经济哲学或经济史等讲课。同时也参加了擅长英语的人才感兴趣的上田辰之助教授组织的研讨会，学习劲头十足，学生生活过得最为充实。

一般说来，当时的学生学习都很刻苦。无论是我所在的年级还是大平所在的年级，都是人材济济。另外，也可能因为东京商大是单科大学，校内盛行年级会，彼此间的亲密程度异常之深。大平似乎也经常出席他们那一届的年级会，后来备受同期学生的敬佩。他的确很珍惜朋友之情。

从1935年至战争结束

我是昭和10年（1935年）从一桥大学毕业的，同年就职于铁道省。进入铁道省不久，我与其他9名事务员分别被分配到北自札幌铁路，西至门司铁路的各地方局（当时东京铁路和大阪铁路不分配事务员，只派出18名技术人员前往见习）。因当时的学士教育，首先要被派往第一线（车站等）工作。

昭和11年（1936年）4月，大平进入大藏省。同年2月26日，即所谓的“二·二六”事件当天，我奇怪地拜访了他的住处。我当时结束在下关车站的见习，是以下关车管区助理的身份，乘坐早晨从下关车站开出的当时最先进的由8节车厢组成的列车驶往东京的。在这次政变的早晨，从列车通过沼津之时起，有关的情报就不时传入车内，因处于森严的警戒之中，所以，我们是在极度紧张的气氛中抵达东京的。但中央线的电车却格外平静，为祝贺大平在大藏省就职，我前往位于中野的大平秀雄的住宅拜访了他。

借此机会，我读了大平的著作，当读到他任横滨税务署长时贴封条、在仙台任间接税部长时饮日本东北地区浊酒等轶话时，对于他深深同情老百姓心情的特有慈悲胸怀，甚感敬佩。其实，我也有同样的体验。在下关车管区工作期间，一次进行车内检票。从下关发出的快车，当时乘客多为韩国人。尤其是该国的经济状况远不如日本，到阪神地区做工的工人也很多。日子一久，可能是为了叫妻室来日本，经常看到总觉得有些衣着不洁的韩国人妻儿，一检票就会发现有人不买快车票的逃票现象。由于对征收这些人的快车票费实在过意不去，所以我也曾视而不见，草草结束查票而完事。读了大平的书，我也为自己年轻时的纯情而心安理得。

昭和14年（1939年）6月，我在下关送别赴蒙疆政府任职的大平之后，我也于同年9月被调到东京铁道局。经任铁道省经理局主计课首席事务官，在战争结束前，转任新成立的四国铁道局总务部长。

战前在东京工作期间，由于彼此都在官界任职，所以时常有机会见面，尤其是我任主计课事务官时，更是频繁地出入于大藏省主计局。有时也抽空到大平的办公室去。

有一天在东京车站食堂会餐，大平肩上挎着一个又大又重的唱机出现在面前，这使我不禁吃了一惊。唱机是亲戚给的，据说是为了节省汽车费而正准备亲手把它拿回位于本乡的自己家。他对家庭倾注的爱心，由此可见一斑。同时，对于他这些鲜为人知的凡人小事，也深感佩服。对于他从不吝惜自己劳动的所作所为，我也时有所见。

从战争结束至池田内阁诞生

在四国铁道局短时期工作一段时间之后，由于和平体制下的机构改革，应当时铁道总局长官佐藤荣作的强烈要求，我于昭和 21 年（1946 年）3 月转任东京铁道局经理部长。在四国期间，因不幸遇到空袭而使我无所事事一身轻。但由于周围同事鼎力相助，使我得以全身心地投入战后的工作。

战后，大平也曾历任经济安定本部公共事业课长和藏相秘书官等职务，但当时传说他可能被推举为香川县知事，从那时起，家乡父老就对他寄予厚望。昭和 26 年（1951 年）9 月大平到美国出差，后来我曾得到他撰写的一本题为《财政随笔》的书，这本书收录了大平对美国的考察记。大平是一位非常勤于学习的人，这次考察对其日后也一定大有裨益。

实际上，这年夏天我也奉命赴美出差。我所在的铁道省已更名为日本国有铁路，性质已变成一个公共企业单位。我作为各铁道局选派成员中的一员，前往考察美国的铁路现状（美国全部为私有铁路），我的课题是研究器材制度。在美国逗留的一百天时间里，考察了美国国内的方方面面，切身体会到美国的伟大和宽容。深感其物资丰富和日本战败之必然。回国后，我潜心撰写考察报告，为器材制度的改革发挥了作用。

昭和 27 年（1952 年）3 月，因漏电事故造成火灾，原预定我调任地方局局长，然而突然有变，在上司的关照下调令被推迟，就任经理局主计课课长。这使我重又有机会能与大藏省打交道，即使在大平当了国会议员之后，在他的斡旋下我也应邀参加同大藏省首脑举行的高尔夫球会，他如此重情感，真令我钦佩得五体投地。大平非常珍惜与其长期共事的大藏省同僚之间的友情，他们对大平也尤为尊敬。顺便提一下，在国铁内部也一直有一个担任过主计课长的人同大藏省历任铁道主计官之间进行交流的亲睦会，时而举行高尔夫球会，是一种非常有意义的聚会。

从官房长官到宰相

大平在就任池田内阁的官房长官后，历任外务、通产、大藏大臣；在党务方面，先后担任政调会长和干事长的要职，最后登上宰相的宝座。无论在哪一个职位上，由于其卓越的才华和见识，日本国内自不待言，就是在世界上也都受到很高的评价，这是不言而喻的。然而尽管如此，有关政界严酷的权力斗争的消息却每天都见诸报端。这期间他不惜体能、竭尽全力的奋斗形象，犹如一座崇高的丰碑树立在人们面前。

在他担任官房长官的昭和36年（1961年），我们又信会第五、六届毕业生的有志者夫妇应邀参加爱女芳子的结婚仪式。在出席者当中，第五届毕业生有赤诚、增田健次、坂口友雄诸兄，第六届毕业生有太田、神原、姬井正义和我。由于夫人们多日不见，只顾攀谈而竟忘记了用餐，不知不觉中仪式结束。之后，我们应邀的全体同窗又在浅草的料亭举行了第二次聚会。自此以来，时光已流逝30余载，当时出席婚礼的男士均已过世，只剩下我独自一人。每念及此，顿感世间无常，同时也深感自己已经相当高龄。

自昭和40年（1965年）起至大平内阁诞生止，我一直担任又信会东京支部的副支部长和支部长。大平经常出席我们的聚会，由于他具有强大的吸引力，每次都盛况空前，他还为与会者发表高水平的讲话。其中，他曾谈到建设濑户大桥的设想，给人留下了深刻的印象。他逝世后，大桥于昭和63年（1988年）落成，我真希望大平能看上一眼。濑户大桥的建成，对四国的发展是一个巨大的贡献，现在坐新干线“希望”号，只要四个多小时就可从东京抵达香川县。变化之大，确有隔世之感。

在我任又信会东京支部长时期，大平出任总理。因此，我们支部邀请大平夫妇出席，为其举行了总理就任祝贺会。祝贺会盛况空前，我荣幸地得以发表祝辞。另外，昭和54年（1979年）初夏，我们又信会第五、六届同窗联合举办了全国大会暨大平总理就任祝贺会。大阪方面的赤城、太田两人和东京方面的增田与我任干事。大会在官邸附近的饭店举行。在大平的善意安排下，我们在开会之前参观了总理官邸，偕妻结伴而来的又信会的会员们三五成群地在官邸院子里合影留念。为了这一天，大平还向全体与会人员分发了亲笔写有各自姓名的彩纸，以示纪念。大平这种破例的细心关照，令全体同窗感激万分。我想，大家一定会把这美好的纪念品装饰在家中。综上所述，大平的这种真挚友情是难以用语言所表达的。

翌年，大平悲壮地逝世。但回想起来，对于我们来说，他健在的时代是最为壮美的时代。

自知是篇拙文，却又冗长难收，愿以此履行我的义务，并告慰大平的在天之灵。

（原国铁本社局长、铁道经济会理事）

特邀稿

内阁运作的现状与课题

后藤田正晴

一、内阁组织和制度的变迁

昭和60年（1985年）12月，我国的内阁制度迎来创建一百周年，第一次把昭和天皇迎进总理大臣官邸，举行了盛大的纪念活动。

回顾其百余年的历史，可以说国政的发展进程是波澜壮阔的。历届内阁在处理每个时期出现的内外课题的同时，也创造了一卷卷历史的篇章。自明治18年（1885年）诞生的伊藤博文内阁算起，现在的宫泽内阁已是第78届内阁，第49位内阁总理大臣。在动荡不定的国内外形势下，如何适当地处理当前所面临的诸多课题，正是宫泽内阁肩负的重任。

那么，翻开迄今的内阁历史，可以说它如实地反映了近代日本的政治史。同时，它也最充分地展现了内阁组织的变迁轨迹。明治18年诞生的当时的内阁，除宫内大臣外，共由内阁总理大臣和外务、内务、大藏、陆军、海军、司法、文部、农商务及递信各大臣所构成。其后，随着时代的不断变迁，历届内阁为适应日趋纷繁复杂的行政、政策课题的变化及行政机构改革的需要，其组织结构多次发生变更。即使在战前，省厅的增设、统一、废除和合并也反复进行过多次。例如，仅就昭和时代而言，就曾新设立过拓务省（昭和4年）和厚生省（昭和13年），并在废除农林省、商工省的同时设置了农商省和军需省（昭和18年）等，这些都使内阁组织和结构发生了变化。除此之外，根据需要，还曾设置过辅佐内阁总理大臣的不管大臣。在特殊情况下，枢密院议长等特定人物有时也曾作为班列大臣而列席内阁会议。另外，在从昭和初期至二次大战期间的一段时期内，还曾引进了五相会议、三相会议等只有少数特定大臣参加的所谓阁内内阁制度。进而在这一时期，为了加强内阁的职能，还设置过内阁参事、内阁顾问等名目繁多的顾问职务。

即使在奉行大日本帝国宪法（旧宪法）时期，也多次进行过有关改革内阁组织的尝试。日本国宪法（现行宪法）被誉为现行体制的基础和出发点，从开始实施该宪法初期的内阁组织看，除内阁总理大臣外，还有外务、内务、大藏、司法、文部、厚生、农林、商工、运输、递信各大臣以及复员厅总裁、经济安定本部总务长官、物价厅长官和行政调查部总裁等，若再加上三位不管大臣，共由 15 名国务大臣（除兼任）组成。此后，也屡次进行过省厅的增设、统一、废除和合并。从大臣人数的变动看，随着昭和 22 年劳动省的设置、昭和 40 年总理府总务长官升格为国务大臣、昭和 41 年内阁官房长官升格为国务大臣、昭和 46 年环境厅的设置和昭和 49 年国土厅的设立，大臣的人数也相应发生变化。现在的内阁共由内阁总理大臣和 20 名以内的国务大臣组成，即由担任法务、外务、大藏等各省的大臣和内阁官房、经济企划、防卫、环境、总务等各厅的长官所组成。

另一方面，若从内阁制度的变迁角度看，大致可分为三个时期。第一个时期是从太政官制度结束、内阁制度创立的明治 18 年至 22 年的“内阁职权”时代；第二个时期是从明治 22 年颁布并实施旧宪法后约长达60 年间的“内阁官制”时代；第三个时期是从昭和 21 年颁布并实施现行宪法以来长及 40 余载的“内阁法”时代。

首先，“内阁职权”时期始于当时的太政大臣三条实美于明治 18 年颁布的太政官达第六十九号，其目的在于打破迄今的政治体制僵局，推行现代化的先进政体，时间仅有4年。但与以后的内阁制度相比，在制度方面却颇有特点。尤其是关于内阁总理大臣的地位与作用，除在被视为当时内阁制度之根本的内阁职权第一条中规定“内阁总理大臣作为各大臣之首席，奏宣机务，秉承旨意，指示大政之方向，统督行政各部”外，还明确规定“内阁总理大臣可考核行政各部之成绩，要求其作出说明乃至检查”，赋予内阁总理大臣以强有力的权限。这与此后的内阁官制相比，有着显著的不同。内阁官制第二条虽规定“内阁总理大臣作为各大臣之首席，奏宣机务，秉承旨意，保持行政各部之统一”，但却删除了与内阁职权第二条内容相适应的规定。

其次是旧宪法下的“内阁官制”时期。当时，正如内阁不是宪法上规定的机关所表明的那样，在法制上它是极其脆弱的。旧宪法只字未提“内阁”二字，仅在第55条第一款中规定：“国务各大臣辅弼天皇，各尽其责。”

这一时期的内阁制度在法制上虽由内阁官制规定了基本事项，但也可以说内阁是为各国务大臣辅弼天皇而设置的组织体。加之国务大臣辅弼的范围亦不如有关军队统帅的事项，且陆海军大臣仅限于现役武官，所以这又是一种束缚组阁的制度。另外，在内阁之外，宪法规定还有一个辅翼天皇的枢密顾问机构，这在制度上不仅使内阁的运营，就连内阁的自身生存也受到很大的制约。

与此相比，在现行宪法下的“内阁法”时期，民主主义的原则使内阁制度发生了巨变。也就是说，现行宪法规定行政权归属内阁，内阁作为行政权的主体，被明确规定了在国家政治中的地位。由此，旧宪法对内阁作出的制度方面的大量限制被全部取消，唯有国会的信任成了内阁成立及生存的重要条件。至此，扎根于议院内阁制的现行内阁制度才得以确立。

另外，由于旧宪法时期内阁总理大臣不是法定机构，宪法规定每位国务大臣只单独对天皇担负辅弼的责任，加之国务大臣均由天皇任命，所以，尽管内阁总理大臣可以主持内阁会议或代表内阁，但基本上与其他国务大臣处于对等的地位。仅就这一点而言，内阁总理大臣可谓是“同辈中的首席”，但现行宪法却使其地位大大加强。即现行宪法承认内阁总理大臣作为“内阁首长”的地位，赋予其任命或罢免国务大臣等各种权限，以及旨在确保内阁的统一性和一体性的优越地位。

如上所述，现行宪法在明确内阁所处地位的同时，也大大加强了内阁总理大臣的权限。

二、内阁在行政组织中的地位及其辅佐机构

现行宪法采取三权分立主义，内阁在三权中被定位于担任行政权的最高行政机构。在宪法上，内阁拥有两个职权，即作为对天皇国事行为提出建议和批准机关的职权和作为行政权主体机关的职权。前者主要是对诸如颁布法律、召集国会、解散众议院、发布国会议员实施大选的公告、授予荣誉的盛典、批准重要的外交文件等天皇的国事行为，提出建议和表示认可，但天皇的国事行为是形式和礼仪性的，其责任在内阁。后者则由内阁作为行政权的主体来实施，即除宪法上分别所具体规定的缔结条约、编制预算、制定政令等权限外，还拥有执行法律、总理国务、处理外交关系等权限。如决定政府的施政方针和外交方针等，涉及内政、外交两个方面，包蕴行政运营上所需要的各种事项，范围极其广泛复杂。

综上所述，一切行政事务的执行虽都由行政权的归属者内阁来负责，但这并不意味着内阁的义务是必须实施所有的行政事务。

关于一般行政事务，尤其是实施事务，现行内阁法和国家行政组织法规定并不需要内阁亲自去执行，而是由作为内阁成员的各位大臣分别作为“主任大臣”去分担管理，并根据其所掌管事务和权限具体实施，内阁只是对其实行统辖领导。因此，各大臣在根据自己的权限和责任处理各自所分管的行政事务的同时，还被内阁委以指挥监督行政各部的权力，并按内阁总理大臣在内阁会议上决定的方针实行之。

另外，如上所述，作为内阁之首长的内阁总理大臣在统辖内阁组织方面拥有对国务大臣的任免权等，在具体行使这一固有权限时虽受政治方面的制约，但制度上已形成强有力的框架。

但在制定政策方面因受内阁是合议体这一性质所限，内阁总理大臣需根据内阁会议决定的方针行事。加之全体阁僚需与内阁会议保持一致的原则，所以不可否认，内阁总理大臣在发挥其对各位大臣的领导作用时自然会受到限制。也就是说，内阁总理大臣虽拥有对行政各部的一般性指挥监督权和对主任大臣间有关权限疑义的裁定权，以及对行政各部的处分或命令的中止权，但一般性指挥监督权需遵照内阁会议所决定的方针行使，对有关权限疑义的裁定要提交内阁会议来进行。由此可见，其权限实质上是在内阁。另外，内阁总理大臣虽可单独中止处分等，但这也仅仅是等待内阁做出处置决定前的临时性举措。总而言之，内阁总理大臣是从代表作为合议体的内阁的角度去指挥各位大臣的，并不能独自进行指挥监督。换句话说，就是对各省厅所管的行政事务，内阁总理大臣不能违背内阁会议决定的方针去指挥监督各位大臣。而且，即使是遵照内阁会议决定的方针也不能越过各主管大臣去直接指挥监督事务当局。

在美国等总统制的国家，民选总统是最高的当权者，其他所有行政组织都是其下属机构，政府的最终决定权在总统。也就是说，其统治机构的特点在于独任制。尽管有人指责这些国家的行政权限过分集中于总统，但在确保行政的统一性方面却是一种强有力的组织结构。有鉴于这种不同，所以在考虑内阁运营时，必须把它作为基本的问题而置于脑际。

由于采取合议制的我国内阁制度，作为内阁成员的国务大臣同时兼任分管行政各部的行政大臣，所以各大臣可能囿于所管行政各部的立场而削弱内阁的一体性。但反过来也有其非常优越的一面，即在内阁决定政策时，可以充分调动和集中这些行政各部的决策能力。因而，内阁总理大臣要想既充分运用上述特点又要确保行政的统一性，就需要有效而又灵活地运用自己的上述权限，以便从整体上谋求妥善而又统一的运筹。可以说，这一点是能够做得到的。

内阁或内阁总理大臣要施展上述权能，就需要建立直接辅佐内阁或总理大臣的组织。现在，内阁或内阁总理大臣的辅佐机构，除以内阁官房长官为首的内阁官房和内阁法制局等之外，从广义上解释，还有总理府（本府）及作为其外局的各厅。总理府和外局各厅主要辅佐有关作为行政大臣的内阁总理大臣所管的综合调整事务。

其中，内阁法制局的权限是审查各大臣向内阁会议提出的法律案、政令案和条约案，或就法律问题向内阁或各大臣陈述意见，以此发挥内阁的调整机能。

另一方面，内阁官房则负责内阁会议事项的整理或掌管为保持统一所需要的综合调整等事务。而内阁官房长官则统辖这些事务。然而，内阁官房长官的实际业务是辅佐内阁总理大臣，对整个内阁他起调整作用，对国会他起窗口作用，对国民他则又是政府发言人的角色，所及范围广泛而又复杂。从这种意义上讲，他是内阁组织的关键所在，同时又要与内阁总理大臣同心同德，可以说他是处在作为内阁代表的位置上。

内阁的运作与各省厅不同，它不是在有限框架的羁绊下进行的，而是要在考虑国会审议的动向、行政需要的变化和国民舆论趋势的基础上，采取灵活的对策。正因为如此，才需要在很大程度上仰赖于关键人物的手腕和能量，尤其是身处内阁组织要职的内阁官房长官，通过其处理行政的方法和个人品质反映出来的整个人品如何，将严重影响内阁的运作。其结果，也就是说内阁官房长官有什么样的行动，内阁就会创造出什么样的氛围。而支撑内阁官房长官这种行动的，是两位内阁官房副长官（政务、事务）和内阁参事官室、内阁内政审议室、内阁外政审议室、内阁情报调查室、内阁安全保障室、内阁广报官等内阁官房组织。此外，内阁总理大臣的左膀右臂、被称之为耳目手足的内阁总理大臣秘书官的存在，也不可忽视。

与内阁官房及在所管事务方面有着密切关系的，是总理府（本府）。这两个组织均由内阁总理大臣任主任大臣，它们虽接受内阁官房长官的指挥监督，但由于采取兼职体制，所以许多职员是在相互所管类似事务的组织间（如内阁内政审议室和总理府内政审议室）兼任职务。从协调各省厅间关系的侧面看，这两个组织的机能分工是，内阁官房负责“综合协调”，总理府（本府）负责“事务联络”。具体讲，需要高度协调时由内阁官房出面；为使有关省厅的政策顺利实施而需要联络协调时，则由总理府出面。

包括与总理府（本府）的关系在内，内阁官房在组织方面采取灵活而具有弹性的对策。譬如一俟出现新的行政需求，需要从组织方面采取某种对策，这时，要么由现有的组织采取举措，要么成立特殊组织，个别进行调整。另外，若随着行政需求的演变其固有的事务量增大，届时则可成立新的组织，反之，不需要的组织亦将迅速撤销。

以上所讲以内阁官房为中心的辅佐机构，需要凝成一体维护内阁机能的基础，在有机的协同下强有力地发挥各自的作用。不过，内阁官房的事务不包括实施性事务，只限于高度的综合性协调事务。而且为了迅速高效地处理事务，其机构应该建成精简而又强有力的组织。

要强化内阁的机能，不仅在组织方面，人事方面的因素也很重要。现在，内阁官房的职员大部分来自于各省厅的派出人员，为适应行政的专业化和国际化需求，固然需要参与综合性协调事务的职员们充分发挥他们在各省厅掌握的专业知识和行政经验，但更重要的是在执行职务时，不拘泥于省厅利益而贯彻国家利益的基本姿态。重视省厅利益倾向的原因之一，在于对公务员从录用到退职后的现行人事管理制度。总之，在行政上强调纵向关系之弊端盛行的今天，内阁官房的职员必须坚持以国家利益为重的基本姿态。

再就是除以上政府组织外，不少民间的政策智囊团也得到重用。这些智囊团通常是向内阁总理大臣提供政策建议的非官方组织，其形态和规模也各不相同。大平内阁总理大臣尤其重视发挥其机能和作用。当时，有逾200名学者和行政官员被动员起来，希望他们能为具体实施大平内阁的决策和为制定我国未来具有前展性的长期国策献计献谋。当然，问题是如何处理好这些政策智囊团与现有行政组织之间的关系。但若运用得当，对于发挥内阁总理大臣的领导作用不失为一种可取的方法。

三、决策过程和内阁会议的作用

内阁行使其职权，需经内阁会议认可。从这种意义上讲，可以说内阁会议是我国行政的最高决策场所。现就内阁会议在决策过程中的作用试做阐述。

一般来讲，政府在决策时，从事务级的政策企划、立案，到最终做出决策需有几个过程。

因案件的种类不同，最终的决策者也各异。有关国政方面的重要政策，一般以“内阁会议决定”或“内阁会议谅解”的形式作出最终决定。

这期间，在具体的政策案件被企划立案并作为原案提出之后，先在该省厅内及与有关省厅之间进行多方调整工作。在这一调整过程中，其内容将得到详细审查，并妥善地纳入现有的行政体系中，之后再最终交付“事务次官等会议”和“内阁会议”审议，确定为内阁的政策。顺便提一下，“内阁会议决定”，是在涉及应决定作为合议体的内阁机关意向的事项时作出的，并不管它是否建立在法令的基础之上。而另一方面，“内阁会议谅解”是在认为本来属于各大臣权限的事项中特别重要的事项，且与其他省厅有关，从其所波及的影响看有必要拿到内阁会议上决定的事项时，才作出这种谅解。

除此之外，与这些方针的决定不同，有关国政的主要调查结果或审议会的重要答询，则以“内阁会议报告”的形式适时地予以公布。

以上述两个会议为中心的决策会议，原则上每周在总理大臣官邸定期举行两次，现就决策机制略作论述。

首先，“事务次官等会议”的设置和运作虽不具法令依据，但在事务方面作为最终的协调场所却具有重要的机能。交付这一会议审议的案件，大抵与交付内阁会议审议的案件相同，作为内阁会议的前期阶段，它不仅是为了对行政事务进行联络和调整并统一行政方针，而且对将交付内阁会议审议的案件起到事先审查的作用。原则上，该会议要在内阁会议的前一天举行，其主持人是内阁官房长官。但实际上所议事项的进行和整理，由负责事务的内阁官房副长官来担当。

由于与内阁会议全体成员一致通过的做法有关，所以事务次官等会议在处理案件时不是多数赞成，而必须是全体成员一致通过才能成立。会议运作的方式，通常是先听取提案省厅的事务次官进行简洁的说明，而后再确认和决定案件的内容，多数情况下会议所用时间较短。因此，也有人批评说这种会议只流于形式，并未有效地发挥其职能。但实际上根据所议案件的需要，包括大臣一级的协调在内，事先都在有关省厅间进行了充分的讨论和协商，会议仅仅是确认和决定其讨论协商的结果，所以这种会议在决策方面是极有意义的。

其次，关于“内阁会议”，这是决定内阁最终意向的场所，但对其具体的运作方式并无明文规定。

按理说，内阁会议应由内阁总理大臣主持，但实际上推进和整理所议事项的是内阁官房长官。交付内阁会议讨论的案件，若是有关法令的则先听取内阁法制局长官的说明，若是其他的则先听取主管事务的内阁官房副长官的说明，然后再由国务大臣和内阁总理大臣在内阁会议的文件上签名画押，形成内阁的决议文件。

提交内阁会议讨论的案件，也是事先经事务次官等会议行政协商调整过的，所以，会议通常进行得比较平淡。但由于是代表内阁决定的最终方针，因而意义颇为重要。当有案件需交付内阁会议讨论时，需先由内阁总理大臣或各大臣书面提出请求召开内阁会议的申请（内阁会议请议书）方可举行。

在一般的合议体，通常是根据多数成员的意见做出决议，但内阁会议则不然，它习惯上需由全体成员一致通过才能成为决议。这是因为内阁对国会负有连带责任，而国务大臣的一切行动必须在统一的方针下行事。

根据案件的内容，如果讨论中发生纠纷，不能取得一致意见时，则可反复召集会议进行审议。若即便如此，仍因意见不一而使事态不可收拾时，那就可以对国务大臣动用宪法赋予内阁总理大臣的罢免权，以解决问题。但是在动用罢免权时，有可能因估计失误而危及内阁的生存，所以实际上动用该权限的例子极其罕见。

然而，最近跨几个省厅权限的政策课题越来越多，像这样的案件，为调整省厅之间的意见，处理起来所占用的精力越来越多。因此，许多事例表明，在决策过程中为调整省厅间的意见带来的负担，远远超过更重要的政策企划立案所需要的精力。其结果，有关省厅间这种无谓的扯皮和争权夺利，只能是造成时间和劳力的白白浪费，最终导致整个政府的活力减退，人们意欲参与制定良好政策的积极性丧失。这种不良倾向的出现，是极为严重的问题。

以上阐述了决策的一般性过程。但在内阁会议上，有关内阁的基本政策，应依据各自的政治观点展开积极的讨论，尤其是在政治动荡时期，更是强烈要求内阁成员在内阁会议上自主地进行争论。

另外，为讨论制定内阁的重要政策课题，还专门设立了有关大臣自由讨论的场所，它在性质上与内阁会议不同。这种场所，一般称之为“有关阁僚会议”，主要就特定的政策课题在有关大臣之间乃至内阁会议上进行协商和调整。其具体的名称，有时称阁僚会议，有时叫阁僚恳谈会等。但不管是哪种会议，根据需要，有时也请执政党领导人参加，以调整和集中各方的意见（如经济对策阁僚会议）。另外，虽在性质上略有不同，但为了全面、有效地贯彻落实内阁决定的重要政策，还可成立以有关大臣为中心的对策本部（如新税制顺利实施推进本部），根据需要，有时也征得执政党领导人的协助。本来，“有关阁僚会议”的结论对内阁并不具有法律约束力，但通过倾听其意见，将会更有效地发挥内阁的综合协调机能。

在内阁官房就特定的案件进行综合调整方面，还经常设立由有关省厅的事务次官或局长一级的官员组成的有关省厅联络会议。这些会议就是通过有关负责人和专家积极交换意见的途径使案件得以圆满处理，也可以认为是省厅之间进行事务级调整的方法之一。

另外，在总理大臣官邸召开的会议中，还有“政务次官会议”。人们寄希望于政务次官从政治与行政交叉衔接的角度出发发挥其职能。政务次官会议正是为使政务次官之间相互进行联络和调整而举行的。这一点与决定内阁意向的内阁会议或为内阁会议做前期调整的事务次官等会议，在性质上有着根本的不同。该会议的作用，主要是就拟交付内阁会议讨论的重要事项及与国会对策方面或与执政党的政策调整方面有关的必要事项，在听取主管政务的内阁官房副长官和所管省厅政务次官说明的基础上，展开各种讨论。

四、内阁之综合调整机能的发挥

如上所述，在现行的行政组织中，一般性行政事务，尤其是实施事务，均由各省厅分担管理，内阁只是从统辖整个行政的立场出发，在大政方针方面进行综合调整。我国的内阁制度正因为重视每个省厅的自主性，承认事务分配中的分权性，所以说是优缺点并存的。即它虽可防止总统制常见的因权力集中产生的弊端，但另一方也易于产生难以确保内阁在政策方面的指导性和整体性的问题。

如何运用内阁拥有的综合调整权限完美地解决该内阁制度面临的课题，进而与政策的积极贯彻落实结合在一起，这是考虑内阁职能时的基本着眼点。

政策的综合调整，是内阁应发挥的最重要机能。但在目前的行政组织中，具有这种机能的机关并不仅仅是内阁。像负责外交政策的外务省、负责编制预算的大藏省、负责地方行政的自治省那样，还有在执行所管事务方面发挥调整机能的其他各省，以及负责在特定领域内进行综合调整的总理府（本府）及其作为外围局的经济企划厅、环境厅、总务厅等都具有这种机能。但由于后者处于辅佐行政大臣即内阁总理大臣的位置上，因此可以说是在行使来自于内阁总理大臣权限的综合调整权。这些行政机关之间的综合调整工作，是在对等的原则下进行的水平式分工，通常采取联络或协商的方式。因此，当省厅之间发生严重对立时，不仅难以充分发挥机能，反而各自从所管事务决定的特定政策观点出发，各吹各的调，使调整工作受到制约。

与此相比，内阁的综合调整机能则不同，它是最高也是最终在内阁这一更高水平上的综合调整，且是在不受个别政策影响的情况下进行的包含政治考虑在内的综合性调整。

然而，在行使这种内阁的综合调整机能时，鉴于与政府的决策方式有关，其做法将会经受一番考验。我国的行政，一般说来是以自下而上反复征求意见的方式进行的，也就是通常所说的自下而上的方式。这种方式对于在现有的政策框架内维持和形成相互的整体性是非常适宜的。但在各个省厅的纵向型行政倾向较强的我国，人们期望要努力主动地改善现状，同时，积极地实施政策。

但是另一方面，这种方式也有它的问题。譬如在制定政策时，从政策的企划、立案到作出决策需要花费很长的时间，一旦需要迅速作出决策，就很难加以应付。如果需要对迄今的政策性计划加以修改的话，就很难产生改革的活力。因此，有必要采取把自下而上的方式和自上而下的方式有机地结合在一起的政策手段。

近时，每逢提到适应动荡不定的国际形势的对外政策和处理紧急异常事态的危机管理对策时，国民就常对政府的决策方式的现状产生疑虑，希望内阁能发挥强有力的领导作用。

中曾根内阁时期的事例已证明了这一点。当时，为了应付对外经济摩擦，形势强烈要求日本执行市场开放政策，于是政府才在“原则自由，例外限制”的基本方针指导下，被动地制定了行动纲领。这一问题恰恰说明需要改革审批事务方面的现有行政秩序，发挥内阁强有力的指导作用。

另外，作为危机管理对策，有防卫、恐怖、大事故等方面的，其类型很多。例如大韩民航客机被击落事件时，需要立即采取紧急对策，若一步失误，就将酿成关系到国家利益的事件。正因为需要迅速作出高度的政治判断，所以通常的决策方式很难适应。这可以说是一个典型的例子。

如此想来，对于要求强化内阁的综合调整机能的呼声，今后会越发强烈。但作为内阁，不能仅限于被动消极地应付，而应以更加能动的、积极的姿态面对形势。内阁即使要自我限制对各省厅个别行政政策内容的直接参与，但也要在表明内阁基本方针的基础上，设法参与整体政策的调整，这恐怕是极其重要而又十分有效的方法。

无论哪届内阁，在施政方针演说和表明政见的演说中除表明内阁的基本施政方针外，作为内阁的共同政策方针，还要披露预算编制方针、行政改革方针或经济计划及其他各种计划等。譬如像中曾根内阁时期提出的“癌症对策十年计划”那样，有关该内阁的重点课题，也可采取边听取有识之士的意见边制定方针的做法。

通过以各自的政策课题相适应的形式表明内阁的基本姿态，进而去指导各省厅的政策，这种做法今后恐怕更为必要。本来，在实际的行政运作中如何把自下而上的方式和自上而下的方式有机地结合在一起就更是极其困难的问题。因此，在内阁运作中，既要考虑有利于调动我国行政组织中出色的政策实施能力，又要考虑适应基本的政策课题，有利于迅速正确地指导各个省厅，使之相互保持均衡。

除此之外，在内阁运作上为了确保整个政策的整体性，一直根据每个时期的形势和课题想出各种办法，进行种种努力。例如，对于某项涉及某些省厅的重要政策，虽不具法律权限，内阁仍可任命专事调整有关省厅之间事务的“担当大臣”。具体讲，曾设有负责解决养老金问题的大臣等。主要是在政府设法对国会采取统一态度等方面发挥重要的机能。

另外，有时还任命不负责领导特定省厅的不管国务大臣，以便根据多变的国内外形势的需要，随机应变地担负起特定领域的调整工作（具体讲，福田内阁时期曾任命负责对外经济问题的国务大臣牛场）。但实际上与分管行政事务的其他大臣不同，由于不管国务大臣难以掌管特殊的权限和组织，所以问题是如何确保使其有效发挥调整机能的条件。

再就是虽然性质上略有不同，但有时也常设“副总理”。内阁法第九条规定，当内阁总理大臣遇事故等不能理政时，由事先指定的国务大臣临时行使内阁总理大臣的职务。其中，尤其是内阁成立当初，为加强内阁的调整机能，依据该条规定而事先被指定的国务大臣，一般被称作副总理。从这种意义上讲，“副总理”的称谓只不过是个俗称。然而实际上，在国务大臣中仅次于内阁总理大臣者则享受副总理的待遇，必要时经常由他出面在阁内进行斡旋和调整，或者有时出于政治上的考虑，是为确保内阁中派别势力的均衡而设立的。

本来，是否依照内阁法第九条的规定指定副总理，全由内阁总理大臣的判断而定。但既然难以排除发生某种事故的可能，从危机管理的观点看，还是事先指定特定的国务大臣为内阁总理大臣的职务代理者为好。

五、内阁机能的加强与行政改革

迄今，每逢谈论我国的行政现状时，总要提出加强内阁机能这一主题。换句话说，尽管因每个时期的情况不同其观点也各异，但谋求加强内阁机能，建立坚强有力、凝成一体的行政体制的想法，可以说是内阁制度创建以来一直存在的课题。

顺便提一下，即使在昭和时代以后，在战时体制下，出于战争的目的也曾进行过种种旨在强化内阁权限的尝试，战后也在多次行政改革的建议中提出过各种各样的设想。

在迄今有关加强内阁机能的建议中，大致可概括为两个课题。其一是旨在加强内阁的组织及其权限。即按照尽量使内阁的综合调整权限一元化的方向谋求加强内阁的机能。昭和 39 年（1964 年）临时行政调查会的答询中提出的内阁府构想，就是一个典型的例子。依照该构想，就应把预算以及机构和定员等权限交由内阁府集中管理。但另一方面，弄不好就有可能为同现有行政组织之间保持整体性带来问题，甚至无谓地引起组织机构的重叠和混乱。恐怕根本的问题是，难以适应未采取总统制的我国的行政素质。内阁府构想最终未能实现，其背景就在于这种制度方面的原因。

另一种想法是，通过简化内阁及内阁总理大臣的行政事务，减轻其负担，从而加强内阁本来的机能。即通过加强作为总理府外局的综合调整官厅机能的形式，把内阁或内阁总理大臣的部分综合调整机能加以分散管理。昭和 59 年（1984 年）之所以设立总务厅，其目的就在于此。它削减了内阁总理大臣所分管的总理府（本府）的事务，把其部分事务同行政管理厅的事务统筹起来。

有关加强内阁机能的另一个课题，是试图充实内阁的辅佐机构。这包括通过强化内阁或内阁总理大臣政策智囊团的办法加强内阁的政策机能，或者通过调整和强化内阁官房组织的途径加强内阁的综合调整机能。

前者曾通过临时行政调查会和之后成立的行政监理委员会的答询等办法，提议设置内阁辅佐官、内阁调整官和内阁参与等，但由于难以规定其在现有行政组织中的地位，所以未能形成具体的制度。后者是在昭和60年（1985年）7月的临时行政改革推进审议会（第一次行政改革审议会）的答询中提出来，于昭和61年（1986年）根据修正的内阁官房组织令得以实现的。其主要目的是为了设立旨在加强对外政策综合调整机能的内阁外政审议室和旨在加强安全保障、危机管理综合调整机能的内阁安全保障室。为了不使这种组织改革以单纯“为改变组织而改变”的形式告终，对新组织实施切合实际的运作是不可或缺的条件。从这个意义上说，必须考虑生机勃勃地发挥内阁的综合调整机能，确保优秀的人才自不待言，此外还必须进一步充实和加强内阁官房内部组织方面的协作以及同有关官厅的情报交流。

另外，上述昭和60年（1985年）的答询中还提到了总理大臣官邸的现代化问题。答询指出，“现在的总理大臣官邸自建成已经过了半个多世纪，建筑物不仅破旧、狭小，且有碍于实现交通设施和通信设备的现代化”。同时答询提出建议说，“为加强以内阁为中心的综合调整机能，充实与健全迅速准确地应付紧急事态的体制，此时此刻有必要翻建总理大臣官邸，以便能充分发挥其作为内阁运作中枢本部的机能”。继续加强可以说是内阁运作主要舞台的总理大臣官邸的机能，是很有必要的，且现在正朝这一方向做准备。但这要始终充分考虑到有利于适当地发挥作为内阁总理大臣“公馆”的应有机能。尤其是在各办公室的设置方面，应主要考虑有利于内阁总理大臣履行职务，对于秘书官的专用办公室和内阁官房部局事务室的设置，则应谨慎行事。

六、确立内阁同国会之间的良性关系

现行宪法的基本原则是立法、行政、司法三权分立，相互牵制。但在议院内阁制度下，立法与行政之间的关系尤为密切。根据宪法规定，从立法对行政的角度来说，内阁总理大臣要由国会从国会议员中指定；内阁在行使行政权时，要对国会负连带责任；内阁的存续须得到众议院的信任，等等。反之，从行政对立法的角度来说，行政拥有解散众议院的权利。另外，实际上在许多场合内阁同国会之间有着很深的关系。有关决定行政基础的法律案件，绝大多数是由内阁提出的。但这些法律案须经国会通过，由内阁认真忠实地执行。每年度的预算亦然，由内阁提交国会审议，经国会通过方可执行。行政的运作也时常处于国会的控制之下，譬如议案须经国会审议，国政调查权须由国会行使。

因此，行政灵活机动的运作与国会对行政的统制之间，其关系处理得恰当与否，始终是人们考虑的问题。从行政的角度来说，协助国会的工作是理所当然的。尤其是国会进行政策审议时，与其说是政党之间的争论，莫如说是对政府的质疑。所以，在这种现状下，行政方面的配合是不可缺少的。然而反之，也应避免国会的运转过于制约内阁的运作。在动荡多变的国内外形势下，要求行政机构采取灵活机动的对策，所以，两者之间最好是保持一种灵活而又富于弹性的关系。例如在外交活动方面，因国会审议日程上的制约，就曾发生过不适应对外谈判需要的事情。譬如宫泽内阁总理大臣未能参加1992年6月召开的“联合国环境与发展会议”（所谓的全球首脑会议）一事，就是一个典型的例子。今后，随着与国际政治有关的活动的增加，如何调整同国会审议之间的关系，已成为重大的研究课题。

内阁的运作，就是在这种内阁同国会间基本关系的背景下进行的。内阁组成的基础，离不开在国会占据多数的执政党的支持。在这种议院内阁制度下，支持内阁的执政党的立场，势必对内阁的运作产生巨大影响。因此，政府与执政党必须紧密合作，团结一致地致力于决策并付诸实施。实际上也是如此，两者之间经常以各种形式交换信息，调整意见。

一般情况是，内阁官房长官或负责政务的内阁官房副长官作为政府同执政党的联系渠道，经常进行联络调整。另外，各省厅的政务次官也在同执政党沟通思想方面发挥着重要的作用。另一方面，政府在向国会提出法案之际事先征得执政党的谅解，已成为必须的条件。还有，在讨论重要政策的场合，大多也都有执政党首脑参加。在有关行政改革、经济对策等特定课题方面，不仅有常设的会议渠道，且作为一般性联络、协商的场所，政府执政党联络会议也定期举行。由于内阁处于能直接反映执政党的政策意图和指导各省厅政策的地位，所以，它为促进两者的密切合作发挥着重要作用。

从现在执政的自由民主党（自民党）的一般性决策过程看，首先在政务调查会的各小组委员会中审议，据此再拿到政务调查会（政策审议会）及总务会进行审议，之后，在此基础上形成党的决议。有关法案等向国会提出的案件，要在与执政党进行这种调整后才提交国会，经由专管委员会审议通过，形成全体会议的决议。这种体制的特点是，执政的自民党的政策审议体制及众参两议院的委员会制度，基本上是以与行政省厅的下属各组织相吻合的形式构成的。这种体制，虽有确保与行政密切配合、提高审议效率的一面，但却为特定领域里出现专家式的“族议员”创造了条件，结果对内阁的运作也产生了种种影响。一般情况下，这种族议员都为执政党自己的政策审议发挥着重要机能。但反过来也有人指出，这容易把行政内部各省厅间政策上、权限上的对立关系，原原本本地带入执政党内，并通过立法府和行政府造成纵向行政的弊端。本来，政治有别于行政，其有别于行政的特点是超越各行政领域的政策判断，力争以更高的角度去从整体上体现政策的价值。因此，立法府中纵向联系的倾向应自动有所收敛，受到一定限制。总而言之，执政党作为负有责任的政党处于指导政策基本方向的地位，期望通过执政党内积极的政策争论，提出基于整体观念的政策体系，以此来发挥应有的作用。

最近，从政治改革的观点出发，提出了执政党内派系的弊端问题。政策集团，尤其是以人事和资金为基础的集团的性质问题，成了批判的对象。长期以来，派系间的势力均衡强烈地影响着内阁的生存基础，派系的现状已成为内阁运作上不可忽视的因素。本文不打算过多地论述派系问题，但不直接以民意为基础的派系的动向如何，却对政治和行政产生决定性的影响，这恐怕就成问题了。总之，在今后的内阁运作方面，强烈希望内阁和执政党能建立起超越派系利益的理想的合作关系。

如上所述，迄今，政府与执政党之间为了维持密切的协作，从制度上想了种种办法。但由于自民党政权持续时间较久，所以，总的来说两者的关系一直比较稳定。正因为如此，如何维持政治与行政之间的健康关系问题，往往容易被忽视。然而，在朝野政党之间实施政权更迭，乃是议会制民主主义重要的基本前提条件，理所当然，在我们国家今后也必须预想到这一点。

将来，在政权更迭之际，如何基本上确保政治的领导性同行政的中立性、连续性之间的适度平衡，恐怕是最大的课题。本来，在议院内阁制制度下，更迭后新的执政党应以本党的政治观念和基本政策为基础，表明其作为内阁的具体政策方向。同时，行政部门也理当采取与此相适应的举措。然而，若是长期在前政权下担任行政工作，实际上在行政运作中仍将产生种种影响，这是在所难免的。有时，新政权加大领导力度，改变行政机制的事情也是会发生的。届时，当然就需要充分考虑社会及经济方面对确保行政的稳定性和一贯性的需求，以期顺畅地实施政策转换，防止业已微妙地融入庞大社会经济体系中的基层行政组织的机能陷入瘫痪状态。总之，极希望处于政治同行政衔接点上的内阁，能采取切实可行的相应措施。

七、结束语——内阁总理大臣领导能力的发挥

最后谈一下内阁总理大臣的领导能力问题。在我国社会、经济业已成熟的今天，各方面的结构均已发生变化，在国民意识方面，其价值观念也日趋多样化。放眼世界，在冷战结束后的结构中，为建立新的国际秩序，国家间的重新较量已经开始。这些变化，自然而然地促使人们去重新审查现有的政策框架，寻求建立新的政策体系。这种反映出国民价值观多样化的政策信念多样化的时代，也正是强烈要求提高综合调整机能的时代。这不能仅仅认为是对立政策之间的妥协，而是要从更高层次的政策信念中创造出新的替代政策。今后实施的行政，必须适应这种变化。

关于我国的行政，上面一再指出有必要加强综合调整机能，以适应时代的需要。但由于垂直的行政体制根深蒂固，所做的努力很难说已取得十分有效的成果。相反，随着行政部门专业化分工的增加，多样化和复杂化的倾向更加显著，因此，期盼进行综合调整的呼声进一步高涨。另外，在国际化进程加速的形势下，要求在所有的行政领域采取国际性的对策，统辖这些行政，并且按照把内政和外政统一起来的观点进行综合调整，已越来越重要。因此，旨在确保综合而又高效率的行政运作的综合调整机能所占的比重，比以往任何时候都越来越大。从这种意义上讲，可以说一个综合调整的时代已经到来。临时行政改革推进审议会（第三次行政改革审议会）所倡导的行政改革，也正符合这一发展趋势。

在这种时代背景下，内阁运作方面最重要的是作为内阁首长的内阁总理大臣的领导能力。在国内外严峻的政治环境下，内阁总理大臣作为领袖的责任是，准确地把握时代潮流，在制定并向国民提出相应政策的同时，设法使之变为现实。另一个值得注意的是迎接国际化时代到来的内阁总理大臣应发挥的作用。随着我国国际地位的提高，我国在政治、经济、社会等领域应承担的责任也越来越大。内阁总理大臣参加“主要国家首脑会议”（所说的西方发达国家首脑会议），可以说已经形成制度，此外，像联合国环境与发展首脑会议那种全球性或区域性的首脑会议也不少。还有常见的访问外交等两国间首脑级的交流，也变得频繁起来。今后，在围绕我国复杂而又微妙的国际关系中，我国为了采取正确的对策和得到国际上的信赖，更需要内阁总理大臣发挥周到而又积极的领导作用。

不可否认，与总统制不同，我国以合议制为基础的内阁制度有难以把体现内阁总理大臣个性的政策反映到行政上的一面，但在考虑现实的内阁运作时，则不应仅仅以此为理由而限制其领导能力的发挥。对于内阁总理大臣在政界的领导能力，必须超越现行内阁制度的框框，用更加综合性的观点去理解。也就是说，在议院内阁制下，由于内阁总理大臣同时也兼任执政党总裁，所以，其在支撑政权的执政党内的地位必然会强烈地反映在他的影响力上。人们普遍认为，表现在内阁运作上的内阁总理大臣的姿态，主要是由来自于现行宪法、内阁法和国家行政组织法等法制方面和作为执政党总裁的政治方面这两个侧面形成的，加之其人品、见识、能力等个性因素，这些因素浑然一体，遂产生出留给外界的印象。在现行宪法下诞生的许多内阁总理大臣，他们所以具有各具特色的内阁总理大臣形象，原因就在于此。同时，这也涉及政治意义上的领导能力。

如此想来，内阁总理大臣，是可以以其法制权限和更广泛的影响力把自己的政治理想反映到内阁的基本方针政策上来的。可以说广大国民的期待也正在于此。

时而有人抱怨说看不出内阁总理大臣特色。但这正说明国民强烈地期待内阁总理大臣能以坚定的政治理想，灵活积极地驾驭行政。也就是说，内阁总理大臣只有遵循历史赋予自己的政治使命，拿出积极进取的政治姿态，才能够把自己独特的内阁总理大臣形象鲜明地展现在国民面前。

1993 年 4 月记

（众议院议员、第二次大平内阁自治大臣）

“国会”与“议会”之比较

汉斯·贝瓦尔德

30年前与大平总理对话

有幸与大平总理见面，始于30年前。当时，大平先生任第二次池田内阁的外务大臣。我则是刚刚开始研究日本“国会”问题的年轻学者。

两人之间的交谈，先以大平先生给我介绍情况的形式开始。他首先就日本的整个政治概况进行了说明，之后，作为个别问题，就“国会”的内部机能回答了我的许多提问。当时的采访——确切地讲，当时的气氛莫如说是讨论会，成了我步入此道进行首次学习的机会。大平先生是一位非常称职的出色先生（老师）。大平先生在日本政界和官场阅历深，经验丰富。同时他还是一位处事十分善于忍耐的先生。任职期间，我认为先生所有良好天资中最突出的优点，是对政治理论的远见卓识和浓厚兴趣。先生是一位能够结合亚洲乃至欧洲的各种哲学，以极其宽阔的视野和清晰的脉络纵谈日本政治的方方面面的政治家。

之后时隔数年，大平先生所以经常向我询问有关美国政府及政治方面的问题，是因为当时我正好与他人共同写作出版了一部有关这方面的书。在这些讨论中，我们经常大谈两国的政治体制，尤其是两国立法府的"国会"与"议会"间的比较。

这篇短论是为缅怀大平先生的遗德，针对两国"国会"与"议会"之间的比较这一主题而写成的。不言而喻，这里所谈"国会"与"议会"的有关论述，文责由我自负，未必能代表大平先生的观点。实际上，无论是大平先生还是我本人，两人在讨论问题时总是尽量努力做到保持"客观"。但其结果却未必全然如此，这是双方的共识。

"国会"与"议会"的类似点

首先，"国会"和"议会"都是代议机构，其成员由国民选举产生。因此可以说，两国的国会议员都是些能够反映国民对民主主义基本理想——即把立法这一最终最高权能赋予以主权在民为指导原理的机构这一基本原理——的基本嘱托的人士。

另一点可以指出的是，多年来，两国的国民都过于习惯了这种制度。此时，我们很有必要重新回到初衷上来，再次思索一下贯穿于这种制度赖以存在的政治考虑之中的本来性质。可以说，两国国民对这种制度确是太习以为常了。本来，在人类开天辟地以来几乎所有的时代里（即使今天，在世界大半的政治体制下依然是如此），“统治权”一直被隐蔽于神秘之中，由国民遴选统治者的想法公然遭到拒绝。这就是历史的真实情况。“国会”和“议会”的意义，本来就在于它表达了我们对民主主义寄予期望的一种意愿，两国国民重温这一出发点是至关重要的。我们所以这样讲，是因为无论在美国还是在日本都有很多人把这种初衷忘得一干二净，而在那里大肆指责各自的议会。殊不知，这种指责无异于唾天，只能是自食其果。

“国会”和“议会”都是两院制。美国的众、参两院，成立于从英国统治下宣布独立的1776年。当时，它是由13个殖民地州之间人口分布不均形成的。在新宪法起草期间，人口较少的各州强烈表示，只要他们的利益得不到保护，就不批准宪法草案。结果决定，众院按选举人口比例分配议员数，参院的议员分配数则各州相同(2名)。由于这种议席分配办法沿袭至今，所以导致加利福尼亚州(近3000万人口)同毗邻的内华达州(约100万人)一样，各选送2名参院议员。而在众院议员中，与选送52名议员的加利福尼亚州相比，内华达州仅出1名。

日本国会两院成立时的情况则有所不同。当时正值太平洋战争结束后不久，在就应该改变帝国议会，扩大议会权能的看法方面，已广泛取得一致意见。但在这种情况下，"贵族院"的废存问题成了最大的焦点。占上风的看法认为，"贵族院"不宜由选民选出，应予废止。其结果，出现了第二议院是否需要的问题。新宪法的最初草案(由麦克阿瑟司令部起草)，是按一院制的设想起草的。日本政府对此表示坚决反对。其理由是，"过激的群众"可能掌握一院制议会的主导权，且第二院还可起到牵制第一院的作用，所以是必不可少的。

最终还是采纳了日本政府的意见，新的参议院取代了旧的贵族院。这一原委，对于了解战后日本国宪法的复杂成因具有重要的意义。它不仅有助于解释保留两院制的内容，而且对目前(1993年)争论不休的改宪论本身也是重要的。改宪论者强调该宪法是由"外国"强加的。但在当时围绕一院制还是两院制的决定性争论中，真正获胜的不是别人，正是日本方面。

在日本国会议员——众议院议员中，尤其是自在野党在参议院掌握主导权的1989年以来，对参议院的必要性持怀疑态度的人越来越多，这不能不说是一种讽刺。这暂且不论，但两院制作为一个基本的概念，却俨然继续存在着，归根结底，这也可能会对日本的政党政治改革起到重要作用。如果真地取得这样的成果，或许可以说其意义完全是最终决定保持两个"议院"的"国会"所始料未及的。

"国会"与"议会"的不同点

要说日本同美国政治体制最突出的不同之处，则是行政同立法所处的关系部分。日本的"议院内阁制"起着把行政权与立法权结合起来的作用，在大框架上同英国实行的制度相似。与此适成鲜明对照，美国的总统·联邦议会制，则以权力向这两个政府机关分散为基础。在这两种分类中政权采取哪种形式，并且由此而将造成什么差异，这作为两个基本相关的问题是非常重要的。因此可以说，政府的权力是融合还是分散，如果不考察由这种不同造成的结果，就不可能把"国会"和"议会"做一番比较。

在日本，“国会”的议员可通过选举正式选任总理大臣。总理大臣及阁僚被委以行政权，并作为立法府的行政执行机构发挥机能。而且，这些阁僚——虽有极其罕见不足挂齿的例外——都由众议院或参议院的议员担任。从理论上讲，只有选举总理大臣的过程，才能体现宪法所规定的“国会”是位于政府之上的机关这一精神。大平先生曾被迫面临日本宪政史上最大的一次危机。1979年（昭和54年），大平先生作为总理大臣和执政的自由民主党总裁，在他所率领的党内出现了造反者，这些人决意抬出福田赳夫前总理为该党唯一的总理大臣候选人。当时，我正利用UCLA（加利福尼亚大学洛杉矶分校）的年休假在东京小住，近在咫尺，心急如焚，亲眼目睹了那个“40日抗争”的情景。造反者的战术是前所未闻的。其做法违背了政党必须支持该党内选举产生的党首这一迄今的惯例。值得庆幸的是，大平先生在这一抗争中赢得了胜利。但斗争却是激烈的，结果以牺牲身体那样强健的先生的健康而告终。尽管如此，这段插曲却告诉我们，随着政治形势的变化，有时也会出现脱离宪法所规定的法律制约的行为。

美国的总统和副总统，则是由所有选民直接投票选举产生的（技术上由选举人团体介入，但其作用仅限于批准选民的表决）。理论上讲，总统不同于“议会”的议员，属个别选出，所以，允许总统拥有独立的权力，并在整个政府中占据中枢地位。然而，在伍德罗夫·威尔逊当选总统老早以前，一位政治学教授就美国的政治著书立说时，曾把这种官衔称之为“议会长官”。即对于威尔逊来说，“议会”比“总统”更重要。

于是乎，我们将陷入某种似非而是的议论。日本的宪法规定，“国会”拥有最高的机能。但是，日本的政治分析家们几乎一致的看法是，支配“国会”的，莫如说是总理大臣及其内阁和执政党的领袖们。而美国的宪法虽然赋予总统许多独特的权力，但从美国长期的历史看——虽有若干明显的例外——，“议会”的影响力更大，比起外交来，这种倾向在内政方面表现得尤为突出。

此外，对于至少是了解行政同立法关系消长的另一个因素，有必要顺便在此稍加说明。那就是“政党”。日美间有关政党的明显的类似之处，就是两国的宪法中均未涉及政党。美国共和党的创始者们对于作为政治性组织的党派，莫如说往往持敌视态度。例如，詹姆斯·麦迪逊认为，政党或派阀（含义与日本不同）并非公共利益的促进者，而是些反体制的、过分追求个人或特定利益的集团。如若说参加1946年日本国宪法起草的美国人无意中受到了这种对政党所持偏见的影响，那是不足为奇的。在参与研究这一草案的日本人当中（其大部分是政府官僚），没有一个人承认把有关"政党"的规定写入所提出的宪法草案所具有的意义。尽管如此，无论"国会"或是"议会"的议员，其绝大部分都是某种政党的支持者。

的确，两国政党的内部组织适成鲜明的对照。在美国，政党在全国范围内形成组织网络的倾向很难看到。尤其是与日本政党的中央集权化倾向相比，这种感受更深。在日本，政党的核心作用体现于国会活动。而在美国，由于联邦主义——合众国同其构成母体的州之间在政府权力方面的相当大胆的分权——夹于其间，所以离心力的作用常常引起脱离华盛顿的现象。但为了更加慎重起见必须指出的是，这种向心和离心的相互关系多数情况是动荡不定的，对于作出判断必须谨慎行事，个别问题个别酌处。

设有"总理官邸"、"国会议事堂"、"自由民主党"本部和"日本社会党"本部的永田町，集中反映了日本政党的中央集权化。在美国，政党的总部的确设在合众国的首都。但几乎不被市民所注意。实际上，只有遴选"议会"的候选人，或决定总统和副总统候选人的每4年一度的民主党和共和党大会代理人的活动，才是由"州"的党组织来组织的。"议会"表决时，美国政党的这种弱点最易被发现，作为政党，其纪律之涣散也最容易被暴露。无论是民主党还是共和党的党员，很少看到其全体党员遵照各自党首的命令投相同的票。即使总统与参、众两院的多数派是同一个政党，也未必能保证目标的一致。遗憾的是，克林顿总统在走马上任的第一个年头就有了这种深刻的教训。

从日本议会政治的结构来看，这种不统一性在“众议院”或“参议院”表决通过法案时是很难表现出来的。因为在法案或正式决策作出之前，党内是有机会进行讨论的。然而，一旦这种程序做完，若再违反决定，则有可能成为惩罚的对象。1963 年（昭和 38 年），在日本共产党的众议院议员志贺义雄对部分防止核扩散条约投赞成票时，这种事情真的发生了。志贺被其为之奉献终生的党开除了。的确，要看违反的情况如何，有时也会被默认。例如 1960 年（昭和 35 年）国会正式通过日美安全条约的修正案时，自由民主党中的相当一部分议员都弃权了。同样的事情在 1980 年（昭和 55 年）春天也曾发生过。即由于在福田和三木两人之前的原总理大臣采取造反战术，使得在野党对大平内阁提出的不信任案动议被通过。但这两次没有一个弃权的议员受到惩罚。

正因为在日本的议会政治中像这种表明不统一性的例子很罕见，所以才较为引人注目。一般情况下，无论是众议院议员还是参议院议员，总是按各自党首的命令行使投票。因此，无论哪次议会，只要各个政党事先对某个特定法案表明了赞成或反对，就比较容易预测"表决票的分布"结果。把在"国会"上——几乎是该国所有的议会组织中——表现出的这种意义上的党内统一性，同美国"议会"上的纪律相对涣散做比较，就可以看出两者之间的显著差异。

长期以来，许多美国国民对本国的政党组织的弱点一直表示不满。他们的主要批评是：谁——作为整体而言——对何种政策、对什么法律负有责任？这是大家全然不知道的。另一方面，拥护派则强调：在美利坚合众国这种多样性的国家里（无论是种族的、区域的、还是宗教的），其舆论大致可分为两股潮流，即使想把自己投入其中的某一股，那也是根本做不到的。

与此形成鲜明对照的是，日本的选民——尤其是近两三年——已开始对自由民主党长期垄断政权和没有能够有效地与之相对抗的反对党的状况，表现出不满。这种不满在1986年的"参议院"选举中达到最高潮，执政党以未取得过半数议席的结果而败北。尽管1990年自由民主党在众议院选举中获胜，并在1992年的参议院选举中议席有所恢复，但仍然可以认为，人们对长期一党统治的反感似乎正在愈演愈烈。

由此可以说，美国和日本两国都已出现了疏远本国现有政治体制的现象。美利坚合众国出现的要求限制参院议员和众院议员任期的动向，就是这种情绪的反映。日本国内要求实施大规模政治改革的建议——尤其是对现有选举制度改革的提案——，可以说就是对“维持现状”的做法表现出不满。然而在两国，国民要求改革的愿望能否实现，仍然是一个未知数。这是因为，“变革”要比维持现状难得多。

考察的结论

这篇短论就“国会”同“议会”之间基本的类似点和不同点，以及为无生机的国家机关注入生命的政党系统，进行了若干考察。这里应重申的是有关在两国已得到普及的基本原理。所谓这一原理，那就是无论“众议院议员”或“参议院议员”，都是分别由两国的选民选出的。因此，他们——无论是好是坏——比其他任何政治机构都更能反映出“我们国民”的抱负和选择。

另外，不管是“国会”或“议会”，同样都经常受到批评和嘲笑的抨击。虽然他们离百分之百的“透明度”仍相距甚远，但由于他们是在公众近乎全方位的注视下发挥作用的，所以从这种机能看，出现上述情况恐怕也是不可避免的。因此，我们才可从"国会"和"议会"提供的镜子中观察自己的姿态——或者至少是自己身体的一部分——。而这种姿态未必是令人神往的，因为它可映照出肮脏而又丑陋的野心、贪欲、争斗以及缺乏逻辑和理智。然而，现在若稍加仔细观察的话，就会发现有人的目的是试图多多少少地解决一些我们各自的社会所面临的诸多问题，也可以认为是一种造福于社会的坚定进取精神和意愿。大平先生所实践的，正是后者。

假如我们对本国政治体系的机能仍不能感到满意的话，那是我们的责任。因为其改革需要我们自身——作为每一位市民——去行动，去支持，促使各个方面发生变化。既不能指望他人会从天上给我们降馅饼，实际上也不应抱有这种想法。同时另一方面应值得注意的是，在我们两国，一种极其消极保守的愤世嫉俗情绪似乎正开始向全社会蔓延。"'改革'或者'变革'，以前也曾尝试过，但均未成功。所以我们能够相信靠自己的努力就会使事态发生变化吗？"这种败北主义的态度和自暴自弃的想法，极易导致人的意志消沉，有百害而无一利。

与此相反，我们需要认识"国会"或"议会"伴随岁月的流逝而取得的相应变革——其中的部分变化是极富戏剧性的——这一事实，从而更加增强信心。美利坚合众国的“议会”与200多年前刚刚诞生时相比，现在发挥的机能更大而又广泛。同样，与19世纪末叶“帝国议会”的两议院相比，日本现在的“众议院”和“参议院”也都面貌一新。这是十分令人欣慰的，它将为我们的未来带来希望。

大平先生留下的不朽遗产

最后，但也是最最重要的，那就是大平先生的精神支柱。他始终把这种乐观主义贯穿于终身，贯穿于政治生活。大平先生几经磨难最清楚地了解，要探索更好的政治体系，就时常伴之以困难。大平先生明知如此，却从未想放弃过向艰难险阻挑战的不懈努力。这正是大平先生留下的不朽遗产，是鼓舞依然活着的我们奋发向上的精神源泉。

（1993年6月8日记）

（加利福尼亚大学名誉教授）

代 谢 词

大平裕

时值先父大平正芳逝世15周年忌辰,大平正芳纪念财团决定出版发行《大平正芳的政治遗产》一书,这对我们家属来说,感到无尚光荣。

回首往事,在先父谢世的第二年,由大平正芳回忆录刊行会出版了《大平正芳回忆录》(共三卷),内容涉及先父生前的各个方面。之后,该回忆录中经公文俊平、香山健一、佐藤诚三郎等诸位先生监修的第一卷《传记编》,由讲谈社国际部出版了英文版本,继而,中国青年出版社又出版了由中日友好协会和中日关系史研究会编译的中文版本,使海外得以详细地了解父亲的事迹。在此,谨向对这些出版事业给予大力合作的各界人士,再次表示衷心的感谢。

这次的《大平正芳的政治遗产》一书,正是在这些成果的基础上作为正式的研究书籍而计划出版的。它与作为《回忆录》第一卷的《传记编》一样,在公文、香山、佐藤三位先生的监修下，得到了许多身居学术界、政界、财界、官界 、舆论界领导地位的人士以及海外人士的赐稿。在先父死后十几载，仍能得到大家如此的关怀与厚爱，作为一个政治家是极其异乎寻常的。这对于我们家属来说也是莫大的荣幸。

我确信，本书所收录的这些优秀论文和随笔，作为有关远远超越了对大平正芳个人事迹进行评价这一范畴的日本政治和政治家状况的普遍研究工作来说，是具有极其重大的意义的。

在此，谨向担任监修工作的诸位先生、欣然命笔的各位先生以及在出版发行方面惠予合作的有关人士，表示深深的敬意和谢意。

谢谢大家！

平成6年6月（1994年6月）

编译后记

今年6月12日是中国人民的真挚朋友、日本国前总理大臣大平正芳逝世15周年。中国人民和日本人民一样，深情地缅怀这位日本杰出的政治家。

大平正芳这个名字是中国人民备感亲切而又深深景仰的。因为大平先生不仅与中日友好合作的宏伟事业有着千丝万缕的联系，而且是一位为推动中日友好事业发展作出过卓越贡献的政治家。人们永远不会忘记并且非常珍视田中首相和大平外相时代的中日关系；对于历经几多风雨之后，终于在1972年实现了中日邦交正常化这一重要的历史时刻，中国人民将和日本人民一样，永葆美好的回忆。人们永远不会忘记，正是大平先生在担任总理大臣期间，积极倡导并率先提供了政府对华日元贷款，实现了先生要为中国经济发展作些贡献的良好夙愿。

大平总理一家是名副其实的“日中友好世家”。大平总理仙逝后，大平志华子夫人及其子嗣大平裕先生继承大平先生的未竟事业，为日中两国世代友好，特别是为关照在日本刻苦就读的一大批中国留学生做了很多有益的工作。志华子夫人于1990年作古。对于这位善良可亲的女性，我们在此一并表示深切的怀念。

《大平正芳的政治遗产》一书真实地记录了大平先生作为一位伟大政治家一生的轨迹，系统地揭示了先生的生平与思想，赞颂了先生在日本政坛的业绩；也是一部折射出日本战后政治史和经济发展史的生动参考书。这本书在中国出版发行对于中国读者了解大平先生深谋远虑，为确立日中睦邻友好关系而鞠躬尽瘁的崇高精神，对于研究日本现代史和当代日本政治，对于弘扬大平先生言必信，行必果，待人以诚，不尚空谈的遗德，无疑都具有十分重要的意义。

在《大平正芳的政治遗产》行将问世之际，我们衷心感谢大平正芳纪念财团欣然允诺把这本书奉献给中国读者。我们也衷心感谢日本国际交流基金提供的慷慨赞助。更由衷地感谢日中协会事务局长白西绅一郎先生以他的热情支持和坚韧努力为中文版的如期面世所作出的默默贡献。

由于时间仓促，疏漏之处在所难免，万望广大读者不吝指教。

1995年5月